红色任务

刁仁庆 ◎ 著

河南文艺出版社
·郑州·

刁仁庆

中国作家协会会员。曾在《解放军文艺》《奔流》《萌芽》《十月》等杂志发表过小说和散文。已出版过《刁仁庆纪实作品集》、小说集《明月照我心》、小说自选集《有雨的季节》和《漫道情关》等。著有长篇系列小说"流金岁月四部曲"（《三十岁的诱惑》《四十岁的女人》《五十岁的城堡》和《六十岁的秘密》），并被中国现代文学馆收藏。近年来，致力于"于无声处红色四部曲"的创作，本书是第一部。其作品多次获河南省第十届"五个一工程奖"等奖项。

一

深邃的夜空中,悬挂着一弯冷月。月光中有一条披霜的长枪伸出干枯的树枝,冰冷的准星,静静的扳机,躺在枪膛里带有火药味的子弹,还有一双机警的眼睛,都在等待目标的出现。

当胡春江手中的长枪准星瞄准目标的头颅时,他什么也没有想,就轻轻地扣动了扳机。瞬间,目标倒地了。多年以后,他回忆起这个场景,还有些激动。但当时,他很平静。

那是 1927 年的冬天,十里洋场的上海。那天晚上,胡春江感到冷得刺骨。不是他怕冷,而是他那时正在一棵大槐树上猫着呢。

天气虽然冷,但是,胡春江的心却是热乎乎的。

甲第连云的北四川路,白天是一派繁华的景象,夜里却是冷冷清清的。胡春江像猴子一样蹲在位于北四川路老靶子路口五洲药店对面院内一棵拔地倚天的大槐树上,用一支长枪向下瞄准。一发黄色的子弹已卧在枪膛里,准星前方,正对准五洲药店的大门。门口上方有一盏明亮的吊灯,把"五洲药店"四个字照得格外醒目。门半关半开着,从药房内,不时传来噼里啪啦的打算盘声。这声音十分清脆,敲得胡春江心里直跳。胡春江想:只要门口出现那个人,一枪毙命是没问题的。

月亮升得很高了,上弦月的模样有点怪怪的,像俏丽女人的一只眼睛,挤眉弄

眼地在看你。夜风越来越大,天越来越冷,胡春江的上牙和下牙同时在打战,握枪的手也在哆嗦,蹬着树枝的双脚也有点麻了。他已经在树上待两个多小时了。

他周边还有四双眼睛在盯着药店的门口,那是他的队友们。有两个人在药店前后院,还有两个人在左右屋顶上。他们五个人每人除有一支长枪外,还配有两支手枪,在药房上空形成火力网。

那天下午金牙大妈下达任务时说:"今晚他肯定要到五洲药店取药。一旦他出现在门口,必须一枪毙命。如果让他跑了,或者是受枪伤跑了,以后你们五个人就别来见我! 明白吗?"他们五个人大声地说:"明白!"金牙大妈平时对他们是很爱护的,但是一旦上边来了任务,她就像变了个人似的,不留情面。

金牙大妈是他们的领导,是他们唯一能经常见到的上司,也是这次重大行动的指挥官。金牙大妈并不老,也只是五十岁的样子,因为身材高大,略胖,他们五个队员当面都叫她大妈,背后称她金牙大妈。金牙大妈镶牙用的金子是她祖上传下来的一只金镯子。胡春江听说她真牙只有三颗,其他都是假牙。据说,她年轻时牙齿长得很整齐,很媚人,她笑起来,再烦恼的男人看见了也都会高兴起来。后来她被租界巡捕房抓去,出来的时候,满嘴漂亮的好牙齿已被打掉了一多半。后来听说,金牙大妈受刑时,刑讯人员是用钳子一颗一颗地把她的牙齿拔掉的。有狱友出来说,大妈是真英雄,受刑拔牙时,她成了血人儿,但是她一句话也不说,威武不屈,大义凛然。没几年,她又被淞沪警备司令部抓去,关了一年多又被放了出来。出来时,嘴里的半口牙齿大部分也被打掉了。由于男人们都说她的牙齿好看,她被捕后,敌人就从她的牙齿上入手,让她永不再漂亮。

金牙大妈叫洪霞,但好多人不知道,都叫她金牙大妈。她住在哪儿,他们不知道;她半时干些什么,他们还是不知道。她来无踪,去无影。只有她通知见他们,他们才能相见。这是干他们这种特殊工作的特点,也是规矩。她通知他们集合的方式就是张贴寻人启事。胡春江有固定看寻人启事的地方,就是黄浦江北岸那几根电线杆上。那四个战友在哪儿看寻人启事,胡春江不知道,因为他们五个人之间,家在哪儿,平时干什么,相互不能打听,不来往,这是纪律。

"今天晚上必须解决这个叛徒!"下午,金牙大妈狠狠地说。胡春江想了想,问:"如果他不来呢?"金牙大妈摇了摇头说:"他一定会来!"胡春江还是有些疑惑,问:"他为啥一定要来?"金牙大妈把脸一阴,不高兴了,瞪他一眼说:"你说话多了啊。"胡春江伸了伸舌头,笑了笑。其他四个队友,很严肃,像是在认真思考问题。

胡春江他们都知道,他们将要击毙的这个人,是中共上海一个地下交通站的站长,代号叫秋风。由于他的叛变,使三个中共领导被捕,其中一人被杀害,三个交通站和四个情报站被迫停止运行。这个叫秋风的叛徒,叛变后一直躲在法租界霞飞路一栋小洋楼里不出来,偶尔出门办事,也是车来车去,保镖成群。秋风一直藏头缩尾,轻易不出门办事儿。

中共中央早已决定除掉这个叛徒,但一直找不到下手的机会。近一个时期,经过周密的策划,机会终于来了。突然,一辆别克车出现了,车辆从南向北驶来,车前部两只大灯打出两条长长的光柱。光柱像两把长剑把夜空划开。当时的上海,只有两种人能坐美国的别克车,一种人是大亨,一种人是国民党特务机关的工作人员。秋风能坐上这种车,只能说明他已经加入了国民党的特务组织。

秋风的末日到了。别克车开到药店门口停了下来,从车上先下来四个头戴礼帽、身穿黑色制服的人。四个人迅速散开,站在药店门口两边。药店门打开了,走出来一个穿长衫的男人。同时,车门也开了,一个穿长衫戴礼帽的人下车了。同时,屋顶上方的一个队友也给胡春江发来了信号,是用微弱的红色信号灯连闪了两下。这是确认信号,也就是说从汽车内下来的人确定是秋风。由于天暗、灯光不亮,为了确保万无一失,他们事先约定,秋风的汽车到药店门口,待他下车后,药店屋顶上的队友确认后发信号给胡春江。胡春江收到信号后,必须在两秒内把秋风射杀。

胡春江看见了信号,右眼通过准星瞄准了秋风的头。在秋风左脚伸出汽车门后,右脚还没有落地的时候,一声清脆的枪响,只见秋风的脑门有鸭蛋那么大一块东西飞了出去,落到药店门口刚刚出来迎接的那个男人脚下,那是一块头盖骨,随后,血液像泼墨一样,迅速溅在石级上。从药店出来迎接的那个男人"啊"的一声,吓得往后退了一步。秋风的头盖骨飞出去以后，人像冲向前抢东西一样栽了下去，然后趴在地上，一动不动。深黑色的血液如泉水一样，从他顶门盖黑黑的洞里汩汩流出，带着血腥味儿飘散在空气中。四个保镖还没有反应过来，秋风被冷枪打死已成了事实。四个人马上围上去，不知所措地看着秋风。其中一个说，快回去报告。说完四个人上车走了。

出来迎接秋风的长衫男人迅速反转身体，逃进药店大门，"砰"的一声把门紧紧地关上了。秋风趴在那里，静悄悄的……冷风一阵紧似一阵。上弦月挂在天上，好像在暗喜。星星在眨眼，似乎在传递快意。夜风很不礼貌地乱翻着秋风的衣服。

胡春江和他的队友们早已撤离了现场，各自散去。一会儿，满大街响起了哨子声和脚步声，黑色的厢式警车拉响警笛，从各个警局、巡捕房出来，在大街上乱窜。胡春江两手空空地吹着口哨，走出老靶子路口，拐进一条弄堂，要了一辆黄包车，向黄浦江方向驶去。这条撤退路线是早已制定好的，金牙大妈告诉他，弄堂口有人接应，是黄包车。刚才他看见这辆黄包车是在与一个中年男人搞价钱。当黄包车车夫扭头看见他时，马上中止了与那中年男人的讨价还价，拉着车子跑了过来。车夫用一双犀利的眼睛看胡春江一眼问："先生，坐车吗？"胡春江二话没说跳上了车，车夫拉起就跑。

中年男人在路边大声地喊道："我没说不给钱，为何不拉我？"车夫把帽子往下拉了拉，没理那中年男人，低着头，一直在跑。

其他四个队友是怎么撤离的，他不知道。他唯一知道的是，他们不会出事儿。他们这个行动小组不是第一次执行这样的任务了，每次都能安全撤离。按照纪律，他和黄包车车夫不能用语言交流其他事情，只能问多少钱，到哪儿去。胡春江坐在黄包车内，顿感浑身温暖。刚才他在大槐树上那两个多小时，实在是太冷了，刺骨的冷。

让他心里温暖的是，他们又一次完成党交给他们的一个重大任务。他想，这次任务完成得太完美了，并且还没有引起互战。

为完成这次任务，他们准备了一个多月。秋风是这年中秋节前后叛变的，他投敌后，相继有三个领导被捕，目前营救未果，其中一人被杀害，其他两人危在旦夕。胡春江的队友都说，秋风这个叛徒，枪毙不足以平愤，简直应该食肉寝皮。他们"红队"就是执行这一特殊任务的战斗集体。"红队"是中共中央刚刚成立的锄奸队伍，他们的上司是老南，人称南老板。锄奸工作有明确的政策和纪律：严惩叛徒不能带有感情色彩地报复，不准搞绑架和其他恐怖活动，决定严惩的对象由中共中央决定，"红队"不能擅自行动。金牙大妈从南老板那里领回来任务后，马上通知他们到大世界开会。在舞厅一个包间里，金牙大妈安如泰山地坐在那里。她爱吸小金鼠牌香烟，此时她只吸烟不说话。五个队友坐在昏暗的灯光里沉默。

舞厅里的舞曲越来越慢，留声机的发条像是没有上足劲似的，慢悠悠的。舞池里的人越来越多，这些人不分男女，大都是摩登时尚，在乐中显姿，在舞中媚情。

胡春江先开口问："大妈，您为啥不高兴？"金牙大妈把香烟一甩，抓起面前的茶杯咕咚咕咚地喝一阵，然后啪地把茶杯放下，长出一口气，说："这个南老板，也不考虑我们的难处，啥重任务难任务都往我这儿砸。""是啥任务？"大家问。金牙大妈穿了一件紫色的旗袍，刚才她从叮当作响的有轨电车上下来时，胡春江就感觉很新奇。说实话，她身材高大，又不算太苗条，不适合穿旗袍。

"啥任务？"她反问自己一句，然后又点了一支小金鼠香烟，深深地吸了一口，两股很有力量的青烟从她鼻孔里冲出来，飘向高空。她把茶杯拿开，用食指在茶杯里蘸了蘸水，然后在桌面上写了俩字：锄奸。五个人都没有啥反应，也默默无语。一会儿，胡春江又问："目标是谁？"金牙大妈又写了两个字：秋风。这一下五个人都反应激烈，一齐说："干！"

这时，金牙大妈边拿桌面上的小金鼠香烟，边起身说："准备去吧，随后我给你们行动计划。"她说着打开房门走了。她就是这样一个人，布置任务嘎嘣脆，来得快，走得急！

她来到大厅里，有几对男女在舒缓的音乐中，细腰在抱，轻轻地摇摆。一个欧洲模样的大鼻子男人看见金牙大妈，立即张开双臂，笑容可掬地向她走来。金牙大妈马上大笑起来，也张开双臂，走到大鼻子男人面前，轻轻地拥抱一下，随后两人轻语一阵,接下来就跳舞。没想到金牙大妈舞跳得那么标准。胡春江从门缝里看见这一切,笑了笑说:"了不起的大妈呀,什么人都能交往。"其他四个队友似乎不怎么关心大厅里的事情,他们在讨论这次行动的细节。

为了击毙秋风这个叛徒,胡春江他们制定了多个方案,但都被金牙大妈一一否定了。他们多次到霞飞路侦察,都没有发现秋风出行的规律。霞飞路是法国租界地,中国宪兵和警察不能在里边执法。胡春江他们倒是在租界有些巡捕朋友,出入租界很方便。尽管如此,他们也没有摸排到秋风的出行规律。

有一天,胡春江坐在另一个队友拉的黄包车上,在霞飞路来回地观察地形。突然,他们发现金牙大妈从一辆刚刚停靠在路边的小轿车里跳了下来,接下来一个外国人也下了车。胡春江一看,认出这个外国人是在大世界与金牙大妈跳舞的那个大鼻子。金牙大妈似乎是看见了他俩,但没有理他们,而是转身有说有笑地走了。路边是一个欧洲建筑风格的大门,门口站着两个似乎是印度国籍的巡捕,他们用灰色的布巾把头缠裹得如中国坐月子的婆娘一样,让人看了难受。他们手里拿着黑色的警棍,小肚子左边挂有手枪。他们见到大鼻子,马上敬了一个礼,同时把右脚跺了一下,然后忙把大门打开。大鼻子很礼貌地把右手伸了一下,把腰弯下,示意先让金牙大妈进院。金牙大妈笑了一下,很自信地点了点头,然后把头昂起,走了进去。

这个院门,与秋风所藏的小洋楼只有一墙之隔。金牙大妈还是穿一身旗袍,但不是在大世界穿的那一件,这一件合身一些,颜色是紫色,印有暗花图案。

果真,没几天,金牙大妈就通知他们开会,详细地安排了五洲药店行动计划。

秋风真的被一枪打死了。当胡春江在老槐树上看见秋风的顶门盖儿飞出去时,他长出了一口气,马上把长枪收起,麻利轻快地从树上跳到房子的脊梁上,快速地把他的一条长枪和两支短枪藏在房子脊梁的背阴处,用几个瓦片盖好。他抬头看了看发黄的月亮和蓝色的星星,它们仿佛很服气地看着胡春江的眼睛。他向天空调皮地笑了笑,似乎还向月亮挥了一下拳头。霜露很重,瓦上光光的。胡春江是爬着下的房屋,然后翻墙来到大街上,他把领子竖起来盖住了耳朵,已经冻木的耳朵顿时感到暖暖的。他把双手插进裤兜里，轻轻地吹着口哨，顺着墙根不紧不慢地走着。刚过北四川路老靶子路口，拐进一条弄堂，他就看到了一个人在跟黄包车夫讲价钱。黄包车夫看见胡春江，扭头跑了过来，他跳上黄包车，闭上了眼睛……

一路上，胡春江都在回忆这次行动的每一个细节。这次行动，计划缜密，环节紧扣，配合密切，行动一致，因此，是一次完美的行动。他回想一阵后，似乎很累，想睡觉。这时，车夫对他说，到了。

胡春江睁开眼睛一看，他到家了。

他的家就是一只船，这只船就漂在黄浦江上。乌篷船内有一张床，一张很小很小的方桌，一个用柴油做饭的汽炉。床头上挂一架骏马头的标本，那马头的眼睛，如活马一样，晚上会散发蓝光。

冬夜的黄浦江面上，有些冷清。寒冷的夜把整个江水压得无精打采。一艘汽船停在码头边，显然是个庞然大物。众多小船漂泊在它的身边。胡春江站在堤岸上，一股腥味涌上来，他打了一个喷嚏，大脑清醒了许多。他的小船就在不远处锚着，这就是他的家。平时，金牙大妈不给他安排任务时，他就在水面上漂着。有时帮人运输一点货物，有时帮助水警维持水上治安。实在没事的时候就在黄浦江岸边游荡。偶尔也有陆家嘴和陆家渡一带的瘪三们带几个小菜到他船上喝酒。他是哈尔滨人，酒量很大，爸妈都喝烈酒，上辈人把酒量遗传给了他。然而，因为他时常要执行特殊任务，不能与这些酒徒往死里喝。于是，每次都假装没酒量，不能多喝。这时，他突然想起今晚自己还没有吃饭，而且还很想喝酒了。

"你今天一天干啥去了？这么晚才回来？"有个女人在他身后问他。

胡春江知道是陆小枫。

每次见到陆小枫那双眼睛和她的笑容，他总觉得似乎在哪儿见过，但是怎么也想不起来。

陆小枫是修船厂陆师傅的女儿，长得秀丽、漂亮。她平时虽然穿着青鞋布袜，但素中有雅。胡春江看见她，心里很甜。修船厂就在南码头镇的岸上，专门修理大小船只。陆师傅是专门维修发动机的，算是修船厂里的高级师傅。陆小枫是学油漆技术的,整天见她穿一身油漆服装,提一个油漆小桶,在工厂里出出进进。她今年二十岁出头,有一双会说话的眼睛,笑起来眼睛更好看。因为胡春江经常到修船厂帮助陆师傅干活,他和陆小枫已成了很要好的朋友。胡春江深知,陆小枫是个朴实勤奋的好姑娘,他打心眼里喜欢她。他俩虽然没有私下明说什么,但周边的人都知道他俩已经相好了。

修船厂是一个日本人开的,他叫冬渡。但是,胡春江很少见到这个叫冬渡的日本大老板,平时只见有个苏州男人叽叽喳喳地在这儿带班。这个苏州男人很爱说话,但从来听不懂他说些啥。

胡春江转过身,对陆小枫笑了笑,问:"陆师傅睡了没有?"小枫说:"没有。"胡春江又问:"他在干啥?"小枫说:"他一个人在喝闷酒。"胡春江调皮地向陆小枫做了个鬼脸,然后说:"太好了,你给我买几个小菜去,我陪陆师傅喝两杯。"说着他从衣兜里掏出几块钱,陆小枫不接,冷冷地说:"有菜,我炖了只鸡还没吃呢。"胡春江只好又把钱放回兜里说:"有这好事?我正想吃鸡呢,走!"小枫笑了笑说:"见了我一点也不高兴,一听说有鸡吃,看把你高兴的。"胡春江吹了一个响亮的口哨,向修船厂走去。

陆小枫在他身后突然说:"站住!你还没有回答我的话呢!"

胡春江问:"啥话?"

陆小枫问:"我刚才问你,今天你干啥去了?为啥到现在才回来?"

胡春江用手挠挠头说:"到跑马场看赛马去了。"

陆小枫说:"你就对马有感情,你不知道有人在担心你吗?"

胡春江无话说了,上前摸了摸陆小枫的头发,笑道:"谢谢你,小枫。"

陆师傅和女儿就在修船厂工棚里住。

胡春江来到陆师傅的住室门口,推开门一看,见陆师傅一个人坐在小桌前喝酒。胡春江笑道:"陆师傅您悠闲自在呀!"

"你眼里有杀气!"陆师傅看一眼胡春江,放下手中的酒杯说。胡春江心里一颤,看着陆师傅如刀锋一样的眼光,心里大跳几下。他笑笑说:"是天太冷了。"

这时,陆小枫双手捧着一大瓷碗热气腾腾的鸡肉来了,鸡肉呈酱色,看着很诱人。她说:"多吃一些鸡肉就不冷了。"陆师傅瞪一眼女儿说:"我刚才也很冷,你怎么不把鸡肉端上来呢?"小枫把鸡肉放到父亲面前的桌子上,噘着嘴说:"爹,刚才没炖熟嘛!"陆师傅知道女儿和胡春江正私下相好,于是他平平地说:"吃吧,趁热。"胡春江真的有些饿了,顺手拿了一只鸡腿吃起来。

"真香。"他边啃鸡腿边说。

陆师傅端杯酒喝了。胡春江也喝了一杯,顿时心里热乎起来。

两人对面而坐,话语很是投机。小枫看他们酒兴起来了,忙劝阻不让喝了。

陆师傅放下酒杯,用异样的目光看了很久胡春江,然后问:"你今晚干大事了吧?"胡春江一听,心里如大锤击了一下,闷闷的。他停顿了一下,很冷静地一笑说:"是的,我今儿下午带几个瘪三到引翔港打了一架,我们五个人把对方八个人打得落花流水。"陆师傅摇了摇头,呷了一口酒说:"年轻人,要有安民济物的远大抱负才是,怎能整天打打杀杀呢?"胡春江天真地笑了笑没再说什么。小枫说:"又打架,为啥? 能不能不和那些不三不四的人在一起?"胡春江看着陆小枫说:"外边的事情复杂得很,不打架解决不了问题。"陆小枫愤怒地说:"整天打打杀杀,总有一天会吃亏的!"

这时有人敲门。进来的是两名警察,警衔是一级警员。

冷月已升过头顶,黄浦江面上已经开始大面积起雾,整个城市,如突然消失在烟雾中。

二

陆师傅见进来的是两名警察,笑了。他对两名警察说:"大徐,小毛,你俩过来喝一杯。"胡春江把酒瓶里的酒分成两杯,站起来对这两名警察说:"来,喝,喝光了!"大徐和小毛端起杯喝干了。胡春江与这大徐、小毛是要好的朋友,因为他俩是水上警察,管码头以下的水上治安。胡春江常年漂在水面上吃住,经常帮助他俩维持水上治安,所以他们关系很好。

大徐对陆师傅说:"陆师傅,我们的巡逻船坏了,发动机发动不着,你得抓紧加班给我们修修。"陆师傅说:"我今天累了,也喝大了,明天修吧。"小毛说:"陆伯,不行呀,今晚必须得给我们修好。""为啥?"陆师傅问。胡春江正在吃鸡肉,似乎没有把他们的话放在心里。大徐说:"今晚在北四川路那边的五洲药店门口,发生了一起命案。我们局座精心保护的人,让人打了黑枪,死了。这人本来马上就要出国了,谁会想到在众多保镖的保护下,让人一枪打死了。"小毛说:"他娘的,也不知道死者是个什么人,死就死吧,还让我们连夜巡逻,查找凶手,不准休息。这么大冷天的,真他妈的倒霉。"胡春江说:"你们的巡逻船坏了,是很好的理由啊,你们回家睡觉吧。"大徐说:"我已经向我们所长报告了,我们那熊所长说,修去!修不好你俩跳到黄浦江里游泳巡逻。""该死!"胡春江愤愤不平地说。

小枫对父亲说:"爹,别喝了,你去看看吧,尽量把他们的船修理好,不然这两个大哥真的要跳江了。"

此时,胡春江似乎是喝多了,用手指着大徐问:"你能抓住凶手?"大徐摇了摇头,笑了,说:"这样的凶手,都是有背景的,我没那么大本事抓到他。"胡春江又用手指着小毛问:"你? 能抓住凶手?"小毛忙说:"胡大哥,小毛那点本事,你还不知道?挣点钱养活我老娘罢了。"胡春江笑了笑,说:"我想也是,就是凶手站在你俩面前,你俩也未必抓得住。"大徐嘟囔着说:"我们两个小小的警员,也没操心抓什么凶手,开着船在水面上应应景罢了。"

这时,陆师傅咳嗽两声,站起来大声地说:"春江,走,跟我去修船。"

四个人都出去了。陆小枫收拾完东西,抱了一床被子也出去了。

此时的小枫,从内心里不能自制地爱上了胡春江。小枫体会到,爱情是一种积极的而不是消极的情感,是从内心生长出来的东西。

深夜,胡春江回到他的船上睡觉,发现床上多了一床被子,他明白了,是小枫送来的。

江面上夜间风大,冷,多一床被子盖在身上很暖和,他马上就睡着了。大徐和小毛的巡逻船来回在他船边飞过,他似乎也不知晓。斜月西风之中,大小船只漂泊在码头下,鳞次栉比。渔火片片,镶在水面上,像梦幻一般。胡春江睡得很踏实。

…………

第二天,上海的中文、外文报纸都用头版头条报道了秋风被杀的消息。外文报纸大胆地、一针见血地说,这是一场政治谋杀。中文报纸只报道案件的传奇经过,不影射。

太阳刚刚从水面上爬出来,陆小枫就手拿报纸站在了他的船上。她见胡春江还在船舱内蒙头大睡,就坐在船头悄悄地看报纸。这家报纸把秋风被杀案件写成了侦破通讯,很吸引人。小枫正在入神地看着,胡春江悄悄地来到她身边,用手轻轻地拍了一下她的右肩,说:"看什么呢,这么忘情?"陆小枫被他这突如其来的一拍吓得惊叫一声,恼怒地说:"你干啥呢? 吓死我了,我差点掉水里。"胡春江赶忙道歉,微笑着问:"为何大清早跑到我船上看报纸?"陆小枫说:"谁稀罕来你船上? 风这么大，要不是我爹让我给你送报纸，我才不来呢。"他忙问："陆师傅为啥让你给我送报纸呢？"小枫抬头看看他说："不知道。"胡春江接过报纸，一看，是报道昨晚秋风被杀的通讯。刚看个开头，他就把报纸放下了。小枫问："你怎么不看了？"他回答："不感兴趣。"小枫说："看吧，可好看了。"

停了一会儿，小枫问："春江哥，被子暖和吗？"胡春江一听高兴了，说："可暖和了，昨晚上我睡得可香了。"小枫低着头说："暖和就好。"胡春江说："你还是把被子拿回去吧，我看陆师傅的被子也很薄，让他盖吧。"小枫抬起头，看着东方升高的太阳，眯着眼睛说："还是你盖吧，我爹有被子盖。再说，这被子是我爹让我给你送的。"太阳下，晨露很快都蒸发了，黄浦江面上开始繁忙起来，睡了一夜的人们显得格外精神，各司其事，把整个江面弄得热气腾腾。胡春江拿出毛巾，在江水里洗脸，水很凉，他洗得很慢，似乎是在边想事边洗脸。

小枫拍手喊道："嗨，你在想啥呢？"胡春江嘿嘿一笑，答非所问地问："火药味和炸药味有啥区别吗？"他向她摆了摆手，意思是让她快点走吧。小枫哼了一声，转身走了。

这时从大汽船身子下边游出来一只小船，是清理水面垃圾的梁师傅。他把船靠近胡春江，小声问："春江，你啥时候把小枫娶过来呀？"胡春江把头伸出来，问："娶小枫干啥？"梁师傅说："过日子呀。你看咱黄浦江面上的小两口们，日子过得多么幸福啊！"胡春江笑笑说："忙去吧梁师傅，昨天我看见码头停船水域垃圾多得很。"梁师傅干笑几声，走了。

胡春江吃完早饭，躺在床上无聊地看着小枫拿来的报纸，他一目十行地看了昨晚枪杀秋风的通讯，看完冷冷一笑，把报纸甩到了一边。他知道，这篇通讯百分之八十是胡编的。真正击毙秋风的方案，他是最清楚的。因为金牙大妈给他们布置任务时，把方案也给他们讲得很细。

整个方案是特科"红队"老板老南制定的，是金牙大妈一手执行的。方案的脉络是这样的：秋风叛变后，不但投靠了南京国民政府和国民党特务组织，而且还得到法国人的保护，于是国民党中央党部在上海的特务组织，就在法租界给他租了一栋小洋楼居住。秋风在这儿居住,主要目的是等他们的护照。国民党中央上海特务工作站有个头目叫师伟,先是蒋介石身边的秘书,后调到上海负责上海方面的情报工作。师伟一边给秋风办出国手续,一边给他提条件,条件是让他再钓一个中共大鱼,然后再送他出国。秋风的目的是去英国生活,他在伦敦留过学,认为那里是人间的天堂,自由、舒服,不用担惊受怕地过日子。师伟和法国人都同意了他这一要求。金牙大妈利用那个大鼻子导演了一场好戏,这出好戏就是让秋风指认五洲药店的中共大人物。特科在国民党中央党部有个卧底叫王奇,王奇受南老板的领导。王奇根据中共中央的指示,给师伟提供一个"可靠"情报,说位于北四川路老靶子路口的五洲药店是中共一个重要交通站,而且药店老板是中共重要人物。王奇在国民党中央党部有些背景,师伟知道他是上海青帮头目杜月笙的门生,还和日本人有些联系,因此对他提供的情报深信不疑。王奇给师伟建议,让秋风去指认"五洲药店"的中共大鱼,如果指认成功,就让他马上去英国。

当师伟把指认任务说给秋风时,秋风把头来回摇得如拨浪鼓似的,坚决不同意。他对师伟说:"师站长,你说的大鱼我确实认识,但那个五洲药店我不能去。"师伟问:"为啥?"他回答道:"我怕那是陷阱,是中共'红队'设计的局,让我投网。"师伟点了一支烟,脸阴了下来,说:"你这样前怕狼后怕虎,什么时候能出国呢?我给你说实话,这个计划我们已报告给蒋总司令,他对你抱有厚望。"秋风知道没有退路了。师伟说:"请你不要怀疑我们的情报,你是很安全的。你指认的瞬间,大鱼就会擒获,他们没有还手的机会。"

由老南指挥,金牙大妈安排,大鼻子布置,王奇执行的指认活动定在了昨天晚上。

昨天中午,金牙大妈给他们五人行动小组召开了最后一次碰头会。会议地点设在北闸区一个无线电修理门市部的三楼上。门市部是个女老板,很秀气。胡春江推门进来时,女老板正跟一个顾客说什么无线电零件。女老板用特殊的眼神,看了胡春江一眼。等她办完业务,那位顾客走了,他看着她问:"有东风牌的收音机吗?"女老板说:"有收音机,但不是东风牌的。"他又问:"那是啥牌的?"女老板说:

"是浦江牌的。"他俩说的是事先定好的暗语,如果说错一个字,就是对暗号失败,失败的后果就是他参加不了会议。暗号对答成功后,女老板的目光变得温和一些,她往楼上看了一眼说,在三楼。

三楼是个无线电修理车间,堆放了很多无线电零部件。后来胡春江才知道,中共中央第一部电台就是在这里组装成功的。胡春江是最后一个到的,一是因为他看到寻人启事有点晚了,二是他平时出门都是借陆师傅的自行车,今天他去借的时候自行车被陆师傅骑走了,他只好乘有轨电车而来。金牙大妈没有穿旗袍,而是穿得像工厂里的抄身婆。

金牙大妈见他进来,开门见山地说:"今天晚上秋风要到五洲药店去指认大鱼,这是老南精心布的局,老南要求我们要一枪毙命,武器还用你们自己的武器,弹药就从这儿拿,你们五个人的分工由胡春江负责。"胡春江忙说:"我们五个人每人除了带一支长枪外,每人还得配两把驳壳枪、四颗手雷、一白发子弹,主要是以防万一,一旦击毙失败交上火,没有武器弹药恐怕完不成任务。"金牙大妈说:"都满足你们。"胡春江又说:"如果情况有变,一枪打不死他,我们会以手雷为掩护,乱枪击毙他,非除掉他这个叛徒不可。"金牙大妈对胡春江说:"你的武器老南也给你配好了,是美国 M14 半自动步枪。"胡春江拿起一个无线电零件,看了看,然后轻轻放下说:"我还用我的长枪,顺手。我们已看了地形,五洲药店对面院内有一棵大槐树,由我在上面往下射击,没的跑。前天晚上后半夜我们已模拟了一次,感觉很好。"金牙大妈说:"今天你们把枪都保养一下,天冷,别到关键时候卡壳。"

前几天金牙大妈就告诉他们几个备选方案,其中就包括五洲药店方案。每个备选方案,胡春江他们都悄悄地演习过一次。

金牙大妈又讲了一些细节,包括退出路线和接应他们的人都安排了。安排完毕,金牙大妈突然像想起了什么,说:"那啥,如果马丽出现在现场,不能动她!"胡春江忙问:"为啥?"金牙大妈顿时生气了,说:"又犯纪律!你这种多嘴的毛病,早晚是要吃亏的。"胡春江尴尬地笑笑,无言了。金牙大妈又说:"不过,马丽是不会出现在现场的。"

晚上,秋风真的被胡春江一枪毙命了。

　　…………

　　为了执行这个特殊的任务,这几天胡春江既紧张又劳累。在蒙眬的睡梦中,他似乎听到了笛声,他一骨碌坐起来,侧耳细听,是笛声,这是多么熟悉的笛声呀,是交通员宋自加通知他有重要事情。金牙大妈给他规定,平时每天早上起床第一件事,就是上码头看电线杆上的寻人启事,寻人启事里边含着通知。如果有要紧的事和突发的事,就让宋自加到江边吹笛。这时他吹的是一首歌曲,名字叫《万马奔腾》,旋律欢快,有力,奔放。金牙大妈用十首歌曲代表十种任务的内容,这首《万马奔腾》是其中的一首,暗含任务紧急的意思。宋自加似乎看见他走出船舱,站在船头假装在做操,目的是观察一下周边的情况。宋自加没有把这一曲吹完,就止住了。他用笛杆打了打左手,转身走了。

　　梁师傅见胡春江在船头,把垃圾船靠过来,问道:"春江,这些日子怎么也不出船了? 准备喝西北风呀?"胡春江没心情与梁师傅说闲话,他对梁师傅笑笑,装作慢悠悠地上了码头,见宋自加站在一根电线杆边看广告,忙加快步伐走过去。宋自加见他走来,忙转身下堤走了。他知道,宋自加以这种方式告诉他,这张寻人启事就是通知。胡春江见堤岸上有人在游荡,凭他的经验,这些人都是便衣特务。他点了一支烟,没有去看寻人启事,而是走下堤,到一个小卖店买了两块臭豆腐干。小卖店老板用纸把臭豆腐干包好,他拿着臭豆腐干,转身又上堤,佯装路过那根电线杆,站着看了一会儿。这张寻人启事是个紧急通知,让他下午四点到公共租界跑马场右侧的华夏书店开会。他用一分钟就记住了所有内容。这时似乎有个特务也游荡过来,他抬手闻了闻豆腐干,走了。特务也到电线杆前看了一下,满杆贴的都是广告。特务似乎对这些不感兴趣,又游荡着走了。现在十里洋场的大上海,大小门类的特务明的、暗的,到处都是。

　　胡春江惦记着早上陆师傅给他送报纸的事儿,很快就来到修船厂,走进陆师傅的房门,见他一个人在喝茶。陆师傅用手指了指对面的小木椅,示意他坐下。陆师傅又喝几口,慢慢说:"我家里有点急事,得离开这船厂。"胡春江听罢一愣,问:"家里出啥事了？要紧吗？"陆师傅说："也不是什么大事，但是我和小枫得马上回去。"他问："是请假还是辞工？"陆师傅说："辞工，不干了。"胡春江一时不知道说什么好，停了一会儿，问："什么时候走？"陆师傅说："下午！""这么急？"他忙问。陆师傅说："是啊！得赶紧回去呀。"胡春江突然挂念起小枫来，他们父女这一走，人海茫茫，这不是一生也见不了面了吗？他问："小枫也辞工？"陆师傅点了点头。不知为什么，胡春江心里堵堵的。这时他才知道，他心里早已丢不下小枫了。

这时陆师傅突然说："你下午没事的话，帮我把东西运到吴淞口码头吧。"胡春江一听此言，心里大跳几下。他下午四点要参加一个紧急会议，而且是个很重要的会议，不然金牙大妈也不会让宋自加来吹笛通知他。可他的身份和他的行动都是绝密，不能对他人讲。于是，他苦恼地笑了一下，解释说："陆师傅，我下午有……"没等他说完，陆师傅做了个打住的手势，笑笑说："我知道了，你肯定约好有事儿，下午我自己想办法吧。"

太阳照在黄浦江的水面上，发出粼粼的明光。阴冷的天空，天蓝得让人呼吸都困难。鸟儿在江面上飞翔，不知道出于什么目的，它们在反复地剪水。一艘汽船开来，把水面剪开。风伴着浪花，像是在愤怒地反抗着什么……

三

　　下午四点前,胡春江骑着陆师傅的自行车赶到了公共租界跑马场右边的华夏书店。他与门店的工作人员对完暗号后,直接上楼了。二楼有个经理办公室,室内已经有了两个人,金牙大妈和一个西装革履的中年男人在说话。

　　胡春江走进门,金牙大妈就给他介绍说:"我给你介绍一下,杨先生,华夏书店经理。"金牙大妈又对杨先生说:"这是胡春江,'红队'的主力,神枪手,会武功,哈尔滨人。"杨先生与他握了握手,用欣赏和钦佩的眼神看着他。金牙大妈今天穿一件黑色的毛料大衣,很压风,还有一条毛茸茸的灰色围巾,与这大衣很匹配。金牙大妈看他一眼,冷冷地说:"中午喝酒了?"他点了点头。金牙大妈严肃地说:"我不是多次强调说不准喝酒吗,怎么不听?"胡春江一听,惴惴不安起来,忙解释说:"今天中午特殊……"没等他说完,金牙大妈大声地说:"别说了,再特殊有我们的工作特殊吗? 这时如果突然让你去执行一个战斗任务,你还能瞄准猎物吗? 你还能让其一枪毙命吗?"金牙大妈说着掏出小金鼠牌香烟,胡春江手疾眼快地给她点上。金牙大妈深深地吸一口香烟,抬眼看着胡春江,谆谆告诫他说:"从今天起,酒坚决戒掉。不然,你这会儿就回去,每天也不用再看寻人启事了。"

　　胡春江一听,急了,叫道:"我的好大妈,我一定戒,你再见我喝酒了,你开除我党籍!"金牙大妈突然笑了一下,回眸看一下杨先生说:"开除你党籍我没有这个权力,那是老南他们的事儿。我不让你跟着我干还是有这个权力的。"胡春江忙点头说:"那是那是!"这时杨先生说:"春江是咱特科的大英雄,有胆有识,执行这么多次特殊的任务,从来没有失过手。我想他喝酒,是有分寸的。"胡春江打量一下这位杨先生,细高个儿,白净脸,戴一副金丝眼镜,像上海梨园戏子。胡春江问杨先生:"你了解我?"这时金牙大妈忙说:"这是杨书记,是负责咱中央安全的领导,能不了解你?"胡春江一听,忙站起来敬了个礼,说:"首长好,我久闻您大名,未见其人,不想会在这儿见到了您!我以为您是这个书店的经理呢,原来……我想您一定是个李逵式的英雄人物呢,哪想到您会是这么个文弱书生的形象!佩服,真是佩服!"

一会儿,又进来一个人,胡春江一看认识,是老南,是他们的顶头上司。平时,他很少见到老南。杨书记问老南:"前后放的人都到位了吧?"老南说:"都安排好了。"杨书记放心地点了点头。

胡春江没有想到今天下午他能参加这么高级别的会议,心里有些纳闷。接下来还有谁会来呢?

"现在开会!"杨书记把目光投向胡春江,很平静地说,"胡春江同志,今天我们三个人给你一个人开会。主要是党中央有一项重大决定要告诉你。"胡春江坐直了身子,做好了认真听的准备。

杨书记言简意赅地讲述了这样一项任务需要胡春江去完成。大意是:现在中国国内到处都是白色恐怖,荆天棘地。为了解决中国革命前途之问题,大约在明年春末夏初,中央要在苏联的莫斯科召开一次重要会议,初步定有一百四十余名中共党员代表要过境去苏联参加会议。中央决定在哈尔滨、中苏边境小镇满洲里等地建立工作站,也就是建立特别交通站护送中共代表过境参加会议。总负责人是杨书记。经中央特科反复研究,决定由胡春江同志担任满洲里特别交通站站长,负责转运内地党代表去苏联开会。让胡春江担如此重要的任务主要是考虑三点:一是胡春江同志是位老党员,工作积极,对党忠诚,有大局意识。二是他业务精湛,特别是在"红队"工作期间,业绩突出,两次受到特科的嘉奖,是最佳人选。三是他是哈尔滨人,儿时跟父母亲在满洲里生活过几年,对那里的地理环境很熟悉,而且他的大哥现在在满洲里日本领事馆里任翻译官,有在满洲里生存的条件。

最后杨书记说:"这次行动时间紧,任务重,过境人员多,情况复杂,这个满洲里特别交通站能否建好,能否安全运转,关系着整个行动的成败。我负责哈尔滨和满洲里的交通站工作。希望春江同志不负众望,完成好这项光荣而艰巨的政治任务。"

老南说:"你回到哈尔滨家里后,不要主动联系任何人。现在日本和北京军政府在东北布下的特务组织多如牛毛,形势严峻,稍有不慎,就会出现安全问题。到时候会有人找你下达任务的。你初次担负如此重要的任务,希望你有勇有谋,千万不可粗心大意!"

胡春江点了点头说:"您的嘱托我会记在心里。"

金牙大妈笑笑说:"春江,真不想让你走啊,'红队'这个工作组真的不能没有你呀。我们'红队'缺少人手不说,关键你出类拔萃,不管干什么事都能让我放心!然而,小局服从大局,全党服从中央是我们的组织原则,没办法呀!"金牙大妈说着说着流泪了:"平时我对你要求严,时常批评你,不是我恨铁不成钢,而是我们的工作性质太特殊,我们是在刀尖上跳舞,来不得半点马虎,纪律不能不严啊!"

胡春江上前拉了拉金牙大妈的手说:"我什么都明白,大妈,您对我要求严是对的,没有您的严格要求,哪有我光荣的今天?今天组织上如此器重我,都是您一点一滴悉心培养的结果啊!"说着,他眼圈也红了。

老南向金牙大妈要了一根烟,自己点着后,深深地吸了一口,说:"满洲里是我国北部边陲的战略要地,那里的情况不比上海简单,现在黄河以北还在奉系军阀张作霖控制中,东北更是他的核心控制区,满洲里是奉系控制的重中之重,那里现在挂的还是五色国旗。张作霖坐镇北京自任大元帅后,主要办三件事情:一是忙着对抗蒋介石各路北伐军。二是忙着收税。因为财政吃紧,十几个驻外大使馆、领事馆被迫关门了。三是与蒋介石南北呼应,大肆捕杀我们共产党人。蒋介石明里还不能管控东北,但暗地里派去不少特务在那里活动。因此,你前边的道路荆棘塞途,困难重重,障碍多多。你要胆大心细,勇敢果断。"

杨书记说:"目前咱中国多头执政,弄得老百姓晕头转向,不知所措。早期有广州国民政府,后来又有武汉国民政府,再后来蒋介石另立炉灶,在南京成立政府。南京的蒋与武汉的汪双方口诛笔伐,刀来枪去,今天你开除我党籍,明天我撤你职务,争论几个月,好不容易蒋汪结合,宁汉合流,统归南京国民政府,又出来个什么'西山会议派'凑热闹。现在北京的安国军政府与南京国民政府抗衡,整个东北地区军政都听北京军政府的指令,北京军政府是在段祺瑞甩下的北洋政府基础上成立的,社会上都称北京军政府,不少人还叫北洋军政府。张作霖的北洋军政府其核心和蒋介石一样,都是反共。这么乱的局势,给我们的工作带来了不少困难。春江同志一定要克服困难,审时度势,完成任务。这次行动定名为'红色任务',目的性很强,就是护送党代表过境到苏联参加会议。会议结束,任务结束。党代表们回国的路线,另行规划。"

胡春江问:"我什么时候动身?"

杨书记说:"再过些日子就是1928年元旦了,元旦前你必须得回到哈尔滨,那边有人等着你呢!"

胡春江说:"明白!"

会议很简单,但内容很重要。胡春江的肩上感觉到沉甸甸的。

胡春江走出华夏书店的门,在跑马场的西门口,已有三辆人力黄包车在向这边移动,他知道这是他们交通组的同志,他们的任务主要是保卫杨书记的安全。

他已与金牙大妈合作三年多了,在她的领导下,他们每次行动都很成功。胡春江加入"红队"以后,他们这个五人小组可以说是"红队"的主力军。"红队"成立以前,金牙大妈领导的这支队伍叫"锄奸队",属特务工作科管理。他们的"锄奸队"更名为"红队"。"红队"的任务没有变。胡春江是在武汉入的党,他的入党介绍人就是"红队"之前的领导人之一老狼。老狼是他的外号,也是代号,他和杨书记一样,是黄埔一期的学员。他的大名叫赵真,但很少有人知道。胡春江现在的生活方式和老狼当年一样,常年在长江的船上生活。与他不同的是,老狼每天晚上得换几个地方住,上半夜在这个船上,下半夜在那个船上,从不固定在一个船上。尽管这样,老狼从来不说苦,也不叫累,整天乐呵呵的,笑容满面。那时,胡春江在汉阳码头当船工,他在哈尔滨上过初级中学,受父亲的影响,思想进步。老狼在码头很有影响,经常宣传革命理想和进步思想。胡春江很爱听。一来二去,老狼像一块磁石一样把胡春江吸引着。很快,老狼向他亮明了身份,并发展他秘密加入中国共产党。当时,胡春江在红旗下举起右手宣誓时,他禁不住心潮澎湃、热血沸腾,誓言为共产主义奋斗终生,生命不息,战斗不止,随时为党和人民牺牲一切。随后,老狼让他到汉阳码头负责护送过往的中央领导和同志们。老狼早期被党中央派往苏联受过训练,他经常给胡春江讲苏联的革命故事。有一次,胡春江问老狼:"苏联革命胜利了,人民自由了,你在那里训练的时候,有没有产生过不想回国的念头?"老狼听了,先是愣了一下,然后笑了笑,拍了拍他的头说:"真正酷爱自由的人并不是奔向已经自由的地方,而是他们要在没有自由的地方或者失去自由的地方创造自由、夺回自由,为了自由去奋斗和斗争。"老狼这些话,胡春江终生难忘,并为真正的自由而奋斗。后来中共中央准备迁往上海,老狼把胡春江派往上海工作,并介绍他与金牙大妈接上了头,成了金牙大妈队伍里的人。没多久,传来了老狼牺牲的消息,他是被捕后被敌人杀害的。金牙大妈听说后,只是念了一首诗:"昔人已乘黄鹤去,此地空余黄鹤楼。黄鹤一去不复返,白云千载空悠悠。"随后,沉默了好多天。

现在胡春江已与金牙大妈有了深厚的工作感情。她像母亲一样照顾他和其他队员。每次任务下来,她都交代来交代去,让他们安全完成任务。他们领回的任务往往分特等、一等和二等。除特等任务外,一等和二等任务她都是以队员人身安全为前提的。她常说:"这次失败了,还有下一次,而失去生命,就没有下一次了。"金牙大妈看起来人高马大,其实很细心,每次任务都是从细节入手,一环扣一环,尽最大努力不让有纰漏。也就是在她这样精心安排和呵护下,他们这个五人行动小组才赫赫有名。他冥冥之中感觉到,金牙大妈对他有一种特殊情感,是一种什么样的情感,他还捉摸不透。也正因此,他十分愿意跟着金牙大妈风里来雨里去地战斗。然而,这一切都将成为烟云,今后可能一辈子也见不到金牙大妈,见不到他们五人小组的其他四名同志,更见不到中午与他喝分手酒的陆师傅,当然也见不到陆小枫。现在的大上海，到处充满了危险，但也给人们提供了为追求真理而奋斗的工作。他真不想离开这个复杂的城市，也不想离开他这份具有战斗性的工作。然而，新的任务和更有意义的工作在等着他，他必须无条件、义无反顾地接受新的考验。

天暗了下来，跑马场周围的路灯亮了，他的长枪和两支短枪还在五洲药店对面大槐树下的屋脊上藏着，今天晚上他得取下来交给交通员宋自加。还有他住了三年多的木船，也要一并交给小宋，这是"红队"的资产。

提起哈尔滨，胡春江就不由自主地想起了故乡冬日的雪景。现在哈尔滨正是白雪皑皑、银装素裹的季节。他有六年没有见到母亲了。母亲叫杜云英，人称杜妈妈。去年妹妹秋实来信说她在一个私人办的琴房当琴师，很累，但她很享受。妹妹是学音乐的，她的钢琴弹得很好。她的主要优势是十指长，随母亲。他的十指又粗又短，随父亲。父亲离开他们三年多了。父亲是个牧马人，当年他在满洲里一个养马场饲养马，胡春江就是跟随父亲养马在满洲里生活了几年。父亲走的时候他不知道，去年妹妹写信才告诉他，他很悲伤。父亲在他心中就是个大英雄，妹妹说父亲是有病走的，但他隐隐感觉父亲走得很不寻常。那时他还在上中学，父亲确实患了病，母亲说是肺病，不久，父亲回到了哈尔滨养病。在回到哈尔滨养病期间，父亲在家练字读书。有一天，一个苏联人找父亲，不知说些什么，他就跟着那个苏联人去了满洲里。后来母亲说他去处理满洲里养马场的经济纠纷了。

其实胡春江不知道，父亲一生走的是革命道路，父亲没有让他和他大哥继承家业，而是把他送到南方走革命道路，让大哥去日本上学。他去南方的那天，父亲到火车站送他。父亲的一席话，他现在还记得。父亲说："儿子，你出门在外，吃饭不要吃全饱，留个三成饥。穿衣不能穿全暖，留个三分寒。这点饥寒就是你将来生存的家底，以后你再怎么饿就不会觉得太饿，再怎么冷就不会觉得太冷。"后来，父亲的话果然派上了用场。他当年在长江的船上，后来在黄浦江的船上，再怎么冷，再怎么饿，他都能挺过去。

大哥叫胡春海，当年在日本留过学，听妹妹来信说，他前些年从日本回来后，在满洲里的日本领事馆当翻译。这次中央派他到满洲里建立特别交通站，也与大哥胡春海在日本领事馆当翻译有关。他的家庭情况,从来没有跟金牙大妈说过,那么党中央是怎么知道的呢?这些年,胡春江从来不跟大哥联系,主要原因是他对日本人印象不好,而大哥给日本人当翻译,故而他对大哥也有看法。妹妹来信讲,大哥已结婚,嫂子是哈尔滨一个企业老板的女儿,也在日本留过学。嫂子娘家产业很大,有一部分产业还在日本,因此嫂子大部分时间在日本生活。他没见过嫂子,更不知道她叫啥名字。妹妹问他在上海干吗,他回信说,给跑马场培养马。妹妹来信说,很好,子承父业。

妹妹给他来信,都是寄到租界跑马场的业务处,那里是金牙大妈设的通信站,他们所有队员往家里寄信都是从这个地址寄出的。他们每寄出去一封信,每来一封信,都得经过金牙大妈的审核。

胡春江无所事事地在跑马场大街走着,当他到了有轨电车站时,看见了一双熟悉的眼睛,是宋自加。宋自加向他递了一个眼神,电车来了,他俩都上车了。

胡春江和宋自加在南京路下了电车,见一个广告墙前没人,两人就一边佯装看广告,一边作了简短的交接。

冬天,上海的夜晚很冷,黄浦江上更冷。胡春江站在码头上往江面上看,呈 S 形的江面,万家灯火,连着天边。胡春江让冷风吹拂着。突然,他想到陆师傅,想到了小枫,于是向修船厂走去。到修船厂,看大门的老人对他说,陆师傅和女儿下午坐船走了,行李也拉走了。他突然感到自己真的孤独起来。他为下午没有给陆师傅拉行李而自责,没能给小枫送行而悲伤。

水警船鸣着警笛开了过来,水浪把胡春江的船冲击得一摇一晃的。水警船开到他的船边熄火了,警笛也关了。大徐穿着黑色的皮警服,手拿着一小包东西上了胡春江的船。"喝酒喝酒!"大徐把一纸包东西往胡春江面前的小桌上一甩,大叫道:"喝酒!"胡春江把手一摆说:"你和小毛喝吧,我喝不下去。"大徐哈哈一笑说:"我知道你为啥喝不下去。"胡春江抬眼看一下大徐,用眼睛瞪着他说:"你是神仙,还知道我想的啥?"大徐说:"我虽不是神仙,但我胜似神仙,我知道你想啥哩。"胡春江有点饿了,他闻到了烧鸡味,于是他打开那纸包,扭掉一个烧鸡腿吃起来。一会儿,他问大徐:"你说,你知道我为啥不想喝酒?"大徐坐到他面前,从厚厚的皮衣里掏出一瓶白酒,放到桌子上说:"你想一个人!"胡春江眼睛一亮,问:"谁?"这时小毛在外喊道:"胡大哥,你想的人来了呀!"话音没有落,小毛上了船,他身后跟着的是陆小枫。

陆小枫上了胡春江的船头,站在那里,两手相互牵在一起,不好意思地看着他。

陆小枫像从空中飘来一样,神秘而又美丽。胡春江突然心花怒放起来,指着大徐和小毛说:"喝酒,喝酒,你俩好样的! 喝酒喝酒!"

天空很深邃,深邃得不敢深看。月明星稀,乌鹊南飞,冷月挂在空中,漠然地洒着弱光。

四

陆小枫走进胡春江的船舱内,向他笑笑,也不说话。胡春江喝了一杯酒,先看看大徐,又看看小毛,笑着问:"你们怎么把小枫给我拉回来了?"大徐说:"你问小枫去!"小枫大方地说:"我和俺爹在吴淞口码头等邮轮,遇到两位哥哥,我求他俩拉我回来再见你一面,他俩同意了。为了让你高兴,还买了菜和酒。"

胡春江问小枫:"咋不让陆师傅一块来?"

小枫说:"俺爹得看行李。明早五点的邮轮。"

胡春江高兴地说:"好,时间充裕。来,小枫,你也喝一杯。"

小枫赶忙摇摇头说:"我不会喝。"

大徐和小毛一替一杯地喝。胡春江今晚不能多喝,因为他今晚得去取他的枪支,不然没有枪支怎么向宋自加交接呢?再说,下午金牙大妈还批评他不让喝酒。

这时大徐起身说:"小毛,走,再巡逻一会儿。"小毛赶忙再抓一杯酒喝了,把鸡头撕掉拿在手中,起身走了。这时大徐对小枫说:"赶紧和胡大哥说说话,半个小时后我们来接你,不然陆师傅又不放心了。"说完拉着小毛走了。巡逻船的发动机特别响,喷得水浪也很大,把胡春江的小船弄得摇摇晃晃。警务船又拉响警报,乘风破浪地远去了。

胡春江看一眼小枫说:"我以为我们再也见不到了呢。"小枫笑笑说:"中午我爹不是给你地址了吗？你说这样的话肯定是你不想再见我，想见我还找不到我？"几句话说得胡春江无言了。他给小枫撕了一块鸡肉，小枫说她吃过晚饭了，不吃。他扭头看看床上的花被子说："一会儿你把被子拿走吧，我……"他想说他要走了，不需要了，但是，"红色任务"行动是党内的高度机密，不能对任何人讲。他说了一半，又把话咽下去了。

江面慢慢静下来，汽笛也不再响了，该静的船只都静了下来，汽灯一个一个地都熄灭了，沸腾了一天的黄浦江，慢慢地平静了。

胡春江轻轻地说："时间不早了，你回去吧，不然陆师傅要担心了。"小枫没有要走的意思，坐在那里沉默，她好像在思考什么问题，也好像在下决心办某一件事情。"回去吧！"他又说。小枫抬起头，用她那独特的目光盯着他，轻轻地说："胡大哥，我想让你抱抱我。"胡春江迅速抬起头，把双眼眯成一条缝，很甜蜜地笑笑说："小枫，你长成大姑娘了，不能像小孩子那样闹人了。"小枫把头一扭，似乎很生气地说："我就是长大了才要你抱嘛，谁闹人了？"

胡春江沉默了一下。小枫和他相爱的事对他来讲是私生活，但对组织来讲，就是重大事情，只要是重大事情，都得让金牙大妈知道，得向大妈报告，都得经组织批准。大妈多次说过，干我们这项工作，责任重大，使命神圣，不能随便和陌生人联系，每个闯入你私生活的人，都得让她知道，都得让组织批准。陆师傅和小枫这两个人大妈是知道的，小枫对他产生恋情他对大妈也早已说了，当时金牙大妈听完后，先是愣了，像是被蜂蜇了一下，有点走神儿。然后她拿起小巧玲珑的花扇子，快速地扇风，扇坠儿仿佛激动得来回摆动。金牙大妈扇了一阵子风说："这个小枫如果你也喜欢，你就自己把握着吧，但是你们两个每进展一步，都得向我报告。"她说完啪地把扇子放下，有急事走了。现在，小枫提出来要让他拥抱她，这让他怎么办呢？小枫大黑天地坐船赶回来，并主动提出拥抱他，这得有多么大的勇气呀。再说，他也真想把小枫紧紧地抱在怀里。可是，这件事不是小事。他犯难了。

没等他反应过来，小枫上前紧紧地拥抱了他。他不再多想，顺势也拥抱了她。他这会儿想起金牙大妈那句"你自己把握"的话。他想，如果组织上批准，我就娶小枫！一会儿，小枫松开了，变戏法似的交给他一个纸条，说："这是我爹特意让我来交给你的，看完销毁掉。"

这时，大徐和小毛上船了，他们上来就大声地嚷嚷："小枫，走了，走了，时间到了。"胡春江赶忙走出来说："大徐，你们带小枫回去路上小心点呀。"小毛说："没事，这黄浦江上我俩说了算，谁也不敢欺负咱。"这时胡春江对小枫说："回去向陆师傅问好，有时间我一定去看你们。"小枫不情愿地站起来，用牙咬着嘴唇，低着头跟他俩走了。大徐等小枫上了他们的警务船，又返回来，小声地说："我看你和小枫一个有情，一个有意，今后你可得对小枫负责呀！胡大哥，明年这个时候你们可能就有孩子了，你可不能辜负小枫对你的爱呀。男人走江湖想成功，必须得对你心爱的女人好！"胡春江一听，用拳打了一下大徐的肩膀说："你胡说啥呀，不是你想象的那样子！"尽管大徐刚才胡言乱语，但胡春江还是被大徐的话感染了。小枫真的是个蕙心兰质的好姑娘。他用手又拍了拍大徐肩上的皮警服说："你说得对，我会对她好的。"

胡春江站在船头，看着远去的小枫在深情地看他，眼睛湿湿的。不知道是潮水打湿了他的眼睛，还是泪水融入潮水中，他在风中站了很久。他知道，这一别很难相见，可能真的就是杳如黄鹤了。他站在这浓浓的夜色里，心里空空的。

送走小枫，他回到船舱里，赶忙打开小枫交给他的纸条，只见上面写着：

今夜有暴风骤雨，江面会风大浪高，一定记住上岸避避风雨。

这是什么意思呢？难道是陆师傅给我发的什么信号？他躺在床上闭着眼睛想先休息一会儿，后半夜，他还要到五洲药店对面大槐树下的房顶上取回他的枪支。但这会儿他怎么也睡不着，陆小枫的身影在他面前晃来晃去。他是被纳入金牙大妈旗下不久就认识了小枫的。当然，是先认识陆师傅，后认识小枫的。那天，他执行一项任务刚回来，码头上站着一个小姑娘，方格格上衣，条条花纹裤子，两条辫子与肩齐，大大的眼睛，高高的鼻梁，喜相的嘴唇，给他留下了深刻的印象。她见他上船了,说:"胡大哥,你帮我把这几桶油漆运到江对岸吧。"胡春江一听,笑着问她:"你怎么知道我姓胡?"姑娘说:"是梁伯伯告诉我的。"她说着用手指指在江中央打捞水草的梁师傅。胡春江本来执行任务劳累一夜,应回到船上好好休息才是,可这会儿遇到一个不认识的姑娘让他运货,他又不好拒绝,于是他就跟着她上了码头,来到修船厂大门口,帮她搬运油漆。

他问她:"你叫什么名字?"

她说:"我叫陆小枫。"

他又问:"你在修船厂上班?"

她说:"我是厂里的油漆工。"

他问:"你认识修发动机的陆师傅吗?"

她说:"那是我爹。你认识?"

他说:"我们早已认识了。"

就这样,他和陆小枫认识了。

晚风残月,月儿西挂的时候,胡春江醒了。他突然想起了陆师傅给他的纸条,有了不祥之感,他悄悄地离开小船,他要取他的枪支去了。

他刚上岸,有两个人站在了他的面前,把他吓了一跳。他定睛一看,是水警大徐和小毛。大徐悄悄地对他说:"胡大哥,你得赶紧离开这儿!"他忙问:"为啥?"大徐说:"有人怀疑你是共匪,今晚他们要采取行动。"他忙问:"他们为啥怀疑我?"大徐说:"我们警局得到情报,说陆师傅是老牌共产党,他这次突然走是身份暴露了,而不是他母亲生病了。刚才我们局座派人来修船厂抓他,扑了空。他可能是提前得到了情报,转移了。"胡春江一听吃了一惊,问:"陆师傅是共产党,与我何干?"小毛说:"他们怀疑你通共,今晚要来抓你,事不宜迟,你得快点走!"这时胡春江理解了陆师傅给他纸条的含义。胡春江想了想说:"谢谢二位的帮助,你俩作为警务人员,能这样做很了不起,谢谢呀!"大徐说:"别说了,赶快走吧。"他正准备转身,突然又回来问道:"你们把小枫送到了吗?"大徐说:"送到了。陆师傅似乎得到了什么风声,行李也不要了,带着小枫去了火车站,现在可能已经离开上海了。"胡春江停顿一下说:"这黄浦江上风高浪急,你俩以后要时刻注意安全!"大徐忙说:"谢谢大哥提醒! 别说了,没时间了,快走吧!"大徐和小毛说完,快速地离开了。

胡春江冷静了一下,望着他俩的背影,心想,他们两个人是什么人呢? 如果不是自己人,绝对不会冒着生命危险来给他传信的。此时,不容他多想,他跳上码头,快速地消失在大街上。

胡春江正在一个胡同走着,迎面过来一个骑自行车的人。骑车人到他面前下了车,他一看是宋自加,心里突然没有了孤独感,而是有了一丝温暖。小宋说:"我们中间又出了叛徒,出卖了不少同志。金牙大妈让你今晚务必离开上海,远走高飞,去完成你应该完成的任务。"小宋说着,掏出了十几块大洋交给了他,说:"大妈说这里的一切都不用你再操心,包括你的枪支和船只,只管走人。马丽在火车站等你,她已把票买好。"他似乎没有听明白,忙问:"谁?"小宋说:"马丽。"胡春江又问:"难道她是……?"小宋说:"她是杨书记安排到秋风身边的人,是自己人。"这时他突然想起在执行除掉秋风任务时,金牙大妈一再告诉他们,如果马丽出现在现场,绝对不准伤着她,宁愿任务完不成,也不能伤她。

小宋说:"大妈在前边路口安排一辆黄包车在等你,快去吧。我骑自行车护送你,一直看着你上火车为止。"

胡春江往前面的十字路口看了看,走了过去。

一辆灰色的黄包车在深夜的十字街头停着,车夫是个年轻人,头戴四喜帽,身穿棉大衣,坐在车头睡觉。小宋骑自行车从他身边走过,打了一下铃,车夫突然打了一个冷战,醒了。他抬起头,小宋瞟他一眼,走了。胡春江走到车夫跟前,一看认识,是红队队员,大家叫他大个儿,苏联莫斯科特工学校毕业,曾两次护送中央领导人前去莫斯科开会。他前一个时期一直负责保卫共产国际东方部副部长斯基可夫的安全。斯基可夫是代表共产国际秘密来华视察工作的,特务工作科组成特别保卫小组,派人对他进行全方位的保卫。大个儿是这次保卫工作的负责人之一。今天晚上让大个儿来充当车夫,说明今晚情况紧急,任务重大。他坐上了黄包车,向火车站方向驶去。小宋的自行车时前时后,跟着黄包车。

大街上的夜风好像也都有些紧张,天上的星星似乎也感到危机。

一会儿,火车站到了。大个儿刚把车停下来,胡春江就看见马丽穿一身农家女的服装从灰暗的灯光下走了过来,她走到黄包车前大声地对大个儿说:"师傅,拉我去中山路多少钱?"大个儿说:"你给两块钱吧。"马丽顺手拿出两块钱,交给了大个儿,在给钱的同时,她把火车票也交给了他。胡春江走下黄包车,把手里早已准备好的钱交给了大个儿,大个儿说:"我找你零钱。"他在找零钱的同时,把火车票暗暗地交给了胡春江。这一切做得是那样自然和顺理成章。胡春江说声谢谢,急急地走了。

这次列车是开往济南的。胡春江走进火车站,一眼就看出来,火车站里有不少特务在来回地走动。小宋佯装送行人员站在检票口等着。胡春江走到检票口,顺利地验了票,走进站台,等待上火车。

列车按时起动了,一切比想象的顺利。不大一会儿,胡春江就会安全出沪。

月儿西沉的时候,几辆方盒似的警车悄悄地开到了黄浦江的码头边,从车内跳出来十几个人,他们都着便衣,每个人都拿着长枪,腰上别着短枪,下车后冲向胡春江的小船。他们上船后,打开手灯,发现船上没有人。他们从船的隔层里搜出五十发子弹,三枚手雷,四把飞镖,十颗手榴弹,一张海上地图,没有发现文件和其他文字。领头的王科长用手灯照着这一堆东西,问:"你们说,什么人会有这些东西呢?"有个特务说:"应该是共匪。"王科长转过身问大徐说:"你和小毛是这黄浦江上管治安的警察,你俩说,这是个什么人?"大徐干脆地说:"我看他是特务!"王科长一惊,反问:"什么,特务?哪里的特务?"大徐说:"我看他像日本人的特务。"王科长问:"日本人的? 有什么证据吗?"大徐见王科长有兴趣,上前一步,小声说:"这家伙跟修船厂的老板冬渡关系不一般,您知道,冬渡绝对不是一般的商人,对吧? 另外,他经常进出公共租界,与日本人打得很热。"

王科长是上海公安局刑事侦查科长,叫王登虎。这年头,他的业务很难开展起来。查处共产党的案子,大都是淞沪警备司令部和中央上海党部特务科直接办的。也有租界巡捕房办的共党案子。他们只好办一些一般治安案件。通过半年的努力,他从反水的中共党员那里终于侦查到黄浦江码头修船厂修理工陆师傅有共党嫌疑,谁知会在他们行动前人间蒸发了。同时怀疑这只小船的主人也是共党分子,结果也扑了个空。这些年,王登虎抓共党扑空次数多了,这次行动失败,他也没有感到意外,只是有一些失落。

第二天上午,王登虎刚上班,局座李沪春派人叫他到办公室去一下。他马上赶了过去,当他敲开李局座办公室的门时,他先看见李局座脸色不好看,又看见两个人坐在李局座对面。从两个人脸上的腾腾杀气,他断定来人是日本人。

李沪春愤怒地斥道:"该抓的共党,一个也抓不到,不该打扰的客人,你们老去打扰。"李沪春说着看了一下对面的一个胖子:"这不,黄浦江码头修船厂冬渡先生向我要人来了,说你认定一位姓陆的修理工人是共产分子,吓得人家带着家眷跑了,害得现在修船厂没有了修理发动机的师傅!工厂要停工,你说怎么办?"

王登虎忙解释说:"局座,我们策反了一个共党分子,他指认那姓陆的……"

没等他说完,李沪春打断了他,斥道:"别说了,限三天,你把姓陆的师傅找回来,否则,你给日本朋友修船去。"

别说三天之内,就是三十天、三个月、三年,王登虎也找不到陆师傅和胡春江。三天之后,冬渡又带着几个日本人来到公安局要人,李沪春没办法,只好把王登虎给撤职了。

冬渡要陆师傅是真心。陆师傅维修发动机如庖丁解牛,技术纯熟,离了陆师傅,他的工厂揭不开锅。要胡春江,那是冬渡给公安局施加压力,其实冬渡与胡春江没有什么特别的关系。

王登虎后来离开了上海市公安局,先是在南京特务机关混几天日子,后来又投奔到北京军政府门下,成为一名资深的特务人员。这是后话。

五

1927年深冬的哈尔滨,冰天雪地。整个松花江上下,愁云惨淡。

胡春江是在一个深夜,乘火车悄悄地回到哈尔滨的。

哈尔滨,北方大都市,有三十余个国家的十六万侨民聚集在这里。近二十个国家在这儿设有领事馆。中国共产党很早就在哈尔滨开展工作,这里传播马克思主义思想较早,工人和学生运动比较活跃。这里已成立了中共北满临时省委。目前,这里属北京张作霖的军政府管辖,北京军政府前身是段祺瑞执政的北洋政府,段祺瑞被张作霖赶下台后,张作霖成立了军政府,组建了安国军队,自任陆海军大元帅。黄河以北都是他的管辖区,并与南京国民政府的蒋介石对抗。南京国民政府目前在东北只是暗中建立党务,为将来推翻张作霖做准备。这里悬挂的是红、黄、蓝、白、黑五色横条旗,而不是青天白日满地红的旗帜。

胡春江的家在王兆屯一带,是祖上留下的老宅。他们家过去属于中产阶级,高祖父那辈人开的有商铺,办的有作坊。到曾祖父那辈人,兄弟多,时代乱,家道慢慢中落。到祖父那辈人,就成了贫苦人。父亲这一辈人还算行,与满洲里的朋友合办了一个养马场,于是他们全家开始到大草原牧马。胡春江小时候,对满洲里这个小城就很有感情。当然,大草原、呼伦湖是他印象最深的地方。

胡春江下了火车后,没有马上回家,而是在他家邻近一个小旅馆住下来。由于有重大任务在身,他不能见亲戚,更不能找朋友。他只能待在小旅馆内,观察他家四周的动静。家里只有妹妹和母亲,大哥和未见面的大嫂都不在家住。如果母亲和妹妹出入正常,说明这个家很正常,如果三天不见人出入,说明已经有危险了。他观察了三天,妹妹胡秋实定点出去,定时回来,说明她在正常上班。母亲有时白天出去,有时晚上出去,回来也很轻松。这也说明正常。他家是临街的两层欧式小楼,是爷爷盖的。妹妹的卧室就在二楼,每次妹妹晚上回来后,她二楼的灯光就亮了,随后传出悠扬的琴声。

第四天上午,彤云密布,朔风渐起,天空中零零星星地飘着雪花。上午九点钟左右,母亲走了出来,她穿着蓝色的大衣,围巾把嘴围得严严实实的。胡春江走出小宾馆,在前边路口等着她,当母亲走到他跟前时,他轻轻地叫了一声:"杜妈妈!"母亲警惕地一愣,认真地打量着面前这个小伙子,当她看见面前是自己儿子时,双眼射出了惊喜的目光。她高兴地说:"春江?是你小子,你啥时候回来了?"他没有回答母亲的话,反问:"这么冷的天,你出去有事儿?"母亲看了看天上的飞雪,感觉天空离这个城市很遥远。母亲平静一下心境,说:"我出去办件事。你先回家吧,你妹妹在家。""好嘞!"他高兴地说。

母亲比起前些年,有些老了,明显的变化是背有点驼了。他站在那里,看着母亲在白色的大街上前行,心里有一种说不出的味道。

胡春江回到家里,妹妹吃了一惊,高兴得尖叫起来:"二哥,你终于回来了,你没有把妈妈和我给忘了?我想你在上海养马,真的就不要这个家了?"

他笑道:"我谁也忘不了,特别忘不掉我的妹妹你。"

妹妹叫胡秋实,从小娇生惯养,现在还有一点调皮。他们兄妹三个,大哥胡春海长相随父亲,一个眼神、一个动作都像。胡春江和妹妹随妈妈,稳重大气,做事不急不躁。

胡秋实说她今天过周日,不去琴房上班。这么多年来,胡春江已没有了周末的概念了。这次回来,虽然任务在肩,重担压身,但没有与哈尔滨的党组织接上头前,他就是个自由人。老南对他说:"回到家里等消息,不要与当地任何党组织发生任何联系。你耐心地等待,会有人找你的。"金牙大妈说:"回到家里只说在上海养马,别的什么也不能说。"

妹妹问他:"二哥,你出去闯荡这么多年,就只为养马吗?"他笑了笑说:"不是为养马,而是为了生活。"

通往二楼楼梯口上方,悬挂着一具马头的标本。马鬃是枣红色的,马的眼睛很有灵气。这是当年父亲亲自挂上的。牧马人对马都有感情。受父亲的影响,胡春江也很喜爱马。于是,他在上海,就买了一具马头标本,挂在小船乌篷内的墙壁上,晚上寂寞的时候,看着那具马头标本就能睡着。

这时妹妹说:"二哥,你的卧室一直闲着,我马上给你打扫一下啊!"她说着,把门打开,进去收拾去了。阳光从窗口照进来,明亮而清晰。胡春江突然感到,还是家里好,温馨,舒适,清静,安宁。在上海这些年,他除住在船上外,还要东躲西藏,提心吊胆。船上夏天热,冬天冷。吃饭也是东一顿,西一餐,冷热不均,饥饱无常。每天当夜深人静时,他都在想,为了追求真理,为了革命大业,为了解放劳苦大众,再苦再累,都值得。带他走上革命道路的老狼曾经告诉他,我们一旦对着党旗宣誓,就永远不能后悔,永远跟着党走,要把生命交给党。

他问:"大哥经常回来吗?"妹妹平淡地说:"给日本人干活,忙,回不来,一年也就是两三次吧。"他又问:"有大嫂的照片吗?我还没见过呢。"妹妹说:"照片应该有,但咱家里没有。他们家里应该有。"胡春江听罢,点了点头。一会儿,他又问:"大嫂一直在娘家住?"妹妹说:"是。人家有实业,有地位,嫂子在娘家忙大事哩。今年冬天,听说去日本了,那里也有他们的实业。我和嫂子很少来往,她家里的事情妈知道得多一些。"

这时,母亲回来了。她忙着下厨房给她这个多年未回来的儿子包水饺。秋实把一曲《松花江之夜》弹完后,也下楼帮助母亲收拾饺子馅,馅是韭菜、大肉和虾仁。一会儿,散发着清香的饺子馅盘好了,母亲开始擀面皮。

他想下手帮助母亲包,被母亲挡住了,她说:"你坐那儿说话吧,我和你妹子包。"

母亲边包水饺边与儿子唠嗑。

母亲问他："这些年只在上海养马吗？"他回答说："儿子没本事，只能给跑马场养马。"他尴尬地笑笑。母亲问："收入高吗？"他回答道："一般，每月吃吃喝喝落不下几个钱。"自从他举起右手宣誓以后，他是提着脑袋风里来雨里去，刀尖上跳舞，大浪中行船，枪林弹雨，没有一点报酬。有时金牙大妈每月给他几十块钱，根本不够吃饭。这些年，他在黄浦江上运货，协助水警搞些治安，给修船厂老板冬渡跑腿，都是为了挣点小钱度日。他是干着最大的事，挣着最小的钱啊！这时母亲又问："怎么，出去闯荡这么多年没存一分钱吗？"胡春江笑笑说："妈，外边太难混，我没攒着钱。"母亲突然笑了，说："儿子，只要人安全就行，我要儿子，不要钱。"胡春江一听，也释然地笑了。

母亲又问："三十岁了吧？还是光棍？"

"是。"他回答。

胡秋实说："妈，你这两个儿子呀，都是不急着结婚。大哥三十多才结婚，现在大嫂还没动静，我看一年两年也不一定能给你生孙子。这位二哥目前还按兵不动。二哥，我真不明白，你在等仙女吗？"妹妹说完自己嘿嘿地笑了。

他对妹妹说："大哥这时就不能再让嫂子去日本了，她应该过来和妈生活在一起，一来她能照顾这个家，二来大哥也能常回来看看。"母亲说："你嫂子娘家在日本有工厂，她父母让你嫂子管理厂子去了。"

母亲边包水饺边说："春江，你真的不小了，真该找媳妇了。如果遇着合适的，找一个吧。"

胡春江点了点头，说："好吧。"这时他突然又想起了小枫。严格讲，小枫真的很喜欢他，如果他说马上娶她，她会很乐意的。然而，小枫现在在哪儿？那天中午，陆师傅他俩喝酒时，陆师傅给他一个地址，现在看来，那个地址肯定是假的。因为已经证实，陆师傅是自己阵营的人，是我党的地下工作者，是在冬渡身边卧底的人。胡春江深知，我党的地下工作者，不可能把自己老家的地址随便送人的。

太阳升到了正南方向，阳光从天窗上方照射进来，正好照到胡春江的脚尖上。

水饺快包完了。这时，有人敲门。妹妹去开门。

是大哥胡春海回来了。胡春江看见大哥，感觉他俩天悬地隔，不是一路人。因为，大哥是在为日本人做事儿，他心里有阴影儿。

母亲见大儿子回来了，用复杂的目光看着他。

胡春海进门看见弟弟在客厅里坐着，眼睛一亮，笑着说："我说我在火车上眼皮老是跳，原来是春江回来了，你没把妈和我们忘了呀。"胡春江忙站起来，迎上去拥抱一下大哥。他闻到了大哥身上有一点微微的香水味。母亲似乎是很理解大哥在这大冷天回哈尔滨，问道："路上顺利吧？"大哥把皮大衣脱下，把围巾取下，说："路上还行，很顺利。嗨，还不是日本人事情多，让我来哈尔滨领事馆送一份材料。送完材料，我就急忙地赶回来看妈了。"母亲若有所思地说："日本人做事越来越不像话，现在咱东北人很不喜欢日本人，你给日本人做事，要低调，要小心，说话办事别伤着咱中国人。"胡春海说："妈，你这话已给我说过多次了，儿子也早已牢牢记在心里。"母亲说："记住就好。"

胡春江抬眼看一下大哥，突然说："我现在越来越理解当年韩国青年安重根，为啥跑到咱哈尔滨把日本老贼伊藤博文给击毙了，就是因为日本人背盟弃约，是狼子野心，整天想着吃人。"

水饺下好了，妹妹把两碗热气腾腾的饺子端了出来，兄弟俩每人一碗。胡春海赶忙把他那一碗放到母亲面前，说："妈，你先吃。"母亲把这碗水饺让了回去，说："你跑累了，你快点吃吧。"兄弟俩都没有马上吃，而是等着妹妹给母亲端了一碗，他们才开始吃。

胡春江边吃边问大哥："哥，我还没有见过嫂子呢。听妹妹说，你把嫂子弄日本工作去了？"

大哥明显感到水饺太热，吃到嘴里烫得直往外吹气。等他把这个热水饺吃完，用右手拍了拍脸，把碗放下，笑笑说："你嫂子的父亲在日本办有工厂，让她去帮助他们打理一下企业。我也不想让她去，可她自己想去，妈妈也支持她去。"他说完看了下母亲。

胡春江似笑非笑地说："我刚才说过，日本人都是狼，要吃人的。你给日本人工作，嫂子又去日本工作，我不知道你和嫂子是什么样的感受，但我感觉，人生活在狼群里，肯定不舒服。"

吃完午饭，母亲回到卧室休息了。妹妹上楼开始练琴，胡春海和胡春江俩人在客厅里唠嗑儿。

胡春江心里惦记着满洲里，因为他要在那里建特别交通站，怎样建站，都有谁参加，他现在心里还没数。父亲在那儿养马时，他跟着父亲去了很多地方，草原就不说了，父亲放马到呼伦湖，呼伦湖风大，有时候能把牧民的小羊刮到湖里。那里的牧马人都用长长的绳子把小孩儿拴到马背上，怕把小孩儿刮跑。记得父亲带他到呼伦湖时，也是用长绳把他拴到马背上。当然也是防草原上神出鬼没的恶狼。其实，胡春江很佩服狼。他认为，狼有三大特征：一是敏锐的嗅觉。二是不屈不挠、奋不顾身的进攻精神。三是团队配合，群体奋斗的意识。他现在还记得父亲带他到呼伦湖时，日出把湖水染得血一样红。神秘的乌兰泡有很多鸟儿，很神奇。众多的鸟儿都飞起来时，惊天动地，遮天蔽日，让人热血沸腾。那时，父亲给他讲了很多成吉思汗的故事，他至今还很崇拜成吉思汗。在上海，每当他端起长枪瞄准猎物时，他认为此时自己就是成吉思汗，甚至认为他有成吉思汗的血统。当时，在满洲里他最喜欢火车，每每长龙般的火车从远方开来时，他只要能看见，他都会一直把火车看到全部消失到天边为止。火车向北的时候，父亲告诉他那边是俄国人居住的地方，现在叫苏联。那边的人都是蓝眼睛，大鼻子，薄嘴巴。他们需要中国煤炭和木材，火车是给他们送煤炭和木材去了。火车由北向满洲里开过来时，父亲就给他讲，我们中国需要钢材，火车是给我们送钢材来了。那时他的理想是想当一名火车司机，开着长长的火车，南来北去，多么威风。

小的时候，满洲里就有日本人，但是俄国人更多。那个时候，俄国人在明面上，日本人在暗地里。因为日本人的心有一些阴。斗智，俄国人斗不过日本人；斗勇，日本人斗不过俄国人。论不怕死，还是日本人。1917 年冬天，胡春江二十岁时，俄国人爆发了十月革命，建立了苏维埃政权。慢慢地，马列主义传入中国，胡春江通过父亲接受了新的思想,于是毅然决然地独自出去闯江湖了。在老狼的引领下,他探渊索珠,开始为真理奋斗。

父亲不让他和日本人说话,自己也远远地躲着日本人。父亲说过,中国放日本人过来,将有神州陆沉之危。因为,日本人心比天高,野心勃勃。然而,他的大儿子现在不但给日本人办事,还让妻子到日本去工作。大哥去给日本人做事的时候,父亲还健在,难道父亲的观点和思想变了?胡春江在武汉和上海时,基本不与日本人接触。有时金牙大妈与日本人打得火热,他就有些看不惯,但他只能沉默,不能发声。他知道金牙大妈与日本人打交道是假,掩护自己是真。他和冬渡这个日本商人接近,是工作的需要,是在黄浦江上生存的需要。

兄弟俩一阵沉默以后,胡春江冷冷地问:"大哥,不给日本人做事不行?"

胡春海一愣,苦恼地一笑说:"目前不行,以后可以不做!"

母亲午休完了,她走进卫生间洗漱一下,喝了一杯清茶,说:"我有事得出去一下,你们唠嗑吧。"胡春海忙站起来说:"我今晚得连夜坐车回满洲里,这会儿我得去火车站。妈,我陪你一起出去。"母亲好像早有准备似的,说:"走吧,陪我一起走一段路。"

母亲边穿大衣边对胡春江说:"儿子,你刚回来,对现在的哈尔滨不太熟悉,尽量别出门,在家待着好啦。"

胡春海穿上皮大衣,又把围巾扎好,然后对弟弟:"我有要事不能陪你了,今年过春节我也请假回来,咱们好好陪妈过个年。"大哥说完,同母亲一起出门了。

大街上十分明亮,整个城市洁白无瑕。满地的白雪反射着他们娘俩的眼睛,使他们有些不适。胡春海和母亲肩并肩地走着。大街上冷冷清清,基本没有行人。

这时胡春海小声说:"今天送来的材料我看了,日本人计划在东北建立政权,他们在设计建国框架方案。"

母亲说:"这个情报很重要,我得马上向上级汇报。以后,你不接到指令,不要冷不防地回哈尔滨,更不能随便地回到家里。"

胡春海说:"因为今天的情报太重要,我不得不冒险回来。"

母亲说:"这个我知道。另外,给你媳妇写信,要她有所准备,可能会让她回国工作。"

　　胡春海说:"我马上去办。"说完,他警惕地环视了四周,没有人。

　　冬日的哈尔滨下午很短,四点多钟,天就快黑了。在一个十字路口,胡春海和母亲分手了。母亲去哪儿,他不知道。他将来的归宿在哪儿,他似乎也不知道。

　　母亲像风一样飘去了。

六

　　1927年农历的腊八过后，就是1928年的元旦，新年的气象从大街小巷泛起。新年来了，人们喜气洋洋。

　　胡春江回来一个礼拜了，党组织还没有安排人来接头。他把金牙大妈给他的接头暗号天天背一遍，但一直没有用上。上海的头儿老南对他说过，回到家里哪也不要去，更不能随便与他人和地方党组织联系，等待接头人上门找。怎么还没人来呢？他胡春江作为共产党的一个特工，平时满脑子就是任务，满脑子就是敌情，现在突然让他在家待着，心里真是空落落的。妹妹天天到琴行去上班，母亲也不知道忙些啥，整天在外边奔跑。父亲走时，留下一点资产，这资产就是满洲里养马场有父亲百分之三十的股份，每年能拿到一些红利。这些年听说养马场给苏联人育德国品种马，收入还可以。当年父亲说，亚洲马好养，但不值钱。欧洲马难养，但值钱。据说大哥在满洲里日本领事馆工作，对养马场有些影响，当地的同行不找麻烦。这些同行不是怕大哥，而是害怕日本人。

　　中国民众没有过元旦的习惯，市民照常工作、生活，没有新年的气氛。在中国人心中，春节才是大年。然而在这个河不出图、纲纪废弛的年代，中国人有几个能过好年呢？

　　说当今的社会风雨飘摇有些语轻，说腥风血雨还是恰当的。蒋介石没有发表元旦讲话,因为此时他下野了,尽管他下野时上下异议蜂起,但他为了平衡权力,避其矛盾和迂回执政,还是义无反顾地走了。蒋介石下野后一分钟也没有闲着,他去日本一个半月,一是拜见了宋美龄的母亲,向宋母表达他对宋美龄的爱慕。二是打听日本政府对他的态度,以便他迂回执政后对日决策。蒋介石很想和日本政府结为磐石之固,但日本人不是这样想的。这一个半月蒋介石取得了重大成果,除和日本少数实权派取得一致意见外,宋母同意将女儿宋美龄嫁给蒋介石。前不久,也就是 1927 年 12 月 1 日,蒋介石和宋美龄在上海完婚。表面上看,蒋介石是在度蜜月,而实际情况是,他紧锣密鼓地在与各路军阀联络,商量共同讨伐北京军政府。虽然蒋介石没有发表元旦讲话,但众多报纸代表政府发了言。说政治上消灭了异党,军事上将要统一中国,国家即将走向复兴,人民马上就要过上安乐生活。其实中国人没有把这话当回事儿,该干啥还干啥!

元旦的各家报纸,还刊登了醒目的消息:国民政府在首都南京集会,庆祝民国开国第十七年。这个消息元旦才能从报纸上看到,胡春江是从电台广播里听到的。

另有消息:国民政府派出三位大员由南京赴沪,请蒋介石复职。其实,此前,冯玉祥与阎锡山联名致电蒋介石,请求回都执政。电文如下:"公留党在,公去国危,个人之去留事小,党国之存亡事大,爱用春秋责贤之义,再挽浪中已去之舟。"蒋介石现在虽然下野了,但实际他还是大权在握,势倾朝野。他不复职,谁能代替呢?

刚刚过去的 1927 年,天下汹汹。这不平凡的一年发生了什么呢?4 月 12 日,蒋介石改弦易辙,在上海发动"四一二"反革命政变,公开站出来反对中国共产党,中国共产党参与主导的轰轰烈烈的大革命失败了,成千上万的革命先驱倒在蒋介石的枪刀之下。7 月 15 日,汪精卫在武汉发动反共政变,开始捕杀共产党人。汪精卫的"七一五"反革命政变,标志着汪、蒋从分裂走向合流,开始他们共同反对中国共产党的合作之路。8 月初,共产党人被迫在南昌起义,从此,共产党走向了武装反抗国民党反动派统治的道路。9 月初,湘赣边界爆发了秋收起义,中国共产党人开辟了第一个农村革命根据地,起义部队编成工农革命军第一军第一师,毛泽东任中共湖南省委前敌委员会书记。同月,北方奉天发生了万人反日示威活动,反对日本人对中国的入侵和对资源的掠夺。12月11日,中国共产党领导发动广州起义,建立苏维埃政府。这次起义失败后,共产党和革命群众大量被杀。

1927年,不管是对共产党还是国民党来说,都是不平凡的一年。特务工作科就是在这腥风血雨的1927年组建的。

作为一个共产党人,胡春江为能成为"红队"的一个战斗员而骄傲。现在,又被党中央派往边关小镇组建特别交通站来完成重大的"红色任务",这是党中央对他何等的信任,是对他前期工作何等的肯定。胡春江暗暗下决心,一定要完成好党交给的重要任务,决不辜负党对他的期望。元旦不上班,妹妹在楼上练琴。琴声似水,潺潺有韵。胡春江躺在床上不想起床,他看着从窗户透过来的阳光想,新的一年,他又有什么挑战呢?

母亲一大早就出去了,近日她似乎很忙。

快中午的时候,有人敲了他家的门。他听见敲门声,心里大跳了几下。因为他无时无刻不盼着上级来人,整天盼着有人敲门。他赶忙走到门口,打开铁门的小窗口,往外一看,他失望了,是个十几岁的小男孩儿。一颗悬着的心顿时没有分量,轻飘飘的,如气球断线一样飘走了。小男孩儿从挂包里拿出一张报纸,说:"先生,买一张《松花江晨报》吧。"原来是个报童,胡春江犹豫了一下,掏出几毛钱,买了一份报纸。

伴着妹妹的琴声,他打开了这张《松花江晨报》认真地阅读,他一个消息一个消息地看了下来。第一版上登的都是时政消息。

当他看到第四版下边时,他激动得差点跳了起来,他看到了久违的"寻人启事"。也就是说,党组织来信了。他一看这"寻人启事",就知道是组织在给他下通知。

他认真地研究了一下这份"寻人启事",看这文字风格好像是金牙大妈写的,通知他后天下午三点钟到安埠大街21号接头,暗号照旧。

终于等到了任务,他心里有些激动。

妹妹的琴声不响了,她漫步走下楼,对他说:"刚才买报了?让我看看。"胡春江随手把报纸举起,说:"没啥看的,尽是一些无病呻吟的臭文章。"妹妹接过报纸后,认真地看起来。看来,妹妹还真的很关心政治,她把第一版的消息一字不落地看完了。

一会儿,妹妹突然放下报纸说:"我过完年可能也要去上海。"胡春江一听,忙问:"去干吗?"妹妹说:"学琴呀,哈尔滨琴行派我去的。你那边若有好朋友,给我介绍一下,有啥困难了我好找他。"胡春江笑笑说:"你二哥我在上海黑道白道一大帮朋友,你去了,我会让朋友关照你的。"妹妹偷偷地笑了一下。胡春江很敏感,问:"笑啥?"妹妹说:"上海人有个小毛病,你知道吗?"胡春江摇了摇头问:"啥毛病?"妹妹说:"吹大话!"两人都笑了。

第三天中午,家里只有胡春江一个人。母亲吃罢早饭就早早地出去了,妹妹也上班去了。他早早地吃完中午饭,像学子赶考一样,心情忐忑不安地出发了。

哈尔滨的冬天,天空时常出现一条条薄薄的云带,像白丝绸,挂在松花江的上空。

他家离安埠大街比较远,坐人力车需一个多小时,他得早点去。一是提前到那儿以后,得观察一下地形。二是得认准21号房门,千万不能走错,走错就麻烦了。这是他们做特殊工作接头时的最基本的要求。

安埠大街是一条古老的街,哈尔滨人称"烧锅街"。烧锅就是烧酒,也就是酿酒。这条街还发生过战斗。当年,俄国士兵占领了这条街,霸占了烧酒技术。后来,义和团勇士与俄军展开激战,最后因寡不敌众,失败了。

胡春江坐上一辆人力车,人力车像水里的船似的,在雪街上游来游去。在上海,老南对他说,现在哈尔滨十分复杂,让他到了以后一定要加倍小心。是啊,现在哈尔滨有日本人、苏联人、东北军特务、国民党特务人员、北京军政府的特务人员。汪精卫人走心没走,武汉国民政府散了人没散,也安排不少特务来到东北进行活动。当然还有共产党几条战线上的组织也秘密地在这儿工作。另外,还有美、英、法、德等国家的人员也在这里明争暗斗。严格讲,哈尔滨和上海一样,虽然明面平稳,但暗流涌动,各派势力、各国利益,都在这儿进行生死博弈。目前,中国这盘棋,鹿死谁手，真的难定。但是胡春江坚信一条，为真理奋斗，就一定会胜利。

安埠大街到了。人力车夫收了钱，又像小船一样无声地游走了。

胡春江步行在这条古老神奇的街道上，目的就是先观察地形。这条街两边现在都是深院、角楼、门店和餐馆。部分是俄国式建筑，部分是欧洲式建筑，也有日本式建筑。从这条古老街上的建筑看，就能知道哈尔滨之复杂是其他城市不能比的。每一个风格的建筑，都代表一个国家的势力在哈尔滨的渗透，这座古城背负着沉重的历史记忆。他边走边观察，把周边的一切都悄悄地记在心里……很快，21号门牌映入了他的眼帘。这是一座古老的俄国式建筑，黑墙，红顶，暗窗，玻璃门。胡春江环视四周，远方有两个中年男人戴着太阳镜在铲雪，他们对大街上的行人都很警惕。不远处还有两个男人在烤白薯炉前坐着唠嗑，他们在唠嗑的时候，眼睛在不停地转动。凭胡春江的经验，这些人都是21号的警卫人员。这说明21号建筑不是一般的地方，这儿肯定是我党在哈尔滨的心脏机关。在他正准备敲门的时候，那两个一直在铲雪的人马上停了下来，直起腰在看他。烤白薯炉前那两个唠嗑的男人也扭着头往这儿看。他顿时有了安全感。他整理一下大衣，抬头看了看太阳，伸手按了一下门铃。

门铃声是一首俄罗斯民歌，他不懂歌词，但很好听。大门开了一条缝，一双美丽的眼睛露了出来，是个俄罗斯姑娘。她看了一下胡春江，用流利的汉语问："跑错地方了吧？"胡春江沉着地说："没错，我舅舅就住这儿。"俄罗斯姑娘说："你错了先生，我们这儿没有男人。"胡春江微微笑了笑，说："没错，我舅妈让来的。"俄罗斯姑娘马上笑了，说："进来吧。"

暗号对上了。胡春江激动了，他终于找到组织了。姑娘打开大门，他闪身进入大门。姑娘在前，他在后，向主建筑房门走去。这是一个不大的院落，到处都是落雪，院内没有什么特别之处。只是院内有四个高大的男人在扫雪。他走过的时候，四个男人并没有看他。

推开房门，一股暖气涌来，使胡春江感到浑身舒服。当他走到客厅时，他被眼前的景象惊呆了。客厅里有四个人，三男一女，而这个女人，竟然是他的母亲。他不相信自己的眼睛,用右手揉了揉眼睛,再看,没错,坐在客厅中央的就是自己的母亲杜云英。

"妈——!是你!"他情不自禁地叫了一声。

母亲也有些惊愕,她兴奋地站起来,用手指着胡春江,看着室内其他三个男人,惊呼:"儿子,是我儿子,没想到中央派来的人是我儿子。"

母亲突然流泪了,上前抱住了胡春江。胡春江也没有一点心理准备,谁会想到日夜盼望的接头人竟然是这些天日夜相伴的妈妈。这是奇迹呢,还是命运的巧合呢?难道是上级有意的安排?他拥抱着母亲,也流泪了,激动得浑身发抖。

两颗火热的心,在这特殊的环境,燃烧在了一起。

母亲松开他,擦着眼泪说:"我只知道我儿子在外边做事,哪会想到我儿子在外边做这么大的事儿。我儿子能担当大事了。"

胡春江激动地对母亲说:"我只知道您整天外出有事,但不知道您忙些啥,哪里会想到您在忙天下的大事情。"

母亲拉着儿子的手,儿子拉着母亲的手,都激动得不知说什么好。

母亲平静一下心情说:"咱母子分离后,相互音信不通啊。你和你妹妹通信,也是相互问候罢了。"胡春江说:"是啊,山河破碎,战乱不断,信息不畅,我们都相互知道得少呀!"

俄罗斯姑娘高兴地说:"原来你俩是母子俩呀!这真是太巧了,可以写一本书了。"

室内的其他三个男人,一个是苏联大鼻子,两个是中国人。这时杜云英看着大鼻子给儿子介绍说:"这位苏联同志是共产国际交通线哈尔滨国际交通局的负责人莫洛米夫,是苏联红军的现役军人,他负责哈尔滨地区的国际交通线工作。刚才给你开门的漂亮姑娘是他女儿落娃。"胡春江听母亲介绍完,忙与莫洛米夫和他的女儿握手。杜云英转过身开始介绍其他两位同志。高个儿略瘦,戴眼镜,像个大学教授。小个子平头,圆脸,像南方人。杜云英先介绍高个儿。她说:"这位同志叫洪永升,是我党北满特委哈尔滨交通站的负责人,是一名在苏联入党的老党员了。"接着又介绍小个子："他叫田家彬,北满特委保卫部部长,跟特科的老南一起在莫斯科集训过,也是一名老党员了。"田家彬上前握了握胡春江的手,他说："欢迎你回来,祝贺你们母子团聚。"

大家寒暄一阵后,话题转入正题。

洪永升用手扶了扶眼镜对胡春江说："你还不知道吧,杜妈妈是我们北满特委哈尔滨的总负责人,也是我们东北地下党组织的负责人之一。她是一位老革命了,为我们东北三省地下党组织的建设,做出了巨大的贡献,同时她还是我们东北国际交通线的创始人之一。杜妈妈是我们的骄傲,是大英雄。"

田家彬说："在当下白色恐怖中,特别是大革命失败后,我们东北交通线之所以保存得这么好,而且还良好地开展工作,并能承担重大任务,主要是杜妈妈的功劳。"

洪永升说："杜妈妈是我们的核心,是我们在艰难困苦下开展工作的精神支柱。从今以后,杜妈妈就是你的上级,你只对她负责。你回来后,地方党组织不与你发生横向联系,如果需要联系,得经过杜妈妈的批准。在这次执行'红色任务'过程中,你受杜妈妈单线领导,杜妈妈直接受中央和特务工作科的领导。"

胡春江怎么也没有想到,母亲是同事,又是直接领导。

杜云英看一眼儿子,严肃地说："党中央决定,在明年春夏之交,不,元旦已经到了,应该说是今年春夏之交,我们党要在莫斯科召开中国共产党第六次代表大会。5月底前,要把从我们这条交通线上走的所有代表护送出国,出国地点在满洲里。大家知道,由于蒋介石、汪精卫叛变革命,张作霖痛恨革命,全国到处都是白色恐怖。就目前的形势而言,我们党现在在国内召开这样大型的会议还没有条件,也就是说,国内没有一片净土让我们召开这样规模的大会。经党中央申请,共产国际批准,同意我们在莫斯科召开党的六大。这次党代会是一次重要的大会。大革命失败后,我们党需要重新规划前进的方向,要解决目前困扰我党自身建设的几个重大问题,要找准目前我国当下革命的主要矛盾,以及怎样面对当前的白色恐怖,等等。这次党中央把主要护送任务交给我们北方交通线,是对我们的信任。现在,我安排任务如下。"

这时莫洛米夫对大家说:"要认真听,记在心里,不能用笔记,不准留下任何文字。"

杜云英说:"春江是带着任务回来的,早在上海已明确为满洲里特别交通站站长,交通站还要再配五名同志,这些同志很快就会去满洲里向春江报到的。交通站人配齐后,再具体分工。交通站建成后,只对我负责。交通站不能擅自与哈尔滨,以及满洲里党的任何组织发生横向联系,如果工作需要必须得联系,需要在上级党组织指导下取得联系。不管在什么情况下,不准暴露身份。"

胡春江用心去听,问:"其他五人什么时候到位?"

杜云英说:"你到那里后,人员很快会到齐的。"她看着洪永升,说:"我们哈尔滨是中转站,全国各地的代表来了以后,先到哈尔滨交通站报到,哈尔滨交通站负责购买去满洲里的火车票。洪永升同志是哈尔滨交通站的负责人。"

田家彬接着说道:"全国各地党代表到哈尔滨后,带暗号到交通站接头,由交通站发给每位代表半根火柴,他们拿着这半根火柴到满洲里特别交通站报到,再由满洲里特别交通站负责护送出境。"

杜云英说:"哈尔滨交通站接待窗口要设在火车站,要让代表们下火车后,迅速能接上头,并能马上离开。从今天起,洪永升同志就开始工作,三天之内先把哈尔滨火车站的接待窗口建起来。还要把这个接待窗口的地址下发到各省,让每个去莫斯科的代表都能知道接待窗口的地址。"

田家彬对洪永升说:"在哈尔滨交通站人员没有到齐的情况下,你只身一人,要克服一切困难,马上建站。"

洪永升表示,马上行动,二天之内把接待窗口地址选好。

这时莫洛米夫说:"苏联那边的事儿我负责,我已在苏联紧临满洲里边界的86号小站建立了接应站,接应站分三个组,第一组是运转站,配六辆马车十二个人。主要是负责接应代表过境。第二组是后勤组,主要是给予代表们过境后的生活保障。第三组是保卫组,负责全线的安全保卫工作。"

落娃说："我们已安排人买通了东北军边防有关人员，再加上东北军地下党组织的有效工作，他们会提供方便的。"

莫洛米夫说："我和落娃下周就要回国述职，还要到共产国际东方总部汇报工作。我还要用这次机会，到86号小站考察一下建站工作。"

杜云英说："这次有规定，凡是中央领导和重要代表过来，哈尔滨到满洲里这一段里程实行全线护送。也就是咱中共北满特委保卫部全线派交通员护送中央领导和重要代表。其他代表到哈尔滨后，自行到满洲里。每个代表到满洲里后，护送出境由满洲里特别交通站负责。因为咱们这次行动是绝密，成败不但关乎众多代表的生命安全，而且还关乎着党的事业和党的前途。所以选的护送人员要信仰坚定，政治成熟，对党忠诚。护送人员只管护送保卫，不打听，不多问，更不能打听被护送的人员的身份和姓名。这次护送任务定名为'红色任务'，要求我们下定决心，不怕牺牲，精心组织，不折不扣地完成任务。"

这时杜云英看一眼落娃说："把东西拿出来吧。"

落娃走到一个小保险柜面前，拿出钥匙打开保险柜，取出一张纸和一个信封交给了杜云英。杜云英对儿子胡春江说："这是你的工作介绍信，是北京市警察厅开的，介绍你到满洲里警察局任职。现在咱这儿属于北京军政府辖制，只有让北京的警察厅介绍，才能以假成真。组织上已经给你组建了一整套新的档案，其中一项最重要的履历，就是你1920年在日本受过警察学校的专业训练，目的是让敌人坚信，你可能是日本特工。这样做的目的就是掩护你的真实身份。"

胡春江惊喜地问母亲："让我到满洲里警察局任职？还把我包装成亲日派？"杜云英说："对，只有给你找如此安全的职业为掩护，才能保证万无一失地完成这次重大任务。"

莫洛米夫说："相信你能胜任这项工作，也能完成这次中央下达的'红色任务'。"

杜云英又把那个信封打开，说："这是哈尔滨一个日本商人的推荐信，有了这个推荐信，你到那里后，他们不但不怀疑你，还会尊重你，便于你开展工作。"胡春江接过信,认真地阅读。

杜云英说:"这个日本商人叫下野忠,他认识满洲里警察局局座罗高明。这封信是真的。那北京市警察厅的介绍信是假的,你心里要有个数。之所以我们开北京市警察厅的介绍信,考虑有三:一是北京市警察厅受北京军政府管辖,说白了受张作霖管辖,满洲里警察局的罗高明局座,谁的话也不听,只听张作霖的话。北京市警察厅向他推荐人,他无话可说。二是北京遥远复杂,满洲里不容易弄清介绍信的真假。三是满洲里警察局人员结构复杂,不给你打造个大背景,怕是到那里你无法生存。"

胡春江激动地说:"我记住了。真没有想到组织上安排这么缜密。"

田家彬拿出笔墨,在介绍信和推荐信上写上"胡春江"三个字。因为他们在这之前,也不知道上级派谁来,所以姓名一栏空着。这时胡春江才知道,组织上早已把"特别交通站"站长的身份打造好了,只等他来演戏。

杜云英看了看这室内说:"这座房子是我们租用的,用于我们这次行动的指挥部。对外是莫洛米夫父女俩的家,对内是我们的指挥机关。没有接到通知,任何人不能擅自到此处来,这是一条硬纪律,高压线,不能碰。谁违反这条纪律就处分谁。另外,莫洛米夫对外的身份是地质学专家,这个身份,便于他出行开展工作。"

冬天的哈尔滨,太阳下山很急,刚才还是阳光明媚,这会儿天空就暗淡下来,室内要开始拉灯了。洁白的雪与这灰暗的城市很不协调,室外那四个扫雪的男人还在无目的扫着。街边,烤白薯的炉子冒着青烟,两双警惕的眼睛在来回地扫描着四周的一切。

胡春江和母亲在一起又论证了他去满洲里以后的工作,把将要出现的问题、风险和应对的措施手段都评估了一下。胡春江离开此地时,已是深夜。

杜云英说:"儿子,上任去吧,妈相信你,也支持你。有事我会通知你的。另外,你到了满洲里之后,不准擅自回哈尔滨,也不准与任何熟人、亲人见面,包括你大哥,更不能承认你和你大哥的关系。到警察局以后,切不可轻举妄动,以小坏大。"

胡春江把这些话都牢记在心里。

七

满洲里不是一座高城深池的都市,而是四周与草原相连接的边防小镇。

满洲里有两个警察局,一个是中东铁路警察局,一个是地方警察局。因为满洲里长期受俄国和日本的影响,公安局不叫公安局,叫警察局。铁路警察局只管铁路上的事情,其他案件一概不管。

满洲里有一个军事单位,叫哈满司令部,是师级的建制,属东北军管辖。其实驻兵不到一个团,主要职责是守卫边防。满洲里警察局离哈满司令部不远,哈满司令部的兵营在郊区,而警察局在市区边沿。胡春江是早上坐火车到满洲里的,他一下火车,看见车站大雪弥漫,十步开外什么也看不见。他没有马上到警察局去报到,而是先选择了一个小旅馆住下。他要先观察满洲里的地形,要了解一些情况,然后才能报到。

他观察了一天的地形,并把重要地点绘到纸上。胡春江很关注日本的驻满机关,这里不但有日本领事馆,还有个"日本军事委员会",在一个中学的东边。他也关注苏联驻满机关,他小时候的"俄国远东代表处"现在改成了苏联驻满领事馆。来满洲里前,母亲给他提供了不少满洲里的资料。有资料表明,1924年5月,中苏正式建交,满洲里作为进出口贸易的口岸,铁路客货运输达到高峰,工商业发展迅速。目前,苏联人在满达到一千余户,五千余人。从人数上讲,日本与苏联相比较,苏联人多，日本人少。可以这样说，现在的满洲里是苏联和日本明争暗斗的地方。苏联人争的可能是贸易的主动权，日本人争的可能是地盘。

1924 年春，中国北洋政府改组满洲里的公共事务会，设自治会，把自治会作为市政的执行机关。3 月，满洲里又改为市，设立了市政公所，也就是市政府，对满洲里实行市政管理。其实，北京军政府真正管理是靠警察机制。于是，满洲里设地方警察局和中东铁路警察局，地方警察局下边设有派出所。中东铁路警察局没有设派出所。

张作霖在他的管辖区不设党务机关，各地的一切权力归政府。满洲里的权力归市政府，这里特务组织也设在市政府。目前在这儿谁也不知道谁是干啥的，谁也不知道谁是啥身份，谁也不跟谁说真话。可以这样说，这儿是群魔乱舞，各类特务猖狂活跃，陷阱遍地，你防我备。搞不好一个眼神，一句闲话，你可能就会被逮捕，也可能会失去生命。胡春江到满洲里的第一天，火车站就发生了一起冷枪案，有一个人在售票窗口买火车票时，被不知从哪儿飞来的冷枪子弹打中头部，当场死亡。后来听说是东北军的特务打的冷枪，被打死的是个日本探子。

这样一个复杂的小城市，胡春江将在这儿执行中央特别任务，可想难度有多大，风险有多高。眼前的道路，曲折迷离。

胡春江现在关心的不是谁来配合他组建这个特别交通站，而是关注整个城市的地形地貌，这对他很重要。胡春江发现，满洲里警察局的后边，也就是南边，一墙之隔就是他们家持股的养马场，养马场占地约五十亩，膘肥体壮的纯种德国马养了一院子。当然，养得最多的还是当地的蒙古马。养马场的名字叫"北国草原之夏养马场"。胡春江不知道谁在这儿负责养马，但他知道，这儿每年养马的收入有他们家一份儿。而他们家的收入，母亲全部用在了党组织的活动上。

胡春江详细地对日本领事馆和日本军事委员会两个机关进行外围观察。这两个机关的大门口，都有日本士兵站岗。外围是中国警察站岗。这两个地方，他以后可能要经常来往，因为，组织让他当中国警察，还得充当亲日派，他能不到这些地方来吗？目的只有一个，就是掩护他把特别交通站建好，把党代表安全送出国境。

他在外围观察了三天。第四天上午,他准备到满洲里警察局报到,正式加入满洲里警察序列。他离开哈尔滨前,母亲对他说:"到警察局以后,刚开始要随大流,不要让敌人感觉到你有什么特别,一切小心从事,不做格外的事儿。"母亲还交给他一份满洲里警察局中层以上警官名单和警察局基本情况。

中层以上人员名单如下:

局座:罗高明,四十岁,哈尔滨人。三级警督。

抓刑事副局座:涂荣清,四十岁,长春人。一级警司。

抓治安副局座:龚培潮,四十一岁,奉天人。一级警司。

特务行动队长:叶自文,三十五岁,满洲里人。二级警司。

刑警队长:丁基元,三十五岁,满洲里人。二级警司。

治安科长:何之干,三十岁,满洲里人。二级警司。

特情科长:项世成,三十三岁,大连人。二级警司。

总务科长:毛先征,三十八岁,长春人。一级警司。

各科副科长若干人。

胡春江已经把每个人的情况牢牢记住。

警察局基本情况如下:

全局共有警员三百人左右。其中中层以上人员三十一人,一线警员二百余人,技术人员二十人,情报人员四十人,其余为勤杂人员。

局座叫罗高明。他在哈尔滨大直街长大,这个在龙脊龙背上长大的孩子,从小就有当兵或当警察的愿望,他父亲先是北洋水师的一个管带,张作霖成气候以后,他紧跟张作霖闯天下,现在是东北军一个师某团参谋长。罗高明十九岁从东北讲武堂毕业,在哈尔滨当了一名警察。由于他有东北军的背景,用十几年的工夫,就当上了满洲里的警察局座。可以这样说,他是东北军的骨干嫡系,东北军是他的靠山。

抓刑事工作的副局座叫涂荣清。他生在长春,父亲曾是国民党秘密情报人员,他本人则宣称是张作霖的人。

抓治安工作的副局座叫龚培潮。龚培潮在北京上完苏联人办的警察培训班后,当上了警察。由于他们家的苏联背景,让他到这个特殊的小镇抓治安,看来上峰是有用意的。

胡春江从这三个正副局座的背景看,母亲把他打造成日本背景是对的。局座罗高明的背景是张作霖的东北军,张作霖现在是北京军政府陆海军的大元帅,是安国军的总司令,其实也就是大总统。罗高明靠这样的大树,可谓是树大根深。涂荣清的背景是蒋介石,而龚培潮的背景是苏联。提起苏联,蒋介石和张作霖都是又爱又恨。爱的是他们很多地方离不开苏联的支持,恨的是苏联人又暗地里支持中共发展。不把他胡春江打造成日本背景的人,他真的不好在这儿站住脚。

中层骨干背景也是很复杂的:

特务行动队长叶自文是本地人。他紧跟国家形势,疯狂地对革命党、共产党人进行逮捕和杀戮。

刑警队长丁基元,本地人。丁基元在哈尔滨学过刑事侦查学,他的师傅是一位英国的刑事学家。他现在在这儿工作起来很吃力,也很苦恼。今年发生三起凶杀案,他一起也没有破获。去年他花钱买了两个穷人顶替了凶手。顶替的当天,他就把他们以越狱为由给枪决了。

治安科长何之干,也是本地人。二十岁时,他已是满洲里铁路线上的小老大。当年的警察局座和他父亲是朋友,并且有经济来往,于是就让何之干当了个小警察。几年下来,他就当上了治安科的科长。

特情科长项世成是个倜傥不羁之人。他出生在大连,前年,在父亲和岳父的运作下,项世成到满洲里警察局担任特情科长。项世成傲慢固执,刚愎自用,听不进去他人半句进言。他为人刁钻古怪,不与人交心,与同事也是素不相能,是警察局人脉关系较差的人。项世成还长有一双如猎鹰一样的眼睛,看人直剜心底。就是他这双特殊的眼睛,看一眼仇水莲,就把仇水莲弄到了手。

然而,他这双猎眼也有失灵的时候。在他的特情科,有个副科长叫瞿华莹,二十五岁,南京人,二级警员。自从瞿华莹空降到满洲里警察局以后,项世成一心想把瞿华莹弄到自己的怀抱,多次死皮赖脸地向瞿华莹表示爱意,但瞿华莹就是不买他的账。她在他面前只说工作,不说其他事儿。但是,瞿华莹是个才貌双全的女人,她像磁石一样,把项世成的心紧紧地吸着。在他的眼里,妻子仇水莲就像枯草,而瞿华莹如清晨开放的玫瑰花,不但鲜艳美丽,而且香气袭人。

总务科长毛先征,长春人,是位三十八岁的老警察。总务科就是后勤科,大到枪支弹药的管理,警饷发放,小到全局的吃喝拉撒睡,都属于他管。胡春江的母亲重点介绍了毛先征,说他是个没有私心杂念的人,他大胆而又谨慎,罗高明对他很是信任。毛先征在警察局是个实权派人物,但他为人低调,从不张扬,谦虚谨慎,有文化内涵。平时他很少穿警服,出门基本是便装。他和其他几位科长不一样,其他几位科长都与局座罗高明明里是一团火,暗里是一把刀,钩心斗角,暗度陈仓,因为他们各自都有家庭背景和社会基础,所以谁也不听谁的,谁也不服谁。而毛先征憨态可掬,透明无邪,他和局座罗高明关系搞得相当好。罗高明一个眼神,一个动作,毛先征就知道是让干啥的。

关于特情科副科长瞿华莹,她的材料中有一张她穿警服的照片,大眼睛,高鼻梁,微笑着把细细的牙齿露了出来。母亲和田家彬两人都有交代,说对这个女人,不能远,也不能太近。远了,她会排斥你,打击你。近了她会研究你,琢磨你。她应该是国民党另一条线上的情报人员,也可能是汪精卫线上的人。她明里是警察,实际是在这儿卧底。至于是谁把她空降到这儿来,恐怕罗高明也不知道,只有哈尔滨警察厅的极少数人知道。不管是谁让她来的,如果没有北京方面的同意,她是飞不来的。

这个警察局内部情况复杂,各种关系盘根错节,给胡春江增加了不少难题。

党组织也给胡春江编制了一份档案:

胡春江,男,哈尔滨人,1920年日本东京警察学校毕业。直隶省警察厅刑事侦查处科员,后调入天津市警察厅。二级警司。

父亲胡大山,前清吏部四品官员。民国后隐退于青山绿水之中。

母亲乌兰图雅,蒙古族,北京蒙古买办主的女儿。现与丈夫胡大山隐居于长白山深处一别墅山庄里。

新婚妻子,井黎黎,哈尔滨人,日本留学生。

当胡春江看完这份假档案后,笑了。母亲问他:"你笑啥?"他说:"还给我编造个媳妇,在哪儿?"母亲说:"在日本。"他说:"好,安全!既有媳妇,又不让在国内,省得过假夫妻日子提心吊胆。"母亲说:"不,你到那里后,井黎黎会马上去和你过日子的。"他一听不笑了,说:"妈,我一个人习惯了,突然与一个不认识的女人一起过日子,多别扭啊!"母亲严肃地说:"这是组织的决定,你必须服从。"他无言了。他知道,这次的任务重大,来不得半点马虎,方方面面必须想得周到细致。田家彬又给他弄了不少关于日本的资料,让他熟读详记。母亲说:"记好了有用。"胡春江知道,在这里,人们尊重的不是人,而是背景和地位。

这三天,他除到处看地形外,就是在旅馆里看警察局这些材料。他把拿到手的材料先是读,后是背诵,这里每个人的情况他都要熟悉掌握。

第四天早上,天晴了。太阳照在雪地上,阳光一点威力也没有,冰雪还是那样的硬,那样的冷。

从今天以后,胡春江就要在这深渊薄冰的满洲里警察局与魔鬼们打交道了。

在他去报到的路上,路过日本领事馆,他往大门口看了一下,似乎有一双眼睛在窥视他,这双眼睛不是别人,而是他的大哥胡春海。他又认真地看一下日本领事馆院内,一个人也没有。门口站的一个日本士兵和一个警察,像冻僵了一样站在那里。

在上海,他跟着冬渡学过几年日语,档案把他编成是日本东京警察学校毕业,他不会几句日语还真不行。

满洲里警察局大门口上方,飘扬着五色国旗,而不是青天白日满地红的国旗。

胡春江走到大门口,被站岗的年轻警察拦住了,他说明来意后,又拿出北京警察厅的介绍信让站岗的警察看。站岗的警察看后,赶忙敬了个礼,放行了。

来到警察局院内,他问了三个人,才找到局座办公室。局座办公室在二楼中间,没有挂牌,也没写字,黑色木门擦得很净。他泰然自若地敲开门时,看见局座罗高明身着便装正和一个搽脂抹粉的女人说话。胡春江一眼认出这女人正是瞿华莹,因为她本人和照片基本一样。她也是穿着便装,打眼一看,像个女大学生。此人风姿绰约、灵气十足,属于男人看见就很舒心的那种女人。她趴在罗局座办公桌对面,头伸得很长,圆圆的臀部翘得很高,正对着门口。她听见有敲门的声音,扭头看见胡春江进来,并没感到意外,只是轻描淡写地看了一下。尽管是轻描淡写地扭头看他一下,但她的目光很有攻击力,这样的目光,像黑夜的闪电,直击胡春江的心底。其实,瞿华莹看似表面平静,实则内心顿起波澜,因为她看见胡春江气度不凡地站在那里,她尘封已久的心,自然地颤抖了一下。罗高明坐在办公桌前,用傲慢的眼神审视一下站在门口的胡春江,问:"你是……?"

胡春江马上立正敬了个礼,抬头挺胸地说:"报告局座,我是前来报到的胡春江。"

罗高明一听,马上站起来,笑着绕过办公桌,把手伸出来,说:"前几天我的老朋友下野忠来电话就说你要来,怎么今天才到?"

胡春江忙握着罗高明的手解释说:"因为在哈尔滨有些事耽误了几天,又到深山里去看望一下父母,随后又下了大雪,所以来晚了。"他说着拿出北京市警察厅的介绍信和下野忠的推荐信,然后双手递给罗高明。罗高明简单地看一下,放到办公桌上。罗高明说:"欢迎来到我们这个偏远小镇共事!你来得正好,我这儿正缺乏像你这样专业的人才,真是缺啥人才来啥人啊,下野忠先生推荐你来是给我雪中送炭啊!"罗高明一边接过被封得严严实实的档案,一边用目光瞄一下他面前的女人,说:"我给你介绍一下,这位是瞿华莹,特情科副科长。"自从胡春江进来后,瞿华莹一直用独特的眼神看着他。这会儿听罗高明介绍,她忙伸出她那细白的手与胡春江握手。她说:"欢迎您!"她身上有一股清香,口中飘出的气息也有一些清甜。胡春江忙笑着说："我叫胡春江，以后您得多多关照。"

罗高明让胡春江坐下，胡春江坐在火炉边，与瞿华莹对面而坐。罗高明也坐下，说："房子已给你安排好了，生活用品也都齐了。晚上我为你设接风宴。"

胡春江忙站起来说："不敢不敢。"

罗高明笑笑说："你不用客气，这是咱警察局的规矩。来报到的新同志，警司以上的人员都要设宴欢迎。你的警衔是?"胡春江忙说："报告罗局座，我的警衔是二级警司!"罗高明说："就是嘛，你来了，哪有不欢迎之理!"

下午，罗高明召开中层以上会议欢迎胡春江，罗高明把胡春江介绍给大家。

胡春江从大家的目光里没感觉到敌意。看来，母亲把他包装成有日本背景的人是有道理的。现在在整个东北，人们一提起日本人，都是恨中有怕，怕中有恨。他面前这帮人，都是这背景，那背景，一看他是日本背景，都不说什么了。这帮人的骨子里都是惧怕日本人的。让这帮人掌管政权，中国怎么会有希望?

胡春江上午报到完，年轻的警察领他来到宿舍。他的宿舍安排在院内东南角一栋三层楼的二楼，共两间。一会儿，总务科长毛先征来到了他的宿舍，随后又有一个年轻警察抱来一堆床上用品。毛先征对他说："胡老弟，我叫毛先征，在咱局里抓后勤，欢迎你来这儿工作，以后生活上、工作上有什么需要的尽管跟我说，我尽量满足你。"胡春江忙与他握了握手说："我叫胡春江，初来乍到，请多多关照。"毛先征说："我们这儿是边防，条件差，不像内地的公安局生活条件好，有什么不到之处请你多多包涵呀!"目前，南方蒋介石管辖的地方叫公安局，北方张作霖辖制的区域叫警察局。同是警序列，双方两种叫法。胡春江忙说："很好，很好，我是来为国家效力的，再苦再累，不讲条件的。"毛先征笑道："我一看你就是一个正派人。"

开完见面会，毛先征给他拿了冬季制服两套，大衣两件，一件是皮的，一件是棉的。另外，鞋帽、袜子及内衣、内裤若干件。每件衣服都配一套二级警司的领章。

晚饭前，毛先征又领他到枪械库里看了看，胡春江一踏进这间警械库，一下子惊呆了。他没有想到警察局还有轻重机枪、山炮和高射机枪等武器，上海的淞沪警备司令部应该也没有这些装备。真不愧是东北军武装起来的警察局呀。看来东北军不光是让警察局搞治安,关键时候还要能打仗呀!从这一点上讲,张作霖是真正的战略家。

毛先征说:"局座说了,给你配发一把日制十四式手枪。全局就两把,一把借给日本领事馆一个文官用了,这一把你用。"胡春江问:"有那么多其他制式的手枪,为何给我配发日系手枪?"毛先征似乎很正经地摇摇头说:"不太清楚,但局座交代了两遍,让你佩带日制手枪。"胡春江想:难道这与他所谓的日本背景有关?如果是这样的话,那么罗高明定是个有心人。

这时,有个小警察跑来报告说:"晚上罗局座设宴欢迎胡长官,你和几位领导都参加。"

毛先征把日制十四式手枪及枪带、枪套、弹夹和子弹都交给了胡春江。他笑着对毛先征说:"我想可能是我在日本留过学吧,不然局座为啥反复强调让给我配日制手枪呢。"

毛先征拿出一张配发武器登记表,让胡春江签上了字。毛先征说:"你如果子弹用完了,只管到这儿领取就是。"胡春江忙说:"好的,谢谢您!"

这把手枪枪体是白色的,看着很舒心。

太阳落山了,红色的霞光把雪地染得血红血红的。

此时,胡春江小心谨慎,不多说一句话。

八

晚上,罗高明在海关大街的玉祥酒楼设宴欢迎胡春江上任。参加人员是警察局中层以上的警官。在罗高明旗下,三级警司以上的警官,不管是谁来还是谁走,他都要请吃一顿饭,并由大大小小的头儿陪同。罗高明有点高深莫测,下级很难揣摩透,但有一点让大家很欣慰,就是有人情味,关心下属。大家都知道,他身后的高参是总务科长毛先征。在笼络人心方面,毛先征没少给他出积极的建议,他对下属有包容心。在当今这风雨飘摇的官场上,是很难得的。

满洲里晚上黑得特别早,下午五点的时候,大街上就没人了。玉祥酒楼是个高档次的酒楼,一般城镇居民是不来这儿就餐的,来这儿的都是上层人士,公务员、经商者和苏联人、日本人。还有少数的英国人、法国人等也是这里的常客。酒店一楼有个小型舞厅,每天下午从两点开始到深夜十二点,都有人在这儿跳舞。酒店二楼是小包厢,每个小包厢供三至五个人用餐。三楼是大包厢,每个包厢少则坐十人,特大的能坐下二十几人。今天晚上,罗高明在三楼最大的包厢设宴,欢迎胡春江的到来。

下午五点十分,大家都来齐了。按照罗高明的要求,今天就餐的人都穿警服。胡春江把下午刚配发给他的警服也穿上了,黑色的皮大衣里边,一把日制十四式手枪挂在腰间。他到的时候,只有毛先征在这儿,毛先征是提前来安排酒菜的。

第三个来的是抓治安工作的副局座龚培潮，他带了四名治安警察，两名穿制服的，在门口站岗，两名着便衣，在楼下流动执勤。龚培潮的眼睛有点发蓝，鼻梁高高的，人们都说他像俄罗斯人。他父亲在俄国工作过，长期与俄国人打交道，不少人怀疑龚培潮是俄罗斯血统。

龚培潮进入房间后，先是与胡春江寒暄几句，然后就和毛先征议论一个什么案件。在他们议论的时候，龚培潮不时地用目光看着胡春江。胡春江从他的目光中感到，龚培潮没敢轻视他。

罗高明来时是带着抓刑事的副局座涂荣清和特情科副科长瞿华莹。瞿华莹上午在罗高明办公室穿便装，晚上一旦穿上制服，她的美丽和气质就彰显出来了。特别是穿上高勒靴后，她的腿显得特别的长。她进入房间后，竟然说了这样一句话："听说我们边境线上共匪活动猖獗，是不是内地把他们杀得没地方躲了，都想逃往苏联去？"她说这话的时候趾高气扬，没有看胡春江，而是看着涂荣清。

龚培潮说："我们与共匪打交道这些年，感觉他们不会一逃了之。他们每次重大活动都有深远的背景，每次转折都有较详细的计划。"

胡春江问："我们这个山高皇帝远的地方，也有共党活动？"

涂荣清忙说："我们这儿不但有活动，而且活动得还很频繁。秋天哈尔滨枪决那十个共党分子，在我们这儿搞破坏活动的就有七个。你想想严重不严重？"

瞿华莹说："我们这儿离苏联一步之遥，又有这么多苏联人在这儿经商，鱼龙混杂，难以对付啊！"胡春江似乎是突然明白了什么，仰起脸看着涂荣清说道："原来如此呀！"

这时刑警队长丁基元和治安科长何之干两人一起上楼来。他俩进屋见罗局座坐在毛先征身边抽烟，赶忙走了过去。丁基元对罗高明说："局座，招了！承认了！"罗高明看也不看他一眼，把烟屁股往地板上一扔，用右脚踩了一下，说："今晚上太阳落得不平凡，夕阳把咱满洲里的雪都染红了，这是很少见的呀。"他把话题一转问："还有谁没到？"

丁基元知道自己不该在这个地方说案件，或许这个案件不能说。他深知局座罗高明是用暗语在数落他,他没趣地咳嗽两声走到了一边。何之干见他有些尴尬,忙与他说些无关紧要的话。

毛先征站起来看了一圈儿,回答罗高明说:"还有叶自文和项世成没到。"罗高明说:"他俩有事儿,不等他俩了,咱们开始吧。"

于是大家纷纷围桌而坐。当然是罗高明坐中间主持位置。胡春江被拉到右边的位置坐下。这时的胡春江不能客气,他必须做到谦虚里边融着霸气,霸气里边透着文明,文明里边藏着高深。总之,胡春江这时举手投足都要给这些人一种绵里藏针不容小觑的风度。因为他面前这帮人,都已知道他的背景是日本人。他来时,母亲交代,满洲里的警察局,不是凭工作的,而是凭背景的。没有背景,在这里寸步难行。

瞿华莹犹豫了一下,果断地走到胡春江身边坐下了。她把身子一斜,悄悄地对胡春江说:"老兄,我不喝酒大家都知道,今晚你可要照顾我呀。"她说话的时候,胡春江忙说:"我也不怎么喝酒。"

菜上来了。满洲里的菜主要是以鲁菜为主,由于历史上从山东来满洲里的人较多,所以鲁菜占主导地位。但是,俄罗斯饮食文化也有一定的市场,如俄式大菜、苏泊汤、炸土豆条、鱼子酱现在也很受满洲里人欢迎。晚上的菜是以俄罗斯菜系为主,鲁菜为辅。特色是涮羊肉和手把肉。瞿华莹在这里什么都不爱吃,只爱吃涮羊肉。酒是内地运过来的山西汾酒。

这时罗高明站起来,端着酒杯发表祝酒词。由于室内的温度高,他早已脱掉了棉警帽,大衣也已经脱掉。他的发型是大背头,头发又黑又光。他的鼻梁很高,鼻头又圆又大,整个脸庞充满狮子相。他有板有眼地说:"今天,我的日本朋友下野忠先生给我们警察局推荐来一名优秀的警官。同时,他也是北京市警察厅下派来的。春江曾在日本警校学习过,是科班出身。他在河北省警察厅、天津市警察厅担过重任,是一名实干的刑事专家。他的到来,定能为我们警察局增添光彩。今晚,我们在这里设宴,诚心欢迎胡春江老弟的到来。今后,我们同谋边境治安的大事!让我们再次用热烈的掌声,欢迎胡春江同志的到来!"大家用劲鼓了一阵掌。

胡春江站了起来,他下意识地用右手摸了摸腰间的枪,用双手整了整棉警帽,摸了摸领扣,认认真真给大家敬了个礼。他端起酒杯,静听罗高明的讲话。

罗高明往下说:"在我们边境小镇满洲里,治安工作好抓,有几个毛贼、有几个地痞流氓,我们心里都有数,这些人的命运掌握在我们手里。但是,防共任务重大,清共任务任重而道远。现在,我们不但掌握不住共产党的命运,反而是他们在掌握着我们的命运。当下,南京方面和武汉方面都大开杀戒,对共党分子展开了前所未有的打击和清剿。北京的张大帅,早已打出了清剿共产党的大旗,决心把共产党彻底消灭。但是,仍有极少数顽固分子还在坚持,还在捣乱。更可怕的是,全国整个共党各级组织的框架还没动摇,根基还很牢固,他们的司令部还有很强的号召力,地方组织还有很强的战斗力。东北,特别是黑龙江,紧邻苏联,共党活动尤为频繁。我们满洲里是通往苏共的必由之路,共党活动比起其他地方更加严重。在这个时候,上峰派胡春江老弟到我们这里,真是雪中送炭,他的到来一定会对我们遏止共党的猖獗活动,起到重要作用。就此,我提议大家干一杯。"

话音刚落,大家纷纷端杯起立,相互碰杯,然后都把这第一杯酒喝干了。瞿华莹说:"我不会喝酒。"于是她喝了一口茶水。大家重新落座后,大大的铜火锅上来了,一盘盘鲜羊肉跟着也上来了。今天室外是零下二十五摄氏度,喝烈酒、吃火锅才是真正的宴席内容。

大家吃了一会儿,胡春江端杯起立,笑一笑,对大家说:"下野忠先生推荐我,北京市警察厅下派我到这儿来,不是我有什么本事,也不是我有什么远大理想,主要是满洲里是个充满神奇的地方,这里有诱人多彩的城市和神秘的大草原,是我早已向往的地方。我虽然在日本学习过,但没有学到什么真本事,有一条我学到手了,就是挑战。我有兴趣挑战大自然,也有决心挑战自我。日本人事事处处挑战的性格,我不太赞成,但他们的挑战精神我很欣赏。我到这个神奇的边境重镇,主要是想挑战。那么挑战什么呢?我想是三种挑战:挑战自然,挑战自我,挑战一切不可能。"他的话语底气十足,霸气十足,声音越提越高,大有慷慨激昂之气。

大家听着他的话,都感到身后凉凉的。他们怀疑胡春江不是中国人,而是真正的日本人。他们都用恐惧的目光看着他。

胡春江把第二杯酒也喝了，大家也都痛快地喝了。

瞿华莹端一杯茶水站起来，看着胡春江说："我不喝酒，我以茶代酒，敬胡大哥一杯。"

胡春江转过身，让女招待又倒杯酒，与瞿华莹碰了一下，瞿华莹把眼睛一闭，喝了一口茶。当她睁开双眼时，大家的目光不看她，都去看罗高明。胡春江从他们的眼神里看到了一些内涵，脸一仰把酒杯里的酒喝完了。

这时，房间门开了，行动队长叶自文和特情科长项世成进来了。叶自文进来就说："罗局座，来晚了，对不起。"项世成双手合十对大家说："迟到了，迟到了，一会儿自罚一杯。"罗高明用手指了指两个空位，示意他俩坐下。

罗高明问叶自文："情况怎么样?"

叶自文本来正准备动筷子吃涮羊肉，但听局座问他，他忙放下筷子说："我派两个小组跟踪，发现此人跟东北军有关系，有可能是张大帅手下的人。"

罗高明一听说"东北军"几个字，双眼一亮，但马上又闭了一下眼睛，点了点头。一会儿，他睁开眼睛，问项世成："你那边情况怎么样。"项世成忙回答说："线索没断，正在继续往前摸排。"

罗高明说："你俩辛苦了，吃点东西吧，天冷，多吃点东西快点补补身子。"

胡春江看似在低头吃东西，实际是在听着他们的每一句对话。

"二位!"胡春江端了一杯酒站起来，看看叶自文和项世成说，"二位，你俩任务在身，辛苦了。来，我敬你俩一杯酒，以后请多多关照。"

刑警队长丁基元似乎心里有什么重要的事情，闷闷不乐地坐在胡春江对面。他刚进来时，急不可待地对罗高明说："招了。"罗高明很自然地把话题岔开，丁基元会意，但他有一点小小的尴尬。胡春江认为，这说明两点：一是丁基元急着说招了，这肯定是个很重要的案子。二是罗高明把话题引开不接话，这可能是个政治案件，不想让更多的人知道内情，更有可能是不想让他胡春江知道案情。而刚刚进来的两位，一个在跟踪什么人，一个在调查什么人。看来，这个边境线上小小的警察局，业务还很繁忙啊。

大家都在边议论着事情边吃涮羊肉,而丁基元默默地看着罗高明在吸烟。一会儿,丁基元突然对胡春江笑了笑,问:"胡老弟是从内地来的,全国现在是个什么形势?"

胡春江正在吃菜,被他问得愣了一下。他镇静一下,深沉地说道:"我是井底之蛙,大的形势我可讲不了,但在内地也听到一些事情。"大家都放下筷子,认真听他讲。他呷口茶水,看一眼罗高明,平静自如地说:"大家知道,上海、南昌、广州、武汉等地都发生了共党领导下的兵变,江西的山区已经出现了割据现象。我说的意思是,清共势在必行,但我们警察局保存实力也是很必要的。留得青山在,不愁没柴烧。要想长期清共,就得保存实力。刚才丁科长问我全国形势如何,我认为,整个形势是好的,从大的方面讲,张大帅的安国军在黄河两岸处处打胜仗,抵抗蒋介石的北伐军问题不大。从小的方面讲,我们北方,特别是东北三省的老百姓生活趋于稳定,各类匪患已被剿灭。总之,我们这个国家是有希望的!"

胡春江讲完话,满庭响起了热烈的掌声。

罗高明兴奋地说:"佩服佩服,特别是你说保存实力的话,我特别赞成。我们这支队伍,只能壮大,不能减少,更不能让剿灭共产党给消耗掉!"

涂荣清又很响亮地鼓了鼓掌,看着胡春江,说:"胡老弟的高见使我本人受益匪浅。国共之和是我们国家之福,国共之斗是我们国家之悲。这是家父多次给我说过的话,也是国父孙中山遗训之精神。家父从参与创办黄埔军校,到参与成立国民政府,其目的就是驱除鞑虏,恢复中华。事到如今,两党不和不说,国民党内部又出现巨大的分裂,南京、北京、武汉相互争斗,也就有了腥风血雨。理想是美好的,现实是残酷的。我们要为完成孙中山先生的遗训而努力工作。"

涂荣清说完,大家又是一阵掌声。涂荣清的讲话,明显地站在蒋介石的立场上,他从骨髓里在否定张作霖的北京统治。

龚培潮知道,刚才涂荣清的讲话,一半是卖弄,一半是表演。卖弄是给胡春江看的,他让胡春江看看他的政治站位有多么高,他对时局分析得有多么透;表演是让局座罗高明和身边人看的。

龚培潮也是夸能斗智之人。他端杯酒,站起来说:"我敬一杯酒,表示我对胡老弟的欢迎。"

龚培潮夸夸其谈地说:"我大形势讲不好,小道理吃不透,我只关注法律,谁犯法我就抓谁,谁守法我就支持谁。俄国的十月暴动后,推翻了当时的临时政府,布尔什维克夺得了政权。这样,大大地激发了中国思想活跃的年轻人,他们也开始想入非非,也想轻轻松松地推翻北洋政府,从而达到其目的。他们想错了,中国不是苏联,北洋政府不是沙皇,想推翻当局,可以说是不可能的。可以这样说,中国的共产党是一群知识分子而已,翻不了天!"

龚培潮是善谈之才。他不但长得像俄国人,而且对俄国演变成苏维埃联盟共和国也有研究。他这样讲,也是证明他龚家与苏联有着割不断的关系。在满洲里,与俄国人有联系,人们会高看一眼的。

特情科长项世成和行动队长叶自文,一直在沉默,可能是他俩任务在身,似乎酒也喝不下,菜也吃不香。此时,项世成如刚睡醒一般,伸了伸懒腰,打了一个哈欠,用他那猎鹰般的目光看一下胡春江说:"我对胡兄过去不了解,但今天凭我的直觉感到,胡兄应该和我是同行,都是做情报工作的。当今在我们的东北三省,明里暗里有好多日本人在活动,但大部分都是搞情报工作的,有搞政治情报的,有搞商业情报的,有搞军事情报的,也有贩卖情报的。我在他们身上,学到了很多东西。情报人有一个伟大之处,就是不管搞哪类情报,都不是为自己搞的,就是社会上的情报贩子,他也是有一定政治倾向的。胡兄过去不管为谁搞过情报,那都是历史。今后我想我们在罗局座的领导下,把情报做好、做活、做准,以此来报效国家。"

胡春江扭脸看一下罗高明,罗高明正听得认真。胡春江又抱拳对项世成说:"谢谢项科长的抬爱,其实,我对情报工作一窍不通,我只是一介武夫而已,您判断错了,我从来不搞什么情报。"

罗高明用余光看了看总务科长毛先征,毛先征轻微地摇了摇头,意思是他不再说什么了。毛先征很少在众人面前讲话,每次让他讲话或发言,他都说我是抓后勤的,没啥讲的。其实,他在背地里讲的话罗高明句句都听。在罗高明眼里,毛先征是个尽职尽责的部下,而且还是位有智慧、有能力的朋友。罗高明现在已经离不开毛先征了。

罗高明伸手看了看手表,时间不早了。这时,进来两名年轻的警员,其中一个低胖子向大家敬了礼,然后大声说:"报告!"

罗高明扭头看他们一下,小胖警员走到罗高明身边耳语了一会儿,说罢,退回原处站在那里。罗高明看了一眼叶自文和项世成,他俩会意地点了点头,然后起身向大家告辞了。刚才进来的年轻警员,也跟着他俩走了。

胡春江从他们眼神交流的过程中看出,罗高明把这支队伍管理得很好,他们配合得很默契。

房间门突然开了,慌慌张张冲进来一个黑脸警察,他给罗高明敬了个礼,紧张地说:"不好了局座,又出案件了!"罗高明没有惊慌,慢慢扭过头,问:"出啥案件了?"黑脸警察急急地说:"深鱼让人一枪爆头毙命了。"

"啊!"罗高明情不自禁地啊了一声。

丁基元和何之干同时站了起来问:"在哪儿?"

黑脸警察紧张地说:"在苏联海关大门口。"丁基元愤怒地说:"这个深鱼,我交代过不让他乱跑,他就是不听。他毙命是小事,却坏了我们的整个计划!"何之干说:"这个人自负得很,谁的话都听不进去。"

胡春江似乎明白,但他还是装着吃惊的样子问:"深鱼是共党?"

丁基元说:"深鱼是秋天被我们争取过来的共党分子,通过他钓了一条小鱼,可这条小鱼没啥价值。马上就会有大鱼上钩了,却被除掉了。"

罗高明摆了摆手,示意不让他们再说下去:"你们到现场去看看吧!"

丁基元向何之干、瞿华莹点一下头,用手摸了摸腰间的手枪,走了出去。黑脸警察也跟他们冲了出去。

九

第三天,天阴沉沉的,从北方吹过来的冷风,含着西伯利亚泥土的独特味道,疯狂地扫过满洲里的大地,向南奔去。天大亮的时候,绿豆大小的雪粒从天上蹦了下来,落在了大街上、房屋上和广阔的原野上。这些雪粒打在人们的脸上,疼疼的。

罗高明乘坐的交通工具是俄国制造的小吉普。这种汽车的特点是底盘高,马力大,四轮驱动,在雪地上跑很稳重。弱点是不保温,坐在车内与坐在车外一样冷。上午十点多,罗高明从他那深绿色的吉普上下来时,雪粒里边已经开始夹杂有雪花。一列火车拉着货物从西北方的黑云中冲出来,吼吐白烟,向这儿驶来。

罗高明在外边办事回来,刚到办公室,有人敲门。进来的是总务科长毛先征。他进来后,找到罗高明办公桌上的保温杯子,给他倒了一杯开水。办公室早已是炉旺室暖,舒适而温馨。罗高明把黑色的皮大衣脱下,用双手抱住保温杯,轻轻地喝了两口,然后抬眼看一下毛先征,问:"你看给新来的胡安排个啥职位?"毛先征在给一盆君子兰浇水,听局座这么问,他放下水壶,想了想说:"这个胡是北京市警察厅派下来的,我们应该重视。他又是你的日本朋友推荐来的,还在日本上过警官学校,在关内又任过职,我们更得用心对待。我们这个地方,大家都想离开,到大城市去,到关内去,而他却来这儿效力,仅凭这一点,他的职务不能太低。"

罗高明说:"他来我们这儿,肯定是有目的。他来干什么呢?"

毛先征说:"他打的是日本牌,你说他会干什么呢? 日本人现在在打咱东北的主意,将来有可能打咱整个中国的主意,他们不从基层着手,能从哪儿着手呢?"

罗高明想了想说:"他打日本牌并不可怕,我怕他打日本牌干其他事儿!"

毛先征愣了一下,问:"你怕他姓共?"

罗高明叹道:"是啊,我不怕他姓日、姓蒋、姓汪、姓张,我就怕他姓共。"

毛先征严肃地问:"他如果真姓共怎么办?"

罗高明沉思了半天,又喝了两口白开水,站起来走了几步,说:"深鱼死了,深鱼供出来的这个蚂蚱已经承认自己是共党分子了,但除此之外,什么也不说。几种大刑都用了,还是不说。共党都是能吃刑罚的,但我没有见过这么能吃刑罚的。"

毛先征想想说:"如果你对胡不放心,随后你可安排让胡去看守所会会这个蚂蚱,看他是什么反应。"

罗高明点了点头,说:"随后吧,现在先把他的职务安排了再说,你说,给他安排什么职务呢?"

毛先征想了想说:"职务安排小了不服众,安排高了众不服。他是二级警司,得找个适当的活儿给他。我感到姓胡的有内涵,不一般,可以考虑给他个局座助理职务。"

罗高明点了点头说:"那就给他个局座助理吧,什么事都可管,什么事都不可管。名次排在两名副局座之后,众科长之前。"

毛先征笑了笑说:"我看合适。"

罗高明在办公室转了几圈,回到办公桌前坐下说:"你别看我们这个地方的潭小,但是所卧的龙一个比一个大呀。我现在是刀尖上跳舞,火炉子上睡觉,难受呀。要不是我身后背靠张大帅,也不知道会是一个什么下场呢。"

毛先征把身下的椅子往前移了移,低声说:"我有些话不知当讲不当讲。"

罗高明把手挥一下说:"你跟我还说这些话? 讲!"

毛先征喝口水润润嗓子说:"局座,你要先看形势走向,其次是要权衡利弊,最后才是尽职尽责呀。这一切都是为了一个目的。"罗高明问:"什么目的?"毛先征把声音压低说："保身！孙大总统去世后,北洋政府三天两变,蒋司令移官换羽,前景还不明朗。汪主席今兴明灭,似乎还没有掌握着大局的主动权。张大帅靠实力稳坐北京城,但南方各路军阀均不服气,跟随蒋介石讨伐张大帅。今后谁胜谁负、谁死谁生,还说不准。在这个特殊的时期,唯有保身是上策。"

罗高明闭了闭眼睛,点了点头。

毛先征接着解释说："目前我们国家乱成这个样子,如果自己不保护自己,那一切都无从谈起。一是先看形势。现在是什么形势？现在是国家权力割据,南京、北京争相称霸,战火不断。我个人认为,将来国家大约有六个走向,哪家胜出,都是未知数。"罗高明忙问："哪六种走向？"毛先征停顿了一下,说："一、蒋总司令看似政由己出,革故鼎新,以武统国,掌握全局,其实不然。各地军阀植党营私,各自为政,暗流涌动,各行其是。明着拥蒋,暗地里倒蒋,如咱北京的张大帅,蒋就没办法,蒋拉他,拉不动;蒋打他,他不怕。他不但不听蒋的,而且要把蒋拉下马,永世不得翻身。国内好多地方事务,也都不听蒋的。二、汪主席与蒋介石各不相谋,除了他反共志向与蒋总司令是一致的外,其他事都与蒋反其道而行之,这不,现在汪主席不是撂挑子跑到法国躲清闲去了吗？我看他将来一定会靠外来势力与蒋作对,从而吃掉蒋。三、北京的军政府号称是合法政府,但就看目前情况,北京对抗不了南京,南京国民政府的中央军比张大帅领导的安国军强大,安国军早晚要归顺老蒋的中央军。现在上层是一蛇两首,谁主沉浮还不一定。四、日本已经不甘心在小岛上生存,他们早已把目光盯住中国,他们目前不是已经开始登陆山东和东北的沿海城市了吗？将来能不能蛇吞象还说不定。目前东北全境危在旦夕,我估计用不了多久,东北就会是日本人的天下,一旦东北归日,我们这个小小警察局能不听日本人的？五、各地军阀还在争权,北伐已进入尾声,且无后劲,名曰禁暴诛乱,实则走走过场。六、共产党是明败暗强……"

听到这儿,罗高明把头抬起来,双眼迷茫了一下,问："明败暗强？怎么讲？"

毛先征把身子往前伸了伸,说："虽然蒋、汪、张三人都开了杀戒,共党也受到了前所未有的损失,但是,蒋、汪、张三人反水以前,共产党手里是没有军队的,现在蒋、汪、张一变脸，把共产党惊醒了，共产党开始反思，总结教训，于是有了南昌兵变，有了广州造反。我认为，现在是共产党明里失败了，但暗地里骨头更硬了。因此中国的六大走向，谁胜谁负，难料。不管哪方胜出，我们都得跟人家走，所以我们做啥事都要留下后路。否则，河决鱼烂，我们就是那鱼。大水过后，河还是河，而鱼呢？易学上讲，想把脚下前进的道路留宽，必须把身后的道路留足。留后路，是现在精英们的最佳选择。"

罗高明用异样的目光看着毛先征，说："你分析得很对，不管谁得天下，我们只是一条狗而已。"

毛先征继续说："所以，我们要做的第一件大事就是既要悟透生活，又要生活糊涂。俗话说，清水不养鱼，难得糊涂好。你说得对，我们只是条狗而已，但是，我们不能真当狗，因为狗除盲目地忠于主子外，没有思想和智慧。我们要装狗，忠诚有度，守护有方，决不盲目。要想留后路，就得装糊涂。装糊涂的核心就是悟透不说透，真明白，假糊涂。现在在我们这个小镇，各路势力角逐，明争暗斗，你死我活。有些事情，坚决不能太认真。党国是虚的，咱一家老小的性命才是实的。马上要春节了，有些事情该松的要松一松，不管是哪路神仙，都让他们好好过过年，欢乐一下，喜庆喜庆。现在的事情，你不管他，就没有事儿。你管得太紧，事就来了。物极必反，这是真理。"

罗高明喝了一口水，眉毛拧成了一个疙瘩。他沉默地坐在办公桌前一动不动。

毛先征说："我们要做的第二件事是要权衡利弊。现在这个社会，皆为利来，皆为利往，没利的事情人们是坚决不能做。万事皆规律，社会如此，我们这警察局是个小社会，也是如此。利益有两种，一是我们个人自己的利益，二是某个集团上下大伙儿的利益。其他都是假的，虚的。蒋司令、汪主席和张大帅都想囊括四海、包举宇内让我们戡乱，但戡乱弊太大，利太小，我们要谨慎。"

罗高明叹了一口气，说："老弟你说得对啊，我手下这些精英，各有背景，各有其主。刚来这个胡，绝对不是善茬儿。"

毛先征继续往下说道："我说的第三件事是尽职尽责。我看我们的人都很尽职,不管是刑事侦查、治安管理,还是情报获取等,做得都很好。我们满洲里,北靠苏联,各色人员出出进进,都从我们这儿过,你不尽职不行,但做得太死也不行。河里的水不管怎么小,你不让流是不可能的。我们在尽职时只要睁眼合眼相兼就行。我们看不见的东西坚决不要抢着去看,看得见的,要摸透根源,权衡利弊,再做决断。"

罗高明想了想说:"当下,我们的工作怎样开展? 深鱼曾经给我们提供一个情报,说共党过完年可能有大批人员从我们这儿过境到苏联开会,虽然他这个情报不能全信,但我想不可不信。"

毛先征问:"深鱼提供得详细吗?"

罗高明摇摇头说:"不详细,他也是知道个大概。"

毛先征说:"我认为,你知道就行了,装在心里。这件事,我们坚决不能擅自行动,要等上峰指示。没有上峰发话,我们自己做主,师出无名不说,主要还是自找麻烦。共党只要不在咱们辖区杀人放火,他们出境,那是东北军的事儿。他们出多少人进多少人,那只是过境,与我们无关。"

罗高明笑了笑说:"是啊,我怎么没有想到这一层呢?"毛先征说:"如果上边不发话来,深鱼也已经死了,他提供的信息也无从查起,从此不再提这事儿。"

罗高明说:"这个蚂蚱已承认自己是共党分子,但他拒绝交代一切,怎么办?"

毛先征说:"我看先放一放,过完年再说,如果他真的是共党的重要分子,哈尔滨方面的人会感兴趣的,他们有办法。如果是一般共党分子,先关起来,以后再说。"

罗高明深吸一口气,浓浓的眉毛一展说:"你看问题高瞻远瞩,分析问题鞭辟入里。你不但是我的好助手,更是我的好朋友啊。"毛先征高兴地说:"局座您过奖了,我这都是皮相之见,是说一些感受而已。"

这时,外边有人敲门。进来的是特务行动队长叶自文和特情科长项世成。毛先征见他俩进来,忙起身对罗高明说:"今冬的冬装库存不够,你还得向上峰打报告要钱,不少弟兄的大衣旧得不能再穿了,再穿有损我们警察局的形象。另外,几个士绅捐的钱还没有到位,你还得出面催催。"罗高明说:"今天一上班我就坐车去了商会,会长说年底了银行盘账,盘完账马上把钱打过来。"毛先征停了一会儿说:"如果不行了得给他们点压力,现在的有钱人,你给他笑脸不行,给笑脸了他认为你是在求他们。你得给他们压力,一旦你给压力了,他们就会认为他欠你的。"罗高明点了一支烟,深深地吸上一口,用力把烟雾从鼻孔里逼出来,蓝蓝的烟雾袅袅升起,在他面前形成一个雾帘。他似乎在想什么重要的事情,心不在焉地说:"过完春节再说吧,年内坚持一下。过完春节不行了找个典型办他们的案!现在的人啊,都是敬酒不吃吃罚酒。"

毛先征微微笑了一下,转身走了。

叶自文和项世成站在罗高明的办公桌前,罗高明又吸了一口烟,问:"跟踪得怎么样了?"

叶自文说:"昨天晚上被跟踪的人去日本领事馆了,到现在还没有出来。"

罗高明一惊,问:"是日本人?"

项世成说:"不像,但出进日本领事馆很自如。"

罗高明把烟屁股一甩,说:"那算了,我们不问日本人的事儿。不是我怕他们,是我烦他们!"

"这……"叶自文似乎有些不忍。

罗高明马上提高声音说:"咱张大帅还惧让日本人三分呢,蒋介石不也看着日本人的脸办事儿?他这次下野不是哪儿也没有去,唯独到日本求和去了吗?汪主席见日本人像亲人一样,不是天天喊中日友善吗?我们一个小小警察局,搭理人家日本人干啥?把人撤了吧。"

"是!"俩人同时回答。

项世成笑了笑,试探着问:"深鱼被杀一案,进展如何?"

罗高明边整理桌上的文件边说:"已经交给丁基元他们破去了,还没什么进展。"

叶自文说:"这还用说,肯定是共产党派人杀的。"

罗高明没有理会叶自文,而是看着项世成的双眼问:"今天上午下雪了,是不是很冷啊!"

叶自文和项世成两个人都知道局座的意思了,忙说:"那我们走了。"

当他俩走到门口时,罗高明突然对他们说:"那啥——"他俩一听忙转过身来看着罗高明。罗高明说:"蚂蚱不是已经承认自己是共党分子了吗? 既然承认了就告一段落了,不要再审了。等我向上峰汇报后再说,先关押着吧。"

他俩又是同时说:"是!"

室外的雪越下越大,中午时分,风停了,雪没有停。胡春江的宿舍是两间房子,在警察局后院东南角的二楼上,门朝西。站在他的后窗户前,正好能看见有他家持股的养马场。这个"北国草原之夏养马场",现在是谁在管理经营,他不知道,也不能擅自去打听,这是纪律。他隐约地感到,将来他组建的特别交通站与这个养马场有关。他站在窗口往院墙外望去,大雪笼罩下的养马场静悄悄的。养马场的房顶上,一排烟囱在吐着青烟。院落里白雪皑皑。他心里有些急了,他想让交通站的其他人早点见面,早点建站,早点完成任务。

胡春江回想昨天晚上喝酒时每个人的表现,心里沉沉的。这帮人,从面上看似乎是团结一致,一团和气,其实是各怀鬼胎,各想其事。他们都是各路诸侯派来的小鬼,是一帮不太好缠的妖人。他很佩服局座罗高明,在这样一个错综复杂的警察局能坐稳位置,是件不简单的事儿。胡春江深知,他昨天一来到这里,他们就把他当成了日本系的人,很可能把他看成了日本的情报人员,不然昨晚上项世成也不会莫名其妙地大谈什么情报工作。他们这些人上上下下都不会小看他,而且还很尊敬他,惧怕他。然而,这帮人对他还是存有戒心的,特别是罗高明,昨天晚上当他手下谈到案件时,他赶忙把话题岔开,就是怕他知道什么。当什么深鱼被击毙时,罗高明也是欲言又止。这说明,他们对他不放心。原因只有一条,他们还没有摸清他的底子。但他反过来一想,他刚刚来到这里,对他不放心,也是很正常的。

不管这些人心里怎么各怀其志,但有一条是共同的,就是在打击共产党方面,他们是一致的,也是卖力的。他看得出来,特别是项世成、叶自文,还有那个妖女瞿华莹,他们在这里就是专门对付共产党的。

胡春江想,不管他们怎样阴险狡诈,恶意对付,他的特别交通站是一定要建的,全国各地的党代表还是要从这里出境的。

他这两间卧室,昨天已由两名年轻的警员打扫得干干净净,炉子也生得很旺。上午,胡春江坐在火炉边,回忆往事儿。

咚咚咚,有人敲门。他打开门一看,是瞿华莹。只见她穿一身便装,围巾把头包得很严实。上穿一件粉红色的厚棉衣,下穿一件德国青棉裤,大头皮靴上沾了不少污雪。她走进室内,抬头眯眼看了房子一圈儿,坐在胡春江的对面,把细白的双手伸出来放在火炉上取暖。胡春江给她倒了一杯热开水,递给她。她喝口开水,问:"昨晚没喝多吧?"

他说:"没有。"

她说:"好酒量。"

他说:"没酒量,但不喝不行。"

她的眼睛突然放了亮光,问:"你夫人在日本?"

他正准备回答,这时,又有人敲门。他歉意地点了一下头,开门去了。

打开门时,他看见了大雪还在飞舞。

十

是罗高明的通信员来敲的门。通信员并没进屋的意思,而是大声地说:"胡警官,局座让你去一趟!"

"知道了。"他说完通信员就走了,他又把门关上了。

进来的风很冷。

瞿华莹说:"从今以后,罗局座会步步离不开你的。"

他问:"为什么?"

她耸了耸肩,笑道:"不知道。"

瞿华莹笑了笑,摇摇头,突然又重复地问:"你夫人在日本?"

他边穿大衣边说:"是的,现在在日本工作。"

她"噢"了一声,说:"让她赶紧回来吧,不然两地生活不好,夫妻双方都寂寞。"

他俩同时下了楼,而且还是嬉笑着。当他俩走过特情科的门口时,项世成站在挂着长长冰凌的屋檐下,用含着敌意的目光在看他俩。他在吸烟,烟雾把冰凌弄得朦朦胧胧。胡春江悄悄地对瞿华莹说:"你看项科长深情地看你呢。"瞿华莹先是哼了一声,然后冷冷一笑,快速地从项世成面前走过。冰凌的亮光反射到项世成的脸上,他的表情十分复杂。

瞿华莹没有到办公室,而是回她宿舍去了。

胡春江来到办公室楼下,见罗高明的俄国小吉普屁股后边冒着青烟。这说明,罗高明要坐车出去了。他正准备上楼时,罗高明出现在了二楼楼梯口,他大声对胡春江说:"坐车,咱们出去看雪去,中午一起吃火锅。"胡春江忙说:"中午我请客吧。"罗高明说:"有人请客,你只管去吃就行了。"司机跳下车,把前头的车门打开,罗高明笑哈哈地钻进车里了。胡春江坐在后排座位上。

司机慢慢地把车开出警察局大院,大街上行人很少,每个房子上方烟囱都冒着青烟,青烟飘在雪雾中,整个满洲里如仙境一般。罗高明在副驾驶位上坐着,胡春江在后边坐着,他们都着便装。车路过东北军哈满司令部兵营门口,两个士兵背着长枪,一动不动地站在那里。一会儿,他们又路过日本领事馆门口,门口外卫是警察在站岗,内卫是日本兵在站岗。看到这儿时,胡春江问罗高明:"局座,日本领事馆门口站的弟兄是铁路警察,还是我们的人?"罗高明说:"是我们治安科下属治安中队的人,在这儿驻一个班。"胡春江又问:"日本兵在满洲里有多少人?"罗高明说:"日本军事委员会驻有一个连的兵力,他们的任务是防苏联人,对我们中国人不怎么防备。这些,胡老弟你应更有所了解。"胡春江笑笑说:"我了解得很少。"罗高明想说什么但欲言又止。

吉普车出了城,在一片开阔的草原上奔驰。雪下得似乎小了些,几十米之外能看到几座蒙古包在冒白烟。这时罗高明问胡春江:"老弟,今后你想干些什么工作呢?"胡春江早已有心理准备,顺口说道:"局座安排什么活儿,我就干什么活儿,一切听您分配。"罗高明说:"我想让你当我的助理不知道怎样?"胡春江想起瞿华莹刚才在宿舍里说的那句话——从今以后,局座会步步离不开你的。他似乎明白了几分,忙说:"如果罗局座不嫌弃我能力小,我很愿意跟着您效力。我初来乍到,什么也不了解,什么也不懂得,正好跟着您多学一些东西。"罗高明笑着说:"跟着我你学不着什么好东西,但也学不坏。那好吧,随后我就宣布。"胡春江忙说:"谢谢局座!"

吉普车开进一个小村落,在满洲里的草原上村落很少,这个村并不大,但房子都很高大,有角楼,有欧式建筑,也有俄式建筑。吉普车在雪地里东拐西扭地停在了一个挂着两排红灯笼的大门口。罗高明扭过脸对胡春江说:"到了,下车吧。"胡春江问:"局座,这是什么地方啊?"罗高明说:"这个村叫虎丘尔,蒙古人多,汉族人少。这是我一个好朋友的家,叫古尔多,是蒙古族。古尔多今天中午请我们来吃火锅和手把肉。下车吧,自己人。"

这是一处坐北面南古典型的深宅大院,大门是汉代建筑,青砖,厚墙,紫门,琉璃瓦。走鸾飞凤,古色古香。大门开了,一个身穿棉袍、头戴狼皮帽、从头到脚都透出雍容的中年男人走了出来,一看就知道此人过的是安富尊荣的生活。车门打开后,罗高明跳下车,寒暄之后,三人一同进入大门。

这是个很大的四合院,院内有不少人在厢房出出进进。东边厢房像是厨房,西边厢房像是下人的住房。穿过中间的房子通道,进入后院,后院两边没厢房,是高高扛着白雪的厚墙。堂屋是高大的殿房,殿房门口挂着蓝色厚厚的棉帘,用于保暖。进院看这气派,胡春江知道这是大户人家。胡春江走进宽敞舒适的堂屋内,顿时感到了温暖。堂屋里早已来了两个人,一个是他们警察局的毛先征,一个是日本人的打扮。毛先征见他们进来,忙向胡春江介绍道:"这位日本朋友是咱满洲里新天号洋行的井上春树先生。"胡春江愣了一下,赶忙用简单的日语进行问候。谁知井上春树不用日语,而是用流利的汉语与他交流。井上春树的汉语还带有东北味儿,这使他吃惊不小。

大家围着一个特制的火锅桌子坐下后,胡春江环视一周,见这室内列鼎重茵,各个物件都显示富贵。罗高明点了一支烟,开始给胡春江介绍古尔多。他说:"我这位朋友,家财万贯,牛羊驼马成群不说,精神也很富有。他才高八斗,学富五车。他通读四书五经,别人读不懂的书,他都能倒背如流。他的书房可以说是汗牛充栋,应有尽有。他是我们满洲里有名的博学多闻的大先生。"

古尔多边给大家沏茶边笑道:"过奖了!其实老夫我才疏学浅,布衣愚钝呀,我只是在有生之年,干些我喜欢干的事罢了。现在国家前途命运不明,个人前途不晓,干其他事无能,我只好一心读书追圣贤啊!"毛先征看着古尔多说:"钱永远也挣不完,书永远也读不完,钱挣得多了是祸水,书读得多了是福分啊!"

胡春江忙说:"古先生真是大先生呀,说出话来皆是哲理。敬佩敬佩,今后小弟有什么不懂的事情,定来请教。"

古尔多谦逊地笑道:"请教说不上,相互交流、相互切磋还是可以的。"

接着罗高明又介绍井上春树。他说:"井上先生在日本是个大家族,祖辈们在皇室里做过大事。其父亲在日本有多家企业,其叔父是皇家军事教官,曾在北京陆军参谋部工作过。他母亲是哲学家,出版了不少哲学书籍。我们满洲里的新天号洋行,井上先生拥有绝对的股份。来我们满洲里做生意的人,离了井上先生,他们什么生意也做不成。"

井上春树摇了摇头,喝口茶水,没有发言。

古尔多说:"我们满洲里的牛羊驼马能运出去,日本的洋货能到我们边陲来,俄国人的钢铁能到我们境内,我们的木料能运往内地,这都是新天号洋行的业务。井上春树先生是咱东北三省有名的鸿商富贾。"

井上春树放下茶杯,他脸上皮肉微微一动说:"为了满洲里的繁荣,我只是尽了一点绵薄之力,我们大日本帝国向来就是关心周边国家的经济繁荣和社会的发展。我们井上家族只是遵照天皇陛下的旨意,帮助亚洲人民共荣而已。我现在只是在满洲里做了一点点贸易,将来我还要到更多的地方去做。这两年我先把东北的贸易做起来,不久的将来很可能还要到南方去做,到全中国去做。"

胡春江很用心地听着他说的每一句话,听着听着感觉这个日本商人不像生意人,而像个政治家,像个军人。就像上海黄浦江上修船厂的冬渡,刚开始与他接触是个商人,后来他就像个政治家,再后来感觉冬渡就像一介军人。

此时,胡春江还摸不清罗高明约他来这里的真正目的,但他可以肯定,不会是单纯吃火锅的。

满洲里的涮羊肉全国闻名。呼伦贝尔草原无污染,牧草营养丰富,用这种牧草放养的绵羊肉做涮羊肉原料,鲜嫩无膻味。关外来这儿的人,不吃涮羊肉等于没有来。

今天中午的涮羊肉真是让胡春江大开眼界,自从他离开哈尔滨到武汉、上海后,特别是走上这种特殊的革命道路后,他再也没有吃上这种使他日夜想念的涮羊肉了。今天的羊肉主要选羊的上胸,大三岔,小三岔,肥瘦适中的部位。刀工也很见功夫,羊肉切得薄而整齐均匀,真正达到薄如纸、切如线、美如花的标准。今儿中午的宴席,可谓是炊金馔玉,味美丰盛。

大家落座后,罗高明交代让他的司机过来一起吃。尽管后厨给司机和其他后勤人员备的有一席,但罗高明还是强调让他的司机过来吃。这一点,是罗高明的长处。是龙都有三潭水,如果罗高明没有过人之处,满洲里这个地方的警察局座,他未必能顺顺利利地坐下去。司机是从东北军调整过来的,虽然也穿着警察的服装,但实际是军人。东北军是他的基础,让东北军的军人给他开车,他就是不说,大家也知道啥意思。

井上春树和毛先征是古尔多派车接来的,井上春树也没有随从人员。

今天的锅底也是有特色的。古尔多介绍说:锅底是煮羊肉的原汤,放有虾、蟹、参、贝、甲鱼及海菜、葱花、白薯等。调味料有芝麻酱、绍酒、腐乳汁、韭菜花、晒酱油、芥菜面和辣椒油。

佳肴美馔陆陆续续上桌,大家边吃边聊。

胡春江正吃得欢,井上春树突然问他:"胡先生哪年在东京哪个警察学校上学呀?"

胡春江听他这么一说,心里颤了一下,心想,他问我这是随便问呢?还是有目的呢?他不动声色地放下筷子,看着井上春树微微笑了一笑,回答道:"井上先生,1920年初家父把我送到东京刑事警察学校,我1921年底结业回来。"井上春树问:"当时你们的校长是谁呀?"胡春江如背书一样地回答道:"是东京地方警视厅副警视总监康宏恒二。"井上春树想了想问道:"东京刑事警察学校隶属于警察厅,为何让东京地方警视厅的副官去兼呀?"胡春江说:"据我所知,康宏恒二的编制在警察厅,他到警视厅任职也是兼职,因为他是刑事专家,他破过很多大案要案。因此,警察厅既让他管东京地方的治安,又让他兼职办警察学校!"井上春树笑了笑,自己端一杯酒,喝了。

胡春江这时终于明白,今天中午罗高明让他来这里不是让他吃涮羊肉的,真正的目的是让这个日本佬"考"他的。他深深地知道，罗高明和他的智囊毛先征在怀疑他的日本背景，于是就让井上春树考他。井上春树问他这些，太小儿科了，母亲和田家彬给他的材料，他早已背诵得滚瓜烂熟。就是考日本的古代史、近代史他也不怕。一会儿，他反问井上春树："井上先生认识我们校长？"井上春树似乎也吃了一惊，忙摇头说："不，不认识。"

这时又上来一道菜：特色手把肉。厨师早已把手把肉分割成小份，每人一份，胡春江也是好多年没有吃这种可口的羊肉了，闻见这种味道，他就醉了。

井上春树看一下罗高明，罗高明忙说："吃吧，古先生这里做的手把肉，不肥，不膻，肉嫩鲜美。"

井上春树用手拿起半根羊排吃了起来。一会儿，他似乎漫不经心地又问胡春江："胡先生，你太太也在日本留过学？"

胡春江心里已有数，这一定是罗高明和井上春树唱的双簧，两个人串通在"考"他。毛先征和古尔多也可能参与其中。他平静一下心情，放下筷子，答道："是的，我太太前些年在日本上过学。"井上春树又问："她在东京上还是在其他地方上学？"他回答："在东京大学。"井上春树问："她学什么专业？"他回答："学的工业经济和纺织史。"井上春树笑道："胡太太一定是位才貌双全的淑女啦。"胡春江摇了摇头说："一般般啦。"

井上春树突然问大家："东京大学在明治时期是哪两个学校合并而建立的，我想不起来了，你们谁知道？"

胡春江知道他问大家是假，"考"他是真。但他不急于回答他，他慢慢地涮了一片羊肉吃起来。这时古尔多看着胡春江说："胡先生是个日本通，你应该知道的。"胡春江放下筷子，说："如果没有记错的话，应该是东京开成学校与东京医学学校合并而成立的东京大学。"

井上春树哈哈一笑，说："还是胡先生记性好呀，说得对，就是这两个学校合并的。"

室外，雪似乎下得更大了，灰蒙蒙的天空飘洒着稠密的雪片，大地一片混沌。

村庄上基本没有行人,只有几只不怕冷的狗在伸长脖子觅食。然而,满地都是雪,没有供狗吃的东西。

井上春树拿起一块手把肉,没有马上吃,一直闻着又问:"胡先生在东京上学期间,发生了一起震惊日本的大案,你可否知道?"胡春江用一种机智的眼神看了一下大家,最后把目光锁定在井上春树那不大不小的双眼上。他微微一笑说:"我在东京上学那两年,大大小小发生了很多案件,其中最有影响的案件,是我们校长参与侦破的火车站投毒案件,作案工具是毒气弹。犯罪人员把毒气弹打开放到旅行包内,然后悄悄离开,结果导致二百余人中毒,八十余人死亡。最后锁定六个罪犯,并把他们抓获。后来才知道,这些人都是天神教的骨干成员。这种反人类的邪教组织,后来被日本政府彻底清算了。"

井上春树听罢,叹道:"我差点也成了冤魂呀!那天我购买了火车票,准备去九州,结果我母亲病了,我就去了医院,要不是……"

毛先征说:"好悬呀……"

罗高明感叹地说:"不是老母亲有病,而是老母亲在保佑你。母亲是真正的天神啊,保佑她的儿子永远平安无事儿。"

胡春江不去想什么富贵之命,星座之言,他在反思刚才井上春树问他的这些话题,现在已经很明确地证明,今天中午是"考"他的背景的,目的是怕他冒充日本背景。但是也看出来他们很谨慎,他们怕因"考"而引起胡春江对他们的不满,于是他们用平常和气的方式对他进行"考试"。

午宴很快就结束了。在回来的路上,胡春江假装喝大了,睡了一路,没说一句话。

十一

1928 年元旦过后,蒋介石复职了。元月 2 日,南京国民政府致电在上海的蒋介石:"应即旋都复职,共竟革命全功。"元月 4 日下午,蒋介石乘火车由上海抵达南京。当晚,国民政府设宴欢迎蒋介石抵宁复职。蒋介石发表讲话,希望大家精诚团结,完成北伐大业。同心协力,消灭异党。元月 7 日,蒋介石通过媒体宣布正式复职,继续执行国民革命军总司令职权。

北京的张作霖听说蒋介石回南京复职了,站在军政府大门口的石级上,看着天上的太阳连打了五六个喷嚏说:"老蒋这个家伙回来肯定还要与我见高低的。来吧,我不怕!"

蒋介石复职后的心腹之患不是张作霖这个与他对抗的土皇帝,而是共产党。消灭共产党的各地组织机关是蒋介石的当务之急。从此,全国各地加紧了对共产党的清剿。北京的军政府事事与南京政府作对,但在剿共问题上是高度一致的。因此小小的满洲里也不例外,到处都是剿共的声音……

审讯室内,胡春江见到了被深鱼出卖的共产党人蚂蚱——他已是个快死的人了。

胡春江被宣布任局座助理职务后,也没什么具体事儿,什么案件也不让他参与,什么事儿也不让他管,只是让他跟着局座罗高明应酬外边的事儿。晚上没事的时候,总务科长毛先征常常来到他宿舍唠嗑,更多的时候是毛先征带鲜羊肉来,用取暖的炉子炖,对饮解闷儿。

他的办公室就在二楼东头,隔墙就是他家持股的养马场。白天没事的时候,他隔窗看着养马场发呆。他总有一种感觉,今后的工作会与这个养马场有关。为啥有这种感觉,他自己也说不清。这些天,瞿华莹老往他办公室跑,他知道她来得多了不是什么好事儿,他必须与她保持一定的距离。

今天中午,丁基元突然来他办公室说:"走,到审讯室去,罗局座在等着你呢。"

当胡春江身着警服走进用地下室改造的审讯室时,他首先看到的是高大的铁制十字架上,吊着一个鸡骨支床的人,看样子这个人已经不行了,浑身软软地挂在那里,像风干的大条牛肉。罗高明坐在一边抽烟,胡春江进来时,罗高明看他一眼没有说话。审讯室还有七八个人,都是丁基元的手下。十字架两边,站着两个打手,一个人手里拿一把长刀,一个人手里拿一条皮鞭。十字架不远处,有一盆炭火烧得正旺。炭火把一个人的脸烤得通红,这个人就是副局座涂荣清。

胡春江走到罗高明面前,问道:"局座,你找我?"

罗高明把头抬起来,甩了甩烟屁股,说:"这个人只承认自己是共党,其他啥也不说,我们已经给他放出了话,只要说出来一个共产党的重要领导人,就可以放他走,去英国、法国、日本等地都行,而且我们还为他保密。可是,他死活不说,每审讯一次,他都是大笑而结束。你是老刑警了,看看你有什么办法把他的嘴撬开。"

胡春江看了一下十字架上的人,形销骨立,痴若木偶。他问:"他是谁?"

涂荣清说:"他就是深鱼供出来的蚂蚱。"

胡春江冷冷地笑了两声。这笑声,让涂荣清和丁基元他们背后凉凉的。通过他这阴冷的笑声,他们感受到胡春江是有背景的人,水是很深的。

他说:"如果他真是共党分子的话,这不足为奇。"说完,胡春江走到蚂蚱面前,只见蚂蚱鸠形鹄面,无神而憔悴。他的右边耳朵已经被割了去,黑紫色的大血块如耳套一样硬硬地贴在脑袋的右边。鼻子尖也被割掉一块,鼻梁肿得如胡萝卜一样。十个指头的指甲早已被拔掉,两只手肿得如熊掌一样,又黑又大。一条腿明显是骨折了，无力垂下来。他穿一件灰土色的单衣服，用铁链吊起的胳膊，也是肿得如小腿肚一样。他的头向前耷拉着，如一只特大的茄子。他是昏迷了，还是死了，胡春江看不出来。看到这一切，他的心如刺进去一把钢刀，疼痛得无法形容。此人受刑到如此地步，还能坚持，这种精诚贯日的精神和视死如归的意志，只有在共产党员身上才能体现出来。他想，眼前的情景，他可能也要面对，求死容易，受刑难忍。他知道，他身边的同志，不少都受过大刑，但都挺了过来。比如金牙大妈，满口好看的细牙，被敌人打掉的打掉，拔掉的拔掉。她的革命意志使她挺了过来。过去，他很佩服金牙大妈，金牙大妈用大无畏的气概征服了他。而此时，他更佩服眼前这位战友，被敌人折磨成这样，还是守口如瓶，视死如归。他的心在流血……他心里说，这位战友，你是谁我不知道，但你为了谁，为了啥，我都知道。你受这么大的苦，我却不能把你从苦难中解救出来，心里真是难受。想到这儿，胡春江突然意识到，这是罗高明在用审讯的办法考验他，那就是看他是否同情共党，如果看出来他同情这个被审讯的蚂蚱，那么他们就会怀疑他是共党的人。想到这儿，他走向前，用手轻轻地扇扇蚂蚱那满是干血的脸，咬着牙说："醒醒。"

那人真的有动静了，睁开了他那细细的眼，向胡春江呈现出疾首蹙额的表情。一会儿，笑了，露出了黑红的牙，这黑红的东西，是血液。他的眼睛虽然很细，但从瞳孔里射出来的凶光，直穿胡春江的心灵，并且在他的心灵中交换力量。蚂蚱突然唱起来，唱的啥，呜呜啦啦听不出来，肯定是振奋人心的歌曲。他满嘴的血液喷了很远。

胡春江等他唱完，问："你想要什么结果？"

那人用力地说："死，有本事把我弄死。"

胡春江说："那我不让你死呢？"

那人说："那不算本事。"

胡春江问："难道，难道你为了你的什么共产主义，真的什么也不要了吗？父母、妻子和孩子，都不要了？"

那人说："让我死吧，一群狗熊懂什么？"

胡春江说:"我们这儿是天高皇帝远的边境线,用什么刑只有你知道,别人是不会知道的。再往下走,你不一定扛得住。到扛不住再说,不如现在招了。"

蚂蚱说:"试试吧,对你们的种种酷刑,我都感兴趣!"

这时罗高明向丁基元使个眼色,丁基元会意。他转过身,大声地吼道:"他是疲马不畏鞭,别让他啰唆,剁他俩指头!"

丁基元话音刚落,手拿大刀的大汉吼叫一声,举刀轧着蚂蚱的右手食指和中指,两个指头被压到十字架的铁柱子上,刽子手猛地一用力,蚂蚱的两根指头轻松地离开了手掌,叭叭两声,落在脚下的地面上。鲜血如泉水一样,喷了出来。蚂蚱如木头人一样,无言语、无表情地悬在那里在摆动。这时罗高明站起来说:"收了吧,把医生叫来,包扎一下。"然后头也不回地走了。

蚂蚱的一声吼叫,惊得罗高明一群人都停了一下,扭头看着蚂蚱,眼睛里都充满了难以言表的目光。然后他们个个无力地爬着楼梯走了。

蚂蚱是这样吼叫的,他大声地说:"国民党、北洋军政府,最终没有好下场!"

涂荣清用铁钳钩了钩炉火,也起身走了。丁基元带着他的人也走了。

胡春江轻轻对蚂蚱笑了笑,说:"我看还是招了吧。"蚂蚱突然又大吼一声:"狗!"说完,头又耷拉了下来。留下的两名年轻警察把他解下来,他躺在地上,一动不动。看守人员与医生一起给蚂蚱包扎。

胡春江表现得十分平静,他知道,此时,有很多眼睛在盯着他,他必须得通过今天的考试。但是,他心里怎能平静呢?

胡春江虽然表现得很霸气地走了,但他心里还是乱乱的。

他回到宿舍,用被子蒙着头,哭了。

他是来满洲里建特别交通站的,没想到特别交通站没有建起来,反而还要遭到这样的心灵磨难。交通站怎么建不知道,来什么人不知道,但为了隐身,为了安全,必须得与魔鬼打交道,必须经受着各种折磨! 他的心碎得如一块巨石被炸开一样。当年在武汉,生活那么艰难,任务那么艰巨,环境那么凶险,他没有感到为难和艰辛,反而斗志越来越旺盛。蒋介石和汪精卫叛变革命后,在那样的白色恐怖中,有多少共产党员因革命形势低落而脱党,甚至叛变和投敌,然而,他的信念和信仰一点也没有动摇,反而义无反顾地参加了"红队"。在老南的领导下,在金牙大妈的带领下,他和战友们一起战斗,保卫党中央的安全。那时他生活在黄浦江的船上,如蛟龙得水一样,奔走在租界;如鸟儿投林一样,穿梭在上海的大街小巷。他们来无踪、去无影的战斗状态,让国民党、外国巡捕闻风丧胆。在上海工作和战斗期间,他们胆大心细而充满激情。然而,到满洲里这些天来,他除有无助感外,心里还充满了焦虑和不安。他不适应这种钩心斗角的群体,他还不知道将来特别交通站在建站中会遇到何种困难,护送党代表出境还会遇到何等的问题。母亲不让他主动联系任何人,可是他的接头人员为何还不出现,是谁,怎样出现,他心里没有数。母亲只告诉了他接头暗号,而且还是一次性的,也就是说,这个暗号只能第一次接头时用,过后作废。

中午他没有到食堂吃饭,而是喝点开水准备睡一会儿。他刚躺下,有人敲门,一听是瞿华莹的声音。他真不想起床,但对这个女人又不能怠慢,只好起来把门打开。

白皑皑的雪把他的眼睛照得难以睁开。只见瞿华莹双手捧着一个保温饭煲走了进来,她大声地说:"中午为何不去吃饭,天这么冷,不吃饭怎么行呢?你又不是神仙!"

他接过饭煲,很自然地问:"是什么?"她说:"是米饭,菜是萝卜羊肉粉条。"他笑了,说:"原来今天中午是这么好的饭呀,早知道是我最爱吃的饭,我不躲在宿舍吃烤地瓜了。"瞿华莹把两眼睁得大大地说:"咱局伙上能有这么好的饭?这是我今天中午精心给你做的好不好!"胡春江一听忙惊慌地说:"哎呀,是你特意给我做的?谢谢,谢谢了!"这时她看见他的烤炉上,还放了两个剩余的地瓜,这是昨天晚上他吃剩下的。今天中午他什么也没有吃,只喝了两杯开水。

瞿华莹说:"吃饭吧,热着呢。"

胡春江说:"其实我吃饱了,不想吃了。"

"胡说,你根本就没吃!"她大声地说。

他心里一惊,看着她那红红的脸蛋问:"你凭啥说我没吃?"

她诡异地一笑说:"你还是搞刑事侦查专业的呢,这点小伎俩能骗了我?进这屋一闻味道,就知道你吃没吃。如果你吃了白薯,这室内的白薯味儿三个小时是不会散去的。你自己闻闻,现在还有味没有?昨晚吃的白薯,现在还会有味?臭袜子味吧!"

胡春江被她这么一说,没话了。他不得不承认瞿华莹的厉害,这种闻味法,的确是刑事侦查学的一种技法,没想到她能用到生活的细节中。他笑了一下说:"我中午胃寒,不想吃饭,想休息休息。"她说:"吃了吧,我今天中午给你做的米饭很香,羊肉也很鲜嫩,粉条是地瓜粉,很筋道,吃了正好可以暖胃。"

没有办法,胡春江只好吃了。

瞿华莹坐在炉子边,把双手伸向炉子上方,不知道她在想什么。全警察局有女警十几名,其他都是一般警察,分散在机关各个部门工作,只有她一个人在中层当头头儿。她的背景很明确,就是汪主席的线人,主要是暗暗监督要害部门的履职情况。背地里很多人都称她是女特务。明里她是项世成的副科长,但实际她根本没有把项世成放在眼里。人人都怕项世成那猎鹰一样的眼神,但她不怕。她的姿色打动了项世成,项世成想把她揽入怀抱,然而,瞿华莹不是一般的女人,她不去讨好项世成,反而时时处处把项世成弄得很尴尬。瞿华莹与罗高明关系似乎不一般,明里看没有什么,但暗地里一定是很密切的。凭胡春江的敏感性,断定他们的密切关系绝对不是纯私人感情,而是私情搅着公事儿,并且相互利用。他报到的第一天,就见瞿华莹与罗高明在办公室单独说事儿。还有那天上午,瞿华莹在他宿舍说了句"从今以后,局座会步步离不开你的"。后来他随罗高明去古尔多那儿吃火锅,在车上,罗高明就对他讲,决定让他当局座助理。这些事罗高明可能提前与瞿华莹沟通过。

瞿华莹突然把话题一转问:"你妻子为何不来这儿和你一起生活呢?"

胡春江说:"哈尔滨是大城市,她不想来这儿的边防小镇。再说了,我岳父家有事业需要她去做。"

她问："听说你岳父家产业不小啊！"

他说："不大，做些商业生意而已。"

她问："你妻子叫什么名字？"

他笑道："怎么，是查户口呢，还是审查我呢？"

她也笑道："唠嗑嘛，随便问问，你何必那么敏感呢？"

他说："她叫井黎黎，有机会她会来的。"

她说："好，欢迎她来，我在这儿没个伴儿，她一旦来了也有个说话的人。"

他哈哈一笑说："你不是说罗局座老婆很寂寞吗？你不与她接触？"

她身子往前倾一下，晃晃脖子说："看见那个娘儿们，身子起鸡皮疙瘩。"

胡春江突然问："深鱼被击毙案侦破了吗？"

她说："你是局座助理，你不知道，我怎么会知道呢？"

他摇摇头说："我这个助理你还不知道？我到目前还不被别人信任，案件更不会让我知道了。"

她问："不信任你还让你去审问共党分子？"

他说："那只是让我熟悉业务而已。"停了一下他又说："我只是问问深鱼被杀的案件进度，你不便说也就算了。"

瞿华莹沉思一会儿说："不是他们不想让你知道案件进度，也不是我不便说，是他们不敢对你说。"

他知道了，他们目前真的把他当成为日本做事的人了。他暗暗地高兴起来，只有他们把他当成日本人的内线、特工、卧底，他才安全，才能顺利地建立特别交通站。

瞿华莹说："我才不管你是什么人，我该说的还是要说。深鱼的死，肯定是共产党派人干的，凶手他们永远是抓不到的。"

胡春江问："为啥？"

她说："那些人都藏在苏联，有任务了他们潜伏回来；没有任务了，他们又蛰伏回苏联去，你往哪儿抓他们去？"

一会儿，她站起来，伸了一下懒腰，打了个哈欠，说："我也困了，回去休息一下，你也午休吧。"说完，她头也不回地拉开门走了。

　　下午胡春江刚到办公室，传达室老赵就把几份报纸送过来了。他一张一张地仔细看。现在，胡春江已经养成了习惯，只要来报纸，不管是什么报纸，他都要从头到最后看完，一个字也不落下。特别是广告，他都一个一个地看完，母亲没有给他说接头的办法，但他猜想，通知他接头的唯一办法可能就是报纸上的广告。

　　突然，胡春江的心大跳起来，他在一张《松花江晨报》的第四版最下边，看到了一份寻人启事。这时，他想到了在哈尔滨家里，那个报童给他送的就是《松花江晨报》。他忙把门反锁好，认真看了看，是写给他的暗语，意思是让他从今天起关注苏联海关门前广场上的寻人启事。他悬着的一颗心终于落地了，他深深知道，接头人马上就要来了。

　　吃完晚饭，胡春江换上便装，把手枪挂在腰间，戴上厚厚的棉帽，穿上黑色的皮衣，衣冠楚楚地下楼向大门口走去。本来，他想明天上街去看寻人启事，但现在按捺不住急切的心情，想去苏联海关广场转一转。这时，有十几名特别行动队的便衣匆匆忙忙地从他身边走过，他们向他打了个招呼，快速地走了。他问一个便衣："晚上还有行动？"这个便衣是个年轻人，忙说："有新的跟踪任务，我们得上岗去。"胡春江说："天这么冷，你们辛苦了。"

　　胡春江慢悠悠地向前走着，当他快走到大门口时，他的身后突然有人喊道："胡局助，等等我！"他一听，知道是瞿华莹。他马上收住脚步，转过身，只见瞿华莹穿得厚厚的站在了他的身后。

　　"晚上你一个人出去干啥？"她问他。

　　他说："寂寞，没事干，想出去转悠转悠。"

　　瞿华莹笑道："我也寂寞，我也没事干，我也想出去转悠转悠。"

　　胡春江哈哈一笑，说："那一块走走吧，男女搭配，走路不累！"

　　她说："走，看看咱满洲里的雪夜。"他俩一起向大门外走去。

　　这时胡春江判断，他一来到这里就受到这个女人的关爱绝对不是她有爱心，而是她受人指使在跟踪他,控制他,监视他。受谁指使,当然是罗高明。

瞿华莹他俩并肩走着。她给他介绍着马路两侧的建筑和机关。不知不觉,他俩来到了苏联海关小小的广场上。

广场上冷冷清清,铺满了脏脏的积雪。广场四周有几个路灯,路灯杆上,贴满了广告。胡春江只能用余光看那些广告,他不敢直面去瞧,他知道,自己如果有一个小小的失误,就会给他带来诸多的不安全因素,他自己的人身安全事小,党的利益事大。他漫无边际地说着一些无关紧要的话题,慢悠悠地走着。

前边有个厕所。胡春江灵机一动,他说:"我去一下厕所。"

瞿华莹耸了耸肩,说:"去吧!"广场在黑暗中,像睡着了一样沉静。

十二

胡春江走进男厕所,四下里一看,果然发现了一份寻人启事,他眼睛一亮,激动起来。

这张正是他要找的寻人启事。

寻人启事内容不是派人来接头的,而是告诉他,为了使他身边的人相信他是为日本人工作的,最近日本领事馆会给他下一份请柬,让他到日本领事馆做客。寻人启事还告诉他到领事馆如果见到大哥,可按正常人说话,但不能暴露兄弟关系。

胡春江走出厕所,见瞿华莹与一个农民打扮的男人在说话。他走到他们跟前,这位农民打扮的男人向他哈了一下腰,笑道:"胡局助好。"瞿华莹介绍说:"他是特情科的弟兄,在苏联海关周围执行任务。"这位弟兄还想说什么,胡春江看见瞿华莹轻轻地给他飞个眼神,他马上欲言又止,然后走了。广场上三三两两有些人在走动,胡春江知道都是项世成和瞿华莹的人。他们在这儿布网干什么呢? 他猜不透。

"回去吧,太冷了。"胡春江说。

"早着哪,再走走吧,回去也睡不着。"她说。

紧邻着苏联海关是中国海关。中国海关大门口悬挂着五色的国旗,有军人站岗。发黄的门灯下,两个穿黄色大衣、戴厚皮帽的士兵在站岗。因为此时有苏联火车过境,两个海关大院都忙碌起来。他俩走过中国海关门口,两个哨兵警惕地看着他俩。

天真的不早了,他们开始往回走。前方,路灯下,一个黑影向这儿跑来。胡春江不知道发生了什么,下意识地摸了摸他腰间的手枪。瞿华莹咯咯一笑说:"别怕,是我们自己人。"果真是自己人,是一个年轻警察,他跑到他俩面前,敬了个礼,大声地说:"报告胡局助,刚才日本大使馆给您送来一封信件,让马上送给您!"年轻警察说完,从大衣兜里掏出了一封信交给了他。胡春江用双手接过来,心想,这么快呀,好像是知道我刚才看了寻人启事似的。他暗暗庆幸自己抓得紧,如果抓得不紧,明天再看,那今天收到日本人的请柬还不是丈二和尚摸不着头脑?

送信的警察转身走了。胡春江从容地把信件打开,拿出的是一封请柬。瞿华莹看一眼说:"是一封请柬,哪里的?"他打开一看,落款是日本领事馆。他交给瞿华莹,她念了一下说:"后天上午让你到日本领事馆做客。行啊,你跟日本人的关系不错呀!"

胡春江接过这份请柬,重新装好,说:"回去吧。"

瞿华莹哼着小曲,跟在后边。

雪夜很冷……

第二天上午,胡春江刚到办公室,罗高明从他办公室门口经过,对他说:"明天上午满洲里工商协会有个迎新年联欢晚会,邀请我去,你陪我去吧。"胡春江大脑马上一转,知道他是在试探他请柬的事儿,瞿华莹肯定昨天晚上就给他汇报了,不然罗高明也不会一上班就试探他。于是他忙回答道:"局座,真不巧,日本领事馆给我发了请柬,让我明天上午去领事馆参加一个活动。"他说着,把办公桌上放着的请柬拿起来,递给罗高明看。罗高明接过一看,笑了,说:"那你这事儿重要,去吧,顺便打听打听日本对华是什么政策,听说想把中国关外的版图规划给日本管辖,也不知道真实不真实。如果那样的话,我们不都成日本帝国的臣民了?"

胡春江笑道:"中国就像一头生病的大象,虽然很瘦,但想吃掉它,也不是那么容易的事儿。"

罗高明把请柬还给胡春江,谦逊地笑了一下,走了。胡春江坐下来把昨天翻看过的报纸,又翻看一遍,生怕遗漏下什么似的。这时,有人敲门。

进来的是丁基元,他着一身便装,手里端一个保温杯,迈着松松垮垮的步子走了进来,很随便地坐在火炉前,说:"这个共党分子一点价值也没有了,我和项科长的意见是交法庭走程序处决算了。可是罗局座非让留着,也不让再审了。我就不明白,留着他干啥?"

胡春江说:"可能还有点用吧。"

丁基元说:"所有的刑都用完了,没办法他。现在肉泥一堆,有啥用?"

胡春江神秘地一笑问:"有些事罗局座真的没有给你说?"丁基元一惊,问:"什么事儿?"胡春江摇摇头说:"算了算了,我是猜测的,不好乱讲的。"

丁基元抬眼看了他一下,鼻子动了动,说:"你尽管讲,老弟,讲到我这儿很安全。"

胡春江想了一阵子说:"如果我没猜错的话,这个共党分子不但不会交出去杀了,而且过完年还会放了。"

"放了?"他表情复杂地问了一句,"为啥?"

胡春江说:"老兄,你想呀,深鱼被共党击毙了,凶手你又查不出来,这个顽固分子在咱这儿又不吃咱这一套,这条线不是断了吗?现在,上峰评判罗局座是否有水平,你知道是看他什么吗?"丁基元想想说:"当然是破案率呀。"胡春江认真地说:"是啊!但是,上峰不是纯为你的破案率记功,而凭的是破获多少共党分子的案件为准。据我所知,从去年到今年,我们这儿破获的共党案件太少,好不容易破获深鱼案件,也带着挖出了这个共党分子,可是结果深鱼又被共产党杀死了。你想,罗局座不把这个人放出去,怎么能钓出大鱼呢?"

丁基元想了想说:"有一定的道理。"

胡春江走过去,给他添杯茶水说:"猜的,因为局座什么也不会让我知道的,我只能猜测。"

丁基元说:"也许你猜得对。"他把火炉盖子打开,红红的炭火照着他棱角分明的大脸。他看了一会儿火炉说:"破获共产党的案件太难了,咱这个小地方,本来共产党就少,东北军在侦破,各级的特务组织在侦破,哈尔滨警备司令部在侦破,轮不到我们插手。网多鱼少,难啊。"

胡春江把话题一转说:"听说令尊大人也是军人,带兵打过仗。"丁基元的眼睛突然发出了亮光,他笑哈哈地说:"我爷爷在北洋水师当过管带,与日本人打过仗。父亲在泸滨府当过知府,带过兵,曾两次与俄国人打仗,现在在省兵役司负责兵役工作。我本来也要当兵的,老母亲不同意,家父就把我送到省学府学刑事侦查。现在呀,落在这个小警察局,也没啥实际意义,混日子呗。"

胡春江说:"为国家效力,不分地方大小,我们尽职就行。"

丁基元说:"现在山河破碎,振兴中华成了一句空话,指望我们这样的人物效力,有啥用呀!你老弟混得不错呀,年纪轻轻的,与日本人关系又是那么好,了不起呀。我听说明天上午日本领事馆请你去做客,真的假的啊?"

胡春江一听,知道他来的真正目的了。于是他忙说:"我只是在日本上过学,家父与日本人又有业务上的联系,我岳父家在日本有产业。其实我个人与日本人没有啥关系。"

丁基元说:"日本领事馆那帮人,老看不起人了,咱满洲里地方官员那么多,他们没几个能看起的,能让你去做客,这说明你与他们的关系不一般呀。"

胡春江说:"我估计是让我去应景而已。"

丁基元临走时又说了一句话:"以后要多多关照呀!"胡春江看着丁基元的背影,感觉很好笑。

一会儿,治安科长何之干来了。自从胡春江上任后,这个何之干对他是不冷不热,似乎没把他看在眼里,但似乎也不敢轻视他。这会儿肯定也是听到"请柬"之事了。他进门就说:"昨晚上我们在火车站抓了三个小偷,你猜他们说什么?"

胡春江放下报纸,问:"他们说啥?"

何之干哈哈一笑说:"他们说他们是日本特工,让我们离远点。"说完还在大笑。

"有这事儿?"胡春江也笑了。他感觉很有趣,于是问:"是真日本特工吗?"

何之干收了笑容说:"真个屁呀,有几个特工说自己是特工?何况还说日本特工？真日本特工也不知道藏得多么深呢？"他言语间，似乎在观察胡春江的表情。

胡春江问："那你昨晚怎么处理这几个小偷了？"

何之干说："咋处理？我让弟兄们抽他们十几个大嘴巴，滚了！"

胡春江知道，自从昨天晚上收到日本领事馆的请柬以后，这帮人应该彻底地相信他的日本背景了，同时也相信他是在为日本工作了。现在上上下下都在传言日本要在东北执政，建立什么政权，大连、丹东等地区的警察局日本已经托管，日本派来了大批的警察开始上岗工作，胡春江这个时候来这儿上任，加上目前混乱的形势，再加上这帮人想入非非，对他胡春江，他们一定是敬而有加，远而有度。母亲这样设计，真是一步高棋。这妙局消除了敌人对他的一切怀疑，他可以专心地建立特别交通站了。

这时何之干又说："前不久有几个小偷还冒充共产党呢！"

胡春江惊异地看一眼何之干，问："不可能吧，他们不怕死？"

何之干忙说："真的，他们说是共党分子，我一听，好，拉回来要给他们上刑。他们见我动真的，忙跪地求饶，说是假的，之所以承认自己是共产党是掩盖偷盗行为，没想到对共产党这么不客气……后来我罚他们做十天苦力让他们走了。"

胡春江笑了，说："真是天下之大，无奇不有啊！"

何之干说："你说老弟，这帮乌龟王八蛋是不是认为我们怕日本人，怕共产党？不然他们冒充这些人干啥？"

胡春江打开一包干羊奶，放到一个铜锅里煮，然后说："他们只是换一种求饶的方式罢了，没有那么严重。"

何之干愤愤地说："我给弟兄们说，以后再有人冒充日本人，打一顿放了算了。如果再有人冒充共产党，拉回来关起来备用，等完不成任务了顶数。"

胡春江见羊奶开了，忙端起来，给何之干倒一杯。胡春江说："好办法，好办法，一举两得。"说完他又问："冒充日本人的小偷也关起来备用不行？"何之干忙说："不行不行，日本人现在如日中天，如果关错了连我这小命也没有了。再说，小偷冒充日本人也是对日本人一种亲近。"

胡春江知道,何之干在慢慢靠近"主题",就是说日本人好。说日本人好,也就是讨好他胡春江。他从内心里暗暗发笑。

　　何之干喝了几口羊奶,一脸严肃地说:"老弟,你刚来,有好多事儿你还不知道,但有一件事我得提醒你,就是瞿这个女人是有背景的女人,她贴近你可以,但你必须与她保持距离,不然会惹来麻烦的。"他说着站起来,用手指蘸了一下羊奶,在办公桌上写下"远的讲她是汪的人,近的讲她是罗的人"。

　　胡春江忙点头称谢,说:"谢谢老兄提醒,我初来乍到,还望老兄多多关照提醒。"虽然何之干也是三十岁,但在东北,"老兄"是尊称。

　　何之干忙双手抱拳,说:"相互关照,相互关照。"

　　何之干从刚开始不理会胡春江,到现在给他提醒机密的事儿,这一百八十度的大转弯,核心是已相信胡春江是有日本背景的人。明天上午他到日本领事馆做客,使这帮人对他的背景认识有了质的飞跃。

　　何之干走后不久,叶自文和项世成也来了,他俩问胡春江中午有时间没有,如果有时间了想请他到"望春楼"吃饭,胡春江一听"望春楼",知道那里是个变相妓院。他说:"中午没事是没事,只是让你二位请我,我不忍心。这样吧,今儿中午我在玉祥酒楼请二位怎样?"

　　叶自文说:"到玉祥酒楼可以,但你请不可以,还是我们请你。"胡春江盘算一下,说好吧,我恭敬不如从命了。"胡春江又问道:"二位这两天忙什么呢?"项世成那独有特色的眼睛一翻,小声对胡春江说:"这几天我和叶队长在跟踪劝降一名共党分子,快成功了。"

　　胡春江听了心里一沉。他马上联想到罗高明在那天晚上的接风宴上,他俩神神秘秘地去跟踪什么人,又想到昨天晚上他们的手下便装悄悄出动去跟踪,难道……现在不知道他俩说这话是真是假,这会儿是真心给他说内情呢,还是在试探他呢?他把握不准。但胡春江感觉,他俩说的跟踪这个案件应该是真的。他俩从一开始对他保密到现在愿意对他说案件,真正原因恐怕也是对他的背景不再怀疑。

　　胡春江抬头看他俩一眼,说:"祝贺两位老兄,如果能破获一起共党的大案,功劳自然不用说,主要是为国家排忧解难,一定会得到上峰赏识的。"

叶自文说:"我和项科长目前是专办共党案件的,共党分子目前大都进入了潜伏期,案件很难办理,上海、广州、南京、北京、武汉、奉天、长春等城市把共党分子杀得满地都是,用他们的话说是革命进入了低潮。这个时候,他们需要帮助。谁来帮助他们,那只有北边的红色苏联。如果我没猜错的话,共党会派一些重要人物去苏联求援,他们去苏联的通道在哪儿? 就在我们满洲里。这样就给我们提供了千载难逢的机会,只要我们的网撒得好,有大鱼是跑不掉的。"

项世成说:"现在东北军司令部也看到了风向,在布网逮鱼。南京蒋总司令也悄悄在东北布网,汪主席在海外长臂指挥,也在到处抓人,你们没见咱们的瞿小姐这些天很忙吗?"

胡春江一听,忙问:"瞿是汪的人?"

项世成用目光扫一下叶自文,又看着胡春江的眼睛,笑道:"你说呢?"

"这么复杂呀!"胡春江叹道。

叶自文看着项世成,似乎是在开玩笑地说:"项科长一心想和瞿小姐套近乎。我看呀,还是远点好,玫瑰有刺,香水有毒。"

项世成的笑容有一些玩世不恭的表情,他没有接叶自文的话茬儿,而是继续说:"这样的话,几条战线都会把目光集中到我们这边境线上,我们再不努力到头来竹篮子打水,让我们怎么向上峰交代。现在整个东北明里是北京军政府管着,看似是张大帅统管我们,实际蒋总司令早已把手伸向了东北,省政府、市政府不都是与张大帅唱反调,暗暗地听蒋的? 现在蒋介石也好,张大帅也好,看下边的政绩标准是什么? 那就是看你抓共产党多少。因此,我们不奋力抓共产党,能行吗?"

胡春江脸上的肌肉跳了儿卜,说:"你说得对,我们必须先下手为强,多抓为好!"

叶自文说:"所以呀,我们跟踪劝降,这个案件一旦成功,那我们这个小小警察局,就会再创辉煌了。"

胡春江说:"这个案件,罗局座肯定支持了。"

项世成的鹰眼一翻,说:"这就是罗头儿一手策划的。"

叶自文突然像想起什么似的说:"我还要到罗局座那儿汇报事情,我先走了。"项世成说:"我也有事得先走了,中午玉祥酒楼不见不散呀。"两人说完走了。

听了刚才他俩说的话,胡春江心里沉甸甸的。这两个家伙还真懂一点政治,知道我们共产党处在低潮。还能猜想到我们要派人去苏联,真的不简单。这些人都是属狗的,一旦闻到了某些气味,一定会围追到底的。敌人有这样的警觉,对他下一步建特别交通站是绝对不利的。他得把这一信息抓紧报告给组织。然而,他目前还没有渠道,只好等着建站以后再说。

快中午的时候,毛先征来到他办公室,怀里抱一件大棉袄。毛先征对他说:"再给你一件袄吧,不然身上这件穿脏了没有换洗的怎么行。"胡春江忙笑道:"谢谢老兄的关怀和照顾。"

毛先征也谦逊地笑了,谦逊里面含有尊敬。他和罗高明的关系,全局人都知道。他的一言一行,全局也都十分关注。

胡春江说:"你把咱们局的后勤工作抓得好呀!别的不说,单说咱这伙食抓得就不错,每顿都有肉,有青菜,特别是大冬天能吃上青菜,真的不容易。我们的后勤供给渠道有几条?"

毛先征笑了一下说:"基本是三条。一是满洲里市政公所供给一些,这是主要的,他们主要保障警饷、看守所的一切开支和办公经费。二是东北军张大帅给我们一部分,大帅主要是供给武器装备。三是当地有钱人捐一部分,这一部分主要是改善生活。"

胡春江问:"东北军为何给咱武器?"毛先征说:"这主要是罗局座的关系,罗局座的父亲在东北军是个实权人物,给咱一些武器装备很正常。再说了,边境城市的警察局,都在张大帅手里掌握着,他们给武器,名正言顺。张大帅给武器还有一个目的,那就是一旦打仗,这些警察拉出去就能当军队用。"胡春江点了点头,笑笑说:"我明白了。"胡春江沉思一会儿又问:"省警察厅不给经费吗?"

毛先征愤愤不平地说:"他们是只让你干活,不让你吃草啊!再说了,他们的经费比我们还紧张哩。现在北京张大帅管的地盘,从上到下都没钱,你没看报纸上整天刊登北京军政府召开税务工作会吗?我们的张大帅前方要与北伐军打仗,后方要'剿共',都需要钱啊。"毛先征说完站起来,走到办公桌前,把头伸过来,小声说:"最近采购了一批蒙古好酒,我拿两瓶,今儿中午喝了吧。"

胡春江刚才已答应了叶自文和项世成中午在一起聚会,他不好意思地笑了,说:"刚才叶队长和项科长……"

毛先征忙说:"一回事儿,就是他俩让我来叫你呢。走吧,晌午了呀!"

胡春江一听,二话没说跟着毛先征下楼了。他想,一份日本人的请柬,马上奠定了他在满洲里警察局的地位。想想他们对日本人的态度,这是多么可怕呀……

胡春江边走边说:"从上到下都没钱,你还让喝这么好的酒。"毛先征走近他小声说:"我们还有罚款收入呢,有钱喝啊!"

胡春江抬头看看天空,微笑着往前走。

十三

早上，胡春江身着便装，手持日本领事馆的请柬，走到日本领事馆的大门口时，他看见大哥胡春海站在院内的雪地上，迎接一个穿着厚厚貂皮大衣、戴着墨镜和白色口罩的女人。胡春江看后身和她走路的姿势，这位贵夫人极像自己的母亲杜云英。大哥把那位贵夫人迎接上了二楼。

门口卫兵检查完胡春江的请柬后，放他进去了。这是个不大的院落，办公主楼是三层楼，两边的配楼是两层。院中央有一个高高的木质旗杆，太阳旗在上方高高地飘扬。不知为什么，看见这旗帜，胡春江的心里就有被扎的感觉。

办公楼门前挂着一条黄底红字的横幅，上面用日文和中文写着：欢迎各界朋友前来参加中日友好新年茶话会。

茶话会设在二楼一个中型会议室里。一排排桌椅早已放好，每个座位的桌面上，摆放着与会者的名字。有两位中年日本人在忙上忙下地服务会议，他们见有客人进来，都礼貌地鞠躬问好。胡春江没有马上去找自己的座位，而是在用眼睛扫描那位贵夫人。那位贵夫人已在前排坐下，墨镜和口罩已经取下，看背影和发型十分像母亲。这时大哥从外边进来，他俩迅速对视一下，大哥大方地走到他面前，伸出右手，说："胡局助好，欢迎你参加茶话会。"他忙伸出手，握了握大哥的手说："胡翻译官，您好！"大哥的手很有力，也很温暖。他俩握完手，大哥用余光看了一下前边座位上的贵夫人的背影。从大哥的眼神里看得出,对他到满洲里警察局任职并不感到意外,好像对他的到来还了如指掌,不然怎会一见面就叫他"胡局助"呢?

陆陆续续又来一些人,大哥胡春海忙去了。胡春江能看出来,前边坐的就是母亲。他的座位在后排,母亲的座位在前排。他按捺不住内心的激动,站起来装着没事似的,往前边走了过去。只见母亲静静地、很慈祥地坐在那里。他的心大跳起来,因为,母亲不仅是他的母亲,而且是他的上级,是北满地下党的红色指挥部重要成员。他的一切行动,都来自母亲的指令。就像在上海的金牙大妈一样,他的所有行动都得经过金牙大妈批准和同意。

母亲似乎知道他要从她的身后走过,她扭过脸,很客气地向他微笑一下。他忙回了个微笑。从母亲的目光里,他读懂了一切。他轻松地回到自己的座位坐下,平静一下激烈跳动的心。他不知道母亲以啥身份来参加这个茶话会,但他坚信,自己能来参加这个茶话会,肯定是母亲策划的,由大哥协助的。

大哥虽然很忙,但胡春江明显感到他在时时关注母亲。大哥有些故意不去看胡春江,胡春江倒是可以直视大哥。这时,有人在他身后突然拍了一下他的肩,他抖了一下身子,赶忙扭头一看,是井上春树。昨天胡春江就想到井上春树一定会参加的,满洲里就这么大个地方,他代表日本政府在这儿做生意,这样的新年茶话会他肯定要参加。

胡春江赶忙站起来,很绅士地点了一下头,与他握手寒暄。

一会儿,参加茶话会的人员到齐了。这时会议室门口出现三个人,第一个是内穿西服、外穿黑皮大衣、脚蹬高靿皮靴的日本人,此人应该是日本驻满洲里领事馆领事田基。第二个是位日本军人,军衔是大佐,应该是日本军事委员会的长官。第三个人像是满洲里地方官员,身着中山服,头戴棉礼帽,胡春江不认识这个人。当这三个人出现在会议室门口时,会议室顿时响起了热烈的掌声。

三个人坐在主席台上,大佐坐在中间,领事坐在右边,那位地方官员坐在左边。会场很静,大家都等着会议的开始。这时,胡春海走向台边,弯下身子向领事田基耳语一下,田基向会议室门口看了看,这时,门口出现一个中国军人,因为他穿的军服太厚，胡春江看不出是什么军衔。田基向这位军人招了招手，把他让到了主席台上就座。当他挨着那位地方官员坐下时，胡春江看清了，来人是东北军装束。

这时胡春江想，看来，日本人没有把满洲里的两个警察局放在眼里，这样的活动，两个局座都没有被邀请。

整个茶话会主要是田基用日语在讲话，大哥站在一边翻译。主要意思是新年快要到了，在新的一年里，中日要密切合作，共同为中国社会发展而努力。还有一层意思是大日本帝国将对东北进行扶持，将来可能要建立特别经济区域，形成中日经济发展新模式，等等。

田基还在叽里呱啦地讲个不停，不时引来阵阵掌声。母亲杜云英坐在前排，认真地听着，她直望着大儿子，似乎很欣赏他。胡春海很认真地翻译着田基的每一句话，其中有一句话内容是："我们大日本帝国新登基的昭和天皇对中国人民很关心，天皇陛下希望中日共荣，天下太平。"胡春江想，昭和是你们日本的天皇，他管好你们自己国家的事情就行，他关心我们国家的事干啥？田基看着胡春海一字一句地翻译，很得意。而杜云英坐在那里，似乎没有听到这句话一样，面无表情。大家都在用劲鼓掌，而她却轻轻地拍了一下手。在别人看来，她不是不用心鼓掌，而是呈现出一副贵夫人风范。

茶话会结束以后，酒会在东厢房的大餐厅里举行。今天参加的人员有四十余人，田基摆了四大桌酒席招待大家。今天参加的人员结构胡春江不太明了，但有一点很明确，就是来的人都与日本有这样那样的关系。

茶话会上胡春江没有机会与母亲说话，这使他心里很着急。而到了中午酒会的时候，他惊喜地发现他被安排到母亲的身边就座。母亲一中午只顾微笑着应酬，没有多少话语。母亲在跟胡春江碰杯的时候，悄悄地、不动声色地对他说："你晚上到北满南街东来顺餐馆去，那里有人等你。"

胡春江暗暗把酒馆名字记在心里。

酒会很快就结束了，人们纷纷离去。母亲是坐人力车走的，她来得从容，走得稳健，浑身上下洋溢着大家族贵夫人的风范。胡春江看着母亲远去的背影，突然感觉自己离开母亲寸步难行。在上海他离不开金牙大妈;在这儿,他离不开母亲。总的来说,他离不开党组织,离开党组织他就是无线的风筝,无助地漂泊。

胡春江是步行回到警察局的。本来,他回到宿舍是想睡一会儿,却躺在床上怎么也睡不着。他没有一点儿困意,他的困意被今天见到母亲的激动劲儿赶跑了,也被今天晚上去接头的大事儿干扰了。是啊,今天这个日子怎能不让他激动呢? 中午意外地见到母亲不说,晚上还有人见他,这见他的人是不是与他共同建站的同志呢?

他干脆不睡了,他决定到办公室去。

胡春江刚进办公室,瞿华莹就敲门进来了。她进来第一句话就问他:"中午的茶话会很热闹吧?"

太阳挂在了西半天,晚霞已开始在慢慢形成彩色的天空,透过窗口,能看见半黑半红的飞霞抹在天际。不知道室外哪一扇玻璃窗反光,通过胡春江的办公室窗户把余晖照进来,正好映在瞿华莹那乌黑发亮的秀发上,也映照在她那高深莫测的脸上。她用探索的眼神看着胡春江,使胡春江想起小时候跟着父亲在马背上遇到草原母狼的眼神。那种贪婪复杂的眼神使他终生难忘,现在夜间还能常常梦见。他给她递一杯加过温的热羊奶,说:"是领事馆的年度例行茶话会,没啥意思,是个形式而已。"她好像很感兴趣地又问:"都是一些什么人参加呀?"他平平地说:"都是与日本生活、工作、业务有联系的人,范围很小。"瞿华莹想了想说:"你老兄行呀,我们的局座、副局座都没被邀请。我们两个警察局好像只有你一个人被邀请去了,这说明你有面子呀!"

瞿华莹上午没有去,她好像什么都知道,是她神通呢,还是她与日本人有一些关系网呢? 胡春江摇了一下头,用否定的口气说:"不是我有什么面子,而是家父的关系。因为日本人与父亲关系密切,所以日本人才邀请我去参加。"瞿华莹又问:"都见到什么大人物了?"胡春江平平地说:"没什么人,只是见到了田基领事,一位日军军官,东北军的一个指挥官和咱满洲里的一个地方官员。"瞿华莹把杯中的热奶喝完,把杯子一放说:"据我所知,日本人做事都是经过精心安排和策划的,请谁不请谁一定有用意的。请你去,你一定是对他们有用处的。"说完,自己咯咯地笑了一阵。胡春江笑笑说:"瞿科长对日本人很了解呀!"瞿华莹听了愣了一下,随后神秘地微笑一下,不去看他。

瞿华莹问:"你太太为啥不来呢?"胡春江用异样的目光看着她,说:"她想来,但我岳父家生意人手不够,她在娘家帮忙,等忙完了,她就会来的。"她抬头笑了笑说:"问你个问题,你是想让媳妇来呢,还是不想让她来呢?"他不假思索地说:"不想让来。"她的目光一亮,问:"为啥?"他说:"我看呀,在我们这儿当警察不像在内地,在内地和南方,抓共产党是国民党各级党务组织的事儿,警察局一般不破获共党的案子,如果遇到了,也侦破,但不主动承担这样的政治案件。而我们这儿是边防,蒋介石的特务机构直接管辖不到这儿,北京军政府又力不从心,这破获共党案子的重担就落在了我们肩上。破获这样的案子,危险程度你是知道的,让她来这儿生活,安全保证不了,怎么生活? 不仅我担心,他们家族也担心啊!"瞿华莹夸道:"你真够爷们儿,佩服! 佩服! 担心女人安危的男人都是好男人啊。"

太阳要落山了,办公室有点儿暗。窗外的一抹晚霞已不存在了,灰色的云彩像几个猴子的怪脸,在调皮地看着人们。室外,冷得彻骨;室内,暖得出汗。瞿华莹对胡春江刚才的话不屑一顾,把话题突然一转说:"我春节要回家过年了,一年只回家这一次。"

胡春江问:"你老家是哪里的? 听口音是江南人。"瞿华莹反问道:"你是个消息十分灵通、本事通天的人,难道真的不知道我是哪里人?"

胡春江哈哈大笑起来,笑罢说:"你又夸我! 按你说的我像孙猴子,啥都知道。"

瞿华莹向他做了一个内涵丰富的怪脸。

其实,关于瞿华莹的情况和背景,母亲和中共北满特委保卫部长田家彬给他的资料很详细。她的资料表明,她出生在南京,父亲是位军人,母亲是位大家闺秀。爷爷在天津跟随过从北京紫禁城逃生的溥仪,后来日本人在天津努力保护溥仪,她爷爷对此有看法,就回到南京养老。瞿华莹是从南京空降到黑龙江省警察厅当警察的,省警察厅又把她派到这里来,把她派到这儿来据说是北京军政府的意思。胡春江弄不明白,南京和北京两个政府在打仗,属于水火不容的两个集团。可是她又为何能从南京方面跳到东北来任职呢? 而且她来此地任职的操纵者又是北京军政府。现在的中国之复杂真是难以想象。都说她是汪精卫线上的人,是反共急先锋。仅凭这一点,胡春江在她面前,就得谨慎谨慎再谨慎。如此他与瞿华莹在一起谈话,就如同与豺狼虎豹在一起的感觉,远不得,更近不得。

胡春江笑了笑说:"大美女,我刚来,怎能知道你是哪里人呢? 听口音你应该是江浙一带的人。"

瞿华莹把眼珠子一转,动人地笑道:"我是南京人,父亲是国民革命军的军人,我母亲娘家在苏州,是大家闺秀。昨天我母亲写信过来,让我回去过年,我母亲说今年回去有大事要商量,我知道是啥事儿。"

胡春江说:"肯定是好事儿。"

瞿华莹无奈地笑笑说:"啥好事呀,相亲呗。"

胡春江说:"相亲还不是好事儿?"

瞿华莹的眼光一亮,如天上的流星从她脸上划过,很快又暗淡下来。她把眼皮往下一垂,有骨头有肉地说:"和你相亲才是好事儿。"

胡春江爽朗地大笑起来,然后说:"我是结过婚的人了,还相亲?"瞿华莹说:"谁说结过婚的男人就不能相亲了?"胡春江若有所思地说:"快吃晚饭了,下班吧。"此时,他想得最多的是今天晚上去见接头人的事儿,没有心情与瞿华莹在这儿说三道四。

瞿华莹狡猾地一笑说:"你答非所问,这说明两个问题。一、你心里什么都明白,但在装糊涂。二、你在回避我对你的真实感情。"胡春江只能笑笑。

瞿华莹突然像想起了什么,问道:"今儿晚上你干什么?"胡春江听她这么一说,心里一沉,此时他最怕她节外生枝约他晚上有事儿。他长出一口气,平静一下心情说:"我有个在哈尔滨的日本朋友今天来咱满洲里,上午我在领事馆遇到他了。他是我在日本上学时认识的,今晚他约我去叙叙旧。有事儿?"

这是胡春江早已想好的方案,不管谁问他今晚干啥,他都会这样说。如果不把日本人搬出来,恐怕有好多事儿他无法拒绝。

天完全黑下来,胡春江把办公室里的灯打开,室内亮得刺眼。在明亮的灯光下,瞿华莹的脸庞给胡春江的感觉不像在人世间,像是在另外一个世界里,有点吓人。

此时,瞿华莹坐在明亮的灯光下,摇了摇头,笑了一下,如幽灵般地轻声对他说:"你今后要小心总务科长毛先征。"

胡春江浑身一紧张,问:"为啥?仅凭他与罗局座关系好吗?"

瞿华莹轻轻地摇了摇头,说:"我看他像共产党!"

突然停电了,办公室顿时漆黑。

瞿华莹骂了一句:"妈的,又停电了。"

胡春江说:"走吧,下班。"

他俩走出办公室,整个世界都是黑的。天上没有星星,也没有月亮。天阴了,好像又要下雪了。

十四

晚上,当胡春江着便装来到了北满南街东来顺餐馆时,天真的下起了大雪。

风很急,天地一片混沌。

漆黑的夜里,大街上的行人很少。而东来顺门口的雪地里,却有人在晃动。有两辆人力黄包车在餐馆门外等客,车夫像睡着一样坐在车把上,一动不动。胡春江知道,这都是自己人在执行任务。

他掀开餐馆厚厚的门帘子,走进餐馆的大厅,顿时一股热浪和香气向他扑来。大厅内,坐了不少人在吃火锅。今天上午母亲没有给他交代接头暗号,这说明,接头的人认识他。他进来后,门口的小伙计忙点头哈腰地说:"先生来了,您订的房间在二楼红梅厅。"胡春江一听,心里抖了一下,他确定,这个小伙计就是接头人,而且还认识他!这时胡春江观察到,小伙计向吧台方向飞了一眼,吧台内站着一个中年男人,这个中年男人赶紧走过来,对胡春江礼貌地说:"先生,楼上请。"

这一切很自然,像平常接待客人一样。

胡春江更加确定,这个东来顺餐馆是个地下党组织机关。

二楼楼梯口,坐着四个中年男人在吃火锅,他们在静静地吃,不像楼下大厅里的客人那样大声喧哗。他们身后,就是红梅厅的门口。当胡春江出现在楼梯口时,这四个中年男人抬头看他一眼,目光都是那样犀利和异样。随后四个人把各自的目光收回了，低头吃饭。

红梅厅的门是关着的，他伸手敲了敲门，门开了。

他万万没有想到，开门的是陆小枫。他的热血一下子涌到了头顶，幸福来得太突然了。

"小枫，怎么是你?"他吃惊得差点跳起来。

当他看清屋内坐的人员时，他高兴得笑了。火锅烧得正旺，锅内的汤水正在沸腾。

围着火锅桌子坐着八个人，这八个人中有母亲杜云英，有中共北满特委哈尔滨交通站的负责人洪永升，有保卫部长田家彬，有上海的陆师傅和他女儿陆小枫，有上海特务工作科的交通员宋自加。还有两个人他不认识，一个是中年男人，一个是青年男人。

陆小枫脸一直很红，说："胡大哥，快坐下来吃点东西。"胡春江高兴得忘了向大家问好，只是笑着站在那里。

母亲指着那位中年男人说："这是养马场的负责人老魁，跟着你父亲闹革命多年，是咱东北交通线上的骨干成员。"然后她又指着那位年轻人说："他是养马场的小寒，是满洲里交通线上主力军。"胡春江看着母亲，笑道："我估计今天晚上是让我来见建站人员的，没想到大部分都是我认识的人。"他先与陆师傅握握手，说："陆师傅，我以为我这一辈子也见不到你了，没想到这么快就见到了，原来我们是一条战线上的人。"陆师傅说："谁知组织上安排这么巧，让我们在这北国风光的边陲小镇见面，并且今后在一起工作。见到你很高兴。"

胡春江说："我长这么大，母亲给我很多惊喜，但是都没有今天的惊喜大!"他说着扭头看一下站在一边的小枫。随后，他又与宋自加握手。他说："信不? 我天天在想你! 欢迎你的到来，很高兴再次与你一起战斗，很想听你的笛声。"宋自加双手紧紧地握着他的手说："是啊! 我们又能在一起战斗了，我也是又激动又高兴啊!"

说完，胡春江又与洪永升、田家彬一一握手。他边握手边说："很高兴又见到你们!"

陆小枫主动把手伸出来,说:"胡大哥,你还是这样光采照人呀!怎么,都握手了,这么长时间没有见面,也不与我握握手?"胡春江忙握住她的手,说:"你还是这么漂亮,嘴还是这么厉害!"说完,两人都笑了。

母亲的脸被火锅的火焰映得红红的。她与上午在日本领事馆的穿着不一样,上午是标准的贵夫人的打扮,而现在是地道的知识分子打扮。大家落座后,母亲说:"今天晚上是满洲里建立特别交通站的第一次会议,也是第一次接头会议。下面由洪永升同志通报情况。"

洪永升戴了个大皮帽子,帽沿的猎毛是黄色的。他把帽子摘掉,他的头在冒烟。他的眼镜有一层薄雾,他把眼镜也摘了下来。他环视一下大家,说:"胡春江同志到满洲里以来,开局很好,在警察局基本站稳了脚,虽然目前还没有得到他们的完全信任,但也赢得了他们的尊重,不但我们北满委员会满意,中央也很满意。"

洪永升继续说:"从今天起,满洲里护送全国党代表出境工作站正式建立,命名为'满洲里特别交通站',站长由胡春江同志担任,副站长由陆师傅和老魁担任。办公地点在养马场,宋自加、小寒、陆小枫为骨干成员,养马场的其他党员为辅助成员。除胡春江外,陆师傅负责全面的业务工作,老魁负责交通站的后勤保障工作。交通员由宋自加同志担任。小寒负责外联工作,小枫负责内勤和交办的临时工作。特别交通站成立党小组,胡春江任党小组组长,陆师傅是副组长,其他人员都是党组成员。特别交通站党小组归中共北满特委直接领导,是中共北满特委的下级组织,你们这个党小组,只对杜云英同志负责,不能与满洲里任何党组织发生横向联系,这是一条铁的纪律。听明白了吗?"

大家都表示明白。

杜云英说:"下边由田家彬安排具体的安全保卫工作。"

田家彬一直都很严肃。他紧皱眉头,目光有神,好像一直在思索着什么。他说:"一、从今天起,有一个六人保卫小组在配合你们的行动,这个保卫小组的人全都认识你们,但你们不能认识他们。他们主要是在暗地里保卫你们的安全,也为过往的党代表提供安全保障。二、特别交通站建立两个运输小组,陆师傅和宋自加一组,老魁和小寒一组。宋自加同志兼任通信联络工作,主要是保持与胡春江的联络。联络方式与上海的一样,笛音不变。胡春江同志的宿舍后边就是养马场,以后有什么事儿,宋自加以吹笛为信号通知你。"这时,胡春江想,他的宿舍难道是有意安排的?应该不可能。

田家彬继续往下说:"三、春节前不会有党代表过境,只有几位苏区领导人从这儿路过去苏联,那不是你们的事儿。春节期间你们的任务主要是研究方案和制定预案,过完年一旦任务过来,要保证万无一失地完成任务。四、代表们分批坐火车从哈尔滨过来,他们每人手里都拿有半根火柴,只要见到手拿半根火柴的人,就要保证把他们送出境。春江同志负责在火车站建立一个接待站,让代表们下火车就能见到你们。建成后迅速向杜云英同志报告,待批准后,才能启用。接待站负责接待刚下火车的党代表,也算是报到站。代表们报到后,由你们给他们提供住宿,两个运输组负责用马车向境外运输。东北军地下党组织已把两个边防站买通了,苏联那边也正在筹建交通站,与我们这儿同步进行。将来他们也是用马车迎接代表们。五、日本远东党组织派一名秘密共产党员来中国,中央把他派到满洲里,他叫安显一郎,他以日本贩马商人的身份常驻满洲里,主要是为胡春江常去养马场提供理由……"

杜云英看一下陆师傅,又看一眼胡春江,说:"陆师傅和春江你们在上海就认识,但你们在上海没有横向联系。这次你俩在一起工作,要团结合作,遇到困难要共同面对,多商量,多沟通,既要保证安全,又要完成任务。"胡春江与陆师傅同时点了点头。

杜云英对胡春江说:"你年轻,工作没有陆师傅有经验,有事情多向陆师傅和老魁请教。陆师傅是工人纠察队出身,是一位成熟的老党员,长期打入日本企业内部,为党中央决策提供了很多有价值的情报。老魁和你爸爸一样,是咱东北第一批在苏联入党的老革命了。这些年他把我党的养马场经营得不错,为我们东北党组织的活动开展提供足额的经费保障。"

胡春江此时才明白,母亲说他家在养马场持有股份,原来就是说养马场是东北党组织所有。母亲所说的家就是党。今天他是第一次听母亲说父亲是共产党员、革命者。

火锅里的水，一直在沸腾。

杜云英的脸色苍白，她眯起双眼，像是在回忆往事儿。她说："我和你爸爸都是党的人，有好些话，当年不能对你们说。这次你回哈尔滨前，不是一直也不知道我是干什么的吗？"

胡春江点了点头，眼睛里似乎含着泪水。

杜云英说："过去，你只知道你爸爸是有病走的。其实不是，他是在一次秘密战斗中牺牲的。"

胡春江早有预感，他预感到父亲走得不寻常。今天在这个特殊的场合，母亲终于说出来了。他认为，父亲是伟大的父亲。他看着母亲深沉的眼睛说："我一定要继承父亲的遗志，把革命大业进行到底。"母亲用深情的目光看着儿子点了点头。

杜云英沉默很久，然后接着说下去："参加满洲里特别交通站的同志，都是中央亲自考察，中央主要领导反复研究确定的。这说明党对你们是信任的，同时也证明你们是很优秀的，是我党的忠诚的战士和可靠力量。目前革命正处在低潮，正处在困难时期，但我们的革命情绪不能低落，我们的斗志不但不能减退，而且还要倍增。轰轰烈烈的大革命失败了，原因是我们党太年轻，党内同志太天真，相信与蛇可以交朋友，结果成千上万的同志献出了宝贵的生命。我们党从生龙活虎的地上工作，一夜之间变为地下工作者，说白了，孙中山先生去世后，党的某些负责同志过于相信蒋介石，相信汪精卫。为了总结大革命失败的教训，分析目前的革命形势，找准今后的斗争方向，我党很有必要开一次会议，而这次会议，只能到苏联的莫斯科召开。中央把各地党代表去苏联开会的过境任务交给我们，是对我们极大的信任。同志们，考验咱们的时候到了，我们一定要完成这次艰巨而光荣的任务！"

突然一位中年男人推门进来了，他用刚毅的目光看着杜云英，点了一下头。这位中年男人胡春江刚才见过，就是站吧台的那个中年男人。杜云英说："我和洪永升、田家彬同志得赶回哈尔滨了，今后上级有什么指示，会有人来与你们接头的，你们有什么汇报的事情,由胡春江负责向我汇报,随后会有人定期来与春江见面,有啥事情会口头传达的。"她说完,微笑一下,迈着坚定的步伐向门口走去。

这时她像突然想起什么,转回身走到陆小枫身边,说:"小枫,你真的很漂亮,很贤淑。我喜欢你,你要好好工作,像你父亲这样,做一个好党员。"

陆小枫激动地抱了抱杜云英,轻轻地叫道:"杜妈妈!"杜云英忙拥抱住她,也轻轻地说:"听党的话,努力工作,等完成任务了,我亲自来接你回哈尔滨。"

陆师傅看着她们两个人,眯起眼睛笑了,笑得既陶醉又幸福。杜云英恋恋不舍地走了。

胡春江看着母亲消失在门外,他的眼睛模糊了。胡春江想,他和小枫的事儿他没有给母亲说过,母亲怎么就知道了呢? 洪永升和田家彬紧跟着杜云英,一闪也消失了。

中年男人站在门口说:"大家边吃边说工作吧,等我发安全信号了,你们再散。"

这时田家彬返回来,把这位中年男人介绍给大家,他说:"这位是东来顺餐馆的老板,代号叫呼伦湖,以后大家都叫他呼伦湖好了。这个地方是咱北满委员会满洲里工作站的一个机关,今后,咱特别交通站的全体同志,没有接到通知,绝对不准擅自来这里。"胡春江忙回答说:"明白了!"说完,田家彬和呼伦湖转身走了。

房间里还有六个人,有陆师傅、老魁、小寒、陆小枫、宋自加和胡春江。火锅还在沸腾。室内充满了肉香味。

胡春江问:"小宋,金牙大妈还好吗?"

宋自加说:"一切照旧,比原先更忙。"

胡春江叹道:"咱这位金牙大妈呀,永远也闲不着。这些日子,我真的很想念她。"宋自加笑笑说:"在上海时,金牙大妈没少批评你,现在是不是挨不到她的批评不习惯了?"胡春江说:"真是有点不习惯了,见不到金牙大妈心里不踏实。"大家一听都笑了。

胡春江又问:"我们战斗小组那四位同志现在还好吗?"

宋自加说:"自从你走后,你们这个小组进行了大调整,金牙大妈也不再领导这个组,她干啥去了,我也不知道。后来我在租界执行任务时,看见她和马丽从一个德国人的住地出来。马丽你知道吗?"

胡春江点头说道:"知道。我原先想她和秋风一样是叛徒,原来她是跟踪秋风的内线。我回东北,还是她帮我买的火车票呢。"

宋自加说:"秋风被你一枪击毙以后,马丽明里是为国民党服务,暗地里是为特科提供情报。她现在属金牙大妈领导,是我们优秀的潜伏人员。"

胡春江突然像想起什么,问:"陆师傅,您在上海突然搬家,是来执行这次任务呢,还是有人出卖组织了?"陆师傅想了想说:"你当时是什么情况,我也是什么情况。"胡春江若有所思地噢了一声。

陆师傅说:"要不是组织上让修船厂老板冬渡出来说话,事情就闹大了。"

宋自加说:"任何时候,我们离了组织寸步难行啊!"

陆师傅说:"据我所知,我突然走了,确实对他的修船厂有影响。再者,咱们党组织通过特科在杜月笙身边卧底的王奇,利用杜月笙的关系,买通冬渡,让他给上海市公安局的李沪春施压,让李沪春把王登虎的职务给罢免了!"

胡春江与他们又叙了一会儿旧,然后说:"先简单地说说工作吧。"

陆师傅说:"小宋我们已住在了养马场。老魁和小寒是哈尔滨交通站的人,对满洲里的情况比较熟悉,这些天协调外边的事情,都是老魁和小寒在跑。"

陆师傅问:"你到警察局以后,一切还顺利吧?"

胡春江说:"他们目前钩心斗角,干每项工作,办每个案件,都是为各自的主子效劳。这里有个女妖精叫瞿华莹,是特情科的副科长,从南京空降过来的人,是北京军政府安排她来任职的。她明里是为国家效力,暗里是汪精卫线上的人,应该是汪府安插在这里的内线。她暗地里跟局座罗高明关系很好,而罗的背景是张大帅,东北军是他的靠山。他俩根本不是一条线上的人,怎么能走到一起呢?我认为,是各自为了控制对方才走到一起的。这个女人自从我报到的第一天起,就在监视我,可能是罗高明让她干的,也可能是汪氏集团让她干的。不管是谁让她干的,她对我开展工作十分不利。"

陆小枫正在给大家捞菜,一听他说有个女妖精,她停住了动作,认真地听起来。

陆师傅说:"汪氏集团是亲日的,如果她相信你是日系,她不应该怀疑你才是,我想应该是罗高明指使她干的。"

胡春江说:"很有可能。"他低头想了想说:"有这个女人在,给我添了许多的麻烦。"

这时陆小枫狠狠地说:"蛇精是会缠人的!"

胡春江突然笑着说:"我在上海十里洋场混那么多年,还能让蛇精缠着?"

小枫表情复杂地提醒他说:"不一定。明缠易躲,暗缠难防。"

胡春江抬头看看陆师傅,陆师傅正在抽烟,没有看他。胡春江此时脑海里浮现出瞿华莹那神秘莫测的笑容。他说:"我会时时处处防着这个女人的。"

陆师傅说:"听说罗的老婆很讨厌这个瞿华莹,你得想办法,让她俩发生战争,得把她的心搞乱,人心一乱,一切皆乱。她乱了,她就不会认真监视你了。"

胡春江一听,惊愕地看着陆师傅,说:"陆师傅对警察局内部的情况了解得很详细呀,连罗的老婆恨瞿华莹这样的小事儿你都知道啊!"

陆师傅说:"我跟着南老板去苏联学过情报搜集专业,搞这点小小的情报,不难。"

胡春江突然把话题一转说:"警察局羁押了我们一个同志,代号叫蚂蚱,是深鱼出卖的。不知道这个同志是哪条线上的人,党组织有没有营救计划和措施。这个同志很坚强,两个耳朵被割掉了,十个指甲也被拔掉了,前天右手又被剁掉了两根指头。他威武不屈,视死如归,是位英雄。"

胡春江话还没有说完,呼伦湖进来了,他说:"春江同志,可以撤了,外边有两辆人力车是咱们的人,你们可以分批走。"陆师傅沉着地说:"小枫和小宋你俩先走,其他人随后再走。"陆小枫和宋自加马上跟随呼伦湖出去了。

胡春江对陆师傅说:"明天你到火车站看一下房子,有合适的租下来,让小枫开个小杂货铺,作为接待中转站。小宋充当老板,并负责安排过来人的食宿。"陆师傅说:"好,明天我就去落实。"这时,呼伦湖又进来了,他急急地对胡春江说:"这会儿警察局的项世成和瞿华莹带着几个年轻警察,在一楼大厅里吃火锅,你走的时候心里要有个数。"

胡春江一听,心里沉了一下,他想,他们这是跟踪我呢,还是偶然相遇呢?下午下班时他只对瞿华莹说会一个日本朋友,没说在哪个饭店,她是不是有目的地来这儿吃饭?那她又是怎么知道在这个饭店呢?这个饭店是我党在满洲里建立的特殊机关,决不能让这个妖女闻到什么气味!但愿今晚他们是工作聚餐,是偶遇,而不是有目的跟踪他。想到这儿,胡春江问:"我们的其他人都安全撤离了吧?"呼伦湖回答说:"都已安全撤离!"胡春江冷静了一会儿,对呼伦湖说:"你下去观察一下,一会儿和陆师傅分头走。"呼伦湖点头后走了。

这时,隔壁有一桌散席了,一群人大声大调地说笑着从他们的门口走过。陆师傅见状,认为这群人是很好的掩护体,于是忙给胡春江使了一个眼神,陆师傅和小寒一起迅速随那一群人下楼了。

胡春江坐在房间里,静静地等待时机下楼。

十五

对于瞿华莹和项世成今晚到东来顺餐馆一起吃饭,胡春江越想越感觉有些反常。在警察局,大家都知道,项世成那双猎鹰一样的眼睛,时常在死死地盯住瞿华莹。他得不到手,不是他太笨,而是瞿华莹大脑很清醒,决不上他的钩。她频频地上罗高明的床,这让项世成十分苦恼。其实,项世成的老婆仇水莲很美丽,但她在哈尔滨,远水解不了近渴,嘴边肉他项世成怎能不吃呢?可是,几年过去了,就是吃不到嘴里。平时,瞿华莹除工作之外,都躲着项世成,她绝对不会约项世成一起吃饭的。而今天晚上,他俩怎么会走到一起了呢?这里面是不是有什么问题呢?

胡春江本不想正面接触他们两个人,但是为了弄清他们的目的,决定下楼探探深浅。

这时,门开了,呼伦湖领进来一个人,是个日本商人的打扮。呼伦湖介绍说:"这是日本共产党员安显一郎,前不久已受命来到咱满洲里,他受另外一条战线领导,不参与建立特别交通站,但他参与掩护和护送代表过境工作,你有什么需要他配合的他可以配合。他对外是日本马匹商人,可以经常到养马场选马匹,你以朋友的身份可以经常拜访他。我知道你今天是打着拜访日本朋友的旗号来聚餐的,现在警察局的人就在楼底下,你没有日本朋友怎么能行呢?一个小小的破绽可能就会引起他们的怀疑,从而对我们的工作不利。这几天安显一郎一直在这个酒店三楼住,现在就临时让他来配合你一下。一会儿你俩一起下楼,他们看见也就不会怀疑什么了。"

胡春江听呼伦湖这么一说,心里更是一团迷雾。他下午只对瞿华莹说是会见日本一位朋友,他没对第二个人提过,呼伦湖怎么会知道呢? 那只有一种可能,就是瞿华莹对局里谁讲了,而谁听了又传了出来。他没有多想,赶紧与这位安显一郎握了握手。

安显一郎的中文讲得很生硬。他说:"胡春江同志,走吧。"胡春江忙说:"走,我们一起走。"

胡春江和安显一郎佯装边谈边慢悠悠地下楼,呼伦湖快步下楼,他到楼梯口大声地喊道:"小二,送客啦!"

项世成和瞿华莹与另外四个年轻警察在大厅里坐着正在喝酒,他们听到喊声,都把头扭向楼梯口。瞿华莹看见胡春江迅速站起来,几乎是边跳边向胡春江招手,她连连叫了几声,说:"胡局助,过来,过来! 喝一杯吧。"

这时,大家都看到,胡春江身边还有一位气度不凡的男人。只见他头戴礼帽,身穿黑皮大衣,厚厚的围巾垂在胸前,上嘴唇上留一撮黑胡子,明显是日本人。胡春江笑着走过去,说:"原来你们在这儿吃火锅啊,你们吃吧,我得陪我的朋友回去了。你们少喝点呀!"

项世成这时站起来,一双猎鹰般的眼睛一刿,端一杯酒走过来说:"胡局助,这位朋友是……"

胡春江笑道:"这位是我在日本上学时北海道的旧友,来咱这儿买马,今晚我请他吃火锅叙旧。"

因为项世成和瞿华莹他们今晚都穿着警服,所以气氛显得有些威严。安显一郎走向前,向项世成鞠了一躬,然后说:"我是一位日本商人,来买马匹,请诸位今后多多关照。"

瞿华莹用警惕的目光看着安显一郎。这时项世成把两杯酒举起说:"胡局助,敬你和你这位日本朋友一杯酒,希望你俩给面子。"

胡春江迟疑了一下,笑道:"今晚我已经喝得不少了,严格讲我不能再喝了,但你项科长这杯我得喝,酒逢知己千杯少嘛。"他说着接过酒杯,脸一仰,喝了。

安显一郎也是微笑着接过酒杯,喝了。

在喝酒的同时,项世成对胡春江悄悄地说:"今晚我们跟踪几个可疑的人员,原想是共党分子,谁知是几个东北军的便衣探子,我们两家差点打起来。我们把手枪拔出来,东北军这帮王八犊子把手雷亮了出来,还当着我们的面甩响一枚。你说胡局助,他们是不是欺负人?"

胡春江和安显一郎把酒杯递给他。他接过杯摇摇头说:"我们这儿现在太复杂了,案子难办啊!"

胡春江说:"项科长,你说得对,我们这儿现在是多方插手,他们在暗处,我们在明处,这些人哪一家是善茬儿?再说了,东北军有北京军政府撑腰,咱真的惹不得,别说咱满洲里警察局,就是全省的警察队伍,也抵不过张大帅管辖的东北军呀!警察职业不是我们的祖传的事业,生命关乎家庭,小心从事,是为上策!"项世成点头称赞说:"还是胡局助吃得透,悟性高,说得在理啊!"

胡春江怕瞿华莹他们再纠缠着让他俩喝酒,忙拱手告辞。

"慢!"瞿华莹走过来说了一声。她也是一手端一杯酒,说:"喝了项科长的酒,难道不喝我敬的酒就想走?是不是认为项科长权大,我官小呀!"她甜蜜地笑着,一双水汪汪的眼睛盯着胡春江,而没有看安显一郎。胡春江听她这么一说,微笑着接过酒杯,说:"我不是不想喝你这杯酒,我是怕影响你们喝酒。"说完,他把酒喝了。安显一郎稳重地把酒也喝了。

瞿华莹笑得还是那么甜蜜,甜蜜里面含有神秘和诡异。她看着安显一郎说:"这位日本朋友好酒量,再来一杯怎样?"安显一郎一听,忙摇头说:"不行了,我是真的不行了。"他那生硬的中国话听了让人好笑。瞿华莹对胡春江说:"你的日本朋友多,再聚会吃饭了,别忘了带上我啊!"她说话的时候,看着胡春江,调皮地用右眼挤了一下。美丽女人这种挤眼的神态,一般能把男人的魂儿勾出来。

胡春江说:"好吧,有机会了一定带上你。"

他俩走出酒店门口,一股冷风袭来,把发烧的脸吹得疼疼的。两辆人力车见他们出来,忙小跑过来,横在他们面前,无言地等他们上车。胡春江和安显一郎心照不宣地对视一下,上车了。两辆人力车一前一后,在黑暗中如离弦的箭,划破乱舞的雪花和冷风,向养马场奔去。

为了反跟踪,他俩必须向养马场奔去。因为刚才他们已对项世成说,安显一郎是买马的商人。

胡春江来到养马场,先看一下养马场职工宿舍的地形。职工宿舍位于养马场南端,与警察局的院墙隔了三栋马厩,而且宿舍是面朝南,很隐蔽。也就是说,在警察局院内的高墙上,只能看见大片的马厩,看不见宿舍。胡春江观察后,放心了。他担心的是在警察局院内的楼上能窥视到养马场的活动,但现在看来,这个担心是多余的。在一个暖和的大房间,老魁和小寒,还有陆师傅、小枫、宋自加都在这儿等他。大家都是第一次见安显一郎,胡春江向大家作了介绍。

胡春江说,到目前为止,我们特别交通站的人员都到齐了,我们召开第一次工作会议吧。

安显一郎一听,忙站起来说:"不,我不是交通站的人,我的任务是掩护胡春江同志来往养马场方便,你们开会吧,我回避一下!"他说着就往外走。胡春江想想安显一郎说得对,他不是特别交通站的人,也不属于他领导,他是另外一条线上的人,哪条线上,他不便多问。想到这儿,他看一眼老魁问:"安显君的住处收拾好没?"

老魁忙说:"早几天就收拾好了,只是没有生炉子,我马上安排人生炉子。"老魁回答完,对小寒说:"你先带安显君到我住处去,我屋里很暖和。"

安显一郎说:"我的住处今晚就别生炉子了,一会儿我还得回东来顺餐馆去,我那里的事还没有办完。"他说完,跟着小寒出去了。

一会儿,小寒回来了。胡春江主持召开满洲里特别交通站第一次工作会议。首先是老魁介绍养马场的情况。

老魁说:"养马场目前有员工十五人,这儿的饲养人员都是贫苦人家出身,大部分是牧民。这里是胡春江老父亲一手创建的养马场,也是我党在满洲里的工作基地。这十五人中间,有六人是共产党员,除我和小寒外,其他四人不便公开,虽然不能公开,但这次他们四人都接受了不同的任务。其他党外同志,也都是革命积极分子,是我们战斗集体的成员。"

胡春江问:"这些人中间,有我父亲时期的人吗?"老魁忙说:"有啊,我,小寒,还有一位老同志,小寒和另外一个老同志是你父亲发展培养起来的人,而我和你父亲是在苏联入的党。"

小枫在炉子上加热一锅羊奶。一会儿,羊奶开了,她添到茶杯里,给每个人端一杯。

老魁继续介绍道:"目前养马场主要是育肥种马,现在这种马在蒙古大草原很受欢迎,市场供不应求。另一个品种是饲养德国红马,这个品种主要市场在内地和苏联。内地主要是大城市的跑马场用,苏联主要是军队用。这种马占我们饲养量的三分之一。养马场的资产归我们北满特委管理,组织关系也是归北满特委领导。我只是在这儿负责全面的养马工作。下边分饲养组、放马组和医疗组。目前各方面工作都开展正常。年关将至,马商们都要回家过年,售马业务是萧条期……"

老魁介绍完养马场的业务后,胡春江开始安排工作。他说:"东来顺餐馆是我们北满特委一个秘密工作机关,今后谁也不准擅自独去,这是纪律。养马场是我们的大本营,但为了安全,大家不能都住在这儿。陆师傅、老魁和小寒住在这儿,有事你们商量。宋自加和小枫扮演小夫妻住在火车站将要开设的接待站。接待站用日杂店为掩护,小枫负责站门店接待,小宋负责联络安排过往代表的吃住,今后不管接到几个人,住宿必须做到一人一店,严禁两个以上人员住同一个旅馆。这是一条铁的纪律,不能违反。"

陆小枫正在倒羊奶,听见胡春江这么一说,看一下陆师傅,陆师傅在抱住茶杯取暖,没有啥表情。宋自加看一下小枫,小枫轻轻地微笑一下。

胡春江接着说:"运送代表出境的车辆由老魁和小寒准备。陆师傅您是第一组组长,小宋是组员。老魁是第二组组长,小寒是组员。火车站接待站我自己任组长,小宋任副组长,小枫是组员。小宋和小枫对外是夫妻,要认真对待,不能让敌人或外人看出破绽。老魁同志在满洲里生活几十年了,您负责与苏联边境线上的联络员对接。小宋还要兼任我们的总联络员,有事通知我,还是以笛声为号。"

胡春江讲完,喝了一口羊奶,停了一会儿又说:"我刚才讲的是工作预案,也是工作安排。今晚谁有意见和好的建议,尽管讲出来。如果今天不讲,明天就不能讲了,只能执行了。"

"我有意见!"陆小枫突然说。

胡春江已经揣摩到小枫的心思,他看着她说:"说吧小枫,有啥意见。"

陆小枫试探着说:"我和小宋合作可以,能不能不假扮夫妻?"

胡春江立即坚定地回答:"不行。这是决定,也是命令!"

小枫听到胡春江这么坚定的回答,本来想说什么,但欲言又止了。

宋自加正要说什么,这时陆师傅说:"明天我和春江一起到火车站租房子,如果能顺利租到房子,那三天之后,你俩的日杂店就要开业。"

宋自加说:"我离开上海时,金牙大妈对我说,让我好好照顾小枫,这下好了,我可以天天照顾她了。"说完他笑了。

老魁说:"抓紧说正事儿,安显一郎还要回餐馆呢。"

老魁的一句话提醒胡春江,他对老魁说:"你派两个人,把安显君送回去吧。用马车送,要张扬一些,让跟踪的人认为安显君就是来购马的。"老魁说:"明白了。"老魁向小寒招了招手,他在小寒耳朵边上低语几句,小寒出去了。

陆师傅说:"我们特别交通站接代表和护送代表的原则应是,小宋和小枫他们接到人后,白天安排吃住,当晚就要我们运输小组安排送出境。如果是晚上接到,应该立即护送出境。"

胡春江肯定地说:"就按陆师傅说的办!"

老魁对胡春江说:"今后没有极特殊的情况,坚决不能召开全体会议,召开全体会议,一旦出事,后果不堪设想。"胡春江说:"你说得很对,今后要少开会议。"

大家都点头称是。

胡春江问老魁:"这养马场十五个人中,除特别交通站和党员外,其他人可靠吗?"老魁坚定地说:"可靠,十分可靠,都是通过组织考验过的同志。"胡春江放心地点了点头。

陆小枫说:"警察局里真的很复杂,你今后一定小心从事。"

胡春江想了想说:"其实,他们越是复杂,我越是安全,越是有生存空间。警察局不但复杂,各自背景交错,而且矛盾还深,人与人之间相互利用,相互排斥,相互提防。今后我们利用他们的矛盾,把我们的护送工作干好,确保万无一失地完成我们光荣而艰巨的任务。今后我们交通站的人,绝对不能到警察局里找我,事再急也不行。有事让小宋在这院里吹笛,我会联系小宋的。"

大家低沉有力地说:"明白了。"

胡春江把话题一转说道:"警察局看守所里关的那位蚂蚱,不知道是哪条线上的人,他已亮明自己是共产党员,但他扛着酷刑,拒绝交代一切问题。我得生办法救他。"

陆师傅提醒他说:"你别忘了,组织上有交代,不准我们与任何地方党组织联系,也不准与任何人擅自接触。更不能没有接到上级的命令,擅自去营救同志。你想救他,我们都想救他,看着这样的好战友在里边吃那么多的苦,有谁不心疼呢?然而,我们有更重要的任务要完成,我们的任务关乎着党的命运和前途,来不得半点马虎!因此,营救我们的同志,是上级党组织的事情,我们不能分一点心而影响我们的工作。"

胡春江沉默一会儿,他的思绪像大海突然落潮的一瞬间一样,平静了一下。他轻轻地说:"陆师傅说得对,任何一个意外事件,都可能会导致我们任务的失败。"

整个养马场很静,深邃的天空还在飘着雪花。养马场里的电灯发出微弱的灯光。这会儿,马儿还在吃夜草,热气腾腾的雾气从马厩门口挂着的那厚厚帘子里飘出来,散发出一股干草独有的味道。在院里,胡春江见宋自加一个人在那儿站着,忙走过去,小声问:"小宋,我藏在上海五洲药店对面房顶的枪支取下来没有?"宋自加小声说:"没有。"胡春江问:"为啥?"宋自加说:"一没时间,二没机会。"他又问:"金牙大妈知道吗?"宋自加说:"知道。"胡春江叹道:"可惜我那三支好枪了,被风刮雨淋,真心疼人。"

陆小枫无声地站在那儿看他。

胡春江小声说:"天冷,回去吧。"陆小枫说:"天黑,你慢点走。"

说完,胡春江走了。突然,陆小枫发疯般地跑过去,上去紧紧地抱住了胡春江的后腰,她把脸贴在他的背上。胡春江马上收住脚步,双手捂住了小枫勒在他肚子上的双手。他似乎也有一些激动,喃喃地说:"小枫……"

陆小枫紧紧地抱住他,无语。两人都不说话,悄悄地站在落雪中。一会儿,小枫轻轻地说:"我很想你!"胡春江笑笑,说:"我也是。"陆小枫突然把手松开了,说:"走吧,路上一个人小心点儿!"胡春江没有回头看她,而是决然地大步走了,一会儿,他就消失在黑暗的风雪中。

…………

胡春江回到警察局,当他摸出钥匙准备开宿舍门时,他身后一个声音把他吓了一跳。他一听,就知道是瞿华莹在他身后。只听她说:"这么晚才回来呀?"

胡春江转过身来,正要说什么,瞿华莹跺了跺脚说:"快开门呀,冻死人了。"

胡春江打开门,拉开灯,室内的炭炉红红的,很旺。

胡春江问她:"这么晚了找我有事吗?"

瞿华莹赶忙坐在炉火旁边,把她那细小的手指伸出来,说:"这雪下得没头了。今晚项世成逼我喝两口酒,睡不着,于是就想过来与你聊天儿。"

胡春江从柜子里拿出一块干羊奶,放到一个铜锅里,然后放到炉子上煮。一会儿,奶香味飘了出来。她轻轻地问他:"你知道吗?"

胡春江反问道:"我知道什么?"

她平平地说:"今天下午,蚂蚱被放走了。"

突然,停电了,室内漆黑漆黑的。

雪粒打着窗户,瑟瑟地轻响,风很轻地吹着口哨,驱赶着夜的寂寞。

十六

停电了,室内漆黑漆黑的。

胡春江赶紧点灯,在他寻找火柴的时候,他的后腰突然被瞿华莹抱住了,她抱得是那样的紧,她的双臂勒得他的小肚子疼疼的。他背上沉沉的,是她的脸贴了上去,贴得很紧。

胡春江马上停止了一切举动,静静地站在那里。他知道,对于这一个女人,不能伤其自尊,但也不能纠缠其中,她的一切行为,都是真假难分。她的背景高深莫测,关系错综复杂,她这样的举动,是为了更好地监视他呢,还是想了解一些什么呢,还是她的肉体需要呢?刚才小枫抱住他是一种极大的幸福,而现在她同样抱住他,他有一种极大的恐惧。

胡春江轻轻地说:"唉!这样不好!"

她也轻轻地说:"你是我唯一动心的男人,这种感觉很好。"

胡春江说:"现在是非常时期,咱警察局又是个是非之地,我是个有家室的人,你是个独身之花,这样不好!"

瞿华莹还是紧紧地搂着他的腰,脸贴在他的背上很紧。他试探着努力掰开她的手,但是她的手勒住他的肚子,如铁环一般怎么也掰不开。胡春江这会儿真有被毒蛇缠住的感觉。

室内黑得伸手不见五指。胡春江说:"让我点上灯吧。这深更半夜,咱俩不点灯,怕别人说啥,咱俩身后有无数双眼睛呢。"

她愤愤地说:"谁的眼睛我都不怕。什么狗眼鹰眼我都不怕,他们的事我不管,我的事他们也别管。"

胡春江知道她说的"他们"指的是谁。

他掰不开她紧勒着的手,就试图摸前面柜子上的火柴,还好,他摸到火柴,赶忙划着一根,室内顿时亮了。他伸手把油灯点亮,说:"天不早了,今天忙活一天了,回去休息吧。外边有站岗的弟兄们,看见了不好。"

"我不管!"她说。

胡春江突然想起了刚才的话题,问她:"怎么把蚂蚱放走了?"

她悄悄地说:"你问罗局座去。"

胡春江说:"他肯定知道,但你也肯定知道。"

她抬起头,看着他厚厚的背说:"啥意思?"

胡春江说:"没意思。这个事我认为你知道。"

胡春江趁说话的机会,掰开了她的手。她活动一下手腕说:"你把我手掰疼了。"

他把她拉到炉子边坐下,他站在一边,说:"瞿科长,我们真的不能这样,我有老婆,你还未出阁,这传出去对你不好。你早点回去休息吧,不能再待我这儿了。"瞿华莹冷冷一笑,问:"你是烦我了,还是怕谁呢?"胡春江想想说:"我怎能烦你呢?我是怕!""怕啥?"她追问道,"你怕啥?"

胡春江说:"我怕老婆。他们家族势力很大,在日本又有实业,我这个女婿本来就做得战战兢兢,咱俩深更半夜这个样子,如果让她知道,那就麻烦了。"

瞿华莹无语了。她突然站起来,趴在他的肩上哭泣起来。在他心目中,她是个刚强的女人,也是美颜魔鬼。这一会儿,为何这么脆弱呢?难道她真的动心了,胡春江知道,如果她真的动心了,那就麻烦大了。俗话说,女人动情不怕天,女人动心天不怕,一旦走火入魔,什么事都能干得出来。

胡春江让她坐下,他拿出一条毛巾,用热水冲了冲,然后递给她让她擦脸。她不再哭了,而是抬头向他苦恼地笑笑,说:"让我在我喜欢的男人面前哭一回,我也算做一回女人。在咱们这个地方,我连做女人的机会也没有,整天打打杀杀,神神秘秘,你争我斗,让人性全部泯灭了。趴在你肩上哭一回,感觉真好。"

正当胡春江想办法怎样让她快点离开时,她突然站起来说:"好了,不找你麻烦了,也不给你添苦恼了,我从来不喝酒,今晚项世成逼我喝了点酒,心里难受。刚才做的有失态之处,请多多谅解。我从这屋里一出去,今晚什么也没发生,你做你的好梦,我睡我的好觉,再见!"

她说完,打开门风一般地飘走了。

第二天早上,胡春江刚到办公室,通信员进来对他说:"罗局座找你。"胡春江来到罗高明办公室门口,正准备敲门,门开了,瞿华莹从里面走了出来。瞿华莹大方地向他笑了一下,似乎昨晚上什么也没有发生。瞿华莹没有说话,转身走了。

他敲了敲门。听见罗高明说进来。罗高明正在看案卷,他头也不抬地对胡春江说,你通知一下涂荣清和龚培潮,让他们来一下,我们四个人开一个小会。胡春江忙说是,然后出去通知了。

一会儿,涂荣清和龚培潮前后进到罗高明的办公室,胡春江也紧跟着进来了。人到齐了后,罗高明把正在看的案卷放到一边,抬起头,对大家说:"坐下吧,开个小会,通报一件事情。"

大家坐好后,罗高明很严肃认真地说:"据可靠情报,咱们警察局有一个共党分子在我们这儿卧底多年了,上峰让我们秘密观察,择时破案。这个人我们给他起个代号叫月食。为啥叫他月食呢?我认为,再优秀的月亮,再勤奋的月光,也有隐退的时候。这个共党分子,早晚会露出马脚的。这件事情目前就我们四个人知道,今后也不想让更多的人知道。"

涂荣清想了想问:"总得有人办案,只有我们四个人知道不行吧?"

龚培潮接过话题说:"我们这几位科长都信得过,要不让他们其中的一人也参加到这个案件中?"

罗高明看一眼胡春江,问:"你说呢?"

　　胡春江顿了一下,他已领会罗的意图。他慢慢地说:"我看目前还是小范围知道的好,先慢慢观察,再划范围,然后掌握证据,最后一举拿下。现在如果马上成立专案组,知道的人就会太多,一旦打草惊蛇,那就会打乱整个计划。再说,谁都是怀疑对象,包括我们几个人。因此,我同意局座的意见,知情人不宜过多。"

　　罗高明听罢,点了点头,说:"这么多年,我们有好多事情莫名其妙地就让外界知道了,我们跟踪几个共党线索的案件,跟踪一半人没影没踪了。我一直纳闷哩,原来我们这里有内鬼呀。"

　　涂荣清说:"共产党自从转入地下活动以后,到处都有共产党的影子。我们警察局有一两个共党分子,也算正常,只是我们不知道罢了,千万别大惊小怪。现在我们知道我们中间有共党分子,那么我们就从每个人做起,个个审查,人人过关,直至找到为止。"

　　龚培潮说:"共产党真是无孔不入啊。我们这样一个小小的警察局,他们卧底干什么?难道一个警察局就能实现他们的目的?"

　　罗高明说:"别忘了,我们这里是边境线,是通往莫斯科的必经之路,他们蛰伏到我们这儿,肯定是为他们的出入境提供方便。前不久,铁路警察局那边破获了一个共党卧底的案子,这个共党分子利用他警察职务的便利,源源不断地为他们的组织押送货物,经常为他们的人员护送过境。这个共党分子经不着上刑,一个回合下来就招了。是他给上峰提供的情报,说我们局也有共党的卧底,而且很多年了。因为他们都是单线联系,所以他只知道我们这儿有卧底,但不知道是谁。"

　　胡春江说:"现在我们不应该去猜想谁是共党分子,而是应该启动什么形式去调查他。罗局座说得对,这件事目前只限我们四个人知道,不扩散,慢慢访查,终会有结果。"罗高明喝了一口水说:"我同意春江的意见,现在只限于我们四个人知道。从现在起,这个案件由我们四个人负责,我任组长,你们三个为副组长,先从我们中层的每个人员查起,有疑虑的,汇报给我。随后我们全局的每个人员都要过关!大家还有什么意见没有?"三个人同时说:"没有了。"

这时,有人敲门,罗高明看大家一眼,说:"就说到这儿吧,今天只是个通报会,随后我们还要详细地研究和布置。"他说完对门口喊一声:"进来!"

推门进来的是总务科长毛先征。他见大家都在这儿,忙收住脚步,笑着说:"你们开会呀? 那我等一会儿再来吧。"罗高明忙向他招了招手,说:"没事儿没事儿,进来吧。"

胡春江三个人告辞后,毛先征把双手伸到火炉上烤了烤说:"今儿天气怎么这么冷呢?"

罗高明伸伸懒腰,叹道:"天寒地冻非人为,万里霜降莫怪天呀! 快过年了,能不冷?"

毛先征说:"你交给我采购年货的任务完成了,羊肉和牛肉都比往年多,白酒已经备足了,你订的伏特加酒也运回来了。只是那件事目前还没眉目,主要是手里没货。"

罗高明正在剪指甲,听毛先征这么一说,忙放下指甲剪,抬起头问:"那怎么办? 年关已到,我马上要到哈尔滨和奉天去拜年,没货能行?"

他们所说的"货",就是黄金。每年春节前,罗高明都要准备一些礼物到省政府、省警察厅和东北军司令部拜年。拜年就是公开的私相授受,没有"货"怎么能行呢? 现在是势局动乱时期,上边的老爷们一不要礼物,二不要现金,他们现在收礼清一色都是要黄金。天下再乱,世道再变,黄金价值是永恒的。小官要"麦穗儿",大官要"黄鱼儿",再大的官要"砖块"。罗高明知道现在警察局的办公经费是捉襟见肘,入不敷出,弄些黄金去往上级送礼,真是个难事儿。

毛先征见罗局座沉默不发言,眨了眨眼说:"去年我们倒腾了几十匹马,赚了一笔钱,买四百两黄金,除了我们去上边打点以外,还有剩余的。今年马匹市场不好,苏俄和日本都不再购马,这条路走不通了。"罗高明看他一眼没有发言。他俩沉默一会儿,毛先征说:"我想还有一条路,不知能行否?"

"讲!"罗高明说。

毛先征小声说:"找几个刑事案件,取保一批人,钱就来了。"罗高明摇了摇头,说:"哪还有可放之人啊,该取保的早已取保了。现在关在咱这儿的,只有两种人,一种是小毛贼,他们哪有钱? 有钱就不会去偷了。一种是上级指定的政治犯,谁敢放人呀!"

毛先征问:"不是有几起凶杀案吗? 也都取保了?"罗高明说:"不够死罪的,早保释了;够死罪的,不能保!"毛先征若有所思地说:"昨天放走的那个共党分子,没交保金吗?"

罗高明叹道:"谁替他交呀!"

毛先征问:"明明知道他是共党分子,为何要放他呢?"

罗高明说:"他身上已经榨不出油了,但想从他身上钓来大鱼,只能放他。"

毛先征似乎突然明白了,低头想了半天,说:"还有一个渠道能弄来钱。"

罗高明说:"快说吧,别给我卖关子了,只要能弄来钱,干啥都行。"

毛先征小声说:"这也不是什么新路子,前几年我们也走过。枪库里有一批东北军给咱的特制步枪,平时我们也用不上,不行的话我找个头儿卖几十支怎样?"

罗高明突然站起来,走了几步,说:"是啊,我怎么没有想到呢? 前几年走过的路,我怎么就忘了呢?"停了一会儿,罗高明坚定地说:"卖枪可以,但你一定要给我把好关,要卖给土匪,千万不能卖给共产党。"

毛先征笑了笑说:"这个您放心,目前咱这儿的共产党不要长枪,他们只要短枪。"

罗高明坐下问:"为啥?"

毛先征走近他,悄悄地说:"我的局座哎,你是反共专家,难道连这点常识也不知道? 前一个时期,共产党在城市有工人纠察队,在农村有农民赤卫军,他们这两支队伍需要长枪。现在共产党全国都转入地下进行秘密活动,他们要长枪干吗? 他们敢扛着长枪上街吗? 在江西的西部、湖南东部大山深处,有一批农民部队和南昌暴动的分子在那里活动,他们倒是需要长枪,但离我们这儿远着哪,运不过去。请您放心,我们只卖长枪,不卖短枪。"

罗高明一听笑道:"行啊,毛科长,我看你研究共产党可比我研究得透呀,从长枪短枪问题上,就能说出共党的本质,说我是反共专家,我看你更专业!"

毛先征哈哈一笑说:"我一心只管后勤保障,哪管共产党远在他乡啊! 这个方案你同意的话,我就按您的意思办了啊!"罗高明叹道:"办去吧。现在上边那一群群老爷,贪如狼,婪如虎,不办怎行呢? 只是别留后遗症就行。"毛先征又压低声音说:"我在进库单上做做文章,不用再签出库单就行,保证你腊月二十三前拿到黄金。"罗高明说:"去办吧。"

毛先征正准备出门,他到门口停了一会儿,转身说:"你个人那一份我还给你存在德国人的银行里吧。"罗高明说:"按老规矩办吧。"

毛先征站在门口,没有走的意思。罗高明问他:"还有事吗?"毛先征平平地说:"有件事儿我得给你说说,事情不大,但得引起你的注意。"

罗高明心里一惊,问:"啥事情?"

毛先征重新回身坐下,把双手伸到炉子边烤,不去看罗高明,而是低着头说:"这几天嫂夫人问我几次了,她问我有没有发现你和瞿华莹有什么特殊关系。"

罗高明急急地问:"你怎么说?"

毛先征说:"你应该知道我咋说的。嫂子好像有些怀疑你俩的事了,你还是注意点。我早说过,你与瞿在一起,只会坏事,不会成事儿。这事儿如果让嫂子拿到了证据,她那脾气还有他们家族人的脾气和做派,你是知道的,他们能善罢甘休吗?"毛先征的一席话,说得罗高明无言了。

罗高明的夫人叫明决。她娘家是满洲里的大家族。明决兄妹六个,她排行老二。父亲在东北军司令部里任职,哥哥跟着少帅任副师长。罗高明的父亲是大帅的一个师的团参谋长,是明决父亲的部下。罗高明能在这儿稳坐警察局座的位置,完全仗着他夫人家的势力。由于他父亲和他岳父的关系,他和明决很早就定了亲,谈不上娃娃亲,但也是父母包办的婚姻。明决上过学堂,人长得秀气、水灵,还十分贤惠,知道疼人。但是一旦发脾气,那是很不好惹的。因此,罗高明和明决结婚这么多年来,一直是让着她,顺从着她。时间长了,她就养成爱听好听话的毛病。

然而,对于瞿华莹的投怀送抱,罗高明没有顾及明决的感受。瞿华莹把自己送上门来,他知道有三个目的:一是她想寻到靠山,在这个地方,她能睡到他的床上,就象征着她有了一定的资本,有了资本就能站住脚。二是她想控制他,想从他身上闻到更多的信息传给她的主子们。三是肉体的需要。她一个风华正茂的姑娘,青春旺盛期能耐住寂寞?罗高明没有拒绝她,主要也是想利用她、控制她,想探探她的水有多么深。当然,也有男人的本能,他没有力量拒绝她撒娇卖萌的作态。现在,全局上下都知道他俩的关系,夫人明决闻到一些气息也是正常的。

罗高明看着毛先征笑笑说:"你嫂子的工作还望你去做,一定咬定我和瞿没任何关系。你是知道的,我和瞿在一起是有目的,严格讲也是为了明决他们家族的利益。"

毛先征说:"这我自然明白,但你和她必须收敛一下,否则必然要出乱子。你的后院与别人的后院不一样,你的后院是绝对不能失火的。瞿这个女人,除站在汪府这条线上外,还站在什么线上不好说,她的底牌是北京军政府,还是日本系,很难断定。她是个定时炸弹,早晚要炸的。我听说她在背后说我是共产党。可想而知,全局有谁她不怀疑呢?"

"说你是共产党?乱弹琴!"罗高明哈哈大笑起来,"在她眼里,洪洞县里没好人了!"

毛先征站起来说:"中午我和我老婆请嫂子吃饭,顺便做做她的工作,让她放心。另外,去年春节前我们给驻满东北军长官们一百两黄金,听嫂子说他们拿回去不够分配,今年是否加加码?"罗高明把脸仰得老高,双手叉腰,大气地说:"行啊,中午问问你嫂子,他们需要多少,就给他们多少,不行再多卖两支枪。枪是他们支援我们的,卖了把钱给他们,羊毛出在羊身上,咱不吃亏。"毛先征说:"我知道了。"

毛先征走到门口,只听罗高明义说:"记住啊,枪不能卖给共产党啊!"毛先征扭头说:"我哪敢呀!"

毛先征走后,罗高明坐下想,还真的不能马上摆脱这个瞿华莹的纠缠呢!

罗高明和毛先征的关系不但亲近,而且还十分贴心。

十七

日子过得很快,转眼就到腊月二十三了,二十三也叫小年。北方人很重视这小年的过法,除放鞭炮、吃猪肉炖粉条外,还要拜神仙、供祖先、搞祭灶等活动。从腊月二十三小年开始,中国轰轰烈烈过大年的活动就算拉开了序幕。

特别交通站建设很顺利,马匹、车辆、人员都已到位。小枫和宋自加扮演夫妻已经开展工作。他俩开的日杂店叫"火车站日杂店",在火车站出口的右边,离广场很近。胡春江以巡逻的名义去过两次,他看后比较满意。只是小枫见到他不是太高兴,除汇报工作外,脸阴阴的不与他搭话。胡春江知道,她不愿意扮演夫妻,但这是工作,是任务,是命令,她不得不执行。胡春江想,小枫是在护送工作的前线,带着情绪上岗十分危险,搞不好因一句话、一个眼神就会出大事,就会给党的事业造成极大的损失。于是腊月二十三的晚上,胡春江让宋自加在日杂店值班,他把陆师傅和小枫约到一家酒店,亲自做陆小枫的思想工作,让她放下包袱,轻装上阵,开开心心地完成这即将到来的护送任务。

胡春江事先在市区最繁华的地段找了一家餐馆,订了个包间。这时,天黑了,满大街都在放鞭炮,大人小孩儿都在雪地里忙碌着,人们相互问候,脸上充满了喜悦。

胡春江正准备出警察局大院时,门口值班室里走出来了瞿华莹。胡春江想,我是怎么也摆脱不了她的视线啊,到处都有她的影子。瞿华莹穿一身得体的警服,把双手插到裤兜里,晃着膀子向他慢慢地走来。她来到他面前,先笑后说话:"胡局助,这过小年哩你干吗去呀?穿着便衣,不会是约会去吧?"

胡春江说:"约啥会,我与谁约会呢?这不是过小年嘛,几个朋友约我出去聚一聚,我不也是单身,过小年不聚一聚不是也寂寞嘛!"

瞿华莹笑笑说:"咱俩是寂寞对寂寞呀!不然这样,你别去了,我也不值班了,咱俩找个地方聚一聚?我请客!"

胡春江无助地伸出自己的右手,认真地看起来,说:"不行,我给人家说好了,我不去恐怕不行吧?"

她又问:"什么人物请你吃饭,这么重要?"

胡春江大脑一转说:"是日本领事馆工作的朋友,他们约我,我不能不去。"现在,胡春江没办法的时候,就把日本人或者是日本领事馆工作的人搬出来,只有这样,才能摆脱她的纠缠。

瞿华莹一听是与日本领事馆的人在一起,果然不再说什么了。正当胡春江转身要走时,她又说:"日本领事馆有个翻译,好像也姓胡,长得和你很相似,你们不是弟兄吧?"

胡春江知道她说的是他大哥胡春海,其实他俩长得并不相似,可能是有些神似。大哥长得随父亲,他长得随母亲。他忙摇摇头说:"我俩不太熟悉,更不是弟兄。"胡春江突然想起那天晚上她搂住他的后腰不放,他的心里沉沉的。她真是一个麻烦事多的女人,他得生办法摆脱她。

胡春江告别瞿华莹,来到大街上拦了一辆人力车,向一个叫美食馆的餐馆驶去。

陆师傅和女儿小枫早已到了餐馆的一楼雅间,大堂经理早已给他们沏好了雪柳茶,所谓的雪柳茶不是茶,是4月份雪地的柳树芽,经过采摘、加工,当茶冲着喝,有清热解毒、去火健肺之功能。这会儿,小枫正在给父亲说这几天在火车站遇到的麻烦事儿。她说:"开这个小小的杂货店,特务来找事儿,警察来找事儿,税务官来找事儿。这都不算啥,主要是有个地头蛇,三番五次地来找事儿。他叫九儿,是火车站这一带的一个无赖,整天靠收保护费生存。他手下有几个小流氓,看见哪儿有长得好的女孩子就想欺负。小宋让我给胡大哥汇报一下,想办法得治一治这帮人,不然这帮人看我们是外地人,他们就有恃无恐,变本加厉地找我们的事儿。找我们麻烦是次要的,怕将来任务来了影响我们执行任务。"

她正给父亲说着,胡春江进来了。她又把这件事叙述了一遍,胡春江哈哈一笑说:"狼怕猎人,鬼怕恶人,别怕,我找人收拾他们,让他们不但不找咱们的事,还得让这帮王八蛋保护咱们。"

陆师傅说:"警察和税务官也去找事,你看怎么能不让他们找事呢?"

胡春江说:"那个地方治安属于我们警察局管辖,运输业务属于铁路警察管,警察找事我解决。税务官嘛,只要他不过分收税,就给他。小枫你再给他点小费,小哈巴狗一个,翻不起大浪,回头让我遇着了,吓吓他就是了。"

小枫说:"还有一些便衣特务,经常去盘问这盘问那,很烦人。"胡春江想想说:"对付这帮特务,得谨慎。只要他们不欺负咱,就别理他们。"

陆小枫很痴情地看着胡春江,面前的茶水已经凉了,她也不喝。胡春江把店小二叫来开始点菜。

小枫还和在上海修船厂一样,默默地为他俩斟酒。胡春江呷口酒,很艰难地咽了。

小枫说:"我和爸爸带着行李到吴淞口码头,我返回到黄浦江船上见你以后,我们又接到紧急通知,让马上撤离,于是我们的行李也不要了。在组织的掩护之下,迅速离开了上海。"

一提起上海,胡春江的眼睛一亮。他说:"我很想念金牙大妈,也不知道她现在怎么样了,她能在上海的十里洋场叱咤风云地为我党工作,她是个人物呀!她干的是危险工作,我真替她担心。"

提起金牙大妈,小枫的眼睛里充满了兴奋。她抬起头,对胡春江说:"胡大哥,金牙大妈肯定很喜欢你吧?"胡春江满面春风地说:"她喜欢我们'红队'里的每一个人,她像对孩子一样对待我们,有时为了我们'红队'的利益和工作,她敢与她的顶头上司老南大吵大闹,她在我们头儿杨书记那里说话也有分量。我们党在危急关头能转危为安,就是有很多像金牙大妈这样的好共产党员,不怕困难,不怕牺牲,为党工作。我参加革命是武汉老狼指引的,而在革命生涯中,影响我最深的还是金牙大妈。我真的很想念她,她要是能来咱满洲里就好了。"他说完,喝了一大口酒。

陆师傅一直在眯着眼睛听他讲。他讲述完后,陆师傅说:"听说你金牙大妈在上海忙得很呀,一时半会儿她是来不了的。"

陆师傅边说边喝了一杯酒。

陆师傅把酒杯放下,说:"就在前不久,有人说莫斯科的共产国际看上了她,让她随中央领导人去苏联,留在莫斯科工作。她听说后,直接找到杨书记,要求留在上海工作。她说她离不开上海,离不开'红队'。"

胡春江喝酒后,脸和眼睛都有点红,说话也有一些兴奋。他说:"怎么也没想到,我的母亲原来是老革命了,她已为党秘密工作多年。更没想到的是,父亲也是东北党组织的领导人,五四运动以后,父亲就为东北建立'共产党小组'而奔波。他把我送到武汉老狼那里闯江湖,原来是有用意的。我能走上革命的道路,是父亲早已设计好的。我为我有这样的父母感到骄傲!干杯!"他说完,端起酒杯与陆师傅碰了一下,喝了。

陆小枫似乎也有些激动,她眼泪汪汪地看着胡春江说:"我也为我有革命的父母而骄傲!"

胡春江一听忙问:"你母亲也是我们队伍的人?"

陆师傅突然扭头看一下女儿,小枫忙改口说:"我为我有这样的父亲而骄傲。"

陆师傅的目光里充满喜悦。

胡春江问:"陆师傅,小枫的母亲在老家吗?"

陆师傅说:"对,在老家。"

胡春江把头低下去,沉思了一会儿,然后说:"我也没想到,小枫也参加革命了,而且还是参加多年革命的老党员了。陆师傅,我为你有这样的女儿而感到高兴。"

陆小枫笑了一下,忙用筷子夹菜吃。

陆师傅说:"她入党才三年,算不上老党员,应该讲现在还不够成熟。"

胡春江忙接着这个话题对小枫说:"是啊!这几天我观察到,你到日杂店上班有些情绪化,说明你对与小宋在一起扮演夫妻有些看法。"

小枫听他这么一说,一肚子苦水翻了上来,她的眼泪瞬间滚了下来。胡春江说:"小枫,你有什么话请尽情地说吧。"小枫擦了擦眼泪说:"首先,我坚决执行你的命令,我会配合好小宋把任务完成的。但是,我有话得让我说。"

胡春江说:"说吧,小枫。"

陆小枫似乎很委屈地说:"我对安排的所有工作没有任何意见,只是让我和小宋扮演夫妻,我有些想不通。"

陆师傅把酒杯一放说:"我们现在所做的事业是极其危险的事业,来不得丝毫的马虎粗心,你和小宋在一起工作,最大的事情是安全,安全知道吗?安全为了啥?为的是完成将要给我们党带来希望和前途的光荣任务。国内大批的党代表将要从这里经过去苏联,这是什么行动?是我党历史上前所未有的行动。这次行动,只能成功,不能失败。而我们成功的核心就是咱们火车站接待站是否安全。因此,你俩在火车站开商店,如果不以夫妻的名义,你俩以什么身份呢?如果让敌人看出破绽,你们这个接待站不但不能启用,搞不好我们在满洲里的整个交通线都要遭到破坏,到那时,我们就成了历史的罪人。懂吗?"

本来,胡春江想对小枫讲这一大段话的,没想到陆师傅替他对女儿讲了。

小枫喃喃地说:"爸,你说的道理我都懂,只是我心里不舒服罢了,我会好好工作,认真搞好接待和护送工作。"

陆师傅端起一杯酒说:"春江,在上海黄浦江上这么多年,我知道你和小枫情投意合,但我没有吐口说要把小枫许配给你。今天,在这个特殊的日子,在我们肩负着特殊使命的时候,我第一次说出来这样的话,这也算定亲吧,来,干杯!"

胡春江忙双手端起酒杯,站了起来,与陆师傅碰完杯后,又与小枫的茶杯碰了一下。他激动地说:"我早就盼着这一天哪!"说完,他把杯中的酒都喝了。

陆小枫含着眼泪,看着胡春江,轻轻地喝了一口茶水。陆小枫心里是甜的,在这个千难万险的战斗日子里,能把自己的终身大事定了,是多么幸福的事儿呀!

满洲里的冬夜慢慢地静下来,欢度小年的鞭炮声早已退去,夜已入睡。胡春江和陆师傅对望着,他们知道,过完这个阴历年,也就是春暖花开、草原泛青的时候,大批的亲人都要肩负着使命奔波过来,他们会既紧张又兴奋地开展艰难而神秘的护送工作。

胡春江把声音压低说:"年前,我有两件事要办。一是罗高明悄悄地把蚂蚱给放了,以啥理由放的,人去哪儿了,他一概不讲,保密,我得生办法弄明白。蚂蚱是个意志坚强的人,在里边各种刑都受过,双耳被割,手指也被剁去了两根,鼻子也被他们割掉一块。他只承认自己是共产党员,别的什么也不说,我是亲眼看到他被剁去手指的。他是一个坚强的共产党人,值得我们每一个党员学习。这样一个人,他罗高明为啥给悄悄放了呢?"

陆师傅神色很严肃,他长出一口气说:"是啊,按理说他们不应该放他呀!"

胡春江说:"我有一种担心,担心蚂蚱可能牺牲了!"

陆师傅心里一惊,抬起头看着胡春江,又看一下女儿小枫。他问:"难道是他们秘密地把他处决了?"

胡春江紧皱眉头,说道:"可能是在里边被打死了,他们没法交代,就放风说放走了。这件事我要落实清楚,云过留影,雁过留声,只要是人做的事儿,不可能不留下蛛丝马迹的。被悄悄地放了也不符合规律。大革命失败后,没有一个共产党员暴露身份后被放出去。出来的人只有两种可能,一是没有暴露身份,后来被组织营救出来的。二是变节叛变后出来的。蚂蚱被悄悄地放出来,我们得弄清楚,他为啥被放了出来。"

陆师傅自言自语地说:"反常的行为必然有反常的事件。不过,这件事不属于我们特别交通站的任务,你得先汇报然后再行动。"胡春江说:"我会先请示组织的。"陆小枫认真地说:"你可记着一定要先请示,坚决不能擅自行动啊!"

十八

　　过完小年二十三,罗高明带着老婆孩子去哈尔滨和奉天。大家都知道,他是给上司拜年去了。所谓的"拜年",就是送礼。罗高明回到警察局,已是腊月二十八了。

　　转眼到了年三十儿。上午,宋自加刚进货回来,小枫就对他说:"刚才九儿带三个无赖来了,说是要过年钱三百元。我说我没钱,等当家的回来了再给他们。九儿说他们一会儿再来。"

　　小宋听罢,微微一笑,拍拍手上搬货沾的灰说:"你看好门,我去去就来。"说完,骑着三轮车走了。

　　不到半个小时,小宋带来了四个年轻男人,便装,穿的是一般棉衣,看不出什么特别。其中有一个魁梧奇伟的红脸男人年龄大一些,看着像个头儿。他们四个人见了小枫都向她点头,算是打招呼了。小宋走到小枫面前耳语道:"胡大哥安排的人,别怕。"四个人向小枫笑了一下,向里边的房间走去。

　　陆小枫他俩经营的日杂店是个小型两层楼,二楼是宋自加和小枫的宿舍,下边前后两间,前间是门店,后间是仓库兼做小客厅。四个年轻人走进客厅坐下,宋自加给他们一人倒一杯热羊奶。

　　他们刚端起杯子要喝,小枫走进来,向宋自加使了个眼色,小声说:"九儿他们又来了。"

　　九儿有一米七多的个子,微胖,大大的牛眼睛厚厚的双眼皮,脸上有几道横肉。棉帽子把他的头裹得很严实,德国青大衣垂过膝盖,猎户型皮靴。他大摇大摆地仰着脑袋进了店门,后边跟着三个小无赖。九儿进门就大腔大调地喊道:"当家的回来没有?"

　　宋自加这时出现在门口,赔笑道:"回来了,进屋里暖和暖和。"

　　九儿打量一下宋自加,宋自加的眼睛里射出一股不卑不亢的目光,这让九儿看了有点不舒服。九儿桀骜不驯地大声说:"进屋干啥? 快拿钱来!"

　　宋自加上前一步,用目光盯住九儿的牛眼睛,不冷不热地说:"九儿,我想知道,你要这钱干吗?"

　　九儿一听这话,心里一惊,心想:今天可能遇到硬茬了。可是他又一想,一个小小的日杂店,小两口能硬到哪里去? 这时九儿身后一个小个子男人不耐烦了,他说:"你他妈的,这九儿是你叫的吗? 叫九爷。"

　　宋自加没有理会那小子,而是用寒光如刀的眼神盯住九儿的牛眼问:"你要这三百元钱是干吗呢?"

　　陆小枫双手抱在胸前,摆出一副不屑一顾的姿势看着九儿。

　　九儿心里不由自主地一寒,他看了宋自加又看看小枫,说:"这是老子的过年钱,每个门店都得交的。"

　　宋自加不紧不慢地说:"你过年关我屁事,为何向我要钱?"

　　九儿这时知道,他真的遇到硬茬了。凭他在江湖上的经验,敢在这儿有底气说话的人,一定是有背景的人。他想到这儿,忙变为笑脸,说:"老弟,有钱钱交代,没钱话交代,你手头真紧的话,没有钱也就算了,过完年交也不迟。"他说完转身对三个弟兄说:"走!"

　　"慢!"有一个男人在他们身后喊了一声,这喊声如锥子,在九儿心口上扎了一下。他忙转过身来,这时,他看见从后边房间里冲出来四个孔武有力的年轻人,每个人手里都提着乌黑发亮的驳壳枪。四个人手疾眼快,还没等九儿和那三个人弄明白是怎么回事儿,右手虎口处像被钢钳夹住一样疼痛难忍。同时,他们四人的太阳穴上,都被顶上了驳壳枪。九儿虎口疼得把腰弯了下去,忙喊叫道:"爷,爷,各位爷,有话好说,有话好商量。"

他们四个人被押到后边仓库里,每个人后腿肚被人踢了一脚,正好踢到穴位上,身子一软,都跪了下来。红脸男人用驳壳枪敲着九儿的头问:"你叫九儿?这个小小的日杂店,你们三番五次地来敲诈勒索,你们知道这店是谁开的吗?"九儿说:"我们不知道谁开的。对不起爷,我们错了,以后再也不敢了。"

红脸男人大声地说:"以后?你们还想以后?今天你们不给大爷我说个小老鼠上灯台,我们就把你们放倒这儿,你们信不信?"

九儿忙点头求饶,他赶忙说:"请大爷饶命,我们不知道是爷您的门店。如果知道了,打死我们也不敢来收钱。"

红脸男人继续用驳壳枪敲着九儿的头顶说:"实话告诉你,我们是东北军哈满司令部的,这个门店是我们司令官一个亲戚开的。你九儿大小也是个人物,你就不好好想想,能在这么复杂的地段开门店,能是一般人吗?日本人、苏联人、警察都不到这个门店找事儿,就连草原上的土匪到这儿也得绕着走,你一个小小地痞流氓,竟然到这里来要过年钱,真是活得不耐烦了!你信不信,我现在就把你们一枪毙了,然后随便扔到国境线那边喂狼去。有人问了,就说是偷渡者,被我们边防军枪毙了。我们只用写个报告,什么责任也不用负。"九儿和那三个无赖一听,唬得魂飞魄散,头如捣蒜一样求饶。

红脸男人问他身边的三个人:"弟兄们,你们说怎样处置这四个无赖?"那三个弟兄同声地回答:"毙了算了,留着他们将来还祸害百姓。"

红脸男人抬头问站在门口的宋自加:"老板,他们到你这儿来敲诈过几次?"宋自加回答说:"加上这一次一共三次。不过好汉,还是饶了他们吧,估计他们再也不敢来了。"九儿连忙磕头说:"不敢了,再也不敢了。"

红脸男人恶狠狠地说:"不行,就这样把他们放了,一是我回去无法交差;二是他们这种人忘性大,不让他们长点记性,恐怕以后还找你的麻烦;三是也达不到除暴安良的目的。张大帅每天让我们官兵背诵一遍《农夫与蛇的故事》。他常说,对坏人,心软就是自杀,心狠才能安良。今天我不给你点厉害,你不知道我们东北军是干啥的!"

红脸男人一席话,九儿四个人吓得魂飞天外,马上瘫在地上。九儿刚才知道遇到硬茬了,但没有想到这么硬。其实,九儿在火车站一带闯天下,他是有靠山的,他有个表哥在铁路警察局当治安大队副大队长。但九儿这会儿知道,对东北军,别说他表哥一个小小的治安大队的副大队长,就是铁路警察局的局座,也是对东北军让三分的。九儿怎么也不会想到就这么大点一个小日杂店,背景却这么大。本来想着收几个钱,谁知道却是撩蜂吃螫,落到这样的下场。

红脸男人举起枪,对准九儿的右耳朵说:"今天我让子弹给你耳朵打个烙印,也让你听听枪声,主要是让你长点记性。"话落枪响,九儿一下子魂亡胆丧,晕了过去。子弹落在九儿前边不远处的一块砖铺地上,留下一个深深的洞穴。

红脸男人又吹了一下冒烟的枪口,啪的一声把保险关上。他用脚踢了踢死猪一样的九儿,说:"熊样,就这胆量还在江湖称英雄呢,醒醒,快醒醒!"那三个无赖跪在那里发抖得难以自制。

一会儿,九儿醒了,他躺在地上,用手摸了摸脑袋,又摸了摸右耳朵,没有流血,但很疼,他的耳朵只是让火药烧了一块皮,留下一些黑色的火药。九儿耳朵鸣得厉害,像有一只知了钻进了他的脑袋里。小宋把他扶起来,他赶忙又重新跪下,发抖起来。这时宋自加忙说:"军爷,九儿是不知道咱的背景,如果早知道他不但不会那样做,还会保护我们呢,放了他们吧。"

红脸男人对他的三个手下人说:"松手吧。"

九儿忙赔笑道:"军爷,我们不在这儿干了,过完年就撤离。"

红脸男人脸一阴说:"不行,你还得在这儿干,哪儿也不能去,这个门店,你必须得给我保护好,再有地痞流氓来找事儿,我就找你的事儿。你的一切行踪,家里的一切情况尽在我们掌握之中。"

九儿点头道:"行,行,听你的,军爷。"

红脸男人又说:"回去转告你那位表哥,让他好好干,别养虎遗患。否则,我们司令一句话就让他滚蛋。"

"好!我一定转达,一定转达。"九儿赶忙行鞠躬礼,弯着腰退下了。

他们走了以后,宋自加正唱着东北小曲在整理货物,这时店内进来一个警察,他转身一看,是胡春江。只见胡春江身着黑色的警服,腰扎皮带,皮带上挎着小手枪。他进门向宋自加使了个眼色,轻轻地摇了摇头。宋自加明白他的用意,赶紧大声地问:"老总,你需要什么东西吗?"这时,又进来两个年轻警察,好像是跟着保卫他似的。

"给我拿包烟!"胡春江说。

陆小枫在里屋听见胡春江说话,忙闪了出来,她脸红了一下。见胡春江后边还有两名年轻警察,忙佯装整理货物。宋自加知道,不到万不得已的时候,胡春江是不会亲自出马来这儿的,一定有重要情报传递。宋自加用脚踩了一下小枫的脚,同时给她递个眼神,小枫会意,忙与那两名年轻警察打招呼,以此吸引他俩的注意力。她问:"二位买点什么?"一个年轻警察见小枫姿色出众,且又大方,于是就闲扯起来。宋自加趁机接过胡春江递过来的钱,说:"钱正好,不用找零了。"他赶忙把胡春江递来的钱收起,把一包烟递给胡春江。胡春江接过香烟,拆开,抽出一支,点燃后深深地吸了一口,说:"过年了,你们这个店离候车室近,要注意安全呀!"宋自加忙说:"明白了老总,我们一定注意。"胡春江环视一下店里的货物,没再说什么,然后转身就走。两名年轻警察慌忙跟着走了。

宋自加和陆小枫看着他们走远,忙回到里屋,把胡春江递给他的钱打开,只见上面写着"速看启事"四个字。

他俩知道,重大任务来了,于是激动起来。小宋说:"我马上到广场电线杆上去看看。"他们事先约定好了,遇到重大通知,都会用暗语写成寻人启事贴在火车站广场的电线杆上和男女厕所里。

宋自加手里提了一块生牛肉,佯装是购年货的样子,漫不经心地向广场走去。他来到第一根电线杆旁,一眼就看到一则新张贴的寻人启事。他瞬间就读懂了,内容是:通知陆2、魁1、寒1、宋1今晚七点到东来顺餐馆聚餐过除夕夜。

宋自加看罢,没有马上回日杂店,而是到街上买了青菜什么的,慢慢悠悠地走回日杂店,他简单地给陆小枫通报了通知内容。他说:"中午你自个儿做点饭吃吧,我到养马场再吃。别忘了,晚上七点去东来顺。"

寻人启事说的"陆2"就是通知陆师傅和陆小枫二人参加,"魁1"就是通知老魁一个人参加,以此类推。

宋自加到养马场,大部分工人都放假回家了,陆师傅、老魁和小寒都在马厩里忙乎着。他们见小宋回来了,忙放下手中的活儿,来到了老魁的住室。宋自加把通知说了,老魁自言自语地说:"没有重大任务,春江是不会召集这样的会议,一定是有什么任务了。"

下午四点多,满洲里的大街小巷的门上都张贴了门神,大户人家更是张灯结彩,热闹非凡。大街上鞭炮声一阵紧似一阵,烟火带着哨声,形状各异地冲向天空,把整个夜空染红。街道两边的冰雪,早已是泥泞不堪,惨不忍睹,红色的鞭炮纸屑,印染着大地。零下三十多摄氏度的气温,人们似乎并不怕冷,都跑到街上问寒问暖,相互祝福。小孩子更是欢欣鼓舞,闻炮声而追赶,看烟花升空而欢呼。除夕,整个空气里都充满了祥和的气息。

满洲里北满南街的东来顺餐馆,今年除夕有些异样,与往年的除夕不同。这个北国边陲小镇,虽然和苏联国土一界之隔,但过年的情结很重。每年的腊月二十三过后,街上的饭店基本上都关了门,春节期间餐馆都不营业,往年的东来顺也是如此。但是今年不一样了,吃完中午饭,东来顺餐馆的大门口,突然张贴出一张广告,内容是:

为了使广大客户过个有意义的新年,今年东来顺餐馆过年不休息,从除夕到初六,照常营业。望广大客户相互转告,欢迎您到此就餐,共度新春佳节。

特告

东来顺餐馆之所以今年过年不关门，主要是为今晚七点钟的会议而安排的。如果饭店不营业，特别是在除夕晚上，出出进进一些人，必定引起他人的怀疑。如果引起特务们的怀疑那就不是小事了，何况满洲里暗地里还生存着日本特务、东北军特务等。于是组织上决定，东来顺餐馆以照常营业来掩护今晚上的会议。

尽管照常营业，来吃饭的人也是不多的。晚上六点钟，东来顺餐馆门口有一些异样。门口突然来了四辆人力车，车夫是清一色的年轻人，他们不主动拉生意，只是坐在车把上闭目养神。北满南街的南头路口，停了一辆单匹马马车，车棚门口挂了两个红灯笼，灯笼上印有一个"租"字，在满洲里，大街上跑出租的除有人力车外，还有脚踏车和马车。马车分单匹和双匹，单匹马车一般是跑城区的，双匹马车是出城往草原跑的多。一般情况，除夕之夜，大街上有人力车还是正常的事儿。马匹出租车，除夕夜一般都收车了。然而今天晚上，这辆出租的马车死死地"钉"在这个路口。北满北大街路口，也是停了一辆出租单匹马车。马车的不远处，另外停放着两辆人力黄包车。

胡春江乘人力车到北大街时，就感到了不一样。他心里明白，一定是哈尔滨乃至更高层的领导来了，今晚的会议也肯定是十分重要的。

警察局今晚除留几个值班的，全部放假了。今天下午罗高明带着老婆明决坐车出去了，据毛先征说是到乡下古尔多那里欢度除夕去了。罗高明从哈尔滨和奉天"拜年"回来后，基本就属于半休息状态，不办案，也不安排工作。中午喝酒，晚上会客，忙得不亦乐乎。瞿华莹早已回南京过年去了，她走的那天晚上还拉着胡春江吃了一顿饭。其他人回家的回家，值班的值班，家在警察局大院住的也都在喝酒。

胡春江出来比较轻松，他很快就到了东来顺餐馆。晚上的会议，就是东来顺一个伙计与他接头并通知他的。他进入大厅，上午去与他接头的小伙计就笑脸相迎："客官，你订的得仙悦雅间在二楼，请上楼。"

他到楼上，打开门一看，他的眼睛大了，嘴巴张开也合不拢了。他不敢相信自己的眼睛，忙用手揉了揉，定神一看，没错，是他日夜想念的金牙大妈在这儿坐着向他甜甜地微笑。灯光下，她披着棉衣，像一尊神佛，祥气四射。他赶忙跑过去，双臂张开,紧紧地搂住了她。金牙大妈高兴得把满嘴的金牙露了出来,眼睛眯成了一条线。她站了起来,搂住了胡春江。

这时他才看清楚房间里还有三个人,分别是中共北满特委哈尔滨交通站负责人洪永升,中共北满特委保卫部部长田家彬,还有一位是东来顺餐馆老板呼伦湖。

田家彬对胡春江说:"上一次时间紧张,没有给你介绍清楚。呼伦湖同志是我们满洲里联络站的站长。你也别问他叫什么名字,你记着他的代号就行。"胡春江看着呼伦湖点了点头。田家彬又对他说:"记住,他能联系你,你不能联系他。"胡春江忙说:"我记住了。"

金牙大妈正想说什么,大堂的小伙计上来说:"日本领事馆的一个翻译叫胡春海,他带两个人到大厅里吃饭来了。你们小心一点。"

胡春江一听是他大哥,便不动声色地观察着大家的反应。田家彬听小伙计这样说,眼睛一亮,似乎有些警惕。洪永升看一下田家彬,好像要说什么,但欲言又止。金牙大妈说:"可能是巧遇吧,小心点就是了。"

呼伦湖对小伙计说:"下去细心观察,有什么动静马上报告。"小伙计一闪出去了。

呼伦湖坐了一会儿,站起来说:"我得下去看看。"田家彬说:"你只负责这餐馆内的安全,我们保卫部的人,负责外围五公里以内的安全,我的人下午四点已经上岗了。"

呼伦湖说:"明白了。"说完他急匆匆地走了。

参加会议的人开始陆陆续续地来了。陆小枫和宋自加走进这二楼得仙悦房间时,两人的眼睛也是直了,他俩万万没有想到,金牙大妈会出现在这儿。

金牙大妈的双眼像两道夜空中的闪电,一下子把他俩的心里照亮了。宋自加叫了一声:"大妈,原来是您呀!"然后奔过去,抱住了金牙大妈,像久别的儿子和妈妈重逢那样激动。

陆小枫瞬间泪水流了出来,她也叫了一声:"妈——"她似乎是像喊错了什么,打了个冷战,停顿一下,又喊道:"大妈,大妈呀!"她哭着跑过去,搂住了金牙大妈。

金牙大妈一只手搂住小宋,一只手抚摸着小枫的头,眼睛红了。金牙大妈搂住他俩说:"看到你们我真的很高兴呀。"

外边的鞭炮声一阵紧似一阵。今晚,注定是个沸腾的夜,不眠之夜。

腥风血雨的一年马上就要过去,迎来的是 1928 年的龙年。新的一年,将是个什么样的年份呢?

今年的春节,全国上下看似一片欢乐祥和,其实,百姓心中应该是苦恼和不安的,原因是外国列强的欺压和国内军阀的争霸战乱⋯⋯

十九

参加晚上会议的人,踏着激烈的鞭炮声,陆陆续续到齐了。

陆师傅进来的时候,似乎也感到很意外,但他表现得很稳重。金牙大妈很平静地用手指了指一个空座位,陆师傅笑了一下,走过去,坐下了。胡春江想,看来陆师傅跟金牙大妈,不但认识,而且还很熟悉,不然他们见面不会这么自然。刚才小枫进来时,也是大叫着抱住了金牙大妈,看来她也认识金牙大妈很久了,然而,小枫为何在他面前不说认识金牙大妈呢?

会议准时开始,由洪永升主持。洪永升先把金牙大妈介绍给大家:"洪霞同志这次是以中央特派员的身份来我们满洲里的。洪霞同志给我们带来一项光荣而又艰巨的任务。下面请洪霞同志布置任务,大家要认真听,不准做记录。"

金牙大妈看了一下大家,严肃地说:"明天下午,我们党的两位领导人乘火车到达这儿。下面就到达时间和路线,我给大家讲一下。"

胡春江心里有数了,明天过来的中央领导人,一定是我党的重量级人物。如果不是,金牙大妈怎么会一路打前站安排保卫工作呢?

金牙大妈对大家说:"明天中央领导人由哈尔滨的杜云英同志陪同,由北满特委保卫部的同志同行护送,下午三点到达咱满洲里火车站。因为明天和后天是咱中国的大年初一和初二,没有开往苏联的火车。我们的领导又不能在满洲里滞留,明天晚上必须出境,到苏联那边再乘火车去莫斯科。经特务工作科研究,报请中央批准,决定在大年初一晚上子夜,两位领导人从城北边境线出境,直达苏联境内的86号火车站,苏联方面已安排人在那里等候。以上说的是护送时间和路线,下边我代表党组织安排具体任务。"

这时,大堂的伙计上来报告说,有四个东北军的军官来吃饭,把他们安排到二楼的祥和厅了。

田家彬说:"知道了,加强警戒,不要惊动他们。"

看来,这里大年三十的生意还可以。

金牙大妈继续说:"一、从哈尔滨到满洲里之间,火车上的安全由田家彬同志负责,沿线火车站停车点,由洪永升同志负责,这两项任务昨天已安排,人员今晚应该都到位了。满洲里火车站由胡春江同志负责,具体方案一会儿与田家彬同志商定。苏联方面由'呼伦湖'联络站负责联络,具体方案与洪永升对接商量。要求做到既要分工,又要协调合作,段与段中间要达到无缝对接,不能出任何差错,谁出现差错,造成重大损失,谁就是历史的罪人、民族的罪人!"

这时呼伦湖插话说:"不然把菜和酒上来吧,这样安全一些。"田家彬看一下金牙大妈,她点了一下头。田家彬对呼伦湖说:"上菜吧。"

金牙大妈继续往下安排。她说:"二、领导人下午三点钟下火车,离晚上十二点还有九个小时,这九个小时,暂时住进养马场,安全由胡春江负责,你们要制订出详细的安全保卫计划。三、晚上十一点乘马车从养马场出发,穿城去城北方向。明天晚上大年夜,夜里十二点前东北军巡逻,十二点以后不巡逻,可以快速通过。车辆由养马场提供,胡春江负责落实运输人员。"

金牙大妈讲到这儿,喝了一口水,看一眼田家彬说:"明天晚上,田部长你的人都从铁路沿线撤出,统统调到满洲里来,从养马场到边境出境处的沿线,还是你们保卫部负责布岗保卫。满洲里还有两条线上的同志也在为此任务开展工作。但是,你们不能横向联系,在这儿就不多说了。四、为了迷惑敌人,党组织派已经回青岛过年的日本共产党员安显一郎陪同两位领导人一起乘车过来,并一同住进养马场。两位领导人对外称是马行的商人,他们来是选购德国种马的。领导人下火车后,马场的同志要与安显一郎对接好,要做到天衣无缝,不能让敌人看出任何破绽。"

金牙大妈说到这儿的时候,看了一下陆师傅和小枫。陆师傅用坚毅的目光点了点头,小枫的双眼含着温情、期盼和甜意。她一动不动地看着金牙大妈,像欣赏明星一样,心花怒放。

酒和菜上来了,众人围桌而坐。大家都有点饿了,开始吃东西,但没有一个人喝酒。

呼伦湖上来了,他说:"日本领事馆的翻译胡春海还没有走,他们在喝酒。"小伙计也上来了,他走到胡春江身边,弯下腰耳语道:"你们警察局的总务科长毛先征带着他老婆也来了,他们还带着两个便衣。"

胡春江心里一紧,心想,毛先征来干什么?他可没有任何巡逻任务和案件任务。他只管后勤,不管警务,除夕之夜不在家里过年,带着人来这儿干吗?他想了一下问小伙计:"他们来是喝酒吗?"小伙计说:"不是,他们是来找东北军的人呢,这会儿刚进到祥和厅了。"胡春江一听,放心了。罗高明与东北军有着千丝万缕的关系,很多事情和交易罗高明不能出面,都是毛先征出面联络和落实的。今晚,在这个特殊的日子,他和东北军肯定有啥交易在这儿进行。

呼伦湖说:"全满洲里的饭店都关门了,只有咱一家开门营业,来人吃饭说事情很正常。一切都在我们掌控之中,请大家放心。"

金牙大妈问大家:"谁还有不清楚的地方和问题?"大家都说:"没有了。"

田家彬见金牙大妈把工作安排完了,放下筷子说:"同志们,刚才洪霞同志把任务说得很清楚了,工作也进行了分工,责任也划分得很细。今天晚上和明天上午是大家准备的时间,希望大家都认真准备,特别是每个细节都要准备扎实。明天杜云英同志跟中央领导人一起过来,护送完领导后,她还要对满洲里新建的特别交通站进行视察和工作指导,胡春江同志要做好汇报工作的准备。"

胡春江点了点头说:"明白了。"

田家彬继续说:"经北满特委研究决定,这次迎迓和护送任务的代号为'白雪计划',所有参与人都要遵守党的纪律,严守党的机密。执行任务期间,一切行动听指挥,不准擅自行动。谁违反了纪律,将受到严厉的追责。记住没有?"

大家异口同声地说:"记住了。"

洪永升思考一下问胡春江:"明天下午三点钟,你准备让谁去火车站接站?"

胡春江不假思索地说:"准备去两辆马车,一辆由陆师傅赶车,宋自加跟随;另一辆让老魁赶车,小寒跟随。火车到站后,陆师傅接两位领导人,老魁接安显一郎和杜云英同志。我明天下午着便衣在站台外围观察应变。今晚回去我们准备制定两个预案,确保万无一失地完成任务。"

洪永升听罢,说:"很好,明天因为有杜云英和安显一郎跟着,不再搞暗号接头,接到领导后,迅速离开。"

田家彬说:"同时暗中护送的还有六个保卫部的同志,他们跟随领导下车后,也会分别乘人力车跟随护送到养马场。"田家彬说完扭头看看胡春江,问道:"武器要准备好!"

胡春江想了一下说:"我想每个去接站的同志都要配短枪,两辆马车各配两支美制半自动步枪。具体的武器配备,我们回去再细商量。"

金牙大妈说:"这次虽然是专程护送领导,但也是对你们新建特别交通站一个全面的检验。一会儿回去,你们马上研究细节,方方面面的困难和不安全因素都要想到,并制定相应的措施。要往坏处想,确保往好处努力。"

胡春江回答说:"我们回去就研究。"

金牙大妈用温和的目光看一下小枫,小枫发现金牙大妈的目光投向她,忙扭动一下身子,笑了笑。金牙大妈说:"听说小枫工作开展得很顺利,向你表示祝贺。但是,今后工作一定要小心谨慎,不能马虎。"金牙大妈说完又瞅一下宋自加,笑了笑说:"小宋虽然年轻,但也是个老同志了,跟我五年了吧。你和小枫生活在一起,有事要多帮助她,特别在组织纪律方面,要时时提醒小枫。小枫呢,要向小宋虚心学习,把上级交给你们的重大任务完成好!"

宋自加和小枫赶忙站起来,坚定地说:"坚决完成任务!"金牙大妈向他俩挥一下手,示意让他们坐下。然后她说:"这我就放心了。"陆师傅吸着香烟,笑眯眯地看着。

金牙大妈又看了一下胡春江,露出满意的表情。她对大家说:"春江是跟着我多年的主力军,在上海为党立下了汗马功劳。听说他到满洲里以后,工作开展得蛮不错。但是,你们特别交通站的全体同志都处在敌人的巢穴深处,特别是春江又是在警察局工作,处于握蛇骑虎的险地,因此,今天还得给你提要求。"金牙大妈说着,拿出了上海产的小金鼠牌香烟,点了一根吸起来。她看着胡春江继续说:"你要充分利用你这个特殊的身份做掩护。你只有隐藏得好,将来任务才能完成得好。这个警察局很复杂,人员背景交错,各个势力在遥控指挥,你一句话、一个眼神就有可能引起别人的怀疑,你一定要提高警惕,见机行事,紧紧围绕我们的'红色任务',把特别交通站管理好。另外,明天这一重大任务完成以后,过完年'红色任务'就要启动,你们一定要把一切准备工作做细、做好,同心勠力,完成这项重大任务。"

胡春江忙站起来说:"放心吧,大妈,我们一定按您的要求,同心同德,坚决完成党交给的神圣任务。"说完,给金牙大妈敬了个礼。

胡春江起身走到门口时,只听金牙大妈说:"陆师傅和小枫留一下,其他人回去吧。"

会议散后,胡春江与特别交通站的全体人员在养马场开了两个小时的会议,主要是研究明天任务的各个环节。

东方欲晓的时候,满洲里的鞭炮声再次响起,1928 年农历年的第一天到来了。鞭炮集中炸响,大有把这个小城炸翻之势。今年是龙年,龙年有龙威,1928 年,注定是一个不平凡的年。

…………

1928 年春节,大年初一中午,满洲里警察局大院里酒肉飘香,欢声笑语。家属在局大院住的人,今儿中午都在改善生活,喝酒。家属没有在大院住的人,也就是单身汉、回不去过年的外地人,局里的伙食是六菜一汤,有白酒、红酒。大家吃得很如意,喝得尽兴。这几天,总务科长毛先征亲自下厨抓伙食。他说过,过年得像个过年的样子,一定让大家吃好、喝好。就是看守所关押的犯人,中午也吃上了粉条炖肉儿。

胡春江早上醒来,已是上午九点了。十点钟,他宿舍后边的养马场响起了笛声。他一听就知道是宋自加通知他到养马场去。胡春江着便装慢悠悠地在警察局大院转了一圈,见谁给谁拱手拜年。随后,他骑一辆单车来到养马场。小宋把他带到一间屋子里,老魁和陆师傅都在。他进门就问:"有啥事情?"老魁说:"一切准备就绪,领导人住的房间也已安排好了,炉火正旺。刚才把两辆马车赶到了大街上遛了一圈,目的是下午不让人感到意外,以为我们的马车大年初一一直就在大街上拉人。刚才又特别在火车站转了一圈,也没引起什么人注意。"

胡春江问:"武器装备有什么问题吗?"

老魁赶忙汇报说:"通知您来就是向您请示个问题。"胡春江说:"啥问题说吧。"老魁说:"昨晚上我们研究,除每人带一把短枪外,每辆车上带两支半自动长枪。我和陆师傅认为,是否可以把半自动步枪改为冲锋枪。半自动步枪有两个缺点:一是不好携带,太长,马车上不好藏。二是连发功能差,遇到紧急情况被动。我们也明白,半自动步枪射程远,瞄得准,特别是我们手中的美制半自动步枪,这两个优点更是明显。但是它的机动性差,不如带冲锋枪。"

陆师傅快速地眨眨眼睛说:"我同意老魁的意见,执行这种既特殊又重要的任务,一定要带机动性强的武器。"

胡春江咬了咬嘴唇说:"好吧,我同意。冲锋枪有几支?子弹够不够?"

老魁说:"都不成问题。"

陆师傅说:"我们还有日制手雷,是否也带几枚?警察局给你只配手枪了吧,我想子弹也不会太多。一会儿让老魁再给你拿两盒子弹。为了以防万一,再给你两枚手雷带身上。"

胡春江把手一挥说:"行,就这样定了。"

胡春江回到警察局,在食堂刚吃完中午饭,丁基元就慌慌张张地跑来见他。大过年的,这个丁基元不在家里过年,跑到局里干啥? 胡春江心里沉了一下,因为他马上要到火车站执行"白雪计划"去,他怕有节外生枝的事影响他行动。

"有什么事情吗?"还没等丁基元走到面前,胡春江就问他。

丁基元气喘吁吁地跑到他跟前,说:"这会儿罗局座、两个副局座都不在局里,都去喝酒了,联系不上他们,只有向你报告了。"

胡春江一听就知道是哪里出案件了,他的心提得老高。他深深知道,越是遇到这种事情,越不能乱了手脚,于是泰然自若地问:"啥事情? 说吧。"

丁基元说:"刚才火车站来报案,有两股来路不明的人在候车室火拼,双方各打死打伤对方若干人,我已安排刑警队去了十几个人,目前局面已经控制住,双方的人溜的溜,跑的跑! 现在只有伤者和死者在候车室躺着。"

胡春江一听头马上大了,怎么偏偏会在这个时候打架呢? 抬头看看表,已是下午一点半钟,离哈尔滨来的火车还有一个半小时。他常常提醒自己,越是出现突发事件,越是要冷静。他沉思一下,用手摸了摸他腰间的枪,问丁基元:"这是两股什么人? 怎么年也不过了? 走,看看去!"

其实,胡春江正愁没理由去火车站呢,这时有个火拼事件,正好可以大摇大摆地去火车站了。

刑警队的三轮摩托开了过来,他和丁基元跳上摩托车,向火车站冲去。风如刀子一样割脸,眼睛一个劲地流泪。不一会儿,胡春江和丁基元来到案发现场,这里早已被勘查现场的警察封了。铁路警察局一个警察正与刑警队的人谈论着什么,他们看见胡春江和丁基元走进候车室,忙走过来。丁基元的部下向他俩介绍说:"这位是铁路警察局的曹科长,让他说说情况吧。"

满洲里铁路警察局不办刑事案件,他们只管铁路线上的治安和货物的押送,也就是在客车上抓个小偷,处理纠纷什么的。他们抓的任何嫌疑人都得移交给丁基元他们。因为他们没有羁押嫌疑人的地方,想羁押人,必须交给满洲里警察局看守所。曹科长介绍说:"半个小时前,不知从哪里来二十几个人取从苏联托运的货物,他们持的手续齐全,是货物的持有人。但今天是大年初一,托运房发货人回去吃年饭了,他们只好等候。快一点的时候,发货人上班了,他们就把货物取了出来。四个麻袋,也不知装的什么东西,看样子不是太重。"

胡春江问:"什么宝贵东西,非大年初一来取?"

曹科长说:"说得对呀。他们刚把货物抬出来,突然从外边冲进来二十几个手拿大刀的人,围着取货人就砍杀,一会儿,人被砍倒一大片,死的死,伤的伤。因为今天是过年,我们人手不够,当时没制止住,也没抓到双方的人。这不,这地上躺的不是死的,就是伤的。"

胡春江问:"其他人都跑了吗?"

曹科长说:"当时我们的人开了几枪,他们都跑了。"

丁基元问:"货物呢?"

曹科长说:"抢走了,但不知道是哪方抢走的。凭我的经验,货物应该是烟土。"

丁基元自言自语地说:"不是土匪就是黑帮。"

丁基元抬头看了看过午的太阳,把胡春江拉到一边耳语说:"这可能是两帮团伙争利益的事儿。我们管不了,我也不想管。我看先交给他们铁路警局搞调查,需要抓人了,我们协助。不需要了,让他自己处理怎样?"

胡春江看了看手表,已是两点半了,再有半个小时火车就要进站了,"白雪计划"就要开始了。他得马上变被动为主动,把这事儿处理好。这时,他已看见小枫站在日杂店门口焦虑地在观望。周边已经出现了不详职业的人,有拾煤砟子的,有在打扫脏雪的,有拉货物的。人力车也突然多起来,他们在候车室门口等人。他知道,这是田家彬手下的人开始上岗了。

马脖子上的铜铃声也叮叮当当地响起来,胡春江隔着候车室的大窗,看见了两辆马车在广场上慢慢地停了下来。陆师傅和老魁他们怀抱红缨长鞭,在看天上的太阳。这时,胡春江突然听见东方火车的哐当声和吼叫声。哈尔滨开往满洲里的火车就要进站了,激动的时刻就要到来。

然而火拼的现场竟是一团糟,地上躺着十几个死伤不明的人员,轻伤的人还在动弹着,呻吟着。

丁基元的想法,也正合胡春江的心思。他忙笑道:"行啊,你对曹科长说,这个案件先让他们调查,我们可以协助。"胡春江又小声对丁基元说:"你做得很对,罗局座目前一门心思要抓共党,没心情管这些乱七八糟的事情。"丁基元点了一下头,转身走过去,与曹科长协调去了。

火车的汽笛声越来越近,胡春江这时看见呼伦湖打扮成商人,带两个小伙计来到候车室,当他出现在候车室大门口时,被两个守护现场的警察拉住了。呼伦湖与胡春江对视一下,胡春江正想过去打招呼,突然一阵忙乱,火车站大门口开来一辆军车,停在了候车室门前,车上迅速跳下几十个东北军士兵,手持长枪,唰唰地向打架现场跑来。一个中尉军官从驾驶室里跳下来,他戴着墨镜,一脸凶狠的样子。他先整理一下军装,然后仰脸看了看天上的太阳,他停顿一下,向胡春江他们走来。

火车吼叫着进站了,蒸汽机吐出的蓝色烟雾布满了整个站台。两辆执行任务的马车赶过来,停在出站口门外。马脖子上的铜铃特别地响。

小寒和小宋分别站在马车旁警惕地四下看。老魁和陆师傅站在出站口等候。呼伦湖他们在不远处观望,像是来接客人的普通人。十几辆人力车也靠了过来,佯装抢生意的样子,挤挤碰碰。出站口有些混乱。

东北军的中尉带人把候车室包围了。

二十

中尉走到胡春江面前,敬了个礼,说:"我是东北军驻满司令部的中尉,我姓王,叫王大成。我奉命来接管刚才发生的火拼案件,你们回去吧,没你们的事儿了,上司命令这起案件由我们接管侦办。"

这样的结果让胡春江喜出望外,火车已经进站了,他真不能再在这儿耽误时间了。双方都不愿接这个案件时,没有想到这会儿半路里杀出来一个程咬金,主动接管这个案子,真是天上掉馅饼啊。曹科长一听更是高兴,这么大的案件,丁基元要移交给他们办,就是局座在家也不会答应的。这一下好了,东北军抢着管这个案子,真是天大的好事儿,这回可以轻轻松松地过年了。

中尉手一挥,士兵开始把死伤人员往车上抬。看来,这个抢货物火拼的案件并不简单。在满洲里,什么事儿一旦与东北军联系起来,就复杂了。

这时,哈尔滨开往满洲里的火车准时下客人了。

胡春江对丁基元说:"你带着弟兄们回去吧,我刚才看见一位日本朋友在接站,我过去给他打个招呼。"

"好咧!"丁基元一挥手,带着他的弟兄们逃跑似的撤了。

因为是大年初一,坐火车的人不多,乘客陆陆续续下了火车,车站内风很大,下来的人都是眯着眼睛,把头包得严严实实的。陆师傅、老魁、呼伦湖等都已到了出站口,外围的人员也都在盯着出站口。小宋和小寒的马车已经停在了出站口的站台上。

这时,胡春江看见,他们要接的人下车了。母亲杜云英穿一件黑大衣,围着一条灰色围巾,白色的手套衬托出她的富贵。她的身后,相继下来三个人,前两位就是他们应该接的领导人,只见他们都是头戴皮礼帽,身穿绸棉袍,脚蹬黑棉靴,一看就知道是商人。后边紧跟着的是日本共产党员安显一郎,他穿的是日本礼服,胸前戴了一个太阳徽,他的任务是用商人的身份掩护这两位领导人。

他们四人走出出站口,老魁和陆师傅赶忙上前接过他们的行李。杜云英向陆师傅和老魁笑一笑,然后转身对后边的人说:"走吧,马车在站台边。"

胡春江悄悄地站在一边,没有上前与母亲说话。母亲似乎用余光看到了他,但没有与他对视。他知道此时母亲心理压力有多大,母亲不会正面看他的。她身后这两个领导人,他不认识。两位领导人很有气场,他们的出现,好像把整个火车站都镇住了。他们不急不躁地走出站口,像平常人一样,汇入到接站的人群中。

东北军那边把现场也"打扫"完毕,杜云英警惕地看一眼那边忙碌的士兵,她赶忙看了一下胡春江,胡春江用坚定的目光看了母亲一眼,示意这里很安全。安显一郎明显地看见了他,向他挥了一下手,他点头向安显一郎示意。

这时,胡春江的肩膀让人在身后拍了拍,他心里大跳一下,他用很专业的回身法,转过身来,同时他的左手抓着了拍他的那只手,并瞬间点了虎口穴位,只听后边的人"哎哟"一声。胡春江回身一看,不是别人,正是刚才接管火拼案件的东北军中尉。他赶忙松开手,中尉又哎哟了两声,表情很痛苦。

"身手了不得呀你!"中尉活动着他的右手说。胡春江双手抱拳说道:"对不起长官,对我们警察,以后千万可别在身后突然拍他的肩膀,那样可能会擦枪走火,会误伤人的。你找我有事儿?"他与中尉说话的时候,眼睛用余光在看母亲他们的行动。还好,他们已上马车了。周边的人也都围绕着马车在活动。

中尉说:"案发现场清理完毕了,总共死五个人,伤九个人。从他们穿着上看,一方死三个,另一方死两个。伤情是一方五个,一方四个。"他说完从衣兜里掏出一张表,递到胡春江面前,又说:"这是现场勘查登记表,你签个字吧。"

胡春江想,本来,这个字应该是他们铁路警察局的老曹签或者是丁基元签,但是现在他们都跑得无影无踪了,他只好给签了。胡春江佯装轻松无意地问:"死伤这么多人,不是个小案件。这双方都是一些什么人啊?"

中尉忙给胡春江敬了个礼,说:"这涉及军事机密,我不好说。谢谢警官,我们撤了。"说完,转身走了。

胡春江转过身来,突然看见有四名警察在拦着马车问着什么。他们警察局何之干手下一个中队长叫侯健,正在问陆师傅,陆师傅在给他说着什么。胡春江看见,撒在周边的保卫人员都在向马车靠拢,他赶紧大步地走过去。侯健见胡春江走了过来,忙转过身来,笑道:"胡局助,你也在这儿啊!"

胡春江很自然地说:"刚才火车站发生不明身份的人员火拼案件,我和丁队长来勘查现场。现在案件已被东北军接管,我们撤案了。怎么,这两辆马车有什么可疑的吗?"

侯健忙说:"没啥可疑,我是履行正常检查。"

胡春江不慌不忙地说:"这是我一位日本朋友,他带着关内的马匹商人来咱这儿急购马匹,刚才在出站口我遇见了。没事的话,尽快放行吧!"

"是!"侯健敬了一个礼。

两辆马车快速地驶出了满洲里火车站,向养马场奔去。马铃铛震天响。周边的人力车也都拉着人,不紧不慢地贴在两辆马车的周围。两辆马车和周围的人力车,就像大海里的母舰和子舰摆阵一样,乘风破浪,砥砺前行。

胡春江还站在那里和侯健说话。他的心情很放松,他知道从火车站到养马场,再不会有麻烦事儿了。

侯健问他:"胡局助,日本商人大年初一就来买马,是不是有什么急事啊?"胡春江抬起头,看了看快要西沉的太阳,说:"据说是日本在东北的驻军要用马匹,日本人办事向来目的性很强。春节也不休息,肯定是急用战马的。"

侯健知道胡春江是日系的人,全警察局都怀疑他是日本间谍,因此在他面前也不多谈日本人的事情。于是侯健把话题又扯到中午发生的火拼案件上："我听刑警队的弟兄们说，火车站候车室械斗的案件东北军接管了。这地方发生的案件，军队管它干吗，这里边一定有关于军队的事儿。"

胡春江叹道："咱张大帅什么事情都管呀。前不久，他在长春不是又杀一批共产党吗？现在是蒋司令要干的事儿，他都在干；汪主席想做的事儿，他都要做呀！我们警察局设有看守所是名正言顺的事儿，可他们东北军在满洲里的兵营里，也私自设有关押人的监狱。他们关人、杀人不履行任何法律手续，张大帅一个手令，就能杀人。"

侯健笑笑说："胡局助，你来得晚，你有所不知，咱这警察局可是靠东北军养着呢，吃喝拉撒，枪支弹药，都是靠人家东北军供给的。"

胡春江点了一支烟，眯起眼睛说："谢谢侯队的提醒。过年了，早点收队吧！"他说完转身走了。侯健对他身后的人大声说："收队！今晚都好好地喝几杯！"说完，领着大家回去了。

胡春江一转身，看见日杂店门口站着的小枫在往这里看他。他知道小枫有事找他。他环视一下，见周围的人都散去，火车站基本已没有了人。他假装没事似的吹着口哨往日杂店走去。小枫见他走了过来，转身进店内了。

他走进日杂店门口，一个工人打扮的男人在柜台边警惕地站着。小枫小声对他说："金牙大妈在里屋等你。"他心里一动，忙问："大妈什么时候过来的？""大妈上午就过来了，她一直在这儿指挥。"小枫平静得就像西半天挂的云彩。这一瞬间他明白了，小枫真的成熟了。胡春江赶忙走进里屋，只见金牙大妈在沙发上坐着吸烟。金牙大妈见胡春江进来，吐了一口烟雾，用手指指对面一个小椅子，示意让他坐下。金牙大妈平静地看着他，问："都接走了？"胡春江如释重负地笑了笑回答："都接走了，很顺利。"

她接着说："第一步很顺利，但关键是第二步。今晚把领导送出境，才算真正完成任务。今晚护送的计划不变，只是情况有些变化。原来说东北军边防线上，夜里十二点以后不再巡逻，我们可以轻松通过。上午得到可靠情报，边防司令部突然下达命令,十二点过后不但要巡逻,而且还要增派兵力加强巡逻。这说明,他们已经闻到一些气味了。中午与东北军地下党同志商定,我们的任务提前到十点半。因为前半夜巡逻值班的是我们党组织做过工作的官兵,他们会配合的,所以得提前行动。听明白没有?"

胡春江忙说:"听明白了,我马上回去安排。"

金牙大妈说:"去吧,等你的好消息。新的具体计划一会儿你母亲还会告诉你,以你母亲说的为准。"

胡春江站起来,很有信心地说:"请大妈放心,坚决完成任务。"说完,他飞眼一看小枫,就准备要走。

"等一下!"金牙大妈轻轻地说了一声。

胡春江停了下来。这时,金牙大妈的目光含着少有的温情,说:"春江,我听说,你和小枫的终身大事定了下来,祝贺你呀!"

陆小枫站在那里,扭动一下身子,有些不自在,但很幸福。

胡春江笑了一下,不好意思地说:"大妈,这你也知道呀!你真是如来佛,我是孙猴子呀!"

金牙大妈爽朗地笑两声,说:"嘴还是这样贫。我是这次来才听说的。小枫这丫头呀,我看心里有你。你在上海执行任务时,我听说她就对你很关心,喜欢你。你离开上海后,她一直在打听你的下落,打听不到,她人都瘦了很多。这一次她能到满洲里与你一起建立特别交通站,共同完成神圣的使命,这是缘分,也是机遇,你要好好珍惜你们这革命的友谊,把你们美好的感情化作动力,认真把工作干好,把任务完成好!你们是天缘巧合的一对,将来结婚了,工作上比翼双飞,生活上相亲相爱,把日子过好!"

胡春江激动得不知所措,说:"行,大妈,一定听你的!"

胡春江给金牙大妈深深地鞠了躬,然后转身走了。胡春江转身这一瞬间,流泪了。他对大妈太有感情了,这一次好不容易见了面,就又各奔东西,他心里很难受。他走出日杂店门口时,小枫在他身后说:"东北军不好对付,要小心啊!"胡春江一听,站住了,转过身来,用深情的目光看着陆小枫,坚定地说:"小枫,我知道了。这个地方也是个是非地,你要小心。"小枫同样深情地望着他。胡春江像是想起什么,对金牙大妈说:"大妈,您这次回上海了,一定派人把我那支枪从五洲药店对面房顶上取下来,这日晒雨淋的,我怕坏了。"金牙大妈看着他笑道:"我记住了,回去就办!"他开心地笑了一下,转身走了。

一辆人力车向他驶来,来人身着黑棉衣,灰棉帽子,腰间鼓鼓的。车夫跑到他跟前,不说话,把车横在他面前,他赶忙上了车。在他上车的同时,车夫小声对他说:"杜云英同志在等你,她让我来接你。"他坐稳后,车夫快速地跑起来。

太阳落山了,红霞挂满了西半边天。东半边的天空暗蓝暗蓝的,压在灰蒙蒙的城市上空,像是要洗涤尘世间的一切。人力车把胡春江拉到养马场大门外停了下来,今天的养马场大门紧闭。平时大门口没有放马人员,今儿大门外有四个中年男人牵着四匹大马在放牧。胡春江知道,这都是和他一样执行任务的战友们。

拉胡春江的人力车夫刚要敲门,大门开了,车直接拉了进去。老魁站在门口等他,他跳下车问:"两位客人休息了吗?"老魁小声说:"两位客人三天三夜没睡觉了,这会儿让他们休息一会儿。杜云英同志在我住室等你,你去吧。"

胡春江进到老魁的住室内,看见母亲闭着眼睛坐在沙发上平静地休息。室内炉火正旺,暖暖的。他知道母亲累了,不想打扰她。当他轻手轻脚正准备离开时,母亲说:"坐下吧!"

母亲说:"同志们都还不知情况有变,一会儿你得马上安排。呼伦湖和田家彬他们都知道了,他们正着手按新方案执行。时间提前到晚上十点半。你得让你的运输小组早点知道。"

除让他们知道计划有改变外,运输工具和人员也有所改变。

他一听忙问:"什么意思?"

母亲说:"由于我们提前行动,原计划用马车护送改为用人力车护送。也就是说,今儿晚上你原先的两个运输小组不再执行原计划,改为在边境线上执行伏击任务。"他一惊,问道:"伏击?"母亲说:"对,伏击,伏击也就是预备队,是以防万一的后备力量。"

他问："人力车准备好了？"母亲点了点头。母亲问他："你们交通站能参加伏击的有几个人？"

他想了一下说："五个，陆师傅、老魁、小宋、小寒和我。如果需要了养马场还能派几个人参加。"

母亲忙说："你不去，你另有任务。四个人就够了，养马场不再派人参加了。他们四人让陆师傅当组长，天黑后出发，提前埋伏到我们计划越境的边境线两边，等到我们的人出境被苏联同志接到后，让小宋学狼嚎四次，一次四声，通知周边的人撤退。等所有的人都撤退完了，伏击小组再悄悄返回来，任务就算彻底完成了。"

胡春江说："知道了，妈，我们一定完成任务。"

母亲继续说："为了万无一失，今晚在边境线靠近出境的营地里宴请在那里的执勤官兵，那里驻防一个排，今晚带班的是一个中尉副连长和一个少尉排长，这两个人的工作都已做通，只是怕他手下的人不听话，于是就让日本领事馆的一位工作人员出面，今晚在营地宴请他们。日本领事馆的人员叫张代办，晚上你以张代办朋友的名义去参加。你的任务主要是掌握局面，一旦任务完成，马上结束宴请，快速离开那里。"

胡春江一听，十分佩服母亲一步一步的精心安排。他已经有了预感，这次任务，一定会顺风顺水地完成。

母亲又对他说："我们要往好处着手，坏处打算。你们伏击小组的任务是，一旦越境失控，你们要不惜任何代价，用火力压着对方，确保领导安全出境！"胡春江说："妈，我知道了，我们特别交通站有决心有能力完成任务！"

杜云英看着儿子，满意地点了点头。

胡春江问母亲："日本领事馆这个张代办，应该认识我大哥吧？"

母亲没有回答他的话，而是伸了伸懒腰，说："炉子没炭，添一些吧。"他听母亲这么一说，听出了话外音，就是母亲不想回答他这个问题。

炉子真的没有炭了，他站起来添了几铲子。他请示道："妈，今晚我的警察身份能暴露吗?"

母亲说:"能!到那里张代办会介绍你的。今天下午张代办已把晚上用的肉、蔬菜和香烟、白酒什么的全部送到他们的哨所驻地,让他们炊事员自己加工。一会儿你落实任务后,回到警察局里,张代办会开车去接你。"

"明白了。"他说。

母亲似乎真的有些累了,她闭目养神一会儿。

母亲又像突然想起什么似的说:"小宋和小枫在火车站建的接待站可以启用了,过完年可能就会有代表过来,暗号照旧,方案不变。"

胡春江点了点头。

"去落实吧!"母亲又闭着眼睛说。当他看到母亲闭眼的一瞬间,他的心疼了,他知道母亲为了革命,夙兴夜寐,紧张而辛勤地工作着。

胡春江离开母亲,走到马厩门口,对老魁使了个眼色,然后向陆师傅住室走去。进门一看,正好小宋和小寒都在,他等老魁进来后,说:"情况有变,我们的任务也有变化!"

大家一听紧张起来。陆师傅问:"有什么情况吗?"

胡春江把变更的计划详叙了一遍,然后说:"我们的任务由运输任务改为伏击掩护任务,成立伏击小组,上级任命陆师傅为伏击组长,其他人为成员,越境地点不变。天黑以后,你们悄悄赶过去,埋伏在我们设计的一号位置,等中央领导安全过境后,苏联那方接到人了,小宋学狼嚎四次,每次四声,然后迅速撤退。"大家知道,小宋不但能吹笛子,而且还会口技,学各种动物叫,学粗犷的狼嚎特别像。

小宋说:"我知道了,以狼嚎为号,通知其他人撤退。"胡春江点了一下头说:"小宋说得对,是安全撤退信号。我另外有任务,但也在现场,离你们不远,一旦听到信号,也会很快撤退。"

老魁问:"武器还是按原计划的配备?"胡春江说:"对,打伏击以冲锋枪、手雷为主要武器,短枪也要带上。一会儿吃完晚饭,七点钟出发,得步行走小路。今儿晚上,是大年初一的晚上,全社会都在喝酒,一号位置那个哨所今晚也在喝酒,你们放心地去吧。记住时间改为十点半越境。"

胡春江突然用特殊的目光看着大家说："一旦越境失控,要先下手为强,不惜一切代价,确保中央领导万无一失地越境成功!"四个人同时说道:"保证完成任务。"

胡春江点了一根烟,什么也不说,推开门走了。

天完全黑下来了,胡春江回到警察局,见罗高明的吉普车在院里停着,他知道罗高明已回来了。因为他今晚有重大事情要办,他怕遇到罗高明了再节外生枝给他安排其他事情,趁天黑,他悄悄地往宿舍走。一会儿,日本领事馆的张代办要来接他,他必须得按计划离开这儿。突然身后有人对他说:"哎呀,胡局助,今儿下午你到哪儿去了,局座找你半天了。"他一听,是罗高明的司机。他转身笑道:"罗局座找我干啥?"司机说:"我哪里知道,他派几个人到处找你都没找到。"胡春江沉思了一下说:"我知道了。"

胡春江没有马上去找罗高明,而是回到了自己的宿舍。

深邃的天空中,还有零零碎碎的礼花在绽放,节日的夜晚注定是不平静的。

二十一

　　胡春江回到宿舍,给快要熄火的炉子加一点炭。他热杯羊奶,今天一天太累了,他很想喝杯羊奶。室内还有一包饼干,他打开吃起来。他想,见不见罗高明呢?不见吧,罗高明下午一直在找他;见吧,一会儿他还要去执行任务。他开始纠结了。羊奶热好了,他喝起来。

　　这时,他想起金牙大妈在上海时给他讲过的一句话,这句话是:"生活只有两种选择,要么勇往直前,做生命的主角。要么留在原地不前,做别人的配角。"胡春江理解为,干革命,就得勇往直前,勇当主角,宁愿牺牲,也不后退!

　　这时有人敲门,他忙打开门一看,是罗高明的通信员。他对胡春江说:"胡局助,罗局座找你。"他放下羊奶杯,问道:"罗局座在哪儿?"通信员说:"在他家里,他让你去一趟。"胡春江说:"我知道了。"

　　这肯定是司机告诉罗高明他回来了。看来,不去是不行了。

　　罗高明的家就在警察局后院,他住的是院中院,也就是大院里边套小院。罗高明养了一只很大的狼狗,比警犬还要凶狠。他的小院是个圆拱门,黑色的铁门在门灯的照耀下,像一个虎口的造型。他离门口还有十米之远,院内的狗就狂叫起来。胡春江知道,他家的狼狗是在铁笼里关着呢,但这种带有哀号的声音,让人"闻"而生畏。门开了,是罗高明,他看见胡春江就问:"下午干啥去了,找不到你!"

胡春江笑了笑说:"丁基元队长回来没给你说吗,局座?"

罗高明说:"说了,我找你不为火拼案件的事儿,那件事交给东北军正好,我们正不想管,让他们办去吧。我找你是……"他说到这儿,往后看了看,然后又向前一步,小声说:"你嫂子给我闹得过不成年,昨天晚上我的老朋友古尔多劝了一晚上也不起效。今天上午让毛先征劝也不行,大过年的,多晦气呀! 于是我就想到了你……"

胡春江不明白地问:"局座,为什么事儿呀?"

罗高明低声说:"你嫂子咬定我和瞿华莹好上了,也不知道是谁在你嫂子面前咬耳朵。过年哩,她却不依不饶地追问开了。非让我承认,说我不承认明天就回娘家搬救兵来。你知道,她娘家可真有兵呀! 你说,这怎么办?"

胡春江一听,原来是为了这事儿,他的心放下来了。他知道,瞿华莹他俩的事儿大家早已知晓,只有他老婆明决一直还蒙在鼓里,这会儿闻到气味,于是就闹起来。然而,这样棘手的事儿找他有何用呢?

胡春江给罗高明递了一支烟,用火柴给罗高明点上,自己也吸一支。他深吸一口烟说:"局座,这种事找谁也解决不了,只有自己解决。"

罗高明忙问:"用什么办法呢?"

胡春江说:"就是不承认,坚决不能承认。俗话说,这种事儿你一旦认账,后患无穷,你一生也别想在嫂子面前抬起头,下半辈子也别想安生。记住,至死不能承认!"

罗高明点点头,沉默了一会儿,说:"我有个办法,不过得需要你配合。"

胡春江问:"什么办法?"

罗高明说:"我看瞿华莹的目光,就知道她对你不错,很可能她是爱上你了。我想这样,我对你嫂子说,你们俩在南京就认识,就恩爱,后来你去日本上学分手了。现在到满洲里两人又遇见了,于是重温旧情。我就说你俩现在已经走到了一起,行吗?"

胡春江想,罗高明真是老奸巨猾呀,这个办法叫一石三鸟:既能洗清漂白自己,又给他老婆一个满意的答复,还能阻止瞿华莹与他胡春江更深层次的交往,从而达到他能永远占有瞿华莹的目的。

胡春江沉思了一会儿,猛地抬头说:"局座,谢谢你的信任。不过,我也有老婆,这种捕风捉影的事儿,让我老婆知道了,不比嫂夫人闹得差。嫂夫人娘家是东北军的背景,可我老婆娘家是日本帝国呀,我更是得罪不起呀。"

罗高明说:"我只是急了,没办法了,也就这样一说。你先想想,能帮我呢,帮我一下;不能帮呢,也就算了。"

胡春江一边找话应付着他,一边想到时间快到了,心里焦急得不行。这时,毛先征走过来了,说:"哎呀,胡局助你在这儿呀,门口有个小轿车,说是日本领事馆的,找你有事儿。"胡春江像是抓住了救命稻草一样,忙说:"局座,你说的事儿我都记着了,你想给嫂夫人怎么说都行,为了你的安全,我配合你,支持你。我得赶紧走了。"

罗高明说:"去吧,少喝点儿。"胡春江告辞了。

张代办的车已经开到警察局院内,两条车灯光柱照着了胡春江的脸。他跑了两步,来到车边,这时车窗玻璃摇了下来,伸出来一个头问:"你是胡春江局助?"胡春江回答说:"我是。"那人说:"我是张代办,上车吧!"胡春江拉开车门,上车了。

罗高明站在门口,看着胡春江上车了,又看着小轿车掉头开了出去,心里有一种说不出的滋味。他对站在身边的毛先征说:"这个胡春江,浑身上下都是谜。从他的为人和言谈上看,他不像是个无底线的人。他和日本人走得那么近,但又不像是为日本办事的人。猜不透他呀!"

毛先征问:"这么冷的天,你俩怎么站在门口说话,为何不进屋里呀?"

罗高明低声说:"你嫂子和儿子都在家里。说你嫂子生气的事儿,能回屋里说吗?"

毛先征从上衣兜里掏出一个红绸子包的东西,悄悄地说:"你把这东西交给她吧。也许看见这,她就不生气了。"

罗高明接过红绸包,沉甸甸的,他知道是啥。他说:"给她娘家那么多条了,还给她?"

毛先征嘿嘿一笑说:"掏钱买平安嘛。"

罗高明又掂量了两下,装衣兜里了。

罗高明想了想说:"让瞿华莹跟踪胡春江,嗨儿,跟出火花来了,平时她对胡春江含情脉脉的不说,还三更半夜往胡的宿舍跑。你说这能有啥好事儿?后来我问瞿华莹,她理直气壮地说:'你让我跟踪他嘛,怎么,我不分昼夜地跟踪他,你不但不夸我,而且还质问我,我不干了。'好嘛,她还有理由了。这个女妖精,真拿她没办法。"

毛先征一听,笑了笑说:"局座,先前我怎么说的,你没忘吧。我说,一个男人跟一个女人走得不近的时候,你说啥就是啥,有权威!如果一个男人跟一个女人发生了关系以后,你说啥也不是啥,没一点权威。当时瞿华莹来到咱们这儿,她见你既尊重又害怕,你让她干啥就干啥。后来你与她那个后,你看她走路那个样子,全局人她都看不起了。看不起别人还是次要的,你在她面前说话似乎也硬不起来了,她想听听,不想听就不听。而她在你面前说话,越来越硬实了。"

罗高明有点不耐烦地说:"我不是为了工作才那样的嘛。她明明是为他人在工作,我不控制着她,咋办?我和她在一起是因使命而所为。这怎么向你嫂子解释呢?"

毛先征问:"胡春江能帮你啥忙?"

罗高明抬眼看看满天星星的天空,说:"我给你嫂子讲我和瞿没有那回事儿,瞿和胡春江是老情人儿,他们在南京时就相爱,只是胡后来到日本上学了才断线。现在又重温旧情走到一起了,感情很好。"

毛先征问:"嫂子能相信?"

罗高明说:"她不相信也没啥,只要她相信我和瞿没那事就行,我不是怕她闹,是怕她把事情闹大!"

停了一会儿,毛先征又问:"胡春江同意你那样的想法?"

罗高明愤愤地说:"那就由不了他了。"

…………

当张代办和胡春江到达边防哨所时,炊事班的菜已做好了。这个哨所驻扎一个排,共三个班,每班七个人,另有两个炊事员。全排加上少尉排长共二十四人,今晚有个带班的中尉副连长也在这里,总计二十五人。张代办安排了三桌酒菜,下午拉来的有鸡、鱼、鸭、牛肉、羊肉和青菜。当然还有酒和香烟。在这边防线上当兵巡逻很辛苦,生活条件也很差,能吃上肉的日子不多。特别是天黑下来以后,闻到了从炊事班飘出来的肉香味,士兵们更是兴奋了。不少士兵问,这是谁这么大方呢?排长说:"是日本领事馆的一个代办过来,专门慰问我们!"

少尉排长叫齐保仁,是直隶保定人,说话声音大。中尉副连长叫刘中蒙,是包头人,大个儿,微胖,圆脸。人厚道,不爱说话。

这个哨所营房很简陋,五大间正房,是土坯墙、柴草房,士兵们的火炕占两间,值班室一小间,少尉排长和中尉副连长各一间。还有配房三间,一间是厨房,两间是吃饭的餐厅。门前有半亩地的篱笆小院,门口有个岗楼,平时有士兵站岗。

张代办的司机下车对站岗的哨兵说了几句什么,就被放行进了篱笆墙院内。院里的灯光很亮,在这边境线上能用上电,胡春江感到东北军在边境线上投入还是很大的。少尉先跑了出来。张代办下车与他拥抱一下,然后大笑着说话儿。看来,他们很熟悉。胡春江下车走过去,张代办给他们作了介绍。

这时从一个独门里走出来一个人,身穿黄色的毛呢大衣,中尉军衔扛在他的肩上,不用问,肯定是副连长刘中蒙。他似笑非笑地走过来。

刘中蒙对大家说,炊事员早已把菜做好了,弟兄们也在餐厅里等候了,咱们入席吧。

张代办豪爽地说:"开宴啦!"

入席后,一众人说说笑笑,十分热闹。

其实,刘中蒙说的啥胡春江一点也没听进去,他的心早已飞到边境线上。陆师傅和老魁他们已经进入伏击地带,母亲和金牙大妈已经开始准备护送领导过境。胡春江深深地知道,这次护送的领导人肩负着重大历史责任,他们必须安全地到达莫斯科。目前国内革命形势处在最低潮,轰轰烈烈的大革命之火,被蒋介石的"四一二"反革命政变和汪精卫的"七一五"反革命政变之水泼灭之后,千万个共产党人倒在了血泊之中。不少同志对革命的未来产生了迷茫,也有不少人宣布脱党,更有少数人叛变革命,出卖同志。虽然党已经有了自己的武装,但是建立什么样的军队,怎样发展壮大,没有现成的道路,也没有明确的方向。共产国际目前也拿不出个指导思想来指导中国的革命发展,更指导不了红色武装怎样壮大。这次赴苏联的两位领导人,就是肩负寻找革命胜利之路的使命而去见斯大林同志的。对于这次护送任务,中央很重视。有这么重的任务在身,胡春江怎能沉浸在酒宴中呢?

东北军的官兵都能喝酒,觥筹交错,走斝飞觞。喝酒的场景十分热闹。一会儿,个个酒酣耳热,谈笑随态,十瓶白酒已经喝光了。张代办有些酒量,他一直陪着在喝。他的司机坐在他身边,想替他喝几杯,但他不让替,非要自己喝。胡春江因为心里有事,连连说自己无量,不能喝。他看了看手表,时间正是九点一刻,离越境时间还有一个多小时。胡春江看是时候了,站起来说:"中尉,外边天太冷,我看还是把外边巡逻的弟兄们叫回来吧,给他们留的鸡鸭和牛羊肉还在蒸着呢,让他们吃一些肉,喝一点酒,再去巡逻也不迟呀!"

少尉站起来,指着一个士兵说:"一班长,你带四个弟兄去,把二班的弟兄们换回来吧。"

一班长正在吃鸡腿,听少尉这么一说,马上站起来说:"是!"

胡春江一看去了五个醉汉巡逻,放心了。胡春江佯装出去方便,跟了出去,走到院里,他小声对一班长喊道:"一班长等等。"一班长背一杆长枪,转过身来,问:"胡,胡警官,有事?"

胡春江走到他跟前,快速地抓住了他的手。他的手里握有六块大洋,顺势递到了一班长的手心里。他对一班长耳语道:"弟兄们辛苦了,每人一块大洋,你是两块,拿好。"一班长忙说:"无功不受禄,这是……"胡春江小声说:"这是过年钱,过年钱。"这时,门口站岗的哨兵在往院内看,一班长赶忙把钱装衣兜了。胡春江又小声对他说:"一会儿找个避风的地方休息一会儿。这大半夜,黑灯瞎火的,能有啥事呀?"一班长爽快地说:"我知道了!"说完走了,消失在院门外的黑暗中。

胡春江望着他们远去的背影，长出了一口气。胡春江知道，他们喝这些酒，找个背风地方一休息，肯定会马上睡着了。这时司机出来了，他问司机："你也方便呀，那边黑影处，尽管方便。"司机说："不是，我到车上拿东西。"司机说着走到车边，打开车门，拿出一个小袋子。他对胡春江说："这里边是两包烟土，张代办让给中尉和少尉的。"胡春江忙说："那你赶紧去吧。"司机转身走进了餐厅。胡春江有意在外边站一会儿，他要给张代办腾出时间送烟土。他看了看西北方向，北斗星下，繁星点点，冷风带着哨声，向南吹去，几步之外，什么也听不见。

胡春江脑海里呈现出护送队伍出发上路的情景……

一会儿，当胡春江回到餐厅里时，看见中尉和张代办的座空着，他知道张代办给他们送烟土还没回来。母亲也不让问张代办的身份，现在看来，他的身份也不难猜。

一会儿，第一批巡逻的弟兄被替换回来了，一共七个人。中尉和张代办已回到了餐厅。中尉见巡逻的弟兄回来了，大声地说："你们七个人辛苦了，来来来，每个人先喝一大杯，然后再吃菜吃肉暖暖身子。"几个人早已饥肠辘辘，闻见酒菜之香，已是垂涎三尺了。七个人每人满满地喝了一口。这时炊事班正好把蒸得热气腾腾的鸡鸭鱼肉端上来，七个人赶忙放下手中的酒杯，狼吞虎咽地吃起来。

少尉齐保仁突然趴在桌子上哭起来，看来他是喝大了。他嘴里不断地说着想家，想白洋淀，想芦苇荡什么的。中尉刘中蒙豪爽地一笑，大声说："又喝多了。每次都喝多，喝多都要哭，一哭就想家。把他扶下去休息吧。"过来两个士兵，把少尉扶走了。

张代办说："让刚回来的弟兄们多喝点。过年嘛，高兴，多喝点！"中尉抬起头大声地说："今晚都得像你们排长一样，不醉不罢休。"喝酒掀起了第二次高潮。

胡春江看看手表，已是十点了，他的心有些紧张了。中尉早已有了醉意，但说话还不太乱，他紧紧地拉着张代办的手，小声说："老兄，你是给日本人办事的，你跟日本人肯定很熟，对吧？"

张代办笑着说："我在领事馆干了多年，认识一些日本朋友，老弟有啥事儿让我帮忙的话,我一定会尽力的!"

中尉用手指头敲了一下桌子说:"好!好!我现在就遇到了难事儿,看老兄能不能帮忙解决。"

张代办说:"你说说看,多大个事儿?"

中尉长出一口气,怏怏不乐地说:"我真切地体会到咱中国人受人家日本人欺负呀!我一个东北军的副连长、张大帅的部下,竟然怕他日本一个商人。"

张代办问:"什么情况?"

刚才回来的几个弟兄,开始划拳了,他们很兴奋,谁输酒了喝得都很干净。胡春江边给他们斟酒,边给他们鼓劲儿。但是,他的眼神里充满了心不在焉的焦灼。是啊,他的心早已不在这儿,早已飞向远方了。

中尉似乎不好意思,停了一下若有所思地说:"情况是这样的:我看上了一个女学生叫小红,人长得不但水灵,而且还聪明。正当我准备娶过门纳为二房时,谁知半路上杀出个程咬金,一个叫井上春树的日本商人,他也看上了这个女学生,他不是想娶她的,他是让小红给他当秘书和翻译去了。"

张代办问:"这个小红会讲日语?"中尉说:"她就是学日语的。"张代办笑笑说:"这是好事呀,将来你要娶过来了,你不又多一个日本朋友?"

中尉说:"井上如果让我娶小红就好了,我当然同意了。这个井上呀,他不但不让小红联系我,而且还不让我娶她。你看,多么好的事儿,让他给搅黄了。"

张代办想了一阵说:"这个井上春树呀,有铁一样的手腕,我确实认识他,他不纯是商人,他是个政治家,我们领事遇到难事了就得找他去。他什么事都插手,政治、军事、司法、经济等领域,都有他的事儿。你明白他的能量了吧?这件事嘛,我看不好办呀,在满洲里,能够跟井上说上话的人很少,能说动井上的人那真是凤毛麟角呀。他拿定的主意,不好变。"

中尉听罢,点了点头。他知道井上春树的"厚度"和"广度",他真的遇到了对手,不然按照他的性格,他能善罢甘休?然而,小红甜蜜的笑脸,时常在他脑海里出现,他不忍心就这样放弃了。他一直在想怎样把小红夺回来。他看一下张代办叹道:"做人不容易呀,尤其是做个像我们这样的小人物,更是难呀!"

张代办轻轻地拍了拍他的手说:"人的命运和境地都是捉摸不定。你别苦恼老弟,虽然我给你办不了这件事,但我能给你个建议。"

中尉忙问:"你快说老兄,什么建议?"

张代办说:"其实,你在你们东北军里找个有影响的人,就能把这件事办成,你就能实现'抱得美人归'的愿望。咱警察局的罗局座与井上是好朋友,也有利益关系。他俩多年都是相互办事,相互补台,相互获利。只要罗局座张嘴,他井上没有不给面子的。而罗局座是你们东北军的嫡系和女婿,他岳父家的势力在北满啥事儿办不成?你找个东北军的关系,让罗局座去给井上说说,保准成!"

中尉一听笑了:"是啊,我怎么没有想到这一层呢?我找谁呢?"

张代办说:"不急,不急,慢慢想,我也帮你想想办法。美人,早晚是你的!"

"好啊好啊!来来来,干杯!"中尉很兴奋,也很激动。

这时三桌人酩酊大醉,大都进入迷糊状态了,睡的睡,趴的趴,说狂语的说狂语。中尉笑笑对张代办说:"你看看我的弟兄,今晚有多高兴,都是一醉方休。"他又小声说:"张代办,你人太厚道了,你刚才又给我那么多好东西,无功不受禄呀……今后这边防线上有用得着我的地方,尽管说,我一定尽心尽力,在所不辞!"

张代办伸手看了看表,说:"哎呀,不知不觉时间过得真快呀,可十点四十了。天下没有不散的筵席,我们散席吧,让弟兄们早点休息。"

中尉苦笑笑说:"睡不成啊,今天早上司令部突然通知我们,今晚后半夜巡逻执勤照常进行,而且是调边防三连的弟兄到我们这里进行交叉巡逻。我得等十二点交完班才能休息。"胡春江听他这么一说,心里暗暗庆幸想,情报是多么准和多么重要啊!如果计划不变,时间不提前,那后果不堪设想。

这时,他们隐隐听到不远处有几声野狼的哀嚎声,由远而近,是那样的清晰,那样的绵里带骨,令人毛骨悚然。胡春江一听见这狼嚎,提了一晚上的劲儿,马上松了,加上喝了几杯酒,浑身上下顿时都软了下来,骨头如散架一样,无力了。这狼嚎,是他盼望一晚上的胜利信号。

张代办说:"多年没听见狼叫了,在这大年初一的晚上,听见了狼叫,定是好事儿。今年是龙年,狼遇到龙,怎能不叫呢?"

中尉高兴地说:"好事儿,是好事儿,有狼叫,说明边境线上是安全的,没人儿。如果是狗叫,那就说明周边有人活动,那我们就得打照明弹查看了。狼叫是平安,狗叫是贼乱。"

中尉刘中蒙把他俩送到门口,嘴里嘟嘟囔囔说道:"飘茵落溷事争差,狼藉高枝一朵花。今日回头声价减,可怜彩凤已随鸦。"胡春江知道,刘中蒙在惦记着小红姑娘。

当司机开车拉着张代办和胡春江离开这个边防哨所时,他俩都在车里睡着了。因为,这次的"白雪计划",他们完成得真是天衣无缝。黑暗中,汽车灯像发光的两把钢剑,向前飞去。

胡春江想,他们护送的人,肯定已经到了苏联那边的 86 号小站了。

1928 年的大年初一的夜晚,是一个不平凡的夜晚……

二十二

　　大年初二,中国不少人都没有休息,其中就有蒋介石。这天上午,他电告全国各地中央委员,四中全会定于 2 月 1 日召开,各个委员请于 1 月 29 日到京,以便召开执监联席会议,解决四中全会之各项手续及各项审查案。这次会议有一个重要的议程,就是要统一全国军政,规定全国各军及省防军队数目、编制、任务、协同作战等事项。这次会议的总目标,就是迅速消灭共产党在中国各地的组织机构,"围剿"共产党在江西的军事武装;加大"北伐"力度,争取早日打败张作霖的安国军,早日实现南北军政统一。

　　然而,北京的张作霖不听蒋介石这一套,他也没好好过年,而是在开军事防务会议,决心到今年年底打到南京去。这一天,北京军政府与日本南满铁路公司秘密签订吉会铁路五百万元合同。这标志着日本人开始在东北搞基础设施建设。

　　大年初二的上午,完成重大任务的母亲、金牙大妈和安显一郎他们都悄悄地撤退了。"白雪计划"已完成。胡春江想再见一下母亲和金牙大妈,但没有见到。洪永升和田家彬什么时候走的他也不知道。几天以后,一切都恢复了平静。陆小枫和宋自加在认真经营着火车站的日杂店,地痞流氓再也没有来骚扰过,税务和警察都已听说这个日杂店有东北军的背景,也不敢再来"收税"和"治安"了。这个接待站已启用,但全国各地党代表还没有完全选出来,接待工作还没有开始。胡春江得到的指令是阴历的三月,有可能过来代表。前天,胡春江无意从北满南街路过,发现东来顺餐馆已挂牌停业转让了,这让胡春江吃惊不小,这是北满地下党设在满洲里的一个指挥机关,呼伦湖是负责人,怎么在没有前兆的情况下,突然人去楼空了呢?是出什么事了,还是另选地址了?他心里没底儿。

养马场正常营业着,眼下没什么特殊的事情,胡春江也不会去养马场。他天天坐在办公室翻阅报纸,只怕把重要的寻人启事遗漏了。元宵节到了,满洲里又要热闹三天了。满洲里每年的元宵节,都是火树银花,姹紫嫣红。从正月十四一直到正月十六晚上街上都是摩肩接踵,热热闹闹的。白天主要有庙会、灯会、书会和具有地方特色的古玩展示会,还有赛马、摔跤、舞蹈、射箭、踩高跷、赛秧歌等文艺文化节目。人们最关注的还是物资交流会,大会三天,小会五日。物资交流会上,熙熙攘攘、人山人海。满洲里的元宵节,到处攒花簇锦,热闹非凡。

元宵节这天,瞿华莹坐火车带一个大大的皮箱子回来。中午过后,当一辆人力车把她拉到她的宿舍门口时,她看见胡春江站在不远处抬头看一棵大树上的雪景。她下车付完钱后,向胡春江喊道:"你看什么呢?"胡春江一转身,见是瞿华莹回来了,忙走过来笑道:"我在看树上的雪景。"他走过来,帮她拿皮箱子,问:"哎呀,这么重的箱子,是什么呀?"她忙说:"箱子里面装的是一部留声机和不少唱片。"胡春江一听,高兴了,忙说:"噢,这可是新鲜东西,啥时候也让我听听吧。"她莞尔一笑说:"今儿晚上就让你听。"

瞿华莹真是说到做到。当天晚上,正是满洲里满大街都在放礼花的时候,瞿华莹邀请胡春江到她宿舍听音乐和歌曲。胡春江知道瞿华莹是个水性杨花之人,不能离她太近。但考虑到她刚刚回来,不去了怕她误会,他还是硬着头皮去了。

热闹的元宵晚上,尽管大街上火树银花,但是天空阴得如灌铅一样沉,还下起了零星的小雪,雪粒打在建筑物上,啪啪作响。风很大很冷,吹着枯枝,像哨声。瞿华莹的室内很暖和,她把一壶水放在炉子上烧,水蒸气使室内既湿润又温暖。室内的灯光暗暗的,让人略有压抑之感。低沉的音乐和歌女唱的《黄河》《送别》《春游》《杨柳花》等歌曲,让人心醉如梦。其实,胡春江不愿意听音乐,不是他天生的不爱听,而是他目前心里装有大事,耐不住性子听。今晚,瞿华莹俏丽媚艳,只见她下身穿一条黑色杭州丝绸面料的休闲裤,上身穿一件毛茸茸的灰色毛衣。炉子上的水壶在冒着热气,水在沸腾,壶在低吟。这一切,把这间住室营造得如仙境一样。

"怎么样?在这样的气氛中听音乐还可以吧。"她问。

他说:"像舞厅,像歌房。"

一会儿,她突然问:"你在日本没少听歌女和舞女的歌曲吧?"

他眼睛闪一下亮光,又迅速灰暗下来。他笑了一下,说:"很少。学校有规定,不让出门儿。"

她说:"我带回来很多唱片,你想听尽管来听。还有小叫天的京剧,还有苏州光裕社和润裕社的说唱,唱有弹词儿,说有评话儿,想听啥有啥。"她边说着边张罗着给他倒开水。

胡春江倒是很爱听正在唱的《送别》,这首哀感顽艳的曲子,听起来沧桑和哀愁。这些年,见多了生离死别,听到这样的歌儿,会引起他的共鸣。

只听留声机里唱道:

> 长亭外,古道边,芳草碧连天。
> 晚风拂柳笛声残,
> 夕阳山外山。
> 天之涯,地之角,知交半零落。
> 一壶浊酒尽余欢,
> 今宵别梦寒。
> 长亭外,古道边,芳草碧连天。
> 问君此去几时还,来时莫徘徊
> …………

曲子唱完,胡春江很长时间没有吱声。瞿华莹轻轻地把留声机唱头取下,关掉了。

室内很静，如阒其无人，只有壶中的沸水在响。

胡春江这时想到了杜甫的诗《梦李白》："死别已吞声，生别常恻恻。江南瘴疠地，逐客无消息。"在武汉，在上海，在满洲里，他不就是断线的风筝，离别的孤雁，弃窝的小鸟，离岸的帆船吗？

然而，让他在离别痛苦之中生存的力量是他坚定的信念和对真理的追求。而给他力量的，就是党组织。现在，他比风筝更稳健，比孤雁更执着，比小鸟更强大，比航行的帆船更有方向感。

"哎！"她坐在炉前，轻轻地叫他一声。他坐在那里沉默，听她叫他，抬起头，用独特的眼神望着她。

"你知道吗？"她说，"这具有伤怀离别情意的歌词，是谁写的吗？"

胡春江从"离别"的情思中自拔出来，看着她迷人的眼睛说："我不知道。"

她自信地笑了笑，动情地说："这歌词的作者叫李叔同。此人感情细腻，英俊潇洒，风流倜傥。1905年，李叔同和你一样，到日留学，他在日本六年，接受了西方审美思维的教育，1911年，他回国在浙江省立第一师范学校任教七年。这期间他写作了大量的歌词，如《送别》《春游曲》《忆儿时》等。他的所有作品，都有一个共同的特点，就是长歌当哭，以咏代悲，大多歌曲中体现出'一缕淡淡的哀愁'和'一抹沉沉的相思'之情。让人听了，勾人忆往，牵出乡愁，使人泣下沾襟、满面泪涟。"

胡春江沉默一会儿说："是啊，我听了就想落泪，特别是听到'孤云一片雁声酸，日暮塞烟寒'时，心里那个堵啊，无言形容。"

她说完，走过去，轻轻把留声机唱头一放，这首《送别》又唱了起来：

孤云一片雁声酸，

日暮塞烟寒。

伯劳东，飞燕西，与君长别离！

把袂牵衣泪如雨，

此情谁与语！

…………

瞿华莹听罢，喃喃地说："与君离别意，同是宦游人。无为在歧路，儿女共沾巾。听了此曲有一种悲苦、凄切的心情涌上心头啊！"

胡春江说："海内存知己，天涯若比邻。是啊，缠绵悱恻，无法排遣啊，听着这样牵情的音乐只有含英咀华，才能领略其味呀！人活在世上，应该是理解这个世界，而不是企图享受这个世界。"

瞿华莹听了他说的话，眼睛亮了一下。一会儿，瞿华莹把话题一转问："你今年春节为何不回哈尔滨过年，你老婆不在家吗？"

胡春江知道她是在套他的话，无非是问他为何不回去过春节，从而想探听一些她认为有用的东西。她抬眼看着他的脸，继续说："你在咱警察局没有具体工作，你在这儿过年，有啥意义呢？"

胡春江没有马上回答，似乎还沉浸在音乐中。一会儿，他答非所问地说："我没猜错的话，你回南京不是过年，更不是相亲，是回去述职，对吧？"

她突然笑了，笑容里边含着责怪。她努着嘴说："你没有回答我的话，反而问起我这样奇怪的问题。如果你这样问我是在怀疑我的身份的话，那么我就知道你不回去过年的原因了。"

胡春江忙冷笑两声，叹口气说："说吧，我是什么原因不回去过年？看你猜得对不对？"

她站起来，向他面前走两步，把脸伸到他的面前，她那细细的前沿头发扎到了他的脸，他闻到了她身上特有的香味。她把大眼睛眯了一下，努着嘴低声说："如果我没猜错的话，你没接到回去过年的命令！是不是？"

胡春江哈哈大笑起来："这么说，你是接到了命令才回去的？"

瞿华莹收起笑容说："是的，我妈妈命令我回去的！"

两个人正促膝而谈，这时有人敲门。她警惕地说："晚上来我这儿敲门，是谁呢?"他说:"开门看看不就知道了。"瞿华莹走过去,打开门一看,吃了一惊。

原来敲门的是局座罗高明和他的老婆明决。

胡春江也吃了一惊。

罗高明站在门口,眼神里面含有无法表述的内容。他老婆明决站在他身后,眼神里边似乎有惊喜。两人都是笑眯眯的。瞬间,胡春江明白了罗高明这时领老婆来这里的用意。这一定是罗高明的计谋,他是让明决看见这一幕,让她相信,自己并没有跟瞿华莹有暧昧关系,而胡春江与瞿华莹混在了一起。罗高明笑得很自然,这种自然来自他的自信和他拥有权力的底气,当然,自然里边也会有开心。明决看到胡春江坐在瞿华莹这灯光昏暗的宿舍里,完完全全相信了丈夫的话,相信了总务科长毛先征劝解的言语。丈夫和瞿华莹,肯定是清白的。于是,她甜甜地笑了。从这一刻起,胡春江下决心把这场戏演到底。

瞿华莹见是罗高明夫妇站在门口,瞬间心里也明白了几分。她看罗高明一眼,笑了一下。她从心眼里不喜欢明决这个不明事理、胡搅蛮缠的女人,仗着娘家的势力,在局里指手画脚,让罗高明干这做那,使罗高明在大伙面前很没有面子。她看不惯明决的这种做派。她和罗高明在一起,是受了指令的,是她的主子给她下达的任务,这个任务的核心就是控制罗高明,从而控制整个警察局,一旦控制了警察局,就能控制整个满洲里地区。这些年,她与罗高明缠绵在一起,都是为了工作,为了给主子卖命而做的违心事儿,绝对不是为了爱。现在,明决似乎发现点什么,发现了什么她肯定是要闹一闹的,但瞿华莹不怕她闹,闹小了,不用理她;闹大了,就把他们夫妻所做的龌龊事都抖搂出来,让他们吃不了兜着走。

此时,瞿华莹笑了笑,大方说:"局座,嫂夫人,屋里请吧,您二位能光临寒舍,是我天大的荣幸!"

明决走进屋里,微笑着向胡春江点了一下头,说:"哎哟,华莹这屋里像舞厅一样的了,很温馨呀!"

瞿华莹赶紧把灯光开亮。罗高明笑了笑,看一眼胡春江说:"听说瞿华莹从南京回来,带了一个新鲜玩意儿,我和你嫂子想看看是什么东西。"他说着走近桌子上的留声机,弯下腰认真地看它不紧不慢地在转动,这时留声机还在旋转歌唱。他问:"这转圈唱歌的东西就叫留声机吧?"瞿华莹点了点头。她走过来把留声机唱头取下来,顿时音乐停了。

明决走到留声机跟前,前瞅瞅,后看看,感觉很新鲜。她看了一会儿,问:"这玩意儿怎么会唱歌呢? 真是蹊跷的东西,真好,真好听。"罗高明问:"它通电吗?"

瞿华莹很内行地说:"不用电,用发条驱动。"她停顿一下,又说:"嫂子如果喜欢了,可以拿回家听几天。"

明决忙说:"不用了不用了,我啥时候听了我来就是了。"

胡春江看火候到了,忙站起来说:"罗局座,嫂子,我还有点事,不陪您了,我先走了。"

罗高明看一下妻子,笑了,然后说:"春江,你多心了,我和你嫂子就是来看看这个会唱歌的新鲜玩意儿,我们马上就走,不打扰你们两个人听曲子。"

明决开心地笑道:"我们不打扰你们,你们听歌吧,我们走了,走了。"

瞿华莹忙说:"咱们一起听吧。"

明决还是笑眯眯地说:"你们玩吧,我们走了。"在明决和瞿华莹说话的时候,罗高明向胡春江递了个眼神,虽然不太明显,但他感觉到了。他给罗高明回了一个眼神,罗高明赶忙把目光收起。罗高明也附和着说:"你们听曲子吧,我们走了。"他两个说着真的走了。

明决出了门,含含糊糊地说道:"男欢女爱,人之常情,人之常情。"说完,还是咯咯地笑。胡春江知道,罗高明今晚更高兴,因为,他达到了漂白自己的目的。闹了一个春节的苦恼事终于解决了,能不高兴吗?

瞿华莹用力关上门,关门的声音很响。她脸阴阴的,冷笑两声。胡春江双手一摊,尴尬地一笑,摇了摇头。一会儿,她说:"我想跟谁好就跟谁好,他俩凭啥来查我? 明决一进门我就明白她没怀好意。我可不是那听人穿鼻之人,惹我恼了我给她闹翻!"

胡春江想,有好多话他无法与她挑明,比如她和罗高明更深层次的关系,罗高明这种怜新弃旧的情思,罗高明让她监视他的事儿,他都无法说明。他沉思起来,不说话。

瞿华莹说:"如果非要我说我爱谁时,那我只能说,我爱你,我对你是真心,真心知道吗?真爱是有痛感的,如果没有痛感只有快感,那就不是爱情,那就是两性关系而已,顶天算上性伙伴。对别人有真爱,而没人爱我呀!"

胡春江无言了。他突然想,他得赶紧向母亲汇报,得马上给他派个"妻子"来。不然这儿是非太多,有瞿华莹这样的妖女死乞白赖地纠缠着他,他无法回避,也无法面对。

胡春江认真地说:"我是有老婆的人,我不能接受你的爱!"

瞿华莹眼睛里放出异样的光芒。她说:"我爱你是无条件的,不向你要婚姻,不向你要家庭,还不向你要钱,我只要你的爱,要你的情。"

她说完,飞跑过来,紧紧地抱着胡春江。她把头紧紧地贴在他的胸前,一动不动地拥抱着他……

胡春江站在那里,啥也不说。他在想,燕雀安知鸿鹄之志,我怎能和你这样一个妖女纠缠在一起呢?他又想,母亲能给他派来一个什么模样的"妻子"呢?首先得有气质,得长得漂亮,还得会说日语。现在,他的身子被瞿华莹紧紧地搂住,就如蟒蛇缠身,恐惧而无奈。在这种环境中,胡春江下定决心,必须得做到洁身自好,一尘不染啊!

她似乎是哭了,喃喃地说:"我只爱你一个人。"室内很静,又是一阵沉默……

胡春江突然问她:"你今年不是回去相亲吗?结果怎么样?"她身子抖了一下,然后冷冷地说:"有你,我谁也不相。"

胡春江坚定地说:"我真的不能这样,我会对不起我太太的。"

瞿华莹喃喃地说:"我不管,那是你的事儿。我只管爱你,我对你的爱,谁也别想割断!"

他说:"据我所知,你心中已经有男人了。"

她停了一会儿说:"一个女人,如果爱上两个男人的话,那就得选择第二个,因为她真的喜欢第一个男人的话,那么她就不可能再去选择第二个男人的。"

胡春江正想说什么,突然又有人敲门。

是谁呢?瞿华莹十分不情愿地松开胡春江,走过去把门打开。

总务科长毛先征微笑着站在门口。毛先征向屋内看一下,他看见了胡春江坐在火炉边,说:"局座和他夫人不是也在这儿吗?怎么,不在啊?"

瞿华莹问:"你找局座呀,他和他夫人早已走了,现在没在这儿。"

毛先征用手摸了摸自己的头说:"他俩去哪儿了呢?家里不在,也不在办公室。刚才有人说在瞿科长你这儿,咋也不在呢?他们去哪儿了?"

这时胡春江站起来边往门口走边说:"毛科长,我找你有件事儿,走,咱走着说着。"他说完,转身向瞿华莹招了招手说:"再见。"瞿华莹站在门口,脸阴阴地看着他俩远去的背影,心里不是滋味。一会儿,她咬住牙说:"你给我演戏吧!咱走着瞧!"

毛先征和胡春江并肩走在黑暗的院里,雪花飘到他们脸上,凉凉的。毛先征说:"今年的装备计划下来了,上级要求我们今年要加强草原治安,建立骑警。这不,让今天晚上就上报材料,省警察厅的公差员还在旅馆等着呢,这各类表我都填了,找局座签字却找不到他了。明天人家公差员一走,咱还得派人去不说,误了上报事儿就大了。胡局助,你是局座助理,不然你签个字上报算了。"

胡春江赶忙摆摆手说:"不敢不敢,我哪敢呢?你还是快点去找罗局座吧。"他停了一下,又问毛先征:"建立骑警是一桩好事,我们这个地方人少地广,交通又不方便,早就该建立骑警队了。唉,这次上峰给我们批多少个骑警编制?"

毛先征说:"给我们下达一个大队的计划,四个中队,共四十人,四十匹马。限我们6月底建成。时间紧呀!"

这时,罗高明的通信员从黑暗处跑过来,人声说:"报告毛科长,局座找你。局座在他家里,他让你马上去一趟。"毛先征一听,愣了一下,问:"在家?他什么时候回来的?"通信员回答说:"刚从外边回来。"他扭头看看胡春江,笑笑说:"我到处找他,他却在家里!"说完,转身走了。胡春江看着毛先征和通信员的背影,他想了很多很多……

天不早了，他要回去休息。胡春江回到宿舍，打开门，当他拉亮电灯的时候，和往常一样，都要细心地检查每个地方是否被人动过。当他检查门口时，突然看见门口地面上放一张白纸，上面写有字。这一看就知道是从门缝隙里放进来的。他赶忙拿起来一看，是这样几个字：

蚂蚱已叛变，他被罗藏在了东北军营房里。

他似乎不太相信自己的眼睛，又认真地看了一遍，没错，就是说蚂蚱已叛变，被罗高明藏在东北军军营里了。

难道罗高明暗查警察局内部的共产党分子"月食"与蚂蚱叛变有关？这时他突然想起蚂蚱被悄悄放走的第二天，也就是他们特别交通站建好的第二天上午，罗高明突然把他和涂荣清、龚培潮三人叫到他办公室，说局内部有共产党的卧底，让他们查找。罗高明给这个未知共党分子起了个代号叫月食。当时罗高明还说是铁路警察局破获的共产党分子供述的呢，现在看来，那只是幌子，真正的根源是蚂蚱叛变了，他供出局内隐藏有共产党人。还有，难道东来顺餐馆突然关掉也与蚂蚱叛变有关？胡春江知道，他们新建的特别交通站都不认识蚂蚱，这个渠道很安全。而长期在养马场工作的老魁和小寒是否安全呢，养马场是个群体，是否也安全呢？

他把这张纸烧掉后，坐下来沉思起来。

看来，警察局真的有自己战线上的人，不然谁会往他屋里塞纸条呢？外人不可能进来，肯定是内部人员，那么会是谁呢？胡春江决定，明天坐火车回哈尔滨，向母亲汇报这儿发生的事情，同时也给母亲说，给他找的"妻子"该出场了。然而，母亲不止一次对他讲，一般情况下，没有母亲的指令，他是不能擅自回哈尔滨的。

他该怎么办呢？

<h1 style="text-align:center">二十三</h1>

时间过得真快,转眼就出了正月。这天早上,胡春江还没起床,就听见养马场里有笛声,他不用细听就知道是让他到养马场一趟。吃完早饭,胡春江到办公室坐一会儿,他人在办公室,但心早已飞进了养马场。小宋吹笛让他去有啥事呢?

这时瞿华莹哼着小曲从他门口路过,他怕她无事找事地与他聊天,赶忙起身准备下楼。还好,她的高跟鞋敲着地板走向了远方。自从元宵节瞿华莹回来的那天晚上,罗高明和明决见到她和胡春江在一起听歌以后,明决再也不闹了。从那天晚上起,罗高明似乎与胡春江走得更近了,他不但给胡春江说案件了,有些机密的事情他也跟胡春江说了。有一天,罗高明把胡春江喊到办公室,悄悄地对他说:"老弟,瞿华莹这个女人,不是我怕你和她接触太深,而是我已经明确地知道她的身份,她是汪主席手下一个特殊组织的骨干成员,汪主席向全国各地重要地方都派遣人员,这是汪主席的一项长远计划,他终究有一天会从海外回来要与蒋司令抗衡。我认为他有两把剑,一把剑靠外来势力,比如日本的势力。另一把剑是靠派往各地掌管的势力范围。汪主席现在虽然身居国外,但他在遥控国内啊。瞿华莹来我们这个小警察局,可不是想掌握这个小警察局,而是心里装着整个北满广阔的大草原和咱这里漫长的边境线。这个女人,作为我,可近得,远不得。作为你,可远得,近不得,知道吧?"胡春江说:"局座你说得很对,这个女人,我是坚决不能近的。我这个人简单,不会复杂,与太复杂的人打交道,我真的不适应。我向局座表个态,我绝对不会跟她太近了,请局座您放心。"

罗高明很满意地点了点头。胡春江此时已经真正看清了罗高明对瞿华莹的用意。

正当胡春江想起身去养马场时,通信员来对他说:"局座找你!"

胡春江真怕罗高明再给他派什么任务而影响他去养马场。他怀着忐忑不安的心情来到罗高明办公室,罗高明正和一个东北军少校军官喝茶谈笑。罗高明见他进来,用手指了指火炉边的沙发说:"你坐吧。"他看着少校说:"我给你介绍一下,这位是我们警察局的局座助理胡春江警官,春节前调入我们警察局工作的。"他又把面前这位少校军官介绍给胡春江,说:"这位是东北军驻满司令部的方处长,是东北军驻满情报机关的负责人。"其实胡春江早已了解这个方天成了,他手里拿着张大帅赐予的尚方宝剑,目前是满洲里拘神遣将的人物。胡春江听完罗高明的介绍,忙站起来给方少校敬了个礼。方少校站起来,与他握了握手。罗高明继续说:"方处长今天来,是通报大年初一中午,在火车站候车厅里发生火拼案件的情况,那天你和丁基元队长在现场,想让你和丁基元来听听方处长对案件的情况通报。本来这个案件交给东北军办了,我们没必要再听了,可是方处长坚持要通报,我们只好恭敬不如从命了!"

正说着,有人敲门。进来的是丁基元。

丁基元与方天成认识。罗高明开门见山地向丁基元介绍方少校来这里的用意后,方少校喝了一大口茶水,说:"给咱警察局主要是通报整个案件的办理情况。是这样的,我们张大帅从苏联运回一批机密货物,谁知让铁路一帮毛贼盯上了,在取货的时候遭到了那批毛贼的抢劫。幸好那天我们警卫连着便装去的人多,他们没有把那帮东西抢走。"

丁基元问:"当场逃走一帮毛贼,抓到了吗?"

方处长笑笑说:"就我们东北军情报机关的手段,他们能跑得掉?给你这样说吧,那帮毛贼一个也没跑掉,总共二十六个,全部擒获并枪决了,尸体都扔到呼伦湖里喂鱼去了。"罗高明三人听他这么一说，心里顿时都如铜锤击了一样，心口疼疼的。罗高明问："听说这些毛贼的家人也都被关起来了？"

方处长冷冷一笑说："何止是关起来，一个不留地枪决！同样被扔到呼伦湖去了。"

大家又是一阵无语。

方处长停了一下说："不是我们大帅心狠，而是让世人知道知道，我们东北军的任何东西，是神圣不可侵犯的。大帅说过，不管是谁，动了我东北军的东西，株连三代，一个不留！"

丁基元闭一下眼睛，背后凉凉的，没有问什么。

大家都知道，那天争抢的货物不是什么机密东西，而是烟土。张大帅之所以能在半个中国站住脚，能掌管北京的军政府与蒋总司令抗衡天下，最主要就是一个"狠"字。张大帅防贼，其原因就是他刚开始也是"贼"，后来由小变大变成了匪，再后来招兵买马由匪变成了帅。他常说，贼是人人喊打，匪是聚众闹事，帅才能呼风唤雨。贼是蝇，匪是虫，帅才是龙。其实张大帅不是防天下所有的贼，而只是防侵占他利益的贼。这时丁基元说："这股毛贼，不识相，抢到东北军头上了，不诛他们，诛谁？"

方处长说："案件的大致情况就这些，军用物资，不可侵犯，这是天下人人都知道的道理。可这股毛贼偏偏不守道儿上的规矩，哄抢军用物资，这还了得？现在，贼人已经全部消灭，起到以儆效尤的作用。今天我来给大家通报一下，随后丁队长再给我们写个案发时的情况说明，我们这个案件就算圆满结束了。"

丁基元一听忙说："好，我马上写，写完我差人送过去。"

胡春江和丁基元走后，方处长对岁高明悄悄地说："罗局座，你不是外人，你是咱张大帅培养起来的嫡系。奉上级之命，我给你讲点机密的话吧。"罗高明一听，耳朵竖了起来，眼睛瞪得圆圆的，问："啥机密？说来让老兄听听！"方处长神秘地说："你有所不知，抢货物的人不是什么小毛贼，是日本人。"

罗高明一惊，身上的汗毛一炸，忙问："是日本人？怎么会是日本人呢？"

方处长喝口茶说:"的确是日本人。日本人又怎么样,日本人在我们大帅眼里狗屁不如!社会上传说那一批货物是烟土,是真的。但日本人对烟土不感兴趣,他们对烟土里边藏的东西感兴趣,他们抢那东西,才真是叫机密呢。"

罗高明不解地问:"烟土里面藏有什么机密?"

方处长停顿一下,好像是下决心地说:"是这样的,有一帮神秘的日本人目前正躲在天津日本租界筹划在东北建立政权呢。建什么样的国还不太清楚,他们可能要把末代皇帝溥仪请出来当这个新建立政权的皇帝。"

罗高明若有所思地说:"清王朝灭亡这么多年了,有这个可能吗?"

方处长说:"不但有可能,而且已经开始筹划了。这不,日本人请一位昔日沙皇政权规划专家,在苏联悄悄地规划东北三省区划图,也就是行政区划图。主要是按日本人的管理理念和模式进行规划。这份绝密图纸他们认认真真地规划了一年多,据说把直隶省、山东省等不少地方都划过来了。苏联人通过托运货物的形式用火车把图纸秘密传递过来。其实,我们张大帅早已得到了这一情报,并知道他们详细的运货时间和取货时间。日本人很了解中国的民俗,单选在大年初一取货。因为这一天全中国人都在过年,这时候取货很安全。我们东北军情报部门经过精心安排,决定在日本人取货的时候,下手抢劫货物,其实是抢劫那份秘密图纸。于是就出现了那天的火拼案件。"

罗高明问:"那地图在烟土里藏着?图纸弄到手没有?"

方处长说:"弄到了。目前在张大帅手里。张大帅不但把那张绝密图纸抢到了手,而且把替日本人卖命的中国人全部杀个精光。日本人精心规划一年多的图纸落到了张大帅手里,日本人能甘心吗?肯定不能。但是,日本人目前还没力量抗衡东北军,何况目前张大帅在北京掌管着安国军大权呢。"

以后,日本人向北京军政府提出好多无理要求,都被张作霖回绝了。前不久张作霖发现日本人有登陆山东的倾向,于是就派海军第一舰队封锁山东沿海。从此,这个仇,日本人也就记下了。

罗高明突然感觉张大帅是个英雄,他根本没把日本人放在眼里,并且敢杀为日本人效力的人。张大帅之所以成为全国称雄的张大帅，就是因为他敢做敢当敢为。

"干得好！"罗高明拍案叫绝。

方处长说："我们张大帅目前已成为北洋军政府陆海军大元帅，代表中华民国行使统治权。日本人多次找他商谈国是，都被他拒绝了。他早就听说日本人躲在天津秘密筹划建国，想先吃掉东北军，然后再统治全中国。你想，把东北的地盘拱手让给日本人，大帅能同意？这次大帅又把这份举足轻重的图纸弄到了手，掌握了日本人动意建国的证据，日本人能不着急吗？"

罗高明叹道："日本人野心太大呀！小小的一个岛屿国，突发奇想要吃掉我们的大中华，应该是白日做梦吧！"

方处长压低声音说："你要小心你社交圈里的日本人，还有你身边为日本人办事的人。"

这时，罗高明想起了胡春江。罗高明沉思一会儿说："刚才那个胡局助，很可能就是个日本牌。我为了防他，基本不让他管案件。另外，我还派人盯着他。"

方处长说："你做得对，老兄，不然日本人一旦在东北建个什么国，这屋里的交椅上，坐的恐怕就不是你，而是别人呀。老兄，因为你是咱东北军的嫡系，上峰才同意给你透露这些绝密消息。刚才咱俩说的话，出了这个门就算是被风吹了，我什么也没说，你什么也没听见。今天我通报这个案件，要统一口径，对外称是土匪抢劫军用物资，土匪被东北军镇压了。内情我已给你讲了，你心里要有个数。"

罗高明说他明白了。停了一会儿，罗高明低声问："蚂蚱在你那儿安全吧？"方处长说："很安全。全天候有人看管，他的一举一动都得经过我的批准。"罗高明说："这一次我们一定要吸取教训，不能让他像他的同党深鱼那样不听指挥，到处活动，结果让共党给处决了。"方处长说："这一次坚决不让他出营房门半步。"

罗高明问："他提供啥新线索没有？"

方处长说："他提供了他的下线，但是，这个人早已逃走了。现在唯一值钱的线索是你们警察局有共党卧底，是谁，他不知道。另外他又提供说，你们警察局很可能有人参与输送共党领导人过境去苏联的活动，这条线索他吃不准，说只是给我们提个醒。我们正在论证分析他提供这条线索的真实性,一旦属实,恐怕这个任务会交给你和我共同破案的。"

罗高明说:"如果能与你这样的破案高手一起破案,是我的荣幸。对于我局的共党分子,我已经安排了明察暗访,我们把这个共党卧底起个代号叫月食,我有决心把我眼皮底下的共党卧底查出来!另外,我已经关注咱满洲里的动向,听说共产党要在这里建立新的交通运输线,形成通往苏联的快速通道,按照上司的密令,要全力以赴,不惜任何代价,坚决把这个交通线打掉。"

…………

胡春江来到养马场,已快中午了。

老魁和几个小伙计正在马厩门外给一匹德国种马刷毛。这匹德国种马叫"五白"。"五白"就是四只蹄子是白色的,鼻梁也是白色的。这匹"五白"种马是给日本商人下野忠代养的。下野忠在日本有雄厚的经济实力,大多数人可能不知道,但在哈尔滨了解他的人们都知道他。他的名下有矿,而且是金矿;有山岭,而且是长满木材的大山;有牧场,而且是上千平方公里的草原,马有万匹,羊有万只。罗高明与他有利益关系,他俩的关系十分密切。胡春江来到满洲里警察局任职,就是下野忠介绍的。下野忠在这个养马场代养的马匹都是德国种马,这种马都是供给跑马场用的。上海租界内外的跑马场都是用的这种马。

老魁向胡春江点了点头,看一下陆师傅宿舍门口,给他使了个眼神,胡春江会意,他向陆师傅门口走去。胡春江敲了一下门,走了进去。陆师傅宿舍内只有两个人,陆师傅和一个大胡子的人。大胡子见胡春江进来,忙起来与他握手,大胡子边握手边笑道:"胡警官,不认识我了?"

胡春江看着大皮帽子下那双一闪一闪的眼睛,似乎在哪儿见过,但认真瞅瞅,还是想不起来是谁。这时陆师傅笑了,说:"春江,他是呼伦湖呀!"胡春江一惊,问道:"你怎么变成大胡子了?"呼伦湖把鼻子下边的大胡子取下,耳朵下边的胡须揭下来,马上恢复了原来的面目。原来呼伦湖是化过装的。这时他想起东来顺餐馆突然停业,肯定是出了危险的事情。胡春江这些天为这件事一直很担心,好好的一个指挥机关,突然撤离了,他知道危险有多大。这会儿看到呼伦湖安然无恙,他一直悬着的心终于踏实了。

陆师傅从火炉上取下热奶的锅,给胡春江倒杯羊奶。他说:"刚才呼伦湖通报说,蚂蚱叛变,蚂蚱供出了他的下线,虽然他的下线已经安全转移了,但这位下线同志知道东来顺餐馆这个机关,为了百分之百的安全,于是就撤掉了。"

胡春江喝了几口热羊奶,放下奶杯,说:"蚂蚱叛变,令我吃惊。他在里边,是那样的坚强和自信,那样的英勇和顽强,他最后怎么会叛变呢?"

呼伦湖说:"是啊,蚂蚱在党内一直表现得都很好,他被深鱼出卖后,在牢里一直坚持斗争。虽然他承认自己是共产党员,但他没有对敌人讲任何党的机密。他的耳朵、鼻子、手指头都被敌人割下,他也没有投降。谁知,他最后还是为求生叛变了。"

胡春江沉思一会儿问:"会不会是敌人设的一个阴谋? 蚂蚱没有叛变,他们为了迷惑我们的同志,扬言说他叛变了呢?"

呼伦湖说:"现在已确切地证明,他真的叛变了。"

胡春江也已确信蚂蚱叛变了,不然警察局内部的同志不会冒险去给他送纸条。他想把纸条的事儿给呼伦湖讲讲,但他又一想,他只对母亲负责,他没有义务和责任横向与党的其他组织发生联系,想到这儿,他又把话咽了回去。

胡春江问呼伦湖:"机关撤出了满洲里,还是留在了满洲里?"

呼伦湖说:"我们这个机关就是在满洲里进行斗争,怎能撤离满洲里呢?"

陆师傅和胡春江都称赞地点了点头。一会儿,胡春江问:"蚂蚱的下线很安全吧?"

呼伦湖说:"蚂蚱也不是我们这条战线上的人,他和他的上线深鱼是另一条线上的人,由于深鱼的叛变,使我们北满党组织受到了严重破坏,他出卖的四个同志除蚂蚱外,那三个已全部牺牲,于是党才下决心处决他。蚂蚱的下线我们不知道是谁,但这个下线知道我们的东来顺机关,我想这个下线应该早已转移了。党组织决定让我们这个机关转移,就是从万无一失的角度考虑的。我们没有与蚂蚱有过直接的联系,他也不知道我们这个机关。深鱼被捕后,我们从另一个地方撤到东来顺餐馆。蚂蚱被捕后,党组织突然通知我们快速转移。总之,党组织对蚂蚱的一举一动十分了解。"

胡春江说:"目前已有充分的证据证明,蚂蚱被罗高明转移到东北军的情报机关,他们想通过蚂蚱摸清警察局内部我党的潜伏人员,也有可能想侦察我们特别交通站的情况,从而掌握我们护送党代表的具体步骤。"

呼伦湖说:"上级要求我们目前做好四项工作:一是提高警惕,做好反奸工作,自己的人叛变并不可怕,可怕的是敌人打入到我们的内部。二是坚决铲除叛徒,在适当的机会,适当的地点,铲除蚂蚱,因为蚂蚱的能量足以摧毁我们整个'红色任务',使我们的'红色任务'毁于一旦。三是保护好我们的同志,今后开展任何工作,都是以同志们的安全为前提,以党组织不遭到破坏为保证。四是我们北满地方党组织从现在起到6月上旬,中心任务就是完成中央制订的'红色任务'计划,协助你们特别交通站,确保我们的党代表个个安全地从我们这儿出境赴苏。以上四项工作,是我到哈尔滨汇报工作时,杜云英同志传达给我的,她让我迅速原原本本地传达给大家。希望大家本着这四项指示,有步骤地开展工作。当然,具体到你们特别交通站,就是把护送工作干好,让代表们安全出境。"

陆师傅沉默一下问:"代表们什么时候过来呢?"

呼伦湖说:"听杜云英同志讲,哈尔滨交通站已经启用。马上就要过来人,四五月份可能是高峰。"

呼伦湖伸手看了看表说:"我这次来还有两件事儿要告诉你俩。第一件事是,北京要派人来满洲里督察'剿共'工作,据可靠情报讲,是来协助满洲里情报机关侦破案件的。当然,是以破获我们党组织的案件为主。请你们高度关注,加倍小心,以防失误。"这时,呼伦湖看着胡春江说:"第二件事是上级党组织给胡春江同志选了个女助手,叫井黎黎。她会日语,对外是你的妻子,对内是你的帮手,具体什么时候到还没有确定,到时候组织上会提前通知你的。"

因为陆师傅是胡春江的准岳父,一提到"妻子",胡春江下意识地看看陆师傅。

陆师傅正用火钳子往火炉里续炭。他听呼伦湖这么一说,抬头看一下胡春江,此时他俩的目光正好碰在一起,胡春江心里抖了一下。

陆师傅放下手中的钳子,想了想说:"看来,北京军政府把清剿我们党组织的重心放在了东北,东北的重心放在了我们满洲里。这给我们今后的工作和人身安全带来了不利,我们的各项工作和行动计划要加倍小心。北京派来的人,我们无法接触,希望上级党组织要想尽办法予以了解,并给我们通报情况,使我们有应变的空间。"

呼伦湖说:"你这点建议很好,我估计上级党组织已经考虑到这一点了。"

胡春江说:"给我派来的助手有基本情况吗?如果有了给我讲一些。我近日得在警察局内部吹吹风,得让他们早点知道我'妻子'快来了。"胡春江说话时,还是看着陆师傅的眼睛。这双眼睛,和陆小枫的眼睛是多么相似呀。

呼伦湖想了想说:"你来上任前,你和井黎黎假夫妻的档案已经建好了,你是了解的。我只知道两点。一是井黎黎是哈尔滨人,日本留学生。二是她是共产党员。其他我就不知道了。井黎黎真正的背景除了杜云英同志,恐怕知道的人很少。"

二十四

过完正月，满洲里的天开始变暖了。天气是暖和了，但西伯利亚刮过来的风还是很大很冷的，大街上的人们不管是走路还是坐车，都把双手插进衣兜里，把头缩进衣领里。这些天，胡春江没有等来助手井黎黎，而是等来了俄罗斯美女落娃。落娃是昨天和父亲莫洛米夫坐火车来的。落娃的父亲莫洛米夫是个大胡子，是苏联共产党派来的国际交通站哈尔滨负责人。莫洛米夫在中国的身份是地质学专家。

落娃不是悄悄地来满洲里，而是光明正大地到警察局找胡春江的。她见到胡春江说，越是危险的动作越安全。她还说："我们俄罗斯人爱玩杂技，杂技节目有很多危险动作，但是你见过有几个杂技演员摔下来的？为啥那么危险而摔不下来呢？因为危险，所以必须把安全放在第一位。"这是后话。

早上，胡春江刚到办公室，瞿华莹推门进来了。胡春江正在看报纸上的广告，他怕漏掉重要的"寻人启事"。他见她不敲门进来，冷冷地问："瞿警官？怎么不敲门就进来了？"

瞿华莹先是伸着头，用眼睛向他办公室内扫描一圈，然后直起腰，不冷不热地走到他办公桌前，嘿嘿一笑说："胡局助，行啊，泡上俄罗斯妞了？"

胡春江一惊，忙问："啥意思？什么，什么泡上俄罗斯妞了？"

瞿华莹把双手背在身后，在胡春江面前晃了几晃说："楼下有一个漂亮的俄罗斯姑娘来找你,说是你的日本同学。不错呀,没见你的男同学来,倒是女同学来得挺快的。"

胡春江心里惊一下,想:俄罗斯姑娘,难道是……他忙问:"一个俄罗斯姑娘找我?还说是我的日本同学?"瞿华莹把背着的双手松开,放在办公桌上,把脸凑到胡春江面前,屁股圆圆的,翘得很高。这个姿势,使胡春江想起他来警察局报到的第一天,他在罗局座办公室第一眼看到她的姿势,就是和今天一样,圆圆的臀部翘得老高,伸着头和罗高明说事儿。今天,她又是这一种姿势,这让他心里很别扭。

"对,有一位很漂亮的俄罗斯女孩儿来找你。去吧,就在楼下等你。"瞿华莹盯着他说。

胡春江突然想起了落娃,一下子把心提得老高。因为他日本留学的履历是党组织编制,他不可能有俄罗斯同学,肯定是落娃。胡春江冷静了一下,头脑里千回百转地想了一会儿,然后抬头看着几乎贴在他脸上的这张美丽的脸,笑笑说:"我在日本上学时有好几个俄罗斯女生呢,不知道是哪一个,走,瞧瞧去。"

瞿华莹跟着胡春江走出办公室。这时太阳已挂在东半天,懒洋洋地散发出光芒。办公楼下的平地上,还有不少积雪,在阳光的照射下,发出亮晶晶的冷光。一棵松树下,站着一个穿貂皮大衣、围纯羊毛围巾的俄罗斯姑娘,她在往楼上看。胡春江在二楼已看清楚,她就是落娃。他忙向落娃招了招手,很高兴很意外地叫了一声:"老同学你好!"

落娃看见胡春江走下楼,也是兴奋地招了招手,蓝色的眼睛放着光芒。瞿华莹穿着便装,更加性感地紧跟在胡春江的身后,一脸春风得意的样子。胡春江想,她这是监视呢?是吃醋呢?还是显摆呢?

落娃提着小手包,跑到胡春江面前,把右手伸出来了,笑道:"老同学,你好哇!"然后是热烈地握手、拥抱。

瞿华莹站在胡春江身后,看着这位喜笑颜开的俄罗斯姑娘大大方方拥抱胡春江,她的眼睛眯成一条缝。她感觉落娃的金发有些刺眼。她在心里承认:她长得不错,中文讲得也可以。只是此时她心里有一些醋意。

胡春江拉着落娃的手问:"你怎么到这儿来了?"他不敢叫她落娃,他还不知道她是不是用其他名字代替。

　　落娃说:"我随父亲来满洲里考察扎赍诺尔矿石。我听说你在这儿当警官,我就到这儿来找你了。"胡春江一听她父亲来了,马上意识到可能共产国际的指令来了,他心里微微有一些激动。

　　落娃的父亲莫洛米夫对外是一名地质专家,在中国主要是考察地质矿石。刚才落娃说的扎赍诺尔矿石,是满洲里奇特的矿石,地处大兴安岭西坡海拉尔河谷上的扎赍诺尔,土壤为草原暗栗钙土,土地营养成分含量较高,地下存有大量的褐煤,可供煤矸石建材产品、煤矸石发电、活性炭炭黑和褐煤蜡等综合性开发。奇特的地下资源,引来了世界各地的地质学家。莫洛米夫来满洲里扎赍诺尔考察地形地貌及矿石,是名正言顺的事儿。因为莫洛米夫能光明正大地来考察地质,所以落娃也能光明正大地来联系胡春江。

　　胡春江转身看看身后的瞿华莹,然后向落娃介绍道:"这位是我们特情科的副科长瞿科长,是我们局美丽的警花。"

　　瞿华莹忙上前一步,握着落娃的手说:"我叫瞿华莹,欢迎你到中国来,欢迎你到满洲里来。"

　　落娃大方地一笑,说:"我叫落娃,是胡警官的日本同学。"看来,落娃是用真实姓名出现的,不用说,她父亲也是用真实姓名考察地质的。这次他们父女来,一切都是公开的。

　　瞿华莹用她那独特的大眼瞄一下落娃,问:"落娃女士从日本毕业后,回到苏联是不是也当警察了?"

　　落娃用火一样的目光盯了一下瞿华莹,说:"我和胡警官在日本都是学刑侦,但我回国后没当警察,而是跟父亲来到美丽的中国学地质考察。"瞿华莹平平一笑说:"你是对的,干警察没意思。"

　　胡春江说:"落娃,外边太冷,上楼到办公室坐吧。"

　　进了办公室落娃坐下来,甜甜地一笑说:"这是你母亲杜云英和我父亲莫洛米夫共同策划的。我们这样做虽然危险,但往往最危险的行动也是最安全的。"

胡春江想想说:"你说的有一定的道理。"

胡春江把热好的羊奶倒在杯子里,递给落娃说:"上级有啥指示没有?"

落娃用流利的中文说:"这次我和父亲来,主要是传达共产国际的指示和通报苏联交通站的建设情况。"落娃喝几口热奶,然后接着说:"我口述,你耳听,不能用笔记。"

胡春江说:"这我自然知道。"

落娃说:"目前中国共产党面临着很复杂、很危险、很困难的问题,为了充分弄清革命的前景和任务,解决目前党内的状况和克服党内一切错误倾向,解答所有难题,中国共产党准备到莫斯科召开第六次代表大会。时间定为今年的夏天,是 6 月和 7 月之间。因此各地代表必须在今年的 2 月初选出来,3 月底可能就有代表过境去苏联。共产国际的指示是:一、为了确保代表们安全过境,新建立的特别交通线必须畅通,特别是大批党代表进入东北以后,交通线要全力保证代表们安全通畅过境。二、满洲里特别交通站和苏联 86 号小站交通站要密切配合,加强联络,做到无缝对接,真正达到不分领域地护送,要实现全部代表安全出境到莫斯科。这次父亲和我来就是落实共产国际这一项指示的。三、新建的满洲里特别交通站是个特殊的运输站,主要任务是护送六大代表安全出境。共产国际在这里的负责人是我父亲莫洛米夫,我是你和我父亲的联络员。特务工作科在这里的负责人是你母亲杜云英。听杜云英同志说,这儿有专人联系你。以上三点是共产国际的指示。"

落娃简明扼要地叙述完,长叹了一口气。

胡春江说:"我已记在心里!"

落娃停了一会儿,继续说:"共产国际的指示你理解个精神就行,我现在要代表上级党组织安排以下任务。"

这时,胡春江听见门外有脚步声。他忙向落娃打了个暂停的手势,起身到门口,耳朵贴到门上听了一会儿。脚步声由近而远,然后消失了。

胡春江转过身,小声说:"刚才那个瞿华莹,时时刻刻在监视我,盯着我。你得抓紧说,要不多大一会儿,她就会来敲门。"

落娃说:"她是汪精卫的门人,他们为将来替日本人接管中国的事务而做准备的。"

胡春江笑了,说:"这里的一切你都知道啊。"

落娃说:"关于苏联那边的交通站已全部就绪,86号小站加强了兵力,苏共中央派一个连的兵力进行保卫,交通接待站达二十几人。中国东北军边防军紧邻86号小站的两个边防站已被买通,他们不但不阻止,而且还给我们送情报。上级党组织决定:一、将护送党代表的时间定为晚上十点以后,护送每位党代表出境时,都要亲自交到苏联交通站同志们的手中,不能有任何脱节情况出现。二、接头暗号是每个人手里拿半根火柴。运输的马车上要高挂一盏马灯,马灯为红色的。马匹的马头要系红缨子。三、火车站的日杂店要二十四小时有人值班,不能脱岗。四、过来的代表不管几个人,住宾馆时,必须一人一馆,坚决杜绝两人以上同住一个宾馆。五、在我们护送期间,如果被东北军边防站士兵扣住,不要发生任何冲突,等待组织去解决营救。东北军地下党组织近日又重新成立了党支部,近一个时期他们的中心任务就是配合我们的护送工作。这五项任务,你要牢记在心。一会儿你再给我口述一遍,看有没有没记住的。"

胡春江看一眼落娃,不紧不慢地把这五项具体任务又复述一遍。

"另外,"落娃又说,"给你派的女助手井黎黎后天上午从哈尔滨坐火车过来,中午十一点半到满洲里站。这两天你要高调宣扬,让全警察局的人都知道你妻子要来了。后天你要去接站。"她说着从衣兜里掏出来一张小照片交给胡春江,说:"这是井黎黎的照片,你认真看一下,她右眉头上有颗黑痣。后天她围红色羊毛围巾,手提一个白色旅行箱,旅行箱上贴有一朵红色的玫瑰花。接站那天你要穿警服,上衣右口袋插一支白色的钢笔,戴双白手套。"胡春江听罢忙点点头。

落娃又说:"等井黎黎来了后,你想办法向罗高明申请要房子,要住进离罗高明家不远的家属区,随后让井黎黎与罗的老婆明决搞好关系,为今后从她身上弄些有价值的情报打下良好的基础。"

听到了有女人穿皮鞋上楼的声音,步伐不快,鞋声均匀。胡春江知道,是瞿华莹来了。他忙问:"这次让我去见你父亲莫洛米夫同志不?"落娃摇摇头说:"组织有交代,这次你不用去见我父亲,他很忙,他要到扎赉诺尔、呼伦湖去,还要利用他特殊的身份到二子湖边境线上的阿巴该图镇去考察。今后有啥指示和事情,就由我来转达。"

这时,有人敲门。胡春江走过去开门,真的是瞿华莹。

瞿华莹这会儿穿的是制服,黑色的皮大衣把她腰间挎的手枪掩盖得时隐时现,靓丽大方,也很性感。

落娃满面红光地笑道:"嗬!瞿科长挺威风啊!"

瞿华莹下意识地整理一下警服,说:"谢谢俄罗斯美女夸奖!我不进去了。胡局助,局座有请。"

胡春江一听罗高明找他,心里沉了一下。他平平地回答道:"好啊,我马上就过去。"

瞿华莹转身走了,脚步声很重,高跟皮靴敲在楼梯上,似乎整个楼都疼痛难忍地在发抖。

送走落娃,胡春江回到办公楼上。他还没走到罗高明办公室,迎面走来了总务科长毛先征。他走到胡春江身边,笑道:"胡局助,我正找你呢,晚上有事吗?有个宴请活动,罗局座想让你参加。"

胡春江一听,忙说:"我晚上倒是没啥事,你那里是公务宴请,只是不知道我去合适不合适。"

毛先征走近他小声说:"日本领事馆的张代办和东北军情报处的处长方天成少校请局座吃饭,听说约的还有井上春树,罗局座点名让你我参加。"

胡春江来到罗高明办公室门口,听见里边有人在说话,他静心地听听,像是副局座涂荣清和龚培潮在争论着什么。他用力敲了一下门,只听罗高明说:"进来。"

胡春江推门进去,果然看见涂荣清和龚培潮站在办公室桌前正说着什么。他们见他进来了,立马停止了争论。罗局座用手指指办公桌前的沙发说:"坐下吧。"

涂荣清和龚培潮也找了座位坐下,罗高明放下手中的档案袋,看了大家一眼说:"接省警察厅通知,说北京军政府派出的督察员已到满洲里,驻在满洲里市政府情报机关,共四人,两男两女。组长是师伟,这次他来满洲里是代表北京军政府督察'剿共'工作。"

胡春江一听是师伟带队来满洲里了,心里大跳了几下。因为他太了解这个师伟了,他不仅是特工出身,而且还是反共先锋,在去年"四一二"事件后,他的双手沾满了共产党人的鲜血。秋风就是在他的诱惑和威逼下叛变的。秋风出卖的中央领导,都是被师伟秘密杀害的。

罗高明继续介绍说:"还有三个成员,一个是上海公安局刑侦科原科长王登虎,现在被师伟调到北京军政府特务处。还有两个女人,一个叫马丽,此女人是共产党反水人员,现在是师伟的嫡系,也是师伟带到北京的。还有一位叫胡秋实,此人不知道有啥背景,应该是一位北京特务系统的新人。"

胡春江万万没有想到,北京派出的督察人员他都认识。因为师伟是特务工作科"红队"的死对头。王登虎口口声声要破"红队"的案,要抓"红队"的人,虽然他们没有正面交锋过,但已经在暗中较量已久。去年胡春江坐火车离开上海的那天晚上,是他王登虎带人对他黄浦江上的船只进行搜查和查封。这件事后来被老南和金牙大妈他们及时导演成"日本商人冬渡事件",王登虎被李沪春撤了职。他被撤职后在公安局混了一段日子,又跟师伟跳槽到北京投靠了张大帅。马丽是自己人,是特科安排在师伟身边的卧底。

罗高明继续说:"上边已传下话,这次师伟还要到咱警察局督导,他要明察暗访,要听汇报,主要听清剿共匪工作的汇报。这方面,我们的工作不突出,大家说说,我们怎样向师伟汇报呢?"

他说完,盯住胡春江说:"胡局助你说说看!"

胡春江抬起头,看一眼罗高明,正想说话,这时突然有人敲门。大家都把目光集中到门口。

二十五

推门进来的是特情科长项世成。

他进来一看大家都在这儿,用特殊的目光看着罗高明,想说什么,但欲言又止。胡春江立马看出了门道,忙站起来说:"局座,刚才毛科长找我有事,我去看看是啥事儿。另外,我妻子后天要来,我得回宿舍收拾收拾房子。"他说完就要走,他知道特情科的案件都是机密案件,项世成平时都是单独给局座汇报。大家一听他妻子要来,都笑了。罗高明说:"早该来了,弟妹早该来了,来了好啊,一是能照顾你的生活,二是你也不再孤单,省得独身男人是非多。"

三人很坚决地起身走了。他们都知道,项世成要汇报的事情真的不需要他们三个人知道。他们三人走到门口时,罗高明对他们说:"你们回去抓紧动笔,明天每人给我写个汇报稿来。师组长是个明察秋毫之人,你们要认真撰写,马虎不得。"三人同时说:"是。"然后头也不回地走了。

项世成见他们三人走了,转身把门关上,然后反锁着。他走到罗高明办公桌前,小声说:"局座,总务科长毛先征偷偷出售武器你知道吧?"

罗高明见他今天这么郑重其事、神秘兮兮的,一定有大事、喜事给他汇报呢,结果问了这样一句让他难以回答的话。之所以难以回答,是毛先征真的出售武器了,而且是他知道的,准确地说是他批准出售的。出售武器的资金变成黄金,他给上边的人送礼了。现在怎么回答项世成的话呢？他快速地把这个问题思索一下，反问道："你怎么知道他出售武器呢？"

项世成那猎鹰一样的眼睛看着罗高明，坚定地说："有可靠情报和可靠证据证明。这些年，毛先征在陆陆续续地倒卖警械库里的武器，虽然量不大，但他在持续地卖，据说每年收入很可观。您真的不知道吗，局座？"

罗高明抬眼看着他的猎鹰眼睛，稳定一下情绪说："我不知道。我想不可能吧，他毛先征有那么大的胆子倒卖武器？"

项世成似乎很有把握地说："请局座相信我的话，他毛先征绝对卖咱的武器了。而且……"

罗高明心里一紧张，问："还有啥事儿？"

项世成说："而且，他把这些武器卖给了共产党的地下组织。"

一听项世成这么说，罗高明的心口疼了一下，如尖刀割了一样。毛先征卖武器并不可怕，他最担心的是把武器卖给共产党。他很冷静地问："这些你都有证据吗？"

"有！"项世成坚定地说，"不用回头拿证据，我现在有的是材料。"他说着从棉衣兜里拿出几张纸，递给了罗高明。

罗高明忙问："这是什么？"

项世成说："我抓到一个草原上的土匪小头头叫八毛钱。我们怀疑这个八毛钱有通共行为，从年内就安排人跟踪他，前天他在出售武器时让我们捉个现行，人赃俱获。经过审问，他说他们这批武器是从咱警察局购买的。我当时认为他瞎说的，就打了他五十大板，再怎么打他，他都说枪是从警察局内部买的。我看他不像编的瞎话，就问他警察局谁卖给他们的，他说是毛先征。那天八毛钱在交易武器时，有两个买武器的人，在我们抓捕时，他们开枪反抗，让弟兄们给打死了。我感觉，毛先征有通共嫌疑或者说他就是共产党。这是八毛钱和他手下的供词，有画押有签字。因为案件牵扯到毛先征，为了保密，我把八毛钱关在了东北军看守所，你不信可以直接提审讯问他。"

罗高明沉思一下说:"这个事我先找毛先征谈谈。八毛钱你先关起来,也不要去再问他了。你怀疑毛先征是共党分子,你先怀疑着,不许对任何人讲,这不是小事。如果怀疑错,就会造成冤案,就会让真正的共党分子漏网。对我们警察局的人,要慎之又慎,记住了吗?"

项世成忙回答:"记住了!"

罗高明看了看桌上八毛钱的供词说:"这个你保管好,对办案的人员讲要保密。这两天北京督察人员已到咱满洲里,有可能到咱局来督察。等应付完督察以后,咱再研究此事儿。真的假不了,假的真不了。在咱局,不管谁是共产党,一旦认准,我们坚决打击,决不手软。"

项世成走了。罗高明摇了摇头,自言自语地说:"毛先征把武器卖给共产党我信,说他是共党分子,我不信。这个项世成,真是给我找事儿!"

晚上,日本驻满洲里领事馆的张代办,在海关大街玉祥楼设宴请日本商人井上春树,约罗高明作陪。张代办同时约的还有东北军驻满洲里司令部情报处长方天成少校。罗高明带两个人,毛先征和胡春江。井上春树也带两个人,男女助手各一位。玉祥楼一楼有个小舞厅,从午饭后到深夜两点半,这儿都营业。晚上井上春树来得比较早,他带着两个助手来到后,没有上楼,而是到舞厅里去跳舞了。他不跟他的女助手跳,而是找舞女跳。玉祥楼的舞女大都是纯东北姑娘,长腿,细腰,大眼睛。有几个蓝眼睛、黄头发的姑娘,大约是俄罗斯人和乌克兰人。张代办来得更早,今儿晚上是他做东请客,他早早地在玉祥楼门口迎接。

舞灯照射着井上春树的双眼,他的双眼像狼眼睛一样发着亮光。其实,今天是东北军方天成和张代办商量着请井上春树吃饭的。大年初一的晚上,张代办和胡春江在边防站请边防执勤官兵喝酒,临走时,中尉副连长刘中蒙求他,让他想办法把井上春树身边的小红要回来。本来,刘中蒙是想把小红娶回家当二房的,小红也很乐意。小红长得漂亮,又有文化,会写诗填词,还懂音乐。正当他筹备娶亲时,不知道怎么却被井上春树看上了,他把小红强行征用到身边当生活秘书。刘中蒙想尽一切办法向井上春树要人,井上就是不同意。方天成和刘中蒙是同乡,又是同学。方天成目前处在要害位置,能跟满洲里军政要员和外国在满人员说上话。另外,方天成还有张大帅给他的尚方宝剑,这尚方宝剑的核心是:不经过请示,可以直接拘捕管辖之内的任何人,什么军方、地方,俄罗斯人、日本人等,他都能来个先斩后奏。由于他有这个特殊的权力,所以他在满洲里,办什么事很是方便的。于是,刘中蒙就找到他,让他给井上说情,把小红还给他。

方天成一听刘中蒙为一个女孩儿让他舍脸面去找井上春树,他火了。他和张大帅一样最恨日本人,他认为日本人都是狼,都是要吃人的。张大帅常说,吃人的动物终归是会被人打死的,一旦打死,都会死得很惨。方天成也是始终认为日本人不会有好下场。其实他不想与日本人打交道,更是不想去求情。他对刘中蒙说:"你真是个迷恋女色的家伙。满洲里没其他女孩儿了吗?你离开这个小红就活不成了?看你那点出息,能干成啥大事儿!"

刘中蒙哭丧着脸说:"不是我离不开这个小红,我主要就是想出口气。他日本人为啥在我们中国横行霸道?好好一个女孩子他为啥说抢走就抢走?是啊,离开了小红,还有大红、二红、三红,我不缺女孩子。可是这样我不甘心!老同学,让日本人这样欺负咱不能忍啊!"

这几句话说到了方天成的心结上。他对井上春树这种明抢暗夺的强盗行为也很气愤。但目前这种形势,又不能与日本人撕破脸,还得曲线求之。刘中蒙对他说:"我听日本领事馆的张代办说,警察局的罗高明局座与井上的关系密切,他能与井上说上话,让他去找井上说情,保准能办成。"

"张代办和罗局座我都很熟,我和张代办沟通一下,然后请井上春树吃顿饭。"他说完又叹道,"为一个区区小女子,让我这个情报处长出面说情,真是滑天下之大稽!"

刘中蒙说:"这件事只有你去办,别人谁也办不成呀!"

方天成与张代办沟通后,决定通过罗高明把井上春树请出来。于是,就促成了今天晚上的酒局。

人到齐了,井上春树的舞也跳够了。在张代办的引领下,井上春树和他的两个男女助手上了二楼。他们进了一个叫"瀛"的房间。这个房间是专门为日本客人装修的，装修风格完完全全是按照日本风俗设计的。门是格子推拉门，房间的风景画是樱花，风景照是富士山和北海道。走进这间房子，正如你置身于日本国一样。

方天成是以东家的身份出现的，他做东主持今晚的宴会。井上春树的两个助手，男的叫田基平，女的叫良子无显。其他人有张代办、胡春江和毛先征。刘中蒙回避，没有参加。

今天晚上点的菜大都是日本料理。当然也有东北菜和山东菜。面食也大都是日式中华料理。有日式蛋包饭、日式拿波里意大利面、日式煎饺等。大家坐齐后，寒暄的话说了一阵，几道料理已经上齐。酒自然是东北高粱白酒。东北军在哈尔滨有白酒厂，主要生产高粱酒。方天成正准备发表祝酒词时，井上春树突然哈哈一笑说："各位，让我猜猜，今天晚上方处长、张代办为啥请我喝酒？"

方天成一看井上这么快就切入主题，忙笑着说："好，井上先生猜猜，今天为啥请先生您喝酒呢？"

井上春树用湿毛巾擦了擦他鼻子下边的一小撮胡子，然后笑着说："我没猜错的话，肯定是罗局座想和我做一笔生意。"

罗高明正在和身边的日本女人谈笑风生，听井上这么一说，立马停止了说笑，用迷茫的眼神看着井上。井上春树用和善的目光看着罗高明问："罗局座，是不是啊？"罗局座没有马上理解井上的意思，说："请井上先生明说。"井上看了一下方天成，说："我听说警察局要组建武装骑警，也听说省警察厅给罗局座批了一个大队四个中队的编制，四十个人，四十匹马。不用问，这四十匹马肯定准备从我那里采购吧？"

罗高明听他这么一说，心里咯噔了一下。这些天，他正为这事儿着急呢！罗高明看一下毛先征，毛先征微微摇了摇头。罗高明笑了一下，看着井上春树说："有这回事儿，但目前只是给个空头编制，人、财、物的配备还没有详细的方案，回头我单独跟你沟通交流。"

井上春树哈哈一笑，看一眼方天成说："看来我今天没有猜到主题。"方天成赶紧接着话茬说:"井上先生,今天请你来,没有其他事情,就是想聚一聚,叙叙旧。新春伊始,朋友相聚,心情格外地高兴。我建议,我们共同干一杯!"井上春树皮笑肉不笑地看一下酒杯,端起来看着罗高明说:"刚才我的话可不是开玩笑的话,罗局座,你的人财物方案一旦批下来,我们的合作应该开始呀!对吗?"

罗高明忙站起来,举杯笑道:"那是一定的。"大家都站起来喝了一杯。

提起成立骑警大队,罗高明很纠结,纠结得饭吃不香,觉睡不好。有五股势力向他推销马匹,他要谁的呢?第一股势力是东北军。他们骑警编制刚批下来时,东北军驻哈司令部就差人来找他,说东北军内蒙古养马场培育的有良种军马,很适合做骑警的马匹,希望罗高明采购东北军的马。从心理上讲,他真希望要东北军的马,因为,他这满洲里警察局就是人家东北军长年资助的,没有东北军撑腰,他这个警察局座也坐不稳。前几年,省警察厅想免他这个局座,罗高明让岳父到奉天府去一趟,拜见了东北军司令部的人,随后警察厅就不再说免他的话了。严格地讲,东北军向他推销马匹,应该是首选的。

第二股势力就是日本人。正月底,井上春树就来见他,用强硬和命令式的口气对他说,骑警配用的马匹一定要用他供给的。井上表态,钱不但不会向罗高明多要,而且还会优惠。罗高明私下与井上春树有很多交易,哈尔滨的日本商人下野忠的好多交易也都是通过井上春树进行的。有人形容罗高明说,他的根是东北军养的,命是日本人给的。是的,他罗高明发财,主要是通过对日贸易。这四十匹马,如果从井上那里采购,他定要发一笔财。然而,东北军也是万万不能得罪的,要谁的呢?刚才井上春树突然说出那样不明不白的话,明显地含着不满。他不满的原因是罗高明迟迟没有给他表态选用他的马匹。井上春树心里很明白,罗高明肯定想用东北军的马匹,但他井上春树不服输,非把这件事扳过来不可。

第三股势力是省警察厅内部,管编制和管装备的两个副厅长,刚开始制订计划时,两个人都分好了,并且也给罗高明打了招呼,他俩每人介绍二十匹马,并且价格高出市场价的百分之二十,马的品种也不好,是关内马,不是草原马,个儿小腿短,跑起来没有耐劲,速度也不快。可是,这两位副厅长,早已把正厅长架空了,不听他们的话,他时时处处卡你不说,还会把剿匪不力的大帽子压你头上,让你生不如死。毛先征对罗高明说:"这种马是绝对不能要的,但这俩副厅长绝对是不能得罪的。"罗高明问:"那怎么办?"毛先征无奈地摇了摇头,无语。

第四股势力是大鼻子蓝眼睛的苏联商人,也就是俄罗斯商人。为首的叫瓦西里·卡普,他的公司总部在哈尔滨,满洲里有一个分部,内蒙古有牧场。他不是苏俄共产党,他身上有沙皇俄国的遗风,性烈、彪悍、霸道,他身后有个无形的人,就是满洲里教堂里的牧师奥里罗夫。奥里罗夫信基督教。这个牧师奥里罗夫不像卡普那么霸道,他和和气气,语言很少。他和莫洛米夫来往密切。满洲里教堂始建于19世纪中叶,是意大利人投资建造的。几经风雨,这个基督教堂落到了俄罗斯人手里。俄罗斯人大都是信仰东正教,信基督教的人不多。这个奥里罗夫信基督教,他与日本人、西方人都有着友好关系,与东北的上层士绅也有很好的交往。前年张大帅来到满洲里视察,第一站就是到教堂去看奥里罗夫牧师。但是,他最好的关系还是他们本族俄罗斯人,说话办事都向着俄罗斯人。这个瓦西里·卡普也信仰基督教,同时又是满洲里教堂的资助人,因此牧师处处都会为他着想。人们都说卡普是苏联间谍,经常出入苏联驻满领事馆,但当年国父孙中山很相信苏联人,目前的蒋总司令与斯大林也保持着良好的外交关系,张大帅的政府也承认苏联与中华民国的外交关系,因此苏联人在中国干什么都是公开活动。苏联领事馆里的大鼻子蓝眼睛干些什么事情,外界几乎是不知道的,整个领事馆很神秘。卡普这个时候来向罗高明推销马匹,肯定也是动用了不少关系的,不然不会这么有底气。

第五股势力是内蒙古大草原上的"草上飞"花豹。"草上飞"花豹是这一带边境线上成了气候的大土匪。花豹手下有队伍,装备也很精良,有经济支柱。仅牧场就有二个,商行已扦到哈尔滨和奉天,关键是张大帅默认他的存在,因此他才一天天壮大。然而,张大帅不是傻子,不会让他聚沙成塔,积水成渊。每隔三两年,都会把他的队伍进行整编,然后收编。他的队伍收编后,分散到东北二千多公里长的兵营里。花豹其实成了东北军的新兵训练营。由于张大帅不断地收编他的人,所以花豹得经常拉丁抓夫,扩充队伍。由于他与张大帅的这种特殊关系,花豹眼里也就目中无人了。他前些天安排人给罗高明送礼。丰厚的礼品里边，夹带了一把钢刀和十发子弹。意思是说，这件事你答应了是朋友，不答应了是仇人。朋友有好酒，仇人有钢刀。一个成了气候的土匪，为这几匹马，竟然用这种手段，这让罗高明怎么是好呢？

这些天，毛先征知道罗高明的难处，就对罗高明说："这件事，只有一个办法。"罗高明问："啥办法？讲。"毛先征说："一个字，拖。往后无限期地拖，把热的拖成温的，再把温的拖成凉的，然后再处理。"

罗高明听罢点了点头，说："只有这样了。你说，如果让你选，你选哪一家。"毛先征想了想说："那我肯定选东北军的军用马匹了。因为我们得罪了东北军，就难以生存，你这个局座的宝座，可能就不是你的了。而那几家，得罪他们了，他们也动不了我们的根基，可能他们会找我们的事，但他们都是为了利益，满足了他们，他们就不会找事。"

罗高明叹道："我不是神仙，我是满足不了他们的，何况个个都是吸血鬼！"

毛先征看看他苦笑了一下说："最好的办法是取消这四十个骑警编制。"

罗高明眼睛一亮，他感觉阳光突然明媚起来。他想，自己应该学习曾国藩，锐气藏于胸，和气浮于脸，才气见于事，义气施与人。否则，在这个乱世上，他将无法生存。

…………

大家的说笑声把罗高明拉回到酒桌上来。酒过三巡后，井上春树的眼睛红红的。罗高明端杯酒走过去，站在井上春树右边，说："井上先生，今后我们的合作项目多着呢，来，干杯！"

井上春树站起来喝完酒，说了这样一句话："我们大日本帝国，在利益方面，是从来不让步的。明智人，让步于我，是朋友，握手相拥。不明智了，抢我的利益，那就是敌人，刀枪相见。"说完，哈哈笑起来。

罗高明听了这句话，心里如刀割一样地疼。心想，这哪像有共同利益的朋友呢？日本人不得不防啊！胡春江坐在一边，静观其变。

这时方天成发话了。他端了一杯酒,举到井上春树面前,小声对他耳语道:"井上先生,隔壁有个耳房,里边很暖和,茶水也沏好了,我有件私事,想与你面谈,你看怎样?"

　　今晚这一桌子人,井上谁都能小看,唯独这个方少校他不敢小看。因为,一是方少校是东北军的情报人员,手里掌管着生杀大权。二是前不久井上有个朋友让东北军抓去了,说是窥视军营,定为日本间谍关了起来。后来是他出面找方天成讲情,才被放了出来。所以,井上春树对方天成高看一眼。

　　井上听他这么一说,忙谦逊地笑一下,说:"可以呀,方少校有事情请尽管讲。"方天成对大家说:"各位,你们继续进行,我和井上先生到隔壁说件私事。"方天成和井上春树起身离席去隔壁了。这些人当中,只有张代办知道他俩去谈啥事了。

二十六

　　这是一间很小的会客室。灯光很温和,炉火合适。羊毛地毯上的图案是莫高窟壁画。沙发是酱色的皮质原料,手感舒服。方天成和井上春树进来后,见有两个女招待在给他们沏茶,茶沏好后,给他们每人端一杯。两个女招待退下后,井上春树笑笑说:"方处长,啥事说吧。"

　　方天成端起茶杯,用目光淡淡地扫视一下井上春树的笑脸问:"阁下,您身边是不是有个女学生叫小红?"

　　井上春树正把茶杯往嘴里送,听方天成这么一说,忙停了下来,眼神也变得有些异样起来。他慢慢地放下茶杯,把目光投到面前方天成的脸上,问:"方处长,你怎么有兴趣问起小红来了?"

　　方天成轻松地笑笑说:"受朋友之托,让我打听小红的情况。"

　　井上哈哈一笑说:"是你们边防军那个中尉副连长吧。"

　　方天成说:"阁下什么都明白呀!"

　　井上笑罢,认真地说:"我早已经给你那个中尉朋友传过话,让他早点死了这条心。小红,是不会回到他身边的。"

　　方天成知道,井上说完这句话,就没有必要再说此事了。他把这个事开门见山地回绝了,说明这件事没有回旋的余地了。方天成没有马上搭腔,而是沉默地喝着茶。

井上见他不说话,也感到自己的话有些生硬。上次他托方天成放人的时候,方天成满口答应了,而且也办成了。现在方天成求他这样一件事情,他直直白白地回绝了,似乎很不给方天成面子。他感到自己有一些唐突,对不住方天成。想到这儿,他友好地微笑一下,说:"方处长,我知道你是替朋友说情的,但这个小红能不能回到你朋友身边,我说了不算。请你谅解,如果我说了算,十个八个小红我都让你带回去。"

方天成听罢此言吃了一惊,问:"阁下您说了不算?啥意思?"

井上闭了一下眼睛,停了一会儿叹道:"方处长身份特殊,我不能多说。我只提醒你一句,小红能不能回到刘中蒙身边,是国家说了算。"

方天成一听,如滚雷过顶,头皮麻麻的。他顿时明白了一切。他们东北军情报处已经得到情报,日本新继位的裕仁天皇,虽然还没有举行登基仪式,但他已掌握着日本"至高无上"的权力。他常说,日本,应该到中国去建立政权,到东亚其他国家去建立政权。现在已有很多事实证明,他们想在中国关外的东北建国,计划让东北脱离中国政府的统治。为了建国,他们做了很多基础性的工作,其中一项神秘的工作,就是招募才艺卓绝的中国男女学生到日本受训,据了解分军训、谍训、政训和警训。这些学生训练期是两年,两年后回国,他们就会分配到日本驻中国各种机关。一旦将来他们"建国"成功,这些人才就会发挥作用。小红,肯定是被招募到日本受训去了。

方天成给井上添一些茶水,笑道:"阁下,我明白了。阁下不单单是商界的高人,而且还是为国家出力的政治家呀!"说完两人哈哈大笑起来。

井上笑罢,马上收起笑容。井上心里清楚,现在方天成挟权倚势,手握生杀大权,为所欲为,而且有对抗日本的倾向。就现在的形势看,不给他点面子是不行的。井上把头往方天成这边靠了靠,小声说:"你方处长出面求情,我不能不考虑情面。你看这样行吗?我这儿女学生多的是,比小红学历高的有,比她长得好的有,如果你那个中尉朋友不嫌弃的话,我送给他几个女学生,让他到我这儿选,直到他满意为止。外加一千块大洋,作为补偿。"

方天成想了想说:"感谢阁下给我这么大的面子,这确实是个好办法。这样吧,一千块大洋就免了,我让他来挑选一个女学生吧。"

井上说:"你的朋友前期有些误会,说是我看上了小红,是我霸占了小红。其实不然,国家的事无小事,我又不能给他过多解释,希望他理解。"

…………

晚宴在井上春树和方天成谈完话不久就散了。

其实,今晚罗高明根本坐不住,原因是他心里不静,心不静,一切不静。建立骑警的事使他十分烦恼,这还不是主要的,主要的是北京来的这四个钦差大人,据说是不好惹的。他一要小心应对,二还得把剿匪工作汇报好。怎样汇报,他心里还没有个准。两个副局座和胡春江都在准备汇报稿,但不知道他们准备得怎么样了。因此,今天的晚宴他兴奋不起来,也没有心情打听井上春树与方天成到小型会客厅密谈一些什么。

在回去的路上,方天成的汽车把张代办拉上。张代办很关心小红的事说得如何,于是他问方天成:"怎么样了,井上怎么说?"方天成看看司机,摇了摇头,没说啥。张代办看出了门道,这门道就是井上不同意放回小红。

第二天,方天成把刘中蒙叫来,把井上说的方案给他讲了。刘中蒙问:"这么说小红回不来了?"方天成似乎很生气地问:"你真的就那么喜欢小红?"刘中蒙想说什么,但方天成白他一眼说:"你喜欢小红,就不准人家井上喜欢? 爱江山更爱美人是男人的天性。你说,你同意还是不同意让井上给你选另外一个女学生?"

方天成不能告诉他小红去日本受训了,这目前还是机密。昨天晚上在车上他没告诉张代办,主要是张代办是给日本人做事的,他不能讲。刘中蒙虽然是方天成的老乡、同学,但刘中蒙是个沉湎淫逸的好色之人,好色之人都没定力,没有定力嘴巴就不紧。方天成不能给他讲太多的事情。

方天成对他说:"如果没有我的面子,井上这个老狐狸能给你送女学生? 你做梦去吧。"

其实，刘中蒙也懂得一点儿人生的哲理，他认为，人的生存空间由两条线划定：一条是你的能力，一条是你的忍耐力。你要是能为人所不能，忍为人所不忍，你的生存空间就比别人大，否则，你的人生路就会越走越窄。刘中蒙忙点头哈腰地笑道："那是，那是。"

方天成说："好吧，明天我给井上回话，你去挑美人吧。"

第三天，方天成和刘中蒙到井上春树那里去了一趟，当天就拉回来一名吹气若兰的女学生，此女十八岁，长相不比小红差，而且还能说会道，笑起来很甜蜜，虽算不上沉鱼落雁、闭月羞花，但颜值才华皆有。刘中蒙见了很喜欢，不久就纳入了房内，这是后话，不提。

请井上春树吃晚饭的第二天中午，胡春江到火车站去接井黎黎。这个时候，全警察局的人都知道胡春江的老婆要来了。反应最激烈的是瞿华莹，今天早上，胡春江还没有起床，瞿华莹就去敲他的门。

胡春江耐着性子把棉衣服都穿整齐了，才去开门。瞿华莹推门走了进来，大声地说："你穿蟒袍啊，这么难？快把我冻死了。"

胡春江笑笑问："大清早的，找我有事儿？"

瞿华莹走进室内，看到炉子快灭了，忙把炉盖打开，用火钳子夹几块炭放里边，然后又拿起扫帚把地打扫一下，她边扫地边说："中午你老婆就要来了，看你这屋里乱的，还不赶快收拾收拾？"胡春江正在刷牙，没有回答她的话。她打扫完毕，把炉子上的热水壶拿起，往门口洗脸盆里加一些热水。等胡春江洗完脸，她说："中午我陪你一起去火车站接你夫人吧。"

胡春江正在开门往外倒洗脸水，他把水倒完，返回室内，用异样的目光看着她笑道："瞿科长，你跟着我去接我的夫人，合适吗？"

瞿华莹顺嘴说道："这有啥不合适的嘛，我们是同事也算是朋友，你夫人来了，我不能去接吗？"

胡春江想了想说："按道理说你完全可以，但是，生活中这样做不行。"

这时，有人敲门，胡春江打开门一看，是毛先征。毛先征站在门口，笑着对瞿华莹说："瞿科长在这儿呀!"瞿华莹回笑了一下,说:"我给胡局助说个事儿。"

因为室外风大,毛先征走进屋里,关上了门。他笑着说:"胡局助,听说你夫人要来,局座让我问问有什么要帮忙的没有。另外,局座说中午派他的吉普车去接你夫人,你到时候找司机就行。还有,一会儿我让人给你拿两床新棉被来,再配给你一件大衣,晚上冷了让你夫人穿上。还有枕头、棉拖鞋都会给你送来的。"

瞿华莹嘿嘿一笑说:"毛科长,想得真细呀。本来,这些东西我想给嫂夫人买呢,你都想到了,那就省我的钱了。"

毛先征又说:"罗局座隔壁有套房子在闲着,就是小了点,只有三间主房,两间配房,一间厨房,独立成院,你看怎样?"

胡春江一听,正合他意,但他喜藏于心,冷静地说:"好吧,就我们两个人,我看就住这一套吧。"这时总务科的一个年轻人抱了一大包东西上来。毛先征说:"这都是给夫人准备的,今天中午来了缺啥少啥你尽管吩咐。今天我就派人把那套房子打理出来,明天就可以住。"

瞿华莹看着毛先征的背影,冷冷一笑,把门狠狠地关上。她愤愤地说:"这个毛先征,只要我俩单独在一起,他都会出现,不管是在宿舍还是办公室,他是不是故意的啊?"胡春江一惊,忙看着她思索一下,说:"是吗?我怎么没发现呢?可能是巧合吧。"

瞿华莹自言自语地说:"可能吧,但愿是巧合。"她把话题一转说:"走,我陪你吃早餐去!"

…………

吃完早饭,胡春江准备到办公室去,在路上,瞿华莹站在路边等他。其实,胡春江不怕她跟他到火车站接井黎黎,终归他们是假夫妻,井黎黎肯定不会在意她跟不跟他。但是,为了安全,他面子上还得把戏演好,演得像夫妻。

胡春江从瞿华莹身边走过的时候,她把笑容一收,冷冷地说:"一会儿去火车站,别忘了叫上我!"胡春江显得很无奈地说:"瞿科长,我去接老婆,身后跟个大美女,合适吗?"

一会儿毛先征来到罗高明办公室,他本想和局座探讨组建骑警的事儿,他刚一开口,罗高明打住不让他说了。他不解地望着罗高明,罗高明平静地小声问他:"咱出售武器的事儿,都谁知道?"毛先征想了想说:"总务科抓后勤武装的副科长和一个会计知道,枪支是我开车运出去的,其他人不知道。"

　　罗高明说:"昨天下午项世成来反映,他们抓到一个草原上的小土匪头头叫八毛钱,说这个八毛钱贩卖的武器是咱警察局卖给他的。"毛先征胸有成竹地说:"是,有这回事儿。我们是悄悄地出售武器,不卖给这种人,是没销路的。"罗高明说:"听项世成说,这个八毛钱又把武器卖给共产党地下武装了。"毛先征一听,把身子往前伸了伸忙说:"这很有可能。一是八毛钱作为中间商买咱的武器不是用的,是要卖的。作为买卖,那肯定是谁给的价高给谁,他不会考虑什么共产党不共产党的。二是你当时对我有要求,不让把武器卖给共产党,我真的做到了。至于八毛钱卖给谁,我们就管不了啦! 我是上线,他是下线,上线不管下线的事儿。项世成为何要抓这个八毛钱,贩卖武器是丁基元管的事,或者是何之干的事,他一个情报科长,抓这种土匪不土匪、商人不商人的干啥? 难道他怀疑八毛钱是共党分子?"

　　罗高明说:"不是他怀疑八毛钱是共党分子,是怀疑他通共。好了,这件事我只是给你说说而已,你心里有个数就行了,不要对任何人讲。"毛先征眼睛一闭,点了点头说道:"我明白!"

　　罗高明想想说:"关于骑警需要马匹的事儿先不说,以后再说吧。"毛先征说:"我不是说购马匹的事儿,我想说建马厩的事儿,以后不管买谁的马匹,马厩得我们自己建造。四十匹马得很大个马厩,咱警察局院内是没地方,得在外边找地方建设。我想现在先选个地方,等春天开冻了,就得抓紧建设了,不然一旦四十匹马买回来了,没有地方饲养可是个大问题。"罗高明一听,感到有一定的道理,忙说:"那好吧,你选地方,选好了给我说一声就行!""是!"毛先征说完,走了。

　　罗高明懒洋洋地坐在办公桌前,啥也不想干。

　　这时,办公室门开了,瞿华莹走了进来。罗高明睁开双眼,懒洋洋地说:"又是不敲门。"瞿华莹冷笑两声:"咱俩,还用敲门吗?"

罗高明皮笑肉不笑地说："我没猜错的话,你到胡春江那里也不敲门吧?"

瞿华莹眼睛里闪出了愤怒的光芒,她认真地说："你这人真是怪,你让我监督他,又吃他的醋,你找别人吧,我不干了! 跟你这样复杂的人在一起真累。"罗高明忙笑了,说："开玩笑,也当真?"

瞿华莹认真地说："以后少开这样的玩笑。"

罗高明顿时无言了。停了一会儿,他强装笑脸地问她："来找我有事儿?"

吉普车还在楼下响。瞿华莹生了一会儿气,然后大声地问："到火车站接胡的老婆,我还去吗?"罗高明忙说："谁说不让你去了。快去,按原计划行事!"

瞿华莹转身,气势汹汹地把门打开,一步跨出门,然后"啪"地把门关上,走了。罗高明看着发抖的门,咬着牙说："妖女! 谁死在谁枪口下还说不定呢!"

阳光还是明亮地照进了办公室里。

二十七

火车正点进站,旅客们陆陆续续下车了。

胡春江站在站台上,一眼就认出来皓齿朱唇的井黎黎。她的出现,马上震撼住了周边的人。只见她雾鬓云鬟,星转双眸,真像是刚刚画好的一幅油画。只见她围一条红色羊毛围巾,手提一个浅白色旅行箱,旅行箱正面贴一朵红色的玫瑰花图案。她的右眉头上,有一颗黑痣远远就能看见。井黎黎站在那里,右手拉着行李箱,把有玫瑰花案的一面朝着站台方向。她顾盼神飞的神情,一下子吸引了众多的目光。她眯着眼睛,向接站的人群扫视一下,她的目光一下子盯住了胡春江右口袋上那支白色钢笔。按照事先的约定,今天胡春江穿警服,上衣口袋插一支白色的钢笔,戴一双白色的手套,看上去很威严。

胡春江身后有一男一女,男的是毛先征,女的是瞿华莹。他们两个人都穿便衣。毛先征是礼帽风衣,瞿华莹是棉上衣、皮裤子、高勒靴、戴墨镜。井黎黎一看打扮得妖娆娆媚的瞿华莹,心里有了数,她想,这个女人一定就是瞿华莹了。井黎黎忙微笑着向胡春江走来,脚步轻盈如风。瞿华莹小声问胡春江:"是夫人吗?"胡春江说:"是。"瞿华莹低声说:"明眸皓齿,窈窕婀娜,好漂亮啊,漂亮得让我嫉妒。我见犹怜,何况他人?"胡春江自然地笑了笑,没有说话。

毛先征往前走几步,走到井黎黎面前笑道:"欢迎胡夫人来满洲里。"

井黎黎也赶忙上前几步,满面春风地笑道:"谢谢!麻烦大家了。"

毛先征小心翼翼地接过井黎黎的旅行箱,笑容可掬地说:"夫人一路辛苦了。"

四个人笑着走出候车室,上车了。

胡春江在上车时,突然看见陆小枫站在日杂店门口在向这儿张望。他心里大跳几下,微微地向陆小枫点了点头,马上跳上车了。车启动后,他回头看看,小枫还在那儿站着。风把陆小枫的头发吹得乱乱的。

毛先征中午在机关食堂设宴为井黎黎接风,可能是罗高明特意安排的。

明决第一眼看见井黎黎时,心里抖了一下,她没想到井黎黎这么漂亮,桃羞杏让,燕妒莺惭,顿时感到自己失色不少。中午明决很活跃,话也特别多。从井黎黎进屋的一瞬间她就在喋喋不休地说话。明决一直不用正眼看瞿华莹,这让瞿华莹心里极不舒服。明决对胡春江和井黎黎说:"罗高明今天中午陪什么屁北京来的督察组去了。他本不想去的,市政府打了两次电话让他去。"她这么一说,胡春江突然想起了妹妹,来的这个胡秋实与妹妹同名,是不是妹妹呢?这次北京来人,到底是要干什么呢?难道是闻到什么味道了?不过,师伟来满洲里,有马丽在,他的心也就踏实了许多。

中午机关食堂安排得很丰盛。除去东北的传统菜外,还安排了几道日本料理。井黎黎不多说话,只是微笑着应对。瞿华莹见明决夸夸其谈话特别多,脸上有些不高兴。而明决认为瞿华莹举止轻浮随便,她更有些看不起瞿华莹。胡春江和井黎黎从未见过面,这会儿还得佯装夫妻,没有过高的演技和角色转换是不行的。井黎黎倒是很自然地以妻子的身份应对面前的一切。胡春江略略有一些不适应。毛先征以主人的身份跑上跑下,基本没有坐到桌前吃菜。

明决喋喋不休说了一堆无用的话后,瞿华莹果断地打断她的话,对井黎黎说:"你来前,我冥冥之中感到胡夫人很漂亮,但没有想到会这么漂亮!胡夫人应该没有大和民族血统吧?"

她这样一说,大家都把目光集中到井黎黎身上。井黎黎甜甜地一笑,用平和的目光扫描一下瞿华莹说:"我完完全全是大汉民族,祖上都是中国人。我们家族近些年只是与日本人有经济来往,我又在日本上过学,多多少少有一点大和民族的影子。但影子终归是影子,它代表不了我这个汉族人!"说完自己嘿嘿笑了笑。瞿华莹说:"你让我们女人嫉妒。你也不知道让多少男人羡慕胡局助。"

明决在慢慢地吃菜,不接这种话茬。毛先征忙了一阵后,坐下来给大家沏茶水。井黎黎说:"我来就是想在这里住些日子,我很向往春天呼伦贝尔的大草原,夏天的呼伦湖。到时候瞿科长我们一起去草原看牛羊,到呼伦湖看波浪吧。"

明决说:"瞿科长很忙的,我陪你去。胡夫人这次来长住是明智的决策,我们胡局助一个人在这儿,有些苦,也有些寂寞。你一来,你们夫妇相互都不独守了,也有日子过了。"她说这话时,用余光看一眼瞿华莹。胡春江知道她的话外音,无非就是说瞿华莹与他走得近,井黎黎一来,就断了瞿华莹的念想。毛先征也听出了明决的话意,用敬酒的方式来表明他什么也没听明白。其实,井黎黎心里什么都清楚。前不久,杜云英找她谈了一次话,把警察局的详细情况都给她说了,连中层以上警官的家庭背景、人际关系都说了。杜云英告诉她:"你到满洲里除以假夫妻的形式掩护胡春江外,还有一个任务是搜集这里的各种情报,向哈尔滨传递。随后会有交通员联系你和胡春江的。另外,你的真实身份对胡春江也要保密。等任务完成了,再告诉他也不迟……"这会儿,她看出了瞿华莹与明决的矛盾,以及她俩复杂的关系,于是,她语速很慢很轻地说:"谢谢嫂子的关心,以后给你找麻烦的地方多着呢。"明决笑道:"哪里的话,以后我们就是邻居了,多了你这样一个美人做伴儿,我高兴还来不及呢,何谈麻烦?"

接风宴很快就结束了,大家各自散去。

胡春江和井黎黎回到宿舍。两人相互都笑笑,一时无语。

井黎黎把行李箱打开,里边主要是一些女人的生活用品。她把这些东西拿出来,一边慢慢地整理摆放,一边轻语道:"来前杜云英同志找我谈话了,她告诉我,我的任务除掩护你外,还要收集多方面的情报,向哈尔滨传递。随后会有交通员来接头的。"

胡春江在火炉边给火炉加炭。他说:"你来得正好。我在这里,整天让瞿华莹盯住,干啥都不自由。她说喜欢我,其实她是利用所谓的爱情手段来麻痹我,诱惑我,从而达到监视我的目的。我也猜不透他们监视我的目的是啥,从综合的情况看,他们已完全相信我是日本嫡系,他们可能因为这而监视我。"

井黎黎说:"这里边也可能有其他原因,你一定要加倍小心。"

胡春江点了点头。井黎黎说:"杜云英同志有交代,内地各省的代表都已选出,江苏、湖北、广东、浙江的代表已集中到上海培训,不久就要出发,很快就会到咱这里过境,她让你做好一切准备,确保每位代表安全出境。"

胡春江说:"一切早已就绪,只等过客来临。"

井黎黎问:"这警察局目前有啥情况没有?"

胡春江给她详细讲了警察局的情况,又将蚂蚱叛变的事告诉了她。

胡春江加完炭,舀了一盆水坐到火炉上,他想说督察小组里边有我们的人,但话到嘴边又咽了下去。马丽表面宣称是叛变了,其实是打入敌人内部开展情报工作。她的身份外人知道的少,在党内外都是绝密。马丽的身份不经过上级批准,是不准往外说的,包括自己战线上的同志。马丽跟着师伟摇身一变成了北京军政府的人,至于他们怎么从南京投靠到北京,胡春江还猜不透这里边的路数。他沉思了一会儿,说:"也不知道上级党组织对这件事有没有应对的计划和明确的指示。"

井黎黎把生活用品摆放好,扭过身来看着胡春江说:"我正要告诉你呢,杜云英同志说她已知道北京派人来的事儿,她让我转告你,不准你过问此事,更不准与他们任何人接触。党的另外一个组织专门在应对,你离得越远越好。她让你专心致志地安排好护送任务。"

胡春江说:"明白了。"他停了一会儿,问:"黎黎,你知道我和杜云英是啥关系吗?"井黎黎摇摇头,说:"不知道。啥关系?"胡春江也笑了一下,说:"上下级关系。"井黎黎想说什么,但看了一眼胡春江,笑笑,欲言又止。

炉子上的水热了,胡春江把水倒在门口的洗脸盆里,他拿出一条新毛巾放里边说:"你一路劳累,洗一下吧。随后你休息一会儿,我去办公室办点事儿。这两天临时先住这两间宿舍,等那边房子收拾好了就搬过去。这床上的铺盖都是新的,晚上你睡床上我睡地板上。"

井黎黎边洗脸边问："陆小枫好吧?"胡春江愣了一下问："你还知道陆小枫?"井黎黎说："我不但知道陆小枫,还知道她是你的未婚妻,也知道你交通站的其他人员,比如陆小枫的爸爸陆师傅、老魁、小宋、小寒,我都了解。"

胡春江看着她洗漱的背影,心里顿生敬意。看来,这个特别交通站的情况她啥都知道。他笑了笑说："小枫很好,工作也很积极。今天中午我们在火车站的时候,她在日杂店门口看你呢!"

井黎黎洗罢脸,用毛巾慢慢地擦。她说："我的到来,她不会有啥想法吧?"胡春江忙说："哪能呢,她已经是个成熟的革命者了。"井黎黎看他一眼说："她和她爸爸一样,在兢兢业业地为党工作着,他们是个革命家庭呀!"

…………

这时,通信员来通知胡春江说,罗局座找他。

胡春江把井黎黎一个人留在宿舍休息,他去了罗高明的办公室。

罗高明用手指指办公桌前的一个椅子说："坐下吧。"

胡春江并没有马上坐下来,而是找到暖瓶,给罗高明往茶杯里添一些开水。他问罗高明："局座,北京来的人在这儿待多少天呀? 师伟这个人拿云握雾的,他真的是为了督导'清剿'共匪的事吗?"

罗高明喝一口茶水说："我就是为这事儿叫你来呢。"胡春江眨了眨眼睛,认真听着。罗高明说："今儿中午吃饭,说起咱警察局的工作,师组长极不满意。他认为我们满洲里有两大猖獗之事,已形成两股势力,他说我们一股势力也没有打压下去,不但没有打压下去,反而任其猖獗地发展。"

胡春江问："哪两股势力?"

罗高明说："一是共产党的地下组织活动猖獗,共产党的多个组织在满洲里交叉活动,建立大本营、建立交通站、建立工作站,形成纵横工作链,并向境外延伸,而我们的警察局每年只抓到几个小人物,而且频频抓错,竟然把草原上偷羊的小毛贼当共产党抓起来。师伟说我们工作不力,要追责。"

胡春江说:"我们不是抓过深鱼、蚂蚱吗?他怎么能说我们只抓几个小人物呢?他师伟是对付共产党起家的,难道他不知道共产党难对付?包括蒋司令、汪主席、张大帅与共产党打交道这么多年,怎么样?不还是越打越旺,越杀越多?"

罗高明说:"在这方面,上峰的阎王们本事不大,但上峰对我们要求高啊。师组长说,我们警察局有可能就是共产党活动猖獗的地方,他让我回来好好排查排查,力争近期清出内奸来!"

胡春江想了想说:"我们警察局可能会有共党分子存在,但是说我们局里共党活动猖獗,我看是他说法有点离谱不着调。有本事让他清剿几个共产党看看!"

罗高明赞许地说:"你说得很对。师伟这个人仗着北京的威力,我看是狐假虎威罢了。"

胡春江问:"那他说的第二个猖獗呢?"

罗高明介绍说:"师组长说第二个猖獗是苏俄共党渗透得厉害。他们明里有领事馆,暗地里建工作站,给国内的共党分子提供帮助。帮助他们偷渡出境,搞颠覆国家的活动。师伟还说共产党在满洲里建有工作站,受上海共产党中央的遥控指挥。他让我们一定要明察暗访,尽量把他们侦破抓获。"

胡春江沉思一下说:"苏俄与我们是建交国,蒋司令和张大帅都承认。当年孙大总统依靠苏联,现在蒋总司令、张大帅依然依靠苏联,没有苏联,恐怕我们统一不了中国。汪主席去年从法国回来路经莫斯科,不是还专门拜见斯大林去了吗?对待苏联人一定要谨慎,弄不好正事没办成,反而惹个外交事件就麻烦了。咱们的张大帅对日本人不客气,而对苏俄,还是敬而远之的。严格讲,我们只管地方治安,政治上的党派之争,不是我们操心的事儿。"

罗高明警惕地对胡春江说:"这我自然知道,但这话出门不准乱讲,让他们听见了定你个同情'共匪'罪不成问题。"胡春江说:"我只是在局座你面前发发牢骚而已,出去怎能胡说呢?"罗高明点了点头。

胡春江说:"日本人在东北活动猖獗,在满洲里更猖獗,日本人经商的不好好经商,反倒关心政治。派来的军人不穿制服,反而穿着和服到处跑着串联,到草原去,到矿区去,到民间去。他怎么不说日本人在咱们这儿活动猖獗呢?"罗高明停顿一下,似乎不知道说什么好,他认为,胡春江说的是事实,日本人目前在东北确实是有些横。然而,他胡春江不是日本系的人吗? 他为何说这些话?

胡春江叹了一口气,轻微笑笑说:"师伟他说这两股势力,这是人人都知道的事儿,还用他说? 不光是我们满洲里这样,全国都是这样。师伟把我们这儿的事情说得如此大,形势说得如此严峻,是显摆他看问题看得准,分析问题分析得透。当然,把咱们存在的问题说得严重了,让我们也好怕他,听他的。否则怎能体现他的重要呢?"

罗高明用半笑不笑的表情看着胡春江说:"我发现你很有内涵啊!"

胡春江说:"局座,我是把你当自己人,才讲这么多心里话的,否则……"

罗高明摆了摆手说:"不说这些烦心的话了,说正事儿。我叫你来,是想问你,上次我让你们暗访咱警察局隐藏共党分子的事儿有眉目吗?"

上次,罗高明把胡春江和涂荣清、龚培潮叫到这里来,说掌握有可靠消息,确认警察局内部有共党分子,让他们三个人明察暗访,他给这个暗藏在警察局的共产党分子起个代号叫"月食"。刚才涂荣清从他办公室出去,可能也是说这件事情。看来,罗高明是要一对一地了解情况。这件事,不秘密进行不行,但一旦查起来,确实也保不了密。

胡春江沉思了一会儿,说:"我来得晚,只认识中层以上的警官,大部分警察我还不认识,你还得给我放宽一些时间,容我细心观察,一有情况或线索,我会马上报告的。这件事情不同其他事情,不能乱猜疑和乱估计,拿不到确切的证据,是不能轻易怀疑谁的。"

罗高明点了点头。

这时,有人敲门,罗高明抬起头说:"进来!"

门开了,进来的人身后,阳光跟着照了进来,风也跟着进来了,凉凉的。

二十八

进来的是龚培潮。

胡春江见龚培潮进来，心里已经明白了。罗高明真的是单对单地询问暗访警察局内部共产党卧底的事情了。胡春江向龚培潮打个招呼，然后起身离去了。

胡春江回到自己的办公室，坐下来沉思一会儿。他自言自语地说："看来，罗高明真的要查访局内的可疑人员了，下一步，我用什么对策来应对罗高明这一招呢？"

胡春江打开报纸，他不去看什么新闻，而是看下边的广告。很长时间没有看见上级党组织发来的寻人启事了，这个时候，他多么想见见上级党组织的人啊！看完寻人启事，没有他要找的内容。有两条消息吸引了他。这第一条是旧闻，事件应该发生好些天了，内容是：日本小樽会社佑腾商会的轮船，在目鱼沙附近撞沉上海大通协记航业公司的新大明轮船，溺死四百五十人，损失六十万元。胡春江想，这是人为的呢，还是事故呢？报纸上没有说。

第二条新闻内容是：最近，蒋介石对南京市公安局全体警察训话，告知现在市财政困难，不能按时如期发放薪饷，要求警察"忍耐辛苦"，注意保障首都治安、交通、卫生，"勿放弃天职"等。

胡春江看完这一条消息笑了，想叫马儿跑还不让马儿吃草。南京公安局都发不下来饷了，其他地方肯定也吃紧。大家知道，现在中国两个首都，一个是蒋介石的南京,一个是张作霖的北京。一国两都,这让老百姓听谁的呢?

现在,不光是南京国民政府没钱花,北京的军政府财政也是十分吃紧,目前除向辖区国人征税外,就是向外国人贷款,或者是倒卖铁路经营权、江河航运权等。两个国民政府都没银子,还要打仗,中国要乱到什么地步呀!

这时,有人敲门。"谁啊?"他问。

推门进来的是毛先征。毛先征拿出来一份购物清单,说是准备给他和夫人购置生活用品的,来让他过目,看有啥遗漏的没有。毛先征说:"夫人大冷天从哈尔滨来到咱这个小地方,为的啥? 不还是为了支持你的工作。这个钱不用你花,也不用我花,我有办法。"毛先征这时小声对他说:"局座每年额外存有大量的私房钱给上级送礼用。这个钱,我一个人在保管着,给你买点生活用品,我还是能变通的。"

胡春江心想,毛先征这个人,办事认真,他为何对我这么好呢? 他想了一阵子说:"那恭敬就不如从命了!"说完,两人都哈哈笑起来。

胡春江给毛先征泡杯茶,毛先征坐在他的对面,轻轻地喝了一口。胡春江试探着小声问:"毛科长,每年罗局座还往上边送礼啊,财政这么吃紧,钱从哪里来呢?"

毛先征把话音压低说:"有些话我对谁都不会讲的,包括我老婆和我父母。秘密知道得多了,不是好事,因此我必须嘴严。自从你来了以后,我感到你为人正直,可交可信,可靠爽快,所以有些话在你面前讲讲也无妨。局座每年都要往省警察厅、省政府、东北军司令部去送礼。礼物主要是以麦穗和小鱼为主,个别人也送砖。"胡春江知道,他所说的"麦穗""小鱼"和"砖"就是黄金的代名词。胡春江说:"这不是明显的贿赂公行嘛!"毛先征对这种事情早已是不足为怪了。他说:"现在从上到下,不都是这样嘛!"胡春江问道:"我们局里经费这么紧张,哪来的钱呢?"

毛先征声音低低地说:"是啊! 我们各级警察局办公经费都十分紧张。今天报纸上不是讲,南京的蒋总司令告诫南京市公安局全体警察,市财政困难,不能按时发饷,要求大家'忍耐辛苦','勿放弃天职'吗? 北京的张大帅亲自抓财政和税收。这都说明,南北两个政府都没有钱,大河没水小河干,我们怎么会有钱呢? 那么我们这笔钱从哪儿来呢? 我实话告诉你吧,是卖枪,也就是出售武器弄来的钱。"

胡春江听罢一愣，反问道："卖武器，哪儿有那么多武器？"

毛先征沉着地说："这些年，东北军陆陆续续支援我们一些枪支弹药，基本没用，都放在警械库里。每年都要悄悄地卖出去一些，然后把钱再变成黄金，供局座送礼。现在，我们中华民国从上到下，从南到北，但凡手里有些权力的人，大都很贪婪，下级不送不行，上边的老爷们，他们永远都不会满足。"

胡春江说："其实，贪婪是国家真正的腐朽根源，而欲壑难填是国家腐朽不堪的表现。"

毛先征说："大部分卖给武器经销商，有时也卖给地方武装。今年的枪支卖给了一个叫八毛钱的草原土匪头头。这个八毛钱最近被项世成抓着了，此人目前关在东北军的看守所里。八毛钱供出他把这批枪支又转卖给了共产党地下组织，因此，项世成怀疑我通共，说我有可能是共产党的卧底。项世成这种捕风捉影地乱诬陷人，胡局助你说气人不气人？"

胡春江沉思一下，自言自语地说："仅凭这一点，他不能说你是共产党。这个人狡诈得很，他是不是有其他的目的呢？"

毛先征说："不管他有啥目的，咱自己站得正，立得直，不怕他。"胡春江笑了一下又问："局座知道这件事吗？"毛先征说："知道。"

胡春江又问："局座怎么说？"毛先征说："可能有人相信项世成的鬼话，但罗局座决不会相信。"胡春江笑了，用右手摸了摸自己的头说："是啊，用人不疑，疑人不用，凭你和局座的关系，他怎么也不会怀疑你的！"

毛先征又闲唠了一会儿嗑，告辞了。

起风了，天也阴了，轻微的细雨飘了下来，在窗外瑟瑟地低吟。雨丝像渔网，牢牢地把这个城市网着。

楼下警笛一阵阵地响过之后，几辆黑厢式囚车开了出去。胡春江听惯了这种声音，他也不关心囚车出动去干什么事儿。右边的看守所内，隐隐传来惨叫声，有男有女。胡春江同样也听惯了行刑室里传出的这种惨叫声音。怪异的声音笼罩着整个天空。

风慢慢地起了性,怒吼起来。井黎黎说:"在这种地方睡觉,你不做噩梦?"胡春江说:"刚来时真的不习惯,现在好了,晚上躺下就睡了。"井黎黎说:"我来前,杜云英同志把警察局里的情况都给我介绍了,我听后很吃惊,这哪里是警察局,分明是各派势力博弈的地方。人人都是表面一把火,个个都是暗地里一把刀。你整我,我防你,各代表一方利益,针锋相对,互不相让,真是个是非之地呀!"

胡春江说:"危险时时刻刻存在着。现在罗高明开始动手清查局内部的可疑人员,北京来的督察组主要是督察'剿共'工作。蚂蚱叛变了,不知道他已经供出了什么。南方几个省赴苏的党代表已经在上海培训,马上就要过来,我们的护送环境还不是那么安全。这个警察局里肯定还有我们的人,他属于哪个战线上的人我们还不知道,也不知道他们的任务是什么。但是,他们对我很了解,我深深地感觉到,他们在暗处帮助我。"

井黎黎问:"他们已经与你联系了?"

胡春江说:"蚂蚱叛变的时候,有人往我这屋里递过条子,这个人肯定是我们的人,也肯定是警察局的人。这个人,我通过观察,已猜到几分。"井黎黎问:"能说给我听听是谁吗?""当然能!"他说,"我仔细地观察过,毛先征有可能是我们的人。他的说话、为人、办事,我能揣摩到他的内涵。"

井黎黎似乎很警惕地说:"我听说局里有人怀疑他。"

胡春江吃惊地看着井黎黎说:"你啥都知道,了不起呀。"井黎黎说:"知己知彼,百战不殆。"胡春江说:"佩服你呀。"井黎黎平平地笑了笑,说:"别忘了,我也是做情报工作的。"她的微笑很好看。

窗外的雨似乎下得大了,噼里啪啦的雨声告诉人们春天真的来了。整个大院很静,只有人门口值班的警察在背着枪晃悠。

胡春江打开门,用手接了一阵雨滴,凉凉的。他这样做是怕有人听他们说话。他右边的房子没人住,再往右是走廊的尽头,走廊尽头存放着一些杂物。平时为了防止有人偷听,胡春江用很细很细、肉眼几乎看不见的鬃绳系着几条木棍,如果有人从这里走动,就会绊着鬃绳,木棍就会脱落下来发出声响。他的左边邻居是刑警队的一个技术员,此人话语不多,也是单身,平时见到胡春江只是一笑了之。

这时,有女歌手唱的歌儿从空中随细雨飘来,是《送别》,只听歌声唱道:

今十里,

酒一杯,

声声喋喋催。

问君此去几时还,

来时莫徘徊。

天之涯,

地之角,

知交半零落,

一壶浊酒尽余欢,

今宵别梦寒。

…………

胡春江观察一下动静,外边很静,只有轻轻的歌声在飘。楼下瞿华莹的宿舍灯还在亮着,这歌声肯定是从她屋里传出来的。说心里话,他是怕瞿华莹来悄悄偷听。这个女人整天神神秘秘的,多次突然袭击给他搞些小动作,使胡春江防不胜防。夜风带着冷意闯进屋内,井黎黎打了个寒战,胡春江也哆嗦了一下,他忙把门关上,转身笑了笑。晚上突然与一个女子在一起,胡春江不免有些尴尬。

井黎黎给炉子里添一些炭,说:"今后有交通员定期与我们联系,他会及时送来上级指示,取走有关情报。当然我们特别交通站有重大工作汇报了也让他带走。还有,瞿华莹你还不能太疏远她。她知道的事情比你多,你要从她身上弄一些情报。她现在时时监督你,你要顺势贴着她,在她身上多了解一些事情。这不是我个人的意思,而是组织的意见。"胡春江为难地看她一眼,似乎很不情愿地说:"本来,你来了,我就有理由疏远她了,这么说还不能太远离她?"

井黎黎说:"是的,对她不能太远,也不能太近,这个度你自己把握。据了解,罗和她穿一条裤子监视你的一举一动,是有目的的。"

胡春江用瓷盆给井黎黎倒上了热水,他是让她洗脚的。井黎黎自然地笑了笑,说:"你出去一下行吗?"胡春江一愣,问道:"干吗?"她说:"别问,你出去就是了。"胡春江迷茫地开门出去了。他自言自语地说:"难道洗脚也怕人看?"他走出门,井黎黎把门反锁上了。他哪里知道,井黎黎每天晚上不但要洗脚,而且还要洗下身。这都是她在日本养成的习惯。

等井黎黎洗完,开门了。胡春江进屋笑了笑没有说话,他洗完脚,轻轻地把灯拉灭,然后躺下了。他躺下后怎么也睡不着,他想,井黎黎是哪里人,家庭啥背景,他都不知道。但也不能主动问,这是纪律。他又想,从今以后,为了重大使命,为了红色任务计划,他要和这个井黎黎日日夜夜生活在一起,他的未婚妻陆小枫会不会有啥想法呢? 小枫与小宋扮演夫妻,平时是不是也这样想呢? 想着想着,他入睡了。

雨下大了,北国的黑夜似乎在呼啸。

…………

第二天早上,雨后初晴,太阳温暖,空气清新。今天上午,胡春江要带着井黎黎光明正大地去养马场看望特别交通站的同志。他去的对外理由是替日本朋友安显一郎选马。

井黎黎和胡春江告别瞿华莹,二人手挽手地走出警察局大门,来到大街上。尽管昨晚一夜小雨,一夜风声,但风雨过后,满洲里的大街上还是人来人往,熙熙攘攘,热闹非凡。人力车,马拉车,驼队一排一排走过。有个小伙子骑自行车从他们身边飞过,到前头电线杆旁卜了车。他拿出一张纸,从车把上取下一个小铁桶,又拿出一把小刷子,用刷子刷了几下,把那纸麻利地贴到了电线杆上,然后又快速地骑自行车走了。这一系列的动作,也就两分钟。

胡春江对电线杆上的小广告很敏感。他和井黎黎走到电线杆边,停住了脚步,他们抬头看看刚刚贴的广告,是俄罗斯马戏团演出的广告。井黎黎突然笑笑问:

"你看广告看上瘾了吧？"胡春江说："真的上瘾了，你不知道，我是多么想看到上级的指示啊！可是，很长时间没有见到上级的指令了。"井黎黎说："你已进入实质性执行特殊任务阶段，没什么特殊情况，上级是不会给你发指示的。咱这里的一切工作，都是按既定指示开展的。"

他俩继续往前走。突然，胡春江看见大哥胡春海和一个日本军官向他们走来。大哥应该很早就看见他们了，但大哥一直无视他俩。大哥与日本军官边走边聊天，没有与他们说话的打算。当然，他也不能与大哥说话。大哥是真心为日本人卖命的，在这一点上，他看不起大哥。井黎黎的目光一直在盯着胡春海，直至胡春海和那个日本军官走过，她还回头看了两次。

胡春江咳嗽了两声，小声对她说："干我们这一行的，在大街上不能随意回头看的。"

井黎黎小声说："刚才过去那个人长得很像你，不会是你哥吧？"

胡春江忙吃惊地笑了笑说："像我？我怎么没有发现呢？我没有哥呀。"

井黎黎问："那你哥呢？"

胡春江警惕地看一眼井黎黎，目光是那样的犀利。井黎黎问："看我干吗？"

胡春江说："我刚才说过了，我没有哥哥，你咋说我有哥呢？"

井黎黎笑笑说："我只是顺口说说，看把你急的。"她说完，重新拉住他的手，往前走去。

养马场与警察局只有一墙之隔，只是警察局的大门在干道上，门向北，养马场的大门在偏街上，门朝西。胡春江住的宿舍后边就是养马场的马厩。只是警察局的院墙高，又加上铁丝网，相互看不见。但是，宋自加每次吹的笛声，他倒是听得很清楚。

胡春江和井黎黎走到养马场大门口，老魁早已站在门口迎接。老魁不动声色地向井黎黎点点头，算是欢迎她了。胡春江径直地来到陆师傅宿舍门口，还没等他敲门，门开了，陆小枫伸出头，甜甜地笑道："欢迎胡大哥和胡大嫂大驾光临。"

胡春江轻轻地拍打一下小枫的头，说："嘴贫！"小枫做了个怪表情，伸了伸舌头。他扭头看着身后的井黎黎,介绍说:"这是陆小枫。"井黎黎忙把手伸出来,拉着陆小枫的手说:"真是个水灵灵的小美人儿。"陆小枫紧紧地握着井黎黎的手说:"欢迎您,黎黎姐。"

说着,大家都走进了陆师傅的住室。满洲里的室外有一些冷,这室内暖暖的。

太阳已经爬上了东半天空,似乎在静静地看着大地的一切。

二十九

他俩进屋一看，屋里除了陆师傅、小寒外，落娃也在这里。胡春江一看忙问："落娃，你怎么也在这儿呀！"

落娃笑道："我知道今天上午你和井黎黎要来呀！"

自从大前天上午接到落娃通知，说井黎黎要来，胡春江前天就通知了陆师傅他们。昨天他又通知陆师傅，说今天上午开个特别交通站的同志与井黎黎的见面会。他本想联络一下落娃，但他联系不上她，组织上规定，只能她联系他。这会儿见落娃突然在这儿，心里真是喜出望外，十分高兴。

陆小枫忙着给大家倒热奶。胡春江忙着向井黎黎介绍每位同志。当他向井黎黎介绍落娃时，井黎黎说："你不用介绍了，我们在哈尔滨就认识。"

老魁进屋后，交通站除宋自加外，人已经齐了。根据胡春江的事先安排，今天上午宋自加在火车站日杂店值班，让小枫来参加见面会议。目前满洲里的形势严峻，东北军，市政府情报机关，南京方面派来的特务组织，警察局，包括日本特务机构都在搜捕共产党和共产党组织。这个时候，能不开的会坚决不开，能不见面就坚决不见面。但今天的见面会，一定要开。一是井黎黎要和大家见面，并有上级新的指示要传达。二是要通报北京来人督察之事。三是全国各地代表们马上就要过来，要做好迎接的准备。

胡春江原以为落娃不会认识特别交通站的其他同志的,原来她认识老魁,在这次任务前,落娃来满洲里的接头人就是老魁。胡春江见大家都坐了下来,说:"让我们用掌声欢迎井黎黎同志加入我们这个战斗集体。"

大家用力鼓掌。陆小枫紧挨着井黎黎坐着,井黎黎用右胳膊搂着陆小枫的腰。

关于这个特别交通站归落娃父亲莫洛米夫和哈尔滨杜云英双重领导的指示,胡春江早已传达下来,大家对落娃的到来并不感到意外,而且还感到很亲切。

胡春江说:"在我们的任务即将开始执行之际,上级派井黎黎同志参加我们的战斗,这是对我们特别交通站极大的支持,井黎黎同志的到来,使我们的战斗集体更加有战斗力。根据上级党组织的安排,井黎黎的任务除掩护我、协助我工作以外,还要开展情报收集工作。从今天起,上级会定期派交通员来与井黎黎联系,这样我们与上级的联络就畅通了。我们的任务是特殊的任务,使命是神圣的使命。从今以后,我们的每一步行动,都会有指导思想和目的,都能脚踏实地开展我们的护送工作。"陆师傅说:"呼伦湖机关撤走后,我们总感到有找不到组织的感觉,这样联络一通,啥事都好办了。"

胡春江看着落娃笑道:"您既然来了,讲讲吧!"

落娃看看大家说:"当前,哈尔滨交通站已经接到了通知,上海第一批培训的代表已经出发,大部分从水路走,少数从内地坐火车过来。我们这儿有三项重要工作要做好。第一项工作是火车站的接待站要昼夜值班,特别是哈尔滨方向过来的火车,每次进站的时间点都要把握好。我们接应的代表,都是从哈尔滨方向过来的。小枫回去告诉小宋,要值好班,接待好,确保万无一失。"落娃说话时,扭头深情地看看陆小枫,陆小枫点了点头。落娃继续说:"'火车站日杂店'这六个字什么字体,什么颜色,代表们在培训时都记下来了,包括日杂店的门朝哪儿,什么位置,每个代表都记在了心中。"

陆小枫说:"接待站的工作一切准备就绪,只等代表们的到来。"

落娃问道:"代表们到了接待站后,去宾馆怎么走?"

陆师傅说:"由宋自加负责在火车站临时找人力车送,原先计划用我们交通站的同志化装成人力车送,但考虑到来的代表时间不固定,怕我们的同志在日杂店门口停时间长,会引起敌人的注意,最后商定还是临时找人力车送安全。"

落娃听后点点头,继续说:"第二项工作就是代表们的住宿问题。由于我们与边防军方面商定都是晚上送代表过境,而且主要都是后半夜,因此白天到的代表都要安排住宿和吃饭。上面要求不管一次来多少代表,只准一人住一个宾馆。不能两人同住一个宾馆。这样的话得准备几家宾馆,这项工作落实得怎么样了呢?"

胡春江说:"这项工作是老魁落实的,他是本地人,与当地人好沟通,目前宾馆也已经全部落实。"

老魁说:"一切准备就绪,总共考察十五家小宾馆。到时候根据代表们的实际情况进行分地点安排。"

落娃说:"第三项工作就是与苏联边境线上的工作站对接问题,那边一切工作已经安排就绪,斯大林同志也作了新的指示,不惜一切代价,一定把中国代表接到苏联来。共产国际也做了安排,动用一切力量,确保国内代表沿途的安全。苏联86号小站设的交通站也已经加派了军事力量,全力以赴地为中国代表过境提供保护。这项工作由我父亲负责对接,我协助工作。东北军方面是单线与上级党组织联系,我们只是保持与上级联络就行了。"

井黎黎想,听落娃讲这些工作,看来她是有备而来的。在哈尔滨,杜云英、落娃的父亲莫洛米夫和落娃,形成北满地下组织的核心力量,上海的所有指示都是通过他们传达给东北各级地下党组织的。落娃讲完,向井黎黎笑笑,问:"黎黎,你有啥讲的吗?"

井黎黎忙回答说:"我今天来是与大家见面的,今后我们就要在一起工作了,以后还请大家多多帮助我。"她说完,站起来向大家鞠了一个躬。那眼神,那举动,极像日本女人。

落娃又把目光投向陆小枫,说:"小枫,黎黎来协助春江工作,并且以妻子的名义掩护他,你不会有啥想法吧?"

陆小枫脸红了红,笑了笑,轻轻地说:"不会的。"

落娃又说："今天上午我为啥没与春江同志联系就贸然来了？是有紧急情况向大家通报。"

　　大家一听，都愣了一下，几个人相互看一下，一脸严肃地看着落娃。落娃说："昨天晚上接到上级通报，上级要求让我马上向你们传达。是啥呢？南京方面把六名我党前期秘密变节、投敌、叛变的叛徒悄悄派到满洲里来了，目的是侦察我们的活动，抓捕我们过去与叛徒们共过事的同志，上级特别提醒我们要提高警惕，要有防备。明确指示同志们没有任务的时候，不能上大街活动。如果非要外出，都要化装，要防尾随。"

　　大家听后，都把心提到了嗓子眼里。大家都知道，这些叛徒大都活跃在车站、码头、繁华街道、演出场等公共场合，他们只有一个目的，就是指认、跟踪他们认识的共产党人，然后报告给国民党特务组织或警察局进行抓捕。叛徒最多的地方就是上海，其次是南京，当然全国各大城市都有。这次蒋介石领导的特务组织突然悄悄派叛徒来满洲里，很可能是冲着这次"红色任务"来的，他们也很可能闻到了味道，知道了"红色任务"的大概。猜测到上海、南京的共产党组织要派人来满洲里完成这一历史性艰巨任务。

　　陆师傅被这一情况着实吓了一跳，因为他知道这些叛徒的破坏力有多么强！他说："这些人来满洲里，对我们的确是一个极大的威胁。特别是火车站，肯定是他们活动最频繁之地。小枫和小宋都是上海来的，话音又是外地人，很可能会引起他们的注意。再者，下一步大批内地党代表过来，搞不好这些叛徒会认识代表们，真是这样就麻烦了。我们得有对策啊！"

　　胡春江说："可恶的叛徒肯定会给我们带来危险，但我们不要怕，要用智慧和机智与叛徒斗争。"胡春江把他在上海遇到阿海的事儿给大家讲了，然后说："除执行任务外，我们每个人尽量少外出。火车站是他们常去的地方。小宋和小枫从今天起要化装上班，小枫回去告诉小宋，他要装成五十岁以上的老人，小枫要变发型，也要打扮成五十岁以上的人。否则让他们指认出来是小事，破坏了我们的计划是大事儿！"

落娃说:"党的北满特委已命令保卫部派人来,坚决铲除这六名叛徒。中央要求保卫部长田家彬亲自上阵,令他带十名行动小组的同志,近日就进驻满洲里。我想不久的将来,就会有好消息的。"

老魁问:"这六个人锁定了吗?"

落娃说:"我相信上级反奸的能力,没有准确的情报,上级组织是不会要求我们铲除他们的。上级对这件事很重视,可能要派人来指挥这次战斗。"

陆师傅叹道:"北京的张大帅明里与我们斗,南京的蒋总司令派叛徒暗里与我们斗,真是山雨欲来风满楼啊!"

这时,一个饲养员慌慌张张地推门进来了,说,来了两名女警察,她们说是来找胡局助的。

胡春江马上站了起来,想了一下,冷静地说:"只有瞿华莹知道我和黎黎来这儿,一定是她。"大家一听有些紧张。胡春江打了个手势说:"别紧张,我和黎黎出去看看。"井黎黎站起来,跟他出去了。

起风了。胡春江和井黎黎走出去,老远就看见瞿华莹和一个女警察在大门口站着。她俩都穿着制服,高靿靴,很威严。胡春江和井黎黎赶忙走过去,很远就和她们打招呼。瞿华莹见他俩走来,大声地说:"快回去吧,局座到处派人找你呢。"

胡春江和井黎黎大步走到她们面前,急急地问:"有啥事儿?"瞿华莹看一眼井黎黎,说:"北京的督察组马上要到咱警察局来,局座找不到你,很急。正好我路过他办公室门口,让小青陪我来找你。"

胡春江扭头看一下小青,他们认识,是特情科的普通情报员。大门口停一辆吉普车,是罗局座的专用车。瞿华莹说:"走吧,督察组马上就要到了。"

井黎黎向瞿华莹和小青点了点头,算是打了招呼。

他们上了车,回到警察局后,胡春江发现中层以上警官都在向局会议室走去。瞿华莹说:"督察组可能已经到了,马上要开吹风会。"他们发现满洲里市政府的车和一辆军牌车已停在了院内。这说明,督察组真的来了。他和瞿华莹向局座办公室走去,当他们走到二楼楼梯口时,通信员走过来说:"督察组在局座办公室说事儿,局座交代谁也不让进去。"胡春江和瞿华莹对视一下,瞿华莹说:"知道了。"

胡春江和瞿华莹来到会议室,见中层以上的警官都已坐在这里。前排坐的有副局座涂荣清和龚培潮,还有特务行动队长叶自文、刑警队长丁基元、治安科长何之干、特情科长项世成、总务科长毛先征等。瞿华莹找了一个女警官身边的一个位置坐下。今天她的脸上红中有晕,晕中有艳,像红色的苹果一样。胡春江看了她一眼,想,女人一般受到某些刺激脸上才会有这样的效果,难道今天师伟一行人来这儿她会激动?叶自文身边有个空位,正好叶自文的目光对视到了胡春江,他向胡春江招招手,胡春江走过去坐了下来。

正说着,罗高明领着督察组进来了,共四个人。胡春江抬眼一看,胡秋实的确是自己的妹妹,他有些激动。他又看一看马丽,她还是那样年轻有气质。师伟他没有直接见过面。一个中等个儿,平头,着中山服的人进来后坐在了会议室台面的中间,他应该就是师伟。后边应该是王登虎,瘦高个儿,西装,一脸的严肃。马丽和胡秋实紧跟着王登虎。最后又进来两个人,一个是军人,应该是东北军的军官,中校军衔。另一个是满洲里市政府的人,也是中山服,戴礼帽。他们进来后,本来叽叽喳喳的会议室,突然静了下来。

见面会由罗高明主持,他环视会议室四周后,扭头看一下师伟,师伟微笑着顾盼自雄地点了点头,示意会议可以开始了。马丽和胡秋实两人默默地坐在那里,对周围的人不理不睬。她们好像是看到了胡春江,但她俩都不去正眼看他,他也不去与她俩对视。

罗高明咳嗽了两声,说:"诸位,会议现在开始,让我们用热烈的掌声欢迎北京督察组来我局督导工作。"罗高明话音没落,下面一片有力有节奏的掌声响起来了。掌声过后,罗高明说:"下面,我介绍督察组成员……"

这时,胡春江的大脑回溯到去年冬季在上海时期,老南突然下达了击毙师伟的命令,后来在上级的指示下取消了。去年年底师伟还是南京方面的人,是上海的特务头儿,怎么今日他就成了北京方面的人了呢?还有马丽、妹妹,她们又是怎样进入北京军政府的呢?眼下风云突变的中国,有多少事让人费解呀!

这时,胡春江又想到了王登虎。胡春江离开上海的那天晚上,是王登虎带人到黄浦江上搜查他的船的。船上的枪支和其他东西也是他拿走的。后来修船厂的老板冬渡出面,又把东西要了回来,搞得王登虎很尴尬,没面子。后来他刑侦科长也不干了,不知道干啥去了,没想到摇身一变也成了北京军政府的人。

这时只听罗高明介绍说,师伟现在是北京军政府剿匪情报处的处长,王登虎是军政府剿匪情报处的副科长,马丽现在的职务是北京军政府的巡视员,妹妹胡秋实是北京军政府的书记员。他想,不管妹妹是什么身份,他的真实身份妹妹是不知道的。妹妹应该知道他来满洲里任职,可她为何看见他假装看不见呢?不管这个督察组姓蒋还是姓张,有马丽在,他的心就踏实了许多。他们督察的任何情况,党组织是会知道的。想到这儿,他坐直了身子,听罗高明即兴讲的开场白。

一会儿,在大家的再次掌声中,师伟开始了他不容置辩的讲话。他开口的第一句,咄咄逼人,把下面所有人吓了一跳。

他说:"这次我们来的主要目的就是督察满洲里的剿共工作。而在我们警察局,就有共匪存在,也有可能就坐在这会议室内!我们的督察工作,就要从这里开始!"他说着,用拳头把桌子擂得咚咚响。

师伟大腔大调地说:"东北是共匪活动最猖獗的地方,是重灾区。而满洲里,又是东北的重灾区。这里直通苏联红区,内地的共产党人出境,大都从这里出去,有的共匪制作假证坐火车,有的偷渡出去。警察局和东北边防军是防范共匪偷渡出境的主体,这些年,你们抓到几个过境的共匪?不但没有抓到,有可能还帮助共匪过境,这样下去还得了?从各个渠道汇总各种信息表明,共匪要在我们满洲里有重大活动,你们知道不?从今天起在剿共这件大事上,你们再头痒搔脚,抓不到问题的要害,我会严加惩处!我要求,今后要把好关,站好岗,敌不可纵,不但把共匪堵到国内,而且还要消灭之!今后如果再有帮助共匪偷渡出境者,一经发现,格杀勿论。"

师伟讲话时,大家都集中精力听,没人敢做小动作,更没人敢悄声低语,全场静得能听见丢针声。

散会时,瞿华莹看着师伟下楼的背影,冷冷一笑,流露出不服气的神态。胡春江观察着她做张做智的样子,偷偷地笑了一下。

<h1 style="text-align:center">三十</h1>

北京督察组来警察局后，罗高明并没有开展人人过关的过激行动，只是开了几次会，除传达督察组的意见外，没有新的内容。大家都在议论那天师伟在吹风会上的讲话，都说，他讲的有些过了，一个小小的警察局，哪就有那么多共党分子呢？前天中午在食堂吃饭时，涂荣清愤愤地说："本来我局同事们的关系相处得都很好，也很简单，相互都信任，很友好，不猜疑。经他那么一讲，我们人人自危，谁也不敢相信谁了，好像人人都是共匪似的。"瞿华莹听到这样的议论，面无表情。昨天龚培潮到胡春江办公室也发牢骚说："前一个时期局座让我们暗访咱局里的共匪，我看谁谁都不像。师伟来一鼓动，感觉我们局里是共产党的天下似的。这样人人相互怀疑，有点恐怖呀。"

胡春江只听不发言，不发言的还有毛先征。其他中层警官如叶自文、丁基元、何之干、项世成等都有不同的言论。项世成是最愤怒的，他是特情科长，是专业做情报活的，是警察局的特工。说满洲里"共匪"多他没有压力，因为捉拿"共匪"还有东北军情报处、市政府特务组织等部门。而说警察局有共党存在，那这任务就砸在了他和瞿华莹身上。他认为，局里真有共党分子，但不像师伟说的那样，上上下下都有。他上次给罗局座汇报毛先征售枪事件，他怀疑毛先征很像共党分子，现在他还在怀疑。八毛钱有把握地说过，他们的武器肯定是共产党的地下组织买走了。

现在八毛钱已经放走了，是东北军情报处长方天成担保放的。这个八毛钱能在草原上横行，肯定有些根基，不然他不好生存，仅仅黑吃黑他就没有生存空间，与上层没有一些路数，他能活到今天？

　　昨天，项世成把瞿华莹叫到办公室，他用他那猎鹰一样的眼睛看着瞿华莹。瞿华莹不去看他，而是看他办公桌上的一个玉器摆件。瞿华莹坐下后，项世成问她："你对那天师伟的讲话有啥看法？"瞿华莹抬眼看他一下，说："师组长说得对，咱们局肯定有共产党的卧底，而且还不止一个。"

　　项世成问："凭你的经验，你看咱身边的人谁最像？"

　　瞿华莹狡猾地一笑，反问："你说呢？"

　　项世成沉思了一会儿，像是下很大决心似的说："别的先不说，就目前的表现，毛先征很像。"

　　瞿华莹好奇地看着项世成问："你有证据？啥证据？"项世成说："毛先征偷卖咱局里的武器，而且是把武器偷卖给共产党的地下组织！""真的假的？"瞿华莹愣了又愣。项世成说："这种事情我敢胡说？"

　　瞿华莹说："倒卖武器罪就够大了，还敢卖给共产党？他不想活了？"她想了想问："你是怎么掌握这些证据的？"

　　项世成把破获草原土匪八毛钱的案件说给瞿华莹听，又把八毛钱被放出去的事儿也说了。瞿华莹沉思一会儿说："我没猜错的话，方天成不是白放他，而是故意放他，肯定放他有用。"

　　项世成说："我发现后就汇报给局座了，可是到目前不还是不了了之？就凭毛先征和局座的关系，我说也是白说。局座私下里曾经说过，全局不管谁是共产党他都相信，就是不相信毛先征是共产党。你听听，他是何等信任毛先征呀，他纯粹是被毛先征给蒙蔽了。"

　　这时瞿华莹想起罗高明给她的好处费，都是经毛先征的手给的。毛先征明里是总务科长，私下里是罗家的管家。然而，万一毛先征真是共产党的卧底，他罗高明怎么办？她自己又怎么办呢？想到这儿，瞿华莹自言自语地说："他如果是，那咱警察局要闹地震了。"

项世成哈哈一笑,猎鹰眼神十足地散着冷光。他把头往前伸了伸说:"我想咱俩携手把毛先征的底细摸一摸,摸准了,再悄悄走咱们的机密通道,向上峰汇报,等上峰立案了,然后公开摊牌,到那时,局座想挡也挡不住了。"

瞿华莹想了一阵子说:"如果摸不到真实的东西,又让毛、罗二人知道了,那今后我俩的日子可不好过了。捉拿共党分子我大力支持,我们总归都是为国家效忠的嘛。然而,我们不得不考虑个人的得失。我个人认为,背着上司私自去办理共产党的案件,这与规矩不符合不说,而且风险很大。我们一旦失败,到时候可收不了场呀!"

项世成沉思了一下,说:"是啊,到那时我们就没有退路了。还是你想得远呀,想得全面。"项世成低头沉思一会儿,问道:"依你的意思呢?"

瞿华莹面部掠过复杂的表情。她低头看一下自己的手掌,低声地说:"俗话说,兔子不吃窝边草。这件事儿,我建议你悄悄地给东北军的方天成说说,让他办理。你把现有的材料给他,让他去立个案。他办成了,也有你一份功劳;办不成了,没你的任何责任。只有这样才能做到输赢不怕,胜败无责。现在的形势是,你办每一件事情,办成了,是应该的;办砸了,是要追责的。你只顾办案,不考虑自保,到头来终归要吃亏的。"

项世成佩服地笑了笑说:"不愧是大地方来的人,有智有谋有办法,能想事,会干事,不坏事,高,的确高! 佩服,实在是佩服!"

瞿华莹嘿嘿一笑说:"能让大名鼎鼎的情报专家夸奖,荣幸之至啊!"

项世成长出一口气说:"可惜这么优秀丽质的女人,与我无缘,老天爷不公平呀!"

瞿华莹把目光收起,看着自己的脚尖,只笑笑,不说话。

项世成说:"我知道你心里真正牵挂的是谁——胡春江。"

瞿华莹咯咯大笑起来,说:"你的眼真毒呀,知我心者,项科长也。"

项世成提醒她道:"他媳妇来了,你可注意点。我见过了,他媳妇很漂亮,与你有一拼。另外,胡春江可是日本牌,虽然没有共产党危害性大,但日本人可不是来咱中国闹着玩儿的,他们是有大雄心和作为的,种种信息和情报表明,他们想蛇吞象,灭中国的。胡春江为何被日本人派来?肯定是有用意的。他是日本的间谍特工是没异议的。你和他在一起,可一定要小心啊!"

瞿华莹无所谓地笑笑说:"谢谢项科长提醒,我不是小孩子了,他吃不了我。走了,你忙吧。"她说着站起来头也不回地走了。

瞿华莹走后,项世成自言自语地说,平时小看这个女人了。

今天上午,项世成刚到办公室,瞿华莹就推门进来了。她进来就说:"昨天我们商量把毛先征交给东北军处理,这下让我们说中了,昨天晚上我得到可靠消息,东北军情报处要立毛先征的案件,咱晚了一步。"

项世成问:"你从哪里得来的情报呢?"

瞿华莹说:"你有你的情报来源,我有我的情报来源。"

瞿华莹转身走了,把他办公室的门关得当当响。项世成坐在办公桌前,把头仰起,脸看着天花板叹道:"这个女人的信息真灵呀。昨天晚上我见的方天成,今天上午她就知道了,难道她真的还有一条信息渠道?"

瞿华莹从项世成办公室出来,上二楼来到罗局座办公室门口,她敲了两下门,推开门,见毛先征坐在罗局座对面说事儿,忙止住了步子。她笑笑说:"你们说事吧,我一会儿再来。"

"进来!"罗高明忙抬头笑眯眯地对她说。

瞿华莹进来后,坐在右边的沙发上,炉子红红的,室内有些热。罗高明看着瞿华莹说:"一会儿胡局助就过来,等他过来了咱四个人商量一下组建骑警的事儿。"瞿华莹一听,忙站起来说:"罗局座,我是搞情报的啊,怎么这组建骑警也有我的事儿?"罗高明说:"这件事想让胡局助主办,你和毛科长协助。"他说话时,有意飞过去一个眼神,她会意了。她心里清楚,时时监视胡春江是她当前的首要任务。

这时,胡春江来了。他进来后,看见罗局座茶杯里只有半杯水,忙拿起暖壶,往茶杯里添一点水。瞿华莹见状,嘿嘿一笑说:"小事能干巧的人,大事也能干得好,胡局助就是这样的人。"

胡春江添完茶水,放下暖壶说:"瞿科长是夸我呢,还是讽刺我呢?"说完哈哈笑了几下。

罗高明对大家说:"让大家来,主要商量组建骑警买马的事儿。大家知道,关于组建骑警的事儿,哈尔滨方面催促了又催促,经费和编制都已下发给我们,我们迟迟没有组建,上峰很是不满。原本我真不想组建这个骑警大队,我申请不予组建骑警大队的报告早就写好了,但考虑来考虑去的,我没有递上去。如果递上去,肯定会挨批的!"

胡春江此时接他的话茬说:"为啥不组建呢?我们管辖的边境线这么长,草原面积这么大,有了骑警,我们就会如鱼得水,如鸟满羽插翅,干啥事都鞭长能及了。"

罗高明说:"是啊!我何尝不想组织啊,建成以后,我们的队伍更大了,职能更强了。可是,在买马问题上,我没办法摆平啊!"毛先征叹道:"难啊!几方势力一方比一方硬呀!"

瞿华莹说:"就这么丁点大个事,你就说了不算?"

罗高明吃惊地看着瞿华莹说:"你是站着说话不腰疼呀!让毛科长给你们介绍介绍,看你们谁能做主,我是做不了主!"

毛先征抬起头,将几方势力向大家作了详细的介绍。这几方势力分别是:东北军,背后势力是张大帅;日本商人井上春树,背后势力不用说了;黑龙江警察厅,若不用他们的马匹,恐怕他们会在经费上、编制上为难;苏联商人瓦西里·卡普,背后牵的就更多了;内蒙古草原上的"草上飞",现在也是地方一霸,不可小觑……

胡春江和瞿华莹都沉默了。

毛先征又说:"除这五个方面的压力外,还有方方面面的关系也来联系卖马匹。总之,介绍人都是有社会背景的人,有权势的人,有钱的人。"

罗高明看一眼瞿华莹说:"瞿科长说说,你刚才不是说好办吗?你说说你的高招吧?"

瞿华莹笑了一下说:"这真是件难办的事。前些时我想得简单,想着有人卖,我们买,谁的货真价实、谁的便宜我们买谁的不就结了。真没有想到买几十匹马能牵动着这么多方方面面的关系,这不是在买马,这是在平衡人情关系。我认为,想把事情办成,还不会得罪人,只有一个办法,就是谁的势力大买谁的。只有这样,其他卖家才不会节外生枝地找我们的事儿。"

罗高明问:"谁的势力大呢?"

瞿华莹耸耸肩说:"我分析啊,还是东北军势力大,其他四个方面的势力都扛不过张大帅。目前,张大帅的权力到了顶峰期,他不但是我们的'东北王',而且去年夏天就任北京军政府陆海军大元帅,代表中华民国行使军权。什么日本、苏俄、警察厅、'草上飞',统统靠边站。我们一旦买了东北军的马,其他四方知道了,也是哑巴吃黄连,有苦说不出呀!"

毛先征拍了拍手掌说:"瞿科长讲得有道理。有张大帅这杆旗,就能压倒一切。"

罗高明用手擦了擦自己的大头鼻子,沉思一会儿说:"就这样定了,买东北军的马,其他四家胡局助你们三个人想办法摆平,现在是三月初了,三月底把四十匹马买回来。"

有人急促地咚咚敲门,进来的是刑警队长丁基元和特情科长项世成。

"有事儿?"罗高明问他俩。

项世成看一下丁基元说:"今天上午,在火车站广场和长春街娱乐城门口,有两个男人被同一枪法爆了头,子弹和打死深鱼时的子弹是同一型号的,这种型号的子弹是从德国毛瑟狙击步枪里射出来的。目前射击位置不明,两名死者身份不明。"

罗高明听罢,脸色瞬间发白了。他用手拍了一下桌子,吼道:"这还了得!"他把话说一半,又把后边的话咽下去了。他无力地坐在那里,脸色阴得能拧下水……

三十一

罗高明脸阴阴地坐在办公桌前,看着无言的大家,喃喃地说:"现在看看吧,在督察组督导期间,光天化日之下,这还了得?这不单是给我们警察局脸上抹黑,这不但是猖獗,而且是猖獗到了极点!"

胡春江这时站起来说:"局座,我和毛科长、瞿科长下去再商量一下购马匹的事儿。"

罗高明想了想说:"好吧,去办吧。"

他们三人站起来就往外走。当他们走到门口时,罗高明说道:"瞿科长留下,你们俩先走吧。"瞿华莹走在前头,听罗高明要留下她,她闭一下眼睛,然后转过身对胡春江、毛先征笑了笑,又返回办公室。

胡春江与毛先征走了。

丁基元和项世成坐了下来,瞿华莹往火炉里加一些炭。罗高明对他们说:"说说情况吧。"

项世成说:"凭我的经验,这是共产党在锄奸。"

丁基元很无奈地说:"我最怕这样的案件,这种案子,十有八九破不了案。共产党的狙击手似乎都会飞檐走壁,枪响人飞,很难捉到。深鱼被爆头后,我们一无所获,要不是我找了个替死鬼,我们没法向上面交差。这两起案件我看还是无头案。"

这时罗高明办公桌上的电话响了,他忙拿起话筒接听。是东北军情报处方天成打来的。

方天成:"是罗局座吗? 我是方天成呀!"

罗高明:"是我,方处长好。"

方天成:"今天发生在火车站和长春街那两个案件已肯定是共产党干的,他们在锄奸。给你说实话,被爆头的那两个人是南方派来的秘密人员,也就是共产党的反水人员,他们弃暗投明后,共产党并没发现他们归顺政府,于是政府派他们悄悄地潜回共产党内部进行卧底,这次派他们来是有特殊任务,核心是指认南方过来的共产党人。唉,没想到共产党行动这么快,他们刚到这儿,还没有开展工作,就被爆头了。"

罗高明:"原来是这样呀!"罗高明想了想问:"是哪个政府派来的?"

方天成:"我也不知道。我只知道,第一批派过来的还大有人在,随后还要派第二批、第三批过来。他们是杀不完的。你如果把行凶的共产党抓到了,我建议司令部和省警察厅给你庆功。"

罗高明:"谢谢,我会努力的。"

方天成把电话挂了。

罗高明放下电话,看着他面前的三位部下说:"证实了,就是共产党在锄奸。刚才方天成说,南方派来一些叛徒到满洲里来,任务是指认南方过来的共产党人。"

瞿华莹说:"我与共产党打交道这么多年,他们的人分为两种。一种是大英雄,一种是大狗熊。第一种人我真是佩服得很,什么刑他们都能吃得下,并且不怕死,很多共产党人是笑着走向刑场的,这些人对我来讲是个谜,不知道什么思想在支撑他们。比如说张大帅绞死的共产党领袖李大钊,人家就是笑着自己走向绞刑台的,当时宪兵要架住他上绞刑台,他拒绝了,他是第一个昂首阔步地走向绞刑台的。还有和李大钊一起被绞死的唯一一个革命女青年张挹兰,更是让人佩服。张挹兰是最后一个被执行的。听说她站在那里近三个小时,看着前面十九个人被执行,而她始终面带微笑,神色自如。执行官曾问她,你不怕吗? 她说,干革命是准备着牺牲的,被绞死和被枪毙,都是意料中的事儿!这些人,你能理解吗?第二种人不值得一谈,他们看见刑具就投降了,别说用刑了。这种人投诚过来后看似是死心塌地为党国卖命,其实不一定。共产党锄奸队里的人,大都是第一种人。今年我回南京过年,南京中央党部抓到了一个共产党'红队'队员,在火车上押解时,一不小心,跳火车身亡了。我真的不明白,共产党怎么能把那么多不怕死的人纠集到一起呢?现在那些投诚过来的人那都是共产党阵营里的狗熊,怕死鬼,是看见刑具怕得要死的人,让他们来执行特殊的任务,可能吗?真是天大的笑话。不信大家走着瞧,今天这两人被爆头而死,其余的肯定吓得不敢再抛头露面了。指望他们指认共产党,门都没有。他们要是能捉拿到共产党,我们警察局解散算了。"

瞿华莹说得认真,大家听得仔细,都想,瞿华莹为何要说这些话呢?

丁基元说:"我赞同瞿科长的意见。让这些熊包来参与侦破共匪的案件,这真是无能的决策!"

项世成把他的猎鹰眼一翻说:"咱抛开共产党不共产党不说,大街上被打死了两个人,总得向社会有个交代,总得向上边交差。我认为该破案还得破案,最后真破不了案了向上峰写个报告,把案件挂着也行。刚才方处长的电话我没理解错的话,就是让我们尽早破案。"

罗高明说:"丁队长,你抽调刑警队的得力干将,成立个专案组,围绕着这两个人之死,展开大调查,要放开手脚,采取手段,宁肯冤枉一千,也不放过一个!大家要给丁队长大力提供情报支持,并多与东北军情报处紧密联系,力争做到情报资源共享。也有可能我们会以这两个案件为突破口,把咱满洲里的共产党人一网打尽!"他停了一下说:"没什么事了都回去工作吧。"

他说完,三个人离开了。瞿华莹刚走到门口,罗高明说道:"瞿科长留下,我还有事儿问你。"瞿华莹看一下项世成,项世成没看她,径直出门走了。不知道她为什么脸热了一下,肯定红了。丁基元也走了,他走得很急促。瞿华莹今天没穿制服,而是一身毛茸茸的黑上衣和棉质裤子。穿这种裤子,臀部显得特别圆,特别瓷实,加上皮靴也是黑色的,看上去格外的精神。她转过身,关上门,问:"有啥事儿?"罗高明从座位上站起来,绕过办公桌,向门口走来。他边走边问:"昨晚我约你,你为啥不见我? 昨晚明决和儿子都不在家,多么好的机会,你咋不来呢?"他说着把门反锁上了,随即一把把瞿华莹拉到他面前,以最快的速度紧紧地抱住了她。她没有挣扎,而是用手轻轻地搂着他的腰,把脸贴在他的胸前。她摸到了他的皮带,也摸着了他的手枪。罗高明今天也是便装,衣服很软,是毛料的。她闻到了他身上的独特的味道。他俩多次在办公室这样了,整个警察局,应该都知道他俩的事儿。只要他们俩单独在办公室,任何人是不敢来打扰的。他居高临下地搂着她的膀子,把她盘到他的胸前。他小声地问她:"你昨晚在干吗呢? 为何不去见我?"

她说:"那是明决的天地,我不想去。"

他又用力搂她一下,说:"昨天晚上我很想你!"

瞿华莹愤愤地说:"明决在家你就不想我了,她不在你就想我,我是什么? 是替代品吗?"

他忙说:"什么时候我都想你。"

"骗人!"她说。

罗高明停了一会儿,问:"自从北京督察组来了以后,我感觉你心里一直闷闷不乐。"瞿华莹听他这么说,身子一抖,心房疼了几下。她用迷茫的目光看着他,问:"北京督察组与我有啥关系? 他们来了我有啥不高兴呢? 你问的问题真是牛头不对马嘴!"罗高明笑笑说:"我是瞎说呢,你何必反应这么强烈呢?"瞿华莹说:"就因为你瞎说,所以我反应才强烈!"

停了一会儿,罗高明又问:"是井黎黎来了你不高兴吗?"她闭着眼睛,无言了。他认为他说到了她的要害处,于是他说:"胡春江是日本人的眼睛,井黎黎很可能也是日本派来的特务。现在他俩搬到我的隔壁去住,我感到有些压力,不管是日本人,还是日本嫡系,我们都得防着点儿。"停了一会儿,他又说:"你只有监视胡春江的责任,没有喜欢他的义务,你更不能恨井黎黎,你恨她,就证明你爱胡春江。胡的水很深,你坚决不能有爱他的心思,干我们这一行的,不能有儿女情长。"她问:"你这会儿搂着我算什么? 不是儿女情长?"他嘿嘿一笑说:"我们是在谈工作!"

她说："你算是个有本事的人，能把玩儿女人和工作一起搞，你是个高手啊！"

罗高明笑笑，没有反驳。他把声音压低说："你明天去哈尔滨一趟，悄悄地把井黎黎的底细弄清楚。把她的家庭背景和家族、与日本人的关系等都弄清楚。"

她一听，眼睛一亮，问："为什么要这样？"他像是自言自语地说："知己知彼，百战不殆。"她说："她不就是个家属嘛，有啥调查的？"他说："如果真是个家属身份，那再好不过了。怕她不止是一个家属。"她问："我一个人去吗？"他说："这事只能咱俩知道。"

"明白了！"她说着站起来就要走。他又说："今晚我们在一起吧，想你了！"她低着头，让头发垂下来，把脸盖住了。她停了一会儿抬起头说："我不想听你说在一起，'在一起'这三个字听起来像鬼混。"罗高明愣一下问："那怎么说？"她硬硬地说："你应该说……"她说一半，打住不说了。一会儿，她又问："怎么，今晚明决和儿子还不在家？"他说："他们去长春了，大帅府一个副参谋长的三姨太过生日，她去祝贺了。"她又低头想了一会儿说："可以。但不能去你家，去你家除我心里不舒服外，主要是周边眼睛太多，大都是你老婆的眼线。还有……胡春江夫妇又住在你的隔壁。"

罗高明爽快地说："后半夜，我去你那儿。"瞿华莹没再说什么，转身走了。

罗高明看着她的背影和浑圆的臀部，心里一阵热流涌动。他想，自己已经离不开她了。

瞿华莹走出罗高明办公室，伸手看看表，已是十二点了。她想想今天上午的活儿，真是不少呢！刚上班她和项世成研究东北军情报处毛先征的立案问题，后来又和胡春江、毛先征研判购马匹事宜。随后又讨论两起"爆头"案件。最后罗高明又公私不分地给她安排前去哈尔滨调查井黎黎底细的事儿。这一上午，真的很累了。

这时，胡春江匆匆忙忙地从办公室出来，她忙笑着对他说："胡局助，今天中午夫人做啥饭呀，我能去吃吗？"胡春江小跑着下了楼，边下楼边说："你去吧，我今儿中午有应酬，黎黎正愁没伴呢！她做啥，你吃啥。"瞿华莹见他慌慌张张，没把她放在心上，脸色一阴，马上说："那算了，我不去了。"

楼下停一辆黑色小轿车,胡春江走到跟前,打开车门扭身钻了进去。车是一个地方牌照,瞿华莹不知道他要去干什么,为什么那样慌张。瞿华莹把眼睛眯了眯,转身又来到罗高明办公室门前,她敲了敲门,没等罗高明说进来,她猛地推门进去了。她说:"胡局助坐一个地方牌照的黑轿车出去了,你看是否跟踪一下?"罗高明抬眼看着她,很随意地点了一支烟,说:"我没猜错的话,他和毛先征去谈购马的事情了。算了吧,这次有毛先征在,就别跟踪了。"瞿华莹停顿了一下说:"明白了。"说完转身就走。罗高明说:"晚上的事情别忘了啊。"瞿华莹转回身说:"罗局座,不在办公室说私事好吗?"说完,她"啪"地把门关上走了。

　　黑色的小轿车出了大门口,往左一拐上了大街。初春的满洲里风还是那样的大,那样的凉。灰蒙蒙的天空笼罩着低沉的城市,给人一种沉闷的感觉。光秃秃的树枝无趣地望着天空,一群群鸟儿在枝头上飞来跳去。马路两边的店铺都死气沉沉地关着门,大街上的行人不多。开车的是个中年男人,一脸胡子,厚厚油油的工作服穿在他身上,像个矿区的工人。刚才就是他上楼敲开胡春江办公室门,站在门口问:"胡春江胡局助在吗?"胡春江正在看省警察厅批给他们组建骑警的方案,听见问话,抬头看见办公室门口站着这样打扮的人,他马上意识到有啥急事了。他问来人:"你是?"

　　来人说:"我是市政府救灾中心的工作人员,有一封信得交给你。"胡春江看一眼来人,接过他递过来的信封,打开一看,是一封寻人启事。他的心大跳几下,知道用这种办法给他送情报,必定是十万火急的事情,不然不会冒这么大风险派人亲自来送。他认真看了一下,把寻人启事翻译过来,意思是马上跟送信人走,坐他的车,越快越好。他看完寻人启事,顺手放到炉子上烧了。

　　"走吧!"来人说完先下楼了。

　　胡春江略等了一下,马上走出办公室向楼下走去。刚到楼梯口,遇见瞿华莹叫他,他怕她再纠缠住他,小跑下了楼,边下楼边说:"中午有应酬,你和黎黎一起吃饭吧。"小车在大街上走走停停,然后又转了几个回头弯,来到一个民宅门口停下了。胡春江知道,他这样开车,是防止跟踪,一看就知道是个有经验的地下工作者。他俩坐在车内,谁也不跟谁说话。

一会儿,有一辆挂军队牌照的吉普车开了过来,来到他们车旁,吉普车后边的玻璃窗打开了,是呼伦湖。他向司机笑了一下,然后对司机师傅说:"让胡警官上这辆车吧,你没事了,回去吧。"

胡春江打开车门,下了小轿车,他以最快的速度拉开吉普车门,上去了。他坐进车里一看,除司机是个军人不认识外,其余三人他都认识。前排副驾驶坐的是洪永升,他是北满特委哈尔滨交通站负责人,他来满洲里,肯定有大事情。后边两位一个是呼伦湖,一个是毛先征。他上车后,似乎不相信自己的眼睛,好奇地看一下毛先征,说:"其实我心里早有数了,平时你做事、为人、与同事交往,包括与罗高明的关系,我感觉到了你的不一般,特别是你在处理棘手事件时的做法。那天晚上往我宿舍递纸条说蚂蚱叛变了,是你干的吧。"毛先征笑了笑,闭了闭眼睛说:"是的!"胡春江激动地与毛先征握了握手,说:"我知道我不孤单。"毛先征说:"我们都不孤单。"

汽车开出了城,向沃野千里的草原驶去。洪永升的眼镜有一层薄雾,像是湿润的空气浸泡过的。他把脸扭过来,说道:"今天我们在这吉普车上开这次会,是从当前满洲里的形势和安全综合考虑的。今儿我们启动紧急联络办法是有急事给大家通报。我受杜云英同志的委托,迅速赶来告诉大家一件事……"

这时,呼伦湖插话说:"永升同志刚刚下火车,我接到紧急通知后,立即安排车辆,通知大家来。"胡春江看着洪永升严肃的脸,心里沉沉的。他预感事情重大。

绿色的吉普车慢慢地在草原上行驶,他们的前方,是一个个白色的蒙古包,蒙古包上方,有竖立的烟囱在冒着青烟。这时正是中午时分,牧民们都在做饭……

再往前,那是一片片水域,那应该是呼伦湖。湖边有很大的水腥味儿……

三十二

吉普车在弯弯曲曲的草原小路上奔驰。

洪永升是这样向大家介绍的：由于种种原因，敌人开始怀疑毛先征同志。毛先征是我党早期派驻在警察局的内线人员，属北满保卫部的人，上司是田家彬。单线联络人是呼伦湖。春节前胡春江打入警察局内部，他是知道的。上级安排他要时时暗中保护胡春江，帮助胡春江。于是每次瞿华莹纠缠胡春江的时候，他都会及时地出现。瞿华莹对毛先征耿耿于怀，她说过，只要她与胡春江单独在一起的时候，毛先征就会出现。她背后还说毛先征是共产党。看来，她的嗅觉是比较灵敏的。毛先征前期的任务是搜集情报，后期的任务是保护胡春江，协助胡春江完成重大的历史性任务。毛先征与罗高明的关系是一点一滴建立起来的，核心是利益关系。罗高明用了很多不应该用的钱，都是毛先征给他变通的。倒卖枪支、倒卖黄金取利，向上级行贿……而毛先征利用这些机会，偷偷给党组织提供经费、提供武器。现在胡春江这个特别交通站，所配的所有长短武器、雷管炸药，都是毛先征经过第三方倒腾过来的。胡春江想，难怪母亲和上级党组织，包括井黎黎、落娃，他们都对满洲里警察局内部那么了解，原来处在核心位置的毛先征是我们自己人啊！

洪永升还介绍说，毛先征同志在满洲里警察局工作近六年，成绩相当突出，多次受到上级党组织的表扬与嘉奖。然而，目前形势突变，敌人开始对毛先征立案侦查,办他案的机关是东北军情报处,方天成亲自办理。起因是警察局的特情科长项世成侦破一起草原土匪八毛钱倒卖武器案件,八毛钱承认武器是从毛先征手里买的,倒卖给了共产党的地下组织。这几天正好北京来了督察组,给各单位下死任务,让侦办共产党的案件。东北军、警察局、市政府特务科,就连铁路警察局也都暗暗地使劲,想尽一切办法抓获共产党。这样一来,给我们的地下工作者制造了诸多的麻烦。特别是胡春江领导的特别交通站,工作起来更是困难重重。

洪永升取下自己的眼镜,用衣服角擦了擦,又重新戴上说:"为了完成中央部署的护送任务,为了特别交通站的安全,给胡春江同志提供一个更好的工作环境,上级决定,毛先征和另外一名同志马上撤离警察局,自动暴露身份,从而达到转移敌人目标之目的。从即日即时起,毛先征和另外一名同志就从满洲里这座小城蒸发。两位同志的家属今天早上已被我们保卫部门的同志接走,目前已登上去奉天的火车,随后再从奉天向内地转移。中央决定毛先征和另外一名同志去江西工作,井冈山那里急需人才。"

胡春江万万没有想到,事情变化得这么快。他已经感觉到毛先征是自己人,他确信局内部有共产党的力量,但没有想到毛先征这么快就要走了。蒋介石叛变革命后刮起的屠杀共产党的风还没有结束,追随汪精卫势力的人也都在屠杀共产党人,张作霖加快了"清剿"共产党人的步伐。满洲里的所有军警宪兵和各种特务机关,在师伟这个恶魔的指挥下,正在破坏共产党的地下组织。毛先征这个时候暴露,上级党组织必然要采取果断措施,让其撤离,这是唯一的正确选择。

呼伦湖说:"让毛先征同志撤离,有三个目的:一是及时保护了我们的同志和家属,避免了一次无谓的牺牲。二是用毛先征他们的撤离,给胡春江同志提供一个好的工作环境。师伟他们不是正在给警察局下命令让其限期抓获我们的人吗?我们这次主动撤离两位同志,罗高明好交差了,师伟也不再盯着警察局抓我们的人了。胡春江你们的特别交通站可以放心地完成好护送任务。三是我们用毛先征与罗高明的关系,暗地里牵制着罗高明,利用他的腐败行为,让其为我们提供工作便利。"

毛先征介绍说:"罗高明身边的人都是古怪精灵,个个是久惯牢成,深于世故。

警察局目前内部之间尔虞我诈，派系斗争很激烈，他们相互牵掣，相互利用。罗高明其实是个很阳光的人，也有正义感，但他有私心，这些年没少捞好处，我就是利用他这一点，为组织提供经费和武器。这次我突然离开，他肯定会有一段时间不知道怎么办，因为他的所有财产我都知道，财产的来路我都清楚。今后胡春江同志一定要赢得罗高明的信任，不然他会时时处处监视你。瞿华莹就是他安排在你身边的耳目，你的一举一动都在他的监督之下。瞿华莹说爱你也好，恨你也罢，你都别相信，平时一定要小心，做事不能露出破绽。"

洪永升看了大家一眼说："关于博得罗高明对春江同志的信任一事，上级已安排好了，具体方案是这样的。"

胡春江一听，忙坐直了身子问："什么样的方案？"

洪永升说："我们准备从警察局购买骑警马匹入手，赢得罗高明对春江的信任。现在不是几方势力都向他们推销马匹吗？按五个方面讲，每一方都要卖给他四十匹马，一共二百匹马。党组织决定让我们的养马场出资，以警察局的名义把这五方势力的二百匹马都买过来。这二百匹马买过来后，让罗高明选用四十匹马，剩余的一百六十匹我们再作处理。这样既能达到各方势力皆大欢喜，也能为罗高明减轻压力，他会举双手欢迎的。这个方案由春江向罗高明提出，并实施。对社会上称是安显一郎买马，养马场负责饲养。这样罗高明肯定说你胡春江是他的大救星，是恩人。"

胡春江问："这是我想都不敢想的事儿，真的是双赢！如果罗高明问我为啥这样做时，我咋回答呢？"

呼伦湖说："你就说你说服了日本的朋友，他们愿意帮这个忙！"毛先征说："这个理由好，全局都知道春江同志日本朋友多，这样说没人怀疑。"毛先征沉思了一会儿，问洪永升道："这得一笔巨额经费，钱从哪里来？"

洪永升说："上级党组织已筹到了一笔经费，钱已到哈尔滨，等把这购买的二百匹马处理后，再还给上级党组织。上级有明确指示，这笔生意，赔多少钱都可以。"

呼伦湖对胡春江说："钱我负责给你输送。"

吉普车在呼伦湖边慢慢地跑着，时慢时快。湖边有马群在饮水，都是枣红马，很是壮观。

洪永升说："目前满洲里的形势很复杂，也很严峻。东北军在张作霖的思想影响下，加快了反共的步伐，南京方面目前把反共当作头等大事来抓。特别是蒋介石复职后，一边与安国军作战，一边在全国各地组建特务机关'清剿'我们组织。师伟的到来，把本来很平静的满洲里搅乱了，给我们各路的工作造成了极大的危险和困难。好在我们的保卫部门行动快，目前已消灭两个叛徒，还有四个叛徒已锁定目标，不日就会彻底地把他们消灭。消灭叛徒的行动，是杜云英亲自指挥、田家彬亲自参与的，现在田家彬同志就住在满洲里，他们的行动已经见了成效。"

胡春江接着说："据说，南京方面还要派更多的叛徒来咱这里窥间伺隙，搞观察指认活动，下一步得加大清理他们的力度。"

洪永升说："别怕，叛徒大都是熊包，前期来的六个人一经消灭，再来多少人他们都不会真心实意为他们卖命。因为，他们叛变革命是为了保命，而不是真的为敌人卖命，来当叛徒肯定是迫于压力，没办法不来。他们人是来了，心肯定是虚的。他们一定不敢再明目张胆地在大街上活动了。"

呼伦湖说："另外，上级决定在护送各地党代表期间，要在这儿成立特别行动队，主要任务就是打击叛徒。现在正在挑选人员，很快就能到位，因为没日子了，先期的代表已从上海出发了，护送任务很快就要开始。"

毛先征环视大家一下说："重大的任务马上就要来临了，我不但出不了力，而且还得躲避远行，我走的真不是时候呀！"洪永升对毛先征说："南方的革命形势发展得很快，去年中秋节前，毛泽东同志带领工农革命军举行了武装起义，这是继南昌起义之后的又一次重要起义，也叫秋收起义，起义部队的番号定为工农革命军第一军第一师。目前工农革命军第一师已在江西的井冈山站住脚，那里急需要带兵的人，这次也是出于这个目的才让你俩去的。那里，正在创建革命根据地，你们一定有用武之地的。"

毛先征说："其实，罗高明的骨子里是有正义感的。他干工作也是尽职尽责的，人品也是可以的。只是他老婆明决是一个剖腹藏珠之人，爱财。我给他留了一封信，投到邮局里的信箱里了，后天上午他就能收到。我写明我就是共产党员，因为另有任务，我和其他一位同志一起不得不离开这里。我告诉他，局里的账都在保险柜里放着，保险柜的密码也交给了他。他的私房钱在北满鸿运银庄放着，密码也交给了他。另外，我还让他转告东北军方天成和特情科长项世成，我们共产党是一定会胜利的，告诉他们只有停止屠杀共产党的行动，自己才会有后路。否则，他们会一步一步走上不归路的。"

"好！不愧是我党的老地下工作者，对敌人有理有节有度，铿锵有力。"胡春江高兴地说。

毛先征用信任的目光看着胡春江说："你们特别交通站真正的任务还没有开始，警察局又是一个虎狼之地，你今后一定要眼观六路，耳听八方，机智勇敢，避其危险，一切都要围绕党交给你们的艰巨任务而开展工作！"胡春江马上表示："一定记住您的话，坚决完成任务。"

一会儿，胡春江在满洲里市区的一个路口下了车。他叫了一辆人力车，回到了警察局。他没有马上去办公室，而是回到家里，让井黎黎给他煮一碗面条。井黎黎一边做面条，一边听胡春江把毛先征撤离的事情讲了一遍。井黎黎问："洪永升同志来了？他在哪儿？"胡春江说："不知道，他和'呼伦湖'在一起。你找他有事儿？"井黎黎想了想说："我来的时候，他告诉我随后会有人来与我们接头的。这么多天了，也没见有人来接头。"胡春江说："别急，他一定会派人来的。"井黎黎把面条做好，盛了大大一碗放到茶几上，问："毛先征和另外一名同志的家属都安全撤离了？"胡春江说："今天早上已被田家彬的人接上了火车，目前正往奉天赶，然后由奉天转往内地。至于转往内地哪儿，洪永升没说。"

胡春江真的很饿，迅速把一大碗面条消灭掉了。井黎黎把一个烧饼放在炉子上烤热，他又把这块用羊油烙的饼吃了。

胡春江吃完饭，说："我得到火车站去一趟，让小宋到养马场通知大家，今儿晚上七点钟在那里开会，我要马上把毛先征撤离的事情传达下去。我们还要研究下

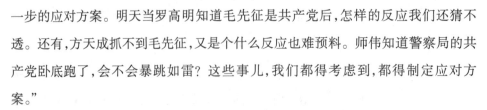

一步的应对方案。明天当罗高明知道毛先征是共产党后，怎样的反应我们还猜不透。还有，方天成抓不到毛先征，又是个什么反应也难预料。师伟知道警察局的共产党卧底跑了，会不会暴跳如雷？这些事儿，我们都得考虑到，都得制定应对方案。"

井黎黎坐在他的对面，一边给他沏茶，一边问："你不抓具体案件，无缘无故地去火车站干吗？你去小枫那儿会不会引起别人的怀疑？另外，现在满洲里的叛徒还没有消灭完，你还是不去那里为好。"胡春江认为井黎黎说得有道理，他沉默一会儿，喝口茶水问："那怎么办？我白天也不能贸然去养马场。瞿华莹的眼睛时时在盯着我。去养马场目标太大，容易引起别人的注意。而火车站人多事杂，我一个人去不容易被人注意。"井黎黎听后还是摇了摇头否定了他的话。井黎黎说："这样吧，一会儿我到火车站去一趟，没人问我就算了，有人问了我就说去接人呢。"胡春江把身子往后靠了靠，思索一阵子，说道："得想好去接谁。"井黎黎说："我只能说去接日本朋友。如果回来时谁还问我，我就说没接到客人。"胡春江说："好吧，只有这样了，一会儿你去吧，晚上咱一起去养马场开会。"井黎黎说："今晚去的时候，要光明正大去，走前我们到罗高明家里拐一下，告诉他我们到养马场与日本领事馆的人玩牌，不然他又让姓瞿的女人跟踪我们呢。"胡春江一听高兴地说："好办法，就照你说的办！"

井黎黎加了一件厚上衣，用灰色的围巾把头包着，把嘴也围着，提了个小手包走出了院门。她刚走到大院中央的小广场边，正面遇到了瞿华莹和两个女警英姿飒爽地向这边走来。井黎黎老远就坦然自若地向她们笑了笑。瞿华莹走到她跟前问："嫂子，胡局助中午出去应酬回来没有？本来，今儿个中午我想到你家混饭吃呢，结果胡局助有应酬走了。他不在家，我想去了给你添麻烦，于是我就没有去你家里吃饭。"井黎黎责怪地说："看你外气哩，都是自己人，还说外气话？我的家就是你的家，你平时没事尽管去啊。"瞿华莹笑笑问："嫂子，我如果经常去你家，你不吃醋呀？"井黎黎咯咯地笑起来，笑罢她说："你不是让我吃醋的人。"瞿华莹一惊，忙问："怎么讲？"井黎黎说："你是正派人，我吃什么醋？"瞿华莹一听，似乎是不好意思地笑了笑说："嫂子真会夸人！"瞿华莹问："嫂子，你这会儿一个人干吗去呢？"井黎黎大方地一笑，说："有个日本朋友来咱满洲里办业务，我去火车站接站。"瞿华莹的眼睛微微眯了眯，鼻子两边白嫩的肌肉跳动了一下，说："我给你派辆三轮摩托车去吧。你一个人去，太不安全了。"井黎黎赶忙摆了摆手说："不用不用，门口有人力车，我叫人力车就行了。"井黎黎说完走了。瞿华莹看了看身边两名警花叹道："这个胡局助，太有福气了，天底下这么才貌双绝的女人归他所有了，我真有些不甘心。"两名警花咯咯一笑说："姐，你还是吃醋了吧？"

井黎黎来到大街上，天阴得更加沉重了。凉风伴着小雨开始抽起来，地面明显地湿了。井黎黎坐上人力车，向火车站驶去。前边两辆军用吉普车和一辆卡车快速地驶来，把人力车逼到了道牙上。井黎黎想，这风雨飘摇的民国呀，能乱到何时，乱到何种程度呢？

井黎黎走出候车室，向陆小枫的日杂店走去。

雨真的开始下大了，风似乎也更大了。

三十三

陆小枫正在柜台内发呆，而且呆得相当可爱。

按照组织的要求，陆小枫现在每天都得化装，化装的目的是为了防范叛徒的指认。只见她戴着一顶花白的假发，脸上涂一层糖醋色的面脂油，穿一件深蓝色中年妇女常穿的宽大棉袄，看上去有四十岁左右。井黎黎悄悄地站在门口，看着她这样的造型，想发笑。

陆小枫现在在这个日杂店无聊又痛苦。她和小宋的任务本来是在这儿接待党代表的，可是到现在也没见一个人过来与他们接头。日杂店一天下来没有几个人来买东西，特别交通站的同志更是不许往这儿来，陆小枫多次对胡春江说："我整天是寂寞对寂寞、冷落对冷落呀！"而小宋的任务很繁重，他又得"进货"，又得到养马场去联络。他还肩负着用笛子联络胡春江的任务，他的责任重大。当然"进货"是幌子，主要是方便去城里走动。这样，日杂店平时只有陆小枫一个人在这儿守着。

井黎黎走进门，小枫还是没有发现。井黎黎轻轻地说："老板娘，我要几个碗和盘子。"井黎黎的话把陆小枫从沉思中拉回来，她看见门口站的是井黎黎，她的心中如有一股热流淌过，把她整个身上死气沉沉的叛徒激活，她打了个激灵，几乎跳了起来，双手拉着井黎黎的双手，用火热的目光看着井黎黎的大眼说："姐姐，你怎么来了？满洲里真是地面邪，想谁谁就来。"井黎黎问："真的想我了？不会吧？"陆小枫忙说:“我真的在想你!”井黎黎笑道:“别骗我,我知道你想谁。”小枫脸一阵绯红,她说:“姐,你……”井黎黎笑哈哈地说:“你应该叫我嫂子,不应该叫我姐。”小枫把手放开,轻轻打了一下井黎黎说:“你又开玩笑。”井黎黎说:“怎么,你不是向胡春江喊胡大哥?”小枫脸又红了红,身子一扭说:“井姐真会开玩笑。”

井黎黎坐下,陆小枫给她倒杯白开水。井黎黎问:“宋自加呢?”陆小枫说:“他去养马场了,一会儿就回来。”井黎黎说:“他一会儿回来了,你告诉他,让他通知特别交通站的所有人,今晚上七点前都到养马场等着,我和胡春江过去开会,有重要事情传达。”小枫说:“这日杂店要关门吗?”井黎黎想想说:“小宋你俩留一个值班吧。”小枫噘了噘嘴说:“那还用说,又得是我值班。”

井黎黎叫了一辆人力车走了,天色苍苍地快黑下来,路上的行人三三两两地在疾走。有一队骑自行车的警察从人力车前飞驰过去,每个警察都显得很慌张的样子。人力车夫忙给他们让道,警察们飞身而过,像夏天的蜻蜓突然遇到了下雨天,飞箭如风。

当她回到警察局大院时,被眼前的一切吓了一跳。只见办公楼前的小广场上,停了两辆军用吉普车和一辆大卡车。小雨中,院内到处都是荷枪实弹的士兵在走动。看见这一切,她突然想到刚去火车站的路上遇见的一辆载满士兵的卡车和飞驰的吉普车,原来他们是来警察局的。刚才飞身而过的一队警察也回到了警察局,自行车凌乱地放在了操场边。一个少校军衔的瘦高个儿军人站在楼下在跟罗高明说着什么,胡春江也站在那儿听着什么。胡春江看见井黎黎回来了,轻轻地给她使个眼色。井黎黎会意,赶忙离开了这里。她已感觉到了,这可能与毛先征撤离有关。井黎黎绕过人群,向后院走去。她走到毛先征的家门口时,看见有不少士兵忙乱地抬着东西出来,向卡车方向走去。井黎黎心里清楚,他们这是在抄毛先征的家。项世成和一个中尉军官在门口站着指手画脚地指挥着抬东西。瞿华莹双腿轻微叉开地站在那里,把她的一双白色手套取下来,右手拿住手套,轻轻地来回向左手掌甩打着。当她看见井黎黎走过来时,忙问道:“胡夫人回来了?”井黎黎急促地问瞿华莹:“这是干什么呢,挺吓人的。”

瞿华莹走过来,她的头发被雨水淋得湿湿的,像夏天出的汗。她对井黎黎严肃地说:"毛先征是共产党,东北军情报处来抓他了,他却早已悄悄逃跑了。"井黎黎显得很吃惊的样子问:"毛先征是共产党? 他怎么会是共产党呢?"几个士兵又抬着一个箱子从她俩面前走过,显得很吃力。井黎黎问瞿华莹:"这是干什么?"瞿华莹说:"抄家! 嫂夫人,回家吧,不该打听的事儿别打听呀!"她突然像想起了什么问:"接到日本朋友了?"井黎黎忙说:"没接到,可能是下一趟列车来。"瞿华莹"噢"了一声,与项世成一同走进了毛先征的院里。

井黎黎回到家里,坐在沙发上沉思。小雨停了,但房檐还有滴答声。她想,幸亏毛先征撤离得及时,否则,后果不堪设想。看来,师伟在满洲里破坏共产党组织的序幕真的拉开了。今后,我们的护送任务将更加艰巨了。想到这儿,她心里沉沉的。

今晚计划她和胡春江一起去养马场传达毛先征撤离的事情,看来,今晚可能去不成了,因为快晚上八点了,胡春江还没有回来。对警察局来说,内部出了两名共产党员,而且都成功逃走了,这是一件很大的事情。

卡车声过后,什么声音也没有了。这会儿,院里已经静下来。这会儿很可能罗高明在开会,在生气,在骂人,在摔东西。养马场那边,所有人员可能都已到齐,在等她和胡春江的到来。此时,胡春江还没有回来,不知道今晚能不能去养马场了。

墙上的闹钟刚报完八点的时间,井黎黎听见门外有热闹的脚步声。她警惕地站起来听了听,由远而近的脚步不是一个人的。这么晚了,是什么人来他们家呢?顿时,她的心提得老高。很快就有人敲门了。她忙把门打开,一看,是罗高明、瞿华莹和胡春江三人。胡春江进门就对井黎黎说:"媳妇,看屋里有啥东西,给我们做点饭吃吧。"他给她说话时,右眼挤了一下。她马上会意,说:"你们坐一下,我给你们做几个菜,喝两杯。"胡春江说:"好,快点做吧。"罗高明说:"弟妹,给你添麻烦了。"井黎黎赶忙笑道:"哪里话,罗局座,你是稀客,我请还请不来呢!"瞿华莹说:"嫂子,我帮你做饭吧。"胡春江对瞿华莹说:"不用,咱们都忙乎大半天了,你坐下歇一会儿,让黎黎做吧。"

他们三人坐下,黎黎在厨房忙着。胡春江给他俩一人沏了一杯清茶。罗高明突然想起今儿晚上还要和瞿华莹在一起温存,于是端起茶杯,喝了两口,然后对胡春江说:"真想喝几杯酒呀!"胡春江正想找机会出去一趟,他得马上去一趟养马场。于是他对罗高明说:"喝,一定得喝几杯。这个毛先征给我们整得这么被动,让局座在他方天成面前那样没脸面,真是气人。一会儿应该多喝几杯酒,喝酒消消气,解解乏。"瞿华莹一听说要喝酒,忙说:"酒就别再喝了,我们随便吃点东西算了,人家井黎黎也忙了一天,别再麻烦她了。"她之所以不让喝酒,是因为罗高明一喝酒,晚上他俩在一起能折腾半夜,她有点怕。胡春江一听赶紧说:"喝,今天累了,一定得喝点酒。"井黎黎说:"喝吧,我不累。"她说着下厨房去了。胡春江看着罗高明说:"罗局座,你别再为毛先征的事儿犯愁了,各有各的志向,人走留不住,雁飞无影踪。毛先征远走高飞对我们也不是坏事儿。"

胡春江说完起身要出门,说:"我屋里没酒了,咱大门口对面的小酒馆晚上关门晚,我去买两瓶酒。"瞿华莹无奈地笑笑说:"胡局助,你俩真要喝的话我也不反对。我真有点饿了,酒馆里的烧鸡如果没卖完的话,你买一只回来吧,我给你钱。"胡春江忙说:"看瞿科长说的外气话,我能让你给钱吗?"瞿华莹很自然亲切地摆了摆手,说:"再买点其他下酒菜,今晚好好让你俩喝。""好咧!"胡春江说完出门走了。

胡春江出门,来到办公楼下,找了一辆自行车,以最快的速度向养马场飞去。

…………

等胡春江回来,井黎黎已炒了四个菜摆放在桌上。胡春江买了两瓶东北高粱酒、一只烧鸡、一份牛柳、一份花生米和扒羊肉条。罗高明和瞿华莹真是有些饿了,没等把酒打开,他俩就动筷子吃起来。

罗高明放下酒杯,胡春江又给他斟上酒。他叹口气,对胡春江说:"真没有想到,毛先征就是月食。春江,你说,毛先征是共产党,我为何就看不出来呢?师伟可是提醒过我要注意身边的人,可……"胡春江打抱不平地说:"你怎么能看出来呢?共产党人脸上又不贴记号,你怎么能看出谁是共产党、谁不是共产党呢?"瞿华莹说:"再加上……"罗高明问:"加上什么?"瞿华莹抬一下眼皮,大大的眼睛看着他,罗高明看着她欲言又止的样子很不舒服，他问她："再加上什么？"瞿华莹说："加上你和毛的关系，还有你对他的信任，你咋能相信他是共产党呢？你多次说过，全局谁是共产党你都相信，就是不相信毛先征是共产党。这下好了，全局谁都不是，而他毛先征却偏偏是。"

井黎黎坐在一边，看他们三个人喝酒。胡春江边陪着吃菜边说："罗局座，刚才方天成抄毛先征的家，没有把咱警察局的账本抄走吧。"

今天罗高明最担心的就是毛先征管的账目让方天成拿走，因为他好多交易都是毛先征在掌握着。罗高明说："账目都在总务科办公室保险柜里放着，我今天安排总务科的十几个人，都带枪上岗，没有我的命令，任何人不能动我们保险柜和总务科的所有账目。为这，方天成十分不满意，他计划是把我们的账目和保险柜一并抄走，我不同意。他还说我们有通共的嫌疑，我说那你把我也抓走吧。他看我坚持不让他带走账目，也就让步了。"

胡春江给罗高明又斟杯酒，然后说："他方天成抓毛先征尽管抓毛先征，带我们的账目干吗？这个方天成，现在很膨胀啊，根本不把我们警察局放在眼里。"

瞿华莹用鼻子"哼"了一下，说："他尽管膨胀，膨胀得很了就会爆炸的。他不就是有北京张大帅撑腰吗？他有泰山可倚，我们警察局也不是没大山可靠。我真不明白，军队是打仗的，可是仗不好好打，反而插手我们地方事务，他们到底想干吗？是真抓共产党吗？我看不是，他们是想把我们警察局取而代之。"罗高明说："你没看报纸上说，张大帅在北京到处抓革命党人，不少共产党的领导人都死在他的手里。"

胡春江听他这样一说，忙动筷子吃菜，没说什么。

罗高明又喝了一口酒，问瞿华莹："今儿下午抄毛先征的家时你在场，他们都搬走什么东西了？"瞿华莹皱了皱眉头说："都是一些书本和文件之类的，也拿走一些衣物。"罗高明问："没有拿走金银首饰什么的？"瞿华莹说："有两个黑木箱子，但我不知道里面装的是什么。项科长对我说，方天成他们回去登记造册后，然后再向我们通报。"罗高明说："他们这些人，鬼知道会不会完全按法律造册。"这是民国法律规定的,抄家必须造册,而且还需要本人签字认同。瞿华莹冷冷一笑,说:"法律? 现在我们国家烂成这个样子,还有法律吗? 看看现在的南京、上海、武汉、广州是怎么运用法律的? 各地警备司令部抓到人,不审不判,拉出去就枪毙了。警察局抓到人,上级一纸手令,就把人杀了。南京国民党中央的各级党部特务组织更酷,暗杀成了家常便饭。我看人家租界的司法倒是按程序办事,抓的不管是什么人,包括共产党,他们都是先审后判,不违程序。"

罗高明叹道:"共产党厉害呀! 弟兄们千辛万苦搜集的情报,我们这儿不知道,共产党早就知道了。原来我们在睡觉做梦的时候,人家早已醒了。"

胡春江劝每人再喝几杯。罗高明想起来今晚要和瞿华莹一起媾欢,于是说:"不喝了,再喝醉了。"瞿华莹也附和着说:"别再喝了,多喝些茶吧。"

胡春江看一眼井黎黎,说:"局座说不喝了,你去煮面条吧。"井黎黎说:"好吧,我这就去煮。"她说着站起来,向厨房走去。瞿华莹看着井黎黎的背影,心想,局座让我去哈尔滨调查她的背景,是啥目的呢?

井黎黎很快把面条煮好了,他们每人各吃一碗,都说吃饱了。瞿华莹说:"我先走了,你们再聊一会儿天吧。"说完,起身告辞了。井黎黎把她送到门外。井黎黎没有回到客厅里,而是到厨房里收拾碗筷去了,她有意给罗高明和胡春江一些空间,让他俩说一些实质性话题。她知道,瞿华莹在场时,胡春江有些话不能讲。

罗高明喝口茶水,看着胡春江说:"说真话,他毛先征逃跑了我心里还好受一些。如果让方天成抓到他们,我怎么面对? 总归他跟着我这么多年,关系又这么好,如果把他关起来,我真不知道怎么办。现在不管是南京的蒋司令,还是北京的张大帅,他们对待共产党只有一个字,那就是'杀'! 假如让我去杀毛先征,我怎能下得去手? 如果是方天成杀他,我怎能看得下去? 他走也好,逃也好,离开这儿,我真的轻松许多。"

胡春江提醒说:"局座,毛先征走后,必定会给你带来副作用,你一定要小心应对。他保险柜里有什么东西,你要认真清点并要保密,下一步账目交给谁,要选好人,不能轻易相信某个人,另外……"胡春江说着欲言又止。

"另外什么？说下去！"罗高明说。

"另外……"他说，"另外，你的私事、家务事是不是毛先征也知道一点，要留有后路。预防有小人利用这一点要挟你，攥你的把柄。"罗高明说："你说得对，这一点我得防着，不能受制于人。这个毛先征，他一走了之是要害死我呀！"胡春江想了想说："我看，这个毛先征呀，他这样做不是害你，而是在帮你。"罗高明愣了一下，忙问："怎么讲？"胡春江说："你想呀，就目前咱满洲里的形势，你不抓两个共产党能在师伟那里过关吗？师伟现在是北京方面的红人，他捕风捉影说谁是共产党谁就是共产党，你不干出点政绩，他能放过你吗？你不要认为你是东北军的嫡系，在他眼里，谁都可以怀疑。我听日本朋友说，师伟还把两个高级特务安排到少帅张学良的行营里，而这两个人，就属师伟辖制。你说，这个师伟是谁的人呢？他去年还是蒋的人，在上海到处抓共产党。而今年，他又成了北京方面的人，然而，是北京方面的人，又为何派特务监视少帅呢？因此，对师伟，你一定要加倍小心。我为啥说毛先征逃走不是坏事而是好事呢？因为这回毛先征和特情科的统计员意外地逃走，正好算我们完成了内部清剿共产党的任务，这样一来师伟就不好意思再给我们安排其他清剿共匪的任务了。所以，从这一点上讲，毛先征是帮助我们了。"

罗高明笑笑说："从这一点上讲，也算帮助我们了。可是，他一拍屁股走了，给我留下一大堆难事儿。首先，保险柜的钥匙我们没有，密码我们不知，怎么开他的保险柜呢？"胡春江想了好一会儿说："看毛的为人，凭你俩的关系，我认为他肯定要告诉你的。现在看来，他走的时候是很从容的，他一定会把身后的事情安排好。"罗高明说："毛先征是个审曲面势之人，我也相信他会处理好的。"胡春江想了想又问："毛先征不会把你的钱带走吧？"罗高明摇了摇头说："毛先征视金钱如敝屣，他是个正人君子，不会的。"

一会儿，胡春江像想起来什么似的，说："对了，局座，购买马匹的事儿，我有个十全十美的办法，不但我们能购到好的品种马匹，而且五方面关系都能照顾得到，不知道局座您感兴趣否。"罗高明一听兴奋了，困意瞬间消失得无影无踪。他忙问："啥十全十美的办法，快说说。"

胡春江似乎很随意地说:"我有个日本朋友叫安显一郎,是个商人,他委托'北国草原之夏养马场'为他购一百六十匹马运往大连基地。我知道后,马上找到他,说了目前我们购马匹的难处,他很同情,于是他与'北国草原之夏养马场'商定,不再让养马场替他们买马,而是由我为他们选购马匹,价格低于市场价,他同意了。'北国草原之夏养马场'开始不同意,但后来他们看我与安显一郎的关系不错,怕丢了这个日本的大客户,又迫于咱警察局的威力,他们算勉强同意了。"

罗高明说:"这样好呀,你让安显一郎把五方的马都买过来,共二百匹,我们留四十匹,余下的一百六十匹交给安显一郎。好,好,实在是好啊!胡局助,你为我办件大好事呀!你把这件事办成了,是咱局的功臣,是我的恩人啊!"

胡春江笑笑说:"局座言重了,我只是千方百计为你排忧解难罢了。我看这五方势力,得罪谁都不行。我们只有选择让他们都满意的办法平息矛盾,否则我们就会寸步难行。"

"好啊,真是个十全十美的好办法!"罗高明兴奋得差点跳起来。他问:"是不是咱们警察局后边这个养马场?好,明天抓紧与他们再商谈,如果成了,我给你记功!"

胡春江似乎在开玩笑地说:"记功就免了,如果我把这事办成了,你就别再让瞿华莹监视我了,给我自由就是对我最大的奖励。"说完自己哈哈地笑起来。

罗高明先是愣了一下,然后尴尬地笑道:"她监视你?不会吧,谁让她监视你了?她应该是喜欢你吧!"

胡春江忙说:"我开玩笑呢,别当真,局座!"

这时井黎黎进来了,笑道:"啥时候了,还聊呢,局座忙一天了,让局座早点回去睡吧。"胡春江站起来拍了拍头说:"你看我,只顾说工作,忘了时间了。"

罗高明此时在惦记着瞿华莹,他俩今天上午就已经约定今晚在瞿华莹那里度过。想到这儿,他加快步伐走出了院子。

一颗大大的流星带着长长的尾巴,向东南方向飞去。

三十四

　　自从毛先征撤走以后，师伟真的不再找警察局的茬儿了。警察局平静了很多天。毛先征出走的第三天，罗高明收到了毛先征给他寄的信件。信件很简单，主要是三个方面内容。一是毛先征告诉他，自己是共产党员，接上级命令，与另一位同志到内地执行任务，感谢他多年来的关照。二是告诉他局里的所有账目都在保险柜里放着，同时把密码也告诉了他。三是毛先征让他转告方天成和项世成，让他们小心从事，要以民族和国家大业为重，不要把坏事做尽，不要盯住共产党不放，共产党是杀不败的，反而会越来越壮大，共产党最后一定会胜利的，他们的笔笔账目，共产党都在记着呢，要给自己留条后路，否则他们一定会一步一步走上不归路的。这话虽然是对方天成和项世成讲的，但对罗高明很有触动，他暗暗下决心，干啥事一定要留后路，特别是对待剿共问题，更要留一手。毛先征还把罗高明的私人财产也列个清单，北满鸿运银行的密码也写在了信里。罗高明看完信，暗暗地说了一声，够朋友。

　　春天真的来了。河里的冰雪已经消融，溪水涓涓动听如琴，从远方传来，悦耳而美妙。草原上的各种小花早已在料峭的寒风中开放。道路两旁的树木开始吐露新芽，一股股清嫩的芳香在空气中弥漫着，令人领悟到春天孕育的生命之顽强、之伟大。

瞿华莹到哈尔滨悄悄地调查井黎黎,却一无所获,原因是她去调查井黎黎的情报早已被哈尔滨党组织截获。自从她离开满洲里那天起,上级党组织就安排人跟踪监视她。这次监视她的行动是采取分节分段接力跟踪的,也就是说,在火车上监视与在地面上监视不是一个人,而是很多接力监视,一天二十四小时不离视线。在哈尔滨,她去了东北军哈尔滨情报处、哈尔滨市警察局、黑龙江省警察厅和政府保密局等处,了解的情况大都是相同的。通过了解她得知,井家是个大家族,草原有牧场,长白山有山地,在日本有资产。井黎黎在日本留过学,在日本工作过,前年与一位姓胡的男人结婚后,又返回日本工作,直到今年春节过后团圆。不少人只知道她丈夫给日本人做事儿,但不知道在哪儿做事儿。通过这次了解,瞿华莹坚信,他胡春江就是个日本特务,弄不好井黎黎也是日本人指派来的特工。

瞿华莹在哈尔滨调查一半的时候,她就不再调查了,是不敢调查了。有天晚上,她在大世界酒吧喝完咖啡后,回到宾馆的时候,进房间一看,屋里有一张纸条,上面写道:"你不要再调查了,再调查下去,日本人可能会把你的性命留在哈尔滨。汪精卫主席是日本人的朋友,你是汪的人,你应该也是日本人的朋友,是朋友就要友好和善。日本人在中国想广交朋友,希望你也成为日本人的真正朋友。"

她看了后,一屁股坐在床沿上,浑身的骨头似乎要散架了。她想,这很明显,是日本的特务组织在提醒她。这件事,是很机密的事儿,应该只有罗高明他俩知道,可是为啥日本人会知道呢?她头很疼,不想去想这些复杂的事情。她瞬间决定,不再调查了。不管罗高明出于什么目的,她不能再调查了。她知道日本人的手段,她不能当罗高明的替死鬼。她躺在床上,越想越不对劲,罗高明让她来做这么危险的事儿,是不是阴谋呢?是不是想借日本人之手杀她呢?她不敢往下想了。于是决定,明天马上回满洲里。

她回来后,马上把调查的情况汇报给了罗高明,当然,她没有把纸条的事儿说给他。罗高明听罢她的汇报,摇了摇头说:"调查得不太理想,没有查到深层次的东西。"瞿华莹说:"通过调查,了解到井氏家族的确是个大家族,有实业,与日本人关系又好,井黎黎真的在日本留过学,丈夫姓胡,给日本人做过事情。"罗高明听罢沉思起来。瞿华莹又问:"你悄悄调查她的目的是什么呢?"罗高明想想说:"其实,我的用意你是知道的,主要是怕他们是共产党。"瞿华莹冷冷一笑说:"你老怀疑的人,不一定是共产党;而你最相信的人,反而是共产党。"罗高明听罢,脸阴阴地没说话。瞿华莹又说:"调查井黎黎的事儿你说是秘密地进行,只有我俩知道。其实,你没有保住密。"罗高明一惊,忙问:"怎么,有人知道?"瞿华莹说:"肯定有人知道。"罗高明问:"有人问你?"瞿华莹摇了摇头说:"没有,我只是感觉。"罗高明叹口气说:"调查不出来是好事儿,以后也别再监视胡春江了,把你的人撤了算了。调查井黎黎的事儿就此打住,也不能往外说。"瞿华莹淡淡地说:"我心里有数儿。"

罗高明不让瞿华莹再监视胡春江,也不再提秘密调查井黎黎之事,主要是他开始信任胡春江了。日本人安显一郎出资购买一百六十匹马,他们警察局出资购买四十匹马,这样打包把五方势力的二百匹马全部买下来,达到多赢的目的。这样的结果不是每个人都能办下来的,而胡春江办下来了,罗高明能不感激和信任他吗?

昨天,胡春江真的把购马的事儿办成了。五方势力各卖给他们四十匹马,每方都很满意。当然,每方相互不联系,他们当然不知道购马的内幕,都认为自己的马是罗高明买走了。昨天下午,罗高明把胡春江叫到办公室说:"马匹马上就要运回来了,我有个想法不知道合适不合适讲?"胡春江豪爽地说:"局座您客气了,您有啥话不能讲呢?有指示您尽管讲,局座。"罗高明手里拿一支笔,在不停地转动。他说:"本来,在这二百匹马中,我还是想把东北军给的马匹留下来做警用马的,但是,东北军给的马肯定不会个个都是好马,可能掺杂有老弱病残的。你看我们能不能在这二百匹马中挑选四十匹好马,这样我们就能优中选优,精中选精。这个想法不知道可行吗?"

胡春江把手一摆,大气地说:"行啊,我就是这样想的,等马运回来了,咱把好马留下四十匹,剩余的交给养马场,由养马场再转交给安显一郎。以我跟安显一郎的交情,他不会不同意的。"罗高明哈哈一笑说:"咱俩想到一起了,那就按这个想法办吧。不过这件事不能让你那个日本朋友安显一郎知道,知道了他会不高兴的。"胡春江有把握地说:"这件事由我处理,万一他知道了,我向他解释。"罗高明叹道:"你交的朋友,是真朋友啊!哈尔滨的下野忠,还有这个安显一郎,你们之间是真感情呀!哪像我,交个井上春树,不但帮不了我,反而时时处处给我找麻烦。比方说,这次买马,他就强行推销给咱马匹。"胡春江笑笑说:"我感觉井上春树不纯是个商人,应该是个政治家,他对政治很感兴趣,对军事也懂行。"罗高明闭一下眼睛,沉思一会儿说:"他有点政治家的样子,而且他身上确实有点火药味儿。"

尽管春暖花开了,但满洲里的天气还是有些冷,春寒料峭,室内还需要生炉子。罗高明和胡春江围炉而坐,边喝茶边唠嗑。罗高明说:"春江呀,你来我们局这么多天了,我也没有给你多少关照,也没有给你具体工作干,你可不要有啥想法呀。"胡春江呷一口茶水,看着他的眼睛笑道:"罗局座您说哪里的话,您对我关照得很好呀。你看我媳妇来,你安排得多么周到。井黎黎多次说让我请你吃饭感谢你呢。"罗高明摆了摆手说:"你还没能力啊?谁能把买马的事情办得这么好?解了我的困局不说,而且还把最好的马留给我们警察局。你说,谁能办得了?谁能办得到?你没有工作能力,谁有能力?"胡春江哈哈说:"这个功劳啊,其实应该记在毛先征身上,是他想的办法,出的主意啊!"罗高明一惊问:"真的?"胡春江点点头说:"真的,他走前给我讲的思路,想的办法。"罗高明感慨地说:"毛先征办事很有两下子,他对人输肝剖胆,是我的好帮手啊。可是他……他现在也不知道在哪儿,生活得怎么样了,过去我始终认为,共产党就是莽匪,成不了大事,自从我知道毛先征是共产党人以后,我从此改变了对共产党的看法。我认为共产党人不纯是光有勇,而且还有谋,不单单是不怕死,而且还很会做事,站得高、看得远,办啥事儿都胸有成竹。"

胡春江也称赞地说:"你说得很对呀,我们如此购买马匹,只有毛先征才能想得出来,可惜他……"

罗高明说:"不说这些了,说了心里难受……春江,我想问你件事儿。"胡春江抬起头,用特殊的目光看着他问:"啥事儿,局座?"罗高明放松一下自己,问:"春江,你真的是在为日本人干事吗?"

胡春江正在给炉子加炭,听罗高明这么一问,忙把炉盖盖好,从容地笑了笑,用诚实的目光看着罗高明说:"局座,我是中国人,我为何要为日本人做事?我只是在日本上过学,我媳妇娘家在日本有些产业罢了。我好广交朋友,自然而然我就会有一些日本朋友。因此别人就误会我,局座您千万别误会我啊!我只为咱中国人做事情,不为别人效力!"罗高明见他说话这么铿锵有力,忙客气地说:"我只是随便问问,你可千万别在意啊!"罗高明问了就有些后悔了,他想,胡春江如果真的为日本人做事,真的是日本的特工,他能承认吗?

罗高明十分感慨地说:"通过购买马匹这件事儿,我已经真切地看到了你的为人和能力。根据目前新的形势和上峰的要求,我们局准备新成立个科室,这个科室名字就叫'警务调查科',任务是对我们局内部的人员进行秘密监督调查。现在南京国民党中央各级党组织都已经成立秘密的调查机构,也就是秘密特务机构,蒋总司令命令军队、公安局也要成立这样的机构,任务还是清查共产党。北京军政府也学习人家南京方面,要求军队、我们警察系统和宪兵序列,都要建立内部调查系统,省警察厅要求我们迅速成立此机构。我准备任命你为局座助理兼警务调查科科长。这个科室人不要多,要精,十个人足够了。"

胡春江听他这么一说,心里一动,他没有想到会有这么一个重要的职位在等着他。他赶忙站起来,后退一步,给罗高明敬了个礼,马上表态说:"谢谢局座对卑职的信任和重用,我一定尽心尽力,效忠国家,效忠您。"他说完,重新坐下,真诚地说:"不过,这个职位太重要,任务太艰巨,我怕我干不好。"罗高明自信地说:"你能干好,我相信我的眼光,我相信我的感觉。"胡春江似乎开玩笑地问:"局座,你不怕我是日本人的眼睛?"罗高明喝了一口茶水哈哈一笑说:"我不怕。你是不是给日本人干活我不管,只要你不是共产党就行。日本人,我从不把他们放在眼里,他们只是豺狼而已,豺狼再怎么凶残永远是怕猎人的。而共产党不同,共产党是条龙,可怕的巨龙。孙先生在世的时候,共产党与国民党合作,他们彰显出的能力,已让人吃惊。现在孙先生过世了,蒋总司令翻牌了,汪精卫'分共'了,张大帅也变脸了,由亲共变成了杀共。然而共产党并没有被吓倒,他们改变战略,由大变小,由集中变成分散。现在他们虽然隐蔽在地下,盘踞在深山,但是,他们不是失败了,而是在积蓄能量。能大能小,必成大事儿。"

胡春江收了笑容,认真地说:"局座您所见高明,就因为共产党是巨龙,蒋总司令、汪主席、张大帅才有所害怕,所以他们才决心杀共产党。"

罗高明点了点头说:"蒋总司令从内心是怕共产党的,不然他也不会下这么大的决心清剿共产党。还有汪主席,去年底被蒋介石赶到法国,至今未归,但他人在国外,可心在国内,时时指挥他的嫡系清剿共产党。张大帅自从接手北京军政府以后,一手与蒋介石打仗,一手消灭共产党。他们为啥这么一致地消灭共产党? 不为别的,只为一个字,这个字就是'怕',也就是他们三个人都十分害怕共产党。"胡春江给罗高明添一点茶水,然后笑着说:"局座你看问题看得准呀。"

罗高明点了一支烟,深深地吸了一口,眼睛眯了眯,高深莫测的表情从他脸上浮过。他说:"你不是怀疑我让瞿华莹监视你吗? 你怀疑对了老弟,我真的让瞿华莹监视你了,不但如此,前不久我还让她到哈尔滨调查过你媳妇井黎黎的家庭背景。你现在应该知道我的用心了吧?"胡春江一脸的迷茫,摇了摇头说:"不知道,到现在也不知道你这样做是为什么?"罗高明嘿嘿一笑说:"就为今天我给你这个职务,懂了吗? 因为,这个职务太重要了,我们警察局所有人的命运都掌握在担任这个职务的人的手中,我必须找有能力、人品好、干干净净的人干这份工作,如果这个职位落在人品不好的人手里,那定是一场灾难。过去监视你也好,调查你也罢,都是为了这个职务。通过考察,我认为你是冰清玉洁、丹诚相许之人,你是这个职位的最佳人选,你也是唯一的人选。在考察期间,如果给你的生活带来不便,希望你谅解。"

胡春江感动地说:"局座你对我的监视是对我的关怀,对我媳妇的调查也是对我的清白负责。我一定加倍努力工作,按照您的要求,力争把这项艰巨的工作干好。"罗高明说:"这件事目前仅限于咱俩知道,等我把其他人选定了,再宣布,你现在的任务是把马匹选好,整个过程不能出什么纰漏。下一步把骑警组建起来。""明白了。"胡春江说。

前些天,落娃把井黎黎约出去,介绍了一个送鲜牛奶的年轻小伙子。落娃告诉她:"这位小伙子是上级派来的交通员,他会天天早上给你送牛奶。你利用小伙子送牛奶的机会,有情报了让他带出来,上级有指示了他会直接送给你。"小伙子说:"警察局大门口站岗的警察可能不让我进院里边去,他们要求把牛奶放到大门口值班室,然后让你出来自己取。你得想办法让我把牛奶送到你家门口,不然无法送取情报。"井黎黎说:"这个好办,我让胡春江协调一下就行了。"落娃说:"一切要办理得自然,别让他们怀疑什么。"井黎黎说:"明白了。"

警察局站岗的警察都是治安科的人,胡春江找到何之干讲了一下情况,说井黎黎在日本养成了喝鲜牛奶的习惯,如果把牛奶放到门口,鲜牛奶容易过期,天天去取也不方便,想让送牛奶的人把牛奶送到家门口。另外胡春江对何之干还讲了一层意思,他说:"局座夫人明决也订了一份鲜牛奶,把她的一份一并送进来为好。"何之干把手一挥,大大咧咧地说:"小事一桩,我马上交代下去,送牛奶的人来了随到随进就是了。"就这样,送牛奶的交通员天天畅通无阻地来给井黎黎送牛奶。井黎黎真的给明决也订了一份牛奶,明决高兴地夸她会办事儿。

第二天早上,送牛奶的年轻人早早地来了,井黎黎取牛奶时,顺手把情报交给了年轻人。

很快,上级党组织知道了胡春江因买马在警察局得到重用的消息,不但哈尔滨党组织知道,而且上海党组织也知道了。胡春江顺利地当上了"警务调查科"科长。这一下,胡春江在警察局的地位马上变了。所有人,见到他都是笑脸相迎了。涂荣清、龚培潮双双请他吃饭喝酒,都说以后请他多多关照。特务行动队长叶自文,平时表现得高傲强势,目中无人,他基本没有主动与胡春江说过话。然而现在,他主动找胡春江谈思想,拉着胡春江去吃烤羊肉。刑警队长丁基元,还有治安科长何之干,平时与胡春江保持良好的关系,在宣布胡春江任"警务调查科"科长的会议上,他俩首先带头鼓掌,连说几个"好,好"!特情科长项世成对胡春江还是从前那样,不冷不热,有些看不起胡春江的味道。他整天不在局里上班,而是悄悄地和东北军情报处长方天成在一起办案,有时候也去师伟那里汇报工作。有人说,他和方天成正在摸排共产党的一条大鱼。前不久,胡春江就把这个情报让井黎黎送了出去,但上级一直没有回音。

瞿华莹自从不再监视胡春江后,确实不在胡春江的面前晃悠了。然而,她一旦遇到机会,就会单独与胡春江说一些"恩爱"的话儿。前天,她来到胡春江办公室,突然抱着胡春江的后腰,把脸贴在他的后背上,急急地说:"想死我了,我爱你爱得快疯了!"胡春江用力掰她的手,但怎么也掰不开。他说:"我是有媳妇的人,你不知道?"她大声恶狠狠地说:"不知道,没看见,也没听说!"他苦恼地笑了一下,说:"你呀,怎么跟小孩子一样?"瞿华莹喃喃地说:"我就是小孩儿,我不懂礼貌怎么了?"胡春江很无奈地说:"你这个人怎么不讲理呢?"瞿华莹又突然大声地说:"我就是不讲理,怎么办? 爱情就是爱情,爱情就是不讲理,你能把我怎么样?"胡春江停了一会儿说:"别这样,这样让局座看见了不好。"瞿华莹抬起头似乎很生气地说:"他看见了又怎么了,我又不是他的老婆。我告诉你胡春江,你以后少在我面前说这样的话,再说这样的话,我的枪不答应!"胡春江无言了。他感觉她腰间有硬硬的东西,那是她的手枪。这时,正好有人敲门,瞿华莹慢腾腾地很不情愿地把手松开了。

进来的是局座的通信员,通信员站在门口说:"报告胡局助,罗局座请您去一趟他办公室。"通信员说完转身走了。瞿华莹看一眼胡春江问:"我想调入你的警务调查科,怎样?"胡春江笑笑说:"还来监视我?"瞿华莹用手打一下胡春江的肩膀说:"你说什么呢,我主要是不想和项世成在一个科。"胡春江问:"为啥?"她顺嘴说:"我不愿看到他那双高深莫测的眼睛。"他明白项世成一直在惦记着瞿华莹。

两个人说着离开办公室。

罗高明一个人在办公室,他的脸色有些不高兴。胡春江进来的时候,他正在接电话,胡春江想回避一下,但罗高明向他招了招手,示意不让他出去。罗高明脸阴阴地说:"春江,你说共产党厉害不厉害,今天上午又有两个人在火车站广场被爆了头。你说,共产党这是干吗?"

胡春江一听,心里有数了,他知道田家彬指挥的特别行动队在满洲里执行锄奸任务,这是上级党组织为他们顺利完成护送任务进行的"扫雷"行动。他听罗高明这一说,假装吃惊地说:"又有人爆头? 怎么回事? 难道真的是共产党所为?"

罗高明说:"不是共产党还能是谁? 你知道,这种案件是破不了的,这破案率不

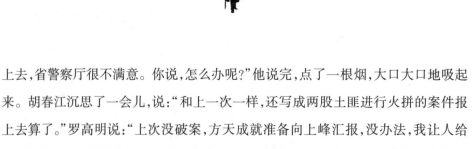

上去,省警察厅很不满意。你说,怎么办呢?"他说完,点了一根烟,大口大口地吸起来。胡春江沉思了一会儿,说:"和上一次一样,还写成两股土匪进行火拼的案件报上去算了。"罗高明说:"上次没破案,方天成就准备向上峰汇报,没办法,我让人给他送两块'砖'才平息此事。那个案件发生时,师伟他们刚来,还好,并没引起他的重视。而这次是在师伟的眼皮底下发生的案件,他肯定会追着不放,你说咋办?"胡春江用下牙齿咬了咬嘴唇,说:"我听说这次师伟收了不少礼,咱给他送了没有?"罗高明一惊,问:"他收礼?你听谁说的?"胡春江双肩耸了耸,神秘地一笑说:"狗不吃包子狼不吃肉,你相信?我不相信!"罗高明好像豁然开朗地说:"师伟真收礼就好办了。"胡春江说:"我知道局座您是有办法的!"

罗高明停了一会儿说:"先让丁基元和何之干他们去破案吧,如果破了案,那是最好不过了。一旦破案,能给上峰交差不说,而且还能抓到共产党,双赢。如果破不了案,那只有掏钱保平安了。"他看一眼胡春江,像是对胡春江说,又像是自言自语地说:"师伟收礼我怎么不知道呢?"胡春江说:"局座,师伟收礼不是乱收的,不是他相信的人他是不要的,他收礼是有讲究的。"罗高明点了点头,沉思起来……

这些天,胡春江真的很忙。然而,特别交通站的全体同志都不忙。因为,到目前为止,内地的代表们一个也没过来。

胡春江和井黎黎心里很急。

三十五

　　被爆头的两个人的确是南京和上海悄悄派来的叛徒。消息传到南京和上海，国民党中央党部调查科决定，不再派人来满洲里，一是派来的人听说爆头事件，都不敢来，而来的人有的藏起来，有的在来的路上"人间蒸发"了。二是发生爆头案件后，在满洲里的叛徒如惊弓之鸟，东躲西藏，不敢再公开出来活动了。南京方面估计派叛徒来的作用不大，于是也就不再派了。还有，国民党南京方面往北京军政府管辖的地盘派人，名不正，言不顺，叛徒在这里工作，也是提心吊胆，不敢公开活动。国民党南京方面想利用叛徒抓捕满洲里地区共产党的计划就这样不了了之了。

　　晚上，罗高明宴请师伟和督察组其他三个人。罗高明通知胡春江、项世成和瞿华莹来参加。宴席设在海关大街玉祥楼。太阳快落山的时候，天空高得深邃，蓝得凝重，下弦月还没有爬出来。农历三月底的夜空，天还有一些凉，细风不大，但刮得人睁不开眼睛。罗高明用他的吉普车把胡春江他们三人都拉到了玉祥楼酒店。当车停在玉祥楼门口时，门口站着一个中年男人走了过来，此人可能是市政府特务科的人，名叫岁月，是负责师伟安全的。中年男人把车门打开，笑了笑，看着罗高明说："局座，师组长一会儿就到，你们先上去吧。"罗高明说："我刚才在办公室给师组长打电话了，他说把手头的事儿处理完就来了。"中年男人点了点头，后退几步站着。车上其他三人依次下车与中年男人握手。

岁月带着他们进入酒店大堂,大堂里有五个年轻人分散地坐着,见大家进来,都忙站起来,立正站在那里一动不动。胡春江知道,这都是岁月手下的人。看来,通过爆头事件,师伟有一些惊悚了。不然,正常吃饭还用得着派这么多人进行保卫?罗高明看一下项世成和瞿华莹说:"你们在门口迎接一下师组长他们,我和春江先上楼去,师组长他们来了通知我。""是。"项世成说。

他俩来到二楼一间套房里,三位女招待正在忙碌着,壁炉烧得旺旺的,室内很暖和。罗高明看见这一切,马上触景生情,想起了毛先征。往日,这些事情,都是毛先征办理的,不让罗高明操一点心,而且每件事情办得恰到好处,不亢不卑。而现在,啥事都得他亲自安排。

今天下午,他把玉祥楼老板闻鸿基叫到办公室商量晚上宴席的有关事宜。闻鸿基是位四十岁左右的男人,穿长棉袍,戴皮礼帽。罗高明从订房间、点菜、用什么酒和茶叶到女招待用谁,都一一过问。最后他对闻鸿基说:"你再给我准备一间小型会客厅备用,炉子要烧旺一些。"闻鸿基忙说:"套房隔壁就有现成的,到时你只管用就是了。"罗高明点了点头,看闻鸿基出去,便疲惫地坐下,叹道:"如果毛先征在,这些事儿都是他的事儿,哪用得上我操心啊!"

闻鸿基进来了,他慌忙地说:"罗局座,师组长来了,马上就上来。"罗高明和胡春江赶忙站起来,来到楼道口,只见师伟在前边走,后边跟着王登虎、马丽和胡秋实。罗高明赶忙眉开眼笑、柔声下气地伸出手与他们一一握手。当胡春江握到马丽的手时,马丽很客气地向他点头笑了笑。在上海,他从来没有机会这么近距离看马丽,这会儿这么近看她,又似乎不认识她。马丽用围巾半围着头,细黑的头发露在外边,她的眼睛不大,但很有神采。她的鼻子周边长了几个星星点点的雀斑,这些雀斑不但不影响她的漂亮,而且还给她添了几分美感。胡春江与妹妹胡秋实握手时,妹妹用大大的眼睛看着他,用力攥了一下胡春江的手。在妹妹的问题上,母亲也不来明确的指示,是让联系,还是不让联系她,他都不清楚。胡秋实今晚穿得很洋气,一件天蓝色的大衣,盖着膝盖,贴身的是暗红色的羊毛衣,柔软而光滑。她胸前挂着一个大大的玉佛,晶莹翠绿。纯白色的纱巾很规范地系在脖子上,显得有一些庄重。既然母亲没有明确的指示,他不敢主动靠近妹妹。胡秋实有意地给哥哥瞟了一个小眼神。胡春江假装没看见,嘴里一直在说,欢迎欢迎。

胡秋实后边,还跟着一个人,这个人就是方天成。罗高明心想,肯定是师伟邀请来的。

自从师伟来到满洲里开展督察工作以来,这里的形势一直吃紧,到处都能感觉到风声鹤唳,草木皆兵。师伟的工作作风一直是专横跋扈,任意妄为,对人不讲情面。他身边的服务人员和下属都十分惧怕他。警察局来陪客的人,见了他都很敬畏。师伟很霸气地坐在了餐台的中央,王登虎在他右边,方天成在他左边。马丽和胡秋实挨着王登虎坐下。罗高明和胡春江他们围桌而坐。开宴前,大家都看着师伟的脸色行事,人人假装很轻松地谈着各自的话题。岁月带人在楼下值班,没有上来。一会儿菜已上了几道,白酒也已斟上,罗高明端杯酒,站起来准备讲几句客套话。方天成见此,拍了拍手掌说:"大家静一静,欢迎罗局座发表祝酒词。"罗高明很客气地向大家鞠了一躬,矜持地向师伟笑了笑,说:"尊敬的师组长,尊敬的督察组成员,还有我们的好朋友方处长,大家晚上好!感谢师组长给足我们警察局面子,让我们有一个汇报工作的机会。近几年来,我们警察局在剿共、戡乱、治安重大案件侦破方面,取得了一些成绩。两年来,共抓获各类犯罪人员五百余人。其中抓获共党和异己分子一百四十人,执行枪决的十五人,判刑流放八十余人。抓获大小土匪二百六十余人,执行枪决六人,现场打死打伤一百余人,判刑一百五十余人。抓获各类治安犯罪一百余人。其中重大案件侦破三十二起,破案率达百分之九十六。虽然我们上下努力,取得了一些成绩,但离师组长的要求还差得很远,特别是最近,没有做好工作,让共党分子毛先征他们逃跑了,这是我的耻辱和罪过,要不然把他这条大鱼抓到,顺藤摸瓜肯定能抓到好多共党分子。这件事,我已多次向上峰做了检讨,并请求处分。在这里,我也向师组长您当面悔过自责,请求处理,以便警示众人,以儆效尤。今后,我们会按照师组长您的要求,把工作重点放在清剿共匪上,力保我们满洲里的一方平安。"师伟见罗高明讲得很动情,站起来说:"有罗局座这样的决心和态度,有多少共产党,还愁抓不到?为此,我建议,大家共同干一杯!"大家纷纷站起来,各自端杯。

大家落座后,女招待们赶忙斟酒。师伟似乎是艰难地咽下这杯酒,同时用异样的眼光看了一下瞿华莹,瞿华莹也在仰着脸看着师伟,她那种眼神,胡春江似乎从来没有见过。师伟咽下这杯酒后,脸上呈现出一副痛苦的表情。瞿华莹看着师伟那种表情,脸上的肌肉微微地颤抖一下。这一切,尽收胡春江的眼中。

罗高明气吞山河地把这杯酒喝了。王登虎也是很痛快,脸一仰,一杯酒喝光了。马丽和胡秋实只是闻了闻,没有喝。瞿华莹见马丽和胡秋实没喝,她也闻了一下,放下了杯子。方天成只喝了半杯,酒下肚的一瞬间,他的脸扭曲得如麻花一样。胡春江和项世成见师伟喝完了一杯,他俩也喝了一杯。女招待们把酒斟完,师伟身子往后靠了靠,把脸仰起来。大家知道,他要讲话了。

师伟把身子仰在椅子的靠背上,看一眼罗高明,语速不快不慢地说:"整体来讲,满洲里整个剿共工作还是有成效的,每个作战单位还是用心用力的。但是,工作开展得极其不平衡。我个人认为,驻满洲里的东北军比你警察局工作力度大,成效比你警察局好。方处长这里战绩也是很可观的,有效地堵住了共产党通往苏联的交通线。警察局近两年也做了大量的工作,但与东北军相比,那就差得很远了。本来,你们目前的工作状况,我是准备先与省警察厅沟通交流以后,作为重点问题向北京汇报的。但考虑到你们工作也是主动的,这里的位置特殊,情况复杂,你们的压力不小,所以我决定先不把你们目前的工作作为重点汇报,也不与黑龙江省政府有关方面沟通。再给你们半年机会,干出成绩,抓到共党的大鱼了,我回去为你们请功。如果还是老牛拉破车,老驴拉空磨,那我就对不起大家了,我一定会向上峰汇报。搞不好我会先斩后奏,以儆效尤。"

罗高明卑微地微笑着认真听,头上慢慢地出了一层微微的细汗。他不时地点头,不时地赔笑。师伟讲完话,罗高明带头鼓掌,并虔诚地说:"谢谢师组长宽宏大量,高抬贵手,我们一定努力工作,多抓共党分子!"师伟又说:"我这次来满之前,张大帅在百忙中专门找我谈话,他说满洲里是国家的北大门,是共产党通往苏联的必经之路。大帅让我来这里,唯一的目的就是放开手脚抓共产党,堵死共党北去的道路。大帅还给我尚方宝剑,授予我先斩后奏的权力。"师伟说完停顿一下,看一下瞿华莹,又对大家说:"吃菜吃菜,不说了,不说了,吃菜,喝酒。"他这样一说,罗高明似乎才突然想起这会儿是在宴席上,而不是在开会。他忙拿起筷子夹了一点菜,掩饰一下自己的尴尬。师伟端起一杯酒说:"我们说话归说话,这酒还得喝,来,干杯!"

这时方天成把酒杯放下,对师伟说:"其实,我们破获的不少共党案件都是罗局座、项科长他们提供的线索和协助的,有的大案要案,也是以警察局为主体侦破的。这些功劳,应该记在他们头上。"罗高明忙客气地说:"我们只是做一些信息和情报汇报工作,主要的工作还是您方处长做的嘛。"

项世成插话道:"信息共享嘛,我们这儿破获的大案要案,不少也是您方处长提供的信息。"方天成惋惜地说:"很可惜,上次你提供毛先征的信息,我们动手前他就知道了,不然他怎么能逃跑得那么快?"师伟听后忙说:"这里边一定有原因,很可能是提前泄密了,罗局座你们要好好查查,看在哪个环节泄露的秘密。"罗高明忙站起来说:"我们正在查,我们刚刚成立了警务调查科,胡春江任科长,他办的第一个案件就是调查此事。"

师伟用寒冷的目光看一下对面的胡春江,胡春江忙站起来,给师伟敬了个礼,说:"报告师组长,我们正在调查此事。"师伟问:"有线索没有?"胡春江说:"因为刚刚立案,目前还没有发现有价值的线索。"师伟说:"知道了,坐下吧。"胡春江坐下后,看一眼马丽,马丽用她那一双具有内涵的眼睛在看着他,他回避一下她的目光。师伟的队伍总共四个人,难道,有两个人都是自己人?

罗高明用白色的手绢轻轻地擦了擦额头上的汗,满脸堆笑地说:"师组长,我们的工作没有做好,特别是剿共成绩不突出,今后我们会总结经验教训,把主要精力投入到剿共方面去,感谢师组长的大度包容、支持和厚爱,我们一定不辜负您对我们的期望,自加压力,把共产党在满洲里的嚣张气焰打下去。"他说完,恭恭敬敬地站起来端起酒喝了。

师伟也端一杯酒,说:"来!我与罗局座碰一杯。"罗高明忙端起一杯酒,与师伟碰了一下酒杯,爽快地喝了。师伟把酒咽过喉咙后说:"共产党目前真的有一些嚣张,特别在咱满洲里,达到了猖狂的地步。这次又把两个人打死在火车站,他们这是蔑视我们的存在,挑战我们的能力。如果不把共产党在这里的地下组织根基挖出来,你们怎么向上峰交代?怎么对得起张大帅?下一步不单单是把火车站爆头案件破了,而且必须坚决把共产党在这里的地下组织一网打尽,把设在这里的地下交通线全部摧毁,让共产党的一兵一卒也休想在这里过境!"

师伟说这段话的时候,语速均匀,句句有力,杀气腾腾,大家听着心惊胆战。罗高明赶忙夸赞说:"师组长站得高,看得远,我们一定努力,实现师组长提出的'一网打尽,全部摧毁'的目的。"

师伟看一下项世成,项世成平时那犀利的目光此时已无神采。师伟问他:"项科长,你是情报专家,说说你对咱满洲里共产党活动的看法。"项世成赶忙把身子坐直了,用他那特殊的目光看师伟,笑笑说:"由于我们满洲里的特殊地理位置,它不但有战略意义,而且还有国际意义,因此共产党自然而然地就会把他们的各路组织都在这里设点布站,抢占要地。听他们投诚过来的人讲,这里有共产党中央直管的组织,有东北分支的组织机构,有草原上的共匪自治组织,有苏联共产党直辖的组织,有共产国际的先锋组织。据说他们设站的目的是护送出入境的外国军事专家。他们在这里的隶属不同,分工不同,目的也不一样。有的是情报机构,有的是交通机构,有的是武装机构,有的是后勤保障机构。就共产党这些后勤保障机构而言,他们的分工很细,有的贩枪,有的贩马,有的贩卖物资,他们把大量的物资充分地进行交流,挣到的钱供给他们的各个组织进行颠覆活动。从我们这几年抓到的共产党分子看,我们满洲里是共产党地下组织的交会点,共匪各路人马都在这里活动,形成了复杂的工作网。可惜,我们目前还没有抓到更大的鱼,没有斩断更多的网。"

方天成说:"其实,毛先征就是一条大鱼,他利用职务之便,倒卖枪支给共产党的地下武装组织,用枪支换黄金也是给共产党提供经费。这个人如果抓到,就能把满洲里共党的这张网撕开。然而,正因为共产党这张网严密,让他闻到了气味,逃跑了。下一步,我们东北军和警察局要密切合作、共享情报,力争早日把共产党在满洲里的这张网撕开。"

师伟接着话茬说:"方处长说得对,只有团结、合作,才能共赢!"大家听他这样一说,都忙点头称是。王登虎说道:"消灭共产党是我们共同的职责,我和马丽、胡秋实跟随师组长来到满洲里,其目的就是督促大家下大决心铲除共产党,让天下太平。然而,我们来后,发现最大的问题就是各部门不合作,各行其是,有的单位故意封锁消息,怕别人抢功。这样单打独斗,结果是大鱼抓不住,小鱼漏网了,到头来让共党钻了空子。刚才方处长说得好,我们要好好地通力合作,广搜深挖,把满洲里的共产党从根本上解决。"

瞿华莹见督察组的两个女人都不说话,她也闭口藏舌静静地陪着,不说话。这时师伟看一眼瞿华莹,端起酒杯举了一下说:"我知道瞿科长也是情报高手,是暗访跟踪专家,谈谈你的高见吧。"师伟这么一说,全桌子人的目光都集中到了瞿华莹的身上。瞿华莹不好意思地笑了笑,赶忙站起来,微微地向大家鞠了一躬,抬起头正准备说话,却听到师伟说:"来,碰杯酒,喝了再说。"瞿华莹瞟他一眼,抿嘴笑了。本来,瞿华莹是不喝白酒的,但今天在师伟面前,她不能不喝。她看一下罗高明,罗高明的目光是鼓励她喝的。她有意又看一下胡春江,胡春江正与方天成说着什么,没有看她。瞿华莹走过去到师伟身边,与师伟碰了一下酒杯,然后把脸一仰,喝干了。喝完,她美丽的脸变成了麻花,很痛苦。师伟看着她痛苦的表情,哈哈一笑说:"看来瞿科长真不会喝酒呀!"

瞿华莹放下酒杯,赶忙喝茶。她重新坐下,又看一眼师伟,师伟的目光正好与她的目光相撞,两人的眼睛都亮了一下。瞿华莹有意避开他的目光,环视着大家,一字一句地说:"孙大总统与共产党合作的时候,我刚走上工作岗位,那时候共产党可以以个人身份加入国民党。也就是在那个时候,我开始认识共产党、了解共产党。后来,两党分裂,蒋总司令把共产党列为叛乱团体进行剿杀,汪主席把共产党视为仇敌而诛之,张大帅执政后,也是对共匪进行打击。我们满洲里匪患猖獗,必须得狠狠打击,决不能手软。"

师伟听罢,露出了十分欣赏的微笑。这会儿他轻轻一笑,大家紧张的心情马上放松了。师伟看一眼罗高明伸出大拇指说:"人才呀,人才,不鸣则已,一鸣惊人。

瞿科长平时话不多,但是有水平,有决心,也有能力,好!好!你们罗局座对我讲过,最近要提拔你,你很优秀,看来罗局座的眼准呀!"

师伟的话音刚落,大家的目光都亮了一下。方天成、王登虎、马丽、胡秋实他们倒是没有什么,反应最强烈的是项世成,他的眼睛像黑夜的闪电,亮得是那样快,那样疾。他下意识地看一下罗高明,罗高明似乎也没有心理准备,心里也颤动了一下,眼睛闪动着迷茫的光亮。胡春江心里早有了数,从各种迹象表明,罗高明让瞿华莹接毛先征的班,因此胡春江倒没有感到意外。瞿华莹好像心里也有了数,微微一笑,说:"谢谢师组长的夸赞和肯定,其实我什么也不懂,只是说些感言而已。"

胡春江想,师伟是有意说罗高明要提拔瞿华莹呢,还是无意提起呢?这件事,一定是罗高明汇报给师伟的,不然他怎么知道要提拔瞿呢?胡春江一时想不透,也不再去多想……

菜早已上完,宴席也快要结束。这时,罗高明扭过脸小声对师伟说:"师组长,咱俩到隔壁屋里去一下,我有个小事情需要单独给你汇报。"他俩起身向隔壁会客厅走去。

罗高明口袋里装的东西沉甸甸的,那是两条"小黄鱼"和两块"砖"。他用手摸了摸,跟着师伟走进了隔壁的会客厅。

三十六

　　师伟刚把腿迈进会客室,罗高明就把门关上反锁住了。会客厅的壁炉火红火红的,室内温度十分宜人。罗高明从自己身上突然掏出一包东西,很专业很迅速地塞进师伟的棉大衣兜里。师伟有力地按住了他的手,问:"干什么?你这弄的是什么?"罗高明忙说:"师组长,您来满洲里这么多天了,我什么也没表示过,真是失礼啊,希望您谅解,这是我们全局同人的一点点心意,请您务必收下。如果您不收,就是还在生我的气,就是看不起我们警察局。"

　　师伟还是扭捏着把手伸进自己的衣兜里,要把那东西掏出来。罗高明用力按住他的手说:"师组长,前些天我去奉天府见了少帅,他让我向您问好,他说你们是在北京同时接受孙大总统训话时认识的,是同学。"师伟一听,停住了扭捏,睁大眼睛问:"你能与张学良少帅说上话?"罗高明说:"是啊,少帅一旦到这里视察防务,都要到我家里吃饭。"师伟不解地问:"你们的关系是……?"罗高明故意轻描淡写地说:"世交,家父在大帅手下当过团参,与少帅一起打过仗。"师伟"噢"了一声,不再扭捏。他说:"当年,我和少帅在北京轮训,亲自聆听孙中山先生的训话。更有幸的是,我认识了少帅张学良。少帅有才,有谋,有胆略,我佩服得很。你这样说,我们都是自己人了,是自己人我就不外气了,这东西我先收下,以后工作上有什么困难找我好了。"其实,对这种不费之惠他师伟是不会拒绝的,这会儿罗高明又说出与少帅的关系,他顺水推舟就收下了。罗高明听罢忙说:"今后,师组长您还要对警察局的工作多多关照呀。"

师伟看一眼罗高明,笑道:"我说东北军每年怎么支持你那么多武器呢,原来高堂和帅府是世交呀。"罗高明点了点头。师伟说:"老兄既然你与大帅府有这么深的关系,为啥不要求调到省警察厅任职呢?"罗高明顿了一下,似乎没有反应过来,哈哈一笑说:"师组长,我哪儿也不去,我很愿意守在边陲小镇奉献自己的一切。孙大总统说过,革命尚未成功,同志仍须努力。我决意在这片广阔的草原,与共产党决战到底!"

"好! 有志气!"师伟伸出大拇指说,"那以后咱兄弟要长枕大被,团结一致,共同为国家效力!"罗高明高兴地说:"好,我们兄弟一定要共处同德,友爱抗敌!"说完,哈哈大笑起来。

当师伟和罗高明回到宴席上时,方天成正搂着瞿华莹在跳舞,音乐是江南民歌《鲜花调》。见师伟和罗高明回来了,瞿华莹忙松开了手。方天成看着师伟微笑着说:"大伙非让我献丑,没办法,只好赶鸭子上架了。"他看一眼瞿华莹说:"还是瞿科长舞跳得好。"瞿华莹用手理了理面前的头发,脸红了红说:"我还是上中学时学的跳舞,这么多年了,不会走舞步了。"

师伟咳嗽了两声,坐下笑道:"继续跳,继续跳,还有谁想跳,尽情地跳吧,这酒不要喝了。"

马丽微笑着站了起来,她走到胡春江身边轻轻地说:"我请胡局助跳一曲吧。"胡春江没有心理准备,抬头看了一下马丽,很被动地说:"我跳得不好,请多多包涵。"他站了起来,顺便看一眼妹妹,妹妹正笑眯眯地看着他。妹妹的笑容,流露出母亲的神态。其实胡秋实长相也不随母亲,但她笑的一瞬间,带着母亲某一种神情。胡春江看见这一神情,心里暖暖的。方天成一看马丽主动邀请了胡春江,他又邀请瞿华莹跳舞,瞿华莹似乎很不情愿,她犹豫了一下,扭头微笑着看师伟,最后还是站起来,陪方天成跳起舞来。项世成走到胡秋实面前,很绅士地把手一伸,微微地鞠了个躬,说:"请您跳舞。"胡秋实很大方地莞尔一笑,站起来与项世成跳了起来,一位女招待把音乐放得声音大一点,瞬间宴会变成了小型的舞会。

师伟和罗高明坐在餐桌前,在议论着什么。

音乐还是放的《鲜花调》。胡秋实懂音乐,会弹钢琴,舞步也标准、轻盈。马丽的舞步也很优美,加上胡春江男步走得很规范,马丽感觉很轻松。马丽轻轻地对胡春江说:"你跳得不错嘛。"胡春江说:"只会走一步摇,别的不会。"马丽小声问:"在上海学的?"胡春江小声回答:"是,是在大世界舞场学的。"大家越跳越放松,舞伴与舞伴之间都开始交流起来。这时马丽又小声对胡春江耳语道:"上海来个叛徒认识你,你也认识他,他先是闸北区工委的一个交通员,后调入中央机关工作,负责公共租界秘密交通工作,后秘密叛变。到满洲里十多天了,还没露面。他有可能被派到警察局当骑警,你要当心。"胡春江小声问:"叫什么名字?"马丽说:"叫赵奇,代号叫霞飞。"胡春江一听,说:"我认识。"马丽说:"行动队正在追杀他,如果把他干掉了,那就不说;如果迟迟找不到他,那就是件麻烦事。"胡春江问:"上级有啥指示?"马丽说:"上级指示要尽早地除掉他,不然你一旦被他认出来,那我们前期所做的一切都将付之东流。"

大家似乎都还在兴头上,没有结束的意思。

这时,师伟和瞿华莹也跳起来,他正和瞿华莹忘情地边跳边谈笑风生。瞿华莹把身子贴在师伟的胸前,表现出幸福的模样。罗高明佯装没看见,坐在那里吸烟。胡春江倒是在认真观察着他俩的每个动作和笑容。王登虎请胡秋实跳了起来。两人悄悄地不知道说些什么。

罗高明因为把礼物送了出去,显得很轻松自如。他观察着跳舞的每个人,如看大戏一样陶醉。

马丽与胡春江跳了两曲,后来,她主动邀请方天成去跳了。胡春江走到罗高明身边坐下,顺便给罗高明添一点茶水。他想起刚才马丽给他讲霞飞可能要打入到将来的骑警队伍里的话,想了想问:"局座,马匹都已经到位,养马的人也都到岗,我们啥时候招骑警呢?"罗高明问他:"怎么,想介绍人吗?"胡春江心里一动,顺着他的话说:"是啊,我有个朋友的儿子,想当警察,我想咱招骑警了让他来报名怎样?"罗高明问："他是会骑马呢,还是会养马?"胡春江说："骑养都会。"胡春江想把养马场的一个叫钱士钧的饲养工介绍来当骑警,他是老魁培养的党员,人很机灵,工作干得很出色。

罗高明想:胡春江办事稳妥,从容按节,让人放心,于是说："近日我们得开个中层以上的警官会议,把招骑警的事情通报一下。马是你买的,招警的事儿,你也负责吧。"胡春江想想说："好,我明天就着手准备。"

一曲终了,师伟拍拍手说："好了,好了,时间不早了,散了吧。"

大家纷纷穿衣服拿东西。宴会在欢快的舞曲中结束了。

…………

罗高明回到家里,妻子明决已经睡着了。他略有一点醉意,但大脑还是十分清醒的。妻子明决听见他回来了,问道："喝这么长时间?"他回答说："边喝酒边唠嗑,后来又跳起舞来。"明决睡意蒙眬地说："匪患泛滥成灾,你们还有心思跳舞?"罗高明钻进被窝说："师伟他们工作很辛苦,跳舞放松一下是可以的。"明决问："东西送出去了?"他说："送出去了。刚开始他不想收,有些拿捏,后来我说少帅让我向他问好,他一听这话,立马收下了。我发现我一说少帅,他的态度马上变了,眼中的傲慢瞬间没有了。他说他和少帅一起在北京受过训,关系也很好。"

一会儿,罗高明自言自语地说："师伟是多么成熟的人,今晚却说了一句不成熟的话。"明决问："他说什么话了?"他长出一口气说："在那种场合,他说我马上要提拔瞿华莹了。提拔瞿华莹还属于保密阶段,连瞿华莹自己也不知道,师伟今晚突然把盖子掀开了。"明决说："谁让你嘴快提前告诉师伟呢。"罗高明若有所思地说："如果是师伟口误,那也就算了;如果是师伟故意说出来的,那就有问题,那就证明,师伟和瞿是有关系的。真有关系的话,他俩是什么关系呢?"明决说："男人们与她还能有啥关系,床上关系呗。"罗高明说："他俩真要是床上关系,那就更可怕了!"明决把身子翻过来,用毒毒的目光看着丈夫问："你真的要提拔这个浪女人?"他说："不提不行啊。"她问："有人逼你?"他点了点头。她问："谁逼的?"罗高明说："说了你不会相信,是大帅府的人让提她的。"明决一听,突然坐了起来,惊愕地问："她是大帅府的人？她不是汪精卫的人吗！难道她是双重身份？"罗高明想想说："大帅府是否受人指使也不好说。现在的人都很复杂，弄不清她真正是谁的人。现在大帅府有指令让提拔她，那我只好听大帅府的。"明决问："让她接毛先征的位置吗？"罗高明说："目前只有这个位置。"明决重新躺下，叹道："让她干这个职位，以后花钱就不容易了。"罗高明说："是啊，像毛先征那样贴心会事的人不多了。可惜他是共产党，我真不明白，他怎么会是共产党呢？"明决说："看来人家共产党用的人都是有城府、有本事的人，再看看你们……"

…………

刚才胡春江是和罗高明、项世成、瞿华莹他们一块儿回警察局的。胡春江到家的时候，井黎黎还没有睡。井黎黎刚洗完头，她正穿着睡衣在整理头发，浓浓的香水味飘满室内。井黎黎整理完头发，问："今晚督察组的人都到场了吧？"他说："到了。"他把马丽给他说的话说了一遍。井黎黎警惕地问："这个叛徒认识你，而且还要把他往警察局里派，是不是敌人已经瞄着你了。"他说："现在还说不准，但他们派这个赵奇打入警察局，一定是有用意的。"井黎黎想想说："今晚这算不算马丽正式与你接上头呢？"胡春江说："我们和马丽不是一个线上的人，本来没有接触任务，但今天她主动与我说话，并传送了这么重要的情报，我想也算正式接头吧。"井黎黎说："这个情况很重要，我们得马上向上级报告一下。"胡春江低头想了想说："马丽主动传递给我们，那么上级自然也会知道，我猜上级很快就会把这一情报通报下来的。"井黎黎问："那咱们上报不上报呢？"胡春江说："我们先上报吧。"

胡春江边洗脚边说："今晚罗高明已表态，招骑警的事情让我负责，我想让养马场派两个年轻人来参与应聘，主要是一旦赵奇出现，便于应对。"井黎黎说："这个办法好，他们参与到应聘的人群中，也不会被敌人发现。最好让小寒带个年轻人来，小寒有战斗经验，有很强的应变能力。"胡春江洗完脚，把水倒了。他接着说："咱俩想到一块儿了，我计划让小寒带着养马工钱士钧来应聘，钱士钧也很成熟稳重。不一定让小寒打进来，我计划把钱士钧打到骑警内部来。"井黎黎说："那你明天去养马场与陆师傅和老魁商量一下，也好让他们出出点子，想想办法。"

井黎黎睡到床上，一时睡不着。她对他说："你过来一下。"胡春江抬起头问："有啥事儿？"她笑着说："你过来。"他还是不解地看着井黎黎。她说："你到我床边来。"胡春江坐了起来，他问："需要我干啥事吗？"井黎黎似乎很不耐烦地说："让你过来你就过来，哪那么多废话。"胡春江站起来，走到她的床前，他不解地看着她的脸。只见她微笑着在看他，她眉上的黑痣跳动了两下。她说："来，你摸摸我的小肚子。"他的脸突然热了一下，红了。井黎黎嘿嘿地笑了，说："我的大领导，让你摸摸我的小肚子你就脸红了，你想什么呢？"胡春江说："你没事吧，是不是小肚子疼了，如果疼了咱去医院。"

她悄悄地、很幸福地说："我怀孕了。"

胡春江一惊，问道："什么，什么？你怀孕了？你结过婚？"他似乎不相信自己的耳朵。

她甜甜一笑说："你说呢？"

他很激动地问："嗨，你怎么不早说呢？你先生是谁，在哪儿？"

井黎黎把食指放在嘴上说："别问，保密。"

胡春江用手摸了摸头说："恭贺你呀！"

井黎黎说："这些天一直想吃酸东西，明天你多给我买些酸白菜回来吧！"

胡春江忙说："可以可以。你还想吃啥，我给你买。"

井黎黎想了想说："明天我把怀孕的事儿说出去，先说给明决，她的嘴快，让她传播传播。这样更便于我们开展工作。"

胡春江仰起脸，想了一下说："是个好办法，我同意。"

井黎黎说："明天你把我怀孕的事情向老魁、陆师傅，对了，还有小枫他们通报一下，让他们心中有数。特别是小枫，你要向她解释清楚啊，她千万可别误会啊！"

"不会的，绝对不会的。"他说。

井黎黎说："女人的心思我了解，你还是解释清楚为好。我可是有丈夫的人，我丈夫也是革命者，和我们一样，为党在做着很重要的工作。"胡春江问："你丈夫是在哪儿工作呢？"井黎黎说："无可奉告！"他又问："咱俩在这儿扮演夫妻，他支持吗？"

井黎黎说:"这是革命的工作,他有啥理由不支持呢?"

胡春江说:"我会向小枫解释的,她也会理解的。"

她喃喃地说:"这些天上级也没有来新的指示,也不知道各地的代表走到哪儿了,说是今年6月中旬准时在莫斯科召开会议,现在已是3月中旬了,怎么一个人也没有过来,是不是有什么变故了?"

胡春江说:"不可能有变故。但我也感到有问题,算算时间,代表们该过来呀,怎么会一点动静也没有呢?"

她说:"落娃和她父亲也不知道离开满洲里没有,没有他俩的一点消息。呼伦湖也没再来联系,他们在忙什么呢?田家彬不是在满洲里指挥消灭叛徒的战斗吗?这些天也没有他的消息。方天成、项世成他们天天在抓人,隔壁看守所审讯室里每天晚上都在刑讯逼供,惨叫声不断。真让人担心。"

胡春江说:"耐着性子等吧。我们的任务就是护送,其他的事情,我们先不去考虑。"

不知不觉,两人都进入了梦乡。

…………

第二天早上,胡春江还没睡醒,井黎黎就喊他:"快醒醒,小宋吹笛儿了。"他一骨碌爬起来,坐在地铺上认真听。养马场那边,飘来了笛声。他一听,是让他过去呢!笛声吹了四遍,不吹了。

胡春江洗漱完毕,井黎黎还没有做好早餐。他穿上制服佩带上手枪,先走出去到操场散步。

罗高明从前边走来,老远就叫道:"春江,过来。"

胡春江迎面走过来,说:"罗局座,您早啊!"罗高明说:"都早啊!"他俩并排往前走着,罗高明说:"昨晚我看你和马丽谈笑风生,过去你们认识?"胡春江心里一沉,想,难道他看出了什么?昨晚应该不会有什么破绽。他马上自然地笑道:"过去不认识呀,真正接触也就是昨天晚上。"罗高明"噢"了一声,他没有再问其他。胡春江反问道:"怎么局座,你过去认识她?"罗高明摇摇头说:"不认识。我看督察组的两位女人昨天晚上一言不发,水深呀。"胡春江说:"是啊,没有社会背景和能耐的人能进入督察组吗?还有那个王登虎,看着不怎么说话,其实心里做事呢。我看有机会了这三个人也得打点打点。"罗高明说:"咱俩想到一起了。这样吧,随后,我让总务科再准备点礼物,你负责给他们送去怎样?"

胡春江停了一下脚步,扭头看一下罗高明问:"我合适吗?"罗高明说:"合适,非你莫属,其他人我不放心。"胡春江想了想说:"那好吧,礼品备齐了你通知我一声。"罗高明说:"男喜欢玉,女爱金。我想给王登虎准备一个翠观音,给马丽和胡秋实每人一个金佩件。"胡春江沉思了一下说:"我看呀,给他们实物不如给钱,他们终究是要回北京的,实物不好携带,给钱带着方便。"罗高明想想说:"还是给实物吧,这玉和黄金都能换钱的。"罗高明之所以这样做,是他家里这种实物太多,他想把这种实物变成现金。于是,他和老婆明决商定,把从总务科取出的钞票换成他家里的玉器和金首饰,然后给督察组他们三位。胡春江也猜到了他这点心思,只是不说透罢了。胡春江忙迎合着说:"实物也好,实物能升值,而现在的钞票和大洋都在贬值,手里拥有黄金玉器,心里踏实。"

罗高明双手背在身后,慢慢地走着。他说:"好吧,就这样说吧,随后你生办法把东西送给他们。天不早了,回去吃早饭吧。"胡春江说:"好咧,再见。"胡春江正要转身,罗高明说:"上午开个中层以上的警务会议吧,把瞿华莹的任职宣布了。"刚才听到小宋吹笛通知他,胡春江得去养马场,所以他上午不能参加这个会议。于是他忙说:"局座,我和日本商人约好了,今天上午去完善咱购买马匹的手续,上午这个会,我就不参加了吧。"罗高明一听说去完善购买马匹手续的事情,也就同意了。他说:"行呀,今儿上午就是宣布瞿华莹任总务科长一职的事情。当然,也把招聘骑警的事儿吹吹风。"

三十七

吃完早饭,胡春江穿着制服,带着井黎黎大摇大摆地来到了养马场。

陆师傅在老魁住室等他们。小宋在院内修他平时拉货骑的三轮车。小宋见他俩来了,放下手中的钳子,亲热地对他俩说:"陆师傅和老魁在等你们呢!"

胡春江和井黎黎走进老魁住室,小宋也跟了进来。陆师傅和老魁两人在默默吸烟。井黎黎进来就开始咳嗽,胡春江想起她怀孕的事儿,忙说:"你俩都把纸烟灭了吧,井黎黎她身体不好。"井黎黎脸红了红,笑笑没有说什么。小宋忙把门打开,让新鲜的空气进来。陆师傅和老魁赶忙把纸烟灭了火。胡春江坐下后,看了看陆师傅和老魁说:"今天早上小宋不吹笛,我今天上午也是要来的。"老魁问:"上级有指示来了?"胡春江摇了摇头。陆师傅问:"有新情况?"胡春江说:"有一个新情况,得给大家说一下。"胡春江把南京国民党中央派来叛徒赵奇的事儿说了,但他没有说是马丽传递的情报,因为马丽的身份对外是绝密。老魁问:"派他来当骑警?"胡春江点了点头,说:"省警察厅要求骑警大队今年 6 月底前必须开始运行,警察局今天上午开会就是要安排此项工作。现在马匹已到位,很快就要面向社会招聘警员,这个赵奇就会混进应聘队伍里入警。"陆师傅问:"你和这个赵奇共过事儿?"胡春江说:"没有与他直接共过事儿,但我们相互认识,他的代号叫霞飞。他先是闸北区委的一个交通员,后调走,负责公共租界的地下交通工作。"

陆师傅问："上级有啥指示没有？"胡春江说："上级已有明确指示,尽早除掉他!"老魁问："这活让谁干呢？"胡春江说："上级没有明确说让谁干,但肯定有人干!"小宋说："我们现在是特殊时期,咱们谁遇到他谁干。"他说完,又笑笑说："可惜我们都不认识他,只有春江同志认识他。"井黎黎说："这个任务绝对不会交给我们的,我们有我们的重大任务。"

胡春江把话题一转说："这个事就先说到这儿,回头我们把对策想好了再讨论。今儿个小宋吹笛让我来有啥事情？"

小宋说："是这样的,昨天晚上我回到日杂店,小枫给我讲了一件事情,我认为这件事情有些蹊跷,小枫俺俩商量,得马上向您汇报。"

胡春江一听,眼睛一亮,目光里带有一点意外,问："啥情况？"

小宋说："昨天下午,哈尔滨方向过来一列火车,下来的乘客中,有两个人小枫认识,一个是上海工委的领导人,一个是黄浦区委的同志。当时小枫很激动,想,终于盼到来人了。她悄悄地站在日杂店门口观察,结果发现那两个人分头到火车站广场一个小旅店去了,这个旅店叫昌升旅馆。他俩前后进去没多久,广场上过来两辆人力车,把他们分别拉走了。我和小枫认为,这个时候上海过来人,应该是与过境去苏联开会有关。可是,他们对咱的日杂店没有一点反应,反而对昌升旅馆很敏感。难道,他们不是过境去开会的人员？"

胡春江听罢,看了大家一眼,沉默了一会儿说："上级明确讲过,咱们是唯一一个特殊交通站,没有第二个。我深信,计划不会变,任务更不会变! 现在我党往这里派遣的人员很多,上海这两位同志,应该不是出席会议的代表,可能另有任务。如果是过境的代表,肯定会对小枫的日杂店有反应,不会视而不见。"他说完,大家都沉思了一会儿。陆师傅说："春江说得对,在接到上级新的指示之前,我们的决心不能动摇,完成任务的信心不能动摇。如果有啥变化,以上级的指示为准,我们不能乱猜,更不能乱了决心。"老魁说："我同意陆师傅的意见,我们还得抓紧备战,迎接任务的到来。"井黎黎说："我们不能受任何外在因素的干扰,认准任务方向,用百倍的努力,保证完成我们重大的任务。"小宋说："我们一切都准备好了,只等任务来临。"

大家议论了一阵子,最后形成统一的意见,那就是继续等待。老魁突然说:"春江,这次购进这么多匹马,现在每个马厩都是满满的,这些马匹啥时候运走啊?"胡春江说:"安显一郎正在找日本领事馆领事田基协调火车皮,这一百六十匹马需要两节火车皮,不出意外的话,下周就能运走。"

安显一郎一直住在满洲里没走,在满的所有日本人,都不知道他的真实身份。田基只知道这批马是运往大连日本军营的,说是大连要建日本骑兵学校。其实,这批马是运给大连一个日本贩马商人的,他有往关内各省贩马的渠道,每年有几千匹马通过他的平台往关内卖。胡春江问老魁:"小寒不在?"老魁说:"小寒去草料场买草料了,现在的草料只能维持半个月。"胡春江想了想说:"警察局马上开始招骑警了,我想让小寒带着饲养员钱士钧去应聘,主要是应对赵奇的出现,赵奇一旦出现在应聘现场,那他就不能走出我们的视线,要牢牢地控制住他。另外,我计划让钱士钧通过这次应聘打入骑警队伍,为将来在警察局建立党组织储备力量。"老魁把话题又引到叛徒赵奇身上,他说:"这个叛徒不如早一点铲除了好,否则节外生枝引起麻烦不说,影响我们的任务完成是大事儿。"陆师傅说:"我同意老魁的意见,抓紧联系保卫部的田家彬。"

胡春江说:"这家伙目前隐藏得很深,鉴于前期我们锄奸的力度太大,应该已经震慑住他了,我估计赵奇现在不会轻易露面,这就给我们铲除他的行动带来了困难。他就是来应聘骑警,肯定也是改名换姓,绝对不敢用真实的姓名。"井黎黎说:"是啊,我们应做好两手准备,一手力争提前除掉他,一手把他招到警察局,让春江慢慢对付他。"老魁想想说:"第二个方案风险太大,万一他暗地里向他的上级报告春江你的身份怎么办?"胡春江冷冷一笑说:"我现在是警务调查科的科长,轮不着他开口我就把他先关起来。"陆师傅说:"这是一步险棋,计划要细,行动要严谨。"小宋说:"我们的任务是护送代表们过境,不能过分与赵奇进行纠缠,那样会影响我们的精力。"

这时,有人敲门,小宋忙起身把门打开,进来一位饲养员,他说:"门口有位送牛奶的年轻人，他说早上给井黎黎送的牛奶过期了，这会又给她送来一瓶新鲜的。"

胡春江和井黎黎一听，迅速地抬起了头。他俩知道这是交通员来送情报的，上级一定有重要通知来了，不然交通员不会追到这儿来。胡春江对进来的饲养员说："知道了，让他在大门口等着我，我马上去取。"说完他轻轻地给井黎黎递个眼神，井黎黎马上起身说："我去取吧。"说完她跟着饲养员出去了。

胡春江接着说："一百六十匹马半月之内就能调走，老魁你们还要耐着性子把这一批马养好。小宋回去和小枫要继续观察动静，一旦有异常情况马上回来报告。小宋今天表现得很优秀，那个昌升旅馆要重点盯着，随后我以检查治安的名义去看一下那个旅馆。赵奇的事儿我们先按兵不动。再说寻找赵奇也不是我们的任务，等他出现以后我们再应对。"

这时井黎黎提着牛奶瓶进来了，她看一眼胡春江说："回去吧，这牛奶再等等又不新鲜了。"胡春江知道，一定是有重要情报不便说，不然井黎黎不会急着回去。胡春江站起来对大家说："这些天，国民党各方反共势力都在满洲里寻找我们的组织，师伟扬言不抓到我们一个大人物决不回北京。市政府特务科就有五十多人，他们抓人不讲程序，不讲规矩，怀疑谁抓谁，看谁不顺眼就抓人，这支队伍目前归师伟使用，把满洲里这个地方弄得乌烟瘴气。"这时井黎黎插话道："南方各级特务组织归各级国民党党部管辖。北方地区各级党部都还不健全，这里的特务组织归各级政府管理。"胡春江接着说："方天成急着表功，也在到处抓人。警察局的项世成，还有特别行动队的叶自文，都像疯了一样在寻找线索。罗高明的权力受到外来势力的挑战，单靠东北军的关系恐怕也会授人以柄，他也得干出点成绩向上级交差，于是就成立了警务调查科，想双管齐下，从不同角度入手，抓我们的人，破坏我们的组织。因此，这些天大家没有特殊事情，不要外出，特别是我们交通站的核心成员不得随意外出。如果必须外出，那要进行伪装，以防叛徒认出。"

胡春江和井黎黎走出养马场，路上没有行人，她小声对他说："交通员口头交代，让你这会儿马上去满洲里地质研究所，那里有人急着见你。"胡春江一听，忙说："可能是落娃和她父亲要见。"井黎黎想想说："应该是。"

胡春江和井黎黎回到警察局家里,已经快中午了。胡春江换了便装,把手枪插在腰里。他正要出门,井黎黎嘱托他说:"老规矩,要拐几个地方观察一下,不要急着去,更不能直接去,地质研究所门口有个修自行车的中年人,那是田家彬的人,你一会儿骑自行车去,到那里先修修车子,观察一下情况再说。"胡春江说:"好吧,我一定小心从事。"

　　胡春江骑自行车先到一个典当行去看一款瑞士手表,胡春江在砍价的时候,用余光看门外的动静,没有发现什么异常。他笑笑对老板说:"抱歉,今天我没带太多的钱,改天来取。"说完他转身走了。

　　胡春江刚出门,典当行的老板娘从后边室内走出来,她说:"这个人好像是警察局的,他不像是来买表的。"老板一惊,忙问:"你见过他?"老板娘说:"我好像在哪儿见过,当时他穿着警察服装。"老板说:"我也认为他好像不是来真心买表的,他与我讲价钱时有点心不在焉的样子。"老板娘自言自语地说:"那他无缘无故地来干啥呢? 是不是咱那两件事让他们知道了?"老板想了想说:"不会吧,那两件事只有咱俩知道,别人不知道呀。"两个人忧心忡忡地议论一会儿,都感觉今天此人进来买表有些蹊跷。两个人心里都忐忑不安起来。

　　胡春江骑自行车拐进一个小胡同,细心地观察一下周围纷扰的人流,然后又进一个山货市场转了一会儿。这里来买山货的人很多,熙熙攘攘,车水马龙,没有人注意他。他买一双猎人用的皮手套,离开了这里。

　　满洲里地质研究所在拴马桩街。这个街的名字可能与成吉思汗拴马桩的故事有关。成吉思汗拴马桩是呼伦湖一大奇观,巨大的石头单柱立在水面中,嶙峋峭拔,神秘莫测。拴马桩的传说版本很多,但不管哪个版本,都是说成吉思汗当年在这里拴马躲敌,绝路逢生,然后终成大器。

　　胡春江老远就看见地质研究所门口,有一个修自行车的人在往这边张望。他再走近一看,地质研究所门口停了两辆军用三轮摩托车和一辆小吉普车,他的心顿时提得老高,一种不祥的感觉袭上心头。胡春江赶忙跳下自行车,正好有一个杂货商行开着门。他把自行车扎好,走进商行观察动静。这个杂货商行斜对着地质研究所的大门,那里的一切尽收眼底。老板是位中年妇女,正与几位客人商量价钱,她见胡春江进来,忙问:"客官想要些啥?"胡春江很客气地笑笑说:"我随便看看。"

一会儿,从地质研究所大门内先走出了四名手端步枪的士兵,随后又有两名挎手枪的军人架着莫洛米夫走了出来。莫洛米夫挣扎着说一些什么,架他的两名军人也不理会他,拉着他往前走。最后出来一位中尉军官,戴着墨镜和白手套。前边四个士兵分别上了两辆摩托车,莫洛米夫被架到后边的吉普车里。中尉军官站在门口,向四周看了一圈,然后整理一下军帽,快速地上了吉普车。胡春江看着这一切,脸色苍白地站在那里。店里的客人不再与老板搞价钱,而是跑到门口看热闹。胡春江知道是出事了,他压抑得有些出不来气。

摩托车和吉普车一溜烟地开走了。

"这个外国佬犯啥事了?"有人在议论。

女老板说:"他是个地质专家,苏联人,他能犯什么事呢?"

胡春江稳定一下情绪,心想,落娃肯定不在研究所内,在了也会被带走的。他心里很清楚,这些军人一定是方天成的人。那么,是哪儿出问题了,他们会把莫洛米夫带走?他前不久听说,方天成和项世成摸排一条共产党的大鱼,难道就是指的他?

地质研究所门口恢复了平静,刚才门口那个修自行车的中年男人,一直手拿一只自行车轮胎站在那儿看发生的一切。这会儿他坐下来沉思吸烟。胡春江知道他是自己人,但他此时不能与他发生联系。

胡春江走出了杂货店,正要推自行车离开这里,这时从前方过来一辆人力车。车夫头戴一顶礼帽,一身棉袍,脚穿一双大头翻毛皮鞋,当驶近胡春江时,那车夫给他使了个眼神。他一看,竟是送牛奶的交通员。这人力车快速驶过去,他忙骑上自行车跟上。当行驶到一个没人的地方,交通员扭头看一眼胡春江,胡春江忙赶上来,与他肩并肩行驶。交通员小声说:"速到白广路5号,落娃在那里等你。"他问:"出什么事了吗?"交通员说:"到那里就知道了。"他俩说着正好到了一个十字路口,人力车一拐,钻进一个深胡同里去了。胡春江顾不了别的,忙骑车向白广路5号赶去。

　　胡春江对白广路一带很熟悉。但对 5 号没有什么概念。当他骑到白广路 5 号时,他惊了一下,因为 5 号的大门口悬挂着日本国旗。胡春江抬头望了一下,这是一座两层白色的建筑。大门是灰色的,整体是日本建筑风格,看这气派肯定是锦衣玉食的富裕之家。会不会是交通员交代错了呢? 他犹豫了一下,把自行车放到门口,上前拍了拍门。一会儿,门开了。他一看,开门的不是别人,原来是安显一郎。安显一郎平静地点了一下头,笑笑说:"把车子推进来吧。"胡春江转身把自行车推进来,安显一郎把门关上了。

　　安显一郎问:"你还不知道我在这儿住吧?"

　　胡春江说:"不知道。"

　　安显一郎说:"赶快进屋吧。"胡春江迫不及待地走进了这座具有日本建筑风格的院落。

三十八

安显一郎带他进了主室,他进来一看,室内有两个人,一个是落娃,另一位是呼伦湖。

胡春江进屋就说:"刚才我在地质研究所看见方天成的人把莫洛米夫先生带走了,知道是咋回事吗?"落娃眼睛有些红红地摇了摇头。

呼伦湖说:"目前还不知道是什么原因带走莫洛米夫先生,此情况已通报给东北军地下党组织,让他们把这件事摸清楚。我想很快就会知道是什么原因了。"

胡春江坐在落娃对面,不知道怎样去安慰她。

安显一郎坐下,看一眼落娃,然后对呼伦湖说:"事情出来了,我们要面对,心不能乱,心一乱,阵脚就要乱,阵脚一乱,一切皆乱。给胡春江同志说任务吧。"

呼伦湖抬起头,打起精神,他看着胡春江说:"本来我们约你到地质研究所布置新任务的,谁知道这个时候出事了。刚才我在去地质研究所的路上,落娃出来办事,我俩才没有被堵到屋里,真是无处不危啊!"落娃说:"想想真有一些后怕,不是怕把我们抓走,而是怕耽误了重大任务。"安显一郎说:"给胡春江说任务吧,说完任务再讨论今天的事儿。"

呼伦湖对胡春江说:"上级安排一项新的护送任务,明确交代让你们特别交通站来完成。"

胡春江一听说任务,来了精神,问:"什么任务?"

　　呼伦湖说:"有位外国专家和他的助手,后天晚上要从咱们满洲里入境,然后乘火车到关内去。上级要求我们不惜一切代价,把他们安全接入境内,并护送出满洲里。"

　　胡春江问:"他们从哪儿入境? 乘什么交通工具?"

　　落娃对胡春江说:"他们后天中午从那边86号小站下火车,晚上步行穿越边防线。苏联派军人护送到边境上,你们交通站负责从苏联军方把人接到,然后连夜越境进入城内,大后天早上有满洲里到哈尔滨的火车,你们再把他俩安全地送上火车。"

　　胡春江问:"后天晚上大约什么时间?"落娃说:"定的是下半夜,也就是一点到两点之间吧。"

　　呼伦湖对胡春江说:"火车上的安全由田家彬负责,他的人目前就在满洲里,到时候他会安排精兵强将,一路护送出东北。春江,你的任务就是迎接客人过境,护送入城,大后天再把客人护送上火车。你得制订出详细的接应护送方案,方方面面的情况都得考虑到。时间紧,任务重,你谈谈你的看法吧。"

　　胡春江本想上级安排过来的任务,一定是各地党代表过来了,或者是党中央的主要领导过来了,没想到是外国专家要入境。胡春江把这项任务思考一下,马上形成了思路,他这个思路有一些大胆,但也切实可行。他环视一下大家说:"明天我让裁缝店准备几身东北军的服装,让交通站的同志扮成东北军下半夜出城,到指定地点迎接国外的军事专家。"

　　呼伦湖说:"我看这个办法可行,但一定不能与东北边防站的士兵发生冲突。要侦察好路线,掌握着边防军巡逻的规律,力争达到'秘密地迎来,悄悄地送走'的目的。"

　　落娃说:"这件事情是我父亲一手策划的。春节前他受中央委托向共产国际申请要专家,共产国际批准了我父亲的申请。这位专家,经过千辛万苦,辗转多个国家,才到莫斯科,然后几经周折才到我们86号小站。后天终于要入境了,我父亲却……"

呼伦湖忙说:"落娃同志,你心里别难受,现在事情还没有弄清楚,不知道东北军为啥把莫洛米夫同志抓走。我们的同志正在了解情况,等有确切消息了我们再制定营救的方案。迎接外国专家的事情已落实给了胡春江同志,我相信胡春江他们会圆满地完成任务的。落娃,你现在在这儿哪儿也不能去,等组织上有指示了,咱再行动。莫洛米夫被抓的情报正在向哈尔滨党组织上报,我想马上就会来指示的。"

　　落娃轻轻地说:"好吧,我们等上级组织的消息。"

　　胡春江停了一会儿对呼伦湖说:"能不能给我协调一辆军用小汽车,我想后天晚上用汽车接送,这样又安全又神速。"呼伦湖说:"可以。但边境线上必须步行,不能用任何交通工具。"胡春江说:"这个我明白。"落娃说:"接头的暗号是这样的。我们先问:'来人有会说汉语的吗?'对方答道:'有,我是东北人。'我们又问:'东北哪里人?'答:'是长春人。'又问:'长春哪里人?'答:'长春皇宫里的人。'"胡春江把暗号默默地记在心里。落娃又说:"对方过来四个人,一名专家,一个中国翻译,二个苏联随从。都是男人,没有女人。"

　　呼伦湖问胡春江:"接头暗号记住了?"胡春江点了点头说:"记在了血液里。"呼伦湖说:"那请你再复述一遍。"胡春江马上复述了一遍。

　　这时,安显一郎在忙着给他们烧开水。胡春江像突然想起什么,问安显一郎:"一郎君,咱购的一百六十匹马何时能运走?"安显一郎说:"车皮已经定下了,可能到月底走。"胡春江说:"开销太大,养马场有些吃不消了。"安显一郎笑笑说:"你转告老魁他们,让他们再坚持几天。车皮确定后,马上就运走。"

　　这时,安显一郎的厨师进来问:"午饭做好了,吃饭不?"安显一郎看一下呼伦湖,呼伦湖点了点头。安显一郎对厨师说:"端来吧。"

　　胡春江在安显一郎这里简单地吃了中午饭,急急地回到养马场。刚才他离开安显一郎的住所时,安显一郎悄悄地对他说:"我的住所是保密的,你一个人知道就行了,不可对别人讲。"胡春江轻轻地说:"我知道了。"养马场这边,自从胡春江和井黎黎急急地走后,陆师傅和老魁他们各自忙各自的事儿。吃过午饭,大家都在休息,胡春江骑着自行车来了。看门的养马工赶忙给他开门,他问养马工:"陆师傅呢?"养马工说:"在他住室里。"他抬眼望去,陆师傅的宿舍上方的烟囱冒着青烟,他知道陆师傅在住室。

陆师傅正在打盹,听见有人敲门,忙喊道:"进来。"他见推门进来的是胡春江,忙问:"怎么这会儿来了?"胡春江见炉子上坐着一个热水壶,忙顺手拿个茶杯倒水喝。他对陆师傅说:"您马上把老魁、小宋、小寒召集来,我有重要事情说。"陆师傅看胡春江今天的表情神态,就知道有情况。陆师傅听他说罢,二话没有说,赶忙出去找人。

一会儿老魁、小寒进来了。随后,陆师傅进来说:"小宋去火车站了,我已派人去找。"陆师傅说完停顿了一下,又说:"是否让小枫也来?"胡春江想想说:"他俩只能来一个,后天晚上有重要任务执行,还是让小宋过来吧。"陆师傅和老魁一听有任务,都精神一抖,认真听他往下说。

胡春江严肃地说:"说任务前,告诉大家一个不好的消息,莫洛米夫同志被东北军情报处带走了,我是亲眼看到的,时间是今天上午十一点左右。正好那个时候落娃出去办事了,否则她也一定会被抓走的。"

老魁问:"这是哪里出了问题,是内部出叛徒了吗?"

胡春江说:"目前还不清楚,党组织正在想办法打听消息,有消息了组织上会通知我们的。"

大家都沉默了。

这时小宋回来了。胡春江见人员已到齐,忙说:"上级交给我们一个临时任务,具体是这样的:共产国际给我们南方根据地派来一名外国专家。后天晚上从苏联的86号小站下火车,然后步行越过边境线,上级把迎接专家的任务交给了我们特别交通站。大后天早上再把专家送上去哈尔滨的火车,火车上的保卫由中共北满特委保卫部负责。大家议论一下,我们怎样接应。"

大家对视一下,都沉默了,思考怎么干才万无一失。多年的地下工作使他们已经形成了固定的工作思维:每项任务,不管是大是小,他们都会考虑周全,都会做到缜密，不许出一点闪失。一会儿，老魁说："据我所知，这一时期边防军没有春节前管得那么严，巡逻也不及时。我认识草原上一个小土匪，他说这个时期偷渡出入境如跑大路那么随便。这项任务，我们好完成！"陆师傅问："苏联那边定时间没有？"胡春江说："定了，时间是后天晚上下半夜一点到两点之间。"陆师傅说："这个时候是巡逻最松懈的时候，迎接他们应该没问题。"

胡春江说："我有个想法，大家听听行不行。后天晚上你们四个人化装成东北军军人，携带武器，然后从南边悄悄进入苏联境内，大约步行一个小时能到指定地点。他们选择的入境地方是个薄弱地点，这个地方边防军只巡逻，不放哨，在他们巡逻的空当开始迎接行动。我们接到专家后，迅速入境，安全转移。满洲里地下党组织给我们一辆军用小汽车，我乘这辆军车在一个小村庄南路口等你们，这个村庄叫大屯。"

大家一听，顿时气氛活跃起来，都说好方案，安全又利落。小寒说："对呀，终于有活儿干了，说起来我们是特别交通站，可是整天待在养马场没事干，天天喂马，天天看天上的云飞，天天听风在唱歌，快把人急死了，有了活儿，浑身都有劲儿！"大家见小寒有些激动，都笑了。

胡春江说："既然大家都赞成这个方案，那么，我就把细节给大家说说。东北军军装的事儿和军用小汽车的事儿，我负责办理，最迟明天中午就能到位。军装弄一身少校服，一身少尉服，两身士兵服。陆师傅穿少校服装，老魁穿少尉服装，小宋和小寒穿士兵服装。你们四个人每人都配双份武器，陆师傅和老魁每人一把手枪，再各配两枚手雷。小宋和小寒每人一支长枪、一把手枪、两枚手榴弹。你们四人组成迎接小组，陆师傅为组长，老魁为副组长，后天晚上十一点悄悄出发，力争提前一个半小时到指定地方。"

陆师傅问："没有暗号吗？"

"有！"胡春江将暗号说了一遍。胡春江接着说："对方过来四个人，一名军事专家，一名中国翻译，二名苏联随从，都是男同志，没有女人。"

这时小寒突然说："这几天如果运送马匹的车皮搞定了，他们四个人可扮成马商,随车皮押送马匹往关内为最好。"

　　小寒一句话说得大家眼睛一亮,胡春江似乎也被他这句话点醒,心里敞亮了许多。陆师傅一听高兴地说:"对啊,这个办法好呀,既稳妥,又安全!"胡春江开心地笑道:"小寒平时不说话,说话就是一语惊人呀!小寒说的这个办法真的不错呀,我看可以考虑。明天中午或者下午我安排人把军装送来。武器还用我们自己的。我出来快一天了,得回警察局了。我现在身后的眼睛太多呀,不得不时时小心。"

　　胡春江回到警察局的家里,井黎黎正焦急地等他回来。他进门的一瞬间,井黎黎急急地说:"你可回来了。罗高明派人找你几次了,他们问你干什么去了,我说你为购买马匹的事儿答谢日本人去了。罗高明带话说,你回来了马上去见他。"

　　胡春江把莫洛米夫被东北军带走和迎接护送外国专家的事情给井黎黎说了一遍。她沉思了一会儿问:"会不会是叛徒认出了莫洛米夫?"胡春江摇摇头说:"目前还不知道,东北军的党组织正在打听,一有准确消息,党组织会告诉我们的。"井黎黎说:"那落娃得赶紧离开满洲里,不然太危险了。""组织上正在安排,我想她马上就会撤离的。"

　　胡春江伸手看表,已是下午四点半。警察局机关五点下班。他对井黎黎说:"我去看看罗高明找我有啥事儿,你做晚饭吧,我一会儿就回来。"井黎黎说:"我也出去一趟。"他一听忙问:"干吗去?"她不好意思地笑笑说:"我去买瓶醋,光想吃醋。"胡春江忙说:"外边天凉,别出去了,一会儿我去街上买一瓶吧。"井黎黎想想说:"还是我去买吧,你一个局座助理、警务调查科长去大街上买瓶醋,不合适。"胡春江笑笑说:"还是你想得细,那你去买吧,衣服穿厚一些,别冻着肚子里的小宝宝了。"他说完就走了。

　　胡春江来到罗高明办公室的时候,他办公室里坐着一个人。他一看认识,是他大哥胡春海。胡春江见大哥面无表情地抬头看了一眼,他马上知道大哥佯装不认识他。这时罗高明忙给胡春江介绍说:"这是日本领事馆的胡翻译,怎么,你那么多日本朋友,你不认识胡翻译?"胡春江忙走过去与大哥握了握手,然后说:"认识是认识,只是平时联系得少。"这时大哥看一眼罗高明说:"罗局座,这件事儿就让你费心了,我先走了,你们也该下班了。"罗高明忙站起来说:"您回去向田基先生问好,并转告田基先生,让他放心,这件事我们一定办好!"

胡春海说:"谢谢您,太感谢您了!"说完告辞了。

罗高明和胡春江把胡春海送到楼下,这时,正好井黎黎从操场那边过来,井黎黎见罗高明和胡春江在送客人,马上放慢了脚步。她用特殊的眼光看看胡春海,胡春海也看她一眼,然后转身对胡春江和罗高明说:"留步,留步,外边天凉,回去吧。"胡春海转身走了,井黎黎一直在看他。楼下停了一辆黑色的小轿车,是日本领事馆的车。罗高明扭脸见井黎黎走过来,忙笑道:"弟妹上街去啊,你买啥我让通信员去得了。"井黎黎忙笑道:"谢谢罗局座,不用了。"她说完看一眼胡春江,走过去。

胡春海拉开车门,扭头往后又看了一眼井黎黎。这时井黎黎正走到他身边。井黎黎很镇静地低头走了过去,轻得像风一样,留下一阵香味在空气中散发。

胡春海钻进车里,小轿车一溜烟地开跑了。

他俩回到办公室,胡春江问:"局座,你找我有事儿?"罗高明伸手按一下桌子上的电铃,一会儿,通信员推门进来了。罗高明对通信员说:"你去找一下龚培潮和何之干,让他俩来一趟。"

罗高明看一下胡春江问:"买马匹的账与日本人算完了吧?"胡春江说:"算完了。他们对咱挑马匹的事情也没有说啥,今天中午我请他们吃饭,下午又去陪他们跳舞,因此回来晚了。"罗高明说:"刚才我召集班子开一个紧急会议,找不到你,也就没有等你。"胡春江一听紧急会议,忙问:"有啥大事儿要研究的?"罗高明说:"接上峰通知,从今天晚上起,我们满洲里夜晚实行宵禁,大小街道都要戒严。"胡春江一听,心里咯噔了一下,如让铁锤砸了一样沉闷。他刚把迎接外国专家的事儿安排好,这会儿怎么又要宵禁呢?出啥事儿了?罗高明看见胡春江的脸一阵苍白,问道:"你哪里不舒服吗?脸色这么惨白?"胡春江忙平静一下心境,笑道:"没什么,这两天血压有一些高,不过没事儿,吃着药呢。"

胡春江问:"为什么要实行宵禁?"罗高明说:"上级没说为什么。"他又问:"从什么时候开始?"罗高明说:"从今天晚上开始。分工是这样的:东北军管城东城北区域,我们警察局管城南城西区域,铁路警察局管火车站周边区域。晚上七点到第二天早上七点实行戒严。这一段时间,如果没有特别通行证,任何人不能在大街上行走,更不能进城出城。"

胡春江暗想,为啥突然宣布宵禁了呢?难道是敌人闻到了什么气味?难道是两位外国军事专家入境漏了风声?难道……难道是莫洛米夫出了问题?不可能,绝对不可能。莫洛米夫是苏联老红军,是老革命,是共产国际培养起来的优秀特殊工作者,在他身上肯定不会出现什么问题。另外,刚才大哥胡春海来找罗高明干什么呢?他似乎是让罗高明帮什么忙。这会儿,胡春江心里有点乱。

胡春江用长叹一口气来平缓自己的心态,他似乎漫不经心地又问罗高明:"白天实施宵禁吗?"罗高明摇摇头说:"白天没有禁令。"

这时,有人敲门。进来的是抓治安工作的副局座龚培潮和治安科长何之干。胡春江见他俩进来,忙站起来说:"局座,我出去一下……"罗高明忙说:"事情还没有说完呢,你先坐下等一会儿,我给他们交代点事情。"

这时天已完全黑了下来,春天的夜晚,还很冷……

三十九

龚培潮和何之干进来站在罗局座办公桌前,四目盯着罗高明,似乎在问,局座,叫我们来干吗呢?

罗高明说:"刚才日本领事馆的胡翻译过来讲,明天日本驻北京的大使代表松纲本宏来咱们满洲里调研工作,他提出让我们派几名警察为他们做保卫工作。他讲,内卫由他们日本人担任,外卫由我们的人担任。你俩商量一下,派几名精兵强将,把这个日本大使代表保卫好,别在咱的地盘出现什么差错。"

何之干说:"我们要搞宵禁,又要搞保卫,我的人手不够,最好再给我调几个人来。"

罗高明说:"警卫日本大使代表用你们治安队的人,晚上宵禁了我再给你配人。"何之干说:"那好吧,有人我就不发愁了。"罗高明说:"具体细节,你们与日本领事馆的胡翻译对接,告诉参与的弟兄们,要尽职尽责,谁出现差错处理谁。"龚培潮和何之干告辞了。

胡春江听着他们的对话,突然产生了一个大胆的想法:他想把悄悄地迎接外国专家变成光明正大地迎接护送。具体讲是这样的:后天晚上悄悄地把外国专家接入境内,然后光明正大地进入城内。怎样能光明正大地进入城内呢?他想让罗高明办两张特别通行证,这样就是宵禁,也能畅通无阻。

罗高明说:"春江,这会儿让你来,就是给你分配参与宵禁的任务。"胡春江忙站起来说:"你尽管说,我一定完成任务。"

罗高明信任地笑笑说:"城西是重点方向,西北部是边境线,这个方向由你负责带人宵禁,交给别人我不放心。这个辖区有大小道路六条,我们设六个检查站,两个流动巡逻站,晚上上岗,白天休息。每个检查站六人,共给你配五十人。一切事情,完全由你负责。"

胡春江忙表态道:"坚决完成任务。"

罗高明说:"一会儿就到宵禁时间了,你去准备吧,晚上注意安全。"

胡春江走出罗高明办公室,抬头看看天空,农历三月的夜晚,天空布满了星星。南半天有两颗很明亮的星星在低空挂着。他突然感觉那两颗星星像南方革命根据地党组织的一双期盼的大眼睛在看着他。

警察局大院开始热闹起来,执行宵禁任务的警察们一批一批地开始排队上岗去。胡春江走到操场边,路灯下见瞿华莹身着戎装,吹着口哨向他走来。她走到胡春江面前,问:"胡局助,今天忙啊!"胡春江笑道:"瞿科长,今天上午真对不起,罗局座给我安排有任务,没有参加你的任职会议,谅解呀。"瞿华莹小声对他说:"昨晚上你和那个马丽跳舞跳得不错呀,你们过去认识?"胡春江摇摇头说:"不认识,只是她到咱满洲里后见过两次面。"她又问:"那平时我请你跳舞你怎么老是说不会呢?昨晚怎么会了呢?"胡春江笑道:"我真不会啊,昨天晚上你没见我是赶鸭子上架吗?再说了,我不也是巴结人家督察组的人不是?"她突然把话题一转问:"你不去街上执勤吗?"胡春江说:"我去啊,我回家换上制服就走。"

大门口一队一队的警察在往外走。

胡春江回到家里,简单地把宵禁的事情给井黎黎说了,井黎黎敏感地问:"那后天晚上迎接外国专家的事情怎么办?"胡春江把他的想法又给井黎黎说了,井黎黎忙说:"那你明后两天得把通行证办好,没有通行证是坚决不能冒这个险的。另外,还得通知老魁和陆师傅他们后天晚上早一些出城,晚了就出不去了。"胡春江说:"你放心,我明天会一项一项地去落实的。"

胡春江简单地吃完米粥,穿上警服准备上岗去。井黎黎停了一下又问:"下午日本领事馆的翻译来干什么?"胡春江反问:"你认识他?"井黎黎笑笑说:"你别忘了,我也是搞情报的,我能不了解日本领事馆的事情吗?我目前配合你工作只是我的临时任务,我的主业还是搞情报工作。"胡春江忙说:"他来是让罗局座明天给他们派一些警察过去,说是日本的什么大使代表要来。"井黎黎一听,忙说:"日本大使代表来干什么?这是个重要情报,明早要送出去。"胡春江说:"你真有敏感性,我怎么没有想到这是个情报呢?"井黎黎想了想说:"你只顾忙大事呢,这些细小的事儿,你不在意。日本大使代表来这里,肯定不会是闲逛的,一定有什么目的。"她想了一下又说:"不过,日本大使代表只要来,上级党组织马上会知道。"她说得很自信。

胡春江上岗去了。

…………

第二天早上七点多,胡春江满脸疲惫地回来了。井黎黎早已把早饭做好。胡春江喝一碗粥,然后倒头睡去了。他昨晚上一夜没睡,太困了,他一睡下便是鼾声如雷。

上午十点钟,送牛奶的交通员来了,井黎黎把日本大使代表来满洲里的情报交给了他。交通员也给她一份情报。交通员正要离开时,胡春江醒了,他忙叫道:"等等,我有话说。"交通员走进了屋内,胡春江说:"你马上通知安显一郎先生上午十一点后到我办公室来一下,我在办公室等他。"这时,井黎黎把刚送来的情报交给他,他忙打开一看,内容是关于莫洛米夫的情况,情报说,莫洛米夫被抓与他的身份无关,而是因为近日他频繁出入边境线军事重地,东北情报处怀疑他是在探听军事情报,于是就把他抓走了。目前苏联领事馆正在与驻满东北军交涉,不久就会放人。胡春江看完情报,心里的一块儿石头才算落了地。井黎黎看完,愤愤不平地说:"他是个地质学专家,哪儿不能去呀!方天成这是没事儿找事儿。"

交通员说:"无风不起浪啊,听说东北军这几天抓了不少可疑人员。现在全市又实行宵禁,难道这是什么前兆吗?"

胡春江说:"我也是这样认为的,我们还是以静制动吧,看看后边到底会有什么事情发生。"

交通员转身走了。井黎黎把门关上,问:"你让安显一郎来有事?"胡春江解释说:"我要带他见罗高明,让罗高明给他签发几张通行证,我会告诉罗高明安显一郎是贩马商,警察局买的马匹都是安显一郎购买的。罗高明听到这些,他一定会签发的,因为他一直很感谢安显一郎为他解困,不然那五方势力纠缠着他,他局座的位置有可能就坐不稳了。"井黎黎问:"如果他问你要通行证干吗呢,你咋回答。"胡春江说:"就说外国有两位大商家来购马匹,咱这里晚上戒严,没有通行证外商无法行动。"井黎黎说:"这个理由可以,等拿到通行证,两位军事专家可以大摇大摆地在街上走了。"胡春江说:"拿到通行证后,一切都好办了,明天晚上他们能光明正大地进来,后天专家以外商身份,带一批马匹乘火车去关内,这样既省心又安全。"井黎黎一听高兴了,说:"这个办法好啊,没想到买了一批马,还有这么大的用途。"

胡春江一看表,快十点半了,便起身准备到办公室去。他走前对井黎黎说:"我中午和安显一郎去一下养马场,把宵禁的事情通报一下。你中午别做我的饭。"井黎黎说:"好!"

突然,外面的养马场响起了笛声,是小宋在通知他。他和井黎黎都笑了。他说:"陆师傅他们一定是坐不住了,昨天晚上一戒严,他们肯定着急了。"他正要走,井黎黎突然想起了什么,说:"你说的军服准备好没有?"他说:"已经准备好了,我让人今天下午以推销货物的名义送到火车站日杂店,然后再由小宋带到养马场。"

胡春江刚到办公室,安显一郎就到了,进门就说:"今天我就知道你要找我。"

"为什么?"他问。

"因为你遇到了困难!"安显一郎说。

胡春江给安显一郎热杯羊奶,随后把他整个迎接外国专家的思路和方案给安显一郎讲了。胡春江最后又说:"目前需要办两件事:一是得签发四张特别通行证,这样的话专家一行就可以在宵禁期间自由行动。二是后天要搞定火车货运车皮,让专家扮成贩马商人,和运输马匹的火车一起离开满洲里。"安显一郎一听,高兴了。他说:"这真是个绝妙的方案,我支持。你负责拿到特别通行证,我负责安排火车皮。"胡春江说："今天上午让您来，就是让您配合我到罗高明那里申请特别通行证，您以国外贩马商人来满洲里运马匹为名，向罗高明申请特别通行证。"

安显一郎喝了几口热羊奶，说："罗的后台是东北军，如果罗不配合，适当的时候我把我东北军的关系搬出来给他施加压力。"胡春江说："如果顺利就算了，不顺利了再给他施加压力。"

他俩又商定一些其他具体细节，然后一起去罗高明办公室。罗高明正在打电话，见来了日本客人，忙把电话挂了。胡春江向罗高明介绍道："局座，这位是日本马匹经销商安显一郎先生。咱骑警的马匹，就是这位先生帮咱购买的。"罗高明一听，忙起身走过来与安显一郎握手，说："谢谢先生，我一直说要拜访您，只是忙于事务，没有兑现，十分抱歉呀。"罗高明做了让客人坐下的手势，自己坐在对面的沙发上。

胡春江给他俩每人沏了一杯清茶，对罗高明说："局座，安显一郎先生来拜访您，是有一件事相求，他希望你能帮助他。"

罗高明看一眼安显一郎说："尽管说，只要我罗某能帮上忙的事，我一定帮忙。"安显一郎忙站起来，给罗高明轻轻地鞠了一躬。罗高明见状，赶忙起身回了礼。

安显一郎笑着说："是这样的，明天我有个国外马匹经销商来咱满洲里运输马匹，谁知这几天正赶上宵禁，这样给他们的行动带来了很多不便。我想向您申请办几张特别通行证，让客商们到火车站办理业务时自由一些。"

这时胡春江插话道："他们往内地运输的马匹，就是为咱们购买骑警用马剩下的那部分马匹。"

罗高明一听，马上满口答应了。前一些时期，他还想请安显一郎吃饭呢，这会儿人家来有事求他，他正好可以做个顺水人情。他问："先生需要几张特别通行证？"安显一郎说："得四张。他们一个商人，一个翻译，两个随从。"罗高明站起来，走到铁皮保险柜前，说："那就给先生您签发四张吧。用几天呢？每张特别通行证都有时效的。"

安显一郎说："用五天吧，定的火车皮顺利的话后天就可以运走，最迟也是大后天开运。"

罗高明打开保险柜,拿出四张空白特别通行证,回到办公桌前,龙飞凤舞地在空白特别通行证上签了字。通行证上是盖过钢印的,罗高明签完字,又把自己的印章盖上。他用嘴吹了吹,说:"东北军也在发放特别通行证,这种通行证相互通用,双方关防都承认。"

中午十二点了,罗高明留安显一郎吃午餐,安显一郎谢绝了。

养马场这边,陆师傅、老魁、小寒他们正在焦急地等待着。

陆师傅他们见胡春江和安显一郎一起来了,心里的急火马上消失一半了。他们都坐在陆师傅的宿舍,七嘴八舌地向胡春江提问题,什么晚上实行宵禁了怎么出城,什么怎么回城,等等。胡春江见小宋没有在这里,忙问陆师傅:"小宋还在火车站日杂店?"陆师傅说:"你准备的军装到了,他去拿了。"

胡春江把宵禁的情况给大家通报了一下,又把拿到四张特别通行证的过程和背景也给大家说了。然后他说:"前期的方案不变,还是深夜一点左右到达指定地点。只是一些细节随着形势的变化而变化了。具体是这样的:明天晚上我在马尔夫大街西城门外执勤,晚上十一点军用吉普车把你们四人拉上,从马尔夫大街西城门出城,然后向西北行进。快要到边境线上后,先观察,后偷渡,直接奔到预定地点潜伏下来,等待客人到来。待把客人接到以后,步行回到车上,然后回城,直接拉回养马场。让专家和三名随行人员都住在养马场。因为,他们公开的身份是外国贩马匹的商人。"

安显一郎说:"先期说的军用小汽车在大屯南路口等候的方案取消,因为胡春江同志需要执勤,他就不去现场了。这样的话陆师傅和老魁你们要胆大心细,随机应变,把专家接到汽车上,就等于大功告成了。"

胡春江说:"你们出城的时候,是以东北军执行任务的名义出城的,加上你们带有特别通行证,我又在现场,别人不会怀疑的。你们要大气大胆,最好还要带一点霸气,因为东北军从来就看不起满洲里的警察。你们要是缩手缩脚,就不像东北军的作风。回城的时候,四张特别通行证让四位客人拿着,因为吉普车内坐不下那么多人,陆师傅和老魁你们两位坐在车内,小寒和小宋你们两个是士兵打扮,站在车门外脚踏板上随车进行警卫。快到城郊时,四个客人坐车进城,你们四个人都下车,徒步悄悄入城,这个时候我让西城门的哨兵换岗,目的是怕他们记住车号。"

胡春江把四张特别通行证拿出来交给陆师傅,陆师傅接过来,感觉沉甸甸的。

这时小宋回来了,他背了一大包军服。这些军服,是满洲里地下党的一个服装加工点赶制的,他们经常裁云缝月地为党组织赶制各类服装。对外是制衣厂,其实是呼伦湖掌管的一个经营单位,每年的所得利润,全部用在党的建设和党组织的活动上。这个制衣厂,既服务了地下党组织各种化装急用服装,又为党组织增加了收入,可谓是一举两得。

胡春江对小宋说:"任务有些变化,随后让陆师傅转告你。"

安显一郎说:"我大约明天就能把火车皮定下来,原先我计划申请两节火车皮把一百六十匹马一起运走。现在北满铁路局一次只给一节车皮,这样的话只好先运走八十匹马到关内去。专家和随行人员将扮成贩马匹商人,一起随马匹走。这个方案我听说是咱这儿的小寒想出来的,这确实是个好办法,我谢谢小寒。"

小寒不好意思地摸了摸头,笑了。

胡春江最后说:"告诉大家一个好消息,莫洛米夫同志不是因为身份问题被关押的,而是他频繁地到边防禁地去,引起东北军情报部门的怀疑。苏联领事馆和党组织都在交涉和营救,不久就会出来的。"

大家一听,个个扬眉吐气,都情不自禁地高兴起来。

胡春江说:"方天成办事往往不按常规出牌,在莫洛米夫同志没出来以前,我们还不能过于乐观。近日我会格外用心地关注东北军情报处的情况,尽力促成莫洛米夫同志早日出来。"

安显一郎说:"我再三思考,东北军抓莫洛米夫会不会有其他深层次的问题呢?我认为不会因为莫洛米夫去边防线多了就抓他,东北军的上层都知道莫洛米夫是个地质专家,'到处跑'是他的专业,只怕是因为别的因素抓他。但愿没有别的因素。"

风还在吹,草香味在空气中弥漫,越来越重……

春天使大自然在悄悄地发生着变化。

四十

　　胡春江与安显一郎分手后,回到家里睡了一会儿。井黎黎不去打扰他,到隔壁的罗家与明决拉家常去了。

　　明决见到井黎黎,拉着她的手问道:"听说你有喜了?"井黎黎甜甜地一笑,点了点头。明决说:"怀孕是天大的好事,对我们女人来说,是幸福,也是辛苦。幸福是要当妈妈了,当妈妈是件很自豪很有成就感的事情。辛苦是将来带孩子十分辛苦。"井黎黎说:"既然当妈妈了,辛苦是自然的,也是应该的。话又说回来,当母亲真是不容易,带孩子我没体会,这怀孩子就够受的,这几天我浑身没劲儿,还恶心、口干、腰酸、腿没力气。"明决深有感触地说:"怀孩子如患病呀,我当年怀我们的孩子时,也是遭老罪了。"一说起这个,两个人的话匣子可就关不住了,亲亲密密地说了许多私房话。

　　一会儿,明决神秘地说:"那个瞿华莹,你可要防着点呀,那是个不正常的女人,也是个不正经的女人。"井黎黎问:"我为啥要防她呢?"明决瞪着大眼睛大声地说:"为啥? 你说为啥? 为你家胡春江好呗! 你是糊涂呀,还是傻呀?!"井黎黎突然明白了,"噢"了一声。明决说:"这个女人,野心大得很,心肠也坏得很,我们一定得防着点。我们女人啊,就得多长个心眼,不然呀,他们男人把我们卖了我们还不知道呢。"井黎黎说:"我这个人笨,以后大姐你还得提醒着我!"明决说:"好,包在我身上!"

第二天,白天一天无事。由于晚上得执勤,警察们白天都在家休息,机关只留几个值班人员,整个警察局大院很静。

晚上七点整,胡春江身着制服,坐上三轮警用摩托,去马尔夫大街的西城门执勤点执勤。由于实行宵禁,大街上行人很少,门店也都早早地关了门,只有警车和军用汽车在街上行驶。偶尔也有领事馆的车和执行特殊任务的车在奔驰。警察局和铁路警察局派了不少巡逻队在街上流动执勤。东北军在东半城和北半城也是投入不少军力,他们由于人员充足,大街小巷都有军人持枪在走动。胡春江乘三轮摩托,以警务调查科长的身份在大街上兜了一圈。他边看大街上忙乱的执勤人员边想,搞这次宵禁,规模这么大,今天日本北京大使代表来满洲里,并没有引起满洲里政界的重视和关注,似乎什么事也没有发生,只是日本领事馆的人忙一点。这会儿日本领事馆还是灯火通明,领事馆门口,里外的保卫人员站得到处都是。胡春江想,这个时候,日本大使派代表来这边陲小镇干什么呢?

在东北军哈满司令部门口,胡春江看见方天成正在上一辆吉普车。他似乎借着灯光看了胡春江的摩托,他上车上了一半,又退了下来。胡春江对开摩托车的司机说:"到吉普车边停下来,我见一下方处长。"方天成双腿叉开,将两只白色的手套摘了下来,拿在右手,有节奏感地一下一下向左手打去。等胡春江的摩托靠近停下来,他问:"胡局助巡逻呀,没啥情况吧?"胡春江跳下摩托车,给方天成敬了个礼说:"受罗局座之托,到处看看,大街上静悄悄的,没有啥新情况。"方天成说:"宵禁只是加强治安的一种手段,指望宵禁抓共党,那真是天方夜谭,我看这样折腾只能是劳民伤财啊。"胡春江走近他问:"这宵禁原来是抓共产党啊,不是来什么大人物了?"方天成说:"谁知道呢,反正我不喜欢这种呼呼隆隆的行动,我从来都是悄悄地抓共产党,从不张扬。"

方天成上了吉普车后,又扭过脸,大声地对胡春江说:"啥时候招骑警了给我说一声,我有一个朋友的儿子想去警察局当骑警。"胡春江也大声地说:"方处长的事儿就是我的事儿,好办!"

胡春江乘三轮摩托来到马尔夫大街的西城门执勤点,远远就看见有四五个警察在围着一堆火取暖。满洲里的春天,跟关内的冬天差不多,风是刺骨的,时不时还在下雪,家家户户都还烧着炉子和火炕。晚上,不管是东北军还是警察局的执勤点,大都在点火取暖。由于燃烧的是木头,火势很旺,闪闪的火苗把每个执勤人员的脸都烤得红红的。

"有什么情况吗?"胡春江下了摩托车,问前半夜带班的一个警察。刚才这个警察正在伸着双手烤火取暖,见三轮摩托向这儿驶来,早早地起身站在路边等候。胡春江走下摩托车问他话后,他忙立正敬礼回答说:"什么情况也没有,连个狗啊猫啊也没见到。"胡春江笑道:"本来嘛,宵禁就是禁止老百姓活动,哪来的人? 越静越好,如果不静,我们更麻烦。"这位带班的警察说:"是啊,这是前半夜,如果是后半夜,更静呢,整个城市会像死了一样。"

这时前边有一辆警用吉普车开了过来,大家一看,是局座罗高明的车辆。车开到他们执勤点减了速。一会儿,车停在他们面前,罗局座从车上下来了,跟他下来的还有瞿华莹。他俩都穿着警用皮大衣,显得很威严。

这时,从车上又下来一个人,是罗局座的通信员。他也是全副武装,像个战场上的传令兵。

罗高明问胡春江:"你们设几个执勤点呀?"

胡春江回答说:"固定执勤点六个,流动两个。每个执勤点每晚两班,十二点前为前夜班,十二点后为后夜班,每班四至五个人。"

罗高明双手背到身后,看了看空中的上弦月说:"弟兄们辛苦了。"

冷风袭来,罗高明和瞿华莹的眼睛都眯着。

执勤的有两个警察是总务科的人,瞿华莹在一边与他们说话。胡春江站在罗高明身边悄悄地问:"罗局座,闹这么大的动静,总得有个目的吧,这么冷的天,动用这么多人力,大家都不知道为啥站岗放哨,心里不免有些委屈。"

罗高明摇摇头说:"上峰只说让宵禁,但没说为什么。凭我的经验,还是为了抓共产党,说准确点是吓唬吓唬共产党。有情报证明,南方共产党的不少头面人物都在向我们这儿移动,来我们这儿干什么?我想只有两个目的,一个目的是想偷渡到苏联去,另一个目的就是想加强东北的共产党力量,想控制东北局势。"

胡春江想了想说:"共产党痛恨日本人,加强东北力量抗衡日本人这有可能,但偷渡到苏联这不大可能。前些年,苏联与孙大总统建立了友好同盟,现在北京的张大帅也与苏联有很深的交情,让中国的共产党到苏联去,我认为不大可能。这样的宵禁活动,只能是吓吓平民百姓而已。人家共产党对这样的行动,恐怕是不会害怕的。"

罗高明说:"是啊,共产党确实是胆大呀!"

胡春江说:"不是他们自身就胆大,我个人认为,他们是被逼的。南方蒋总司令、在海外的汪主席和北京的张大帅变脸以后,把共产党杀得差不多了,余下坚持的,不胆大还行?这就如一场大火,大火被浇灭以后,余下的暗火,生命力是很顽强的呀。看似火势已去,其实热能还相当强盛。"

罗高明回头看一下取暖的那堆火,笑了笑说:"说得有道理。"

随后,罗高明和瞿华莹上车走了。

远方,隐隐能听到火车铁轮的咣当声和汽笛的长鸣声。胡春江知道这是一列从哈尔滨方向开过来的客货混挂列车。按这次宵禁的规定,晚上下火车的旅客,除有特别通行证外,一律得在候车室等到天亮后才能进城。

这时,又过来了一辆小轿车。带班的警察赶忙站在路中间,示意让小轿车停下来。胡春江一看,这种车牌照他认识,是日本领事馆的。不管是哪个国家驻满洲里领事馆,这个时候开车出来的都是有特别通行证的。这辆车被拦下后,下来两个人。这两个人胡春江都认识,一个是日本领事馆的张代办,一个是胡春江的大哥胡春海。胡春江忙迎上去,与张代办和大哥握了握手。带班的警察见是领事馆的车,而且胡春江又认识,忙退了两步站在路边。张代办从上衣兜里掏出特别通行证让胡春江看,胡春江看一眼带班的警察,带班警察上前接过特别通行证看了一下,又递给张代办。胡春江笑道:"张代办,请谅解,公事公办啊!"张代办忙笑道:"理解理解!"

胡春海站在车旁,一言不发。胡春江问张代办:"这么晚了,出来有事儿?"

张代办说:"到火车站接一位日本使者,火车马上就要进站了,我们得赶紧过去。"

胡春江向他摆摆手说:"赶紧去吧,我已经听见火车声了。"

张代办和胡春海上车走了。

胡春江伸腕看看表,已经十一点多了。他想,陆师傅他们快过来了。

起风了,天更加冷起来。一队步行的巡逻警察过来了,胡春江问他们,有什么情况吗?带班的警察说平安无事。巡逻的警察走后,一辆军用吉普车开到了执勤点。胡春江摆了摆手,车停了下来。从车上跳下一个人,是小寒。小寒穿着东北军士兵服装,手握着长枪,小步跑到胡春江面前报告说:"报告警官,我们是边防军指挥部的,前往边境执行任务。"胡春江说:"你们辛苦了。"胡春江伸头看一眼车内说:"不过,今晚是特殊时期,你们有证件吗?有的话请出示一下。"小寒说:"报告长官,有。"小寒向车上的陆师傅要了四份特别通行证,胡春江示意带班的警察检查一下。小寒把四份证件交给那个警察,带班的警察接过来,用手灯看了一下,交给了小寒。

胡春江摆了通过的手势,小寒跳上车,走了。瞬间,吉普车消失在西门外的黑暗中。胡春江望着消失的吉普车,长叹了一口气。他转身对弟兄们说:"快到十二点了,打起精神来,一会儿接班的弟兄们来了你们就可以回家睡觉了。"大家有的在看着火苗发呆,有的在交头接耳,听胡春江这么一喊,都打起了精神,站起来伸伸懒腰,打打哈欠,活动一下腿脚,准备换班。

罗高明视察完宵禁的区域,已是夜里十二点多了。他有些困了,就让司机把车开回警察局。警察局除门口站岗的警察外,大院里几乎没有警察了。下半夜上岗的人都已出去了,下岗的人还没回来。小车刚在院内停下,罗高明对通信员和司机说:"你们休息吧,下半夜不出去了。"通信员正在困头上,一听说让休息,转身就跑了。司机把车开到车库里,也慌慌忙忙地回家休息去了。瞿华莹对罗高明说:"你也休息吧,下半夜不会有事的。"是啊,所有警察都在大街上,他很放心。但他知道这次宵禁的重要性,此时还不敢睡觉。如果此时在他的辖区一旦出现意外事件,那他知道他这个警察局座就当不成了,于是他对瞿华莹说:"现在是特殊时期,我还不能回家睡觉。走,咱俩到办公室去,我还有事对你讲。"瞿华莹犹豫了一下说:"这么晚了,还有啥事儿?"罗高明转身上楼去了,瞿华莹无奈地摇了摇头,跟他上楼去了。

办公室的炉火还是很旺的。瞿华莹看起来很疲惫,走进办公室后,就坐在沙发上想睡觉。她打一个哈欠说:"真困呀!"罗高明拿起暖瓶边倒水边说:"你看,男人们都出去上岗了,我没把你派出去就是考虑到你是女人,人家执勤的人不说困,你更不能说困。你看人家胡春江,昨晚上熬了一夜,今晚上还那么精神。"

瞿华莹眼睛闭着说:"他不是一个正常的人。"

罗高明给他递杯开水,说:"喝口开水,提提精神。"

瞿华莹坐了起来,接过茶杯喝了几口。罗高明问:"胡春江怎么不正常啊?"她放下茶杯说:"我也说不上来,但感觉他与众人不一样。"罗高明说:"是啊,为日本人做事的人,都与众不同。"不知道怎么她听到这句话,心里大跳几下,脸热热的。罗高明说着,把身子压在了她的身上,脸也贴在了她的脸上。她忸怩作态地挣扎着把脸扭到一边。她越是扭捏,越显得玉软花柔,娇美多情。她把眼睛瞪得大大地说:"忙成这个样子,你还有这个心思?再说了,弟兄们在外边不舍昼夜风餐露宿地执勤,咱俩在这儿干这事儿,好吗?"罗高明笑道:"再关紧的事,也没有咱俩这个事儿关紧。"她说:"门锁死没有?"他说:"锁不锁一样,没人敢进来,何况现在也没人来。"她白他一眼说:"小心无大差,还是锁上吧。"罗高明停了下来,起来把门反锁上了。

瞿华莹坐了起来,又喝了几口水。她说:"胡春江为日本人做事并不可怕,怕就怕他为共产党干事儿。"罗高明刚转过身,听她这么一说,心里沉了一下。他说:"他刚来找也怀疑他是共产党,可怎么也证明不了他是共产党,你跟踪他那么长时间,发现什么可疑的地方吗?"她摇了摇头说:"没发现什么。但是,我真的怕他是第二个毛先征啊。"罗高明愣了一下,说:"亲爱的,我认为你多虑了,他不像是共产党。"瞿华莹问:"不像?你说共产党是个什么样子?"罗高明想想说:"说不上来,总感觉不像。"瞿华莹又说:"过去你能感觉毛先征像?"罗高明说:"也不像!"罗高明说着,开始扒她的衣服。他俩马上进入状态,翻云覆雨,翻腾不止。

事毕,他俩并肩坐在沙发上休息。

瞿华莹停一会儿说:"我跟你睡了这么几年,你从来就不跟我交心。"罗高明一惊,问:"我怎么不跟你交心了?我啥事情没跟你说?"瞿华莹无力地靠在沙发背上,抬眼看他一下,她这眼光,如刀子直穿他的心脏。罗高明心里寒了一下,问:"说,我咋不跟你交心了?"她冷冷一笑地说道:"这是你跟我交心吗?这次宵禁的真正目的你就没给我说!"他说:"我,我,上面有要求,我不能说呀,我也不敢说呀!"她追问道:"你给明决说没有?"罗高明忙说:"她那个老娘儿们的嘴,我能对她说吗?说了我这个局座还当不当?"她轻轻一笑说:"这还差不多,如果这件事情你对她说而不对我说,我跟你没完。"他说:"这件事情,我对你们俩谁也不能说呀!"

一会儿,他问瞿华莹:"你知道为啥实行宵禁了?"

她平平地说:"知道。"

他惊了一下问:"知道?谁告诉你的?"

她瞪他一眼说:"保密!"

他又问:"是胡春江对你说的?"

她说:"他还不如我,他到现在肯定还不知道呢。"

罗高明摇了摇头,笑了。

上半夜执勤的人员陆陆续续回来了,院内热闹一阵,一会儿就恢复平静了。

"你回家找你的老婆去吧,我累了,得回去睡觉。"

罗高明说:"这会儿上半夜执勤的人员还没有回来完,再等一会儿吧。"他说着又翻身压在了她的身上。她赶忙推开他说:"你哪来的劲头,每回都得两次,我可受不了,人家……"她说到这儿,突然清醒过来,忙打住不说了。罗高明听出了问题,厉声问:"人家咋的?人家是谁?"她平平一笑说:"谁也不是!"他用力去扒她的衣服,说:"你不说,今晚上我不让你走!"她大声地说:"不走就不走!住你办公室很暖和。"她说归说,但她没有阻止他扒她的裤子,很卖力地配合罗高明又做了一次激情戏。这一次他俩都很投入,颠鸾倒凤。一会儿两人都累得口干舌燥,一动不动地躺在沙发上睡着了。

火炉里的炭火发出了啪啪的响声。

等他俩醒来的时候，已是凌晨三点多了。瞿华莹慌慌张张地穿上衣服，说："弟兄们在大街上劳筋苦骨的，咱俩却躲在这儿办这种事儿，真是……"瞿华莹话没说完，就匆匆地打开门走了。

罗高明坐在那里镇静一下，摇摇头自嘲一下，然后下楼回家了。

这一切，让刚刚下岗回来的胡春江看得一清二楚。刚才胡春江在大门口就让三轮摩托熄火了。司机就在大门口的集体宿舍住。他步行往院里边走。当他走到办公楼下边时，突然听见罗高明办公室的门轻轻地响了一下，他赶忙闪到一边的大树下，站在黑影处观察。他看见瞿华莹裹着大衣轻轻地走下了楼。一会儿，他又看见罗高明走了出来。胡春江暗暗地笑了笑，想：生活这场大戏，谁都不是编剧，每个人只能掌握属于自己那一部分戏份，结局是喜是悲，只能顺其自然。他敢断定，罗高明和瞿华莹这样发展下去，必定是悲剧。等他俩都消失在黑夜里，胡春江才悄悄地回家了。

胡春江今晚心里很舒畅，因为陆师傅他们顺利地完成了任务。这会儿，外国专家和随从人员已安全到达养马场，应该已经休息了。

胡春江和井黎黎第二天早上起来得很晚，送牛奶的交通员来敲门的时候，他们还没有起床。因为有情报要送，他们不开门，交通员不能走。井黎黎忙把门打开，交通员递给她一张纸，她忙打开，只见上面写道：一、火车皮的调度计划拿到了，共两节，明天中午启程，明天上午准备装载马匹，一百六十匹全部运走。客人随火车走。二、少帅张学良已悄悄来满，他是陪张大帅的密使来的，昨天晚上少帅和大帅的密使已与斯大林特使会了面。张学良和密使今日上午离满。

胡春江接过情报看罢，说："我说这次宵禁来得这么猛，保密这么严，原来是少帅和大帅的密使来了，这次保密工作做得真好呀。"井黎黎问："那么，日本大使代表一同来满，是巧合呢，还是策划好一同来呢？"胡春江说："说不准。凭大帅和日本飘忽不定的关系很可能是串通好的。一明一暗，掩人耳目。"井黎黎说："现在张大帅在与蒋介石对抗,黄河两岸的仗正打得激烈,大帅这个时候派人来东北边陲干什么呢?"胡春江说:"张大帅可能真的扛不住老蒋的北伐了,向苏联求援了。"

这时交通员说:"这次少帅来,明里有日本人探路铺道,暗里有苏联人支持,张大帅可能要和蒋介石开始最后一拼呀!"

胡春江说:"说得有道理。"他停了一下,对交通员说:"你口头向上级传递如下情报:一、客人已接到屋里,一切安好。二、同意改变客人今天离满的计划,明天上午准时把马匹装上火车。三、各地代表是否已到哈尔滨,目前一个代表也没接到,感觉反常,焦急。"

交通员听罢,又复述了一遍,然后转身走了。

胡春江想了一阵子说:"张学良他们来满洲里,值得这样兴师动众地搞戒严吗?"

井黎黎说:"这可能是从安全方面考虑的。"胡春江点点头。

第二天上午,陆师傅和老魁他们很顺利地把一百六十匹马装进了两节火车皮上。外国专家和随从人员,随这列客货两用火车安安全全地离开了满洲里。中共北满特委的保卫人员扮成马夫,也随之登上列车,保卫专家安全到达哈尔滨,随后分地段护送,把外国专家安全顺利地送到了目的地。这是后话。

四十一

这些日子,中国的上层极其不平静。蒋介石指挥的北伐战争进入收尾阶段。1926 年 7 月,国民党中常委召开会议,修正通过了《国民革命军北伐宣言》及《对全体党员训令》案。蒋介石发布誓师词称:"党国存亡,主义成败,人民祸福,同志荣辱,在此一战。"蒋介石下达北伐总攻击令,在山东开战。张作霖的安国军有些招架不住了。

相反,满洲里这一段时间有一些平静,平静得让人感到反常。少帅张学良悄悄地走的第二天,满洲里的宵禁就结束了。宵禁结束不久,莫洛米夫也被放了出来。他还是以地质专家的身份住进了地质研究所。他出来后,落娃过来找胡春江介绍她父亲被抓的经过。原来,莫洛米夫到边境线上去过多次,引起了东北军情报处的注意。少帅张学良来前,方天成接到通知,对可疑人员,要大规模地进行清查搜捕。方天成和他的探子们认为莫洛米夫行动诡异,很可能是为共产党服务,于是就抓了他。方天成审来审去,没有发现什么,加上苏联领事馆过问此事,还有大帅府的人也来电话让放人(系共产党地下组织所为),方天成来个顺水推舟,就把莫洛米夫给放了。现在莫洛米夫和落娃都还在地质研究所住,明里是地质专家,实际是协调边境那边的交通站接待代表过境工作。

然而,到目前为止,内地一个代表也没过来,这让胡春江焦急得觉睡不好,饭吃不香。老魁和陆师傅他们也是垂头丧气，天天无精打采地待在养马场养神。小寒发牢骚说："说起来我们是特别交通站，到目前为止只完成两个任务，送走了两位中央领导人，接来了一名外籍专家。我们这算是特别交通站吗？"陆师傅批评小寒道："上级不是有明确的指示吗，让我们耐着性子等待，知道吗？"老魁说："迟迟不过来人，肯定是有原因的。我看这些天春江也是急得不行，整天没有个笑脸。"

小宋和小枫更是寂寞，整天心里空落落的，不踏实。

前不久，胡春江带两名警务调查科的科员，乘一辆三轮摩托来到火车站。他没有告诉他的两名随从来干吗，其实他是来暗访火车站广场边那个昌升旅馆的，他想看看这个昌升旅馆有啥异样没有。小宋和小枫都多次对他说，昌升旅馆这一个时期有些忙，来了不少不一般的客人。胡春江先到火车站候车室转了一圈，然后到广场上步行走了起来。他看见小枫站在日杂店门口盯着他看，看得很出神。小宋正从三轮车上搬东西，小宋早就看见了胡春江在广场上走动，却佯装没看见，继续搬他的东西。胡春江停下脚步，向日杂店看了一下，然后对身后的两个随从说："你俩到昌升旅馆门口等我，我到那边日杂店买包香烟去。"

胡春江来到门口，小枫忙走进日杂店内等他。胡春江走到小宋身边，小宋边搬东西边小声对他说："那个昌升旅馆这些天出出进进有不少人，我看有些可疑。"胡春江点了一下头。小宋站在门口远处望风，警惕地看着周边的一切。胡春江走进店内，小枫上前搂着他的脖子，眼泪瞬间从她那白嫩的脸蛋上流下，落在了她的胸前。她说了一声我想你，不顾一切地亲吻起他来。因为胡春江穿的是警服，他轻轻地推开小枫，他把帽子取下，放到柜台上，犹豫地看了她一下。她抱着他的脖子，说："每次都是这样，亲我一下就那么难为你吗？"胡春江没有说话，轻轻地亲吻了她一下。小枫头脑此时有些发热，但胡春江大脑很清醒，他不能在这里多停留。他又推开她，替小枫擦擦眼泪，说："你现在已经不是无知的社会青年了，你是位老革命了，你是位老党员了，你应该知道我们俩都在执行特殊任务，万万不能这样感情用事。"小枫没有马上放开他，而是轻轻地拥抱住他说："那你声明不要我了，我以后就不这样了。"胡春江笑了一下，还是把小枫推开说："我舍不得你呀！把小宋叫进来吧。"胡春江知道,爱情不是学问,不用学习。如果真爱一个人,发自内心,难以遮掩,陆小枫就是这样。小枫极不情愿地出去喊小宋。一会儿,小宋进来了,胡春江问他:"最近有啥情况吗?"小宋说:"哈尔滨过来的火车我们都很注意,还是没有人关注我们这个日杂店。"胡春江又问:"你刚才说昌升旅馆有些可疑,怎么了?"小枫忙说:"外地来的不少人都到那里去,看样子很像商人。有的客人住下了,有的待了一会儿,又走了。"胡春江把脸仰起,想了一下,没再说什么。小宋说:"哈尔滨的火车刚又进站一列,这一列是国际列车,一会儿直奔苏联的莫斯科。"胡春江说:"我知道了,给我拿包烟吧。"他戴上帽子,要走了。

陆小枫说:"这么快就走了?"

胡春江说:"买包烟不需要太长的时间,还有俩人跟着我呢。"

小宋对小枫说:"回头我在这儿值班,你跟胡大哥到草原上浪漫地玩一天吧,否则小枫能寂寞出病来。"

陆小枫扭身到里屋去了。胡春江点了一支烟走了。

胡春江来到昌升旅馆门口,他的两名随从在门口站着等他。胡春江刚才在广场上,看见两个人刚下火车就往这边急走,他们见昌升旅馆门口站着警察,很敏感地转身走开了,随后分别叫了人力车向市内奔去。胡春江看在眼里,记在心里。胡春江他们刚要进昌升旅馆的大门,从大厅里走出来一个人,他一看认识,是日本驻满领事馆的张代办。张代办见他,忙笑着与他握手。他说:"胡局助,有公干啊?"胡春江轻松一笑说:"我包这个辖区的治安,出来转转。"他松开张代办的手,问道:"张代办您在这儿有事?"张代办说:"领事馆有一批货到了,押运货物的两个日本押运员在这儿住,我来找他们商量一些事情。"正说着,从里边出来两个说日本话的年轻人,他们向张代办打了个招呼,边说边笑地走了。张代办说:"就是这两个押运员,想到市内看俄罗斯人的马戏呢。日本人,啥都好奇。"张代办说完,匆匆地走了。

昌升旅馆吧台值班的是位中年女人,看她那粗粗的腰,胖胖的脸,像个蒙古族女人。胡春江走到柜台前说:"把你们的营业执照拿出来让我看看。"胖女人忙和气地笑着给他们让香烟,他们三人都接着了。一会儿,胖女人把执照拿了出来,胡春江一看执照上写着开业时间是 1928 年 1 月 13 日,也就是临近春节开的业,1 月 23 日是春节,这个旅馆赶着春节前开业干什么呢? 要知道,春节期间,旅馆业是淡季呀,淡季开业,似乎不大正常。

胖女人说:"老总,我们是守法经营,按章办事,不欺客,不骗客,我们不为赚钱,只为一家几口人有碗饭吃就行。你看我们做得有什么不到的地方,请老总多多指教,我们也好在今后的经营中改正。"

胡春江把执照还给她后,背着手看了看柜台周围的一切。他对胖女人笑了笑说:"很好,守法经营很好。不过火车站是个复杂的地方,你们今后如果遇到什么可疑的人员,应该马上向警察报告,不然后果自负。"

胖女人忙点头说:"那自然会报告的!"

胡春江带着两名随从离开了这里,他坐上三轮摩托车后,又扭头看看这家昌升旅馆的大门,大门两边都是货栈,人来人往的。

陆小枫站在日杂店门口,用手打着眼罩子在看太阳。胡春江心里清楚,她是在看他。其实,他心里很内疚,他知道自己对不住小枫,虽然近在咫尺,但似乎又远在天涯与海角。然而,他俩干的都是革命的特殊工作,他们只有这样做,这样做是唯一的选择。

…………

选招骑警的工作马上就要开始,胡春江他们担心的叛徒赵奇,也就是代号霞飞的人一直没有出现,是前一个时期锄奸队的动作吓着他了,还是有更大的阴谋在后边呢? 胡春江已经做好应对被他指认的准备和措施。一旦证明某个叛徒出卖同志并使同志遭到敌人杀害,特别是使党组织遭到严重破坏,使多个革命同志惨遭杀害,那么这个叛徒是一定要铲除的。上海"红队"锄奸,就是依照这个标准进行的。在满洲里被铲除的叛徒就是这种人。这个赵奇,一旦露面,也是被铲除的对象,因为,他严重威胁着"红色任务"的完成和特别交通站同志们的生命安全。

省警察厅要骑警在 6 月底前组建完毕,现在已是 4 月底了,组建工作马上开始。罗高明指定胡春江负责骑警的招聘工作。

今天上午,罗高明把胡春江叫到办公室,他交给胡春江一个长长的名单。罗高明说:"这都是关系户,都要当骑警,你过目一下。"胡春江惊了,这招聘工作还没有开始,人员还没有报名,这么多人可就报过来了。胡春江意识到,在购买马匹时,罗作了大难,五方势力压着他的头,谁的马不要都不行;而这招聘人员,也不是一件轻松的事儿呀!

胡春江数了一下,有六十人之多。他抬头看着罗高明问:"这么多人啊? 咱总共要四十人,这关系户就有六十余人。这,这还面向社会招聘人干吗?"

罗高明坐在那里,伸了伸懒腰说:"怎么不招聘? 这些人还是需要来报名应聘的,该走的程序还是要走的。不过目一下如果有残疾了怎么办?"

胡春江问:"都是一些什么关系的人啊?"

罗高明心里盘算一下说:"咱局中层以上警官的关系就占二十多个,除了你,他们每个人都介绍有人。"胡春江一想,忙笑道:"那我也得介绍人,我的不少朋友都知道咱招骑警,都给我推荐人。"罗高明笑道:"老弟反应很快啊,我没说不让你介绍呀。"胡春江说:"我应该是反应最慢的吧,如果快了我推荐的人也早已经上名单了。"罗高明说:"给你两个名额,多了不行。"他停了一会儿又说:"你不知道我的压力有多大呀,东北军、市政府、省警察厅、苏联朋友、日本朋友都推荐人,我真是活不成了。"

胡春江愤愤不平地说:"又是这帮人,卖了马又荐人。社会啊,真是乱了。"罗高明长出一口气说:"你说现在做人难不难? 每办一件事儿,都会受到来自方方面面的干扰。你想办成一件事儿,办好一件事儿,难呀!"胡春江沉思了一会儿问:"那这件事怎样办合适呢?"

罗高明用手指指沙发,示意他坐卜。胡春江给他茶杯里添一点开水,坐在沙发上继续说:"不然别再面向社会招聘了,也别搞发策决科那一套了。干脆,我们以这个名单为基准,来个直接面试,快刀斩乱麻,然后闪电式地通知来上班,这样省得您压力越来越大。"

罗高明呷口水说:"春江老弟呀,现在我一遇到难事儿,就想与你商量,你不但有办法还有智慧。不像他们,你一问他们咋办,他们就说你看着办啊。毛先征过去是我的好帮手,好智囊,他低调做人,从不伐功矜能自以为是。可惜他是个共产党跑了。你现在也是个聪明智慧之士,是当今的晁错、桓范。我现在有难事找谁去,只有找你呀!你可得让我放心啊!"

胡春江警惕地看他一眼,他知道他的话外音是啥意思。胡春江想:无非就是说,你胡春江可千万别是共产党啊!然而,没有理想的人,没有一定智慧的人,能参加共产党吗?罗高明说:"压力归压力,但招聘还得招聘,如果我们不设门槛,不招聘,那帮乌龟王八蛋还会肆无忌惮地给咱塞一些附赘悬疣之人。你手里拿这个名单,最大年龄的五十多岁,最小的不到十五岁。有一只眼、有哑巴、有聋子、有一只胳膊、有一条腿的,良莠不齐。你想想,他们把我们警察局当成什么了,当成收容所了!"罗高明越说越气愤,最后他说:"这次招聘骑警,我们要严格把关,在保证人员素质的情况下,再照顾关系。"

胡春江点了点头说:"我明白了。你看年龄怎么规定?"

罗高明说:"我想是这样的,年满十八岁到三十岁为基础年龄。有文化,有骑马技术,从过警当过兵的人员放宽到四十岁,你看行不行?"胡春江说:"局座你考虑得真周到,年龄段很合适,有特长的适当放宽年龄更好。"罗高明说:"记住,有残疾的一个也不能要!"胡春江说:"这个是自然的,我们骑警将来得与草原上的土匪斗,得与共产党斗,弄一帮断胳膊少腿的人算什么呢。"罗高明说:"如果没啥大问题,回头开个小范围会议通报一下,就可以开始实施了。你全面负责这件事情,让别人弄,我不放心。"

胡春江停了一会儿,看着罗高明的眼睛问:"局座,我有个想法,不知当讲不当讲?"罗手一挥说:"讲!"胡春江说:"我总归是到咱警察局比较晚,比起副局座涂荣清和龚培潮他们是新人,加上我们警务调查科刚成立,人手少,到目前还没有办一个像样的案件,你看招聘骑警的事儿是否让一位副局座负责,我协助就行。"罗高明皱着眉头沉思着,没有回答他的话。胡春江忙说:"局座您千万别误会,不是我不想干,而是我干了感到不合适。"

罗高明坚定地说:"谁干我都不放心,只有你干!"

胡春江知道说了也是白说,但他还是不甘心,又说:"这样的话,我给您推荐个人吧。""谁?"罗高明问。他说:"让瞿华莹负责此项工作,一是她对国家忠诚,人靠得住。二是她业务精湛,原则性强。三是她是局座您的心腹,用她您最放心!"

"我最不放心!"罗高明大声地说,"不说她我还忘了呢,还有一件任务得交给你。从今天起,你安排你的人对瞿华莹实行全方位跟踪监控,有啥异常情况,及时报告!"

胡春江一听,心里跳动了几下,倒吸了一口凉气。他知道遇到这样的事儿不能问为什么,然而,罗高明让他监视谁,他都不会吃惊,但万万没有想到,会让他监视瞿华莹。前不久他俩半夜还在办公室乱搞,现在是怎么了?反目成仇了?胡春江又想:真是三十年河东三十年河西啊,他刚来的时候,罗高明安排瞿华莹秘密地、悄悄地监视他。他知道,那是罗高明对他不信任才那样做的。而现在突然让他秘密地监视瞿华莹是为什么呢?难道与前天交通员送来的情报有关?前天早上,交通员送牛奶时送来一份情报,内容是北京的督察组长师伟和瞿华莹联上手了,这份情报的真实可靠性胡春江不会质疑,因为他坚信是马丽提供的。胡春江前天看完这份情报并不感到意外,而且还感到在情理之中。井黎黎说:"看来,瞿华莹是这种多重身份的人,她和师伟联手,不足为奇。"然而,这会儿罗高明突然让他这样做,他不但感到有一些突然,而且还感到有一些奇怪。他认为罗高明这样做,很可能是瞿华莹攀了高枝,他心里有些失衡,就要在背后做手脚。

胡春江听完罗高明这一指令后,没敢犹豫,马上站起来,坚定地说:"坚决执行命令!"胡春江深深知道,按指令开展各种工作,是他警务调查科的最基本的宗旨。不问情况,不讲条件,是对他们警务调查科的要求。

晚上,胡春江回到家里,井黎黎正在做晚饭。他俩都爱吃米饭,平时晚上一般都是米饭,大都是炒土豆,一个鸡蛋汤什么的。而今儿晚上井黎黎在包水饺,是酸菜水饺。井黎黎怀孕后,特别爱吃酸,炒菜用醋,就是稀饭也要放点醋,弄得胡春江胃里流酸水。但他也不好说什么,继续陪着她吃酸食物。

井黎黎边包水饺边与他说话,她说:"下午明决嫂子来咱这儿坐了半天,一下午都是说的瞿华莹。"胡春江问:"她都说一些啥?"她说:"她能说些啥?都是说瞿的坏话,大意是说华莹又骚又浪,言外之意是让你离她远一点儿。"胡春江笑了笑,把话题一转说:"明天早上交通员来送牛奶了,得把这一份情报送出去。"她问:"什么内容?"他把罗高明同意他推荐俩人来当骑警的事情说了。随后他又说:"我想让呼伦湖为我们推荐两名党员打入警察局内部,隐藏起来,这次招警是个很好的机会,以后这种机会不多了。前期毛先征他们走了,我们到时候完成了任务也是要撤的。再不打入一些新生力量,以后这个警察局就没有我们的人了。"

第三天上午,罗高明召开一个工作会议,参加会议的有主抓刑事的副局座涂荣清,主抓治安的副局座龚培朝,局座助理胡春江,特务行动队长叶自强,刑警队长丁基元,治安科长何之干,特情科长项世成,总务科长瞿华莹,等等。会议有三项议程:一是由罗高明传达上峰新的戡乱战况。二是传达张大帅的新训示,这新训示是:安国军所到之处,绝对不致有排外之行动,安国军对于外国人之生命财产必与本国人民一样实施严密的保护。其实,大家知道,这条训示是对日本人讲的,言外之意就是安国军只能打中国人,不能动日本人,对日本人要按甲寝兵,不能伤及半根毫毛。胡春江想:看来,张作霖恨日本人是真,但怕日本人也是真。三是通报当前辖区内的治安情况,特别是草原上的治安不容乐观。四是通报准备招聘骑警的情况,会上决定由胡春江负责招聘骑警。罗高明把招聘的条件也宣布了,罗高明还从后勤、办公室、治安科等科室给胡春江抽调四个人组成临时招聘办公室,负责全面的招聘工作。

散会后,胡春江回到办公室看罗高明给他的关系户名单,从这个名单上看,问题真的不小,真的有五十多岁的人,也有十五岁的孩子。至于残疾人的情况,这上面看不出来。但他隐隐觉得,这个名单中,一定有叛徒赵奇,也就是代号霞飞的这个叛徒。

这时瞿华莹敲门进来,说:"你现在是局座的大红人呀!"胡春江抬起头看着她那暗含鄙视的目光,问:"啥意思呀?我真的那么红吗?"她说:"是的,很红!"胡春江放下手中的名单,反唇相讥:"那我得注意了,虾红了入口,柿子红了落地。你说我红了,下一步是个什么结果呢?"瞿华莹嘿嘿一笑说:"你啥都懂嘛,还问我?"胡春江说:"可是,你看我干的活,是红人干的吗? 买马买不下去了,让我干。查咱局里的共党分子查不下去了,让我干。这次招聘骑警又招不下去了,让我干。你说,我这红人是不是有点掉价儿?"

瞿华莹把眼睛瞪得大大地说:"那么是我亏说你了?"胡春江说:"是的,你是亏说我了,因为我不红。我反而感觉到,你是红人,你不但在咱局里红,而且在整个满洲里都红。"瞿华莹略略大笑起来,笑罢说:"我要真红了就不会在这个小小的警察局受这等罪了。"胡春江说:"你还受罪? 你现在是一人之下,百人之上的待遇,还受罪?"瞿华莹突然脸红了,很生气地说:"胡春江,你说话注意点,惹我恼了别说我无情!"说完,打开门走了,走到门口又扭头说:"你早晚是我的人,不信走着瞧!"说完,门"啪"地关上走了。

胡春江呆呆地站在那里,不知所措。看来,瞿华莹很忌讳别人当着面说她和罗高明的关系。一会儿,胡春江喃喃地说:"自从攀上师伟以后,她说话底气硬得多了。想让我是你的人? 妄想!"

晚上他下班回去,把这一切说给井黎黎听,她嘿嘿一笑说:"她跟你动真情了,麻烦了吧!"她说着递给他一张纸,他问:"又有情报了?"她说:"上午交通员送来的。"他一看情报暗号标示,是马丽传来的,心里紧张了一些。这情报内容是:"师伟让瞿华莹监视你,小心。"胡春江摇头笑道:"罗高明让我监视她,师伟让她监视我,真是一出好戏啊!"

井黎黎感到形势很复杂了……

窗外,蝙蝠在飞行,它们独特的叫声划破静静沉夜。

四十二

　　满洲里警察局招聘骑警的启事一张贴出去，就在社会上引起了小波动。招聘报名处就设在局大门口一个小房间里。来的人真不少，不到一周的时间，报名的人已超过二百人。

　　上午是招警的第一道程序：面试。所谓的面试也就是目测。目测初步就能淘汰和挑选一批人。上午，阳光明媚，风轻云淡。在警察局的操场上，来应聘的人黑压压地坐了一大片。面试现场一字排开四张桌子，坐着罗高明、涂荣清、龚培潮和胡春江。刚才大家本来在交头接耳，热热闹闹地在谈论着什么，目测团的四人一到来，大家顿时站了起来，静静地看着台上的目测官。操场四周有警察荷枪实弹地在执勤，给这个目测考场增加了一点严肃性。应聘者个个站在那里寒蝉仗马，不敢说话。一位考务文官把应聘人员点了点，按报名的顺序进行了排队，然后按花名册一一进行目测。

　　满洲里地下党组织派来的两名共产党员也在其中，胡春江不认识他们，但知道他俩的名字，一个叫雪青松，一个叫梅希阳。小寒和小宋也在其中，他们不是来应聘，而是来帮助胡春江应对叛徒赵奇的。近日，上海又传来两份情报，说赵奇在上海出卖的两名同志已经牺牲。赵奇的双手已沾满革命同志的鲜血，上级已把赵奇列为重点铲除对象。

目测仪式由胡春江主持,罗高明讲话。罗高明从当前的国家形势,国民革命的重任,以及中苏边境目前治安和当前戡乱的任务讲起,讲了二十分钟。来应聘的人员平时很少能见到警察局座,加上警察局的威严和神秘,大家都静悄悄地站在那里听。在一阵热烈的掌声中,罗高明的讲话结束了。

　　目测的形式很简单,由胡春江点名,被点名的人上台来,站在考官面前,然后报上姓名和出生年月日就行。每个人约半分钟就目测完毕。

　　很快点到了雪青松和梅希阳两个人的名字。胡春江看到他俩的名字,精神振作了起来。胡春江先点的是雪青松。雪青松是个中等个子,有三十五六岁的样子,穿得像个矿产工人。因为胡春江事先给罗高明打过招呼,他点雪青松名字的时候,向罗高明点了一下头。罗高明会意,伸着头往下看。雪青松气宇轩昂地上来了,他大声地、十分有底气地报告自己的基本情况,罗高明什么也没问,说:"过了。"接下来是梅希阳,他是个二十多岁的小青年,城市人的打扮。他也是富有活力、气概不凡地走上台,待他汇报完自己的情况后,罗高明又是轻轻地说:"过了。"

　　胡春江知道,是关系户的,他都是轻轻地说过了。

　　真的有个五十多岁的白头发老人来应聘了。胡春江看看花名册,心里明白了几分,此人不管怎么样,有没有专长,恐怕都得用。因为此人是东北军大帅府的一个参将和方天成共同推荐的。和这个老头一起推荐来的还有一个三十余岁的男人。这个三十余岁的男人是个一只眼,东北人号称独眼龙。此人长得如海盗一样,让人看了会产生恐惧感。罗高明自从见了这两个人,就开始暗暗叫苦。

　　这位五十多岁的白头发老头,慢慢地走到台前,稳稳地向目测官鞠了个躬,然后说:"本人叫邓无贤,今年五十二岁,蒙古族,游牧民出身。"罗高明审视他一阵子,问道:"你这么人年纪了,为何来当骑警啊?"他不紧不慢地说:"因为局座你需要老夫啊!"罗高明一听他这么一说,马上吃惊地"嗯"了一下,他感到这位老人的底气很特别,没把他这个局座放在眼里。

　　罗高明把腰杆挺直了,一脸惊奇地问道:"你说我需要你,我需要你什么呢?"老人一脸正经地反问:"请问局座,你那么多马匹,一旦马病了怎么办?"回答:"看兽医呗!"又问:"兽医呢?"罗高明被问着了。

停了一会儿,罗高明问他:"你的意思是,你会给马看病?"

他回答:"何止是看病,我还会给马匹做保健。"老人说着,从身上掏出一张大油光纸递给罗高明。

罗高明问:"这是什么?"他回答:"你看看。"罗高明接过来一看,是一份兽医行医执照,备注上写明:兽医神手,祖传秘方,治疗杂症。

邓无贤说:"局座你到东北军打听打听去,人家东北军师一级单位里有兽医院,团里有兽医队,营里有兽医站。咱警察局里有四十余匹战马,没有兽医能行吗?"

罗高明又被问着了。

邓无贤那两只小眼一闪一闪问:"局座,你知道张大帅出身是什么吗?"

罗高明被这个邓无贤问得无法回答,他真的不知道张大帅出身是干什么的。邓无贤放肆地笑了笑说:"张大帅原是一个骑兵头领,跟军队兽医官学了不少兽医技能。后来他回到酒城开了一个兽医诊所,经常给骡马治病。当年那个军队里的兽医官,就是我的伯父。我们家里几代人都是兽医,代代都为国家效力。我虽然五十多岁了,但很愿意为国家效力。"

罗高明把兽医执照交给他,哈哈一笑,说:"过了。"

邓无贤又问:"局座,过了是不是说我被录取了?"

罗高明说:"回去等消息吧。"

邓无贤把执照收了,很有把握地说:"那还用等?你肯定得用我!除非你想让你的马匹死光,否则你必须用我!"说完,大步走下台去。

罗高明听着他这样狂妄的话,心里有说不出的滋味。

胡春江看着这个邓无贤的表演,心里十分感慨:张大帅之所以能在东北称霸,能在中国的政治舞台上称王,能抗衡蒋介石,原因就是他看上的人,个个都有绝招。从这个邓无贤身上,就能看到这一点。

接下来就是具有海盗长相的独眼龙上场。他上来不敬礼也不鞠躬,直接说:"我叫铁大山,人称铁蹄子,今年三十八岁。"罗高明微笑着问:"你有何特长啊!"铁大山说:"我会给马钉掌,不然我为何叫铁蹄子呢?"他这么一说,罗高明马上明白了方天成的话,他说,你不用他们就不行。是啊,这么多马匹,没有一个钉马掌的人怎能行呢?

在招骑警以前,罗高明还真没有想到他要用什么兽医和钉马掌之类的人才。现在才知道,没有这样的人才还真不行啊! 他想,真是隔行如隔山啊。

这时铁大山大声说:"你别小看我只有一只眼睛,我那只眼睛为啥瞎的呢,你们不知道吧,那是给马钉掌时让一个调皮的马踢的。我那只眼没瞎以前,钉一匹马掌需要十分钟。自从我那只眼睛瞎了以后,我钉一匹马掌就只需五分钟。以前我是在东北军钉马掌,现在听说满洲里警察局在招骑警,于是我就辞了东北军的活儿,回来为咱警察局的马队钉掌。我不但马掌钉得好,而且我家是祖传的铁匠,我家打的马掌结实耐用。东北军几千匹马,都用俺家打造的马掌。"

罗高明哈哈一笑说:"还是东北军对我们好啊。推荐的人,都是我们必用的!"

铁大山说:"这么说,我被录用了?"

罗高明又说:"过了!"

目测还在继续,胡春江还在一一点名。他打一开始就在关注每一个人,他在操心那个叛徒赵奇的出现。然而,二百余人目测完了,也没看见赵奇出现。

目测时,瞿华莹双手抱在胸前远远地站着看热闹。目测结束后,胡春江从她面前走过,她也不去看他,却说:"人员已经内定了,还有这个必要这么大张旗鼓地搞形式吗? 骗谁呢?"

一会儿,胡春江被罗高明叫到办公室,他俩先是议论一下刚才目测的情况,然后又讨论一下怎样缩小应聘人员的范围,最后又把话题落到兽医邓无贤和铁大山的身上。罗高明说:"真正的朋友还是东北军,之前购买马匹,五方势力就人家东北军给的马最好。现在咱招人,大帅府里推荐的人又都是实用的人。过去我们没有想那么细,而东北军替我们想到了。"胡春江说:"是啊,我们警察局也像一家一户过日子,什么人都得有啊。"他停顿一下又说:"可是……"他欲言又止。

罗高明见他说话支支吾吾,有些吞吞吐吐,抬起头问他:"可是什么? 你想说啥你就说嘛。"胡春江笑了笑说:"这话不说呢,我感觉对不起你;说吧,又涉嫌翻闲话,所以……"胡春江说到这儿又止住了。罗高明急急地说:"说嘛,啥时候学得跟老娘们儿一样了? 说话扭扭捏捏的。"

胡春江说:"自从你安排我监视她后,发现她这几天晚上独自一个人出去三次,两次是小轿车在大门外接,一次是坐人力车。她坐小汽车那两次我们的人跟不上;她坐人力车,我们的人跟上了。她是去北京督察组驻地了。"罗高明听罢,闭了闭眼睛,说:"知道了,继续监视。"胡春江说:"局座,你说,她一个科长,一个人晚上到督察组驻地去干什么?"罗高明:"时间长了你就知道了。"胡春江看他一眼,没有说什么。罗高明突然笑了,说:"我看瞿华莹对你可是真感情,从她对你的眼神中我能看出她很爱你!"胡春江哈哈一笑说:"局座,你是开玩笑呢,还是逗我呢? 她能爱我? 再说了,我有老婆她爱我干吗?"罗高明说:"我不是开玩笑,我是在提醒你,对于这个女人,你可要防着点,她的话,你可不要相信,她如果说爱你,或者说你是她的人,那你的危险就要来了。我是怕她把你引进不测之渊呀!"

"谢谢局座提醒,我记住了!"胡春江说。

罗高明说:"咱说招聘的事情吧。咱们最后只要四十人,而现在面试的人达到二百余人,怎么能把这一百六十多人去掉呢?"

胡春江说:"我认为,你先把关系户的名单定下来,然后再说其他人。"

罗高明说:"关键是关系户就有六十余人。去掉谁呢?"

胡春江也沉默了。

罗高明说:"上一次,我们把他们五方势力所有的马匹都买下了,他们一个两个都满意了,高兴了。这次我们总不能把这六十多个人都要了吧。"

胡春江似乎经过深思熟虑地说:"局座,我正想给你说这件事呢。你现在手里关系户的名单不是六十七人吗? 今天我们也目测了,都够条件,我想为了减少麻烦,都要了算了。"罗高明站起来,走了几步说:"把他们都收下的想法我也产生过,可是,我们的经费不足不说,按要求我们只买了四十匹马,多出来的二十七人怎么办?"胡春江想了一会儿说:"我算过了,我们的骑警是四十人,加上喂马的十人,再加上兽医邓无贤、铁匠铁大山,这就五十二人了。还有,骑警因为有马匹,得单独成院,他们的人不能住到警察局来。这样的话就需要伙夫五人,管账二人,采购草料的二人,这就需要六十一人了。"罗高明说:"就按你说的,还剩六人呢?"

胡春江说:"现在,我们局各警种的人员都缺编,特别是治安科,人手更少,到目前为止,治安科还没有巡逻中队。我建议把这六十七人招来,除武装骑警外,再把治安队的巡警也武装起来。趁省警察厅给我们开了口子,让我们招人,我们为何不把缺编补一补,借机壮大一下自己的队伍呢?我听说东北军现在各团各营都在私下招兵,为啥?那都是为了壮大自己的实力呀。咱为何不也壮大一点实力呢?"罗高明蹀了一会儿步,坐下说:"春江呀,现在我身边真正能为我操心的只有你一个人呀。你看那两位副局座,那么多科长、队长,他们整天在干些啥?整天你抢我夺,你斗我争,不为国家卖力而为各自的主子卖命。当年我为啥信任毛先征?不是说我要对他好,而是他时时为我操心,为我解难。他虽然是共产党,但我不恨他,因为他替我办了好多人办不了的难事大事儿。毛先征走了,我如折了翅膀一样不好受。现在,大事小事,只有你一个人为我操心,为我献计献策,为我排除艰难困苦,我真的很感激你。春江,有了你,我心里很有底气。"

胡春江忙说:"我只是做了我应该做的事儿,我大事情为您做不了,小事儿还是能为您跑跑腿的。再说了,为您做事,也就是为国家做事,我为啥不尽职尽责呢?"

罗高明说:"招骑警的事,就按你说的办吧,这六十七个关系户都招进来,多余的人充实到治安科去。听你的建议,我们组建巡警中队,把咱市区的治安工作再加强加强,真正达到安治天下的目的。"

"好!那我就按您的指令往下办了,力争5月中旬,让咱的骑警大队开始在草原上奔驰!"

罗高明轻轻地用手敲敲桌子说:"刚才目测那个当过兵的年轻人,我心里放不下他,我看这个年轻人很好!可惜他不是关系户。"胡春江知道他说的是小寒,看来他对小寒的印象很深。胡春江忙说:"局座,除这些关系户外,优秀的人还很多,我们不能开这个口子呀!我们一旦开这样的口子,那是自找麻烦呀!"罗高明唉声叹气地说："有用的人我们不能用,无用的人我们用不完呀!"

胡春江说："从易经学上讲,这是社会的正常现象。悟透了,顺之;悟不透,反之。顺之则顺,反之则烦。"

罗高明小声说："其实我现在深深理解共产党为何要造反,要革命。"胡春江抬眼看一下罗高明说："局座,这方面太深,我理解不了。"

罗高明看胡春江一眼,说:"你是人中之龙,能不理解? ……"

晚上胡春江回到家里,井黎黎递给他一份情报,情报上说,哈尔滨的杜云英近日陪中共中央上海的领导来满洲里。上海的领导是要过境去苏联参加会议的,杜云英是护送者。情报还透露,杜云英来满洲里还要视察特别交通站的工作。情报要求胡春江的交通站全力以赴地做好护送中央领导出境工作。

胡春江说:"根据形势的发展,将来的斗争越来越严峻。日本人蠢蠢欲动,想霸占中国,整得蒋介石打也不是,亲也不是,他指挥的北伐军在山东济南周边打仗,处处绕着日本人走。张作霖的安国军也是避着日本人走,只怕遇见擦枪走火引火烧身。据可靠消息,日本人想在中国建立一个国内国,然后慢慢吞并中国。日本目前在大连、抚顺、青岛都有租界,驻有军队和警察,这不是什么好兆头呀。这次日本大使派代表来见少帅张学良也不知道有什么计划要实施。"两人说了一会儿话,各自睡下。

夜很静,风很轻。门前树木都开花发芽,一阵阵的清香飘进室内,沁人心脾。

井黎黎突然说句梦话,她喃喃地说:"你真是个充满阳光的人。"

胡春江睡在地铺上听见了。此时他在想,井黎黎如此蕙心兰质,她的丈夫是谁呢?

四十三

　　中共中央上海领导过境的情报送来很长时间了,但一直也没动静。胡春江已到养马场开了两次碰头会,各项准备工作也都就绪了,就是不见有人过来。

　　呼伦湖这一段时间也没有消息,不知道他在忙些什么。莫洛米夫出来以后,一直在忙他的"地质采矿"之事,胡春江很长时间没见到他。落娃也是很长时间没有联系了,但胡春江知道她很忙。胡春江在日本领事馆门口遇见她两次,有一次还是胡春江的大哥和她在一起说话。田家彬带领的特别行动队是不是还在满洲里,他也说不清。这一个时期,叛徒基本不活动了。

　　经过努力,骑警大队已经组建成功。警察局征用了一个小型养马场,让骑警大队都驻在那里。罗高明任命治安科一个副科长为骑警大队大队长,此人名叫原鹤,蒙古族,牧民出身,是正宗马背上长大的人。原鹤是明决一个远房表侄,在治安科工作,他是办案能手。明决多次告诉罗高明,让原鹤当治安科长,但科长何之干苦于没地方安排,加上何之干家在当地是千万富翁,他父亲又和罗高明是朋友,每年没少给他进贡,他也不忍心把何之干调走。这次正好组建骑警队,他就顺势把原鹤安排个大队长。刚刚成立起来的骑警大队,不干别的,天天训练骑马。招进骑警队的邓无贤和铁大山,真的都有了用场。四十匹马天天都有一两匹马有病,邓无贤建立了个马匹治疗室,天天都有活干。铁大山家是铁匠铺,大中小号马掌都有,他家的马掌耐用又便宜,他报到的第二天,就开始为马钉掌。没几天工夫,四十匹马全部钉掌完毕。在马匹训练中,新钉的马掌起到了很好的作用。

胡春江的警务调查科业务也在开展。罗高明曾几次对他说过,局内部很有可能还隐藏有共产党分子,你要抓紧调查,有一个调查一个,落实一个抓一个,绝不能心慈手软。胡春江表示,一定努力抓捕共产党。

最近他们警务调查科正在悄悄地调查两个人,一个是总务科的副中队长,叫纪长礼。一个是特情科的情报员,叫间运省。这两个人与外界联系频繁,经常私自出入高档娱乐场所,休闲时间私自出境与俄罗斯人接触等行为可疑。胡春江已签批了立案命令,目前正在深入细致地调查。

今天早上,交通员又给胡春江送来一个特级情报,情报的内容是:叛徒赵奇,也就是代号霞飞,顶替一个叫卫叶青的应聘青年,目前已潜入到骑警队。组织下令在适当的时候对他予以铲除,并提醒胡春江格外注意安全。胡春江看完情报,心里沉沉的。他只知道赵奇迟迟不露面是个阴谋,但没有想到会是这么大的阴谋,这一招高,实在是高。井黎黎说:"这样说来,这个赵奇一定是奔着你来的。是谁在幕后操纵着这一切呢?"

胡春江马上从文件袋里找出那六十七人的名单,他要看看那个"卫叶青"是谁推荐来的。他一查,心提得老高。这个卫叶青,是市政府特务科推荐来的。胡春江意识到,这件事情真正的推手是师伟。这方面的情报一定是马丽传递过来的。

井黎黎说:"师伟让瞿华莹监视你,是不是这个赵奇在暗处指认你了?"胡春江想想说:"不可能。如果他要真指认我了,我可能早在监狱里了。"井黎黎说:"你分析得对,那往后怎么办呢?"

胡春江想了想说:"往后慢慢来,坚决不能让他们的阴谋得逞。"

当天晚上,胡春江着便衣,带着井黎黎,以到市内看朋友的名义,去见安显一郎。他俩刚走到安显一郎家门口,门开了,安显一郎正好往外送一个人,胡春江一看认识,此人正是他的大哥胡春海。他想,他来干什么呢?但他又一想,一个日本翻译来到一个日本人家里很正常。胡春海正在与安显一郎说告别的客气话。他转过身来,突然看见胡春江和井黎黎,像是吃了一惊。他向胡春江和井黎黎礼貌地点点头,然后匆匆地走了。井黎黎好像很开心地向他笑了一下,笑容在灯光反照下,很灿烂。进到院内,呼伦湖也在这里。呼伦湖见到胡春江,笑着说:"我就知道你接到情报后会来的。"胡春江忙说:"遇到这样的事,不来请示心里没数。"这时,落娃从里屋出来,井黎黎上前抱住落娃,两人又咯咯地笑一阵。

安显一郎让用人把茶和羊奶热好端来,男人喝茶,女人喝羊奶。他们寒暄一阵后切入正题。胡春江说:"这个赵奇打入骑警内部,是个极其不好的信号。这说明,师伟在这儿开始关注咱们特别交通站,而且用我们的叛变人员来对付我们,一是要搅乱我们的人心,二是要破坏我们的组织,三是要千方百计地抓我们的人。师伟这个人,真是个老牌特务。"

呼伦湖说:"我认为,师伟对你的怀疑还停留在浅层的表面上,赵奇也未必肯定知道你在警察局。赵奇不去面试应该是师伟巧用的手段,而不是怕我们识破赵奇的面目。我认为师伟这样做,应该是投石问路,看有没有什么反应。如果我们现在动手,那正好上师伟的当,正好证明警察局内部还隐藏有我们的人,这样的话,师伟就能动手进行清查了。我们现在不动手,按兵不动,师伟看不出什么反应,也就无从下手。依我看,还是先观察,后行动的好。我已经通知雪青松和梅希阳,让他俩时刻关注赵奇的动向。组织上通过关系,把他们三人分到一个中队,在一个宿舍住,这样便于监视这个赵奇。另外,骑警大队门口已安排了我们的人,他们在那里开了中医诊所,日夜监控门口的动向,如果赵奇出去,马上就有人跟着他。"

胡春江问:"门口的同志与雪青松他们有联系吗?"呼伦湖摇摇头说:"各是各的人,没有联系。雪青松和梅希阳是我的人,门口诊所的同志是田家彬的人。"一提起田家彬,胡春江忙问:"田部长还在满洲里吗?"呼伦湖摇摇头说:"我也不知道。"胡春江想了想,不再说什么。

安显一郎说:"我认为,就目前,胡春江同志应该严禁与赵奇照面。如果一旦需要照面,那就得有应对的办法。"

落娃这时说:"胡春江同志,你一定要时时牢记你的任务是啥,决不能纠缠到某一个事中。这件事,你要采取避而不见的方式,尽量不与他照面。骑警这边,内部有人监视他,外围有人跟踪他,问题不大。你现在不要担心这个赵奇,只需全力以赴地完成你的重要任务。"

呼伦湖说:"落娃分析得好,赵奇就是一块问路的石头,既然他想探路,那我们就将计就计,坚决不能让他问到路,而且还要让他迷路。只有这样,师伟才无法插手警察局的事儿。"

落娃问胡春江:"你送出来的情报说,罗高明让你监视瞿华莹是怎么回事儿?"胡春江说:"罗高明发现瞿华莹投入师伟的怀抱,他不但有些吃醋,而且还怀恨在心,于是就让我监视她。"落娃咯咯一笑说:"他呀,吃醋也是白吃,恨也是白恨。"胡春江问:"为啥?是他罗高明斗不过师伟吗?"落娃说:"咱暂时不说他斗过斗不过,而是他没有资格吃醋。"

落娃说着从手提兜里拿出四张照片,她把照片递给胡春江说:"这是瞿华莹春节回南京过年时拍的照片,你看看就明白了。"胡春江接过四张黑白照片一看,吃了一惊,似乎不相信自己的眼睛。四张都是师伟和瞿华莹的合影照。第一张是他俩在一个餐馆里吃饭时照的,第二张是两个人在菜市场买菜时照的,第三张是他们两个人与一个三四岁男孩子的合影,第四张是两人在电影院门口看海报时照的。这四张照片,一看角度,就知道是偷拍的。

胡春江看完照片,用不解的目光看着落娃,问道:"这……"

落娃讲:"这是我们南京党组织专门为他们偷拍的,上级党组织早就盯上他俩了呀!"胡春江不解地问:"他俩是啥关系?看来不是现在刚认识的。"井黎黎也是刚知道这些,叹道:"原来他俩早就走在一起了呀。他俩不会是夫妻吧?"

呼伦湖说:"黎黎猜对了,他们正是夫妻,照片上的孩子是他俩的儿子。"

"啊,原来是这样呀!"胡春江和井黎黎惊叹不已。

落娃介绍道:"严格讲,瞿华莹是师伟的二房太太。师伟有个结发妻子,现在在湖南老家主持家务。他家是拥有三百余亩田地的大地主,父母上了年纪,师伟是老大,他还有两个儿女在老家跟着原配夫人。原配夫人是个小脚女人,她走不出来不说,主要是家大业大,她得在家主政。瞿华莹七年前在上海认识师伟,那时师伟还在上海军政府当差。瞿华莹还是南京一所中学的学生。瞿华莹暑假期间到上海姑妈家去玩儿,一个偶然的机会认识了师伟。那时师伟年轻潇洒,思想进步,拥护孙中山的革命思想。瞿华莹清纯、漂亮,追求自由。两个人一见如故,有相见恨晚之感。那时梅兰芳先生自导自演的戏曲片《春香闹学》和《天女散花》正在上演,他们就反复去看这两部电影。于是两个人相爱了。瞿华莹中学刚一毕业,两个人就走在一起了。四年前,也就是瞿华莹来满洲里的前一年,她给师伟生了一个儿子,起名叫师捷。师伟把原配夫人放到家里,整年也不回去看一眼,而与瞿华莹在南京公开以夫妻相称。他的儿子放在瞿华莹父母家里寄养。"

井黎黎说:"大家都知道瞿华莹是汪精卫线上的人,是原武汉政府放到这儿的眼线,现在看来,没有那么简单。师伟是蒋介石的嫡系呢,还是张作霖的走狗呢?现在还说不清。去年在上海为蒋卖命,现在摇身一变又在北京为张作霖卖命,师伟到底算什么人呢?双面人是肯定了,但他是哪方面的人呢?另外,瞿华莹也不简单,她不可能只是为汪一家卖命的,很有可能还为另一家甚至两家工作。"

胡春江问落娃:"罗高明还不知道师伟和瞿华莹的关系吧?"

落娃耸了耸双肩说:"肯定不知道,知道了他还敢让你监视她?"

呼伦湖说:"当然,师伟也不知道他的女人早已和罗高明勾搭在一起了。黎黎说得对呀,师伟让他女人一个人单枪匹马来这儿,肯定是有背景和目的的。"

胡春江想,马丽肯定知道这一切,马丽一定是对党中央负责的,师伟和瞿的一举一动,党中央是知道的。于是他说:"那就等着他们往下表演吧。"

呼伦湖说:"师伟那边自然有人监视他,而且他的一举一动,上级党组织都会知道的。"

呼伦湖继续对胡春江说:"瞿华莹这边的事情,只有你去监视她了。罗高明让你监视她,那可能是出于他的私人目的。你就利用这个好机会,对瞿华莹实行全方位监视。我们一定要弄清楚,他们两口子在这里要干什么。只有弄清他们的目的,我们才有斗争的方向。"

胡春江说:"坚决完成任务!"

安显一郎说:"我个人研判,上次日本大使派代表来满洲里也与师伟有关。戒严那两天,师伟是白天跟随少帅悄悄会见苏联特使,晚上秘密会见日本大使代表和田基,这里边一定有问题。"呼伦湖说:"总之,他们夫妻俩的事儿,我们一定要关注!"安显一郎又把大家的茶水和羊奶加热了一遍,大家沉默地喝了一会儿。

胡春江把话题一转问:"上海过来的中央领导人走到哪儿了,应该快到了吧?"

呼伦湖说:"应该快到了。不过,上海离我们这儿远隔千山万水,加上鬼跟狼随,困难重重,几时能到这儿,还真说不准。去年中央派到我们这儿来工作的同志,走了三个多月才到。你不用着急,人一旦到了哈尔滨,我们就会知道的。"井黎黎说:"听说杜云英同志也跟着中央领导人过来,现在,哈尔滨的白色恐怖越来越严峻,我真担心她的安全。"

落娃说:"我父亲急着回哈尔滨也是为了这个问题。"

夜深了,天凉了,满洲里的春天要比关内的春天低五摄氏度,晚上气温更低。呼伦湖对大家说:"时间不早了,明天都还有事儿,都回去吧。"

大家都准备动身走,这时胡春江突然想起来来时见到了大哥,于是顺口就问呼伦湖:"哎,今晚上日本领事馆的翻译来这里干吗?"呼伦湖走出院子,抬头看看天上的星星,说:"今晚是个好天气呀! 天高星灿,万籁俱静啊!"井黎黎轻轻地踢一下胡春江的脚,胡春江微笑一下,不再问了。

落娃走到井黎黎身边,悄悄地问:"你怀孕了?"

井黎黎点了点头。落娃问:"他知道不知道?"

井黎黎摇了摇头。落娃说:"那我告诉他,让他也高兴高兴。"

井黎黎说:"谢谢你落娃。"

湿漉漉的空气越来越凉,地上白白的一片,那是刚刚结的霜……

四十四

经过多天的观察,叛徒赵奇在骑警训练基地很老实,不多言,也不外出。他和呼伦湖派去的两个卧底雪青松和梅希阳住在一个宿舍,训练又在一个中队,基本上是他俩全天候在监视着他。如果他一旦外出,门口的监视人员就会跟踪他。根据上级的指示,目前稳住他,也就等于稳住了师伟。

近一个时期对瞿华莹的监视中,并没有发现她频繁地去找师伟,反倒她和罗高明的关系还和往常一样,亲近得很。前天,罗高明背着妻子明决,悄悄地拉上瞿华莹到呼伦湖方向的大草原上玩儿了一天。罗高明的朋友古尔多有个牧场,约二千亩草地,在呼伦湖西岸。那里有一片高档的蒙古包,是古尔多的"庄园"。"庄园"内有多种可口的饮食,还有舞女和歌伎。罗高明和瞿华莹在牧场度过了浪漫的一天。从这一点上看,罗高明和瞿华莹的关系,还是很近乎的!

近两天,上级传来了一份情报使胡春江和井黎黎很开心。毛先征和另外一个同志已安全到达井冈山,毛先征到那里还是抓工农红军部队的后勤保障工作,另外一名同志还是做情报工作。

获得这份情报后的一天晚上,井黎黎给胡春江炒了两个菜,买了一瓶东北烧白酒,让他喝了几杯。井黎黎看他喝酒高兴的样子,说:"同志们能安全到达目的地,真是件高兴的事儿。"停了一会儿,她平静地说:"毛先征他们的家人也不知道怎么样了。"胡春江喝口酒说:"情报说他们家人很安全。"井黎黎说:"那我就放心了。"

胡春江喝着喝着,叹道:"离开满洲里的人都安全了,可要来满洲里的人,到目前还没有一点消息,真让人纳闷呀。"

井黎黎说:"别纳闷,事事都有原因的。人不来有不来的理由,咱只有等。"胡春江说:"上海马上要过来领导人,杜云英同志也陪着过来,可能就是个好的开始。"井黎黎说:"应该是。再不过来人,我们特别交通站的同志真的人心就散了。建站的时候人人都是摩拳擦掌,情绪十分高涨。然而,这一等就是两个多月,一个人也不过来,这真让人难熬呀。养马场的陆师傅和老魁他们还有一些养马的活儿干,火车站的小宋和小枫真是太难熬了,小宋还经常回养马场干点啥,可小枫一个人待在那里,真是太难受了。"井黎黎忙说:"你没事了多去见见小枫,省得她一个人显得孤独。"胡春江说:"我怎么能随便去呢?我每次去火车站都得有合适的理由,没有理由是不能随便去的。火车站那边相当复杂,有叛徒在那里晃悠,有市政府特务科的人在那里寻找目标,有铁路警察在那里执勤,也有方天成的人穿着便衣在那里盯人。没有理由我不能去,如果去了还得高调地去,大张旗鼓地去。然而,高调地去了,我又没办法与小枫接触。我心里也很矛盾呀!"

井黎黎说:"那让小宋多在火车站值班,让小枫多回养马场去,你们在养马场见面既安全又随便,以后多在养马场见面。"胡春江说:"其实,我们过去见面都是在养马场见的。这一个时期忙,见得少了。"

第二天上午,交通员送牛奶时,又送来了一份情报,胡春江中午回到家里打开一看,高兴了。因为上海的中央领导已到哈尔滨,后天杜云英、洪永升护送他们到满洲里。今天晚上在满洲里医院内科三楼一间会议室里,召开迎接中央领导筹备工作会议,通知胡春江参加。胡春江看完情报后,不由得微笑起来。

晚上七点整,胡春江着便衣骑单车来到医院的指定房间,他进门就看见了田家彬坐在这里。胡春江上前与他握了握手说:"我猜想你应该离开满洲里了,原来你一直没走啊。"田家彬说:"除了一个'霞飞'外,其他六人都已清理。这六个人都是'四一二'大屠杀前叛变的,也就是在革命高潮时期背叛了革命,而在'四一二'大屠杀中,他们积极参与,带着敌人到处抓我们的人,不少人都牺牲在他们手里。有可靠消息证明,他们六个人平均每人已经出卖杀害四名同志。现在他们还不收手,甘当敌人急先锋,继续出卖革命同志,你说,不清理他们行吗?"正说着,呼伦湖、落娃、安显一郎先后来了。

今晚的会议就一项内容,安排迎接和护送上海过境的中央领导同志。会议由田家彬主持召开。

田家彬简单地介绍了这次任务,他说:"党中央领导这次过来,不需要偷渡出境,是以社团学者的身份访问苏联的。我们不需要策划偷渡方案,我们的任务就是保卫。因为哈尔滨去苏联的直达火车要在满洲里停十个小时,这是个客货两用火车,得在这儿装货。这样的话,中央领导需要在这儿住一晚上,这就给我们增添了保卫的难度。还是老规矩,火车进入满洲里境内,沿线和车上的保卫工作由呼伦湖你们负责。胡春江你的特别交通站全体同志都要参与,怎么参与听呼伦湖同志分工。由于胡春江的特别交通站肩负着历史重任,他们的人不适宜在火车上或火车站搞保卫工作,因为他们的身份一旦暴露,我们以往所做的一切工作都会前功尽弃。所以我建议特别交通站的同志只能做秘密的工作,如充当人力车夫搞运输工作,充当旅客住进领导所住的宾馆做保卫工作等。"

呼伦湖问:"火车啥时候进满洲里站?"田家彬说:"后天晚上八点钟进站,第二天早上六点发车出境。在满洲里火车站停留整整十个小时。这十个小时正好是晚上,中央领导需要住宿,你们要安排一个安全、隐蔽的旅店。"

呼伦湖想想说:"明天把住宿的地方定下后,报告给你。"田家彬说:"现在说说意向也行。"呼伦湖说:"我想,最危险的地方也是最安全的地方,火车站广场有个昌升旅馆,离车站近,行动也方便。"

胡春江一听"昌升旅馆"四个字,猛地愣了一下,想,难道这个旅馆也是个秘密交通站?田家彬摇了摇头说:"这个旅馆不能用,再想其他地方住吧。"

这时,落娃发言了,她说:"我看哪,最安全的地方还是安显一郎君的住宅内。"安显一郎这时也说:"我也正在想,能不能住到我那里,如果能,找个什么理由让其住下呢?"呼伦湖问胡春江:"你看住在安显一郎家里怎么样?"胡春江环视一下大家,随后说:"如果不住养马场的话,那最佳方案是住在安显一郎君那里,这比住在旅馆和酒店安全一些。我赞成。北京军政府和蒋介石政府多次发电规定,不准军警擅自闯入外国人住宅区。在我们满洲里,不管是东北军还是我们警察局,对外国人的住宅还是不会轻易闯入的。大家都怕惹上外交麻烦。"

田家彬站起来走了一圈,似乎是下决心地说:"那好,既然大家都赞同住在安显一郎家里,我也同意。那么现在分工如下:一、后天晚上到火车站接站由呼伦湖负责,你带的人不能太多,四个人就行,每个人都要配带武器,以防万一。二、人力车运输由胡春江负责,需四辆双人座位的人力车,同样要带武器,你们每人随身要带手枪和手雷,车上要藏长枪。三、火车站到安显一郎君家这段路程的保卫工作,由我负责。今天从哈尔滨过来的人都能到位。四、落娃陪同杜云英同志住在安显一郎处,任务是服务上海来的中央领导文秘工作。五、安显一郎君负责中央领导的生活起居。"他想了一会儿说:"大家想想还有什么意见和建议?"

呼伦湖想了一阵对田家彬说:"我这里不少同志手里没有武器,另外各类枪支弹药也不足,你们保卫部能不能给我弄一些武器?"田家彬胸有成竹地说:"问题不大,需要多少?"呼伦湖算了算说:"手枪还需要十二把,子弹得两千发,手雷二十枚,长枪若干。"田家彬笑笑说:"胃口不小呀。"呼伦湖说:"没办法,工作需要呀。"田家彬看了看胡春江说:"你们特别交通站还需要武器吗?"胡春江忙说:"武器暂时不需要,子弹得再给一些。"田家彬的眉毛往上扬了扬说:"好吧,我向杜云英同志请示后,再配发给你们。"

呼伦湖说:"大革命时期,我们共产党员一般不配发武器,当然,那时我们公开活动,也不需要武器。大革命失败后,我们转入地下工作,没有武器不行。特别是南昌起义后,我党从上到下都知道枪杆子的重要性。我们搞保卫工作的同志,武器对我们来说,就是生命。希望上级组织考虑给我们配一些尖端的武器。"

胡春江说:"是啊,武器是我们完成各项任务的保证,没有好的武器,也就没有把握完成好任务。"

大家都点头认同他这一看法。

田家彬伸手看了看表,问道:"武器的事儿,随后一并解决。对于迎接中央领导的工作,你们谁还有啥讲的没有?"

大家都说没有了,随后便分头下楼,离开了这家医院。

胡春江没有回家,他骑单车直接去了养马场。当然,为了防跟踪和监视,他有意转了几个街道,又去马戏团演出场看一会儿节目,确定没人注意他后,他才骑车去养马场。当他来到养马场时,已是夜里十点钟了。

陆师傅和老魁他们都已睡下了,小寒带几个年轻人在打扫马厩。看到他突然到来,大家都知道有新任务来了。他把陆师傅叫醒,小寒把老魁叫起来。大家来到陆师傅的住室,都用惊奇的目光盯着胡春江。等大家坐下来后,陆师傅点根烟,问:"有新任务了吧? 是不是上海的中央领导过来了?"胡春江便将会议内容向大家传达了。

"分工吧。"陆师傅平静地对胡春江说。

胡春江说:"小枫还在火车站值班。你们三个人加上小宋,每人一辆人力车,共四辆。到时候火车上下来四个人,其中,上海方面两个人,哈尔滨方面两个人。接到人以后,既要分散行走,还要相互照应。后天晚上八点,我和井黎黎伴装接站,到火车站望风。有啥情况,大家用手势和暗语与我交流。"他停顿一下又说:"转告小宋,他在火车站久了不免会有人认出来他,他扮人力车夫时要化装。"

大家又讨论一些具体细节,同时也提出了不少问题,最后都一一敲定。胡春江说:"时间不早了,我得走了。"陆师傅说:"这些天形势复杂,你路上小心。"胡春江说:"目前我已站住脚,不会有事的。"当胡春江走到门口时,又转身问陆师傅:"陆师傅,你在黄浦江修船厂时是修轮船发动机的,汽车发动机你能不能修理?"陆师傅问:"是汽油发动机还是柴油发动机?"胡春江说:"是汽油发动机。是这样的,罗高明那辆吉普车经常出毛病,另外,局里大型囚车还有若干辆,摩托车十几辆,这些车的发动机经常坏,又修不好,罗高明想找个懂发动机技术的师傅给他们保养车辆。我想,让陆师傅定期给他们保养发动机怎样?"

陆师傅说:"我同意。"胡春江说:"随后我向罗高明汇报后你就可以过去。"陆师傅点点头说:"可以。"

胡春江来到家门口的时候,看见家里灯光还亮着,从室内还传来女人咯咯的笑声。胡春江一听,就知道是瞿华莹在这里。大半夜,她来干什么呢?

他推门进去的时候,瞿华莹正坐在井黎黎对面大笑。她俩见胡春江回来了,忙收住笑容。井黎黎说:"你可回来了,瞿科长等你半天了。"胡春江没有问瞿华莹等他干什么,而是问她俩在笑什么。

瞿华莹笑罢,双肩耸了耸,做了个认真模样的表情,说:"保密。胡科长今晚在哪儿应酬呢?"

胡春江一听,心里顿了一下,他不知道她问这话是何意。师伟让她监视他,他在她面前说话一定要小心。他淡淡地说:"哈尔滨过来一个日本商人,日本驻满领事馆的张代办请他吃饭,让我参加了。本来我是不想去的,但张代办的面子,我还是去了。"瞿华莹说:"你们俩的日本朋友真多呀,我真羡慕呀!"井黎黎忙说:"春江和我都在日本上过学,我们家在日本还有产业,有几个日本朋友,也是正常的事儿。"

瞿华莹说:"那是那是!"

胡春江看着瞿华莹说:"说正事吧!"

瞿华莹说:"没有正事,找你是件小事儿。"

胡春江说:"说说看!"

瞿华莹的眼睛闪烁着亮光,这亮光一直在扫描着他,她说:"我明天想请北京来的马丽和胡秋实到草原上玩儿,想请你和嫂子一起去看大草原上的风光,不知道大忙人胡大科长给不给这个面子。"

胡春江明显地吃了一惊,他忙平静一下心态,看着井黎黎问:"夫人,你说呢?"他明里是征求夫人的意见,实则是看井黎黎对此事的态度。井黎黎说道:"这么好的事儿,瞿科长能想到我们,我们何乐而不为呢? 我来满洲里这么多天了,还没有真正去过大草原呢。"井黎黎给胡春江飞个眼神,然后问他:"你明天忙吗? 不忙了陪我们去呗!"

胡春江会意,说:"本来……"瞿华莹一听,忙伸出右手的食指顶着张开的左手掌,展示出打住的手势来,似乎很强势地说:"别说本来,我和黎黎不想听什么本来,我知道你现在在罗头儿那儿是红人,忙得很。你只说能不能去吧。"胡春江说:"如果马丽和胡秋实不嫌弃的话,我去!"瞿华莹眼睛又扫他一下,如刀子一样犀利,说:"你和黎黎去是我邀请的,与人家马丽和胡秋实无关,去就说去,不去就说不去,啥时候学会婆婆妈妈了?"胡春江坚定地说:"去,我去!"

井黎黎问瞿华莹:"明天怎么去呢?"瞿华莹说:"我已经安排好了,市政府派一部小轿车拉着马丽和胡秋实他们,我让局座的吉普车拉着咱三个人。春暖花开了,我们玩儿一天去,整天待在这警察局,如牢笼一样,快闷死了!"胡春江忙附和。

瞿华莹说:"明天上午八点,你俩到门口等,我准时去接你们。"

瞿华莹走了,胡春江和井黎黎把她送到门外,她说:"留步吧。"井黎黎说:"慢走啊。"瞿华莹没有回头,只是很潇洒地摆了摆手,消失在黑暗中。

胡春江和井黎黎并没有返回到屋里,而是站在门外往外观察了一阵子。一颗流星从高空划过,消失在东南方向,似乎是落入了呼伦湖中。瞿华莹的脚步声由近而远,消失在操场南边的小树林里。

胡春江哈哈一笑,问道:"明天她陪马丽和胡秋实去草原玩儿,那么师伟知道不知道?"井黎黎不情愿地看他一眼说:"不管他,明天我们只管去就是了!"

胡春江把上海领导来的时间和分工给井黎黎说了,她听后说:"这次中央领导一出境,就拉开了各地代表们过境的序幕。"胡春江说:"应该如此吧。"

夜静了。微风在黑暗的夜间,轻轻地鸣啼。这真是,今夜偏知春气暖,虫声新透绿窗纱啊。

四十五

心随长风去,吹散万里云。

上午八点多,风轻云淡,一辆吉普车和一辆小轿车一前一后出了城,向满洲里的东南方向驶去。车辆驶过一个浅浅的沟后,展现在大家面前的是蓝天白云下郁郁葱葱的大草原。不远处,有成群的牛羊在慢慢地滚动,很像一幅立体画。

吉普车前边行进,小轿车后面跟随。吉普车上只坐了胡春江和井黎黎,小轿车内坐有马丽、胡秋实和瞿华莹。胡春江坐在车内,心想,此时他身边如果坐的是小枫而不是井黎黎该多么好呀。

来到草原深处,牛羊越来越少,蒙古包越来越稀。然而大片的马匹多起来,有的上百匹,有的上千匹,成群结队地在辽阔的草原上奔驰。牧马人身背猎枪,骑在肥硕的马背上在飞奔管理马群。一会儿,一座大型、豪华的连体蒙古包和蒙古包群出现在他们眼前,两辆小汽车围着蒙古包转了一圈,在门前的小广场停了下来。大家还没有下车,这时从蒙古包内走出来一个身穿棉袍、头顶毡帽、脚穿高靿棉靴的男人。他身后,跟了一只大大的草原猎犬。胡春江定神一看,认识,这不是罗高明的朋友古尔多吗?等大家下了车后,古尔多上前一步,用右手按压着自己的胸口,把腰弯下,边鞠躬边说:"天高任鹰展,地阔任马驰,我早已翘首企足盼望您,美丽的呼伦贝尔大草原欢迎大家的到来!"大家纷纷下车,瞿华莹和马丽、胡秋实向前一步,也给古尔多行了鞠躬礼。瞿华莹说:"尊敬的古尔多大叔,我们来给你添麻烦了。"胡春江和井黎黎站在瞿华莹的身后,用满含敬意的目光看着古尔多。

古尔多双手合十,笑道:"尊贵的客人来,给草原带来了吉祥。欢迎大家来到我的牧场,我和我牧场的员工真心地欢迎大家的到来。"他说着,左手伸出,指向蒙古包的门口,示意大家进去。这时,蒙古包的门帘被掀开了,两个身穿蒙古盛装的小姑娘站在大门两边,笑眯眯地欢迎他们的到来。

瞿华莹带头进入,马丽和胡秋实谦谨地笑着走了进去,胡春江和井黎黎手拉手跟在后边。猎犬坐在不远处,警惕地注视着四周。因呼伦湖、贝尔湖形成的风道,风吹到这儿强劲而有力,使周边悬挂多彩的风马旗猎猎有声。大家进入帐篷后,马上感到了毡房的温暖,同时也闻到了烤羊排的香味儿。

大大的连体蒙古包帐篷内分为两个区:一个是会客区,一个是烧烤区。会客厅铺有象征富贵的羊毛地毯。地毯上摆放有沙发、茶几和茶台,茶台上放着热气腾腾的清茶和白色的羊奶。中间架着一个铜炭盆,红色的炭火正旺。在市区,这个季节大多数家庭都不再烧炭了,而在草原不行,特别是呼伦湖附近的草原,晚上还是零下几摄氏度,不烧炭抵御不了寒冷的袭击。

烧烤区有两个工作台:一个是烧烤台,一个是热奶热茶台。有三个身着白色工作服的男人在忙碌着。烧烤区装修得如西方的酒吧和茶餐厅一样,情调怡人。烧烤区工作台的后边是酒架,各种各样的白酒和红酒摆在上面,让人感觉主人的富有。

大家坐下后,喝几口热茶或热奶,顿感浑身舒服。今天瞿华莹穿着便装,显得青春而前卫。可能一会儿有骑马项目,她今天从头到脚武装得如骑士一样。她头戴鸭舌帽,扎着灰色的短丝巾,上衣是齐腰礼服,下身是具有性感的骑士裤,脚穿深靿皮鞋。如果手里拿个皮鞭,那就是十足的赛场骑士。

古尔多笑着对大家说:"羊排好了,大家先吃羊排吧。"瞿华莹看着古尔多,很亲近地说:"大叔,还没到中午就让我们开始吃羊排,好不习惯啊!好吧,您的热情让我们早已融入这大草原火热的气氛中。"

每人吃了一根羊排后,大家都喝奶茶或鲜牛奶,没人喝酒。古尔多喝了一杯白酒。他对大家说:"五花马,千金裘,呼儿将出换美酒,与尔同销万古愁。茶去油渍酒去寒,吃肉喝酒胜过年。今天风大,大家喝杯白酒吧。"胡春江为了照顾古尔多的面子,端起面前的东北高粱酒喝了一口,喝罢说道:"古先生是真正豪爽的蒙古汉子!"古尔多一听,又端一杯,喝了。两位司机各喝了一杯伏特加酒精饮料。三位女士继续喝茶。

瞿华莹紧挨着马丽而坐,她边看着姑娘们的舞蹈,边给马丽解释着什么。胡秋实紧挨着井黎黎而坐,她俩也在低语着什么。胡春江和古尔多挨着坐,他俩边看节目,边称赞蒙古牧民文化。

胡春江对大家说:"骑马是有风险的,可是谁不想骑呢,可以在这草原上、芦苇中走一走,体验一下这大草原的灵气。想骑马的,每人一匹。刚才古先生说了,有牧马人保护着,很安全的!"

井黎黎说:"我身体不舒服,就不骑了。"

瞿华莹忙对她说:"黎黎,来一次不容易,还是骑吧。"

井黎黎说:"不行,刚才我晕车,这会儿难受得很,不能骑。"她神秘地一笑对瞿华莹说:"你忘了昨晚上我对你说的话了?"瞿华莹一想,忙拍拍头咯咯一笑说:"对了对了,你有特殊情况,你不用骑了。"

胡春江说:"瞿科长,我看就让黎黎在这牧场随便走走吧。"

这时胡秋实说:"我的腰椎有毛病,不能骑马颠簸震动,刚才坐车就很困,我也不骑了,我陪井女士走走吧。"她说着走到井黎黎面前拉住了井黎黎的手。

瞿华莹无奈地说:"那好吧,你们别走远了。"

古尔多指了指前面两位牧马人,对大家说:"没事,我这两名牧马弟兄跟着她俩,绝对安全。"

大家上马了,瞿华莹上马时,发出铜铃般的笑声。井黎黎和胡秋实并肩往芦苇荡边走去,两位牧马人远远地跟着她们,保持一定的距离。芦苇荡这方,刚刚吐绿的垂柳一行一行地站立在那里,不时随风起舞,婀娜多姿。井黎黎和胡秋实转过身来,她俩在看胡春江上马。胡春江从小就会骑马,可以说是在马背上长大,他不要牵马人,他自己牵着马,鞭子一甩,冲了出去。他骑马的姿势很潇洒,上马时,腰间的漂亮手枪露了出来,很威风。井黎黎扭头看下胡秋实,说:"你看我家春江,看见马就高兴了。"胡秋实说:"是啊,听说他很爱马,走到哪里就把标本马头挂到墙上当神敬着。"说完,两人都笑了,向芦苇深处走去。

瞿华莹和马丽由牧马人牵着马,慢慢地向大草原纵深走去。古尔多当然是骑马高手,他轻轻一跃上了马,跟上了胡春江。他俩策马并肩慢行着。

古尔多问:"胡科长,今天来玩儿为何不把罗局座邀请来呢?"胡春江扭头看看古尔多,大方地笑笑说:"今天的活动是瞿科长一手策划的,具体情况我不知道。"古尔多"噢"了一下,没有再问。

古尔多又问:"北京来的这四个人,什么时候走啊,这么长时间了,怎么没有走的意思呢?"

胡春江摇了摇头,笑笑说:"谁知道呢?可能局座知道,我这一级,很多事情都不知道呀。再说了,这四个人严肃冷漠,神神秘秘,我们不敢轻易打听什么。"古尔多说:"我听说他们搜集到不少共产党方面的信息,最近准备下手抓人了。"

胡春江一听,心里沉了一下,心想,古尔多这个商人知道的还不少呢。胡春江往前看了看天空,一抹白色的云彩从东到西拉得很长,本来就显得很深邃的天空更加苍穹广阔。右边,瞿华莹和马丽并肩骑着马,牵马的牧马人低头深思,像是在酝酿一个什么重大的决策。瞿华莹的咯咯笑声不时传来,看来她很开心。远方,井黎黎和胡秋实在芦苇荡边沿的小路上走着,那两位牧马人远远地跟在她们后面。胡春江扭脸看着古尔多那国字脸,发现他的目光和天空一样深邃。胡春江接着刚才的话茬说:"北京来的这四个人,本来就是督导我们抓共产党的,他们弄一些共产党的线索,很正常,不然他们怎么回北京交差呢?"胡春江观察一下古尔多,抛开议论师伟的话题,又把话题引申一些说:"罗局座交给我这个差事,也是个难差事,让我在警察局内部抓共产党,你说难不难呢?"古尔多说:"罗局座在我面前说过多次,你聪明能干,是他信得过的人。"胡春江笑笑说:"我只是尽职做一些事而已。"

这时，瞿华莹骑马赶了上来，她已不需要牵马人，一个人自由自在地骑在马背上。她的皮肤很白，也很光滑，这会儿让草原上的风一吹，更加娇嫩明亮。古尔多见她骑马奔来，忙勒马相迎。瞿华莹赶来，把缰绳一紧，马慢慢地减速，最后站在古尔多面前。古尔多双手在胸前一抱说："瞿科长，玩得可开心？"瞿华莹似乎很放松，她很高兴地笑道："开心，非常开心，可惜过去来这大草原太少了，只顾忙于事务，以后真的还要多来玩儿呀。"

胡春江来到马丽身边，大声地寒暄几句闲话，他用余光看看下风头有没有人，他确认没有人后，然后小声问："知道不知道瞿华莹今天弄这一出子是啥用意？"马丽一直望着远方，轻轻地说："你应该知道她和师伟的关系了。"他点了点头。她说："他们二人的夫妻关系，目前还不想让满洲里更多的人知道，这属于他们的高度机密。为了掩人耳目，她和师伟导演了今天这出戏。"胡春江想了想又问："那她约我和井黎黎来干吗呢？"马丽把目光从湖中收回，看一下胡春江，说："瞿华莹可能知道你在跟踪监视她，所以她才约你和井黎黎来。"胡春江忙问："她怎么会知道？"马丽说："她可能知道得不太清楚，但她知道。"他问："她知道不知道这一切都是罗高明安排的？"马丽说："这还说不准，但师伟早晚要对罗高明下手！"胡春江一惊，问："为啥？"马丽说："你想呀，瞿华莹是师伟的二姨太，他罗高明和她是那种关系，他能忍了？"胡春江问："这么说，瞿华莹和罗高明的关系，师伟是知道的？"马丽说："师伟是干啥吃的，他能不知道？"

胡春江回头看了看古尔多和瞿华莹，他俩还在聊天，看来说得很投机。胡春江收回目光，问马丽："你们何时离开满洲里啊？"马丽说："还没有收到北京的通知，但我想快了。"胡春江说："刚才古尔多说，师伟弄了不少线索，近日可能要利用这些线索抓我们的同志，你说，有这可能吗？"马丽说："他弄的都是一些虚线索，前期也抓了几个人，但都不是我们的人。"胡春江说："我有些不明白，瞿华莹背井离乡一个人来到满洲里，她到底图的是什么？"马丽说："她肯定是要完成某一项重大任务，不然，她不会这样，师伟也不会让她来。毕竟她年轻漂亮，一个人在千里之外，师伟能放心？"胡春江说："都说她是汪精卫的人，但我感觉她跟随汪精卫是假象，她身后应该还有主子。"马丽说:"她这个人很复杂,她的主子也就是师伟!"

停了一会儿,胡春江忍不住地问:"师伟今年初还在为南京蒋介石工作,现在摇身一变,又死心塌地为北京军政府工作,他到底是谁的人呢?"马丽沉思一会儿说:"据他自己说,他是张大帅派到南京中央党部的卧底,是为张大帅卖命。今年春节前夕,他说他身份有可能会暴露,于是就带着我草草地来北京了。到北京不久,我们就接到来满洲里督察的任务。他有可能是蒋介石派到北京的卧底。"胡春江想了想说:"看来,他是两面人啊,至于是哪一面的人,我们还不清楚。"马丽点了点头。胡春江问:"秋实是你点名要的人吗?"马丽点头说是的。

胡春江和井黎黎回到家里的时候,天已经黑透了。井黎黎问他:"你和马丽说那么长时间的话,都说些啥?"胡春江笑笑说:"没话找话,尽是闲话。"

他也问井黎黎:"你和胡秋实走了那么远的路,说的是啥话呢?"井黎黎说:"也是没话找话,尽是闲话。"说完,两人都笑了。

四十六

第二天早上,雨过天晴,太阳高照。白天一天都很正常,迎接上海来的中央领导的方案没有变化。

太阳快西落的时候,陆师傅和老魁、小宋、小寒四人化好装,把长短武器藏在双人座位的人力车下边,然后,早早地来到火车站广场周边等候。小枫坐在日杂店门口织毛衣,她是给妈妈织的毛衣。前不久她给爸爸和胡春江各织了一件,这会儿陆师傅就穿在身上。她不知道什么时候能见到妈妈,但下次见到妈妈了,一定把织好的毛衣交给妈妈。妈妈见到她织的毛衣,一定会很高兴的。

晚上七点以后,呼伦湖的人陆陆续续都来到了火车站。呼伦湖也是化过装的,他打扮成一位绅士,戴着英国双线眼镜和欧洲上等人常戴的礼帽,上身穿黑色燕尾服,佩戴怀表。他右手拿文明拐杖,左手提一个黑色的微型小皮箱。乌黑发亮的皮鞋穿在双脚上,给人一种高深莫测的感觉。按照组织要求,他带四个人来接站,他们的任务是掩护下火车的四位客人。田家彬的保卫部来多少人,呼伦湖不知道,火车站到安显一郎住地沿线是田家彬的人在负责保卫。

胡春江带着井黎黎来到了火车站,他心里有些激动,因为他一会儿就能见到母亲了。自从上次在满洲里见到母亲后,他一直没有见到,他有点想母亲了。母亲为革命,为真理,为了党的事业,风里来,雨里去,是多么不容易呀。井黎黎也特别高兴,此时,她的心情也和胡春江一样,她也盼望着早日见到杜妈妈。她满面春风地挽着胡春江的胳膊,把头轻轻地靠在胡春江的肩膀上。在别人看来,他俩就是来火车站接客人的。他俩来到候车室后,有一个年轻的值班警察看见了胡春江,忙走过来。胡春江认识这位年轻警察,他是铁路警察局治安科的警员。他们打了个招呼。

胡春江和井黎黎看见呼伦湖坐在一个连椅上闭目养神,他身边站着两个人,外人一看像两个保镖。胡春江和井黎黎慢慢地从他身边走过,呼伦湖并没有睁开眼睛。胡春江和井黎黎在候车室转了一圈,走出了候车室。他们来到广场上,这时路灯亮了,广场上很明亮。胡春江看见陆师傅坐在人力车上打盹,他很放松。小宋的车在广场一个饭店门前停放着,有一男一女与他搞价钱,小宋蹲下正在修车子辐条。他告诉那两个男女:"车坏了,我不能拉人了。"门口还有一个双座位人力车,那位车夫一听,赶忙过来把那一男一女拉走了。老魁和小寒的车在站台门口停着,他们两人说着什么,胡春江听不见。老魁扭头看了看胡春江和井黎黎,他和小寒坐在那里没有动,似乎是相互不认识。远方,听见了奔来的火车声和鸣笛声,由哈尔滨开来的火车马上就要进站了。火车站出口处,又来了几辆人力车,胡春江知道,那是田家彬的人,他们是来执行保卫任务的,他们扮成人力车夫,一是好藏武器,二是可以拉着自己人跟随陆师傅他们一起走。

日杂店门口有一盏明亮的灯,陆小枫一直坐在那里织毛衣。她手上飞针走线,眼睛在观察着周边的一切。

这时胡春江和井黎黎向日杂店走来。陆小枫放下手中的活,站了起来。她大声地对胡春江说:"老总,你需要什么吗?"胡春江拉住井黎黎的手早已松开。胡春江走在前头,对小枫说:"我们到店里看看,买点东西。"他说完走进了日杂店内。小枫跟了进米。井黎黎回头看看门外,没有别人。她赶忙上前拥抱小枫,说:"小枫,这些天让你受委屈了。你在这么个复杂的地方值班,我和春江都很担心。"小枫笑笑说:"我在这儿很好,你们都不要担心,平时有小宋在这儿,时不时我爸爸和老魁叔他们也来这里。我这里一切都好。其实,我倒是担心你们,你们深入虎穴,我真怕你们出什么意外。"胡春江说:"我们都很安全,你尽管放心吧。"小枫知道他俩到这日杂店时间有限,火车马上就要进站了,于是她问:"总共过来四个人吗?"胡春江说:"上海过来两位客人,一位是领导,一位是保卫人员。哈尔滨过来两个人。"井黎黎说:"今晚上我们接站以后,可能大批的内地客人都要过来,客人来了,下车第一件事就是到这儿向你报到,你以后就要忙了。"小枫说:"忙不怕,寂寞太可怕。"胡春江接过香烟,很果断地转身走了。他不敢停留时间太长,因为他看见了小枫眼角的泪花。井黎黎没有马上走,而是掏出手帕给陆小枫擦泪花。陆小枫又上前抱住井黎黎勉强地笑了笑说:"快去吧,火车马上就要进站了,等完成任务了,我们好好聚一聚。"井黎黎也开心地笑笑,笑容的背后,掩藏着浓浓的心酸。

胡春江走到门外,看见竹椅上放着织一半的毛衣,他走近拿起来看了看,小枫出来轻轻地说:"给我妈妈织的,下次见到妈妈了,我要亲手交给她。"说完歪着头,甜甜地笑了。

为了掩饰不平静的心情,胡春江拉住井黎黎的手走了。陆小枫身子无力地靠在墙上,忍不住流泪了。

陆师傅他们都已向站台出口集中。人们称这种现象叫"抢生意"。每次过来一列火车,大小人力车夫都是把出站口围着,他们要抢拉客人。而今天,"抢生意"的人力车夫,突然多起来。呼伦湖等人也已站在出站口等候。那边,昌升旅馆的大门口,人员也是出出进进,似乎客人很多。胡春江看一眼没有多想,和井黎黎手拉手向出站口走去。

八点整,火车慢悠悠地冒着白烟进站了。车站工作人员在站台上一阵忙乱,准备接车。

突然,胡春江的后背让人拍了一下,他忙扭头一看,竟然是特务行动队长叶自文和几个便衣。胡春江的心顿时沉了一下,但他马上平静下来,很自然地看着叶自文和几个便衣笑道:"叶队长,你有任务?"叶自文轻声说:"刚刚接到局座的紧急通知,说这趟列车上可能有可疑人员,让我们来查访盘问。"胡春江听他这么一说,大吃一惊,他的心如钢锤敲打一样疼起来。他马上平静下来,忙问:"可疑人员?没说什么可疑人员吗?"叶自文说:"没说。罗局座只说让我们严格盘查。"胡春江若有所思地点了点头。叶自文问:"胡局助和嫂夫人来接站吗? 哪里来的客人?"井黎黎很有礼貌地向叶自文笑笑。胡春江说:"哈尔滨过来几位客人,是你嫂子娘家的亲戚。"叶自文说:"娘家人是正经人,那得好好接待。"他掏出一盒烟给胡春江让了一支,说:"胡科长你接站吧,我们到站台上看看去。"

站在胡春江身边的呼伦湖听见了他们的对话,他俩对视一下,交换一下敏锐的眼神。呼伦湖身后的四个人,走动一下身子,分散站着。

列车门打开了,客人们纷纷下了车。叶自文带着他的便衣队员,站在出站口静静地观察。陆师傅他们的人力车也都悄悄地靠近出站口,有客人想坐他们的车,他们都说已经有客人订好了。

胡春江和井黎黎手牵手,目不转睛地盯着出站口。这时,他感觉身后有一阵骚动,他忙回头一看,只见特情科长项世成身着便衣,带五六个便衣也赶来了。项世成那猎鹰一般的眼睛与胡春江对视一下,他来到胡春江身边,小声问:"你也接到了任务?"胡春江顿时感到了问题的严重性,用眼睛的余光看一下井黎黎和呼伦湖他们。他忙镇静地笑笑说:"我没有接到任务,我和夫人是来接站的。哈尔滨有客人来,是黎黎娘家人。"项世成说:"噢,我和叶队长都接到了任务,说这趟列车有异常人员,让我们来检查。你接站吧,随后细说。"这时胡春江扫视周围,看见陆师傅他们四个人都在低头查看人力车的轮胎和车的底部。胡春江知道,人力车的底部藏有长枪和其他武器,他们做了最坏的打算。这时呼伦湖给他递个眼神,他明白了用意。胡春江牵着井黎黎的手,向站口走去。由于他的特殊身份,他和井黎黎出入自如,他俩很顺利很自然地进入站台。这时,旅客们已经有人下火车。

胡春江迟迟没有看见母亲杜云英他们下车。他的心提得老高。他感到今天事情极其不寻常,叶自文和项世成他们不会无缘无故地来执行任务,难道是走漏了消息? 罗高明一般不会擅自做主派人来搜查可疑人员的,一定是接到了上峰的指令。那么又是谁的指令呢? 是省警察厅? 还是师伟的指示? 现在,他不能想得太多,他得马上找到母亲,迎接住上海来的中央领导,然后掩护他们安全撤离。

这时,井黎黎在他耳边小声说:"杜云英同志下车了,在五号车厢门口。"

胡春江赶忙往五号车厢门口望去,他看见母亲和化了装的洪永升,紧拥着一个穿长衫戴礼帽的大胡子中年男人下了车。胡春江和井黎黎高调地迎了上去,胡春江向杜云英故意高调地、亲热地招了招手,井黎黎跑上前去拥抱着杜云英,大声地寒暄一阵后,井黎黎小声地对杜云英说:"出站口有很多便衣,你们跟着我们走就是了。"胡春江先上前握了握大胡子的手,然后又握了握洪永升的手。胡春江小声对洪永升说:"到处都是便衣,小心。"洪永升说:"已感觉到。"胡春江忙问:"不是四个人吗?"洪永升忙小声说:"随后再说,抓紧离开这儿。"他们几个人高调地、亲亲热热说说笑笑地向出站口走。

　　出站口,便衣们在盘查出站的每一个人。呼伦湖已站在门口外等候,他不与任何人说话,只是默默地看着杜云英他们往外走。

　　杜云英他们只带一些简单的行李,杜云英佯装与胡春江和井黎黎谈论着什么,向出站口走去。当他们走到出站口时,几个便衣看着胡春江笑了笑,没有盘查杜云英他们。叶自文和项世成在一起点烟,当他俩看见胡春江带着杜云英他们出站时,摆了摆手,只是笑了笑,没有说什么。大家走出站台,下了台级,他们面前依次排开四辆双人座位的人力车在等他们。井黎黎陪着杜云英坐上了陆师傅的人力车。大胡子领导由洪永升陪同坐上了老魁的人力车。胡春江一个人坐上了小宋的人力车。这时呼伦湖赶了过来,胡春江对小寒说,稍等一会儿,你拉上呼伦湖回去。小寒把脸仰了一下,看着天上的星星。胡春江扭头看着出站口,便衣们在叶自文和项世成指挥下,还在盘查每个出站的人。

　　这时,广场上一阵扰攘,开进来一辆卡车和一辆吉普。胡春江一看就知道是军队的车。这肯定是东北军的人马,如果没有猜错的话,应该是方天成的人来了。路灯下,士兵们一个个慌慌张张地跳下车,一个军官在集合队伍。胡春江这时判定,一定是出什么事了,不然不会出现这种局面。他们警察局叶自文、项世成来就够反常了,这会儿东北军方天成的人又赶来,肯定是出事了。这是出啥事了呢,难道与这次上海过来的中央领导人有关? 他不敢往下想。前边的人力车分散跑了,他们各自都给自己规划好一条路线,最终目的地是安显一郎家。胡春江告诉小宋,快点,要赶在大家的前头到白广路5号。

小宋正在赶路,一不小心把一个送牛奶的年轻人碰倒了。年轻人骑的是自行车,他的车子甩到了一边,牛奶洒了一地。他站起来,对小宋说:"看你把我的牛奶碰洒一地,怎么办?"胡春江一抬头,见是给他送牛奶的交通员,顿时感觉有重要通知来了。胡春江不紧不慢地下了人力车,笑容可掬地对送牛奶人说:"我急着赶路,这样吧,值多少钱我赔你。"送奶人想了想说:"长官,你是警察,我也不讹你,最少得赔我五十元。"胡春江顺手掏出几张钱塞给了他,送牛奶的年轻人顺势把一张小纸条交给了他。

"快走!"胡春江坐上车,对小宋大声地说。他打开那张纸条,只见上面写着:情况有变,来的三位客人要分散住,老大住原地方,其他人另选地方。

胡春江一看是落娃写的字,她的字很有特色,像美术字,硬硬的,他明白了。原计划是来的所有人都住在安显一郎那里,现在通知只让上海来的领导住那里,母亲和洪永升另选地方。现在的问题是,怎样通知他们呢? 他把通知的大意给小宋说了。小宋说:"白广路5号东西各有一个十字路口,一会儿,我到东边十字路口等他们,小寒过来了让他站在西边的十字路口等,只有这样,才能把通知传达到。"胡春江说:"只能这样了。"

快到安显一郎家门口时,胡春江下来了。他让小宋跑步到东边的十字路口等候。他站在原地等小寒拉着呼伦湖过来。这时,他看见安显一郎在门口扫街,胡春江知道他是出来望风。门口对面有个修自行车的年轻人,不远处还有两个慢悠悠骑自行车的人。他知道那都是田家彬的人,他们在沿线搞保卫。

一会儿,小寒拉着呼伦湖过来了,小寒见胡春江在路边站着,忙停了下来。胡春汪佯装检查小寒的证件,把通知内容说了。小寒听后,忙转身去西边的十字路口。呼伦湖与胡春江互递了个眼神,他俩分散开了。胡春江往安显一郎门口走去,呼伦湖扭身进了一个皮货商店。

胡春江走进安显一郎院内,第一眼就看见落娃焦急地在等他们。安显一郎把门关上,落娃说:"通知大家了吗?"胡春江说:"正在让小宋和小寒通知。"他说完,急急地问："出什么事儿了？"落娃说："走，到屋里说。"他们刚转身，这时有人拍门，安显一郎走过去，忙打开门。只见上海的大胡子领导和呼伦湖一前一后走了进来。胡春江隔着楼门看见老魁拉着人力车在往里边看，车上坐的洪永升没有下来。胡春江给他使了个眼色，用手发了"远离此地"的手语。老魁快速地拉着洪永升走了。他们一定是接到通知了，不然洪永升不会不进来。

大家与大胡子领导一一握手寒暄。安显一郎把大家引到正屋，待大家坐下后，落娃对大胡子领导说："洪霞同志被捕的事我们已知道，东北军地下党正在关注事情的发展。"胡春江一听说"洪霞"二字，他的心顿时提得老高，头"轰"地一下子大了，霎时浑身冒出了冷汗。洪霞就是他的老上司金牙大妈，她是共产党的王牌地下工作者，怎么会被逮捕了呢？他赶忙站起来，吃惊地问大胡子领导："首长，洪霞大妈她怎么了？"

大胡子领导慢慢地把洪霞被捕的经过讲了。

这次中央决定由洪霞同志一个人护送大胡子领导去苏联。她也要参加在莫斯科召开的六大。一路上，虽然危机四伏，但还是很顺利地到达了哈尔滨。在哈尔滨，洪霞与杜云英、洪永升接上了头。杜云英和洪永升决定，他们两个人亲自护送大胡子领导和洪霞同志到满洲里过境。在今天的列车上，为了以防万一，洪永升与大胡子领导坐一节车厢里，杜云英和洪霞坐另一节车厢里。这样分散坐也是为了安全。然而这趟列车上不知道何时上来一个叛徒，这个叛徒认出了洪霞，尽管洪霞进行了化装，但他还是辨认出了洪霞同志。这个叛徒可能在中间哪个车站下了火车，给满洲里的特务机关打了电话。等列车到扎赉诺尔车站停下后，上来十几个特务，二话没说，架起洪霞就走。一路上，好在杜云英同志没有与洪霞说话，否则后果不堪设想。

大胡子领导简单地讲述了事情的经过，最后他说："这一切刚开始我并不知道，因为我们没在一个车厢坐。一直到晚上杜云英来到我们的车厢，发信号让去餐厅吃饭。吃晚饭的时候，她才通报给我的。"

落娃说："我们获得的情报是，列车上的叛徒给师伟打的电话，师伟指挥方天成抓的洪霞同志。现在洪霞被羁押在东北军看守所里。后来师伟认为列车上不可能只有洪霞同志一人,肯定还有同党,于是就命令警察局、东北军情报处到火车站搜查可疑人员。"

"原来如此!"胡春江叹道。

呼伦湖说:"今天情况突变,如果当时没有胡春江同志在场应变,也不知道会出现怎样的麻烦和乱子。"

胡春江说:"好在我们接到一号首长走得早,如果我们走得晚,东北军方天成的人去了是不好对付的。"

落娃说:"为了安全,我和我父亲临时决定调整原计划方案,让大家分散居住。一会儿,杜云英和洪永升找到住宿的地方后,胡春江的人应该会第一时间报告的,随后我们与他们再进行联络。"

正说着,有人用暗号进行敲门。安显一郎的用人打开门,是田家彬化装进来了。呼伦湖简单地把突变的情况给田家彬讲了一下,田家彬走上前,向大胡子领导敬了个礼,然后说:"我们参与执勤的同志现在个个拊膺顿足,追悔莫及。这都是我们没有保卫好洪霞同志,这完全是我们的责任,我得向组织做检讨,并请求组织对我处分。"田家彬说完,很难过地看着大家。大胡子领导很严肃地对他说:"田家彬同志不要太过于自责。在这种特殊的形势下,危机时时存在,险情会时时发生,干革命就会有危险,甚至还会有牺牲,这是正常的事儿。"田家彬停了一下说:"满洲里的叛徒除警察局骑警队的霞飞没有除掉外,其他已清除,这是哪儿的叛徒会在列车上认出洪霞同志? 这个叛徒来头不小啊。"大胡子领导说:"叛徒对我党的危害是极大的,所以呀,反叛徒斗争,将是我们今后一个时期的重要工作,我们一定要制定出针对与叛徒斗争的方针来,不然,我们的党组织就会遭到更大的破坏,我们党的事业会受到更大的损失。"大家听罢都点了点头。落娃对田家彬说:"随后,你要马上着手查清这个叛徒的背景,要迅速铲除他!"田家彬攥了攥拳头说:"我会查清楚他的。"呼伦湖说:"我认为,现在我们需要的是镇静,不能因洪霞同志被捕而乱了阵脚。我们目前的首要任务是保卫好一号首长,并能在明天早上六点钟将一号首长安全送出境,具体细节一会儿再仔细研究。至于洪霞同志被捕,现在我们只好等东北军地下党组织传出来情报后再做应对。"

田家彬对胡春江说:"不知道你们交通站的同志把杜云英和洪永升他俩送哪去了。下边的事情我们得一起商量。"呼伦湖说:"一会儿他们交通站的人肯定会来报信的。"

这时,胡春江说:"看现在的形势,明天早上一号首长坚决不能再乘火车走了,明天敌人会更加严密地盘查出境的每一个人。我建议改变行程,观察观察后,视情况再决定出境。"大家听罢,都同意胡春江的意见。大胡子领导说:"我们目前首要做的事情是:一、抓紧打听洪霞的情况,制订营救方案。洪霞是我党优秀的干部,是特务工作科的骨干,她已两次被捕,多次经受过酷刑的考验,她那漂亮的牙齿被敌人打掉了一多半,她没有屈服,对党十分忠诚! 二、这两天大家分散居住,没事不要碰头,以这里为大本营,有事让交通员来联系,这几天一律用口头传递情报,不准用纸质传递。三、我同意胡春江同志的意见,改变行程,明天不出境。实在不行,随后我们采取偷渡出境的办法,到苏联那边的 86 号小站再中转乘车也行。同时,我们也要考虑如何营救洪霞同志。"

这时田家彬看一下大家说:"我同意一号首长的建议,我们现在必须以静制动,观其行而定其策。"

呼伦湖、胡春江、落娃和安显一郎都表示同意。于是大家做出决定:放弃明天早上六点钟的出境计划,改变行程。

田家彬说:"随后我们得把这个意见通报给杜云英同志。"

这时大胡子领导突然问安显一郎:"你家里这三位用人可靠吧?"没等安显一郎回答,呼伦湖抢先说:"可靠。都是我的人,都是大革命前期的党员,管家还是我们安全组的副组长。"大胡子点了点头说:"很好。"

这时,有人用暗号敲门。用人忙打开门,进来的是送牛奶的交通员,他告诉大家,杜云英由井黎黎陪同住在日俄胡同的长春旅馆,已安排中共北满特委保卫部四个人也住在那里,他们轮流值班,会做到万无一失的。洪永升同志住进了兴发路的长城旅馆,同样有四个同志跟进。

呼伦湖听罢,对交通员说:"你马上到这两个地方传达一号首长的指示,告诉他们,行程计划改变了,明天早上六点一号首长暂不出境。从现在起,你就担负这三个地点的联系工作。明天上午,联络部还会派人与你接头,配合你工作。"

交通员要了一杯凉水喝了,然后转身又走了,不一会儿,他消失在大门外的黑暗中。

呼伦湖对胡春江说:"你马上回警察局,看看有啥动静没有。明天早上,东北军和市政府特务科定会有情报送来的,明天综合各路情报后,我们再做决定。"胡春江点了点头,欲动身走,这时大胡子领导说:"我们得成立临时支部,我提议,支部书记由杜云英同志担任,支部副书记由莫洛米夫和呼伦湖担任。洪永升、田家彬和胡春江同志为支部委员。"莫洛米夫说:"今晚这里除安显一郎外,其他同志都回原处住宿,这里进出人多了,容易引起敌人的注意。"洪永升说:"门口的保卫我已经提升到一级,保卫部的五个同志都在这里值班。今晚上我不睡觉,这三个住宿的地方我要轮流去观察。"

四十七

　　胡春江一个人回到警察局,除大门口有人值班外,一切都是静悄悄的。他刚才本想到养马场去,想问问陆师傅的情况。他也想到火车站去见见陆小枫,问问今晚火车站的情况。但他冷静地又一想,在这个特殊时期,他身穿制服,佩带枪支,哪儿也不能去。另外,瞿华莹还在处处监视他,他的一举一动,如果引起他们的怀疑,那就会影响任务的完成。于是,他直接回到了警察局。

　　警察局大院一切照旧,静得出奇。罗高明办公室窗口黑黑的,他家的窗口也是黑的,这说明,罗高明已经睡了。胡春江扭头看看瞿华莹的窗口,也是黑黑的。这时,墙外的看守所里,传出了狼嚎般的惨叫声,这一定是叶自文、项世成他们抓到什么人了,他们一旦抓到可疑人员,没有别的手段,就是上刑。这种号声,把发情的猫也吓得无影无踪了。叶自文和项世成他们经常抓错人,很多人都经受不住他们的严刑拷打,稀里糊涂地承认自己是共产党或革命党。每年他们都公布抓获了多少共产党员,破获了多少共产党组织,枪决了多少共产党人,大多数都是假的。每年在他们的拷打下,也不知道产生了多少冤魂。

　　今晚,井黎黎陪母亲杜云英去住了,他一个人怎么也睡不着。他想想今天经历的事情,是多么的危险啊!如果他当时不去火车站,那将是个什么局面呀。他想起了金牙大妈,当年,他刚刚到她身边工作时,是她一步一步教会他各项保卫技术的,他的枪法、拳术和柔道都是金牙大妈培训的。那个时候,金牙大妈像个亲妈妈,对他无微不至地关怀。金牙大妈带他到租界执行任务,他亲自感受到了她业务的娴熟,具有较强的应变能力,体会到金牙大妈与外国人打交道,不管是喝酒还是跳舞,都那么自然和有底气。为了安全,不执行战斗任务的时候,她一般不带枪支。她有一支精巧的手枪,是德国产的。听她说是当年在苏联培训时配发的,她把它带了回来。据说从苏联带枪支回国是很不容易的,也不知道她生什么办法把手枪带回了国内。平时她把手枪藏在哪里大家都不知道,但一有战斗任务,她就会变戏法般地拿出来……

她在胡春江心中就是一位大英雄,一位女神。她被捕两次都没有暴露身份,尽管她受尽敌人的酷刑,但她就是不承认自己是共产党员,敌人把她满嘴的牙齿打掉完她也不说。这么多年过去了,这么多的艰难任务她都完成了,然而,今天,她却在这北方的边陲小镇,被敌人逮捕了。如果金牙大妈在这儿被敌人杀害,那自己将会抱恨终生。胡春江想,一定要把金牙大妈营救出来,不然,他无法面对党组织、面对这个现实,更无法原谅自己。

胡春江此时又想起了母亲。到目前,井黎黎还不知道杜云英是他的妈妈,她只知道杜云英是他们的顶头上司。今天晚上,井黎黎一定会原原本本地把当前的工作汇报给妈妈。妹妹本来是去上海学琴的,但是不知道为何进了南京中央党部做事。妹妹又怎么会加入师伟的高级特务组织呢?她的真实身份到底是什么呢?今天晚上,他们全家四口人都在满洲里,这让胡春江百感交集。他睡不着。

今天,大家做出明天大胡子领导不出境的决策是对的。因为这列火车是直接去苏联的,明天早上敌人必将盘查严密。师伟、方天成、叶自文、项世成,必然要派力量对每个去苏人员进行检查严问。大胡子领导去苏联,肩负历史重任,必须保证绝对安全,没有详细和周密的出境方案,是坚决不能冒险出境的。胡春江想,此时交通站的所有同志,肯定个个卧不安席,人人都是不眠之夜啊!

远方的公鸡开始打鸣了,窗户开始慢慢发亮。大院内,开始有了脚步声和人语声。年轻人开始打篮球了,新的一天开始了。

太阳笑眯眯地升了上来，整个城市，明亮而秀丽。

胡春江洗漱完毕，交通员来送牛奶了。交通员向胡春江传达三项指示：一、今天白天各干其事，不会面，今天晚上开会，地点另定。二、昨晚一号首长和哈尔滨来的领导住的地方都很平静，也都安全。没有通知，任何人不能擅自去这些地方。三、每个人各显其能，想尽一切办法打听洪霞被捕后的消息。

交通员走后，胡春江简单地吃点早饭。正在吃饭时，他听见了墙外的笛声，那是陆师傅在召唤他。他今天上午哪儿也不能去，他要在办公室待着，如果中午有机会了，再去养马场也不晚。

胡春江还没有出门，通信员跑来说："局座找你有事！"他心里沉了一下，但表面上平平地说："我马上过去。"通信员说："局座在办公室等你，让你快点去。"

胡春江整理一下风衣，穿上照了照镜子。他把手枪拿出来，退出黑色的弹夹，子弹满满地卧在弹夹里边，发出黄色的亮光，他用口吹了一下，然后很潇洒麻利地把弹夹推上，关上保险，挎在了后腰的枪套里。他今天穿的是便装，显得格外的精神帅气。他知道，今天是一个特殊的日子，肯定有很多事情要做。现在，罗高明要见他，一定不能让他看出昨晚失眠而造成的疲惫。中午除到养马场通报金牙大妈被捕外，还要研究形势和对策。大胡子领导今天没有走，住在安显一郎那里，他万分地担心和挂念。

只要中央领导和各地的党代表一进入东北，护送和保卫任务就落在了妈妈的肩上。当时中共中央为了便于领导东北的工作和斗争的需要，在北大门哈尔滨部署了重要的力量。母亲杜云英除在东北地区有兼职外，还是黑龙江省委的主要领导。此时，敌人把金牙大妈逮了起来，大胡子领导还滞留在满洲里，母亲的焦虑程度可想而知。

胡春江满面春风地走出了家门，来到办公楼前，他第一个见到的就是瞿华莹。瞿华莹此时正在办公室门口看着太阳打喷嚏，连续打了四个还不罢休，最后一个把她的警帽也打掉了。她弯腰拾帽的时候，看见胡春江在她背后站着。

瞿华莹把帽子戴好，举起双手正了正帽檐，说："黎黎没说前天在大草原玩得高兴吗?"胡春江忙说:"说了,她说太高兴了,她还说改天请你吃饭呢。"瞿华莹正欲转身进她办公室,突然又转回身,问道:"昨晚你和夫人到火车站接的什么客人?"胡春江听她这么一说,心里沉了一下,但表面上很平静,说:"黎黎她娘家亲戚来了几个人。"瞿华莹似笑非笑地说:"他们到这个边陲小镇,肯定有要事办理。"胡春江笑了一下,没言语。她问他:"你笑啥?"他说:"瞿科长真是神算呀,他们来真有重要的事情要办理,他们来找苏联人做贸易的。"瞿华莹"噢"了一声,没有再问下去。

胡春江上楼走到罗高明办公室门口,这时正好门开了,走出来一个人。此人看见胡春江赶忙大声地说:"胡科长,你好呀! 你给咱警察局采购的马匹一个比一个强,我真得感谢你。"他说着给胡春江敬了个礼,然后很亲热地握着胡春江的手。胡春江一看,原来是骑警队的队长原鹤。原鹤是明决的远房表侄子,要不,他是当不上这个骑警队队长的。他忙问原鹤:"你们骑警训练得怎么样了?"原鹤说:"由于马匹漂亮,大家训练得可卖劲了,马上就能上岗执勤了。"胡春江突然想起了潜伏在骑警队的叛徒霞飞,也就是赵奇,心里隐隐作痛。原鹤对胡春江说:"进去吧,局座在等你呢。"他说完下楼走了。

胡春江敲了敲罗高明的办公室门,室内传来了一句"进来"。他推门进去,罗高明正在喝茶水,他把水杯啪地放到办公桌上,大声地说:"春江你说,这让我怎么办?这么大个骑警队伍,天天向我要钱,我会印钱还是我会屙钱?"胡春江坐在罗高明对面,想必是刚才骑警队长原鹤向他又要经费了。他思索一下问道:"局座,是不是骑警队的经费不够呀?"罗高明说:"是啊,马天天得吃草,人月月得发饷,现在连买饲料的钱都没有了,我已经是床头金尽,没一点办法了。我看,这支骑警队伍早晚得解散!"胡春江沉思着,没有说话。罗高明继续说:"过去毛先征在时,经费的事儿根本不让我操心,需要多少钱他就能给我弄来多少钱。毛先征善于理财。现在可好……嗨,可惜他是个共产党的卧底。他要不是共产党该多么好啊。"胡春江问:"上边拨的经费不够用吗?"罗高明摇了摇头说:"差得远,那只是人头费,远远不够。这支骑警队,人吃马喂,非给我吃穷不可!"

胡春江用特殊的目光看着罗高明说:"局座,你也别烦恼,有人比你还烦恼呢。"

罗高明抬起头问道："谁？谁比我还烦恼啊？"胡春江笑笑说："谁？我看北京的张大帅、南京的蒋总司令比你还烦恼。现在咱们中国，事比钱多，人比粥多，张大帅目前仗都打不下去，一心一意抓税收，抓财政收入，为何？主要是没钱花。"罗高明想想说："是啊，报纸上说，今年2月底，南京的蒋总司令召开军事委员会会议决定：从3月1日起，军人自总司令至士兵一律着布制军服，不准穿呢制军服。军人饷银一律减折发放，士兵八成，尉官七成，校官六成。几个月过去了，不少军队的士兵连半成的军饷也没拿到。这样下来军队能有士气？能有战斗力？"胡春江说："是啊，这么大个国家，这么多的烂事……"

罗高明叹口气说："不说这些不开心的事了，说正事儿！最近瞿华莹有什么异常吗？"胡春江没有想到罗高明会问这样一句话。是啊，罗高明让他暗地里监控瞿华莹，他也安排警务科的人跟踪了，一直没有发现什么异常行动，就是她和师伟过从甚密，但是他不能往外说。胡春江快速地转动一下大脑，平平地笑笑说："局座，除她悄悄地往北京督察组驻地跑外，其他没有发现她有什么异样。"罗高明平静地说："你骗我！"胡春江一惊，忙问："局座这话从何说起？属下担待不起呀！"罗高明把身子往前移一下，用锥子一样的目光盯着胡春江说："她最近有重大活动你没报告！"胡春江想想问："你说的是前天去草原玩儿的事情吧？"罗高明看着他不说话，像是在考验他。前天去草原本身就是瞿华莹演的一出戏，她让古尔多接待，就是想让罗高明知道的。瞿华莹还用罗的吉普车，他罗高明能不知道？瞿华莹演这出戏的目的，正如马丽讲的，是让大家相信她之所以去北京督察组驻地，是找马丽和胡秋实，而不是去找师伟的。其实在胡春江看来，她是越描越黑。

胡春江见罗高明不说话，忙笑道："局座，那只是一次草原之游，是去玩儿的，没有什么意义，你也放在心上？"罗高明的双眼瞪得圆圆地说："我不是给你说了吗？除正常工作外，啥事都得给我汇报吗？"胡春江忙说："对不起局座，我想着只是一次游玩，没什么实际意义，没有及时给您汇报，我向您检讨！"罗高明摆摆手说："算了算了，你也别自责了。但是，不管她有什么行动，你都要向我报告，以后要记住啊！"胡春江忙说："我一定记住。"

罗高明用责怪的目光看他一会儿,给他递支烟。他微笑了一下,接过纸烟吸了一大口。

这件事瞿华莹不会直接给罗高明讲,肯定是古尔多讲给他的,也可能是罗高明的司机回来讲的。如果是这样的话,那就算达到了瞿华莹的目的了。

然而,罗高明和瞿华莹已经是床上的关系了,她有啥不能直接对罗讲呢? 用不着绕那么大的圈子让罗知道她的行动嘛,他们到底玩儿的是什么把戏呢?

胡春江试探着问罗高明:"局座,前天去草原玩儿有什么不妥吗?"

罗高明喝口茶水,反问他说:"我问你,你们去玩儿,把马丽和胡秋实喊出来,没有师伟的同意,她们俩能出得来? 他们特务机关管理那么严,她俩不可能是偷偷地跑出去的。如果我没分析错的话,你们出去玩儿师伟是知道的,再进一步分析,有可能是瞿华莹和师伟一起商量的!"

胡春江皱了皱眉头,假装听到这句话很意外。胡春江心里清楚,这次草原之游,师伟是设计者,瞿华莹是操纵者,古尔多是演出者,让罗高明知道是目的。他沉思一下,说:"师伟应该知道,你说得对,没有师伟的批准,马丽和胡秋实是不可能出来的。"罗高明说:"这次草原之旅是瞿华莹一手操作的,师伟支持这次活动,也就等于支持瞿华莹,那么,师伟与瞿华莹是什么关系呢? 这里边有没有政治背景呢?"胡春江似乎恍然大悟地说:"还是局座您想的问题深刻,我大脑简单,想啥问题也很单纯,我怎么就没有想到这一层呢?"罗高明说:"因此,我判断,这绝不是一次随随便便的草原之游,而是有深刻含义、极有目的性的行动。你说呢?"

罗高明说:"那天瞿华莹对我说你和井黎黎用车出去一趟,我没问啥事就同意了。你想想,就是你们都不说,司机回来不跟我说?"

胡春江说:"那是,那是,不管他们谁回来说,我都应该向你汇报。"

罗高明自言自语地说:"师伟和瞿华莹到底想干什么呢?"

胡春江说:"我看问题浅显,不准确,经局座您这么一挑明,我似乎明白了一点什么。哎呀,这么大的事,没有向您汇报,我失职,我请求处分。"

罗高明很神秘地问他:"你说,师伟和瞿华莹到底是什么关系呢?"胡春江把胳胳抱在胸前,边低头思索边说:"局座您说过,瞿华莹为了她这个总务科长职务,能让奉天的大帅府、省警察厅给您打招呼,这说明,她是个很复杂的女性,是不一般的女性,相当有背景。我认为既然她是个复杂的人,她与师伟有一些瓜葛,也是正常的,局座不必过虑。"

罗高明说:"是啊,这个女人不寻常啊,她空降到我这里任职就是个谜,现在又干一些秘密之事,更是个谜呀!本来我们这个边陲小小的警察局很平静,现在却让她这个妖女给搅和得乱七八糟呀!"

胡春江把身子往前伸了一下,小声问:"局座,有句话不知当讲不当讲。"

罗高明两眼一亮,用手指敲着桌面说:"讲,讲。你感觉我不是自己人,那你就别讲!"

胡春江停顿一下,然后悄悄地说:"今后,你与瞿华莹交往要慎之又慎,特别是你俩的儿女情长之事,可以了断了。俗话说,不是自己的菜,别去掀锅盖。如果掀了,很可能被烫着手。不是自己的情,也不要去爱,如果强求去爱,很可能会中冷枪。反过来说,咱局那么多年轻美貌的女警花,你与谁不行,非跟她?"

这句话好像说到了罗高明的痛处,他有气无力地说:"我的苦处你还不知道呀!"

胡春江不解地问:"局座您还有难处?"

罗高明又喝了一口水,尴尬地笑笑说:"明里好像是我在追求她,要和她纠缠,实际是她在控制我啊!她背后有大山,我俩现在的结果,都是她一手策划的。她控制我肯定是为了他们的集团利益,她属于哪个集团的,我还说不清,我感觉她不姓蒋,似乎姓汪,但也不一定。她跟大帅府走得也很近,但是不是大帅府的人,也很难判定。蒋、汪、张、日、共,她是哪个集团的人呢?我也猜不透。不管她是哪个集团的人,她现在已经绑架了我,我是有苦难言呀!"

胡春江抬头看一下天花板说:"噢,原来如此复杂啊,如果真按你说的那样,那么她一定是有极强目的的。我看,你今后要以静制动,先放开让她表演,然后视情况而定。不过,你今后与她接触,一定要慎之又慎。"

罗高明点了支烟,深深地吸了一口,说:"古人云,色字头上一把刀,真不假呀!如果当初我不与这个女人纠缠在一起,现在也不会有这么多烦心事儿。不说这些了,你给我说说,怎么能筹点款把骑警队的经费弥补一下。"

胡春江没有想到罗高明又把话题转到了骑警队的经费上了。看来,他现在真的是手里没钱了。

胡春江笑笑说:"这应该是总务科长瞿华莹的事情,她到处都有关系,难道这点办法也没有?"罗高明说:"她?能办多少正事儿!"胡春江说:"要不你把我俩的职位换一换怎样?"罗高明一惊,用迷茫的眼神看着他,反问道:"怎么换?"胡春江说:"让她来当这个警务科长,我当总务科长。"罗高明哈哈一笑说:"你当总务科长我当然赞成了,你筹钱的能力和本领不亚于毛先征。只是这个女人是坚决不能当警务调查科科长的,如果让她干,她有了秘密调查警员的权力,那还了得,那还不把我们的很多骨干警员都说成是共产党?再者,她看谁不顺眼谁就会成共产党,到那时,我这个局座可真干不成了。瞿华莹这个女人,心眼儿深得很呀!"胡春江知道,罗高明和瞿华莹的关系极其复杂,不能多言。说起筹款,胡春江突然闪出一个灵感,他想,何不利用筹款,把一号首长送出境呢?他想到这儿,一阵激动。于是他笑笑说:"筹款的事儿,我有个想法,不知道行不行。"

"快说说。"罗高明忙说。

这时有人敲门。胡春江忙去打开门。

进来的是瞿华莹。她进来看着胡春江问:"这大清早一上班,就钻到局座办公室不出来,是汇报秘密工作的吧!怎么,发现咱警察局内部有共产党了?不会是我吧?"她说完,嘿嘿地笑了笑。

她进来后,一股清淡的香味儿也飘了进来。

四十八

瞿华莹进来嘿嘿地笑了一阵，说："如果我进来不方便了，我先出去。"

罗高明平平地问她："有事？"

瞿华莹说："刚才骑警队的原队长给我送来一份经费申请报告，他说他们的人和马都没有吃的了，问我咋办。"

罗高明反问她："你说咋办呢？"

瞿华莹说："让我说你得给钱，你不给我钱，我也不会造钱，天上能掉下来？"罗高明轻轻一笑说："那毛先征干时，他从来没有向我要过钱，反而我从来不缺钱花，而现在……"瞿华莹冷冷一笑说："那好吧，你让我把咱警械库里的轻重武器卖给共产党，我也不向你要钱。"罗高明很悠闲地点支烟，笑了，说："瞿科长，你有本事就卖。谁通共，我就抓谁！"瞿华莹脸一阴，说："你——！"

这时，胡春江忙面向瞿华莹竖指堵嘴，示意不让她再说。随后，他转向了罗高明，插话道："局座，说起来毛先征出售武器，我倒想起来个挣钱的办法。"罗高明眼睛一亮，忙说："啥办法，快说说。"瞿华莹一听他这样说，她的目光由冰冷变成了一种期待。胡春江说："昨天我家黎黎来了几个亲戚，他们路过这儿来看看黎黎。黎黎不是怀孕了嘛，他们很关心。他们是与老毛子们做贸易的，这次他们准备去苏联考察贸易行情。我想，咱虽然不能像毛先征那样倒腾枪支，但咱可以倒腾点其他东西啊,如木材、钢材、马匹、牛羊、奶饼什么的。一年弄几次,我们全局吃的喝的不都有了吗?"

罗高明像突然想起了什么,问胡春江说:"对了,昨天晚上我听说你和黎黎到火车站接客人去了,就是接这些客人的吗?"胡春江昨晚已猜到,罗高明肯定已经知道了他昨天晚上的接站活动,也知道今天罗高明必然会问他。他严谨地把昨天和今天的事情在大脑里过滤了一遍,发现没什么纰漏,然后笑道:"是的,他们到咱这儿一是看黎黎,二是考察一下满洲里牛羊肉的价格以及其他物资市场行情,然后想把这里的牛羊肉销往苏联。对了,昨天晚上我看见叶科长、项科长带着弟兄们到火车站查什么人,好像东北军情报处的人也去了,出什么事了吗?"他说完看一眼瞿华莹,瞿华莹耸了耸肩,表示不知道发生了什么事情。其实发生了什么,她最清楚。

罗高明轻描淡写地说:"市政府特务科喂养了一个从上海过来的共党反水人员。此人整天化装秘密在列车上活动,这次他指认了上海来的一个共党大鱼,是个女人。师伟认为不可能就她一人过来,于是,就让我们派人到火车站盘查。东北军派人去,有可能方天成也是受师伟的指派。"

胡春江"噢"了一声,问:"原来如此。后来盘查到可疑人员没有?"

罗高明摇了摇头说:"竹篮打水,只抓了几个小毛贼,无功而返,费日损功。"

胡春江问:"那个女共党在咱看守所关押着吗?"罗高明苦恼地笑笑说:"人家师伟不相信我们,把人关在东北军军营里。师伟这个人呀……"没等罗高明说完,胡春江突然问瞿华莹:"你刚才说让我做贸易是吗?"瞿华莹点点头说:"你胡局助有这个人脉嘛,也有这个能力,特别是你和你夫人家族与日本人的关系,你做贸易是不成问题的。你说对吗?"刚才胡春江突然打断罗高明的话,罗高明意识到了他的用意。罗高明知道胡春江怕他在瞿华莹面前议论师伟。于是罗高明接着瞿华莹的话题说:"是啊,春江人脉广,做贸易一定能够成功。"

胡春江沉思了一下,说:"罗局座和瞿科长相信我,那我就试一试。"罗高明说:"这件事情我看得抓紧办理,我现在是财匮力绌,真的没钱养这个骑警队了,下一步我总不能让这支警队去放马吧。"

胡春江没有接她的话茬,而是若有所思地说:"如果咱想搞贸易,想捞点经费,这次就是个机会。"罗高明忙说:"快说说看!"胡春江说:"黎黎的表叔这一次除来咱满洲里考察牛羊肉市场行情外,还要去苏联做贸易的。日本人在青岛、大连需要一批木材和钢材。黎黎的表叔代表日本人前去苏联那边采购这批物资。如果可能的话,我随黎黎表叔一起出境到苏联,让他帮助我们采购一批木材和钢材回来,我想尽量多弄一些,这样赚一些养骑警的经费是没问题的。"

罗高明一听,兴奋起来,高兴地说:"行啊,我双手赞成!你去尽量多弄一些钢材,钢材是目前最受欢迎的物资。"

罗高明说:"我看行,如果黎黎的表叔同意,你别犹豫,马上去。"胡春江说:"好吧,我今天见她表叔了向他提一提,我想他会答应的。"罗高明笑道:"我相信黎黎的表叔会支持的。"瞿华莹说:"我想,你不要以警察局的名义提出来,以自己的名义提出来为好。"

罗高明说:"话是这样说,瞿科长说得有一定的道理,说我们自己搞贸易挣钱当经费,我脸上挂不住。你就以自己的名义提出来吧。"胡春江又沉思一下说:"那样恐怕不行,如果表叔问我个人要那么多钱干吗,我怎么回答?他对我在警察局干事期望值很高,总想让我职务再高一点光宗耀祖,我这样拼命地倒腾钱,与他对我的期望值不相符,怕他误会我而不同意,如果为这他不同意,我们这样说不是适得其反?"

罗高明和瞿华莹听了,都无语了。

胡春江似乎下决心地说:"我看这样吧,我随便编个理由,我就说东北军让我这样做的,这个表叔跟东北军不熟悉,他绝对不会打听的。"

罗高明说:"这个办法好!"

瞿华莹说:"我看可以。"

胡春江对罗高明说:"黎黎那位表叔在大连就办好出境手续了。如果让去的话,您得给我签个出境证。为了保险顺利,您再给那位表叔补签一个出境证吧。"

罗高明表态说:"没问题,你什么时候要,什么时候签!"

胡春江一听,心里暗暗高兴,他的目的达到了。昨天晚上他还翻来覆去地睡不着,发愁怎样把一号首长送出境,这会儿突然有了办法,而且还是让他亲自护送一号首长过去,这真是天大的收获,今儿晚上开会,他要把这个情况通报给母亲和同志们,母亲他们听后也不知道会高兴成什么样子。然而,这会儿他想到金牙大妈在东北军那里关押着,心里又沉沉的。

　　这时瞿华莹突然问罗高明:"罗局座,能否让我也陪胡科长一起过去?"她说话时,先是用温情的眼神看着胡春江,然后又用祈求的目光看着罗高明。

　　罗高明一听,抬头看一下瞿华莹,不知道怎么回答为好。胡春江听罢心里一惊,想,她去干什么呢? 是监视我呢,还是想出去散散心呢? 还是……无论她是出于什么目的,坚决不能让她跟着一起去。胡春江有重大任务在身,她如果去了,怎能完成护送一号首长出境任务呢? 于是他忙说:"如果你也去,那井黎黎肯定又不让我去了,她心细得很,她不让去,那咱的筹钱计划就泡汤了。"

　　瞿华莹问:"黎黎吃醋?"

　　他点了点头。

　　罗高明一锤定音地说:"还是春江一个人去吧。"

　　瞿华莹把她大大的眼睛闭了一下,不说话了。

　　罗高明对胡春江说:"你马上去与黎黎那位表叔商量,如果他同意了,我马上给你们签发出境手续。"

　　胡春江说:"好,我下午就去见他。局座,没事我就走了。"

　　罗高明停顿一下问:"黎黎那位表叔住在哪儿呀?"胡春江顺口说道:"他有几个日本朋友都在咱满洲里经商,他住在日本朋友家里。"罗高明想想,没有再问什么。

　　瞿华莹瞄了胡春江一眼,轻轻地说:"我真想和你一起去学做贸易。"罗高明脸色怪怪地说:"还是让春江一个人去吧,总务科那么多事等着你做呢。"瞿华莹低头想了一会儿,突然抬起头对胡春江说:"你做贸易行,我这儿可是没有本钱给你呀。"罗高明正在翻阅一份资料,听瞿华莹这么一说,用一种无奈的目光看着胡春江说:"春江,我也正想对你说,咱局里现在可是没有这笔钱呀。"

胡春江想了一下问:"那咋办呢?"其实他早就知道他俩会说这样一句话,因为现在局里真是事多钱少,捉襟见肘,不可能拿出一笔钱去让他做贸易。胡春江自从刚才有了做贸易的想法之后,他就有了应对没钱的办法。他看一下罗高明说:"罗局座,咱要是没钱的话,那我只有自己想办法了。"罗高明不好意思地说:"春江,没办法,真的是为难你了。"胡春江似乎苦恼地笑笑说:"为国家效力,为咱局解难,只好这样了。我想这样,黎黎家有实业,而且是给日本人加工产品的,他们家目前资金还是充裕的,我让黎黎家里借一部分资金让我们用用,用完了再还给人家怎样?"

罗高明很高兴地说:"那当然可以!"

瞿华莹问:"我们付息吗?"

胡春江说:"利息总得付一点的,但不会太高。"

胡春江正准备走,这时有人敲门,进来的是叶自文和项世成。他俩见胡春江和瞿华莹在这里,都礼貌地笑了笑。胡春江知道他俩来是说案件,于是忙说:"你们忙吧,我有事先告辞了。"

项世成忙说:"胡局助先别走,本来我得差人找你去,你正好在这儿。"胡春江问:"有我的事儿?"叶自文说:"有。"这时瞿华莹说:"那没有我的事儿我先走了。"叶自文和项世成两人都没说话,一时气氛有些尴尬。这时胡春江忙打破尴尬的气氛说:"瞿科长是老情报人员了,如果不太机密的话,我想让瞿科长听听也是无妨的。"瞿华莹这时冷冷一笑说:"在满洲里,再机密的事情,没有我不知道的!就你们几个说的事儿,也算机密?让我听,我还不稀罕听呢!"她说完,拉开门,一闪身出去了。她出去后,办公室的门"咚"的一声震天响。

大家你看看我,我看看你,都不知道说啥好。

项世成看一下罗高明问:"她怎么了?我们没有说一句话呀!"叶自文苦恼地一笑,没吱声。刚才瞿华莹说,在满洲里,再机密的事情,没有她不知道的。罗高明、叶自文、项世成他们三个人可能会认为,她这是在气头上说的大话。然而,胡春江却知道她这句话的分量。因为,他们不知道师伟和她的关系,一旦他们知道,他们就会感到她这句话不是大话,而是惊雷。

罗高明似乎故意把话岔开,说:"你俩有啥事儿,说吧。"他说完用手指了指沙发,示意他们坐下。项世成和叶自文坐到沙发上。项世成说:"北京督察组向我们通报情况,说这几天有共党的重要人物要坐火车去苏联,让我们派人对过境的每一列火车进行严格地盘查,人人过关。今天上午八点出境的列车我们认真检查了,一个可疑人员也没有查到。北京督察组说,从今天起,火车站实行管制,让我们和东北军一起每天对过境列车的每个人进行检查。"叶自文说:"听说师伟亲自抓这件事,督察组还进行了分工,师伟和马丽督导我们警察局,王登虎和胡秋实督导东北军。"

　　罗高明说:"昨天晚上师伟就给我打电话说了,他说他抓到的这个上海来的女共产党坚强得很,满嘴的牙齿打落完了,结果到目前半个字也没说。此女人固执默言,看来,想以绝食进行对抗审讯。师伟说昨天列车上肯定不止一个共产党过来,肯定还有同党,于是他就下令对火车站实行管制。他们市政府养一大群特务这还不够用,还让我们和东北军参与管制。抓不到共产党是我们无能,抓到了是他们的成绩。"

　　项世成笑笑说:"原来局座你都知道啊!"胡春江说:"这么大个事,他能不先给咱局座通个气?"胡春江说着看看项世成,问道:"这没我的事儿了吧,局座还给我安排有其他事儿,我得走了!"项世成听胡春江这么一说,忙笑道:"胡科长,我和叶自文手头案子很多,腾不出更多的人到火车站实施管制,你们警务科人强马壮,能否也参与到火车站管制中去?"胡春江不假思索地说:"只要局座同意,我出几个人不成问题,尽管我们科正在办几个关紧的案件,但为了抓共产党,我们会积极配合的!"

　　项世成竖起大拇指说:"还是人家胡局助有水平,办事痛快,说话利索,是开明之人。"胡春江哈哈一笑说:"过奖了。"这时叶自文随意地对胡春江说:"胡局助,你们科正在办理关紧的案件,这是不是说明我们警察局内部还有共产党啊?"胡春江听叶自文这么问他,先是一愣,后咳嗽两声,轻轻地笑笑没有说啥。罗高明抬起头,看着叶自文不说话。叶自文意识到了什么,用手轻轻地拍了自己的脸一下,说:"看我这张嘴,该罚该罚。"罗高明看了叶自文很久说:"你是老情报人员了,怎么说这样的话?"胡春江赶忙改变话题,对项世成说:"我们科就十几个人,你要几个人,说吧?"项世成看一下罗高明,罗高明慢慢地说:"别把师伟的话当真,我们还有我们的事情,在保证我们工作不耽误的前提下,去火车站几个人应付应付就行了,不必认真。去再多的人那也是白白浪费精力。他们抓共产党,动用全市的警力、军力,调动所有的武装资源。而我们呢?抓了那么多共产党的可疑人员,他们帮助过我们几下?他们为国家,我们也是为国家,各干各的!"

罗高明的一席话,说得项世成和叶自文相互看了一下,不知所措。

胡春江说:"我看局座说得有一定的道理。"

罗高明说:"我让刑警队的丁基元和治安科的何之干他们派人去,你们三个各自忙各自的事儿,把各自的案件办扎实一些,多抓几个共产党比什么都强!现在呀,我算看透了,想在咱东北站住脚,只有一条,那就是多抓几名有分量的共产党!"

叶自文说:"师伟安排的活儿,我正不想干呢,局座的意见我支持。"

项世成说:"我手头案件也很多,不去火车站执勤正好。"

胡春江说:"我得专心致志地落实局座您刚才给我安排的任务呢!"

罗高明叹了一口气说:"说归说,师伟现在是大权在握,生杀他说了算,面子上我们还是要做做文章的。随后我让副局座涂荣清和龚培潮带队参加火车站的管制吧。"

叶自文说:"局座您这样安排很好,师伟这个人,我们还是不去与他作对为好!"

项世成沉闷了半天说:"我真不明白,现在我们警察局有些很机密的事情,师伟很快就知道了,究竟是怎么回事呢?"

罗高明听罢,问:"你是说我们内部有师伟的人?"项世成点了点头。罗高明想了一下说:"没事了,散去吧。"

大家准备散去时,罗高明对他们三人说:"师伟还让我们派几个人去参加审讯那位女共产党,我看你们三个人去吧,你们明天去东北军找方天成处长就可以了。"胡春江听他这么一说,身上的血管膨胀了一下,热血沸腾起来。

项世成回应道:"好的局座,我们明天就去东北军司令部见方处长。"

早上宋自加向胡春江吹了笛子,胡春江知道陆师傅他们在焦急地等待他,他想利用中午吃饭的时候去一趟养马场。

果真,陆师傅和老魁他们在盼着他的到来。当他看见了陆小枫也在陆师傅宿舍时,忙问:"你回来了,小宋在那里值班吗?"小枫点了点头。他见小枫满脸的阴云,一脸的严肃,他忙问她:"小枫,你身体哪里不舒服吗?"小枫摇摇头,坐在那里没说话。陆师傅似乎一夜之间也变得很憔悴,眼睛里无神。他们都已知道,金牙大妈被捕了,大家都很难受。

小寒给胡春江倒杯热开水。老魁问胡春江:"中央领导住那个地方安全吧?"

胡春江说:"安全!"

到目前,特别交通站的同志还不知道白广路5号是安显一郎的家。

胡春江把师伟的"火车站管制"计划给大家说了。小枫说:"昨天晚上和今天上午,火车站到处都是军警和特务,有两个特务在日杂店买东西时说,师伟不是个好东西,闹得他们日夜不安生等等。"胡春江说:"看来,师伟这样折腾不得人心呀,敌人内部从上到下意见都不统一。"

陆师傅若有所思地叹道:"也不知道洪霞同志怎么样了,洪霞同志是我们党的好同志,为了革命,她吃尽了苦头。"他这样一说,陆小枫用期待的目光看着胡春江。胡春江想了一会儿说:"东北军情报处长方天成让警察局派人员参与审讯洪霞大妈。罗高明派我、项世成和叶自文三人去。明天我们去了以后看看啥情况再说。"他没有把金牙大妈目前受刑的真实情况告诉大家,更不能说金牙大妈满口的牙齿被打掉光了。

老魁问:"目前我们怎么办?"

胡春江把今天早上交通员送来的通知内容给大家说了一遍,内容大意是:因为形势严峻,今天白天不再碰头。各自想办法打听洪霞的消息,晚上开会研究下一步行动,地点另定。客人居住的地方,没有接到通知,任何人不能擅自前往。

大家听罢,都沉默了。本来这次护送上海来的中央领导去苏联,任务不是很艰巨。往日护送中央领导大都是偷渡出境,任务重,时间紧,风险大。而这次中央领导办有出境手续,是坐火车光明正大地出境,有杜云英同志和其他地方党的领导同志护送,应该是万无一失的。结果被弄成这个样子,不但中央领导没有送出去,而且金牙大妈也被逮捕了。这样的局面,大家有谁会心里好受呢?

这时,养马场外边响起了自行车铃铛声。在这个特殊的时期,外边有任何风吹草动,大家都会紧张百倍,警惕万分。胡春江给小寒递个眼神,小寒起身走了出去。

四十九

小寒到大门口一看,是一位送牛奶的青年人。生面孔的人来这里都得对暗号,这里用的是通用暗号。青年人见小寒向大门口走来,忙问:"有德国的良种马吗?"小寒摇摇头说:"没有,我们只有国产良种马!"青年人又问:"好吧,我想看看国产良种马,看好了想买十匹。"

小寒一听,暗号对上了,忙把他带到陆师傅屋门口,小寒让他进去,他却小声说:"让胡春江同志出来一下。"

一会儿,胡春江出来了,忙问:"有指示吗?"交通员转身往养马场深处走去,胡春江紧走几步跟上去。交通员走进一个马厩,看看四周没人,只有一匹匹警惕的马在看着他俩。胡春江问:"有啥指示?"交通员小声说:"据可靠情报,方天成接到上级命令,要他近日公开处决洪霞同志。""啊——!"胡春江不禁大叫一声。几匹马听见他失声的大叫,也嘶叫几声,这几声嘶叫,像要把宇宙撕开。胡春江心像刀刺一样难受,血液涌到头顶。他愤愤地说:"他们还没有弄清大妈的身份,为何就下达这样的命令?我们一定得想办法把大妈营救出来。"交通员说:"今天下午三点在呼伦湖的一艘船上召开紧急会议,你一点钟着便衣在玉祥大街烤羊肉店门口等,有车接你。"胡春江忙问:"有暗号吗?"交通员说:"没有,车上有你认识的人。"胡春江说:"我正好也有要紧的事儿向组织汇报。"

交通员风风火火地走了。他到养马场门口,骑上自行车,把铃铛打得飞响。

胡春江站到养马场的通道里,让风吹一吹他发烫的脸。此时,胡春江犹如万箭钻心,禁不住急泪落衫。他双腿软软的。太阳挂在中天,养马场的午饭做好了,是大米饭浇鱼汤,很香。养马场有食堂,大家集体就餐。他用一只手扶住墙壁,默默地站在那里。这时小寒来喊胡春江吃饭,他摇摇头说:"我不吃了。"小寒走到他身边,小声说:"天大的事情也得吃饭。您是老革命了,怎么也带情绪呢?刚才交通员肯定给您讲的是秘密,您不会让您的情绪把组织交给您的秘密泄露了吧?"小寒的一句话惊醒梦中人。他咳嗽几声,似乎从幻觉中走出来,用手拍了拍小寒的肩膀,说:"走,吃饭去。"

老魁已经把胡春江的米饭端到陆师傅宿舍里,小枫坐在父亲的床头,呆呆的。她面前放一碗米饭,一小碗鱼汤,她的眼睛红红的。陆师傅和老魁端起碗在慢慢地吃饭。胡春江走过去,把米饭端起来,对小枫说:"小枫,吃饭,我们这个时期是特殊时期,时间紧,任务重,今天中午能安静地吃饭,晚上能不能吃上安稳饭还说不定呢。我们不管干啥工作,没有一个好的身体是不行的。吃饭!"

陆小枫接过饭碗,抬眼看一下胡春江,啥话也没有说,含着泪水开始吃起来。

陆师傅轻轻地问胡春江:"又有新的任务了?"

胡春江说:"组织上让我生办法打听金牙大妈的消息。"他没有说下午去开会,更不能说敌人要杀害金牙大妈,他得严守保密纪律。陆师傅边吃边说:"一旦有你大妈的消息,或者你去参加审讯见到你大妈了,她是个啥情况,请你回来告诉大家一声。"胡春江说:"我一定第一时间告诉大家。"

陆小枫把饭碗放下,趴在被子上哭泣起来。这时陆师傅对小枫大声地说:"小枫,你是老共产党员了,怎么这么脆弱呢?好好吃饭!"

小枫知道父亲说的是一语双关的话,她忍住了痛苦。

人生就像一支蜡烛,总有一部分蜡变成了热和光,另一部分蜡变成了泪滴。

…………

下午一点,胡春江着便衣来到了玉祥大街,在烤羊肉店门口找了个钉鞋的小摊坐下,名为修鞋,实为等车。玉祥大街是一条商业大街,两边商店鳞次栉比,非常繁华。这会儿正是人气旺盛时候,人头攒动,噪声不息,一片热闹繁华之景。两点钟,从西往东开过来一辆黑色的日产尼桑小轿车。尼桑小轿车快开到烧烤门店时,鸣了两声笛,然后减速了。此时汽车右边打开一扇窗,胡春江看见安显一郎端坐在窗口。安显一郎今天穿着和服,戴着墨镜,一副日本绅士的模样。安显一郎没有扭头看胡春江,而是一直脸朝前方。轿车慢慢停在前边一个空场地,司机手里拿一个扳钳下了车,蹲在前左轮边观察轮胎的螺丝。他是个中年人,穿一身蓝色工作服,戴一副墨镜。一切都很自然,没有引起别人的注意。胡春江不慌不忙地向钉鞋师傅付钱。

胡春江坐到副驾驶位置上,扭头一看,车后边除安显一郎外,还有大胡子领导和母亲杜云英。司机在车外把四个轮胎敲打一遍,然后直起腰,向四周看了一遍,上车了。

汽车往呼伦湖方向开去。

杜云英问胡春江:"你那里有啥新情况没有?"胡春江把身子转向后边,说:"有,是个好消息。"大胡子领导忙问:"啥好消息,快说说让我们听听。"胡春江看看大胡子领导说:"警察局座罗高明同意让我陪您到那边去。"他这么一说,大家兴奋了一下,司机师傅明显地收了一下油门,汽车放缓了。杜云英问:"他为啥让你陪着过去?是不是陷阱啊?"司机说:"当好事来的时候,一定要看清好事情背后的因果关系。"

胡春江把警察局目前短缺经费,骑警队维持不下去,以及他过境为警察局做贸易挣经费的计划给大家说了。大家听了,都说这个计划好。杜云英说:"你只要确定不是陷阱,那这个方案无疑是最佳方案。一会儿会议讨论一下,如果大家都感到可行,那就定下来。"大胡子领导沉默一会儿说:"我同意这个方案。但眼下不是急于送我去苏联,而是得抓紧制订出营救洪霞的具体方案。洪霞同志在里边多待一分钟,我们就有一分钟的不安。"杜云英对大胡子领导说:"现在你出境时机还不成熟,敌人的各方势力还在火车站实行严格的管制,我听说坐火车出境人员,个个都

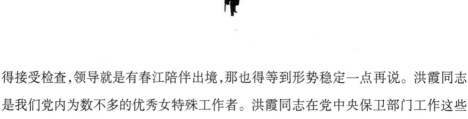

得接受检查,领导就是有春江陪伴出境,那也得等到形势稳定一点再说。洪霞同志是我们党内为数不多的优秀女特殊工作者。洪霞同志在党中央保卫部门工作这些年,完成了很多难以完成的任务。春江过去是跟着她工作的,春江最了解她的工作能力。如果我们不把洪霞同志救出来,我们对不起她,更对不起党中央。"杜云英说到这儿,眼睛红了。胡春江叹了一口气说:"中午我已接到交通员的情报,不知道提供的情报准确不准确。"他这一句话,说得大家都沉默了。

大胡子领导坚定地说:"要抓紧营救!"

尼桑小轿车驶出了满洲里市区,向东南方向前进。太阳挂在西半天,白云悠悠地悬在半空中。一列火车如蜈蚣一样吃力地在远方奔驰,蒸汽机的白烟向后飞去,似乎连接着远方的白云。火车头是很骄傲的样子,边奔跑边大声呼喊。弯曲的土质公路两侧,三三两两的白色蒙古包在太阳的照射下,发出耀眼的光芒。远近不同的牛羊在默默地低头吃草,成堆的马匹都把头举得高高的,看着火车奔驰的方向。很快,汽车来到呼伦湖的码头上。

呼伦湖,也称呼伦池,是中国第五大湖、呼伦贝尔草原第一大湖。余霞散成绮,澄江静如练。这里是草原的"世外桃源",北国风景甲天下的胜地。看来,这里已布置了警卫。码头上分散着五六个年轻人在"干活",一艘白色的动力船在码头边靠着,两个中年男船工在甲板上用力收缆绳。洪永升站在船头,看着小轿车的到来。

小轿车停稳后,洪永升冲上码头,小跑来到小轿车前。胡春江先跳下了车,他拉开右边的车门,杜云英先下了车,随后大胡子领导和安显一郎下来了。由于风太大,他们相互寒暄着很吃力。洪永升带他们上了动力船。这艘船的舱很大,有两间民房那么大。大家一一走进舱内,舱内有一个小方桌,小桌周围有几只小竹椅子。舱内还有五个人,他们分别是:莫洛米夫、呼伦湖、田家彬、落娃和一个瘦高个儿的中年人。胡春江不认识这个瘦高个儿,他正忙着用煤炉子烧开水。呼伦湖见胡春江用异样的目光看着忙碌的瘦高个儿,于是介绍说:"这位是满洲里东北军地下党的负责人月亮,是我党东北军党组织的创始人之一,现在在满洲里司令部当机要参谋,中校军衔。"瘦高个儿其实不叫月亮,月亮是他的代号。他停下手中的活儿,立正向大家敬了个军礼。大胡子领导说:"月亮是民国十三年四月考上的黄埔军校,是廖仲恺先生的学生,是北伐初期我党派到东北军任职的党员,现在是我们党组织在东北军的中坚力量。月亮和他的战友们是党中央直接领导的特殊党员,这些年在整个东北军起到了不可估量的作用。"

月亮把水烧开,给大家每人倒一杯。

大胡子领导说:"月亮的身份今天第一次在东北党组织公开,但没有指令,咱们东北党组织,特别是黑龙江省党组织,不要与他发生联系。"

大家听罢,都点了点头。

大胡子领导说:"我们开会吧。"

船早已离开了码头,向呼伦湖深处驶去。太阳快要下山了,照在波光粼粼的水面上,发出闪闪的亮点。白云映在水面上,满湖像落了白色飘带一样,感觉湖水的压力很大。动力船中速向湖中央挺进,船的尾部,留下了开膛破肚的水痕。

大胡子领导说:"今天会议讨论两件事儿。"大家围坐在小桌旁,聆听大胡子领导讲话。大胡子领导长一双深邃的、炯炯有神的大眼睛,他看一下月亮,然后对大家说:"首先请月亮同志把洪霞目前的情况介绍一下。"月亮直起腰,看着大家介绍说:"司令部情报处有我们的同志,他们带出的消息是,洪霞同志已被突审了三次,但她一个字也没说。现在她已是伤痕累累,满口的牙齿早已被他们打落。现在他们已把这个案件报往奉天的大帅府和北京军政府特情处调查科,这两天师伟天天坐镇指挥,亲自审问。师伟是这次抓捕洪霞同志的策划者。今天上午,大帅府已回电,命令公开处决洪霞同志。"

杜云英说:"这个消息也得到大帅府地下党组织和黑龙江警察厅党组织的确认。"

胡春江说:"今天上午罗高明派我和项世成、叶自文三人参加审理大妈的案件。据说,这是东北军方天成提出来让警察局参加的,现在的问题是不知道他们为啥让警察局参加。"月亮喝口水说:"造成这个结果的直接原因是洪霞同志遭到叛徒的指认。这个叛徒已经排查清楚,他原先在党中央保卫部门工作,曾经在洪霞手下当过突击手,好多中央领导他都认识。这个人秘密叛变后,没有待在上海,而是被师伟带到北京,投靠了军政府,今年春节过后,被悄悄派到哈尔滨至满洲里的火车上进行化装侦查。这次敌人这么快就要杀害洪霞同志,主要就是他的确认。他知道洪霞是他们要寻找的大鱼,于是他们急于把洪霞同志杀害就不奇怪了。"

胡春江问:"知道不知道这个叛徒叫啥名字?"月亮停顿一下说:"叫表抗。""啊!"胡春江惊了一下,嘴张了张没有合上。大胡子领导眼睛闪了一下,说:"表抗不是死了吗?去年初不是死在南京老虎桥监狱里了吗?洪霞和胡春江你们不是还为他开过追悼会吗?党组织还追认他是烈士呢,原来他的死是烟幕弹呀。"胡春江说:"去年当我听说他死后,还伤心地哭了一次。看来敌人在给我们演捉迷藏呀。"

月亮说:"和他一起派来的还有一个叛徒叫赵奇,代号叫霞飞,目前在警察局骑警队潜伏着。"在骑警队宿舍监视赵奇的雪青松和梅希阳是呼伦湖的人,赵奇的一举一动他都知道。呼伦湖一听月亮这么说,忙接过话茬说:"我正想说呢,洪霞同志被捕后,东北军派人到骑警队把赵奇接走了,听说今天早上才回来。"安显一郎看一眼田家彬问:"安排跟踪他的人没有脱离视线吧?"因为骑警队门口监视霞飞的人是田家彬的人。田家彬一听忙说:"赵奇到东北军司令部后,我们的人进不去,就在大门外盯着他,一直盯到今天早上他出来。"呼伦湖对大家说:"跟他住一个宿舍的雪青松、梅希阳二位同志传出消息说,赵奇今天早上回去就睡觉,一气儿睡到中午。"月亮说:"这个赵奇,肯定也去指认了洪霞同志。"

胡春江说:"赵奇的指认,定会加快敌人杀害洪霞同志的步伐。我们的时间不多了。"

莫洛米夫一直在沉默,这时他用他那蓝色的眼睛看一下大胡子领导说:"共产国际把中国共产党第六次代表大会开幕的日子已经确定。目前国内的大批党代表正在往这儿赶。我们目前首要的最大任务是保证我们哈尔滨和满洲里的地下党组织健全,各个交通站能正常工作,各位代表能顺利地通过边境线。洪霞同志被捕了,我们都很痛心,但不能因为洪霞同志被捕而影响整个党中央的中心工作,影响共产国际交给我们的政治任务,更不能因为这两个小小的叛徒而扰乱我们的视线,误了全国各地代表的出境。"

莫洛米夫说到这儿，又看一眼大胡子领导，然后继续说："我个人认为，今天这次会议，第一个议题应该是研究怎样保证一号首长迅速安全出境，让他尽早到莫斯科。莫斯科筹备会的同志在盼着一号首长早点去。"

大胡子领导听完莫洛米夫的讲话，沉默一会儿说："莫洛米夫同志讲的，我认为是对的，我支持。但是，洪霞同志是我党的优秀领导人和特殊工作者，我们党不能没有她，因此营救她比送我去苏联更重要，我晚去莫斯科一天两天，不会影响大局，但晚营救洪霞同志一个小时，我们有可能就会后悔终生。我想，今天咱们先研究营救方案，然后再决定我出境的事情。"他说完，看大家一眼，然后等待着大家的发言。

洪永升取下他的眼镜，思索着说："莫洛米夫同志站得高，看得远，说得很对，我支持。我认为我们的首要任务是护送党代表出境，而我党目前的主要任务是召开好党的第六次代表大会。共产国际目前的任务是组织、指导好我们六大的召开。我认为一号首长应该快速出境，您的安全出境，与制订营救洪霞同志的方案不冲突。我支持莫洛米夫同志的意见。"他说完，又把眼镜重新戴上。

杜云英一直没有说话，她在认真听大家发言。这时她看着胡春江的眼睛说："你把你护送一号首长的方案给大家通报一下吧。"

胡春江把警察局缺经费以及以搞贸易的名义护送一号首长出境的计划给大家详细地说了。当大家听到胡春江能亲自公开地护送一号首长坐火车出境时，都很兴奋。胡春江说："一号首长已经有一个过境证了，罗高明说可以再办一个，更加安全可靠。我自然就不用说，肯定要办一个过境证。这样双保险，过境是没问题了。"

事情往往就是这样，有时候感到很艰难的事情，到最后不费吹灰之力就解决了。这就验证了民间那句经典的话，"车到山前必有路"。

落娃一直坐在那里细心地听，她对胡春江说："既然你以搞贸易名义过去，那你就得真搞贸易，不然你送完一号首长，两手空空回来怎么向罗高明交差？"胡春江说："我正担心这件事，不知道那边的木材和钢材好搞不好搞，这件事还得莫洛米夫同志帮忙。"

莫洛米夫抬起头,看着一号首长说:"现在钢材不好弄,木材还是能弄来的,只是这本钱往哪儿筹呢?"

杜云英看一下安显一郎说:"安显一郎君有办法,前期你不是说青岛有商人要木材吗?让那里的商人先期付款怎样?"大胡子领导说:"是的,青岛目前急需木材,自从德国租借胶澳和日本攻占青岛以后,青岛加快了发展的步伐。青岛海岸线长,周边岛屿多需大量船只,青岛和日本商人都抓住这个机遇,大量采购木材,制造大型木船。安显一郎君人脉广,那边肯定有不少商界朋友,这筹款给胡春江同志做贸易的任务,就交给你了。"

安显一郎表示,一定完成中央交给的任务!

莫洛米夫说:"我是长期出入境签证,这次我也随一号首长过去吧,除到那边给一号首长提供保障外,木材的事儿我也顺便办了吧。"

大家都赞成他的提议,大胡子领导想了想说:"那就这样定了!"

大胡子领导看一下船舱外边,天已经黑了,湖面上的船只都点亮了航灯。风更大了,强劲的湖风吹进船舱内,凉凉的。大胡子领导对杜云英说:"你把营救洪霞同志的方案讲一下吧。"

杜云英胸有成竹地说:"因为情况紧急,来不及再讨论了,报请一号首长批准,我们准备用武力劫法场,救人!"

五十

"劫法场!"杜云英铿锵有力地说。大家一听,为之一震。

"现在洪霞同志命若悬丝,我们只有铤而走险,劫法场了!"杜云英严肃地说。

大胡子领导说:"据可靠情报,敌人可能明后两天就要对洪霞同志下毒手,我们要在敌人动手时,把洪霞同志抢回来。"

月亮沉重地说:"方天成已接到公开处决洪霞同志的命令,行刑的队伍是司令部警卫营的特务连。刑场是秘密选定的,可能在满洲里东北一个废弃的矿场。时间没定,行刑的路线也没有定。"

杜云英严肃地对月亮说:"今晚上回去,你马上搜集这方面的情报,一定以最快的速度打听到行刑路线和时间。"月亮说:"我来时已做了安排,会很快有消息的,情报处和警卫营都有我们的同志,一有消息,我会第一时间报过来。"

胡春江站起来坚定地说:"我请求参战,我在上海干的就是这个专业,我有实战能力和临战经验!"

大胡子领导摆了摆手,示意他坐下。杜云英抬头看他一眼说:"你不能参战,不但你不能参战,你们特别交通站的所有人都不能参战,目前大批的党代表已经过来,你们的任务是护送好党代表出境。再说,你将面临护送一号首长过境的任务。形势再乱,你的心不能乱,你的心要静下来,心静,是完成护送任务的基础。"

胡春江说:"可是,可是到现在我们连一个党代表也没有见到。有时候我们怀疑党代表们是不是不过来了?我们特别交通站的人都是盼星星盼月亮呀!"

杜云英和大胡子领导对视一下,没有说啥。

大胡子领导对杜云英说:"就劫法场这件事情,还是征求一下大家的意见吧。"

杜云英看一下莫洛米夫,说:"莫洛米夫同志,你以共产国际的角度,发表一下看法吧。"

莫洛米夫用他那很流利的中国话说:"营救我们被捕的同志,是我们党组织一贯的做法,也是我们共产党人义不容辞的义务,洪霞同志是一位优秀的共产主义战士,为共产主义事业做出了巨大的贡献,我们坚决要营救她。从个人角度来讲,我是反对劫法场这种营救方法的,这种极端的方法成功率有限。但这一次我不再反对,因为目前没有别的办法,如果有别的办法,那就不要采取这种极端危险的方法,这种办法最后可能会导致洪霞同志没有营救出来,而我们的同志还要有牺牲。刚才我在想,能不能把劫法场改为在半路拦截,这样胜算大一些。大家想呀,法场那边肯定有不少东北军警卫营的兵力,加上武装押送人员,我们面对的会是一个庞大的阵容,硬拼,我们把握不大。一旦营救失败,我们的牺牲会是巨大的。也可能会因为营救失败而导致'红色任务'的失败。"

大家听后,都认为莫洛米夫说的有道理,符合实际。

莫洛米夫说:"我坚决支持营救洪霞同志,但怎样营救,大家再商榷论证一下为好。"

落娃说:"我父亲当年在莫斯科,曾经参加过营救苏联红军干部的行动。他有这方面的经验,请大家相信他,他说的半路拦截方法要好于劫法场的方法。"

杜云英看一眼沉默的田家彬,说:"田部长,你是保卫专家,你谈谈看法吧!"

田家彬刚才一直仰着脸看船舱外的天空,天空不时有流星飞过。他看似是通过船窗遥望天空,实际他是在思索。他听到杜云英点他的名,忙把目光收回。他看着大胡子领导说:"营救洪霞同志,我第一个同意,第一个支持,不管是劫法场还是半路拦截,我请求任务下达给我们保卫部,我们坚决完成任务。"

大胡子领导肯定地说:"你和胡春江一样,都属于拼命三郎的性格!"

洪永升是一位老交通,整个东北的五六条地下交通线他都了如指掌。这些年,不管是共产国际派人来,还是国内共产党员到苏联去,大都通过东北的交通线,也都是他洪永升负责护送或迎接的。他有着丰富的地下斗争经验,特别是大革命失败后,他的才能和智慧发挥到极致。南京国民党的东北秘密特务机关,有一份暗杀名单,其中就有他。此时他心里很沉重。他说:"组织上决定武力营救洪霞同志是对的,因为现在用非武力解决不了问题。非武力无非就这几种方法:一是花钱买看守,二是策反动摇看守,三是打入敌人内部打死看守,四是制造假文书让看守释放洪霞。现在看来,这四种办法都不行,只有动武,才有希望,我支持用武力解决。近年,就我们哈尔滨地区营救的情况看,劫法场七次,成功三次,失败四次。成功的三次都是大革命时期,而蒋介石和汪精卫叛变革命后,张作霖执政北京军政府后,也就是大革命失败后,'劫法场'四次,失败了四次。这说明劫法场风险很大,把握性不高。而拦截营救八次,成功六次,失败两次。其中大革命失败后,我们拦截了三次,都成功了。这说明,莫洛米夫同志的担心是对的,在半路拦截营救成功率高一些。因此,我个人认为,我们应该制订拦截方案,把洪霞同志成功救出来。"

大胡子领导说:"洪永升同志说得很好,分析得很透,那我们就采取拦截办法进行营救。"

安显一郎说:"我认为,今天晚上月亮同志回去再次落实有关情报,针对具体行走的路线再制订详细的营救方案。刚才洪永升同志说哈尔滨这几年拦截营救的情况我知道,那几次成功大都是方案制定得细,多点拦截,多路设点。没有充分的准备和演练,是不会成功的。"

大家都点了点头。

月亮说:"我们正在努力,很快就会知道详细路线。"

安显一郎问杜云英道:"师伟和王登虎那里有什么消息吗?"

杜云英说:"方天成在审讯洪霞同志的案件中,师伟起到了推波助澜的作用。

王登虎只是工具,并不可怕。"

大胡子领导说:"这个师伟,是我们的死敌,我们得抓紧实施'排雷'计划,这个雷不排除,我党将受到极大的损失。"

大家知道所谓的"排雷"计划,就是除掉师伟这个共产党的公敌。

安显一郎说:"师伟前一个时期,频繁秘密地与日本驻中国的上层人士接触,上次驻北京领事馆大使代表悄悄来满洲里,据说也与他有关。他与他的二姨太瞿华莹近日多次秘密会见日本驻满洲里领事馆领事田基。他们是要干什么呢?"

杜云英说:"师伟的背景虽然很神秘,但很快就会搞清楚的。"

月亮说:"前不久我跟司令官到奉天大帅府开会,我看见师伟坐的是日本人的汽车,也在大帅府。"

杜云英说:"如果我没猜错的话,师伟和瞿华莹一不是蒋介石的人,二不是张作霖的人,他们穿梭蒋、张之间应该是个幌子,他们二人早已投靠了日本天皇。"

大家听了杜云英的话,心里都惊了一下。

大胡子领导看一下安显一郎,然后点了点头说:"杜云英同志的分析应该是正确的。"

莫洛米夫说:"如杜云英同志分析得正确,那么满洲里的形势将更加复杂了。"

胡春江说:"现在已证明,瞿华莹肯定不是汪精卫的人。"杜云英说:"应该这样说,她只能算是与汪精卫一条战线的人。"

胡春江说:"狂风过后,定有暴风骤雨呀……"

大胡子领导伸手看了看表,说:"杜云英同志,时间不早了,你下达任务吧。"

杜云英坐直了身子,说:"经过刚才大家的讨论研究,我们把营救洪霞同志的行动由'劫法场'营救改为半路拦截营救。任务的代号叫'春雷'行动。我和莫洛米夫同志担任指挥。任务由北满保卫部实施,满洲里呼伦湖的同志协助,田家彬同志任'春雷'行动小组组长,参加人员由田家彬选定。小组分为四个行动分队,每个分队四个人。我们还要选一条备用路线,每条路线上两个分队。保卫部这次从哈尔滨过来十几个人,加上满洲里呼伦湖的人,人员应该够用吧?"

田家彬点点头说:"人员没问题,现在保卫部在满洲里加上我共有二十个人。只是长枪和手雷不够。完成这种任务,没有长枪和手雷不行。"

杜云英问:"缺多少条长枪?"田家彬回答说:"缺九支吧,手雷每人得四枚,这是个不小的数目。"

杜云英转脸向月亮说道:"你为行动小组提供武器,要什么,提供什么。"月亮说:"没问题,如果要机枪也有!"

杜云英对洪永升说:"你们交通站来满正在执行任务的同志不能动用,一个也不能。"洪永升说:"明白。"杜云英对呼伦湖说:"你再另选一部分人到时候化装安排在路边,掩护行动小组行动。"呼伦湖听罢表态说:"明白。一定听从指挥!"

杜云英对月亮说:"到时候你还要提供一辆轿车,我们在轿车上设流动指挥部,我和莫洛米夫同志在车上指挥。"杜云英说着,向落娃笑一下,然后又说:"到时候你坐在车上做掩护,如果遇到盘查了,就说我们是地质研究所的工作人员。"落娃的大眼睛一亮,点头说:"明白。"月亮说:"我回去就落实车辆。"

大胡子领导接着话茬说:"估计明天上午就能知道他们的行刑路线,一旦弄到路线,田家彬同志要抓紧带人看地形,进行预演,选择最佳位置,力争以最小的代价完成任务。"

莫洛米夫说:"拦截成功后的转移路线也要定好,谁负责转移,用啥交通工具转移,都得落实到位。"田家彬听罢,点了点头。

杜云英说:"转移的交通工具就用流动指挥部的轿车。我们的车会紧跟刑车的。田家彬同志一得手,我们就会冲过去,趁敌人蒙圈的时候,我们要以最快的速度把洪霞同志弄上车。转移路线要选人少的街道,备用线路是临时决定,转移的目的地是扎赉矿区,那里有人接应。到扎赉矿区后,改换骑马快速向草原纵深奔去,我们一进大草原,就如鱼入大海,敌人想找到我们就难了。"

莫洛米夫说:"当年,我们在莫斯科拦截过刑车,那次我们营救红军干部成功,有一个细节可以借鉴,就是我们买通汽车连一个下士,他是个修理工,让他在汽车下面安装了一个小型定时炸弹,我们算准时间,让那位下士提前把炸弹装上。当刑车开到郊区的半路上,炸弹响了,由于炸弹威力小,只把汽车炸坏了,没有伤着人员。我们趁势冲了上去,消灭了押送人员,把那位红军干部救了下来。我在想,这个办法我们现在能不能用呢?"

月亮想想说:"莫洛米夫同志讲的这个细节很好,很受启发,只是我们目前还没有那种先进的定时炸弹,满洲里东北军司令部汽车队目前也没有我们的同志。但这个细节能启发我们用其他办法在汽车上做手脚。我回去后与其他同志好好研究研究再说。"

呼伦湖水面上很静,黑暗的水面连着远方黑沉沉的天空。水面上基本没了船只,只有他们这艘船在慢慢地随波漂流。杜云英看了大家一下,问:"大家还有啥说的没有?"大家都说没有了。

船开足马力,向呼伦湖码头驶去。开船的是两位青年男人,是田家彬的人员。刚才大家在专心开会,他们两个人边开船,边用警惕的眼睛看着周边水域的一切。

一会儿,码头到了,岸上过来五六个人帮助接缆绳。尼桑小轿车开了过来,胡春江还是陪母亲、大胡子领导和安显一郎原路返回。其他人在码头上用晚餐,然后分散乘马车返回。

大胡子领导说:"到莫斯科时间太长,让莫洛米夫同志跟我一起到莫斯科就行了,你们交通站有很多工作等着你做呢。为了迷惑敌人,你在86号小站住几天,然后返回。回来后你就对罗高明说,贸易做好了,只等发货了。"胡春江一听,高兴地说,知道了。

汽车刚开进城里,在白广路路口,有几个警察在执勤查车。胡春江在副驾驶座位上坐着,他看见治安科一个中队长在示意停车。这个中队长姓史,叫史小童。司机把车停好后,胡春江对车内人说,你们坐着别动,我下去讲一下。他拉开车门,跳下了车。胡春江下车后,没有马上理会史小童,而是把身子歪靠在车头上,很傲气地掏出一支烟吸烟。

史小童见是胡春江,忙收起手中的小旗子,一脸卑微地小跑到胡春江面前,给胡春江敬了个礼。胡春江吸了一口烟,随随便便地还他个礼,然后满嘴吐雾地问道:"怎么晚上还执勤呢? 有情况吗?"史小童笑道:"胡局助,没啥情况,我们这是例行盘查。"胡春江抬眼看一下黑暗的天空,想了一下说:"这几天风声紧,东北军和市政府特务科都在到处抓共产党,你们也要盯紧点,别让共产党在咱们的眼皮底下跑了。"史小童点头道:"是,是! 这些天我们治安中队天天到火车站盘查过往人员。我们一直没敢懈怠,不敢麻痹大意。"胡春江说:"对,做得很对。局座对你们这两天的工作很满意,今天下午还表扬你们治安科呢。"这时史小童用余光瞟一下轿车内,献媚地问胡春江:"胡科长,这么晚了在外面有事啊?"胡春江看着路边的路灯,轻轻地说:"我到扎赉诺尔矿区派出所办个案子,车上都是市政府特务科的人。"

史小童一听胡春江在办案子,他不敢再多问了。他知道,胡春江掌管的警务调查科,是专门调查警察局内部人员的,重点是排查警察局内部的共产党分子,这种案件都是高度机密案件,他不便多言。再说,市政府特务科那帮特务,个个都是人精,是鬼都不敢缠的阎王。司机用力踩了几下油门,轿车发出高调的轰鸣声,随后很霸气地开走了。

安显一郎的家到了。小轿车把他们一直拉到门口,胡春江先跳下车,环望一下四周,没什么异常,只有马路对面那个修车人在路灯下观察他们。修车人是呼伦湖的人,常年在这里值班。大家下了车,此时大门正好开了,管家忙走下台级,满脸笑容地把大家迎进去。井黎黎看见大家,赶忙迎出来拉住杜云英的手。

当胡春江走进安显一郎正屋时,突然看见日本驻满洲里领事馆的张代办在里面写东西。他见有人进来,赶快把字写完,站起来向大家笑了笑。现在胡春江明白了,张代办是自己人。

胡春江看见张代办见了杜云英欲言又止,凭他的经验他猜到张代办要向母亲汇报机密的事情,于是他忙说:"我先走了,养马场还有一帮人等着我呢。"

杜云英很疲惫地闭了一下眼睛,点了点头。

五十一

　　胡春江回到警察局大院,大院静悄悄的。当他走到瞿华莹宿舍门前时,看见她室内的灯光还在亮着。自从知道她是师伟二姨太后,胡春江就不再主动与她联系。今天又听安显一郎说师伟与日本上层人士联系密切,特别听了母亲对他俩的断言,他隐隐约约感到这两人身后的重大谜团就是投靠了日本人。

　　胡春江在大树下走着,身后突然被人抱住了。他本能地去拔腰里的手枪,但他闻到了一股女人的香味,他马上断定这香味只有瞿华莹身上有,他瞬间明白了。

　　胡春江用简单的擒拿动作,把瞿华莹的双手掰开,并制伏了她。她"哎呀"一声,说:"是我,你弄疼我了。"胡春江佯装突然明白似的,说:"原来是瞿科长呀,我还以为我遇到刺客了呢。"他松开手,问:"这么晚了不睡觉,在这大树下干吗呢? 不冷吗?"

　　瞿华莹轻飘飘地说:"等你回来呀!"

　　"等我? 干吗?"他忙直问。

　　她把头一扭说:"走,到我屋里说。"

　　胡春江犹豫了,他看着天上的星星,没有马上表态。瞿华莹催他说:"走嘛,还犹豫啥?"他说:"太晚了,不方便吧,有事就站在外面说吧。"

　　她说:"这么大风,你不怕冷,我还怕冷呢。"

她说完，拽着他的手就往她的宿舍拉。胡春江哪里是她能拉得动的。她问道："你去我屋里怕啥？我能把你吃了？"胡春江小声说："你也吃不了我，我啥也不怕，但我不能去。"她停了一下说："那往你家去吧，我知道黎黎不在家。"胡春江忙后退两步，坚定地说："就因为黎黎不在家，你才不能去我家。"瞿华莹冷冷一笑说："你真够冷酷无情啊！"他叹道："不是我冷酷无情，而是现实太冷酷，冷酷的现实必然造就冷酷的人。再说真的太晚了，咱俩单独在一起容易说不清。我是男人也不怕啥，你是个女人，闹出点乱子对你影响不好。"

瞿华莹拉不动他，也说不服他，只好松开手。她抬头看看夜空，似乎有意让风吹拂一下她的脸颊，然后她盯着他的眼睛说："事情都是逼出来的，人只有被逼上绝路了，才会拼命。希望你不要逼我，逼急了，我啥事都能做出来！"说完，她又突然扑过来抱住了胡春江，她的双手勒着他的脖子，很用力。本来，他对付一个手无缚鸡之力的女人不费吹灰之力，然而，这次他没有反抗，也没有说话。停了一会儿，她用劲又搂他一下，轻轻地问："上午我离开局座办公室后，项世成和叶自文他们没有说我坏话吧？"胡春江摇摇头轻轻地说："没有。他俩只说抓捕共产党的事儿，没有提你。"她又问："局座也没有说啥吧？"他回答："没有。"她继续问："那他们都说些啥事儿？"胡春江想了想说："他们议论了东北军抓捕女共产党的案件，也讨论了去火车站执勤的事儿。"听胡春江这么一说，她不再问了。她立起双脚，向前亲吻一下胡春江的脸。他忙把脸扭过去，小声说："咱俩这样拉拉扯扯的不好，这让有人知道了我可活不成！"

瞿华莹没接他的话茬，而是问道："你脸上怎么会有一股湖水味儿，今晚去湖边了？"胡春江听她这么一问，心里沉了一下。心想，瞿华莹真是个搞情报的老手，身上的湖水味也能闻出来。他平静地说："晚上我吃鱼了，呼伦湖的鱼。"瞿华莹笑笑说："吃鱼也不叫上我。"他说："我不敢叫上你。"她问："为啥？"他说："我怕一个人！"

瞿华莹一听，顿时松开了他。她生气地问："你说的是局座？"胡春江摇摇头说："局座知道我和你的关系，他不会恨我的。"她忙问："那你说谁？"他趁机往后退两步说:"说谁你知道,反正是我惧怕的人。"他说着转身走了。她望着他远去的背影,心想,难道他真的是日本特工,他真的知道我和师伟的关系,更深层次的东西他是知道还是不知道呢?明天,明天她决定把这一情况反馈给师伟,让他心里有个数。如果他胡春江真的是日本嫡系,师伟会另眼看他的,就怕他不是!

一个真正的男人,一个有着重大使命的男人,面对诱惑时,须保持坚定的信念和高度的清醒。瞿华莹在他面前再怎么迷惑他,胡春江都能做到这一点。

后半夜,天更冷了。胡春江躺在地铺上,怎么也睡不着。他在想,金牙大妈此时怎么样了呢?敌人马上要对她下毒手了,我们的"春雷"行动能不能成功呢?他心里很痛,头也很疼。

…………

第二天早上,胡春江刚起床,项世成就穿着整齐的警服来找他,开门见山地说:"你抓紧穿上警服,方天成刚才打来电话说,让你和我,还有叶自文去他们看守所,参加审讯那位女共产党要犯。三轮摩托车我已经派好了,走吧。"胡春江心里紧张一下,忙穿警服。他问项世成:"你吃饭没有?"项世成说:"咱们到街上吃点早点吧,方处长催得紧,咱们得抓紧去。"

叶自文亲自驾驶三轮摩托车,项世成坐偏斗里,胡春江坐在后边。摩托车快速地驶出了警察局大门。

他们刚驶出大门口,胡春江看见交通员骑辆自行车迎面过来了。他的自行车后边,带了一个大大的牛奶壶。胡春江知道交通员是奔他而来的,他俩如果这样失之交臂地擦肩而过,有重要情报怎么办呢?他急中生智,忙对叶自文喊道:"叶科长,停一下,停一下!"叶自文忙松油门,然后刹住了车。叶自文问:"怎么了?"胡春江说:"我太太不在家,我把送来的鲜牛奶取过来,一会儿咱仨吃早餐时喝了吧。"他边说边跳下车,向交通员走去。

交通员早已跳下自行车在等他。待他走到交通员面前时,交通员边取牛奶边小声对他说:"一会儿你见到洪霞同志了,要用暗语告诉她'春雷'行动计划,让她心里有所准备。"他说完,把牛奶瓶交给胡春江,这一切做得天衣无缝,任何人也看不出破绽。胡春江拿住牛奶瓶举起来，迎着初升的太阳照了照，这个动作对一般人来讲，是个自然的动作。但对交通员来说，是个极其重要的暗示动作。胡春江这个动作告诉交通员，警察局这边正常，没有异常行动，让组织放心。交通员没有多说话，骑上自行车走了。

胡春江他们三个人在一家小吃店吃了早餐，来到东北军看守所。

方天成把他们三人带到地下审讯室，胡春江见到了身陷囹圄的金牙大妈。他们进去时，金牙大妈穿着白色的单衣，蓬头垢面。她的双手吊在老虎凳上方的木架上，两只脚踝上扣着一条沉重的大脚镣。几个打手站在一边抽烟闲谈，似乎他们面前躺着的不是一个有生命体征的人，而是一个道具。打手们见方天成带三个警察进来了，忙把烟扔掉，然后站直了等着方天成训话。打手们穿的都是黄色的军裤，白衬衣，外扎腰。方天成没有对他们训话，而是抬头看着后墙上挂着的一架骷髅头标本，边看边思索什么。这里为啥挂一架这么恐怖的骷髅头标本，只有方天成心里最清楚。当年他在北京参加反对帝国主义、封建主义爱国运动时，被北洋军阀的军警抓捕，他被关在监狱里，关押他的房间里就有一幅这样的骷髅头画。当年被抓来的青年学生，看守让每个人夜深人静时，站在牢房里静看两个小时墙上的骷髅头画像，好多女青年看不到半个小时就吓疯了，也有不少男青年也看成了神经错乱。方天成当年看完骷髅头画像后，每天晚上睡觉前，大脑都会浮现骷髅头图像。据说，这骷髅头画像夜深人静时看久了，能看出很多表情，有狂笑、大哭、痛苦、呻吟和狰狞。由于骷髅头画像能起到精神摧残的作用，方天成当上情报处长后，就弄了一架真的骷髅头标本挂在审讯室里。当然，这样一个标本，对共产党的老牌特工洪霞来说，一点作用也没有。

方天成戴了一双白色的手套，看着那架恐怖的标本，他慢慢地把手套取了下来，然后扭过身来问打手们："她还不说话？"打手们摇摇头说："不说，打死也不说。"方天成点点头说："佩服，佩服，这是我从业以来，遇到的第一个意志如此坚强的人，而且还是个女人。从她身上，我明白了共产党在中国目前条件下能生存的真谛。都说共产党在如此剿杀下能生存是个天大的谜，我认为，如果有谜的话，这谜底就在这种共产党人身上，那就是他们的信仰和意志！"他说完转过身，看着胡春江他们问："你们警察局遇到过这种人没有？"胡春江、项世成和叶自文三人同时摇了摇头。方天成狡猾地一笑说："这说明你们警察局一直没有抓到共党的大鱼！"

审讯室门口靠墙根有一排白色的木质连椅。方天成对他们三人说："坐下吧。"他们三人坐了下来。这时，胡春江环视了这间审讯室，室内各种刑具齐全。除金牙大妈半躺着的老虎凳外，还有电椅、吊环架、铁钉座椅、夹板和火炉子等，与警察局看守所里的差不多。金牙大妈躺在那里，好像是处于昏迷状态。

方天成坐在他们三人对面，点了一支烟，烟雾迅速弥漫在室内，轻轻飘扬。方天成对他们说："之所以让你们三位审讯专家来，是想让你们给这位女共产党会会诊。快三天了，她一句话也不说，一口饭也不吃，再怎么用刑也不叫一声，基本是一具死尸。师伟组长和我都猜想，她出现在咱们满洲里有两种可能。一种可能是要护送什么重要人物过境，另一种可能是要接什么重要人物入境到内地去。因此判断，这次过来不可能是她一个人。可惜这两天在火车站没有查到一位共产党的可疑人员。你们三位说，怎么能让她开口说话呢？"

胡春江问方天成："她叫什么名字？"方天成说："师伟组长说她叫洪霞，是共产党中央保卫机关的头儿。"胡春江听罢，点了点头。

叶自文接着话茬说："这个女共产党官职再大，本事再高，她现在这个样子，已是一个无用之人。我认为不必再审问，拉出去枪决算了。"

方天成想了一下说："枪决是早晚的事儿，只是抓到这样一个大鱼，结果是零口供，我不甘心，师组长更不甘心。我想发挥你们三个人的聪明才智，看能不能让她开口，如果她开口，搞不好我们这儿能破获一个惊天大案。目前，军阀割据已经基本结束，我们奉系的实力是有目共睹的，黄河以北的大半个中国都是我们张大帅的天下。下一步大帅还要打到南方去，统一全中国。大帅没有把蒋介石放在眼里，但共产党在大帅心中成了大患。这个时候，我们不破获几个惊天大案，不把共产党地下组织彻底打垮，我们怎对得起张大帅？因此，我们要从这个女共产党身上入手，生尽一切办法让她开口，说出她这次来的任务，交代出来满洲里地下党组织的情况,以备我们一网打尽。如果现在把她一枪毙了,我们就达不到这个目的了。"

项世成自言自语地说:"那怎么让这个女共产党开口呢?"

方天成用异样的目光看着胡春江的眼睛,问:"胡局助,你有什么好的办法吗?"

胡春江一直坐在那里看金牙大妈睡觉。由于她的上衣破烂,平平的小肚子露了出来。她的腰间,有几个黑色的烙印,那一定是打手们用烧红的烙铁烙的,胡春江不忍看,因为他的心在剧烈地疼痛。花白的头发乱乱地盖着她的脸,她的脸很脏,而且有几处伤疤。她的嘴唇明显是肿了。传言她的牙齿被彻底打落,现在看来是真的。这时,胡春江脑海里浮现出,金牙大妈在武汉给他上的第一课,就是讲的对党忠诚,永不叛党,要经受住严峻的生死考验,要忍受天下所有的酷刑,要时时刻刻为党的利益而牺牲。她说到做到,金牙大妈是真正的共产主义战士,是女中丈夫。她这一生,经历了三次牢狱,前两次因她不开口说话,不承认自己是共产党,经组织多方营救而获释。而这一次,她落到了东北王张作霖的手里,她绝对是难以获释了。想到这儿,胡春江仇恨的火焰在胸中燃烧。然而,燃烧归燃烧,但表面上必须表现得冷若冰霜。

方天成莫名地问胡春江:"胡局助,想什么呢?"胡春江忙回答说:"我啥也没想。"方天成笑笑说:"我从你的眼神里看到了杀气。我们这四个人当中,唯独你是从日本留学归来的,唯独你是在日本学过刑事专业和情报业务的。我看,让这个女共产党开口的任务就交给你吧!"

胡春江眼睛里确实有凶光,这凶光就是因为对敌人的痛恨。他盯着方天成,冷笑了两声,说:"方处长,你高看我了,我在日本学那点东西都是一些皮毛,多是纸上谈兵。回国后又没有机会实践,真正有经验的是我们项科长和叶队长,他俩对付共产党还是有　套办法的。"

胡春江说完,扭头看着项世成和叶自文,叶自文笑一下没说话。项世成说:"方处长,我认为,你们东北军没办法对付的人,交给我们警察局,我们更是束手无策。你刚才那一席话,更是让我们无地自容。你抓到一个共产党,能站到张大帅的高度看问题,能与国家上层的权力斗争联系在一起,真是站得高,看得远。而我们每抓到一个人,就视为一个案件,只为完成任务,只为早日结案,早日移交。我们警察虽然是国家的工具,是执政的机器,但不是权力的工具,更不是党派的机器。你算算,自辛亥革命以后,天上换了多少个太阳,不管是孙中山、袁世凯,还是黎元洪、张勋、冯国璋、徐世昌、曹锟、段祺瑞等,太阳朝升夕下,我们警察局职能永远不变,只为国家效力,不为争权而谋,不管抓到什么人,都按程序办事。因此,我认为,方处长你们是军队,是国家的柱石,是执行国家高级政治决策的战斗集团,是特殊的团体,您也有特殊的手段,我看您也别为难我们,您还是按您的思路去审这位女共产党吧,一旦她松口,真的就是惊天大案,搞不好张大帅还会发来电报祝贺。这样,一个普通的案件就会变成政治事件,就会与国家的命运联系在一起,对巩固东北军的国家地位,有极大的好处。"

胡春江真的没有想到平时言语极少的项世成,竟然会说出这样一番有政治水准的话,他很明了地又把难题踢回给方天成。看来,胡春江小看他了。

方天成哈哈一笑,说:"不少人都说,你们警察局的人个个都是人物,今天我算领教了。项科长不但是对付共党分子的老手,我看也是对付警察嫡系以外任何组织的老手啊!为何罗高明常年坐在这个警察局座的交椅上稳如泰山,主要就是有你们几个得力干将啊!"

项世成如枪口一样的眼睛滚动一下,说:"我说的都是大实话,只代表我个人意见,不代表胡局助和叶队长的意见。"他说着扭头看一下胡春江,说:"你也谈谈看法吧。"

胡春江听到项世成点他的将,忙收回目光,说道:"我既赞同方处长的分析,也支持项科长的说法。我认为,如果方处长想从这位女共产党口中得到点什么,那就不能急于求成,太急了,欲速则不达。一味地用手段,没用。刑罚对于这样有意志、有信仰的人,就好比向沙漠洒水,徒劳无益。我个人认为,要从攻心攻脑入手,缓中取利,柔中瓦解,以软克刚,慢中取胜。前些时项科长破获的蚂蚱一案,不就是活生生的例子吗?刚开始一味地用酷刑,他只承认自己是共产党,再往下挖,不是怎么也挖不动吗?后来把方法一变,以软促硬,攻心攻脑,他不是招了吗?他一招,把满洲里共党的地下组织吓得不是四处逃窜了吗？我看，还是软的效果好！"胡春江这样讲，用的是缓兵之计，他想先把金牙大妈从苦难中解救出来，否则，敌人这样对她一直用刑，非把她折磨死不可。

方天成说："那好，一会儿把她弄醒，你来用软的方法试一试怎样？"

胡春江想了想说："那你用什么方法让她醒呢？"

方天成说："方法很多，老虎凳、火烙铁、竹签……任何一样刑具都能把她弄醒。"

胡春江笑笑说："那你还是在用硬的嘛。"

叶自文说："这个女人不吃硬，我看就交给胡科长用软手法审审试试，行了，皆大欢喜；不行，拉出去毙了算了。"叶自文说得很轻松，但胡春江听起来字字如子弹，打中他的心窝。

胡春江对叶自文说："叶队长，我看你是专家，你审吧。"

叶自文摇摇头说："我们的手段你还不知道？都是打打杀杀，让我去做感化工作，没那个耐性。"

项世成说："胡局助是侦破我们警察局内部共党分子的，自然有些手段，他让这个女人开口，应该问题不大。"

他们三个人你一言我一语，引起了胡春江的警惕。他冒着危险要试的原因，是他要与金牙大妈好好交流一下，他要告诉金牙大妈"春雷"行动内容，让大妈知道，党组织正在营救她。

这地下室的屋顶上有一个圆形通风窗口，有一丝阳光不知怎么照了进来，正好照在金牙大妈的身上。有一只壁虎从窗口爬了进来，好奇地看着这下边的一切。这种明明近在咫尺却又遥不可及的感觉，令人无比着急抓狂……胡春江感到自己已经血脉偾张。

五十二

　　一个大个子打手问胡春江:"怎么让她醒醒呢?"

　　胡春江站起来,双手插进裤兜里,围着金牙大妈走了一圈儿。他问大个子打手:"她睡了多长时间了?"大个子打手说:"后半夜审她时老虎凳垫了五块砖,她一声没叫,就昏了过去,一直到现在。"

　　胡春江心里隐隐作痛,就像心脏病发作一样,闷闷的。金牙大妈满身是伤,脸上没有血色,如灰土一样。花白的头发凌乱地贴在脸上,像在水里漂着一样。胡春江收住脚步,伸头弯腰看了一下金牙大妈的脸庞。她的嘴肿得如紫色的茄子,闪着亮光。她的双眼似睁非睁,眼睛周围全是青色,像两只蝴蝶,也像熊猫的眼睛,两只耳朵粘了厚厚的血块,硬硬地贴在耳下。胡春江看了一会儿,不动声色地对打手们说:"用凉水把她浇醒吧。"

　　审讯室一角有一口泥瓦缸,里面存了一缸子凉水。一个满脸青胡楂的打手赶忙取了一桶水,提到金牙大妈身边,正准备猛浇下去,只听胡春江说:"慢,给我,让我来。"青胡楂打手立即收住动作,把水桶递到胡春江手中。方天成、项世成、叶自文似乎是在看节目表演,面无表情地坐在那里。几个打手也是目不转睛地看着胡春江。哪个打手碰到了木架上的铁链子,发出了清脆的叮当声。

　　胡春江没有把一桶水全浇到金牙大妈身上,而是用双手,捧出一手窝水,慢慢地洒在她的脸上。洒第一手窝水,金牙大妈没有一点反应,她还是那样泰然自若地静静睡着,像金字塔一样,任你怎样风吹雨打,我自岿然不动。他又向她脸上洒了第二手窝水,她还是不动,就像地上一块巨石遇到雨天,无论是大雨还是狂风,同样没有反应。这时站在胡春江身后的那个青胡楂打手大声地说:"让我用水浇吧,一浇准醒!"另一个打手说:"让我用烙铁烙吧,我不信她不疼。"胡春江看一下方天成,轻轻地说:"如果我们的目的只是让她醒来,那就随你们的便。可是,我们让她醒来干什么呢?是让她招供,让她站在我们这一边,成为我们的朋友,为国家所用。我们动刑让她醒来,能达到这样的目的吗?"

一席话,说得打手们无言了。是啊,方天成他们已经把酷刑用遍,也没有让她开口,胡春江这样一说,他们都无话说了。这时方天成对打手们说:"从现在起,你们都听胡警官的,没有胡警官的同意,不准擅自用刑,违者处治!"

听了方天成这样的话,胡春江心里略略地松了一口气。他的第一个目的达到了,这个目的就是保护好金牙大妈,不再让敌人摧残她。

胡春江不再向她脸上洒水,而是慢慢地给她松绑。金牙大妈是半躺在老虎凳上,胳膊在上边吊住,双腿都是用麻绳交叉捆绑着。胡春江把她松开,她的双手瞬间落了下来,她那肿得如茄子一样的手掌慢慢有了血色。胡春江把她拉起来,用力抱住她,把她身子放平了。这时,金牙大妈突然长出一口气,然后开始剧烈地咳嗽起来。

"醒了!"胡春江说。

几个打手围过去,伸着头看。金牙大妈咳嗽不止。

方天成站起来,把军帽摘下来,挂在墙上,然后转过身来,双手叉着腰,看胡春江往下怎么弄。项世成那猎鹰一样的眼,来回地飞转着,不知道他在想些什么。叶自文用右手无名指在反复地挖鼻孔,把鼻孔挤压得变了形。胡春江把金牙大妈的身子放直后,他突然感到,他面前的这些人,真的是在考验他,看他这个抓警察局内部共产党的警务科长,怎样审讯眼前这个女共产党。胡春江顾不上这些,敌人怀疑他也好,考验他也罢,他此时一定要把金牙大妈唤醒,并把党组织营救她的信息告诉她,让她知道"春雷"行动的主要内容。

金牙大妈睁开眼的一瞬间,她看到胡春江身穿制服站在她的面前,她的眼睛闪了一下,发出穿心的亮光,这种亮光照亮了胡春江的心田,并给予他无穷的力量。金牙大妈很吃力地动了一下身子,但整个身体姿势没有什么变化。她头抬了一下,面带艰难的笑容。胡春江把头伸过去,用复杂的眼神看着她,说:"我是警察局的胡春江,看到您受这种罪我很心疼,我想救您出去。怎么救您呢,我要与您沟通,您一定要配合,只有这样,您才能获得自由。"金牙大妈不说话,闭一下眼睛,轻轻地摇了摇头。胡春江继续说:"那您得先吃饭,把饭吃了,其他事以后再说。"这时项世成和叶自文走了过来,站在胡春江背后看着金牙大妈。胡春江继续对她说:"这两位是警察局的警官,他们都愿意与您合作。"

金牙大妈抬起胳膊,向胡春江招了招手,她似乎想说话,但因嘴肿得厉害,她说不出来。胡春江忙把耳朵贴到她面前,只听她有气无力地说:"先让我吃饭吧。"胡春江一听忙直起腰,扭头看一看那边坐着吸烟的方天成,说:"她终于不绝食了,给她准备饭吧。"方天成向青胡楂打手看一眼说:"你去准备一碗稀饭来!"

胡春江走过来,对方天成耳语道:"方处长,如果想让她开口说话,我想得分三步走:一是先让她吃饭,现在看来第一步是没问题的。二是要给她疗伤,只有疗伤,才能感化她。这是关键的一步。三是给她换个环境好一点监号,环境好一些,伙食标准要高一点。在这三步棋完成的基础上,我们再对她说服教育,我想她会考虑与我们合作的。"方天成听罢,点点头,说:"下一步就照你说的办!"他抬头看着项世成、叶自文,说:"走,咱们到办公室去,这儿由胡局助继续沟通!"

方天成说完,拉开大铁门走了,项世成和叶自文跟着走了。几个打手站在那里无所事事地看着金牙大妈。一会儿,青胡楂打手端进来一小碗白米粥。胡春江接过来,走到金牙大妈跟前,说:"喝点粥吧,喝完粥我让军医来给你看看病。"

金牙大妈挣扎着坐了起来,她向胡春江微笑一下,接过粥,然后用小勺子一口一口地慢慢喝。胡春江坐在金牙大妈跟前,双臂抱在胸前,他把右手放到左胳膊上,准备用指头给金牙大妈发暗语。他用余光看一下几个打手,他们都坐在连椅上闭目养起神来。金牙大妈似乎明白了他的意思,边喝粥边看着他的右手指头。胡春江表情平静地给金牙大妈发暗语。这种手指暗语,是党内情报系统专用的暗语,这手指暗语还是金牙大妈教给他的。这会儿他发的内容是:

> 敌人要对您下毒手,党组织决定营救您。计划在他们动手的路上强行营救,望您心中有数。这几天要多吃饭,配合治病疗伤。您要佯装同意与我合作,以便保养好身体,配合营救行动。

胡春江用右手指头发完暗语,金牙大妈的米粥喝完了。她没有马上把小碗放下,而是悄悄地用右手指头给胡春江发暗语。内容是:

> 我是共产主义的忠诚战士,已经把生死置之度外,你的任务是把中央领导安全护送出境,把每一位党代表安全护送出境。你向组织反映,千万不要管我,更不能因为营救我而影响任务的完成。

胡春江已看明白,他忙回复:

> 请大妈您放心,我们坚决完成任务,但是党组织已经决定实施营救计划,希望您配合。

胡春江刚发完,金牙大妈把手中的碗一松,碗落在了老虎凳边的地上。小勺击打着小碗,发出清脆的叮当响声。金牙大妈把头一歪,又昏睡过去。小勺的击打声惊醒了几个打盹的打手,他们都把头竖起来,向这边看来,像一堆企鹅,举着警惕的头。

胡春江走过来说:"她喝完粥了,又昏迷过去了!"

这时,从铁门外边进来一位军人,此人背了一个药箱,打眼一看就知道是个军医。他进来看一下胡春江，说道："方处长让我给这位女共产党看病呢！"胡春江双手背在身后，十分霸气地说："你先给她治疗治疗外伤，你看她嘴肿那么厉害，啥也吃不成，只能喝粥，给她涂上消炎药吧。随后你再把她的病情会会诊，看有啥大的毛病没有。"这位军医忙说："好吧，我现在就给她治疗外伤。"说着，他把药箱放下，取出药水、棉签等，开始给金牙大妈清理外伤。在东北军里，官大就得霸气，你不霸气，下边的人就瞧不起你。

当军医给她的嘴开始抹药水时，她醒了。她看一眼军医，没有说话。胡春江问她，你吸支烟吧？金牙大妈点了一下头。胡春江知道，金牙大妈在上海爱吸小金鼠牌香烟，然而，这北国的边陲小镇没有那种香烟。胡春江取出一支烟，点燃后，递给金牙大妈。金牙大妈用发抖的手接过香烟，放到她那紫肿的嘴里，深深地吸了一口。这时军医说："其实，这个时候不让她吸烟为好，我听她的呼吸有微微的鸟鸣声。这说明，她有肺病。"金牙大妈没有理会他，三两口就把这支香烟吸完了。

金牙大妈的伤口有几十处，胳膊上、胸前、背后、大腿处和脚上，都是鞭伤和烙伤，特别是脚脖处，铁镣把那里磨出了血。她满口的牙齿真的一个也没有了，胡春江不敢想象敌人是用什么手段把她的牙齿拔掉的。

一会儿，胡春江对金牙大妈说："如果你配合了，与我们合作，我让你住到军营医院去，到哈尔滨大医院去治病也行。"胡春江用眼神给她传递信息，让她答应他的话，不知是大妈没有理解意思，还是她另有所思，她有气无力地闭了一下眼睛，没有理会他。

这时军医对她说："人生苦短，何必呢？招了吧。其实我们都是中国人，是一家人，既然是一家人，还对抗什么？我看，不如我们合作了，合作了不就是亲上加亲了？"金牙大妈又像睡了过去，没有任何表情。军医清理完伤口，又用听诊器检查一下她的心脏。随后他号了一阵脉搏，他感到她的脉搏跳动得相当异常，她的心跳大约每分钟七十次，而脉搏大约是一百二十次。这就是说，心脏跳动与手腕的脉搏不一致，主动脉管弹性丰富，而小动脉弹性较小。人一旦心脏跳动与脉搏不一致，就说明体内内分泌失衡，自身免疫能力减退，是在病态中。

是啊,她绝食三天,体内能不失衡吗?

军医检查完,直起身子对胡春江说:"警官,得让她多吃饭,用营养把她体内各器官调理平衡了,然后才能吃药。"胡春江点点头说:"明白了,辛苦你了。"军医正要走,这时审讯室进来一个少尉,小个子,圆脸,他进来对胡春江说:"胡科长,这个女共产党的单独号房调整好了,把她关到8号监室去吧,那是个单间,靠里边,静。"他说完对青胡楂打手使了个眼神,青胡楂打手会意,从角落里拿出一架铁铐,几个打手一起走过来,准备给金牙大妈上手铐。胡春江见他们这样,忙对少尉说:"已经有脚镣了,还需要上手铐吗?"

少尉笑笑说:"胡局助,你们警察局看守所不也是这样吗?住单独号的不都是加戴双镣铐吗?"这时军医说:"这个女共产党的身体,不加戴任何东西也跑不掉,我看活不了几天了。"胡春江忙顺着军医的话说:"是啊,就她现在这个样子,还能跑了?再说了,我们这儿是铜墙铁壁,她往哪儿跑?另外,她刚刚开始吃饭,我看也有悔过的意思,这个时候,再给她戴手铐,不合适。"少尉摇摇头说:"这是方处长的意思,也是看守所的规定。"胡春江低着头想了一会儿说:"这样吧,少尉,刚才方处长把审讯这个女共产党的权力交给我了,为了便于我审讯,让她归顺到我们这一边,我建议这期间先别给她加铐,不然她产生逆反心理,从而抵制与排斥我们的审讯,不利于我们劝降工作。你去再请示一下方处长,能否先不给她加戴刑具。"看得出来,少尉不大愿意,但他也不敢顶撞,勉强答应再说说。少尉转身走了,军医也跟着走了。

一会儿,少尉又返回来,进门就说:"方处长同意了。方处长说,只要这个女共产党与我们合作,她住宾馆都行。"胡春江笑笑说:"住宾馆不可能,改善一下号里的条件还是行的。"少尉说:"怎么不可能,你没见前期归顺我们的共产党人,现在都比我官大。去年有个共产党在这儿吃不消,马上就归顺了我们,现在是我们东北军情报部门的副团级参谋,在奉天工作,又寻了两房太太。上次来我们这儿视察工作,见到我把我大骂一顿,而且是用手枪指着我的脑袋骂。胡局助你说,这是啥世道?他这不是公报私仇吗?"

胡春江说:"所以说,我们都得留后路,这位女共产党身份特殊,你可能也听方处长说了,她可是一条大鱼,她一旦与我们合作了,你们都得是她的手下,包括方处长恐怕也得是她的手下。还有,我们哈满司令部的司令长官,也得是她的手下。"少尉一惊,伸了伸舌头说:"这么大的鱼?"胡春江点头说:"是啊,前期方处长对她像对小鱼那样严刑拷打,她能吃他那一套吗?你记住,铁砸碎了还是铁,但铁遇到高温,它就熔化了。铁一旦熔化,就变成钢了,而且是一条好钢。这样的共党分子,你无论怎样给她上刑,也改变不了她那钢铁的本质。而你把她熔化了,她就能为我们所用。我现在所做的一切,正在给她加温,让她在高温下变成我们的人。"少尉快速眨眨眼睛说:"胡局助不愧是在日本留过洋的人,高手,高手啊!"胡春江摆摆手说:"过奖了,过奖了,我只不过是在日本走一圈而已。"他扭头看着昏迷了的金牙大妈,心想,大妈,你好好休息吧,等着我们来救您!一会儿,他对少尉说:"你们把她抬到新监号里吧,中午让她多吃一点饭,随后我再来审审她!"说完,他霸气十足地迈着大步走了出去,黑色的皮鞋敲打着地面,嗒嗒作响。

胡春江来到方天成办公室,项世成和叶自文在喝茶聊天。方天成给胡春江也倒了一杯浓茶,胡春江接过茶,坐在方天成对面说:"她已经开始吃饭了,这说明她的心理防线已经动摇。我看再通过治病、疗伤、换监号等措施,我们的说服工作就会水到渠成,三到五天她就能与我们沟通,随后与我们合作的可能性很大。她一旦与我们合作,我们就能抓到不少的共党大鱼!"

方天成说:"上天给她的时间不多了,是做人还是做鬼,就看她本人了。"胡春江听他这样一说,心里如闷锤砸了一样,瓷瓷的。胡春江平静一下心思,说:"得把我们的想法往上报告,能把她的时间宽限一些为好,毕竟这不是个小案,一旦这个女共产党归顺,再顺藤摸瓜抓几个更大的鱼,那定是个惊天的收获,那就不是张大帅不小看我们的事,南京蒋总司令恐怕也要另眼看待我们张大帅。到那时,你方处长也会官晋三级,肩上扛星啊!"

方天成哈哈一笑说:"我这一级,从来不去考虑南京政府和北京政府的感受,再说了,我从来就没有想当将军啊!我只是为我的职责而工作。"他停了一下说:"我会及时向上峰报告的。"

叶自文说:"我看按胡局助这个思路去感化这个女共产党,时间不长就会有结果的!"

项世成深深地吸口气,说:"师伟那边可能不认可胡局助的这个思路,我看他是一心想早点杀掉此人!"

"他——!"方天成顺口说了一句,但说了一半,停了下来。他环视大家一圈,最后还是下决心说:"他说了不算,我们万事都听张大帅的。在我们东北军将士心目中,天无二日,地无二王,天上只有一个太阳,那就是张大帅!奉系的广大官员,特别是上层长官,不认皇帝,不认神仙,只认大帅。在我们东北军看守所押着的犯人,杀与留是我们东北军和大帅府说了算,轮不着他出谋划策。"

项世成说:"别忘了,他师伟也是大帅的人啊,不是大帅的人,大帅能把他派到这儿来?"

方天成说:"谁知道他师伟是哪儿的人,今天跟南京跑,明天跟北京干,说不清他是哪里的人。"

胡春江听了方天成这话,心里略觉痛快,看来,方天成和师伟有联手,也有分歧,这是个很重要的信息,今后可以利用他们的分歧开展工作。于是他说:"方处长说得对,北京那帮人,到处插手,也不知道北京方面安插到你们东北军有多少只眼睛。他们大都是曹锟、吴佩孚、段祺瑞的人,这些人明里拥护张大帅,暗地里监视张大帅,尽给咱大帅使坏!"方天成说:"我们大帅说过,北京方面哪个系来到我们东北军督察工作,我们都欢迎,如果暗地往我们东北军派间谍,培养内奸,发现一个,枪毙一个,决不手软!"

这是古往今来的规律,不管哪个朝代,钦差大臣与地方官员没有不发生矛盾的,只是矛盾大小而已。现在看来,北京军政府和东北军大帅府看似都在张作霖的统领之下,其实不然,他们还是车走车路,马走马路,泾渭分明,利益不同啊。想到这儿,胡春江对方天成说:"这就对了,有些事不能全听他的。省警察厅对我们局的业绩有意见,不都是师伟这家伙去反映的?"

项世成这时问："师伟、王登虎他们，啥时候才走呀。"

叶自文说："是啊，这些家伙在咱这儿督察一点作用也没有。师伟这个人处处与我们罗局座作对，我们罗局座的靠山是咱们东北军，他是张大帅的嫡系，他与罗局座作对干啥？"

方天成说："你们罗局座与师伟打交道，不吃亏呀！"胡春江一听，想，他这话是啥意思呢，难道他也知道师伟和瞿华莹的关系？

方天成说："我看哪，他师伟是想扳倒一个人，此人不被扳倒，他是不会走的！"

项世成和叶自文一听此话，吓了一跳。项世成瞪大眼睛问："他要扳倒一个人？那是谁呢？"

"肯定是有仇的人！"叶自文说。

方天成说："对！这一点你说对了。"

胡春江心里清楚，他说的这个仇人，一定是罗高明，因为罗高明跟瞿华莹的关系师伟不是不知道，只是在忍着。师伟也是吃五谷杂粮的人，在完成他和瞿华莹重大使命的同时，利用手中的权力，报个私仇易如反掌。然而，罗高明还蒙在鼓里，他还不知道师伟和瞿华莹的真正关系。方天成是做情报工作的，是东北军有名的军内特工，师伟这点秘密他肯定已经全知道了。

胡春江对方天成说："方处长，我看师伟就如深水潭里的暗漩涡，面上很稳，暗地里急流，我不好接近他，你给他沟通一下，让他别乱往北京报告什么。等咱把这个女共产党劝归顺了，同样也有他的成绩。他现在急着把这个女共产党杀了，不是一无所获嘛，有啥意思？"

方天成想了想说："轮不到我给他说，人我们关押着，我们大帅府说了算，你的想法，我会向大帅府报告的。至于师伟咋说，那是他的事。江山是靠枪杆子打出来的，不是靠什么督察督出来的。指望他们这些人，不但抓不到共产党，说不定最后反被共产党给吃掉。"

这时，办公桌上的电话响了，方天成忙拿起听筒接听。是罗高明打来的。罗高明说："方处长，你转告胡春江，让他马上回来一下，我找他有事。"方天成大声地说：

"局座,他就在我办公室,你给他直接说吧。"方天成把听筒从耳朵上移开,对胡春江说:"胡局助,局座找你!"

项世成一听说罗局座打电话找胡春江,眼光瞬间亮了。叶自文反倒很平静,他在无所事事地活动他的手指,他的手指关节不时发出叭叭的响声。

罗高明在电话里说:"你回来一下,我有事找你!"胡春江说:"我这就回去。"

胡春江放下电话,对方天成说:"方处长,请把那个女共产党按我说的要求照顾好,我们一定会有很大收获的。"

方天成说:"好吧,一切都照你说的办理!"

胡春江和项世成、叶自文告辞了。

三轮摩托车跃过小石桥,向警察局方向驶去。

五十三

　　胡春江他们三人回到警察局大院,已经快到中午下班时分。一楼,瞿华莹在办公室门口晾晒刚洗的衣服。这时井黎黎从大门口走过来。胡春江知道一定有要紧的情报传过来,不然她不会这个时候回来。井黎黎走到他们三人跟前,给胡春江飞过来个暗号,让他马上回家。项世成和叶自文说两句玩笑话走开了。这时瞿华莹擦着手上的水说:"胡局助,你媳妇两天没有在家了,还不快陪着回去?"胡春江对瞿华莹一笑说:"局座找我还有事儿,你们在这儿聊一会儿吧。"他看似是说给瞿华莹听,实际是说给井黎黎听的。井黎黎早已会意,与瞿华莹寒暄几句,回家了。

　　胡春江来到了罗高明的办公室,罗高明坐在办公桌前正在看《松花江晨报》。胡春江看见这份报纸,心里就热乎乎的。过去,党组织经常在这张报纸上刊登"寻人启事",用"寻人启事"给他下通知、传情报。现在他们的交通站系统健全了,完善了,党组织也不再在这份报纸上刊登"寻人启事"了。

　　罗高明示意他坐下。胡春江坐下后,汇报说:"我和项世成、叶自文参与审讯女共产党员……"没等他说完,罗高明摆了摆手,他好像不感兴趣,示意不让他再说下去。罗高明很严肃地说:"把门反锁住!"胡春江吓了一跳,不知道发生了什么事情。他走到门口正要锁门,这时有人敲门。罗高明明确地说:"别开,锁住!"外边还在敲门,并且发了话:"是我,瞿华莹!"罗高明一听是她,脸上掠过不耐烦的表情。"开门吧。"他说。胡春江打开门,瞿华莹双手叉腰地站在门口:"骑警队又来要钱了,说马没吃的了。罗局座你看咋办?"

罗局座似乎想起了什么,忙扭头看着胡春江说:"哎,你随黎黎那位表叔去苏联那边做贸易的事儿定下来了吗?"

胡春江说:"定下了,近日就走。有准确时间了我来找你签发出境证。"

瞿华莹说:"那也是远水解不了近渴,得先筹一笔钱给他们应应急,总不能让他们到大草原上放马吧!"

罗高明想了想说:"那就把剿共的备用金先用上吧。等春江做贸易成功了,再补上。"瞿华莹冷冷一笑:"这警察局真是财竭力尽了,看看我们现在过的是什么日子,整天让我拆东墙补西墙!"说完,转身走了。走时,把门关得"咚"的一声巨响。

罗高明无奈地摇了摇头,严肃地问:"春江,你知道瞿华莹和师伟是啥关系吗?"

胡春江听他这么一问,就知道他已经闻到了什么。他马上想起刚才方天成在他办公室说的那句话。方天成说,他师伟就是想扳倒一个人,此人不被扳倒,他是不会走的!师伟应该知道了罗高明和瞿华莹的暧昧关系,而罗高明也可能知道了师伟和瞿的真正关系,他该怎么应对呢?

胡春江本来是坐着,听他这么一说,马上站起来,紧锁眉头地问:"他们啥关系,他俩能有啥关系呢?"

罗高明站起来走了几步,扭过身子看着胡春江说:"你可能不知道吧,他们是夫妻关系,说准确点瞿华莹是师伟的二姨太!师伟的原配夫人在老家守业。瞿华莹是他的二姨太,他们还有一个儿子。"

胡春江佯装没有反应过来,吃惊地望着罗高明,说:"原来是这样?您从哪里弄来的消息,属实吗?可靠吗?"

罗高明说:"很可靠。我这个渠道,准确得很。"

胡春江问:"你和瞿华莹经常在一起,她没告诉你她和师伟的关系?"

罗高明说:"她能说吗?他俩都是明的来工作,实则搞潜伏,他们要完成一件不可告人的大事。他俩的关系现在在满洲里是机密。"

胡春江忙问:"大事?什么大事?"

罗高明说:"比天大的事儿!"

胡春江沉思一下说:"局座,你让我去监视她,听弟兄们反映,她别的没有啥反常动作,只是到师伟他们的驻地去过多次。我认为她是去找督察组那两位女人聊天唠嗑,也没在意。看来她是去找丈夫的。"

罗高明说:"我们都被蒙在鼓里了。"他重新坐下,身子趴在办公桌上,用含着仇恨的目光对胡春江说:"你知道师伟向北京打我的小报告说我是啥?他说我通共,他建议北京给我定罪!你说他这个王八蛋,不是把我往死里整吗?"胡春江也气愤地说:"他这不是胡说八道吗?他有什么证据说你通共?通共这顶帽子是随便给人戴的?"罗高明说:"他说毛先征先期卖给共产党的武器都是我指使的,是我支持的。"胡春江说:"真是血口喷人,借刀杀人。"胡春江停了一下,像是在反思什么,问:"这些你是从哪里得到的反馈?"

罗高明愤愤不平地说:"老子北京有人,奉天的大帅府里更有人。他有些啥动作,我能不知道?"胡春江说:"局座,既然你知道了,你就不能轻视。师伟和王登虎他们,什么手腕都能使出来,什么事都能干出来,你得有对策呀。男子汉最怕心不硬,心一软就等于自杀!"

罗高明捋袖揎拳,把拳头往桌子上狠狠地砸了一下,说:"我已想好了对策,我让他师伟死无葬身之地!"

胡春江心里响了一声惊雷,震得肉疼骨酥的。但是他平复一下心绪,平静地说:"虽然我不能问你有什么对策对付师伟,但让他死无葬身之地似乎是个很大的工程。他师伟是什么人,你应该知道,老牌特工,双面人,他的背景十分复杂,他与蒋介石、汪精卫、张作霖、日本人、苏联人和共产党常年打交道,他真正为谁卖力目前还说不清。因此,想弄死他,不容易。我认为,想置他于死地靠法律不行,靠政治手腕不行,我想只有一个办法!"他说到此停顿一下不说了,罗高明忙问:"什么办法?"胡春江悄悄地说:"只有靠枪杆子!"罗高明抬眼看看胡春江,想想说:"到最后,我会用枪说话的。"

罗高明感慨地说:"今年过完春节,我说她瞿华莹有很多方面的机密咋都知道呢?原来她是这样的身份呀!险恶!"

胡春江这时突然想起刚才罗高明说的话,问:"局座,你说师伟他们夫妻二人抛家舍业地来到咱这儿干什么呢?"罗高明抬眼看一下胡春江说:"目前我也吃不准,等弄准确了,我再告诉你!"

此时十二点已过,整个办公楼已没了人。罗高明抬手看看表,说:"从今天起,你安排人全天候监视瞿华莹,一分钟也不能脱离视线。"胡春江说:"好,我下午就安排。"罗高明说:"今天的话要保密!"胡春江说:"这我自然知道。"胡春江正准备走时,罗高明说:"你不是有个会维修汽车发动机的师傅吗?让他明天来把我们的吉普车维修一下吧。这些天吉普车的发动机声音不正,也没劲儿。"胡春江忙说:"好,我明天就让他来。"

胡春江回到家里,井黎黎已做好饭。胡春江与井黎黎边吃饭边说工作。胡春江详细地把金牙大妈的情况和刚才罗高明说师伟的情况给她说了。井黎黎说:"这两个情况,我下午会马上报告给杜云英同志。"胡春江问她:"你急于回来是不是有新情况?"

井黎黎说:"是。杜云英让我回来向你传达两项工作。一是今天晚上要统一行动,要把指认出卖洪霞同志的叛徒表抗处决了。同时还要把潜伏在你们骑警队的赵奇也解决了。这两个任务分别交给了田家彬和呼伦湖同志。田家彬执行处决表抗,呼伦湖负责处决赵奇。这个赵奇认识你,此人不除对你威胁太大!"

胡春江想了想说:"这个赵奇好办,他吃住都在骑警队,他的行动二十四小时都在我们监控之下。只要把他调出来,就解决问题。可是表抗在哪里,田家彬他们知道吗?"

井黎黎说:"通过这两天的侦查,田家彬已掌握了表抗的行迹,他在铁路边一个蒙古包里潜伏着,平时放牧,有任务了去火车上执行他们的任务。"胡春江问:"组织上没有说让我做些什么?"井黎黎说:"你还继续和金牙大妈接触,以最大能力和智慧阻止敌人杀害她。如果你这次保护洪霞同志的方案被敌人认可,那么她的危险就会降低一些。"胡春江说:"我会努力的。那第二件事是什么事呢?"

井黎黎倒了一杯白开水,说:"后天晚上有一列去苏联的火车,组织决定由你护送一号首长出境,你得马上把你们两个的出境证办了。莫洛米夫陪你们出境。杜云英同志让我告诉你,你只送到苏联那边86号小站,往后的路程由莫洛米夫护送。你在86号小站住四天后就返回来,这边金牙大妈的事儿你还得继续处理。"

胡春江问:"一号首长不是说他先不走吗? 他不是要亲自指挥营救金牙大妈吗?"

井黎黎说:"莫斯科共产国际给莫洛米夫来电报了,下令让一号首长马上动身。营救金牙大妈的工作,交给杜云英同志全权负责。"胡春江一听,赶快三下五除二地把饭吃完了。他放下饭碗说:"你请示一下杜云英同志,能不能利用师伟和罗高明之间的矛盾做些文章,让他们狗咬狗,从而达到保护和营救金牙大妈之目的。现在师伟和罗高明的矛盾马上要白热化、公开化了,师伟已向北京写报告说罗高明私通共产党,说毛先征卖给共产党的武器是罗高明指使的。师伟要置罗高明于死地。因为瞿华莹和罗的关系,师伟肯定咽不下这口气,因此才想整死他。而罗高明不吃师伟那一套,扬言让师伟死无葬身之地。罗高明当警察局座这么多年,有根基,有手腕,他真敢与师伟拼命! 你一会儿见了杜云英同志先请示一下。"

井黎黎匆匆忙忙地换上风衣,扎上围巾,她说:"如果他们俩矛盾白热化,罗高明把师伟干掉,那是最好不过了。"胡春江说:"我也是这样想的。"井黎黎说:"好,我一会儿见到杜云英同志了马上向她汇报。"她走出了门,又折回来说:"据'月亮'传来的情报,虽然敌人上层下了命令要杀害金牙大妈,但东北军满洲里司令部还没有马上动手的意思,他们还是想观察金牙大妈的态度。北京督察组传来情报,说师伟情绪也很平稳,没有催着东北军动手。我认为,你后天晚上动身前,再生办法见一下金牙大妈!"

胡春江说:"我明天一定还要去见金牙大妈的,你转告杜云英同志,一定要保持与'月亮'和北京督察组的信息畅通,不能因信息不通误了大事,毕竟敌人已经下了命令要杀害金牙大妈。"井黎黎说:"这些一号首长和杜云英他们都有安排。"她还对胡春江说:"杜云英同志今晚要见你,地点在日本领事馆隔壁的电灯厂五号宿舍。"她说完走了。

胡春江记住了这个地址。

下午,胡春江找罗高明办理了出境手续。罗高明二话没说就签发两张出境证,他和大胡子领导各一张。

随后,他穿着便装,骑单车来到养马场,特别交通站的人都在。小宋在火车站日杂店值班,陆小枫坐在陆师傅住室愁眉苦脸。小寒和老魁带着养马工人在马厩里干活。胡春江问小枫:"昨天下午和今天上午火车站有什么异常吗?"小枫说:"昨天下午和晚上还是搜查得很严,警察和特务们基本是对每个进站的人都要盘问,都要检查。东北军的士兵主要是在广场和外围站岗盘问,他们对每个人力车、行人都要问讯。"

陆师傅坐在房间里抽烟,他与前几天比,明显有些哀毁骨立,似乎也老了许多。他不说话,烟雾从他鼻孔里喷出来,升到了房子的顶上。

胡春江对小枫说:"这一时期是特殊时期,你和小宋在那里值班一定要小心,你俩不是当地人,口音不一样,更应格外小心。"小枫说:"问题不大,在火车站经商的人大都是外地人,也有苏联人、朝鲜人和日本人。"

这时老魁和小寒也进来了,大家坐下后,胡春江把他上午见金牙大妈的情况给大家通报了。当然,他有意强调说大妈已中断绝食斗争,开始吃饭了,方天成已下令给大妈疗伤治病,监号也换成单人号了,条件好多了。而大妈的伤情他只是简单地介绍一下,特别是她的牙齿被打落的情况,他没有提,主要怕大家伤心。

因为有纪律和保密规定,营救洪霞同志的具体细节,他不能说得太多。

陆小枫想说什么,但欲言又止。胡春江感觉她有话要说,问小枫:"你想说啥呢?"陆小枫声音很小地问:"大妈她……她在里面没受多大苦吧?"陆师傅看女儿一眼,叹了一口气。胡春江眼里似乎含着一层雾水,看着陆小枫,说:"大妈她在里边很好,她现在已经吃饭了,也住进了条件好的单独号房,军医已开始给她治病和疗伤。小枫你放心,组织上很快就会营救她出来的。"小枫大大的眼睛里溢出晶莹的泪花,她似乎很委屈,也很痛苦。她点了点头,坐在父亲的床头发呆。

胡春江看了大家一眼,说:"接上级指示,我后天晚上出差几天,也就是五六天时间。这里的工作由陆师傅主持,老魁同志协助。这些天形势紧,全国各地的代表可能都在哈尔滨等候通知,大家没任务的时候就待在这养马场,不准外出。当地党组织不来联系咱们,咱们任何人不准主动联系当地党组织。"

陆师傅不再抽烟了,他坐在那里一直无语。陆师傅是个沉着的人,他往往是大悲时不发言,大怒时不争辩,大喜时不许诺。这会儿,他发话了,说:"金牙大妈的事,我其实并不担心,毕竟她不是第一次进敌人的监狱了,她有着丰富的对敌斗争经验。我也相信组织上有能力营救她出来。我现在发愁的是,算算离莫斯科开会的日子没多久了,可是代表们一个也没有过来,这是为什么呢?就算这几天这儿盘查得严格,形势紧,那前期应该过来一些代表吧,也没过来。一号首长都过来了,其他人不过来,这里面一定有蹊跷。然而,这里面有什么蹊跷呢?真是急死人啊!"

老魁说:"上级党组织一直让我们搞一级战备,一直让我们做好护送党代表的准备工作。我们什么工作都做好了,可就是没有任务,你说怪不怪?"

小寒说:"我们这个特殊交通站本来是要干大事的,结果整天让我们喂马,我们在这里好像偷闲躲清净似的……"

胡春江看看手表说:"这件事以后不能再私下议论了,我们的天职是听指挥、服从命令,让我们蛰伏在这儿等,我们就在这儿等。让我们蛰伏,一定有蛰伏的原因和道理。我们任何人都不要怀疑。我们要时刻做好准备,去完成艰巨的重大任务!"

胡春江正准备起身时,又想起了罗高明让找修发动机师傅维护保养吉普车的事儿,于是他对陆师傅说:"陆师傅,明天上午我带你去警察局见见开吉普车的司机师傅,看看吉普车发动机有啥毛病,给他修一修。"陆师傅说:"好吧,明天什么时间、在哪儿见你?"胡春江想想说:"你明天九点钟在大门口值班室等我。"

太阳落山了,整个城市开始起雾了。

今晚有激烈的战斗在等着田家彬和呼伦湖他们,因为他们今晚要铲除背叛革命、出卖同志、求荣怕死的叛徒们。

　　这次战斗任务没有交给胡春江,他今晚要去见母亲。

　　晓月临窗近,天河入户低。夜雾把整个城市滋润得湿漉漉的。城市的夜语,在远处熙攘。

五十四

晚上,满洲里的雾越来越大。

春天,满洲里这个城市其实就是个雾都,三天有两天是雾天,人们似乎生活在仙境里一般。

胡春江为了让警察局的人知道他在过正常生活,便特意在家吃晚饭。其实,他哪能吃进去饭啊。金牙大妈还羁押在东北军看守所里,虽然不再给她用刑,但敌人要杀害大妈的命令已下,她时时都处在危险之中。一号首长还没有护送走,莫斯科在催他动身,那边的大会筹备急等他去工作。尽管后天晚上就能光明正大地把一号首长送走,但他走之前,时时都要提心吊胆。这些事儿,怎能让他吃下饭呢?

胡春江换了便衣,带上手枪,锁上门走了。他出了警察局的大门,叫了一辆人力车,向电灯厂驶去。电灯厂在日本领事馆东隔墙,是一个德国人办的工厂,这里有好多犹太人技术员。胡春江对这个厂很陌生,难道这里也有自己的人?不然母亲怎么会在这儿见他呢?

电灯厂门口的对面,有一个休闲琴吧,这里晚上都会有三三两两的青年人在这儿唱歌练琴。胡春江让车夫把他拉到琴行门口,他付了钱下了车,然后环视四周,看看没有可疑的人,随后就慢慢地走进这家琴行。琴行的吧台前,坐着一个黄头发的欧洲姑娘。

胡春江通过琴吧的玻璃窗口,向电灯厂门口观望,只见大门紧关着,右边的小门敞开着。门口有两盏路灯,很亮。有个看门的老头在门口慢慢地扫地。大门口左右两边各有一辆人力车夫坐在车上打盹。琴吧的门口,有个烤地瓜的小摊贩,有一男一女在默默地烤地瓜。胡春江判断,这些人很可能都是自己人。

　　治安队两名年轻的警察从东往西在步行巡逻,胡春江不想与他们照面,就躲在琴吧里观察,一直等他们走远了,他才出来向电灯厂大门口走去。烤地瓜的一男一女看了一下胡春江,然后又面无表情地低头干活。门口的人力车夫看似是在打盹,其实车夫的眼睛并没有闭严,也就是说,他们根本没有睡着。这时有个穿长衫戴礼帽的中年男人向一辆人力车走来,看来他是叫人力车的。他还没走到车夫跟前,那个年轻车夫突然抬起头,摆了摆手,说:"先生,对不起,车被包下了,在等人。"中年男人走向另一辆人力车,而那位车夫也抬起头说:"我也被客人包租下来了,也是在等主人。"中年男人摇了摇头走了。大雾慢慢地散去了。

　　胡春江走到大门口,扫地的老人只顾扫地,没有看他。他从偏门走了进来,工厂里工人已下班,静静的。厂内的路灯发黄,不明亮。他正想着找一个人问一下五号宿舍在哪儿,这时从暗处走过来一个人。胡春江赶忙迎过去,问:"老兄好,五号宿舍在哪里?"他刚把话说完,认真一看,此人原来他认识,是日本领事馆的张代办。胡春江笑了,说:"黑暗自有灯来照,山前无路石径斜。我正想问路呢,张代办就出现了,真及时呀。您来这里有事儿?"

　　张代办大声地说:"我来串个门儿,你有事?"他说话声音很大,似乎是故意让人听见似的,随后用手一指,低声地说:"那个两层楼房就是,有人,去吧。"张代办说完,急急地走了。

　　胡春江走近小楼一楼门口,黑黑的,门半开着。门口的右边挂了一个木牌子,上面写着"工人俱乐部"五个大字。他侧身一闪,进了这扇门。进来后,右边有一个传达室窗口亮着微弱的灯光,窗口坐着一个戴鸭舌帽的中年男人。胡春江闪眼一看也认识,原来是昨天下午开车去呼伦湖的司机。传达室还有一个年轻人,工人打扮,半躺在睡椅上举着报纸认真地看。司机笑了一下,眼往二楼一抬说:"上楼梯后右边第二个门。"他点了点头,向二楼走去。

二楼楼梯口,有个中年男人坐在一个煤炉前烧开水,见胡春江上来,看他一眼,没有说话。这时正好水开了,水壶发出了哨声。胡春江知道,这都是自己人。因为他们都认识今晚上要来这里的人,所以不用对暗号,否则必须设口令接头。他正想敲右边第二个门,这时烧开水的中年男人开腔了,说:"胡局助,顺便把水壶提进去吧。"

"可以!"胡春江接过他提过来的水壶,敲了敲门,开门的不是别人,是妹妹胡秋实。妹妹笑容可掬地说:"进来吧。"从这开门的一瞬间,他确认了妹妹的真实身份。从北京来的督察组共四个人,有两个人都是自己人。他彻头彻尾地佩服党组织搞地下工作的能力和安排卧底的手段。

胡春江进屋后,发现井黎黎也在这里。母亲杜云英坐在一个木桌前,面前放一个玻璃水杯。胡春江把提的开水给母亲添一点。母亲说:"坐下吧。"他放下水壶,坐在母亲的对面。妹妹胡秋实坐在井黎黎身边。

母亲伸出手,摸了摸胡春江的手,说:"儿子,这一个时期辛苦你了。黎黎给我说,你干得很好,工作很卖力,同时也赢得了敌人的信任。你在敌人心脏里斡旋,眼观六路,耳听八方,有效地掩护了特别交通站的建设,为娘我很高兴。"母亲说着眼睛红了。

胡春江把脸贴在母亲的手臂上,也流泪了。妹妹和黎黎也都眼圈红了。

母亲说:"山河破碎,内忧外患,民族危难。军阀混战,哀鸿遍野,民不聊生。在国家危难之际,我们都义无反顾地走上了革命的道路。面前的困难还很多,往前走的风险不可想象,但我们必须往前走,要一直走到革命胜利的那一天!"胡春江抬起头深情地说:"我要像金牙大妈那样,做一个对党忠诚的共产主义战士。"这时妹妹也表态说:"我也向母亲您学习,革命道路走到底。"

母亲很欣慰地笑了,她说:"你们都要向你们的爸爸学习,为革命鞠躬尽瘁,死而后已。"

井黎黎看着胡春江,笑了笑说:"原来杜妈妈是你的母亲,胡秋实是你的妹妹。

这些,你怎么不早告诉我呢?"妹妹用复杂的目光看了一下母亲,母亲却平平地看着女儿。胡春江笑了笑说:"黎黎,请原谅,我不给你说实话的原因你是知道的。"

杜云英对胡春江说:"说说你见洪霞同志的情况吧。"

胡春江把今天上午怎样见到金牙大妈,以及金牙大妈目前的情况一一详细地做了汇报。最后他说:"敌人对洪霞同志抱有幻想,想从洪霞同志身上打开缺口,从而达到破坏我们地下党组织的目的。我想我们应该利用敌人的幻想,牵制敌人,在牵制过程中,拖延时间,借机营救洪霞同志。"

杜云英说:"说具体一点,怎样牵制敌人,怎样组织营救。"

胡春江说:"我初步想,要设法让洪霞同志住进医院治病,在住院期间进行营救。今年春节过后,长春警察厅就抓获我们一个人,他们让这个人住进医院疗伤,东北军大帅府情报处也参与到这个案件中,最后这个人真的叛变投降了。有了这次先例,加上方天成急于求功,对洪霞抱有幻想,我想是可行的。"

杜云英沉思一会儿说:"办法倒是好办法,但是怎样说服方天成同意让洪霞同志住院呢? 方天成不是一般的情报人员,他明里是大帅府的人,其实也和蒋介石来往。他这个人身份复杂,经验丰富,不好对付。你怎么能让洪霞同志顺其自然地住院,又不引起方天成的怀疑呢?"

胡春江站了起来,在母亲面前踱步沉思。井黎黎目不转睛地抬头看着他,她在等待他的回答。妹妹双手托着下巴,在观察着他的表情。胡春江来回转了两圈,突然看着母亲说:"我有办法了。"

杜云英忙问:"什么办法? 说说看!"

胡春江说:"是这样的,我准备对方天成讲,经过我做工作,已与洪霞同志达成协议,协议的首要一条就是,洪霞同志不与满洲里的任何人见面,只与东北军的高层见面,她要求见东北军的高层。设计洪霞同志的这种要求,也是有先例的。去年咱奉天的交通站领导人叛变前提出的就是这种条件。方天成会考虑的。如果方天成同意,我会给方天成建议,就洪霞同志目前的身体状况,无法见东北军的上层,只有住院疗伤,等伤痊愈了,才能见东北军的上层,我想方天成会相信我的话的。一旦洪霞大妈住院了,让'月亮'同志配合,我们马上实施'春雷'行动,肯定会一举成功的。"

杜云英也站起来,说:"如果此方案可行,那一定会成功。你后天晚上就要护送一号首长走了,你还有两天的工作时间,在这两天内,一定要让洪霞同志住上院!"

一会儿,杜云英坐下来,扭头看着女儿胡秋实,说:"说说你那里的情况吧。"

胡秋实用她那细长的手指理了理额前飘着的长发,然后双手抱着水杯,似乎在回忆什么似的说道:"组织上让我们调查了解师伟的真正身份,已经证实了他目前的真实身份是日本在中国秘密培植的特殊人才,是日本今后组建政权的主要成员人选。瞿华莹是日本东北某组织的情报处副处长。这个组织对外的名称是和隆制药株式会社,实际是个庞大的特务组织,南京、北京、武汉、广州等地都有他们的分支机构。四年前她打入南京市公安局便衣行动队。这个行动队是个秘密警察组织,主要是搞情报、暗杀等活动。随后,她又被日本人通过关系派到北京警察总署,再后来被亲日势力空降到满洲里任职,明里是加强边防治安,防范共产党和苏联红色政权的活动,实则是到这个边陲小镇掌控局势,搜集情报,培养嫡系,发展势力,为将来日本在东北建国打基础。前不久,日本驻北京大使代表秘密视察东北,就是他们建设政权的前奏。这回北京军政府派督察组来满洲里,起初组长不是师伟,而是从太原调来的一个人。师伟知道后,亲自去找头儿,强烈要求来东北、来满洲里。现在我们了解到的是,日本人秘密派他来执行特殊任务,其目的就是了解掌握东北边境线上的情况。当然,瞿华莹一个人在这儿他的确也不放心,他想来了解一下瞿在这儿的工作生活情况。"

杜云英听后说:"这些情况也得到了日本驻满领事馆同志们的验证。"

井黎黎说:"日本人野心不小啊!"

杜云英说:"所以,日本上层很早就动手培养代理人,让代理人将来为他们的政权服务。听说他们选代理人是有条件的。他们的条件是:第一必须是亲日分子,而且宣誓效忠日本天皇。第二必须是反对革命者,特别是反对共产主义者。第三必须是有思想有能力者。第四必须是有野心,而且自愿牺牲一切加入日本的秘密特务组织者。第五必须宣誓彻底脱离中国各级政府,自愿无条件为日本的利益而奋斗者。你们听听,这都是什么条件,三个字,卖国贼!"

胡秋实说:"师伟和瞿华莹这些年,死心塌地为日本帝国主义卖命呀!"

杜云英说:"在这一次洪霞同志被捕事件中,师伟起到了决定性的作用。那两个叛徒表抗和赵奇就是师伟把他们弄来养着,并亲自指挥利用他们指认我们的同志,破坏我们的组织系统。他反共的心思,是永远不变的。"

胡秋实说:"北京拍来了两封电报,让师伟结束在满洲里的督察工作,限5月底前返回北京。王登虎很急,他很早就想回北京了,因为他北京有一个小老婆整天发电报来催他回去。然而,师伟一点也不急,到目前为止还没有回去的意思。他给北京回复称,有一个大案件未办完,办完就回去!"

母亲说:"他说的案件可能就是指洪霞同志的案件。"胡春江忙说:"不一定,我认为他说有个重大案件要办理那只是一个幌子,他的真正目的是,他走前必须整倒一个人,不然他不甘心。"

母亲问:"是不是他想对罗高明下手?"

胡春江笑笑说:"母亲高明!他们两个人的矛盾想必您也知道了。我想利用他们的矛盾,让他们斗起来,在他们混乱的时候,把洪霞大妈救出来。如果您感到这个方案可行,今晚算我正式向您汇报了,望批准。"

杜云英看了一下井黎黎,井黎黎忙说:"我个人认为可以试一试,他们越乱越好!越有矛盾越好。"杜云英抬起头,想了一阵子说:"明天我向一号首长汇报以后再说吧。"

胡春江提着开水壶走了出去,他换了刚开过的一壶水,又提了回来,给每个人加一点沸腾的开水。

这时,有人敲门,大家都警惕地往门口看。胡春江知道是自己人。外边布了那么多值班执勤人员,这时来敲门的还能是外人? 胡春江拉开门,进来的是门口烧水的中年人。他进门第一句话是:"前边传过来话,行动结束了,任务都完成了,一切顺利。"杜云英稳坐在那里,听罢闭了一下眼睛,似乎没听见。一会儿,她叹了一口气说:"知道了。"烧水的中年人转身走了。杜云英给大家说:"这位同志是我从哈尔滨带过来的,在交通站工作。"

烧水的中年男人说的事儿是啥,杜云英不说,别人也不敢问。这不是家规,这是党规党纪。杜云英见三个人都用迷茫的眼光看着她,笑了笑说:"告诉你们一个振奋人心的好消息,指认洪霞同志的那个叛徒,也就是叛徒表抗和代号霞飞的赵奇,今晚全部被我们铲除了!"

"好!"胡春江"啪"地把热水壶放在桌子上,热水四溅。井黎黎和妹妹胡秋实也高兴得鼓起掌来。

杜云英说:"现在白色恐怖越来越严重,蒋介石现在不去抗击日本人对中国的渗透,而是和张作霖打内仗,日本人在济南制造惨案不敢大声说话,反而高调地进行剿共。目前中国之乱是世界少有的,只有我们中国共产党才能担起这历史重任,把劳苦大众从乱世中解放出来,让他们幸福自由地生活。然而,在今后的日子里,我们的队伍里还会有人叛变,还会有人充当叛徒帮助敌人杀戮我们的同志。我们一定要提高警惕,倍加小心,防止叛徒出卖同志和破坏组织。"

杜云英又安排一些其他工作。

五十五

今天,又是个好天气。

胡春江和井黎黎刚吃完早饭,交通员就来了,他送来了上级的指示:一是洪霞同志住的监号可能安有监听设备,注意用手语交流。二是上级同意洪霞住院治疗的计划。三是上级批准了胡春江的"狗咬狗计划",同意利用师伟和罗高明之间的矛盾,推波助澜让其相互争斗,相互夺利,我们从中见机行事。

交通员走后,胡春江准备去东北军看守所见金牙大妈。当他走到操场时,见陆师傅带着小寒在篮球架下等他。这时胡春江突然想起来了,昨天下午他让陆师傅来给吉普车保养发动机的事儿。陆师傅见他过来,忙迎了上去,小声说:"我带小寒来打个下手,对外称是我的徒弟。"胡春江会意地笑了笑。

这时几个警察上班从这儿路过,胡春江忙大声地说:"走,我带你们见见司机去,车有啥问题,让他给你们讲。"胡春江把陆师傅他们引荐给了司机师傅。罗高明的司机叫梅中久,忙把陆师傅和小寒让到住室喝茶抽烟。看来,梅中久对会修发动机的师傅很尊重。

胡春江安顿好陆师傅后,到值班室要了一辆摩托,正准备去东北军看守所时,通信员跑来说:"胡局助,局座找你。"

凭胡春江的经验,他猜到了可能是骑警队叛徒霞飞,也就是赵奇被铲除一事儿。果然,办公室还有四个人。他们是抓刑事侦查工作的副局座涂荣清,抓治安工作的副局座龚培潮,特务行动队长叶自文,特情科长项世成。

"共产党太厉害了!"罗高明看了大家一圈说,"昨天晚上咱有一位骑警叫卫叶青,突然让人杀死了。据反映,这个人有点不正常,平时不好好训练,晚上一出去就是半夜。听骑警队原鹤今天早上说,昨晚被一个中年男人叫出去,随后就被杀了。凭我的经验,他可能是共产党的反水人员,现在共产党正在进行锄奸行动,他的死很可能与共党的锄奸活动有关。"

涂荣清说:"真要是这样,我们也别立案了,不用说又是个无头案,立了案也破不了,破不了我们又无法向上峰交差。"龚培潮说:"这种人是死有余辜,他在我们骑警队不会对我们有任何好处,只能给我们带来无穷无尽的麻烦。"

特情科长项世成自言自语地说:"关键是,他被安排到我们骑警队干什么呢?肯定是有目的的,他的任务有可能威胁到了共产党的安全和利益,否则,他们不会动手杀死他的。如果我没分析错的话,他潜伏在我们骑警队中,一定是要指认或侦破我们警察局内部隐藏的共党分子。那么,谁指派他潜伏呢?我分析,在我们这一块蓝天下,只有师伟才能这样做。"

胡春江听罢,忙说:"项科长分析得有道理。这个人,当时骑警面试时就没有来,是后来靠关系安插进来的,我记得他当时是市政府特务科推荐的。"

叶自文说:"这个人死了也好。不然他暗地里与共产党纠缠,搞不好把我们也扯进去。上峰逼着我们破获共产党的案件,但共产党能坐以待毙?"

涂荣清说:"在铁路边的一个蒙古包里,也死了个中年男人。现在也证明,此人是协助师伟和东北军破获上海女共产党案件的功臣。他几乎是与卫叶青同时被杀的。我们的技术人员去看了现场,是枪杀。这会儿,丁基元带着弟兄们还没回来。"

胡春江笑笑忙说:"不管是共产党复仇也好,还是这两个人撞到了枪口上也好,他们的死,对我们来说,只是个案件,是个一般的杀人刑事案件。我认为,没人能证明他俩是共产党杀死的,我们何必给自己头上套枷锁呢?一旦说成共产党的复仇案件,就会升级为政治谋杀案,我们就得加大破案的力度,否则上峰就会追究我们的责任。我建议,当作一般杀人案立案,让刑警队破案就是了。至于能否破案,那是以后的事儿。"

罗高明说:"然而现在的问题是,师伟咬定是共产党干的,他让我们从这两起案件中找到共产党盘踞在满洲里的老巢,否则,拿我们几个人是问。"

涂荣清和龚培潮一听,立刻愤愤不平地议论起来。

胡春江默默地坐在那里不发言。罗高明问他:"春江,你说我们怎么处理这件事?就目前来讲,我们这些人的命运都还掌握在师伟的手中,现在不能与师伟翻脸,但又不能听他瞎指挥,怎么办?"

胡春江看一下大家说:"我认为,一方面我们用好言好语应付着师伟,该表态的表态,该承诺的承诺。另一方面,我们先按正常的思路去破案,其他的事儿先不管他,一旦查出凶手,如果真是共产党作的案,那自然就带出其他共产党分子。万一查不到凶手,再想办法应对上峰和师伟就是了。"

罗高明说:"好吧,这两个案件,由涂局座牵头,刑警队长丁基元负责,刑警队抽调得力干将,力争早日破案。当然,能抓到共产党更好!"

大家分头散去,罗高明把胡春江留了下来。

罗高明问他:"你看那个女共产党能开口说话吗?能供出他们的组织和领导人吗?"

胡春江说:"很难说,但我在努力,力争让她开口。"

罗高明说:"东北军情报处那帮人没有审讯经验,只知道用酷刑,对这样的共产党人,是没用的。你要发挥你的心理战优势,争取把这个王牌女共党拿下。到那时,你我在东北军和他师伟面前说话就不一样了。"

胡春江说:"局座你说得极是,我一会儿就去东北军看守所,再动员她一次。另外,我得建议方天成让这个女共产党住院,我们要在心理上占上风,让她感受到我们是真心地对待她,她的意志才会松动。"

胡春江把话一转,悄悄地说:"局座,你一定要防着师伟。你和瞿华莹的事儿,他知道了。"

谁知罗高明不但没有吃惊，反而微微一笑，反应平平地说："他应该早知道了，不然他也不会整我的黑材料。不过我不怕他，他的女人要琵琶别抱，能怨谁？他看不好自己的女人，反倒恨起别人来。这样的男人，可恨又可怜。再说，瞿华莹与我纠缠是有政治目的的，也许是他师伟亲自策划的，我应该是受害者。我没有找他的事儿，他倒反咬一口找我的茬儿，我不怕他。"胡春江想想说："局座，男子汉大丈夫，我们都得学曹操，不然我们连后悔的机会也就没有了。"

罗高明明显地吃惊了一下，抬头看着胡春江，竖起了大拇指说："好！够男子汉，够英雄。"罗高明想了一阵，用手指蘸了一下茶杯里的水，在办公桌上写了五个字："先下手为强！"

胡春江也蘸了点水，写了一个字："是！"

罗高明点了点头，说："我佩服敢作敢当的英雄。"

胡春江摇了摇头说："英雄不敢当，但我有正义！局座，我们都生活在红尘凡世之中，想做个超然物外的羲皇上人是不可能的。遇事不怕事，遇事破解事是上策。"罗高明伸出一个大拇指说："说得好！"

胡春江离开了罗高明的办公室，坐三轮摩托车向东北军满洲里司令部驶去。

胡春江来到方天成的办公室门口，当他敲开方天成办公室的门时，他看见师伟在里面坐着。他们彼此握了一下手，寒暄几句。师伟对胡春江说："方处长给我说了，昨天你对待这个女共产党的办法，我看很好。"胡春江一听，摸不清他的真实意图，说："我也是边试边工作，不知道效果如何。"

师伟像一位指挥打仗的将军一样，挺胸凸肚地边走边说："像这样级别的共产党人，又是和我们同行的人，指望简单的刑讯逼供是不行的。这个女人我在上海时见过，也了解她一些情况，那时候还是'联俄联共，扶助农工'的时期，孙大总统的三大政策让我认识了很多优秀的共产党人。这个女人那时在上海只是共党的一个小人物，但我知道她是搞保卫工作的，在苏联受过特殊训练。后来南京的蒋总司令、武汉的汪主席和北京的张大帅一起翻脸后，联起手来共同对付共产党，无奈之下，共产党转入地下，我就再也没有见到这个女人。天不转地转，她怎么也不会猜到，我在山高皇帝远的边境小镇遇到了她,她的生死现在掌握在我的手里,真是有缘啊!"他说完,坐下点了一支烟。

方天成说:"我们是军人,对付共匪就是打和杀。我认为,对付共产党,要么是打死,要么是杀死。像胡局助和风细雨地对付共产党,对付犯人,我这还是第一次见。"

师伟深深地吸口烟,瞬间,蓝蓝的烟雾从他的鼻孔里蹿了出来,肆无忌惮地冲向上空。他把眼睛往上抬了抬,看着方天成,说:"共产党为啥越打越硬,越打越多,就是因为我们用简单的办法对付一个具有科学纲领和远大理想的集团。现在的共党组织是能短能长,能柔能刚,变化齐一,上下一致,而又不主故常。如果我们不改变方法,只知道用火烧用水浇,那么在烈火中炼就出来的钢就是好钢,而且会越来越好。"

胡春江没有想到师伟会说这样的话。胡春江忙笑道:"师组长一席话,令我天窗大开啊。我认为,共产党难对付,是我们没有找到对付的办法,一旦找到了,就如钥匙开锁,轻松打开。"师伟说:"胡局助已经悟到了这一点,也破了题,用你的办法来解决这个女共党的问题,会有些效果的。我赞成,我也支持。"

胡春江看一下师伟说:"谢谢师组长理解和支持,今后我会努力工作的,力争把这个女共党拿下。"师伟笑了笑,没有再说什么。胡春江这时问方天成:"她昨天晚上和今儿早上吃饭了没有?"

方天成回答:"吃了。吃得还很可以,一直在睡。药也吃了。"

师伟阴冷地一笑,说:"这个女人有希望了。"

胡春江说:"我到看守所再见她一下,再与她深层次地沟通沟通。"

师伟把烟屁股往烟灰缸里一压,说:"走,咱三个都去。"

胡春江心里沉了一下,但他表现出很平静的样子说:"走吧。"

三人下楼向看守所走去。看守所门口,停了一辆小型卡车,十几个荷枪的士兵正在往下拉人,拉下来的人都用麻绳捆住,每个人都是草原牧民的打扮,个个骨颤肉惊极度紧张。有一位像班长模样的士兵见方天成他们走过来,忙向拉人的士兵摆了摆手让停下,并喝令让拉下来的人双腿跪下。然后他跑过来,向方天成敬了个军礼,大声地说:"报告方处长,昨晚我们特务连在草原巡逻时,发现十几个偷渡的人,司令部命令我们押到这儿关起来。"

方天成问:"是往外,还是往内?"

"往外"和"往内"是边防军的术语,"往外"就是国内的人往外边偷渡,"往内"就是外边的人往咱国内偷渡。

班长说:"报告方处长,是往内,外面偷渡过来的,是蒙古人。"

方天成似乎毫无兴趣地说道:"关起来吧!"

方天成扭头看看师伟和胡春江,说:"现在的蒙古呀,老百姓生活极其贫困,他们的牧民老往咱这儿跑,送回去一批,又来一批。恒河沙数,送不及、抓不及呀。"师伟说:"这些人不想脱离大中国呀!"胡春江问:"那边不会有共产党混进来吧?"方天成哈哈一笑,说:"偷渡来的都是没饭吃的饿死鬼,哪来的共产党?"他们说说笑笑,走进了看守所。

金牙大妈的单独监号在走廊尽头的右边,门口有士兵把守。胡春江他们三个人走进房间时,金牙大妈正一个人静悄悄地坐在床边发呆。她披了一件上衣,脏兮兮的而且松松垮垮。蓬松而又散乱的头发,在窗口喷射进来的阳光照耀下,如冬日草原上的干草一样凌乱。她的脸黄黄的,伤痕爬满了她的双颊,嘴唇厚厚的,发紫。一条重重的脚镣在地面上盘着,像一条大花纹的蟒蛇卧在她面前。她看上去像个生命垂危的老人。只有她那一双眼睛,还闪着火花,炯炯有神。

这间不大不小的监号,脏乱而有异味。师伟走到金牙大妈面前,把头伸过去,像一匹马在吃树叶的姿势。他的笑容无法形容,远看似哭,近看是奸笑。他对金牙大妈说道:"我们在上海见过面的,认识。那几年大革命轰轰烈烈,我们是同事,是朋友。你是我较为尊敬的人,应该说是佩服的人。后来形势突变,我们各为其主,见面就很少了。听说后来你官升几级。现在你被弄到这一步,不是你的错,也不是我的错,是上层的错。你我都是棋子,谁持棋盘,我们听谁的。"

金牙大妈把她那双有神的眼睛闭了闭,把身子扭过去,面壁而坐,不理会师伟。

师伟碰了个软钉子,笑道:"你越不说话,我越崇拜你。你是个女中豪杰,是个大英雄。"师伟说完直起腰,叹道:"可惜啊可惜,可惜这条大链子拴住了你,你再怎么英雄,也无用武之地了!"

胡春江环视了一圈,他看不出来哪里安装有监听设备,他一会儿得把相关情况告诉大妈。

方天成在门口双手叉腰地站着,像个塑像。看来他不准备说什么,但大檐帽下的眼睛充满了敌意。

胡春江走向前,慢慢地弯下腰问金牙大妈:"昨天我给你说的话,想好了吗?如果你合作,什么都好说!我希望咱俩好好合作,合作了,前面的路一片光明。"

金牙大妈扭过头,睁开双眼,看了胡春江一会儿,然后摇了摇头。在她看胡春江的一瞬间,胡春江放在胸前的指头给她发了暗语,内容是:

　　房间有窃听器,切记!

金牙大妈目光平平地没有反应。胡春江知道,这是金牙大妈的城府。

胡春江笑笑说:"这是我们的师组长,北京派来的督察专员。他能说佩服你、崇拜你,这很不容易,你要识时务而后行。你是知道的,你落到我们手里,出路只有一条,那就是配合我们,把棋下活。"

胡春江讲这一番话,纯粹是无话找话,主要是利用说话期间,给金牙大妈发手语。他这一次发的内容是:党组织正想办法让你住院,在住院期间实施营救行动。

金牙大妈的左手放在床上,她用左手指给胡春江回了两个字:明白。

方天成对师伟说:"走吧,我们到办公室喝茶去。"

师伟不情愿地看一眼金牙大妈,轻轻地说:"但愿你配合好,配合好了,我会救你的!"说完,快速地转身走了。

这时,正好军医背个药箱来了,他站在走廊一角,见方天成三人出来,忙给他们敬了个礼。胡春江对军医说:"认真检查一下,伤口多用一点消炎药。"军医回答道:

"是!"

师伟三个人回到了方天成的办公室。刚才回来的路上,胡春江揣摩怎样向他俩提出来让金牙大妈住院,让大妈住院,是营救行动的关键一步,她住不上院,一切无从谈起。

方天成泡上满屋飘香的乌龙茶,一人分一杯茶水。师伟喝了一口,自言自语地说:"共产党用的都是人才,一个老娘儿们,能把境界历练得这么高,了不起啊!这种意志和境界,我们队伍里绝对没有。"师伟说到这儿,有一些激动。他停了一会儿说:"就是因为他们这种意志坚强的人存在,我们想把共产党消灭干净,那是不可实现的事儿!"方天成不以为然地笑笑说:"共产党是用了一些硬骨头人才,但也不全是啊。归顺我们的人,可都是骨头不硬的人。"

方天成这么一说,师伟突然像想起了什么,忙问:"昨天晚上我们培养的那两个共产党的反水人员又被枪杀了,你俩应该知道了吧?"方天成和胡春江都说知道了。师伟说:"这说明什么?这说明共产党在我们满洲里很猖狂,得抓紧让这个女共产党开口说话,让她配合我们,把我们这里的共产党地下组织一网打尽。"

方天成叹道:"这里的共产党是跟我们较劲呢!来吧,我们东北军几万人马,怕他们啥呢?"

胡春江正想说出让金牙大妈住院的要求,这时师伟却说:"我看这样,让这个女共产党住院治病疗伤吧,只有感化,才能达到目的。"

胡春江万万没有想到,师伟能提出让金牙大妈住院的建议。胡春江想,难道是他猜到了自己的想法?不可能。师伟今天的反常行为,让胡春江有些震惊和迷茫。他用不解的目光看着师伟,没有马上表示赞同。他要观察一下,看看师伟葫芦里卖的是什么药,是不是师伟在试探他,在怀疑他,是不是与方天成一起在演双簧而考验他,还是受长春让共产党住院案件的影响而采取的新方案?一会儿,胡春江皱了皱眉头说:"让她住院可以,但安全问题是大事!"

方天成刚才似乎也抖了一下,好像很吃惊。他沉思了一下,呷了一口茶水,说:"胡局助说得对,安全问题是大事儿。共产党无孔不入,她住院了肯定会引起共产党的关注。一旦让她逃跑,那咱三人不是丢饭碗的问题,恐怕是丢脑袋的问题。"

师伟很强势地说:"我有把握,没问题,让她住到你们司令部医院,多派些士兵守卫,我让市政府特务科的弟兄们都去值班,跑不掉的。"

方天成和胡春江相互看了一下,没有再说啥。师伟到底打的什么算盘呢?胡春江糊涂了。

五十六

胡春江怎么也想不到，党组织设计的"住院计划"，让师伟说了出来。方天成接受不了，胡春江更是有些糊涂。师伟这样做到底是要干什么呢？

胡春江中午回到警察局家里，把这一突发情况讲给了井黎黎，井黎黎听了也纳闷。

吃完午饭，胡春江着便装骑单车向安显一郎家里奔去。为了防跟踪，他还是先到大街上转了一圈，又到挨肩擦膀、熙来攘往的小胡同兜了一会儿风。

利用点烟的机会，环视了四周，确定没啥异常情况，他才向安显一郎住宅大门口走去。他用常规暗号敲了敲门。一会儿，门开了，他闪身进去。

胡春江一五一十地把师伟建议金牙大妈住院的情况讲了。大胡子领导听了也是感到不对劲儿，自言自语说："有这事儿？"杜云英听后似乎不相信自己的耳朵。大胡子领导沉思了一会儿说："他师伟为何要这样做呢？反常规的事情背后必然有不寻常的背景。他师伟要干什么呢？难道这与他勾结日本人有关系？"

大胡子领导的一句话，惊醒梦中人。

杜云英深邃的目光里含着几分焦虑，她慢慢踱步，深思一会儿说："有这个可能，马丽和秋实都反映，这几天师伟从邮局系统收到北京和长春的加密电报不少，很可能与洪霞被捕有关。马丽正在努力破译这些电文，很快我们就会知道的。"

大胡子领导对杜云英说:"你尽快通知马丽和胡秋实同志,让她们摸清师伟让洪霞住院的真实目的,一旦弄清,马上报告。"

落娃那蓝色的大眼睛和暗黄色的头发格外地与众不同。她这时闪着蓝眼睛说道:"师伟这样做是不是个圈套呢? 他让洪霞同志住医院疗伤,从而引诱我们去营救,而他们有所准备地把我们一网打尽。"

大胡子领导说:"不排除这种可能,因此,必须让马丽她们弄清师伟这样做的真实目的。"

胡春江用请示的口气问道:"我目前应该做些什么?"大家的目光都聚集在大胡子领导的脸上,似乎都在寻找答案。大胡子领导在屋内走了几步,他在用他的智慧思考问题。停了一会儿,他对大家说:"一是目前在没有弄清师伟的真实目的的情况下,一切顺其自然,不要惊动他们,更不能打草惊蛇。二是一旦弄清他的真实目的,马上要制定出相应的对策和行动计划。三是一旦我们解救洪霞同志成功,马上送出境,让她到莫斯科参加党的会议,我在莫斯科等她。"

杜云英听罢点了点头说:"明白了。"

大胡子领导继续说:"现在看来,前几天敌人要杀害洪霞的情报是假情报,是敌人摆的迷魂阵、八卦图,是测试我们反应的。而编织这个八卦图的指挥机关是奉天的大帅府,而非哈满司令部,更不是方天成,他是个执行者,是个小卒。因为马丽他们截获处决洪霞的命令是大帅府发出的。昨晚我们铲除了两个叛徒,敌人已知道我们反应强烈。以后敌人还要用不同手法测试我们,我们一定要保持大脑清醒,不能上当受骗!"

胡春江把警察局中层以上人员对昨晚上两起锄奸事件的真实看法向大家讲了一卜,又把罗高明与师伟之间的争斗讲了,胡春江说:"他俩马上就会展开一场你死我活的较量。"

杜云英说:"很好,这对我们开展护送工作有好处。"

大胡子领导对杜云英说:"明天我和莫洛米夫、春江就要出境了,这里的形势时时刻刻都在变化,你一定要审时度势,把洪霞同志营救出来!"

杜云英说:"请一号首长放心,我们一定会把洪霞同志从火海中营救出来,把她毫发无损地送往莫斯科。"大胡子领导深深地点了点头。

杜云英转过身来,看着儿子胡春江说:"明天晚上你在这里接上一号首长和莫洛米夫去火车站,轿车已经安排好,到时候会在门口等你们。为了不引人注意,不安排任何人送站。出境后,你到86号小站住下来,那里苏联接待站会接待你。你住在那里等通知,啥时候回来以通知为准。一号首长和莫洛米夫先生继续前行。"

胡春江走出安显一郎住宅大门的一瞬间,感觉大街上的气氛不对劲。烤地瓜摊位前站着两个年轻人,凭胡春江的经验,一看就知道这两个人是特务,而且是两名新手。他们不认识胡春江。门口修自行车的中年男人给他飞了个眼神,用修轮胎的手指给他发了个暗语,意思是把这两个人引开。胡春江会意,抬眼看看过午偏西的太阳,咳嗽两声,向烤地瓜摊位走去。两个年轻人见胡春江走过来,用不屑一顾的眼神看了下胡春江。

胡春江走到摊位前,问烤地瓜的中年男人:"有现成的地瓜吗?"中年男人笑道:"没有。你稍等一会儿就有了。"烤地瓜的中年男人说着打开火炉,从中取出两个大的熟地瓜。他用眼神与胡春江交流一下,胡春江明白了中年男人的用意,于是忙问:"你不是说没有熟的吗? 这是啥?"烤地瓜的中年男人笑道:"这两个地瓜是这两位老总早已订下来的,你稍等一会儿,马上就有熟的了。"胡春江用眼瞪了一下面前这两个年轻人,说:"不行,我有急事儿,得先给我一个!"

两个年轻特务愣了一下,用凶狠的目光盯着胡春江,问:"你是干什么的?"

胡春江上去就给这个瘦子一耳光。

瘦子被这突如其来的一耳光打晕了,一只手捂着脸,一只手指着胡春江大声地问:"你敢打老子! 你知道老子是干什么的吗?"

胡春江顺手又给他一耳光,吼道:"你还敢自称老子? 你一个刚刚入行的小鱼儿,不知道天高地厚,在这儿吃什么烤地瓜,你知道这是什么地方吗?"

胡春江说话间,故意动作很大,把他腰间的微型手枪亮了一下,手枪是白色的,见了阳光,闪一下亮光。手枪一边还有一副白色的小型手铐在腰间挎着。两个年轻人马上明白了,他们遇到的这个人,也是个特工,而且级别不低,他身上佩带的武器装备,只有他们头儿才有。

两个年轻的特务盛气凌人的神态一扫而光,忙哈腰笑道:"长官,地瓜我们不吃了,我们走,我们马上走!"

胡春江恶狠狠地说:"滚!一会儿这儿有一项特殊任务,你俩把这儿的事搅黄了,小心脑袋!"

这时,正好市政府一辆小轿车从这儿路过,司机把头伸出来,看着胡春江笑着说:"胡局助,你在这儿忙呀!"胡春江点了一支烟,眯着眼睛回答道:"不忙。你去哪儿呀?"司机说:"我去东北军办事儿。我走了,你忙吧!"司机说完,一脚油门,汽车开走了。

两个年轻的小特务,见这个胡局助浩气凛然,来头不小,忙向胡春江点头哈腰笑了笑,然后扭身走了。

…………

师伟在满洲里,说话还是算数的。胡春江从安显一郎那里刚回到警察局办公室,就听说金牙大妈住进了东北军司令部的军医院。

第二天上午,胡春江和特情科长项世成去医院见金牙大妈。他们办案要求两人以上才能见金牙大妈。当胡春江他俩走进这个不大不小的军医院,胡春江心里沉沉的。从大门到病房,可以说是三步一岗,五步一哨。前前后后、上上下下到处都是士兵在站岗。医院内还有便衣特务在晃荡。从敌人这种安全部署上看,他们不像知道了"春雷"行动计划,如果知道了,按兵法上说,他们应该明里设虚岗,暗里设实岗,以便让救金牙大妈的人上当,这是韩非子的兵不厌诈之法。可这种实打实地进行警戒防备,不像是设的圈套。

他俩一打听才知道,来这里见金牙大妈,得经过师伟和方天成同意才能见,尽管审问金牙大妈的权力交给了胡春江,但没有他俩的同意,他是进不了病房的。师伟对所有参加戒备的人员交代,没有他和方天成的批准,任何人都不能见这个女共党员,包括办案人员。就是见,也得由方天成和师伟带领着见。师伟曾对方天成说,这个女共产党员在住院期间,只感化,不审问,因此办案人员也不得见她。

刚才,胡春江和项世成进医院的大门时,站岗的士兵和值班特务没有盘问他俩。他俩大摇大摆地走进了医院,但到病房一楼时,他俩被站岗的士兵拦下了。有一个少尉军官在带班,他认识胡春江他们。少尉走过来,敬了个礼,笑道:"胡局助,项科长,你们没见到方处长吗?"胡春江对少尉说:"我们来正常审讯,也不让进去吗?"少尉用手抓一下自己的后脑勺,不好意思地说:"我想你们办案人员是可以进去,但方处长和师伟组长有命令,没有他俩其中一个人带领着,任何人是不让进去的。"

胡春江和项世成对望了一下,有点尴尬。一会儿胡春江对少尉说:"你辛苦了,忙吧,我们去见一下方处长。"话音刚落,方天成在他们身后说:"胡局助,项科长,你俩是要见那个女共党吗?"胡春江和项世成忙转过身来,只见方天成带一个中尉军官站在他们的身后。胡春江转过身忙说:"方处长,我和项科长来,主要是想看看这个女共党的情绪如何。如果她情绪好一点,我和项科长再审她一审。"项世成说:"我那里又掌握了一些新的共产党地下活动线索,利用这些线索,搞不好还能让她开口说些什么。"

方天成走到他们面前,露出一副不屑一顾的神色,很果断地说:"我和师组长商量好了,这些天谁也不要见这个女共产党员了,让她好好反思反思。你们的审讯工作就算告一段落了,什么时候再审,我再通知你们。另外,我听说你不是要陪一个什么商人到苏联那边做贸易吗?什么时候走?"

胡春江一听忙笑道:"方处长消息灵通呀,我要去苏联的事情你也知道?"

方天成哈哈一笑说:"我是干啥吃的!你们警察局里的事,尽在我的掌控之中。"

胡春江和项世成听了他这样的话,先是愣了一下,然后也陪着他哈哈大笑起来。笑罢,胡春江说:"我今晚就走!"

方天成这话很明白,就是在金牙大妈住院期间,不需要再审讯了。再说明白点,是不让他们警察局再插手管这事儿了。项世成那深不可测的眼睛发出了不可一世的光芒,很客气地笑了两声,说:"方处长,我们警察局也是案件棘手,办不完呀,你这样一说,我们可以抽出身子办其他案件了。"说完,转身走了。

项世成和胡春江是坐三轮摩托来的,在返回去的路上,两个人都有点气愤。项世成愤愤不平地说:"方天成这个人阴阳怪气的,整天不把我们警察局的人放在眼里,他算什么东西,他只是张大帅的一条小哈巴狗而已。我手里有十几条线索,都是反映他勾结地痞流氓、草原土匪谋取利益的。"

胡春江和项世成回到警察局,把今天上午在军医院碰了钉子的事儿给局座罗高明讲了。罗高明听了,平淡地一笑说:"这不能怨方天成。这都是师伟搞的鬼。"

胡春江和项世成相互看了一下,点了点头算默认了。

五十七

当太阳全部落入边境以外的地平线时,胡春江和井黎黎带着简单的行李,坐黄包车来到安显一郎家里。大胡子领导和莫洛米夫早已准备好了行李。杜云英、安显一郎、洪永升、田家彬、呼伦湖、落娃都在这儿。有一辆挂有日本国旗的小轿车停在门口,这是安显一郎借用日本商人的小轿车。日军攻打济南,引起了中国人民对日本的民族仇恨。不少日本在华侨民纷纷遭到袭击。为了不使矛盾激化,南京蒋总司令下令各地军队、地方党务,要把保护外国侨民,特别是日本侨民当作重要外交事务来落实。蒋总司令的训令发布之后,再发生的袭击侨民事件就被当作刑事案件来办理。北京的张大帅也对安国军进行训令,各路军队不得对日作战。日本在华人员为了自身利益,大都在自己的车上、住宅门口挂上国旗,以示提醒,日侨不可侵犯。

安显一郎家里的用人把大胡子领导和莫洛米夫的手提箱提了出去,装进了小轿车的后备箱里。大胡子领导对大家说:"洪霞同志已住进医院,抓紧布置营救行动,你们要相互协作共同努力,展开营救行动,营救只准成功,不准失败。营救成功后,迅速把洪霞同志送到苏联境内,让她准时参加在莫斯科召开的全国第六次党代会。"

胡春江一听让快速、安全地把内地的党代表送过境,他心里就突突地大跳,不安起来。因为,他还没有见到一位内地代表过来,而且现在,他要护送大胡子领导出境,尽管他已把特别交通站的工作安排扎实,但还是有些不放心,只怕他走后会过来大批的各地党代表,陆师傅和老魁他们会措手不及,出啥差错。

为了不引起敌人的注意,杜云英要求大家都不准出大门送行,只准许井黎黎随车去。大胡子领导和莫洛米夫上车前,呼伦湖先走出去看看门外的情况,当修车人和烤地瓜的中年男人都发出安全信号后,他才转身回头,示意可以上车出发了。

今晚火车站没有什么异常,轿车停在站台那一瞬间,胡春江看见日杂店门口的灯在亮着,门开着,小宋在门口搬货物,没有看见小枫。

火车早已静静地停在了轨道上,几名铁路工人在检修车辆,铁锤敲打铁轮,叮咚作响。胡春江找到铁路警察局的值班警察,值班警察是位科长,姓李,叫李海洋。胡春江让他看了三人的出国手续,这位李科长见是胡春江,忙安排提前上车。他们的票是三号车厢,李海洋把他们带到三号车厢门口,准备上车。

师伟安排火车站盘查出境人员的行动还没有结束,火车站实行管制的命令还在生效,候车室、进站口、广场上还有士兵、便衣、特务和警察在走动。在站台上,警察局治安中队的几个警察看见胡春江,忙跑过来帮助拿行李。其中一个姓罗的说:"胡局助,陪客人去那边呀!"满洲里人称苏联都叫那边。胡春江对他说:"罗局座派我随客人到那边办公务,我去去就回来。"姓罗的指挥众兄弟往火车上搬行李。这时大胡子领导和莫洛米夫顺势上了车。

胡春江刚上了三号车厢,正面遇上两个便衣特务,正是昨天下午在安显一郎家门口遇到那两个吃烤地瓜的年轻人,两个年轻人也认出了胡春江。其实他俩目前也不知道胡春江是哪个部门的,但知道是他们的同行,知道比他俩的官大,佩带的武器比他们的先进。今天,他俩被派到火车上盘查过往人员,这会儿见一群警察围着三个人上了火车,又认出其中一个是昨天下午在烤地瓜摊遇到的那个长官,他俩忙点头笑了笑,躲了过去。

胡春江安排好大胡子领导和莫洛米夫后坐下。姓罗的警察给胡春江敬了个礼,点头哈腰地退了下来。带班的李海洋也说还有其他事要办,下车了。

大批的乘客还没有登车,这会儿车厢里显得很静。大胡子领导坐在那里,闭目养神,莫洛米夫拿出一本俄文书籍在翻阅。胡春江扭头看看窗外的站台上,他看见有不少东北军士兵在巡逻。同时,他也看见了田家彬和呼伦湖的人拿着行李在走动,他们都佯装成送站的人员,因为送站的不接受检查,而出境上火车的人员必须得接受严格的检查。井黎黎没有上车,她在站台上看着车厢内的胡春江。胡春江起身走了下来,来到井黎黎身边,陪着她站了一会儿。他悄悄地说:"我走这几天,瞿华莹如果找你聊天,你尽量与她多聊天,也可能在聊天过程中会捕捉到一些信息。如果遇到重要的事情,及时让送牛奶的交通员送出去。"井黎黎轻微地点了点头。不远处站着自己的保卫人员,胡春江心里有些踏实。起风了,风吹着井黎黎的头发,向后飘去。她仰起脸,似乎故意让风吹拂秀发。那模样既高贵又优雅。

　　大批的乘客上车的时候,胡春江看见第四节车厢门口出现了东北军的人,一个军官带三个士兵在盘问每一个人员。胡春江知道这是东北军在执行管制任务。他故意向那四个军人方向走去,当他快接近他们时,他心里如闪电一样亮了起来,他看清了,前面的军官原来是东北军驻满洲里司令部的中校参谋月亮。月亮明显看见了胡春江,但他假装没有看见。胡春江的心情彻底放松下来。他扭身转了回去,静坐在大胡子领导身边。一会儿,月亮带着三个士兵来到他们面前,胡春江忙把自己的出境证拿出来让月亮看,月亮接过来一看,笑道:"你是警察局的胡局助吧,久仰久仰。你出境有公干?"胡春江忙笑着说:"我陪着这两位客人过境办事儿。"胡春江看一下大胡子领导,对月亮说:"这位是从大连过来的商人,要到北边去做贸易。"大胡子领导把出境证不紧不慢地拿了出来,月亮接过来在面前晃一下,又递给大胡子,大胡子很礼貌地说声谢谢。莫洛米夫把他的俄文书放下,拿出他的护照,月亮也是象征性地看一下,交还给了他。莫洛米夫用俄语嘟囔一下,大概说是谢谢吧。这时胡春江给月亮介绍道:"这位莫洛米夫先生,是地质学专家,专门研究矿石的,这次回国给我们当翻译。"月亮听罢点了点头,笑了笑说:"胡局助,祝一路顺风平安!"月亮说完,带着三个士兵向二号车厢走去。

　　火车头一声长鸣,准备发车了。满洲里火车站就在边境线上,火车头一旦开动,要不了多久就能出境,出了境,这次护送大胡子领导的任务就算完成了。上车执行盘查任务的东北军、警察和便衣特务,都陆陆续续下了车。站台上已没有乘客,三三两两的送行人员应该是田家彬和呼伦湖安排的保卫人员。信号员站在固定的位置上,准备发行车信号。月亮带着三个士兵也从火车头方向下了火车,正背着手在站台上往出站口方向走动。

胡春江突然看见站台上一个穿着黑长袍、用黑纱裹着头的女人在往车厢内看。这个女人看上去像个阿拉伯人,身边有两个年轻小伙子提着行李。胡春江突然看到了她那一双眼睛,那不是母亲杜云英的眼睛吗?是的,正是母亲。她再怎么化装,她那双眼睛和眼神变不了。

月亮站在她身边不远处,在外人看来他们是两个不相干的群体,其实他是在保护母亲。胡春江突然看见母亲在用手指给他发暗语,内容是:一号首长和莫洛米夫安全离开86号小站后,今晚后半夜你立即化装潜伏回来,我在老地方等你!有新的任务。切记!

母亲发了两遍,胡春江记下了。这时大胡子领导似乎也认出了母亲,他用刚毅的目光看一下胡春江,然后轻轻地点了点头。又是一声长鸣,火车咣咣当当动了一下。信号员把绿色的旗子举起来,火车慢慢地启动,随后均匀地加快速度。母亲的目光顺着火车奔去的方向移动,风把她的黑色裙子掀起。月亮站在原地,身后那三个士兵如雕像,直直地竖立在那里。边境线一闪而过的那一瞬间,他们进入了苏联的国土。

胡春江突然感觉到,这一切如梦境一般。

尽管窗外什么也看不见,但胡春江知道,窗外的一切照旧,地貌与中国的没啥两样。远方的山脉是中苏共有的一个山脉,近处的河是中苏同饮的一条河流。可以如释重负地睡一觉了。大胡子领导和莫洛米夫也有一些放松,他俩用俄语开始对话,这个时候胡春江才知道,大胡子领导会讲俄语。后来又知道,大胡子领导曾在苏联留过学。

火车开始全程加速。为了让他俩旅途轻松愉快,胡春江没有把刚才母亲的暗语内容告诉他们。等一会儿把他们安全送走后,他要立马化装返回境内。母亲说有新的任务,是什么呢?

火车减速了。莫洛米夫对胡春江说:"86号小站到了。"胡春江对大胡子领导说:"首长,我不能送您了,祝您和莫洛米夫同志一路顺风。"他们正说着话儿,火车咣咣当当地停了下来。火车门慢慢地打开了,这时上来六名苏联红军,一名少尉军官、五名士兵。少尉上来后就与莫洛米夫用俄语对话。对完话,笑着与莫洛米夫握手。莫洛米夫扭过身,把大胡子领导介绍给那位少尉,少尉赶忙与大胡子领导握了握手,莫洛米夫把胡春江介绍给少尉,两人很亲热地握了握手。随后,六名军人分别找座位坐下,看来,他们是护送一号首长的使者。莫洛米夫对胡春江说:"走吧,下车我把你交给这里交通站的同志,你的任务完成了,我们继续前行。"胡春江又与大胡子领导握了握手,并且上前拥抱一下,他忍不住眼睛一酸,眼圈红了。大胡子领导拍拍他的左肩,说:"下车吧,我们会顺利到达目的地的。你回去转告杜云英同志,让她多保重!"

上来一个瘦俄罗斯男人,眼窝很深,如两个大黑洞。莫洛米夫先用俄语与他交流一下,然后对胡春江说:"交通站的同志接你来了。"胡春江又一次与大胡子领导、莫洛米夫和刚上车的少尉一一握手。瘦男人转身下车了,胡春江也跟着下了火车。

86号小站真是个小站,窄窄的站台边,有一排低小的房子。胡春江看着这殊方异域的火车站,心里久久不能平静。胡春江站到站台上,凝视着冒着白烟雾的火车头,心想,往前的路还很长,要穿过茫茫的西伯利亚草原和原始森林。他从内心深处祝愿大胡子领导和莫洛米夫一路顺利到达莫斯科。

瘦男人把胡春江带到一间小房子里,里边有个俄罗斯黄头发女人在给两个中国男人讲着什么。这两个中国男人是南方人的模样。身穿长衫,头戴礼帽,每个人手里提着小小的柳条行李箱。这两个看上去很一般的小个子男人,眼神却犀利有神。他们见瘦男人和胡春江走进来,俄罗斯女人用汉语对他们说:"你们上火车吧,一路顺风。"她说完带着这两个中国男人走了出去,向停火车的站台走去。

胡春江看着他们的背影,一直用目光护送到站台上。一会儿,他转身问瘦男人："他们是从中国过来的？"瘦男人明显听不懂中国话，两手一伸，耸了耸肩。胡春江不再问了。一会儿，黄头发女人回来，她会说一口流利的汉语，水准和落娃差不多。"你好！"她对胡春江说，"胡同志，今晚你住东边那间接待室，明天送你到军营住，那里的条件好一些。前天落娃送过来情报，让你在这里住五天，然后再返回去。"胡春江赶忙把他手里提的小行李箱放下，把自己必须回去的实情给黄头发女人说了。黄头发女人听后说："现在天还早，你得到晚上十二点后才能行动。你先到休息室去休息，到时候会有人把化装道具送给你的。你返回去的时候，会有人把你送到边境线的。"

瘦男人把胡春江领到一间小屋里休息，他太累了，倒下便鼻息如雷地睡着了。胡春江睡得正香，突然听到敲门声，有个女人说："胡同志，凌晨两点了，你可以行动了。"黄头发女人和瘦男人拿着一小包东西站在门口，后边跟两名苏联红军士兵。黄头发女人对他说："给，这是你要的化装道具，你化装后，后院有两辆马车，他们要到边境线上执行任务，顺便把你拉过去。马夫知道哪里是你们东北军的薄弱环节，他会告诉你从哪儿越境。"

很快，胡春江化完了装，刚才还是个血气方刚充满活力的年轻人，这会儿就成了一个老态龙钟的老人。

胡春江拿着他那小小的行李箱，来到后院，早有一辆马车套好马匹在等他。

枣红马的前蹄开始敲打地面。马车启动了，很快出了后院，消失在茫茫的黑暗中。

五十八

胡春江在苏联交通站同志们的帮助下,很顺利地越过了边境线。他徒步走了近两个小时,东方天空发白的时候,他潜回到了市区,要了一辆人力车向白广路5号驶去。他到了安显一郎家门口,只见修车人和烤地瓜的人都已撤岗了。他用暗号敲了安显一郎的大门。一会儿,门开了,用人见是一个蓬头历齿、并不认识的白胡子老人,忙用暗语对话。等对完话,胡春江向用人笑了笑,说:"我是胡春江。"用人认真一看,也笑了,忙把他拉到门里,说:"昨晚吃饭时,杜云英同志说你今天早上要回来,你真的就回来了。她到日本领事馆张代办那里去了,到现在还没回来。"

胡春江突然有一种预感,是不是又发生了什么重大的事情?是不是金牙大妈有新的情况?是不是与母亲说的"新任务"有关?

吃完早饭,落娃来了。她给他带来一个重要情报:日本人计划派特工劫持金牙大妈,师伟导演让金牙大妈住院是劫持金牙大妈的第一步!胡春江听后,真的不敢相信自己的耳朵。

落娃说:"这是马丽和胡秋实传来的情报,非常准确。杜云英和安显一郎昨晚和张代办他们为研究应对方案,一夜没有睡觉。日本领事馆那边也证实了这一情报是准确的,日本人在今明两天内要完成劫持任务。这些天,日本在满洲里的武馆突然来了不少浪人。这些浪人不练功、不习武,出出进进不知道忙些什么,现在看来,很可能与劫持洪霞同志有关。日本商人井上春树近日也很活跃,安显一郎单线联系的日本共产党东北支部正在关注这一动向。"

他俩正说着,杜云英、安显一郎和张代办回来了。胡春江把护送大胡子领导的情况和自己潜伏回来的经过简单地汇报一下。张代办把截获日本情报机关的情报说了一遍,大意和落娃说的一样。日本人准备劫持金牙大妈,然后转移到其他地方。更可恶的是,日本人劫持成功后,还要宣传是共产党劫持的,与他们日本人无关。这一情报,目前只有东北地下党组织领导层知道。奉天大帅府、东北军哈满司令部、方天成的情报系统都还不知道。

胡春江问:"日本人劫持金牙大妈干啥呢? 他们有何目的?"杜云英摇了摇头,安显一郎也在沉思。

张代办说:"日本人在山东沿海布兵,先头部队已到达济南开始作战,长城以北的各大城市都有日本的代办机关,所谓的日本商人遍地都是,他们干什么勾当不少人都心知肚明。东北不少被日本托管的城市早已有日本警察机关和军事机关。前些年日本大批招募的中国男女青年都已陆续返回国内开展工作,百分之七十的回国青年是安排在东北地区。在国内培养的党羽如师伟、瞿华莹之流也都开始渗透到政府重要部门潜伏起来,等待时机。日本将来要想控制中国,他们不研究中国共产党不行,不面对中国共产党不行。这次他们阴谋劫持金牙大妈,我估计就是研究中国共产党成长的前奏。这个阴谋我们坚决不能让他们得逞!"

安显一郎说:"张代办分析得对,日本国内有一股反华势力已掌握了政权,天皇想在东南亚扩大他的势力范围,首当其冲的就是中国,把中国当作控制东南亚的跳板和基地,日本天皇心不在日本,而在亚洲!"

安显一郎说:"因此昨大晚上我们研究了一晚上,决定绑架方天成,从而达到营救洪霞同志之目的。"

刚才安显一郎用"绑架"一词提醒了胡春江,他脑子里灵光一闪,突然有一个奇特的想法,他怎么会产生这种奇特的想法他自己也说不清。他想起了魔术师的催眠法,魔术师在舞台上,能让观众不知不觉地走上舞台配合他的表演。催眠法也叫迷人法,主要有两种形态,那就是父式法和母式法。父式法就是以命令口吻发布指令,让人感到不可抗拒,必须服从。母式法就是用温情去突破人们的心理防线,也就是柔性攻击,达到催眠的目的,这也叫"精神绑架法"。他这奇特的想法就是用魔术师的"精神绑架法"去绑架方天成,让方天成乖乖地配合党组织营救金牙大妈。一个完整的方案迅速在他脑海里形成。

杜云英对他说:"你有什么想法说说看。"

胡春江眉毛往上扬了扬,边思索边说:"用武力绑架方天成,可能会流血牺牲不说,而且还有可能惊动日本人,一旦惊动日本人,他们会狗急跳墙,提前劫持或突然袭击劫持,那样的话我们会很被动的。我想用'精神绑架法'让方天成就范,让他老老实实把大妈放了,使日本人劫持大妈的阴谋破产。"胡春江把他的想法告诉大家后,大家都觉得新奇。

杜云英说:"没时间了,如果你的'精神绑架法'可行的话,你今天就得想办法见方天成,实施你的'精神绑架法'。如果不行,我们就来硬的,我们没有退路了。"

…………

方天成上午刚进到办公室,电话铃就响了。他忙拿起电话听筒,只听里边说道:"方处长,我是警察局的胡春江。"

方天成一听,吃了一惊,忙问:"胡局助,你不是到那边办差去了吗?怎么还能给我打电话?"

胡春江似乎很严肃地回答说:"昨天晚上我是出境了,可我又折回来了!"

方天成忙问:"为啥?"

胡春江说:"为你!"

"为我?"他惊了一下,本来是坐着接的电话,他一听忙站了起来,"啥事儿?"

胡春江说:"你的电话已被人监听了,我不能说。"

方天成冷冷一笑说:"在满洲里,谁敢监听我的电话?他不想活了?"

胡春江说:"他是不想让你活了!"

方天成似乎不太相信,问:"什么什么?谁有本事不让我活?"

胡春江停了一下说:"天外有天!"

方天成不说话了。他知道,这个时候胡春江说这些话,肯定不是捕风捉影,一定是有背景的,也一定是有什么事情冲着他来的。停了一会儿,方天成说:"你来我办公室吧,我得问个明白。"胡春江说:"我不能去。"方天成问:"为啥?"胡春江说:"我为你是偷偷越境跑回来的,不能公开露面,公开露面一旦遇到警察局的人,我无法解释。我说个地方,你来吧。"方天成调整一下情绪说:"好吧!你说去哪儿?"胡春江说:"上午十点你到基督教堂来,十点钟门口有人接你,如果你相信我,请不要带任何人来;如果你暗中带保卫人员,那是你对你自己的生命极不负责,我也不会见你!"方天成哈哈一笑说:"你的为人我清楚,正直爽快,我肯定一个人去。"

方天成放下电话,站在那里久久没有回过神来,大脑如群蝇飞舞,嗡嗡乱响。有生以来,这是他第一次接到这样的电话。他想,如果胡春江骗他的话,那么胡春江想干什么呢? 如果胡春江没骗他的话,那么是谁在后边做他的什么活呢? 方天成知道,目前中国世道这么乱,军阀势力多如牛毛,大的方面讲分为两大势力,蒋介石和张作霖。蒋介石派北伐军讨伐张作霖,想统一中国。而张作霖组建安国军抵抗北伐军,也想统一中国。现在是战火连天战役不断。小的方面讲是军阀割据,各派系是面上和气,背后打黑枪。另外日、美、法、英、德、苏又是这么操心插手中国的事务,都想在中国捞一把。日本表现得最为突出,日本人最怕蒋、张讲和统一了中国,妨碍了他们吞并中国的野心,于是他们就出兵山东攻占济南,名义是保护日本侨民,实则是打乱蒋介石的北伐计划,阻碍中国统一。这些外国势力,各方面都需要情报,如今情报机关多多,如雨后春笋,俯拾皆是。而且特务探子,到处乱跑。在这种形势下,他们做情报活的人,都是走钢丝,骑火绳,一不小心,生命就会化作乌有。胡春江给他打这个电话,他必须信其有,并且得重视。方天成深知自己生存在旋涡中,其危险度他早已经评估过了,评估的结果是凶多吉少。

乱世时期,意志再坚强的人,一有风吹草动,也会惊慌失措的。

这时,电话又响了。方天成还是犹豫了一下,拿起了电话。是司令部门卫值班人员打来的,值班人员报告说:"日本领事馆的张代办和两个日本士兵要见您,您看见不见?"方天成想,此时张代办带着日本兵来干什么?难道与刚才胡春江讲的有关?他伸出手腕,看看手表,不到九点钟。论他现在的心情,他不想见。可张代办的面子不好回绝,回绝了怕他给自己找麻烦。想了半天,他对门卫值班人员说:"让他们进来吧。"

方天成的办公室在三楼,从窗户就能看到大门口。他放下电话,走到玻璃窗前,往大门口望去,只见张代办前边走,两个日本卫兵背着长枪在后面跟着。张代办这样明目张胆地带着日本兵来见我是干什么呢?方天成见他们三人进了办公大楼,便破例走出办公室迎接。方天成很少走出办公室到门外迎接客人,除非是奉天大帅府来人了,他才出去迎接。

应该说方天成与张代办关系不错,方天成处于这个位置,不可能不与日本人打交道,与日本人打交道,他就绕不过张代办。日本领事馆在满洲里有很多对外事务,都是张代办出面办的。上一次东北军与日本人火拼抢秘密图纸事件,留下了很大的后遗症,后来就是张代办替他摆平的。方天成已有预感,张代办身后,一定有一张大网支撑着,否则,他不会在满洲里这个浑水池里生存下来。

张代办上了三楼,两个日本兵目光木然地留在楼道口站着不动了。

张代办走进办公室后,有意把门虚掩着。方天成看他故意不把门关上,知道了他的用意。他俩大声寒暄之后,方天成给他倒杯茶水。利用倒茶水的机会,张代办小声说:"有个情况我得马上对你讲,否则你会很被动和危险的。"

方天成身子抖了一下,端茶杯的手有些不稳。他把身子转过来往门口看一眼,悄悄地问:"什么情况?"

张代办说:"春节过后,张大帅为抢日本人手里那张秘密图纸,杀了几个日本浪人。图纸是抢走了,可是日本人把这笔账记在了你方处长的头上。当然,他们扬言也要找张大帅算账,至于怎样算,我还不清楚。但找你算账,我听出个眉目,他们想要你和你家人的性命。"

方天成一听,如轰雷掣电,魂魄皆散。他的手开始微微发抖。难道一会儿胡春江见他也是为这事儿?张代办说:"我是冒着生命危险来给你报信的,你可要警惕,并且要有对策呀。你和日本人打交道这么多年了,日本人的手段你是了解的,他们想吃哪块肉,哪块肉一定得是他们的。"

方天成用一种从未有过的眼神看着张代办,问:"你今天来为何带着日本兵?"张代办小声说:"不是我带,是人家要跟着我。日本人已经开始不信任我了,那次你们在火车站把图纸抢走之后,他们认为我替你们东北军说话了,就开始不信任我。特别是近日,我到哪里,日本人就以保卫我的安全为由,派两个士兵跟着。今天我绞尽脑汁,想了个理由来见你。没有充分的理由,我怎敢见你?"

"啥理由?"他问。

张代办说:"我说你想与我合作做一笔钢材生意,来见你是商量合同条款的。他们一听是经商的,于是就让来了。"

张代办说着看看虚掩的门,又说:"我今天来给你说的事儿,你一定要引起重视,切不可不相信,更不能掉以轻心。日本人为了控制咱中国,万恶的国家机器已经发动起来,并且油门越来越大,他们什么事情都能做出来。"方天成感慨地说:"我原以为你是死心塌地为日本人卖命的,没想到你是个正正经经的中国人。"

张代办看一下手表,说:"我不能多待了,时间久了会引起日本人怀疑的!记着,啥事情都不是咱的祖传事业,只有自己和家人的性命是祖上给的。要保护好自己和家人的性命,就得悟透和看透。一味地为谁卖命,搞不好到头来真的就把自己和家人的命卖了。"

这一切都是胡春江"精神绑架法"的组成部分,是第一步,是为接下来胡春江"精神绑架"方天成做铺垫。张代办下楼后,心里想,胡春江的"精神绑架法"已经顺利地迈出了第一步,而且开局不错。他心里轻轻一笑,带着两个日本兵走出了哈满司令部的大门。

方天成发了一会儿呆,回过神来,脱下军装,换上长袍,戴上墨镜礼帽,坐上情报处的吉普车,向基督教堂赶去。

…………

此时的胡春江已卸了装,站在基督教堂三楼一间简易的房子里,从窗口往下看,教堂大门正好尽收眼底。一辆吉普车直接开到院内,方天成从车上下来。只见他礼帽长衫,墨镜怀表,一副商人打扮。他抬头看看这座雄伟的西方建筑,然后往里边走来。俄罗斯牧师奥里罗夫迎了出去,两个人寒暄一阵,双双走了进来。

"精神绑架法"计划已经启动,方天成正游走于设计的套路中,几分钟之后,一场吉凶难卜、神鬼莫测的斗争就要开始了。听到门外的脚步声和喘气声,胡春江拉开门迎了出去。牧师奥里罗夫说:"方先生到了。"胡春江双手抱拳说:"方处长,屋里请。"方天成也抱拳回敬。牧师奥里罗夫早已止步,说道:"你们聊吧,我告辞了。"说完,很稳重地微微鞠了一躬,然后下楼了。方天成看着他的背,有神秘难测的感觉。

这是一间黜华崇实的简易工作室,一张桌子、两把座椅,一个暖瓶、两个茶杯。墙上有一幅耶稣造型画像,对面墙上还有一幅汉字书法作品,内容是"爱神与爱人"。

方天成进来环视了一周,虽然这只是一间简易的工作室,但在这种环境中,就会产生一种无形的神圣和神秘。房顶很高,高得让人害怕。房顶还有壁画,画的内容是大眼睛特写和女人长指甲的造型。这种莫名其妙的壁画,看久了会让人产生恐惧感。方天成坐在胡春江对面,胡春江给他倒了一杯开水。方天成笑了笑问:"你获得啥情报了,值得你出境了又偷渡回来见我?"

胡春江真切地说:"情况如果不紧急,我也不会回来着急见你。"

方天成急急地说:"说说情况吧。"此时方天成心里已有了数,刚才张代办说日本人要找他麻烦,胡春江说的大概也是此事。

胡春江脸上飘过一丝真诚,他说:"我有可靠情报证明,日本人在整你的黑材料,从黑材料的内容和机密等级上看,他们是想把你往死里整。"

尽管方天成心里有数,但他还是有些惊恐,问道:"整我的啥材料?"

胡春江说:"说你给共产党输送军事人才,通共!"

方天成一听站了起来,沉思一会儿,说:"说我别的事儿,还有一点影儿;说我通共,纯属向壁虚构,捕风捉影,这日本人大脑没毛病吧?"

胡春江点了一根烟,又给方天成让了一支。胡春江说:"他们想置你于死地,没有其他理由,只好说你通共。至于你真通共假通共,他们不管。"胡春江停了一下问:"你是不是有个表弟,前年在草原上为了一个女人杀了人,后来你帮他逃走了?"

方天成坐下,说:"有这回事儿,是我姑家表弟,怎么了?"

胡春江轻轻地一笑说:"你这个表弟现在是共产党南方军队的人了,日本人认定是你把他送到共产党军队里的。"方天成一惊,顿时出了一身虚汗。他镇静一会儿,吸一口烟自言自语地说:"他参加共产党? 共产党能要他? 他恐怕吃不了共产党的苦。他参加不参加共产党,我真的不知道!"胡春江把头一仰说:"我相信,可是……"

胡春江说到这儿顿了一下。方天成忙问:"可是什么?"胡春江说:"不知道你什么事儿得罪了日本人,目前把你往死里整,我深信你表弟根本没有参加共产党组织,日本人只是捕风捉影给你加罪,欲加之罪何患无辞!"刚才张代办告诉他是抢秘密图纸的事儿惹怒了日本人,这时胡春江又这么一说,他已经确信日本人要置他于死地。此时,他不想把刚才见到张代办的事儿说出来,现在社会这么复杂,他不知道胡春江和张代办是啥关系,还是留一手为好。方天成想想说:"日本人想借刀杀人,没那么简单。仅凭日本人的单方材料说我通共,我想上峰也不会相信的。"

胡春江冷冷一笑,说:"我的大处长,你难道还不清楚这方面的事儿? 这两年我们警察局和你们东北军,枪毙那么多共党分子,哪个不是仅凭他人一句话的指认? 何况日本人在整理你的文字材料,你能跑得了?"

方天成听了这话,心里如刀刺一样难受。

胡春江又说:"日本人是设计一个圈套让你跳进去,而且你已经跳进去了。"

方天成不解地问:"圈套? 我已经跳进去了? 是什么圈套呢?"

胡春江目光里含有一种神秘,似乎也含有玄机,他问:"你了解师伟吗?"方天成想了想说:"他不是北京军政府的高级情报人员,现在被委任为督察组组长,他怎么了?"胡春江说:"你们东北军的情报系统得升级了,到目前你们还不知道师伟和瞿华莹的真实身份,这说明你们落伍了。情报机关,不能整天限于打打杀杀、抓抓捕捕上,应该在情报信息的畅通上下功夫。你看我们警察局的警务调查科,从不打人，更不会去抓人，而是一心一意投入到情报信息建设上，给上级和罗局座提供准确无误的情报信息服务。打人杀人抓人是他们治安和刑事警察的事儿。我们现在在国民党、共产党、日本机关、苏联机关都有情报网。实话说，你们东北军我们也有人。我今天给你讲的情况，就是我们自己的情报网搜索到的日本绝密情报。"

方天成急不可耐地问："你刚才说师伟和瞿华莹的真实身份，他俩有什么联系吗？"胡春江收住笑容，说："看来你们东北军的情报系统真的出事了，这么公开的事情，你们却不知道，你手下的人都干什么呢？"

胡春江把师伟和瞿华莹的夫妻关系给他讲了，同时也把他俩为日本人做事的秘密讲给了他。方天成惊愕了，问："瞿华莹是师伟的二姨太？他俩还秘密为日本人效力？我真是第一次听说。"

胡春江说："因此，你的情报系统失灵了，你成了聋子和瞎子很正常。"方天成叹道："这些年我们真的只为抓共产党而忙碌了，忽视了情报建设。为日本人干活并不可怕，比如日本领事馆的胡春海、张代办等人，他们都为日本人干事，但他们的心仍然是中国心。"

默了一会儿，方天成用一种特殊的目光看一下胡春江说："我知道，你其实也是为日本人干事的，但我感觉你不是真心为他们效力的！"胡春江摇摇头说："警察局上上下下的人，都认为我是日本人的线人，是为日本工作的特务。其实我不会为日本人干，我只为钱干，金钱是我干事的唯一动力，钱是人获得尊严和独立的基石。但我说明一点，今天我为你这样做，不是为了钱，而是为了良心。我认为我知道了日本人要对你下手，我不告诉你，我对不起自己的良心。"一句话说得方天成沉默了。

外面响起了滚滚的雷声。农历四月，春雷炸响，必有大雨。胡春江和方天成站在窗口往外看，浓云很低很厚，似乎也很沉，像一方滑落的幕布顷刻间要遮盖大地这个舞台。火龙在远处的云层中乱窜，雷声响彻天空。一会儿，大雨倾盆压来，整个城市浮在一片烟雨中……

方天成和这座烟雨城市一样，心里沉重得喘不过气。

五十九

　　胡春江观看了一会儿大雨,扭过身来说:"我负责地告诉你,整你黑材料的人是师伟,他让那个女共产党员住院,是个圈套,也是师伟设计的,目的就是完成日本人给他下的命令,置你于死地。日本人想置你于死地,还不想自己动手,他们给你虚设一项通共的罪名,让北京军政府、让大帅府对你下手。这样,他们既达到了目的,又让别人认为你这事儿与他们日本人无关。他们就是借刀杀人。你说,日本人狡猾不狡猾?"

　　方天成望着窗外茫茫的滂沱大雨,不明白地问:"师伟这样做图的啥?"胡春江说:"他不图啥,他是在执行日本人的命令。"方天成问:"日本人让那位女共产党员住院又是个什么圈套呢?"

　　胡春江紧皱眉头地说:"师伟组织了一批日本浪人,想把女共党抢走。如果女共党待在看守所里,他们知道那里戒备森严,指望几个日本浪人是抢不走的。于是师伟就提议让那女共党住院治病,这样的话,他们能在治病期间下手抢人。另外,他师伟为啥让市政府特务科的人在医院核心部位站岗执勤,而你们东北军的士兵却安排在外围站岗?这些蹊跷事儿是大有文章的,难道你没有察觉?"

　　一个闪电飞过,照得方天成脸色直白直白的。紧跟着一个炸雷,震得整个教堂的窗户哗哗乱响。方天成转过身来,眼睛直直地瞪着问:"他们日本人抢走这个女共党是啥目的呢?"

胡春江也在看窗外的乌云,他把目光收回来,说:"这你还看不出来? 他们想利用这个女共党当证人,证明你通共,从而把你往死里弄。"

方天成一听急了,说道:"这能挨得上吗? 再说,这位女共产党也不是个傻子,日本人让她证明我通共她就证明了?"胡春江说:"日本人有办法让她开口的,就是这位女共党不做证,日本人也会以她的名义弄假证言的。"方天成叹道:"为了达到整我的目的,日本人和师伟没有少费心机呀!"

胡春江又抬头看着窗外沉沉的乌云,问道:"方处长,你做啥事了让日本人恨你恨成这个样子?"

方天成双眉紧锁,痛苦的表情飞过他的面孔。他好像狠下决心地说:"一言难尽啊!"于是,他把大帅府命令他们抢夺日本人秘密图纸的事儿说了。胡春江知道刚才张代办给他讲了,因他抢秘密图纸日本人记仇复仇的事儿。胡春江深沉地说:"终于找到原因了。那次你指挥杀了不少日本浪人,又把他们的秘密图纸抢走,他们认为你伤害的不是日本某个人,而是日本的国家利益,他们往死里整你,也就理所当然了。瓦罐不离井上破,将军难免阵前亡。你长期担任情报处长职务,难免造成这种局面呀。"

胡春江又说:"张大帅虽然不吃日本人那一套,但他从心眼里还是怕日本人的。在日本登陆青岛这一重大事件上,他和蒋总司令一样,做了不抵抗的选择。"

方天成想了想问:"胡局助,我知道你不是个简单的人物,你背后有了不起的关系网。你为国家效力也好,为日本人工作也罢,包括你是否为共产党提供方便,我都不过问,我只问你两句话:一、你为啥要帮我? 二、你今天上午说这一切,用什么证明是真的,让我怎么相信你?"

雨下得小了,满院的积水冒着白泡儿。远方的草原上空,出现了浅浅红云,这是草原大雨过后常见的气象。胡春江看着方天成的眼睛很久,看得他心里直发慌。胡春江慢慢地说:"你的第一句话好回答,从大方面讲,你有爱国之心,痛恨外来势力,不与列强共舞,所以我就帮助你。从小的方面讲,我认为你为人正直,不要手腕,不搞阴谋,有朋友味,我不为别的,只为良心。"方天成听罢,似乎悟到了什么,双手抱拳抖了抖。胡春江问他:"方处长,你看见天边的红云没有?"方天成回答:"看见了。"胡春江继续问:"你怎样证明那片红云存在呢?"方天成说:"不用证明,因为它确实存在。"胡春江笑笑说:"我今天给你说的事情无须证明真伪,因为也确实存在。你可以相信,你也可以把它当成耳旁风,不用管它。我今天来只管给你通风报信,我不管你怎么想,也不管你怎么做。如果真需要证明的话,那只有以后证明。但到那时,你恐怕已经不在人世了,也不需要什么证明了。"胡春江说完,面无表情地闭上了眼睛。他又摸出一支香烟,没有让方天成,而是自己点燃吸起来。

方天成看出了胡春江的不悦,忙尴尬地笑笑说道:"谢谢胡局助在关键时刻给我提供这么重要的情报,这关乎着我的生死存亡,我家人的安危。我真心地感谢你,你昨天晚上才出境办差,当天夜里为我又潜伏回来,这不是一般人能做得到的,你是一个有正义感的人,你把我当成朋友,我也一定把你当成结义兄弟。以后,你我就是生死之交,这件事情怎么办,我全听你的。"

胡春江吸口烟,把嘴半闭半合,让烟雾自由地飞出来,从他面前袅袅升空。他说:"现在得马上想对策,一是你得从圈套里跳出来,二是不能让日本人和师伟他们的阴谋得逞。"

方天成问:"你有什么好办法吗?"

胡春江说:"从昨天晚上得到情报到现在,我只顾想怎样把情报传递给你,没有认真去想对策,你容我想想再说。这样吧,你下午也思考一下,今天晚上八点钟我们还在这儿见面。今天晚上一定要拿出对策,日本人行动会很快的,如果因为行动慢造成不可挽回的后果,那将是千古之恨呀!"

方天成低着头,反复衡量这件事怎样应对。他想,躲是躲不过的,目前大半个中国都有日本人和给日本人干事的人,他们已经渗透到各级政权内、体制内,连蒋总司令、张大帅他们也是惹不起日本人的,遇事躲着走。特别是东北,日本人更多,而东北又数哈尔滨和满洲里日本人最多,如果日本人盯住你,你能往哪儿躲呢?硬碰硬更是不行。日本人,特别是日本的情报人员和日本的浪人,出手没章法,没有底线,为了达到目的,往往都是用的极端手段。那么,用什么办法躲过这一难呢?他现在心里很乱,想不出对策。

"胡局助,我想听听您的意见,说说看?"方天成说。

胡春江慢条斯理地说:"据我分析,日本上层对整个东北军都恨之入骨。因为他们要统治东北,那么东北军就成了他们的绊脚石。张大帅目前又是北京说了算的人物,小事不与日本人计较;大事,特别是牵扯到主权和领土的问题他确实不全买日本人的账,这使日本人很头疼。有情报称,刚就任的日本天皇昭和,因为张大帅处处不配合日本人而睡不着觉。昭和这个新天皇,骨头里都充满了战斗性。我估计,他早晚会对东北军和张大帅下手的。你的问题,在咱中国不是问题;而在日本,就成了大问题,你也和张大帅一样,恐怕已列入日本军国主义暗杀的黑名单里,逃是逃不掉的,躲也是躲不过的,硬拼也是会家破人亡的。其实,你是位英雄,然而,现在国家和两个政府都腐败无能,谁又能保护我们的英雄呢?没有别的办法,只有靠我们自己保护自己了。"

"那怎么办呢?"他不安地问。

胡春江故意闭上眼睛想了一会儿。他知道他的"精神绑架法"已发力,并且已经起到了催眠的作用。如果现在他俩的关系比作一架天平的话,那么这座天平的砝码已经开始向胡春江这边倾斜。一会儿胡春江说:"咱俩都再思考思考,今天晚上八点钟还在这儿见面,间不容发,事不宜迟,日本人行动快,咱们得马上拿定主意。犹豫不决,必然坏事。我只提醒你一句话,留得青山在,不怕没柴烧。"

方天成听罢,心里如大锤夯的一样,闷疼闷疼的。胡春江已经揆情度理地感觉到,自己的"精神绑架法"已起到了很好的作用。

方天成自言自语地说:"是啊,万物盛而衰,乐极则生悲啊!"

中午的时候,天空云开雾散,太阳出来了,照得整个城市明亮而秀丽。方天成走的时候,胡春江对他说:"今晚上来前,你把你的家人转移一下,不要住在家里了,要以防万一。另外,晚上来不要再带车来了,要一个人来。现在的情况都是你中有我,我中有你。手下的人、身边的人都得防备!我们做情报工作的,怀疑一切是最基本的法则。"

方天成对胡春江点了点头说："明白了！"说完下楼走了。

此时，方天成已有了不系之舟之感，孤独又可怜。他没有回到司令部情报处办公室，而是让吉普车把他送回家。他家在司令部后边一个小院里，妻子带着两个孩子生活。儿子十三岁，女儿八岁。他回到家里，没有把实际情况告诉妻子，而是对妻子说，吃完午饭他要把她和两个孩子送到牧场住几天，那里风和日丽，是春天的好去处。两个孩子一听很高兴，都跳了起来。妻子有些顾虑地问："没是没非的，去草原干吗？"方天成的脸上浮现一层难以捉摸的表情，说："春天马上就要过去了，老待在家里对身体不好，对孩子的发育也不好。"妻子问："孩子上学堂怎么办？"方天成说："请两天假吧，正好也能让孩子们歇歇。"妻子一听，不再说什么。

方天成默默地吃了午饭，派人把妻子和孩子悄悄地送到紧邻边境线的牧场里，那里是东北军的军马场，他的亲信在那里当场长，把家人放到那儿，放心，安全！

下午，方天成来到办公室，他刚走到一楼楼梯口，抬头一看，只见赵哲鸿参谋在等他。赵参谋是机要参谋，平时他与赵参谋接触很多。但在军队内部，机要和情报是两码子事，机要主要业务是翻译电文和保存机要档案，传输机要文件。情报是目前特殊时期派生出的机构，主要业务是搜索各方面信息，侦破政治案件，说白了以抓获共产党员为主要业务。这与张大帅参与治理地方事务有关。纯军事的司令部，只有机要机关没有情报机关，而东北军，代办地方事务，掌管地方政权，替代司法机构专政，因此才有情报机关。设有看守所的军队也很少，而东北军在不少大城市，都设有看守所。蒋总司令、汪主席和张大帅与共产党翻脸后，他们设的看守所起到了关键性的作用。不管张大帅听不听蒋介石和汪精卫的，在反对共产党这一立场上，他们都是高度一致的。

赵参谋见他走过来，向他笑笑说："方处长，我找你有事。"方天成这会儿可以说是惊弓之鸟，赵参谋一说有事找他，他的心就大跳起来。

赵哲鸿参谋跟方天成来到办公室。这时，电话铃响了。方天成想到胡春江上午说他的电话被人监听了，他望着电话犹豫了一下，但他还是接听了。是日本驻满洲里领事馆翻译胡春海打过来的。一听是日本领事馆的电话,他的心里如吃了半斤雪块,凉透了。只听胡春海说:"方处长,今晚上领事馆领事想请你吃饭,希望你赏光。"方天成一听,心里抖了几下,他马上意识到日本人真的要动手了,这顿饭肯定是鸿门宴,他们要在饭局上摊牌。他有意地看了一下赵参谋,赵参谋在看他书架里的书籍。方天成此时没有理由拒绝这位翻译官的邀请,不去是不行的,他说:"晚上在哪里?我过去。"胡春海说:"就在日本领事馆内部餐厅,五点钟你过来吧。"说完,对方挂了电话。这时方天成开始往最坏处想了,他想,今晚去赴宴,有可能就回不来了。想到这儿,他的脸色惨白。

赵参谋从书柜前走过来,下意识地看一下门口。他小声对方天成说:"方处长,你平时对我的好我都记在心里,我是个知恩图报的人,有一件事情,我想不对你讲对不起你。"

方天成抬起头,问:"赵参谋,是什么事情啊?"

赵哲鸿沉思一下说:"这两天我们机要室截获日本人两封无线电报,电报内容涉及你的事情,我感到这里边有鬼,于是就赶过来给你通报一下,你心里得有个数,得早日有应对的措施。"方天成一听,他知道了,胡春江上午没有对他说假话。他确信,赵参谋说的也一定是日本人对他下手的事儿。

他假装平静地问赵哲鸿:"是什么内容呢?"

赵哲鸿小声说:"日本人要对你下毒手。他们在搜集你通共的情报,然后嫁祸于你,让你有口难开。我只能给你讲这么多,再细的不能讲了。你得马上有对策,不然,日本人什么事情都能做出来。方处长,你什么事惹着日本人了?至于他们对你下毒手吗?"

方天成此时不想多说什么,他的心很乱,情绪也很低落。他喃喃地说:"我过去做的事都是职责所在,公事公办,而日本人却把仇恨记在我的身上。"赵哲鸿说:"日本人恨咱中国人,更恨与他们作对的人,你一定要有所提防。"方天成感激涕零地说:"谢谢你赵参谋,我平时没有为你做过什么事情,你却在关键时候想着我,给我提供信息,太谢谢你了。我心里有数了,我会应对的。"

赵哲鸿说:"方处长,这都是你平时为人做事留后路的结果。你平时做事对事严,对人宽,大家都说你是一个有情义的人,有情义的人到关键时刻就会有人默默地帮助你。如果没情义了,一旦遇到大事情,大家定会落井下石。你说对吗方处长?"方天成说:"赵参谋说得很对,谢谢你对我的认可和肯定。"

其实,这个赵哲鸿不是别人,就是东北军地下党组织负责人月亮。他这样做,也是胡春江导演的"精神绑架法"的一个组成部分。

赵哲鸿走后,方天成一屁股坐在办公桌前不动了。他在反思,他的情报系统在日本人内部也有网络,为啥这一次没有任何显示呢?前不久,他在奉天的日本内线给他提供了这样的消息,说日本人在打张大帅的主意,日本人占领东北,登陆青岛,攻击济南,他们认为张大帅是最大的绊脚石。日本人拟定让蒋介石向日本政府谢罪,拟定对张大帅诛之。当他获得这样的情报时,他不相信,他认为日本人酝酿这两项事情,都是天方夜谭。张大帅对日本人有抗,也有亲,再说张大帅大权在握,想诛之,可能吗?他没有把这情报放在心上,也没有把这一情况往上报告。日本人好声东击西,真真假假,往往是传出来的情报是假的,真的传不出来。他方天成在日本人身上学到了不少东西,在抓到女共产党员洪霞以后,他和师伟悄悄商定,利用"假枪决令",采取声东击西方法,来试探满洲里共产党地下组织的反应,结果没有见什么激烈的反应,共党只是处死了师伟精心培养的两名叛徒。方天成想,如果奉天情报网提供的情报是真实的话,那么日本人陷害他,并置他于死地也就正常了。蒋介石目前是中国的领袖,张大帅是中国北洋政府的军政大王,也是安国军的大王,是中国草木知威的人物,日本人都敢向这些领袖级的人物下手,他方天成算什么人物呢?在日本人眼里,他应该如蚂蚁大小。日本人的手段方天成是很了解的,他们一旦痛恨谁,盯上谁,那就恨不得抽筋剥皮,挫骨扬灰……此时,方天成真的有点害怕了。

晚上,方天成因为到日本领事馆赴宴,到八点多才赶到基督教堂。其实,胡春江已经知道他去了日本领事馆赴宴,这是母亲杜云英导演的一出好戏。中午吃饭时,母亲派交通员来教堂见胡春江,交通员给他交代了两件事情,一件是晚上田家彬要派人化装成日本人进到方天成家里搜查,目的是要让方天成知道,日本人动手了。这第一件事是在"精神绑架法"计划之内的。第二件事情是杜云英后来新添加上的,就是设计让方天成到日本领事馆吃饭,到那儿只吃饭,不说事儿,让他摸不着东西,猜不透南北。这出戏,杜云英让大儿子胡春海去导演。

晚上方天成喝了两杯白酒,但大脑还是清醒的。胡春江见到他就问他:"怎么来晚了?"方天成把日本领事馆突然请他吃饭的事儿说了。胡春江问:"都有谁参加了?"方天成说:"有日本领事田基,翻译官胡春海,还有两个日本驻满司令部武官,另外还有商人井上春树。"胡春江听了"井上春树"这四个字时,一惊,问:"井上春树也参加了? 他可不是真正的商人啊。我没猜错的话,他是个日本上层情报人员,是高级间谍,掌握着满洲里乃至黑龙江的情报大权。他们为何要请你吃饭呢?"

方天成说:"不知道。一晚上什么实际的事儿也没说,只是闲聊和喝酒。最后胡春海悄悄对我说,日本帝国很强大,要我多识时务!"

胡春江又问:"田基也没有说啥?"

方天成说:"田基只说他刚从北京和天津回来,在北京见到了张大帅,在天津见到末代皇帝溥仪,说溥仪是个帅小哥儿。别的他没有说啥。"

胡春江说:"日本上层对蒋总司令和张大帅都有一些看法。特别是张大帅,日本人通知他谈判山东的权益问题,他愣是不参加谈判,弄得日本人面子上挂不住。"

方天成说:"因此日本上层对张大帅很是仇恨。这种仇恨也波及我们这种下人身上,我就是受害者。我们每执行一项任务,都是上峰下达的指令。这次晚宴,是鸿门宴,我认为有可能我就回不来了。还好,是一次平静的宴会。然而,平静的背后,一定有惊雷。真让我猜对了,我派出的心腹刚才来给我报告说,今天晚上天黑以后,有六个日本浪人翻墙到我的院子里,打开我的房门,在我家里待了约二十分钟。他们看家里没有人就跳墙走了。"

胡春江说:"日本人诡计多端,不得不防呀! 你想到摆脱这次危机的办法没有?"

方天成摇摇头说:"只顾忙着家人的转移和应付日本人的晚宴,我现在已是枯鱼之肆,没有别的好办法了。如果实在不行,我只好举家北逃了。"胡春江一听,忙问:"去蒙古?还是去苏联?"方天成说:"当然是要去苏联的。蒙古不安全,蒙古现在自己还顾不上自己呢,还能关照我这种躲难的人?"胡春江抬头看看窗外的月亮,说:"如果去苏联了,那你不是前功尽弃了?你跟着张大帅这么多年,又是他的心腹,在他的核心部门工作,你这样逃之夭夭了,怎么向张大帅交差?你身上背着东北军的不少核心机密,你出去逃灾避难了,张大帅不紧张吗?你不是背叛主子的人,逃走了却背上了背叛主子的名誉,毁了你一生清白呀!"

方天成想想说:"不是我要背叛张大帅,而是我走投无路,没办法了!我落个背叛主子的罪名,那也比日本人陷害说我通共被弄死强呀!"他又忙问:"对了,老弟你给我想到什么好办法没有?"

胡春江把目光从朦胧的月亮上收回,扭头看着方天成说:"我有个两全其美的办法,不知道你敢做不敢做。"

方天成坚定地说:"涸辙之鲋,命悬一线,这个时候了,我还有啥敢做不敢做的?这个时候如果不操刀,那还等待何时?"

一块薄薄的云彩躲开了月亮,大地顿时明亮了许多,整个教堂似乎也清楚多了。

胡春江慢慢地说:"日本人现在要抢走那位女共党,核心目的是想制造你通共的证据,从而达到铲除你的目的。我认为,我们要反其道而行之,让他们达不到目的。他们说你通共,不如让共产党来做这篇文章,这样既能洗净了你的身子,又能让日本人有口难言。"

方天成眼睛一亮,问:"让共产党做文章,怎么做?"

胡春江边思考边说:"据我所知,日本人和师伟他们要抢走这个女共党,而共产党和苏联人也要抢这个女共产党。他们都要抢人。问题是,日本人和师伟抢走女共党是要置你于死地,从而达到他们报仇的目的。而共产党和苏联人抢走是真正为了抢人。如果让共产党和苏联人抢了,日本人和师伟的阴谋不是破产了吗?阴谋一破产,他们想陷害你通共的计划不是就落空了吗?他们的计划一旦落空,你不是安全了吗？你不是有回旋的余地了吗？"

方天成用独特的眼神看着胡春江不说话。胡春江也用犀利的目光看着他说："人生最大的遗憾，莫过于错误地坚持不应该坚持的东西，轻易地放弃不应该放弃的东西。"

方天成又看了一会儿胡春江问："你不会是共产党吧？"

胡春江随意笑笑，似乎很蔑视方天成，说："现在事情已经到了危如累卵的地步了，你问这个重要吗？有人说我是日本的探子，有人说我是汪主席的线人，也有人说我是蒋总司令的干将，还有人说我是张大帅派来的特使，当然也有人说我是共产党的卧底。我听到这一切，都是一笑了之。我不管别人说我是谁的人，我只管干活。一对得起国家和民族，二对得起良心和朋友，三对得起自己和家人！你我狗吠非主，各自为人。我从昨天下午获得情报后，昨天晚上从苏联那边化装偷渡回来见你，到今天晚上给你出主意、想办法，我自认对得起良心和朋友了。其实，平时你对我也不是那么好，师伟对我也不是那么坏，可我为何偏偏要帮助你呢？不是我爱管闲事，我认为主要是我的良心在指使我要这样做，因为你是在为中国人做事，我必须帮助你。而师伟他们，明地里为国家，暗地里为日本做事，我绝不能和他站在一条线上。现在咱们全中国人，提起日本人，谁没有切肤之痛呢？今天我帮助你这件事情，我自认不仅仅是在帮助你，而是在为民族解放而努力，用中国人的一分力量在与日本人斗争。"

方天成忙说："真的感谢你，你就是我的救命恩人！我不管你是哪个线上的人，我看现在咱俩就是一个线上的人。你够朋友，是响当当的中国人。"

胡春江说："方处长，你想，在紧急关头，中国人不帮助中国人，还是中国人吗？我潜伏回来，我们局座还不知道呢，他如果知道了，还不处分我？但我不后悔，如果这次能帮助你脱险，开除我也值！"

方天成伸出大拇指，有力地说："您洞见肺腑，是真正的男子汉！路遥知马力，日久见人心。我听你的！你说，怎样让共产党来抢人呢？"

胡春江说："不管他们怎样抢人，你只做两件事，一是让你的人不要开枪伤着共产党的人。二是你今晚要命令看守,把女共产党的手铐脚镣打开,便于他们行动。"

方天成说:"我用什么理由让看守打开刑具呢?"

胡春江说:"这个你自有办法。"方天成又想了想说:"我们怎么认定是共产党来抢人呢?"

胡春江想了想说:"为了让市政府派去的人和师伟的人不抵抗或少抵抗,共产党方面会打扮成日本浪人进医院抢人。"

方天成似乎不再踌躇,他痛下决心说:"好吧,打开刑具是我的事儿,抢人是他共产党的事儿!"

胡春江说:"那好,现在是九点四十分,时间定在后半夜三点。你去安排,我这边通知线人,让共产党方面做好准备。没时间了,我们得抓紧!"方天成问:"你与共产党方面有联系?"胡春江笑笑说:"我们搞情报工作的人,哪方面的人没联系呢?说实话,你没联系过共产党战线上的人?"方天成坚定地说:"没有,从来没有!"胡春江神秘地说:"据我所知,您那个表弟真的是在共产党队伍干,而且还是个小军官。"方天成叹口气说:"我那个不安分的表弟逃走以后,我真不知道他跑到共产党那边去了。这个混蛋家伙,跑过去干什么? 授人以柄,让我险遭算计。"胡春江望着头顶的灯泡,自言自语地说:"你那个表弟如果真的在共产党队伍里是福气呀!"

"福气?"方天成说,"没有这个表弟,日本人能用这个借口整治我?"

胡春江摇了摇头说:"你错了。没有这个借口,还有别的借口,欲加之罪,何患无辞? 你现在唯一能做到的就是,避其矛盾,渡过难关,保存实力,寻机雪恨! 我说的福气是你表弟有福气。我听说共产党队伍是个大熔炉,再有前科的人,一旦加入人家的队伍,都能涤瑕荡秽,除污而清,都能炼成钢!"

"但愿如此吧!"方天成说。

其实方天成的表弟是不是共产党,胡春江心里真没有数。他只是利用这个道听途说的信息控制方天成罢了。凭胡春江的感觉,方天成的表弟不可能在红军队伍里。

教堂突然停电了,室内黑了。安静了一会儿,胡春江对方天成说:"你回去准备吧,我也得走了。"方天成说:"你的大恩大德,日后定谢!"说完,他开门走了。

方天成下楼时,听见牧师在楼上轻轻地祷告,他用汉语说道:"既然无处可躲,不如淡然。既然无处可逃,不如喜悦。既然没有净土,不如心静。既然没有尊严,不如去争取……"

洁净的月光下,大地一片朦胧。

六十

第二天早上,天还没有亮的时候,八个黑衣男人用担架把形容枯槁的金牙大妈护送过了中苏边境线,后面跟着胡春江和张代办。过了边境,他们看见有一辆马车停在路边,一个车夫、两名苏联红军战士在等候他们。张代办和苏联方面交接完毕,护送金牙大妈的八个黑衣男人留下来两名继续护送,其他的人跟胡春江和张代办一起又返回满洲里。金牙大妈作为中国共产党六大列席代表,要参加会议,他们要把金牙大妈一直护送到莫斯科。

分别时,金牙大妈拉着胡春江和张代办的手说:"辛苦你们了。其实,我是不值当你们动用那么多人力资源的。这一次,我做好了牺牲的准备,为党为人民牺牲,是我们共产党人最大的光荣。"胡春江忙说:"大妈,你是我们党的优秀人才,为我们党做出了巨大的贡献,营救你是中央的决定,也是同志们的真实心愿。敌人的阴谋失败了,我们胜利了,您放心地走吧,到莫斯科好好参加会议。"张代办说:"满洲里的工作,你尽管放心,我们一定完成好党交给我们的重大任务!"金牙大妈微笑着点了点头,放心地松开了手。

胡春江隐隐约约地感到,张代办和金牙大妈之间有一种默契,这种默契的内涵体现在他俩的笑容里和目光里。是什么内涵呢?胡春江猜不到。

他们很快分手了。胡春江和张代办看着远去的马车,心里轻松了许多。张代办、胡春江和六个黑衣男人当即返回了满洲里。张代办和胡春江回来后,见了杜云英,他们把护送金牙大妈的情况详细地汇报了一遍。张代办回到了日本领事馆,胡春江又蛰伏起来,他要等一周后,才能光明正大地出现在警察局。

上午师伟刚上班,方天成就急急地给他打电话,说:"昨天晚上医院那个女共党被日本浪人抢走了,怎么办?"师伟没有想别的,只想日本人行动太快了,不但快,而且把他师伟这一层也隔掉了,直接动手了。但他还是佯装惊悚地问:"你确定是日本人?"方天成说:"我没在现场,昨晚上我和我的家人去了军马场,今天早上回来后,看守们来向我报告才知道。看守说,是日本浪人来抢的人。怎么,你手下那些值班的人没有向你报告?"师伟犹豫了一下说:"报告了,但没有说是日本浪人抢的人。"

其实,市政府特务科和他的手下都没有向他报告,原因是他早有交代,如果日本人把那位女共产党员强行带走了,不要阻拦,象征性地对峙一下就行了。因此,昨晚突然来了几十个黑衣日本浪人,他们例行公事地阻拦一下,就没有再追问。女共产党员一经被抢走,市政府特务科的人都放松了,都回去睡觉了,也没有人向他报告。

后来,当师伟的日本主子告知他们没有实施抢人计划时,师伟吓得一句话也说不出来。他赶忙跑到哈满司令部找方天成问情况。方天成说:"我们的看守回来说,那天晚上日本浪人抢人时,看守们不让带人,有个浪人会说中国话,他用枪对准看守的头说,是师组长您让去带人的,因此看守们也就没有开枪阻拦。"

师伟知道出事了,肯定是第三方把人抢走了。是谁这么大胆敢冒充日本人抢人?想来想去只有共产党。师伟急急地说:"那我们得赶紧上报啊,否则上峰追查下来我们都吃不了兜着走。"方天成轻松地笑笑说:"我已经向满洲里司令部长官报告了,司令部长官也向奉天大帅府报告了。"师伟问:"大帅府怎么回话?"方天成说:"大帅府还没有回话。据我分析,目前奉天大帅府顾不上回话。张大帅在北京正调兵遣将,令吉林军入关助战,帮助安国军阻止北伐军前进。少帅也远在北京,他向北京军政府要饷还没有结果,还要到石家庄与其他奉系首领商讨对蒋作战事宜。

另外,日本人步步逼张大帅让出东北的利益,什么开矿呀,修铁路呀,等等。张大帅当然不同意,于是就派北京外交部与日本人谈判斡旋。他们根本顾不上跑个共产党员这样的小事情,因此也就没有回话。"

师伟听罢,半天没有说话。原因不是无法向北京报告,而是怎样向他的日本主子解释。这个案件,他根本就没有向北京反映,因为北京已经多次发电报催他回去述职。正在他准备回去时,日本人又让他策划抢女共产党员一事,他忍着没有回去。这一下可好,日本人肯定对他没有抢到人而不满意,而北京方面也会对他不听调令有看法。他此时真是老鼠掉进风箱里,两头受气啊!

再后来,在师伟的策划下,动用市政府的特务科、满洲里东北军特务连和情报处、警察局治安科在全市大搜捕三天,结果当然是一无所获,只是抓了几个小毛贼而已。

此时杜云英和洪永升、田家彬已安全回到了哈尔滨。呼伦湖似乎也从人间蒸发了,没有消息。安显一郎也外出办业务去了,整天大门紧锁。门口修车人和烤地瓜的摊贩也早已经撤走了。

师伟的日本主子对于女共产党员被人抢走极其不满意,日本从大连派了一位特高课系统的使者,秘密来到满洲里,对师伟和瞿华莹进行了严厉的训诫,并按日本的军政纪给予处分。这名使者对他俩讲:"这件事惊动了大日本帝国上层,本来计划把这个女共产党员押往日本国内的,由国内的特高课和情报机关对这个女共产党员进行彻头彻尾的研究,从而达到驻中国的日本机构能了解共产党、对付共产党、消灭共产党之目的。这个女共产党员被抢走,打乱了日本国家的战略部署,一项计划落了空。"

后来,当师伟和瞿华莹知道来的使者是前期日本"黑龙会"的创始人之一时,吓得他们二人几夜没有睡好觉。"黑龙会"早期是中国家喻户晓的日本官方黑社会,现在留在中国的日本浪人大都是当年"黑龙会"培养起来的。"黑龙会"的领导人,个个都是活阎王,吃人不吐骨头。

这一件事,直接导致师伟和瞿华莹在他们日本主子面前失宠了。

陆师傅和老魁他们当天就知道营救金牙大妈成功了。当他们知道这一消息时，都激动得流泪了。

　　方天成这些日子小心翼翼地观察日本人的动静，他动用一切情报关系，打探日本人是否还在继续整他的黑材料。时间长了，他静下心来反思这件事，突然感觉哪儿不对劲，他甚至大胆地揣测，是不是胡春江设计了圈套营救那位共产党呢？这样的话，胡春江一定是共产党。然而，他又想，不可能张代办、赵哲鸿都是共产党。正在他疑虑的时候，他的亲信打探出来，抢劫女共产党员的计划是东京上层确定，大连日本情报机关策划，师伟实施的。但是，至于日本人准备抢走女共产党员，是不是证明他方天成通共目前还不清楚。从这一点讲，胡春江又不像是给他设圈套，而是真的在帮助他。随后，张代办又秘密送给他一份绝密情报副件，是关于调查他通共的报告。报告最后显示，鉴于目前还无法证明方天成有通共行为，此调查先告一段落。张代办对方天成说："看完烧了吧。"又说："日本人恨的是张大帅、东北军，不是恨你一个人，你今后与日本人打交道，小心从事就行了。"

　　最后，方天成确信，日本人和师伟是真的要害他，要置他于死地。而胡春江、张代办、赵哲鸿他们是真的在帮助他。

　　女共产党员在医院被抢走事件慢慢地平淡下来。由于这件事情前提是师伟策划的，是他提出来让女共产党员住医院治疗，人被抢走后，师伟也不敢再深究什么，真要是查明是共产党抢走的人，他的罪责更大。另外，国内形势骤变，日本军队占领济南，并与中国军队交战，发生了惨案，蒋介石亲临济南边城兖州和泰安与日调和。由于日军对蒋强硬，蒋介石指挥的北伐军不得不绕过济南北上。这样一来，全国人民纷纷质疑蒋介石的行为是"亲日怕日"。还有，阎锡山、冯玉祥、李宗仁和白崇禧各路人马各存私心，保存实力，不听命令。这样一来，中国边陲小镇满洲里发生的女共产党被抢一案，也就不了了之了。方天成还是方天成，师伟还是师伟。如果有变化的话，那就是师伟马上要带着他的督察组回北京了。女共产党员被抢事件，把他弄得被动又尴尬，师伟也无心再在满洲里待了。他带督察组来时雄心勃勃、气势汹汹，而现在只好草草地收场了。他如果还有没办完的事的话，那就是罗高明睡了他的女人,他的这个仇还没报。但他想,这个仇早晚要报的。在苏联做贸易的胡春江也光明正大地回来了,他弄了一火车皮木头和几车皮钢材,赚了不少钱。当他把这一大笔钱交给罗高明时,罗高明高兴得直唱京剧。他连连说:"胡局助为我们警察局立下了不世之功,不世之功啊!"

日子一天天地过去了,时间进入了1928年5月底。夏天来了。

当北京方面又一次来电报通知师伟一行回北京时,师伟真的要动身走了。督察组的工作就这样虎头蛇尾地结束了。

瞿华莹这些天一直被莫名的忧愁困扰,闷闷不乐。这天晚上,她找井黎黎聊天。她愁眉苦脸地说:"黎黎你知道吗?我现在呀,是哭给自己听,笑给别人看。这些天我打不起精神,是不是害病了?"井黎黎问:"你工作不是很顺利吗?我家胡春江去苏联做贸易,不是挣了一笔钱吗?你不用为钱的事发愁了,还愁什么?"瞿华莹说:"为钱发愁是罗头儿的事,不是我的事儿。"井黎黎说:"你过着鲜衣美食的生活,工作又很顺心,那你为啥发愁?人这一生啊,看似长久,实则只有三天,昨天、今天和明天。昨天已经过去,不必烦。今天正在过,何苦烦。明天还没过,烦不着。"瞿华莹一听笑了,她说:"黎黎你真逗。"她收住笑容,想想说:"我母亲来信说,我儿子一直有病,拉肚子不好,我很担心。"井黎黎似乎是一惊,双眉往上一挑,一脸不解地问道:"你有孩子?你结婚了?"井黎黎必须得装出吃惊的样子,因为瞿华莹从未对井黎黎讲过她的基本情况。瞿华莹苦苦一笑说:"是啊,我结婚了,我一直没告诉你,我儿子快五岁了,在母亲那儿养着。"井黎黎又问道:"你男人呢?是干吗的?"瞿华莹脸上浮过一层愁容,苦恼地一笑,说:"都在为国家忙呀!咱这个国家,现在是国是日非,大家都忙什么呢?近一个时期,我一直在反思,我们这个所谓的国家,值不值得我们去卖命呢?我和丈夫本来是好夫妻,为了国家,现在弄得鸾漂凤泊的,国家前途渺茫,个人前途无望。我们都在干什么呢?"井黎黎眼睛暗淡起来,她平静地说:"就因为山河破碎,大家才忙啊!孙中山先生为了让民众过上河清海晏的生活,他拯救中国,联俄联共,扶助农工,让中国走向富强,走向振兴。而现在,帝国主义对我们虎视眈眈,日本军队从青岛登陆打到济南。看看我们的国家现在成了啥样子？大好河山变成了战火之地，军阀割据，内忧外患。特别是咱这东北三省，过去富饶美丽，现在变成了满目荒凉的残山剩水。嗨，连我这样一个家庭妇女都忧心忡忡，何况你们为国家效力的人员，能不先天下而忧?"瞿华莹听罢笑笑说："井姐可不像家庭妇女啊！我看你懂得比谁都多，政治、军事、经济、文化，啥都知道。"井黎黎说："呵，你把我说成政治家了。我只是有感而发，随便说说呀。"一会儿，井黎黎突然问："瞿科长，你家在南京，一个人跑到这犹如池鱼笼鸟的地方任小小的科长干吗呢?"瞿华莹没有想到井黎黎会问她这样一句话，先是愣了一下，随后沉思片刻，反问道："你们家在哈尔滨，你家胡春江为何跑到这边陲弹丸之地，当个警察局的小科长又是干吗呢?"井黎黎说："我们纯粹是养家糊口，是为了生存啊。在现在这个兵荒马乱的时代，找份工作是多么不容易呀！"瞿华莹莞尔一笑，说："我也是糊口！"

第二天，罗高明请师伟、王登虎以及马丽、胡秋实到古尔多的牧场去游玩。罗高明给师伟打电话说是为了给督察组饯行。参加人员有方天成、瞿华莹、胡春江、古尔多等。罗高明也邀请了井黎黎，井黎黎因有身孕说去不了。

师伟爽快地同意了。师伟万万没有想到，他这轻率地答应，使他这个叱咤风云多年的人物，走上了不归路。他对别人机关算尽，可他没有预料到，他的性命让罗高明、方天成、古尔多给算计了。

初夏的阳光透过凉风，洒在大草原上，遍地的野花自由自在地吮吸着阳光，草原上的小河弯弯相对，凝蓝而寂寞，像五线谱，飘逸而有序。上午，师伟他们的督察组乘市政府的轿车向古尔多的牧场驶去。方天成带两名随从乘一辆吉普车早已赶来。罗高明的车拉着胡春江和瞿华莹随后也到了。为了筹备今天的活动，古尔多昨天晚上带上用人就来到牧场，为客人准备了烧烤酒宴、舞蹈、套马、赛马等节目。特别是赛马节目，三天前罗高明就找古尔多商量赛马的细节。昨天晚上，罗高明又悄悄在玉祥楼酒店约见了方天成，他们秘密谈了两个小时。罗高明对酒店老板闻鸿基交代，他和方天成吃饭时，任何人不能接近。昨晚上罗高明和方天成密谈那两个小时，是闻鸿基远远地为他们看门站岗的。

因为罗高明和方天成都被师伟背后算计过，因此他俩自然而然地走在了一起，并产生了同样的想法。罗高明和方天成商定,在师伟离开满洲里前,一定要把师伟除掉,而且要做到天不知、地不觉,让上上下下的人都知道和相信,师伟是在赛马场赛马过程中摔死的。这一切背后的导演是古尔多。如果这个计划成功,北京军政府也拿他们没办法。因为这是自然事故,而自然事故就是自然死亡,谁也不会认为反常。这个计划,除罗高明、方天成和古尔多三人知道外,其他任何人都不知道。当然,还有两个人也知道,那就是实施这个计划的核心人物——两个赛马工人,他们是古尔多的亲信和心腹。由他俩负责把师伟的腿绞在马的缰绳上,然后让马受惊奔跑,把师伟拖死。古尔多给他俩承诺,事成以后,每人封口费一千块大洋。

上午十点,被邀请的客人都到齐了。第一个节目是烧烤宴席,也是欢迎宴席。师伟、罗高明、方天成、胡春江等人都有说有笑地走进了蒙古包。一个穿蒙古族盛装的姑娘弹着钢琴,琴声如玉落盘,叮当悦耳,余音绕梁。

胡春江坐下后,在观察今天的每个人。对于今天的活动,胡春江是不理解的。师伟要离开满洲里,罗高明是求之不得的事儿,今天他为何要弄这么大的动静为师伟饯行呢?方天成今天似乎也很兴奋,这似乎有些反常。

师伟和瞿华莹正好坐对脸,师伟一直在与古尔多说话,瞿华莹一直在看着师伟。截至目前,他们的关系对外还没公开。

各类烧烤上桌了,他们坐的是长条桌,桌面上摆了很多水果和各类白酒,还有饮料和牛奶、羊奶。诱人的香味飘满了整个蒙古包。

古尔多先致欢迎词。他诡词令色地说:"今天,尊敬的罗局座和方处长为欢送师组长一行,特意在此地举行饯行活动,为师组长在满洲里这两三个月期间取得的成绩表示庆贺,对师组长一行在满洲里期间辛苦工作表示致谢。我是经商之人,对政治不懂,也不关心政治。如果我心中有政治的话,那就是关心我们的生存环境。在满洲里,我们的生存环境一天不如一天。清末时期,有俄国人来打扰我们,统治我们。后来又有日本人来管理我们,欺压我们。那个时期我们是民不聊生啊。后来改朝换代共和了,民国初期还是匪患无穷,老百姓饱受欺凌。现在是民国十七年了,苏联人和日本人不但没有撤走,反而要在咱这儿扎根安家,永久住在这儿。十七年,咱这儿大的变化真没有!革命也好,换代也好,老百姓的生活不改变都是假的。我心中的政治就是让老百姓能过上安稳的生活。我知道,师组长你们来督察工作,就是为了剿共,为了灭匪,落实张大帅剿共灭匪的训令。自从师组长一行来满后,我们明显地感到我们这儿平稳了许多,匪患一天天在减少,共产党活动也得到打压。市面上货物流通顺畅,市场商品繁荣,老百姓的收入与去年比大大地提高了,安全感和幸福感有了上升。这都是师组长一行来满努力工作的结果。就此,我提议大家为师组长一行圆满完成督察任务共同干一杯!"古尔多话音落下,大家纷纷举杯,然后喝了下去。

罗高明今天以主人的身份坐在中间的位置。他喝了一杯酒,放下杯子,说:"当今风云突变,内忧外患,不管是北京的军政府还是南京的国民政府,都是为了老百姓过上好日子打天下,为社会进步打天下。"

罗高明继续讲:"我们警察局最大的政治就是抓坏人,保护好人。然而,这些年,我明明知道某些人是坏人而不能抓,明明知道有些人是好人我们得抓他们,这是我最困惑的。我这种困惑,是不懂政治的表现。北京军政府现在最大的敌人是共产党,于是我们的敌人也是共产党。近两年来,上峰说我们清共不力,师组长来时说我们清共没有成绩。这一点,我们承认。但是,就整个满洲里来讲,上上下下这么多抓共产党的机关,抓着几个真正的共产党?不管是蒋总司令还是汪主席,包括张大帅他们都怕外国人,不然日本人怎么能长驱直入到济南制造惨案?而人家共产党不怕外国人而是靠着外国人,什么马克思、恩格斯、列宁、斯大林,这不都是外国人吗?人家在学习这些外国人伟大的思想,而这种思想核心就是为了大众解放,为了苍生幸福。跑题了,跑题了!为我们师组长顺利回京共同干一杯!"

大家听得云天雾地。胡春江从师伟和瞿华莹的眼神中看出他俩都有一些迷茫。方天成紧挨着师伟而坐。王登虎在抽烟,他一直眯着眼睛在看罗高明讲话。马丽和胡秋实端坐在瞿华莹的身边,长长睫毛掩盖下的瞳仁闪烁着复杂的亮光。大家都端起酒杯,往上举了一下,纷纷喝了。

大家都开始吃烧烤,刚才很肃静的氛围,这会儿活跃起来。方天成今天不说话,胡春江感觉他呆里撒奸,似乎只用眼睛与罗高明交流。古尔多忙上忙下似乎在讨好大家,特别是对瞿华莹更是格外地殷勤和体贴。师伟好像有看法,但他和瞿华莹的关系没有公开,也不好说啥。大家吃了一阵子烧烤,古尔多提议让师伟发言。

大家的掌声是很热烈的……

六十一

　　钢琴停了下来，厨师们也都放下手中的工具，都在聆听师伟的讲话。师伟的讲话有三个方面的内容：第一个方面说的是，他在满这近三个月来取得的所有成绩，都是大家共同努力的结果，不管是东北军、市政府，还是警察局，都很努力。他已经把这儿的剿共工作汇报给了北京，北京方面很满意。第二是说，现在北京张大帅管辖的几个省经济实力很好，各级财政在逐步增收，特别是去年张大帅缔造的安国军发行了银圆代替袁大头银圆以后，经济运行良好。现在外国人在中国经商，都流通安国军银圆而限制袁大头银圆。他讲的第三点是，目前共产党的势头还很强，各级都不能放松警惕。他说，外国人来中国发展，是与咱争资源争利益的，而共产党是革咱们命的。我们一定要为保卫我们的生命而消灭共产党！

　　师伟的讲话结束后，大家又是一阵热烈的掌声。这时，蒙古包走进来两个三十岁左右的中年男人，身着牧马人服饰，他俩首先向大家施个礼，然后俯首帖耳站在那儿。一会儿，其中一个走到古尔多面前小声说："马场一切准备完毕，敬请客人们光临。"

　　古尔多直直地坐在那里，表情平平地回道："知道了，把一切准备好等着就行了。下去吧！"古尔多转过身，用目光瞄了一下罗高明，罗高明正与师伟说话，没有关注古尔多的眼神。王登虎还是在抽烟，他的沉默让人无法猜透他的心思。瞿华莹的身子向右边歪着,边与马丽低语边观察胡春江这边的动静。胡秋实在认真地切割一块羊排,因不会用刀,切割起来很吃力。方天成在喝油茶,肉吃得多了,喝口油茶胃里会很舒服的。他今天带的两个随从、一个司机,他们没机会参加这里的烧烤宴会,在隔壁蒙古包里与罗高明的司机喝酒聊天。

琴声又响起,两个穿着蒙古节假日盛装的年轻姑娘开始跳舞。大家跟着不徐不疾的琴声,都唱起了蒙古长调。这时,胡春江看见古尔多悄悄地向方天成比了个OK手势,他突然感到,今天的烧烤宴,一定是鸿门宴。那鸿门宴的内容是什么,他还无法判断。

舞曲一结束,方天成站起来,说:"古老板,我们赛马去吧,我多日没有骑马了,这一个时期工作压力太大,思想高度紧张,很想在马背上疯一疯。"师伟也站起来说:"走,骑马去。一旦回到北京,就没有这种风情了。"大家一听他俩这么说,都起身准备出去。

古尔多大声地说:"女士们如果有想骑马的,尽管去骑。别怕,有牵马工人,很安全,不会摔下来的。不想骑马的,可以坐观礼台上看赛马,很刺激的。"马丽给胡秋实递一个眼神,说:"走,我们看赛马去!"

古尔多问她俩:"你俩都不骑马吗?"马丽摇头说:"我们不会骑马!"胡秋实也说不会骑。

方天成和师伟前边走,后边一排人紧跟着,加上随从和牧场的工作人员,共有三十余人。太阳爬到东南方向,云很低,风不大,凉凉的。远方有一条弯曲的河流,在太阳的照耀下,波光粼粼,伸向远方。河岸上有一队队的骆驼在行走,有一群群的羊在吃草,有一匹匹的马儿在奔跑。

有二十余名牵马工人执鞭坠镫,把二十余匹高头大马排列得整整齐齐。每匹马都显得迫不及待的样子,欢腾嘶鸣。除师伟、王登虎、方天成、罗高明、胡春江参与赛马外,其余人都是陪赛,这些人都是古尔多的人。赛马场有个看台,也叫观礼台。看台右边有几个蒙古包,第一个蒙古包是更衣室,赛马的人都要换上骑士衣服。大家换上衣服后,依次进入赛马场,登鞍上马,握鞭牵缰,威风凛凛地准备冲锋奔驰。赛马场的工人给师伟推荐了一匹高大的枣红肥马,四只白蹄子。师伟上马后,发现罗高明没有上马,而是坐在看台上与瞿华莹在头对头聊天。师伟向他招了招手,古尔多拍了拍罗高明的肩,又指指坐在大红马上的师伟。师伟大声地问:"罗局座怎么不参加赛马?"罗高明忙站起来回答说:"我昨天扭着腰了,不能骑马。你们赛吧,我与几位女士为你们呐喊、加油。"师伟想说什么,但欲言又止。师伟看一下瞿华莹,瞿华莹向他伸出了一个拳头,表示加油的意思。师伟扭头看一下胡春江和方天成,他俩和十几名陪赛的骑士一样,意气风发,整装待发。

一声炮响,火炮台上的火炮冒了一股浓浓的白烟,二十几匹马听见炮响,习惯性地长鸣一阵,前蹄立起,马头高昂,如离弦的箭,流星赶月,飞了出去。一时间,群马奔腾,大地一片狼烟,马群像大海的波浪,向太阳方向奔去。

草原赛马规定,马儿飞奔十圈,不掉队、不摔下者为赢家。

更衣室右边,有个蒙古包,是接待室。古尔多走近罗高明,对他俯身低语道:"你到接待室喝茶吧。"罗高明扭头看一下瞿华莹,说:"外边风大,到接待室喝茶吧,他们得一会儿赛呢。"瞿华莹抬头看看他,犹豫了一下,但她还是站起来跟罗高明向接待室走去。罗高明和瞿华莹走进蒙古包后,古尔多没有进去,而是把门关上,若无其事地走回观礼台,认真看那尘土飞扬的赛马游戏。

罗高明走进这个小小接待室。这座外观有些简易的蒙古包,内部却十分豪华。颇具俄罗斯风情的壁画挂在两边墙壁上,色彩艳丽的波斯地毯铺在地上,布艺沙发围了一圈儿。这些高档的家具和装饰,使这个接待室散发着豪华的气息。后墙上有个小窗口,透过窗口可以看到西边深蓝色的天空和悠悠白云。瞿华莹没有心思欣赏外边的风景,而是对着这扇小小的窗口发呆。罗高明在她身后猛地抱住了她的腰,她下意识地反抗一下,但没成功。她仓促地去掰他的手,但他的手如钢钳,紧紧地搂住她,她用尽全力也掰不开。她忙说:"这种地方,太不安全了,让人看见,多尴尬呀!"罗高明有力地说:"最危险的地方,也是最安全的地方。来吧,我今天一定要要你,你也必须得满足我!"瞿华莹大声地说:"你疯了,这是什么时候? 这是什么地方? 你今天想干什么?"

外面的呐喊声和马匹奔跑的铁蹄声,一阵阵传来。瞿华莹腾出右手,往她腰间摸她的手枪。罗高明手疾眼快,把她腰间的手枪取出来,"啪"地把弹夹卸下来,弹夹正好落在他脚下的地毯上,他用脚一踢,黑色的弹夹飞进了沙发底下。罗高明把她的手枪甩到沙发上,把她身子扳过来,用异样的眼睛盯着她的眼睛,说:"我知道你此时想的啥。"瞿华莹反而很平静,问道:"你说说,我想的啥?"罗高明冷冷一笑说:"你此时想,师伟在这儿,咱俩干这事儿不合适!"瞿华莹眼睛一亮,嘴角抖了一下,问:"为啥?"罗高明说:"因为他是你的男人,是你的丈夫!"瞿华莹皱了皱眉头,说:"这么说,你啥都知道了?"罗高明把她抱起来,放到地毯上,开始脱她的裤子,边脱边说:"我啥都知道。我还知道,你和师伟合着整我的黑材料,想要我的命!"瞿华莹用手紧紧地抓住自己的皮带。罗高明猛地飞过去一拳头,打在了瞿华莹的太阳穴上,她大叫一声,头歪了过去,昏迷了。罗高明甩了甩手腕,冷冷一笑说:"敬酒不吃吃罚酒。"他站起身子,开始慢慢脱自己的衣服。他脱了一半,想起了什么,走到门口,把门插好,用手拉了拉,很牢固。他脱完自己的衣服后,开始脱瞿华莹的衣服,他边脱边想:我今天就要这样霸王风月的效果。赛马场,我要师伟的命;这蒙古包内,我要你的人。想整我,看咱谁整谁!这就是背后整我黑材料的下场!

外边的马蹄声和奔马争雄的嘶叫声,伴随着罗高明狂猛的动作,一阵紧似一阵。罗高明骨腾肉飞,他感觉到天空和大地似乎都在燃烧。她鬓乱钗横地躺在那里,一会儿,她大叫一声,醒了。她看到一张扭曲的脸,正在气喘吁吁地大叫。她赶忙坐了起来,瞪着眼睛吼道:"罗高明你真是个狂蜂浪蝶的无耻之徒,这是什么地方,你竟然干这种事儿。"

这时外面有急促的敲门声。罗高明边穿衣服边问:"谁? 有事吗?"

古尔多在外边急急地说:"局座,你快出来,出事儿了!"

罗高明明白,计划成功了! 罗高明和瞿华莹慌忙穿上衣服,像晚上部队吹了集结号那么紧张。罗高明穿完衣服,从容地整理一下,咳嗽两声,调整一下情绪。瞿华莹慌乱地整理整理乱乱的头发,拉拉自己的衣角。罗高明很沉稳地打开门。只见古尔多焦急地看了瞿华莹一眼,一把把罗高明拉出屋外。古尔多向罗高明挤了一下眼睛,小声说:"成了!"罗高明心里暗暗说:"沐猴而冠,罪有应得!"

瞿华莹慌乱地找回自己的手枪和弹夹,挎到腰上。她走出门,看见观礼台上很乱,马丽和胡秋实站在观礼台上往远方的马群望去。赛马场上,马儿已经都不再奔跑,有的在低头吃草,有的在相互撕咬。参加赛马的人在乱跑,不知道发生了什么。瞿华莹赶忙跑过来问古尔多:"发生什么事儿了?"

古尔多脸有些发白,嘴唇有些发紫。他扭过脸说:"师组长从马背上摔下来,缰绳绞着腿,被马拖死了。"

"啊——!"瞿华莹闻听,心里如刀割一样,痛彻心扉。她一屁股坐在地上,泪水如断线的珠子,涕泗滂沱。罗高明上前扶她,叫了一声快来人。古尔多忙叫来两名姑娘搀着瞿华莹。瞿华莹大叫一声,泣血捶膺,不能自已。

两位姑娘把瞿华莹扶回接待室,这时方天成、王登虎和胡春江都进来了。王登虎含泪把师伟摔下马和被马拖得很远的经过,详细地讲了讲。瞿华莹半躺在沙发上,闭着眼睛,她似乎是晕过去了。

胡春江站在接待室中央来回地走动,这时他洞若观火,已经看出了猫腻,断定今天的赛马是个阴谋,是一次谋杀行动。策划人一定是罗高明和方天成,参与人一定是古尔多。师伟的双手早已沾满了共产党人的鲜血。现在他又站在人民的对立面,为日本帝国主义卖命,早就罪有应得了。但是胡春江怎么也想不到,他这么快就被罗高明和方天成除掉了。

王登虎大声地说:"这怎么向北京总部交代呀,师组长掌握着大量的高度机密和有价值的共产党线索。这,他这一走,我们这可怎么是好呀!"

他们都还穿着骑士的衣服,站在这儿怪怪的。罗高明看了大家一眼,说:"都去更衣吧,我和古老板到现场看看。"他说着用眼瞟一下方天成,又瞄了一下站在门口的古尔多。他说完,转身就走。

这时,只见瞿华莹一个跃身飞了起来,在跃起来的同时,她把手枪紧紧地握在手里,并"啪"的一声打开保险,子弹上了膛。她跨了一大步,戟指怒目地站在罗高明的身边,用枪口顶着他的太阳穴。她说话的声音有些发抖,说:"罗高明,你说这到底是怎么回事儿？是不是你耍的阴谋诡计？你今天不说清楚,过不了这一关!"由于她的内心海沸江翻,说话太用力,脖子上的血管涨得很高,脸也憋得很红。在场的人都被她这突如其来的举动吓呆了。罗高明似乎早已料到瞿华莹有这一招似的,既沉着又冷静。他用眼睛飞了一下方天成和胡春江。方天成早已把手枪握在手中,他大声对瞿华莹说:"瞿科长,我们大家都在现场,明明是一次偶然的事故,师组长在众目睽睽之下,一不小心摔下马被缰绳绞缠拖死的,怎么会是一个阴谋呢?"

胡春江没有拔腰里的枪,而是想走近瞿华莹身边说些什么,但当他往前跨一步时,瞿华莹发指眦裂地对胡春江说:"你别过来,你再跨一步,我就开枪了。"胡春江跨了半步不动了,看着瞿华莹变形的脸,停了一会儿说:"冷静,冷静,一定要冷静。局座不在现场,怎么是个阴谋呢? 我看真的是一起自然事故。"

这时古尔多发话了,他冷语冰言地对瞿华莹说:"瞿科长,你千万不要感情用事。在这个时候,这个地点,出这样的事情,大家和你心情都一样,心如刀绞。师伟是国家的优秀人才,是北京派来的钦差大臣,是临时主宰满洲里命运的督察官。如果今天这突发事件有问题的话,有可疑的话,我想市政府、东北军哈满司令部、满洲里警察局应该负责,他们应该对上峰汇报,并申请下一步对这件事立案调查。而你一个警察局的科长,这件事与你没有任何关系,你发什么火,指责什么呢? 据我所知,你与师伟既没有隶属关系,又没有个人私情,你有何理由和权力用手枪顶着你的上级而问责呢? 说轻了,你是多管闲事;说重点儿,你是以下犯上,是应该治罪的!"

古尔多说话时,脸阴得如石头一般。看来,他没有给瞿华莹留情面。他说这一段痛快淋漓的话,根本不像个商人,完全像个官员。

古尔多的一席话,有理有据,说得瞿华莹无言了。瞿华莹有她的压力和难处。古尔多这样不给她留面子地说她,是故意的。她和师伟的关系,目前在场的人大都知道了。古尔多更是详知其奥。而瞿华莹从来没有把她和师伟的夫妻关系挑明,她认为大家还不知道。古尔多利用这一点,目的是怕失控。前脚死个师伟,还不知道有没有后遗症,再把罗高明弄个三长两短,那可就乱了套。因此,他必须这样说,必须把局面控制住。

然而从瞿华莹个人角度来讲,她这样做是绝对正确的。从小的方面上讲,他俩是真正的夫妻,是拴在一起过日子的人,师伟是她终生依靠的人,是她儿子的父亲。再从大的方面讲,他俩背井离乡,忍辱负重,为了啥?他俩心中都有宏图大志,那就是借日本之势,飞黄腾达,过上夫贵妻荣的生活。而他们现在才刚刚起步,离他们设想的生活还远隔千山万水,虽然有曙光,但道路曲折泥泞,任重而道远。在这个节骨眼上,师伟突然身亡命殒了,她怎能不柔肠寸断,悲痛万分呢?她的雷霆之怒,又有谁理解呢?

瞿华莹平静一下心境,她想对大家说,师伟是我的丈夫!然而,日本上层对她和师伟有命令,没有批准,她和师伟都不能承认他俩是夫妻,更不能暴露自己的真实身份。想到这儿,她只好努力掩饰自己的痛苦。她闭一下眼睛,放松一些儿。这时,罗高明发话了,他说:"瞿华莹,师组长出这么大的事,我们在场的谁不心痛!师组长在满洲里已完成了任务,后天就要回北京,谁会想到在这个时候他会出这么大的事儿。你不用拿枪逼我。如果把我打死能换来师组长的生命,那就请你开枪吧,我不会眨一下眼睛。然而,事已至此,感情用事有什么用呢?你放心,我会调查此事的。你说是一个阴谋,我也怀疑是个阴谋。你怀疑是我,可是我谁都怀疑,包括日本人、共产党,还有在场的每个人。咱们当警察的不就是怀疑一切吗?现在我们的当务之急是要办三件事。第一件事是,我们得马上把这一突发事件报告给市政府,再由市政府逐级上报。第二件事是,由我们警察局刑警队立案,对今天参与赛马的每个人要进行调查,对每个环节要摸清。第三件事是,一会儿师组长遗体运回市内,找家医院太平间存放,把后事处理好。天热了,运回北京不可能了,请示市政府后看怎样处理。"

胡春江走上前,轻轻地把瞿华莹的手枪取下,关上保险。这时,正好马丽和胡秋实闯了进来。胡春江给她俩递个眼神,她俩走过去,把瞿华莹扶到沙发上坐下。

瞿华莹闭上眼睛,浑身上下都是软软的,她回肠九转,痛苦不已。她把头放在马丽的肩上,双臂搂着马丽的脖子,马丽感受到她的痛苦。胡秋实给她捶了捶背,她没啥反应。大家看着她撕心裂肺、痛入骨髓的悲愤,都不知所措,无所适从。罗高明转过身子,看着瞿华莹长出一口气。

王登虎一直处在焦虑之中。他是副组长,两个兵又都是女人,这可怎么是好呢?他想了想,对古尔多说:"古老板,你马上安排车辆把师组长的遗体运回市内吧。"他看一下方天成,方天成知道他要说什么,于是忙说:"把师组长运回我们东北军医院吧,灵堂由我们东北军情报处布置。"王登虎点了点头说:"好吧,辛苦你了!"

罗高明和方天成、古尔多设计的这个局,赢了,而且赢得彻底、利索。

胡春江没有把手枪归还给瞿华莹,而是装进了自己的裤兜里。他看一下罗高明说:"我们分头回去吧,回去后有好多事要做呢!"

方天成大声地对大家说:"回吧,各乘各人来时的交通工具,回吧!"

瞿华莹来时坐罗高明的车,回去的时候,她和马丽、胡秋实坐市政府的轿车。车离开赛马场的一瞬间,瞿华莹回头看看这个凉风猎猎的赛马场,后背疼如刀割。在这一瞬间,她断定,今天的活动一定是个大阴谋,是罗高明、方天成和古尔多沆瀣一气杀害了师伟。因为背负着日本人交给的重大使命,她只好忍气吞声。但是她暗暗下决心,她要把这一切如实地汇报给她的日本主子,一定要进行反击,不报此仇,决不离开满洲里……

回来的路上,起风了,很大,湖边刚长起来的芦苇都不服气地趴了下来,整个芦苇荡起了波浪。乌云从北方的天空中压来,带着低低的闪电和闷雷。南方的天边有一线亮光,亮得直白,有些吓人。小轿车在乌云下,在狂雨中艰难地爬行。车的后方,一道道狂乱的闪电在追赶他们。

方天成坐在车内,看着天空中的闪电和骤雨,心里默默地说:"你师伟上通天,下通地,你哪里知道,祸兮福所倚,福兮祸所伏,福生于微,祸生于忽。希望你去西天之路,吸取阳间的人生教训……"

六十二

　　师伟的后事很快就处理完了,他被埋在满洲里东方一个丘陵上。冷清的陵坡边,一座新冢在凝视远方,不知道诉说着什么。为了将来让师伟的家人好找他的坟,市政府给他立了一个大大的石碑。下葬那天,瞿华莹又大哭一场。大家看着她失态的样子,心里都明白是咋回事儿。

　　随后,王登虎和马丽、胡秋实他们悄悄地离开了满洲里,回到了北京。可以这样说,师伟带领的这个督察组是高调而来,失败而走。他们回到北京以后,再也没有什么消息了。瞿华莹还没接到她日本主子的撤离命令,她还得在满洲里警察局任职。

　　1928 年的 6 月,是个风云突变的 6 月,月初,张作霖宣布下野出京,归奉途中被炸,至此,北洋军阀政府遂告覆灭。蒋介石开始着手收复北疆,南北即将实现统一。

　　一天上午,由于罗高明的吉普车发动机渗油,陆师傅被司机叫来检查油底壳是否破裂。陆师傅刚躺到车底下,一眼就看见一枚小型手雷在发动机下面捆绑着,导火索用一根铁丝连在前轮胎上。陆师傅一看,顿时惊吓得出了一身冷汗,今天这车如果一动,肯定会炸飞上天。陆师傅心里明白,这是有人奔着罗高明来的。陆师傅冷静一下头脑,不动声色地把油底壳检查完毕。司机在抹车,他问陆师傅:"问题大不大? 不是油底壳漏油吧?"陆师傅说:"不漏油,我一会儿再检查一下其他地方。"

陆师傅想,这件事得马上报告给胡春江,他做不了主,不知道是把炸弹取了好,还是不取好。没有请示以前,只能维持现状。当然,坚决不能让师傅开车,这车一动,一切都完了。这车就停在罗高明办公室楼下,一旦炸响,可能就要伤害其他人。再说了,这个时候爆炸,他是怎么也说不清楚了。陆师傅不动声色地对司机说:"油底壳没破,只是周边的缝隙往外渗油。车不能再动了,等把缝隙维修好才能开。你到修理厂去买些机油回来,我在这儿把油底壳拆卸后加一层垫子就行了。"司机说:"好吧,我一会儿买油去,你慢慢地把油底壳卸下来吧。"司机说完,把抹布往车头上一甩,走了。

胡春江在办公室看报纸,他突然看到了一则新闻,十分震惊。内容是:有人把北京军政府陆海军大元帅、摧山撼海的奉系首领张作霖炸伤了。目前张大帅已送回奉天大帅府,生死不明。报纸上还有消息称,此行动是日本人所为。尽管目前日本人从上到下都不承认是日本人所为,但日本人所为的证据已很明显。这些天,胡春江已得到可靠情报,瞿华莹正在组织日本杀手,谋杀罗高明和方天成。罗高明和方天成也已有感觉,日本人正在想办法对他们下手。胡春江放下手中的报纸,听见楼下有汽车喇叭声。胡春江知道今天上午陆师傅在楼下修车。胡春江侧耳细听,是陆师傅用汽车喇叭的暗语在呼唤他,这种暗语他们平时很少用。他忙倒杯开水,打开办公室门,走下了楼,佯装给陆师傅送茶水。胡春江看见陆师傅一个人在吉普车边观察着什么,他若无其事地走到吉普车跟前,笑着对陆师傅大声说:"陆师傅,来修车呀。喝口开水吧。"陆师傅接过开水杯,大声说:"谢谢胡局助。"陆师傅扭头看看四周无人,小声地对胡春江说:"这辆车发动机底下有一颗手雷,导火索的连线已拴在前轮胎上,这车一动,就会爆炸。你看咋办?"

胡春江一听惊了,对于这样的事儿,他心里没有准备。他停顿了一下,眼睛睁得大大地说:"有这事儿?今天是谁让你来修的?"陆师傅说:"是司机骑自行车去喊我的,我这会儿让他买机油去了。"胡春江想了一下,忙说:"我怕有人陷害你,你得马上报告。你要当着第三人向司机报告,否则只有你俩说不清。"陆师傅小声说:"我感觉不像是陷害我的,应该是针对罗高明的,这是想要罗高明的命呀!谁与罗高明有这么大的仇呢?"胡春江抬头一看,发现瞿华莹在办公室门口站着往这里看。师伟死后的这些天,胡春江没见瞿华莹笑过。胡春江赶忙对陆师傅说:"记着,司机回来了当着第三人的面报告。"陆师傅也发现瞿华莹在往这儿看,忙低着头看发动机,随后走到驾驶室门口,伸手按一下喇叭,喇叭又响了两声。胡春江大声地和他说几句闲话,离开了。

胡春江刚转身走了两步,只听瞿华莹在后面喊道:"胡局助,等等。"胡春江转过身子,笑道:"瞿科长,有事儿?""有事儿!"瞿华莹脸阴阴地向这儿走来,问胡春江:"你和这个师傅认识?"胡春江说:"认识。他是养马场的工人,会修发动机呢。这位师傅是我老家的邻居,年轻时在哈尔滨给俄国人开的发动机修理厂修过机器。现在老了,就来到养马场养马,前不久罗局座让我找个会修理汽车的师傅,我就介绍这位师傅来了。"瞿华莹说:"听口音这位师傅不像东北人。"胡春江说:"他老家是保定的,地方口音很重。"这时陆师傅又钻到汽车底下安装油底壳。瞿华莹一直看着陆师傅伸在外面的双脚,似乎对他的双脚很感兴趣。胡春江问她:"你找我啥事儿?"瞿华莹上前一步说:"我刚才看报纸说张大帅被人炸了,现在生死不明。你说,谁这么大胆,敢炸我们的大元帅?"胡春江说:"那报纸不是说了嘛,是什么军便衣队干的!"瞿华莹神秘一笑说:"你朋友多信息灵通,你说,这便衣队怎么这么胆大呢?谁都敢杀,这后边肯定有大问题!"胡春江说:"这报纸不是也说了,怀疑是日本人干的。"瞿华莹冷冷一笑说:"谁干也与我们无关!"

胡春江正说话,这时吉普车司机骑自行车回来了,只见他自行车后面带了一个铁壶,铁壶里边是机油。陆师傅在车头底下躺着,听见司机回来了,忙喊道:"司机师傅,你快来看,这车下边是什么?"

瞿华莹似乎有心理准备,扭头轻描淡写地问:"这辆车底下能有啥?"

司机没把自行车扎稳,忙问:"陆师傅,你看见啥了?"陆师傅说:"这发动机下面挂着的好像是一枚手雷。"司机一听,吓得抖了一下,大声地问:"什么什么? 手雷?"他忙趴到地上爬了进去。司机师傅一看,果然是一枚黑色手雷,手雷的顶盖已经打开,导火索用铁丝连在前轮胎上。司机不看便罢,一看吓了一身冷汗。他想,这车只要动一下,车上的人就会飞上天。胡春江忙蹲下身子,问:"是手雷吗?"司机师傅说是。胡春江忙说:"你们两个谁懂得手雷的原理?"陆师傅说:"我见都没见过,哪里会懂得?"司机师傅说:"我也不懂。"瞿华莹此时抬头看着太阳,太阳明亮而刺眼。她又抬手看看手表,然后面无表情地对胡春江说:"你见过世面,你把这枚手雷取出来吧。"

胡春江没犹豫,他对发动机下面的陆师傅和司机说:"你们俩出来吧,我把它取下来。"

陆师傅说:"我把工具留下,你小心一点。"

胡春江看一下瞿华莹,然后钻进吉普车下边。他细心地检查后,用钳子把引线和挂丝剪断,小心翼翼地把手雷取下来。他认得,这是日制手雷。胡春江早已意识到,日本人开始对罗高明下手了,而策划这次行动的人,很可能就是瞿华莹。胡春江钻出来后,把手雷递给了司机师傅,说:"你快点向局座报告一下吧。"

司机拿着手雷,看一眼胡春江和瞿华莹说:"走,咱们三个人一起去向罗局座汇报吧。"

"好吧。"胡春江说。瞿华莹没有说话,只是点了点头。

他们三人来到罗高明办公室,罗高明正在接电话。接完电话,他脸阴阴地说:"东北军司令部刚才打过来电话说,方天成处长的轿车被人偷偷安装的炸弹炸了,方处长和一个参谋被炸死了。"他正说着,见司机手里拿枚手雷,忙问:"你们……这是干什么?"

司机结结巴巴地说:"刚才修车,发现咱这辆吉普车下面有枚手雷,导火索已经拉开系在前轮胎上。"

罗高明本来是站着问话,一听司机这么一说,一屁股坐了下来。他自言自语地说:"方天成刚刚被炸死了,我这车下面就发现了手雷,这是同时向我们下手啊!这是谁干的,可恶啊!让我查出来了,我定把他掘墓鞭尸,挫骨扬灰!"瞿华莹听了,长长的睫毛跳动了几下,脸上的肌肉在微微地抽动。

罗高明说话时用火一样的眼神看着瞿华莹,瞿华莹则用刀一样的眼神看着罗高明。

胡春江叹了一口气说："昨天,张大帅的火车被炸了,现在张大帅还生死不明。今天方天成的汽车也被炸了。这些人想干什么?"

罗高明站起来说："我敢断定,这都是日本人干的!"胡春江说："日本人想干什么呢? 看来日本人盯着奉系的人了。"

瞿华莹这时皮笑肉不笑地对胡春江说："胡局助,我感觉你对日本人感情很好,你日本朋友也很多,难道你还不知道日本人要干什么?"胡春江扭头看看瞿华莹,表情复杂地说："我当然知道,日本人想霸占整个中国! 日本人想霸占咱中国,中国人肯定要反抗,于是,日本人就要杀人。"

胡春江想,刚才在楼下,瞿华莹看太阳,又看手表,那个时候,应该是方天成的车被炸的时刻。如果今天罗高明的车不被修理,这个时候也可能炸飞了。现在,瞿华莹为日本人卖命已成事实,只是大家不挑明而已。

胡春江问罗高明："局座,这件事怎么办? 不然让刑警队立个案,查查是谁放的手雷。"

瞿华莹忙说："我同意,查查看是谁干的。"

罗高明有气无力地说："算了吧,不仅不能立案,而且还得给我保密,这件事儿只限你们三人知道。对了,转告那位修车的师傅,也得让他守口如瓶,否则我就抓他。这一次,想置我于死地的人没有达到目的,还有下一回,他们还会转换手法向我动手,绝对不会罢手的! 我先观察一段时间再说。"他说话时,用复杂的目光看着瞿华莹的眼睛。他停顿一下对她说："瞿科长,你说我说得对吗?"

瞿华莹脸色苍白地说："局座大人说得很对,是得摸排一下是啥人下的手!"

现在,瞿华莹真的老了许多,与师伟死前相比较,至少老了十岁。现在她表情严肃,面目迟钝,只有她那大大的眼睛,还有一丝灵气。

中午回家吃饭,胡春江把今天的事儿给井黎黎说了。井黎黎听后,想想说："看来瞿华莹开始下手了,她利用日本人为自己报仇,这步棋也在我们的预料之中。我估计,罗高明不会坐以待毙的,他一定会反制。师伟死到他手里了,恐怕不出几天,瞿华莹也会死的。"

胡春江笑笑说:"罗高明通过今天的手雷事件,已经提高警惕,对瞿和日本人会加倍地提防,并会想尽办法进行反制。看吧,好戏在后头呢。"

胡春江已经吃饱了,他坐在井黎黎对面,说:"我们满洲里这边这么热闹,哈尔滨母亲那边怎么那么平静呢? 代表们目前还没过来一个,这肯定有问题。然而,有啥问题也不让问,每次问,都遭到母亲的冷眼,说我违反纪律。我已判断,肯定还有一个交通线在运行,代表们肯定是从那个交通线出境的。"井黎黎若有所思地说:"如果有的话,那一定就是从海上水路走的,也就是从海参崴上岸,然后乘火车去莫斯科。"胡春江似乎很有情绪地说:"中央派我来组建这个特别交通站,配备了那么多人、武器,可是不让发挥任何作用。嗨,我有些想不通呀。"井黎黎说:"你急啥,你这几个月也没少完成护送任务呀,前期护送两位中央领导,迎接一名外国专家,护送大胡子领导过境,送金牙大妈到那边去,不都是咱们特别交通站干的吗?"胡春江轻视地一笑:"这点活儿,也算活儿? 离我设想的任务差远了。"

他俩正说着话儿,突然,从养马场方向传来了笛声。胡春江再细细一听,是紧急召唤他的通知。胡春江忙换了一身便衣,带上手枪,骑辆单车去了养马场。

胡春江来到养马场大门口,小宋站在门口等他。他把单车靠到院内的一棵大树上,问:"啥事儿?"小宋说:"屋里说。"他俩走进陆师傅的屋内,老魁和小寒都在屋里站着,脸都阴阴的。没见陆师傅在屋里,他马上预感到了什么。他正要问,这时老魁开腔了,他说:"春江,刚才来几名警察,开两辆三轮摩托车,把陆师傅带走了!"

"什么?"胡春江一下子没有反应过来,又重复一句,"你说什么? 陆师傅让警察带走了? 知道是哪儿的警察吗?"

小宋说:"他们说是警察局,不让我们多说话,也不让陆师傅说话,就带走了。"

胡春江马上意识到可能与上午的手雷有关。他说:"这很可能是罗高明搞的鬼,我找他去。"说完,他转身冲出屋门,骑车回到警察局。

胡春江假装平和自然地来到罗高明办公室。罗高明正在看案卷,他见胡春江敲门进来,放下案卷,用手指了指沙发,说:"我知道你会来找我的。"胡春江单刀直入地说:"陆师傅是我介绍来的修车师傅。早期我们在哈尔滨是邻居,陆师傅和我父亲又是师徒关系。我父亲胡大山从吏部辞官后,主攻发动机专业。陆师傅是我父亲的关门徒弟,我从小就跟着陆师傅,他很关心和爱护我。是我把他介绍给您修车的,这一下好,没挣着钱不说,你倒把他抓起来了。这让我怎么向他家人交代?"胡春江所说的"父亲",是他打入警察局前组织上给他编造的假档案。

罗高明把手中的笔往桌子上一甩,说:"把门反锁上。"胡春江先是一愣,后是走过去,忙把门反锁上。罗高明用前所未有的亲热目光看着胡春江,声音低沉地说:"老弟,我现在信任的人,只有你一个人啦。我目前危在旦夕,需要你帮助我,配合我,让我渡过这次难关。我罗高明拼了大半生,没拼出一个真朋友,只有你胡老弟了!"

胡春江忙问道:"局座您这话从何说起呢?"

罗高明说:"你知道,日本人对我们中国人大开杀戒了。日本军队进攻了济南,制造了惨案,占领了胶东半岛,还让南京的蒋总司令向日本天皇谢罪。昨天他们又炸伤了张大帅,今天又在满洲里把方天成炸死。我是在九泉路上被拦下来的半死鬼。如果不是陆师傅及时来修理车辆,我现在还能和你面对面讲话?日本人袭击张大帅是有政治背景的,咱在这里不说。单说他们向方天成和我下手,这是报仇哩。是瞿华莹借日本人之手,达到报仇的目的。"胡春江问:"你和她有什么仇呢?她不是一直和你关系很好吗?"罗高明摆了摆手说:"她现在怀疑我和方天成把师伟杀害了。老弟,那天你在场,明明是一起自然事故,她非说是我们设计的圈套。她汇报给了她的日本主子,于是,也就有了现在的报仇计划。"

胡春江问:"你说的这一切都有证据吗?"罗高明说:"有情报,而且还很确切。"胡春江说:"你说这一切,我也相信,可我帮不了你呀!"

罗高明说:"你能帮助我,而且只有你能帮助我!"

胡春江说:"那我怎么帮助你呢?"

罗高明停顿一下说:"把陆师傅借给我几天,等这个坎儿过去了,我马上把他放回去。"

胡春江很长时间没有说话。

罗高明说："严格上讲,陆师傅是我的救命恩人,我怎么能抓他呢? 但是,为了更大的局,陆师傅还要继续担当,把戏演好。当然,必须得有你的大力支持和理解。"

胡春江问:"这大局的内容是什么呢?"

罗高明想了半天说:"因为你和瞿华莹有千丝万缕的关系,为了大局的全胜,我现在还不能告诉你。我不告诉你,不是我不信任你,是咱干这种职业的规矩,请你理解和原谅!"

胡春江抬眼看一下罗高明,说:"我知道什么大局了,我支持你。日本人现在张大嘴巴,想蚕食鲸吞,吃掉咱中国,作为中国人,都应该站起来反抗,把日本人赶走。"罗高明站起来,有些激动地说:"我罗高明忠于国家,盼望民族振兴,反对日本帝国主义。我也忠于我这个职业,把每个案件办好,把满洲里的治安管理好。我本不想参与政治纠纷,想干好业务工作,可是现实逼得我不得不参与到政治斗争中去。你知道,我的靠山是东北军,是张大帅。现在,由于日本帝国主义的外来势力加强,东北军也靠不住了,大帅也自身难保了,那我靠什么? 那我就靠自身的斗争和反抗了。如果我们反抗,牺牲了那是光荣的;不反抗,死了,是奴才,是亡国奴。我实话告诉你,师伟就是我和方天成杀死的,因为他偷生求荣投靠日本人,梦想将来帮助日本人独霸东北,独霸中国。我作为一个拿枪的中国人,哪有不杀他之理? 师伟死了,瞿华莹还不死心,还在做她的美梦,勾结日本人,谋杀我和方天成。方天成走了,可我还活着,我能放过她吗? 我除掉她,绝不是为了私仇,而是为东北、为民族、为国家复兴大业……"

罗高明越说越激动,最后说得泪汪汪的。胡春江被说动了情,上前握住他的手说:"局座,我支持你! 在这个大局中,你让我干什么都行,你下命令吧。"

罗高明摆了摆手说:"在这个局中,你什么也不要干。但你要有个思想准备,如果我在这个局中走了,你要担起这个警察局的重任,你站得高、看得远,大智若愚,能成大器,用你我放心。其他任何人都不行,徒有其表,毫无才能。我已经把遗言写好，一旦我见上帝去了，会有人递往上峰的。你是局座助理，你一定要担起这个重任，继续斗争下去。过去我错怪了你，误解了你，一直认为你是日本人的间谍，是出卖祖国的内奸。现在看来，是我错了，请老弟你原谅！"

胡春江想说什么，罗高明摆了摆手，不让他说。罗高明说："我这是举贤任能，请你不要推辞。"

外面响起了雷声，而且一阵紧似一阵。夏日的满洲里，风雨狂作是常事儿……

罗高明望着外边的大雨和闪电说："蛟龙得云雨，终非池中物也……"胡春江一愣，问："局座，你说啥？"罗高明用闪电般的目光看着他，笑了笑说："我说的就是你！"

雨下得很大，瞬间大街小巷一片汪洋。

六十三

张作霖不想做蒋介石的股肱之臣,更不想当日本人的奴隶。他在大的问题上与日本人时时作对,于是就遭到了日本人的报复。

其实,张大帅的火车路过皇姑屯小站被炸后,送回奉天,不久就死去了。但为了稳定东北局势和奉系的军心,迷惑日本当局,大帅府根据少帅的密电指令,秘不发丧。6月18日张学良安全从北京回到奉天,并开始紧锣密鼓地权力交接。到6月21日,张学良继承父亲的职位后,才公开发丧,哀告天下。年底,张学良彻底易帜归顺蒋介石,与蒋介石开始真正的合作。这是后话,不提。

张大帅被炸,其中主要原因是没有满足日本人的要求,拒绝日本人的利益。还有,中国国内民众反日情绪高涨,特别是东北各大城市开始出现反日游行。反日潮一浪高过一浪。济南事件后,不少日本特务和为日本做事的内奸纷纷被暗杀,日本内阁断定这一切都是张作霖及奉系将领煽动和策划所造成的,因此对他恨之入骨,并下令关东军司令部实施这次爆炸计划。

1928年6月18日,张学良回到奉天,对东北军来说,这一天是个历史分水岭。这一天对中国共产党人来讲,更是个重要日子。这一天,中国共产党第六次代表大会在莫斯科市南部郊外五一村公园街18号顺利召开,出席大会的共有一百四十二名代表。这些代表,百分之九十五都是从满洲里护送出境而到达苏联的。当然,这一天中共六大开幕,远在满洲里的胡春江他们并不知道,还在急切盼望着内地的党代表快点到来。

6月21日,也是少帅张学良接权这一天,满洲里经历了一件大事,那就是警察局座罗高明设计的这个局,赢了。警察局、东北军驻满洲里司令部联手行动,把在满洲里的日本地下特务机关一网打尽,四十余名打着日本浪人旗号的日本特务全部被绞杀。满洲里特务中佐机关长井上春树被乱枪射死在货场。当然,瞿华莹也被枪杀在她逃走的边境线上。她死得很惨,美丽的脸蛋被乱枪打成烂西瓜。有人数过,她身上被打了七十多个枪眼。

瞿华莹当时是往火车站跑的,后来因火车站全部被警察包围了,她没办法才从西门向边境线上跑去,看样子她是想越境出国。项世成带十几名骑警队的弟兄把她逼到边境线上。瞿华莹持枪和项世成面对面时,瞿华莹冷冷一笑问:"胡春江来没来?"项世成用他那特殊的目光盯着她说:"胡局助没有来。今天谁来也不会放过你。"瞿华莹说:"我不是让胡春江放过我的,而是让他来把我打死的。你项世成打死我是公报私仇,因为你追我,我没有答应。而胡春江打死我,我心甘情愿。我这一生,只对一个男人动过真感情,那就是胡春江。我如果能死在他的枪口下,那是最大的幸福。而死在你项世成的枪口下,我于心不甘,我更恶心!"她说完,仰天大笑起来。项世成听着她的话,双眼早已如血染一样通红。他端起冲锋枪,用力扣住扳机不丢,一梭子子弹飞过去,瞿华莹倒在绿绿的草地上,身上被项世成打成了马蜂窝。

罗高明为了这次重大行动,早早地把妻子明决和儿子送往关内,把自己的老父亲和老母亲送到长白山上。这次他下决心与日本人决一死战,与瞿华莹决一死战。在这次战斗中,满洲里的东北军提出的口号是:抗击日本,替大帅报仇。警察局的口号是:驱除鞑虏,爱我中华! 罗高明怎么也没想到,参加这次战斗的所有弟兄是那样的勇敢和卖命。这次战斗,警察局所有中层以上警官全部参加,副局座涂荣清、龚培潮、特务队长叶自文、特情科长项世成、刑警队长丁基元、治安科长何之干等,都是那样的忠诚和勇敢。由于大家英勇作战,把日本地下组织打得鱼溃鸟散,很多日本浪人都死在警察的乱枪之下。胡春江被罗高明指定为预备队长,没有直接参加战斗。他之所以被罗高明指定为预备队长,是有用意的。

虽然胡春江没有直接参与战斗,但井上春树隐藏的地点——满洲里贸易货场和瞿华莹逃跑的路线是胡春江提供的。就是因为有胡春江的准确情报,井上春树和瞿华莹才被击毙!

这次决战行动后,罗高明趁势宣布辞去满洲里警察局座的职务。由他提议,报请上峰核准,由胡春江接替他的职务。他在提议会上对大伙说:"各位弟兄,这次行动,我们取得胜利,但肯定会引起日本人更大的痛恨。我走了,不是我害怕日本人报复,而是为了不使我们众弟兄吃亏,不使我们警察局受损。让日本人把账记到我一个人身上,我必须把焦点矛盾带走,不能让兄弟们吃亏。我从今日起,就要走上反抗日本人的道路,我要找更大的平台去反抗日本帝国主义。我建议,我走后由胡春江担任警察局座职务,希望大家支持他。今后,我们警察局的主要任务不是抓多少共产党,抓多少可疑人员,而是在今后漫长的道路上,怎样与日本人斗争。在斗争中,我们要讲方法、讲艺术,怎样更安全、怎样更能保护我们自己就怎样做。更重要的是,一旦日本人统治了我们,我们怎样不变节,不做民族的罪人! 这是关键。不能像师伟、瞿华莹那样,日本人还没站住脚呢,就投靠了,就替日本杀害我们中国同胞了。"

这时大家才知道,罗高明为啥让胡春江在这一次摧毁日本地下特务机关战斗中担任预备队长,原来是让他接警察局座这个职务呢。当然,也是怕将来日本人报复他,刁难他。

罗高明和胡春江分手时,都流了眼泪。这一天,只有他们两个人漫步在草原上。空中,云低天沉,细雨飘零。地上,微风细吟,花草摇曳。罗高明抬头看着乌云翻滚的天际,对胡春江说:"你是有智慧的人,但自古智慧和权力二者不可兼得。你一定要记着,在特殊的时候,一定要舍得权力而保取智慧。因为权力是暂时的,智慧是永恒的。"胡春江紧紧地握住他的手,深深地点了点头。胡春江深深地知道,罗高明就是走的舍权力而保智慧的道路。

随后,罗高明挂冠而去。他从满洲里销声匿迹了。有人说他去苏联避难了。也有人说他带着家人远走高飞去美国享福了。还有人说他投靠了共产党,参加了南方的红军闹革命去了。胡春江最知道他的消息,他哪儿也没去,他到少帅张学良身边,当了个大校参谋,常驻北京。抗日战争爆发前,他随司令部移防陕西。在西安事变中,他步步紧跟张学良,为张学良成功扣押蒋介石立下了汗马功劳。解放战争后期,他任国民政府中央军某师师长,经共产党地下党组织领导人月亮精心策划,他停船就岸,率部起义,站在了人民的一边,成为一名中国人民解放军中级指挥官。这是后话,不提。

罗高明让胡春江任警察局座这件事,胡春江马上请示上级党组织,党组织很快回复:可以任职。

胡春江被推荐为满洲里的警察局座后,陆师傅随即被放了出来。由于陆师傅检查出来了手雷,瞿华莹的谋杀阴谋没有得逞,于是她就令一个日本浪人实施刺杀陆师傅的计划。罗高明的情报系统马上就知道了她这一计划,于是他就把陆师傅抓了起来。抓陆师傅一是迷惑对方,二是保护陆师傅。由于当时保密需要,罗高明并没有把实情告诉胡春江,也是为了迷惑日本情报机关。

日本在满洲里的情报机关被破坏后,由于1928年6月日本在中国因山东青岛、济南事件很不顺心,特别是在东北的势力还羽翼未丰,没有马上报复一个地方警察局和一个地方军队司令部的能力,加上张作霖被炸中国人追着不放,多处日本领事馆、军营、商行、侨民住地遭到中国民众抗议和骚扰,有的遭到了武装袭击。还有,中国南北已经实现统一,日本上层忙着调整对华政策,特别是调整对中国东北三省的政策。另外,日本上任一年的首相田中义一在裕仁天皇面前失宠下台,一年后暴死在家中。一时间,日本驻中国上层机关是焦头烂额,忙于应对,顾不上满洲里这个边陲小镇的"中日对抗事件"。后来日本把这件事定性为"男女争风吃醋"引起的摩擦。黑龙江省警察厅以"把局座罗高明罢职不再任用"为名,向日本人交了差。日本人虽然咽不下这口气,但因日本国内局势动乱和中国形势大变,也没有精力再纠缠此事。

年底,东北三省开始悬挂青天白日旗,归顺南京国民政府。至此,历时十六年的北洋军阀政府彻底宣告覆灭。

国民党中央政治局第 154 次会议决议:北京改为北平特别市,直隶省改名为河北省,旧京兆区各县并入河北省。

事件慢慢地平息了,胡春江很平稳地出任警察局座一职。满洲里的天空还是日出日落,云卷云舒,风来雨去,鸿雁行行飞行。警察局内部中层以上的警官,可能对胡春江任职有看法,特别是涂荣清、龚培潮两个副局座心里都有一些想法,但口头上什么也没说。他们都知道,在这个特殊的时期,只有默默地干活,不能狂言乱语,才能保全其身。

这天早上,胡春江吃过早饭正准备上班,交通员送来一份情报,内容是让胡春江今天晚上七点带着井黎黎、陆师傅和陆小枫到玉祥楼三楼"喜庆厅"开会。胡春江看后兴奋地对井黎黎说:"一定是上级来人了。"井黎黎一手抚着肚子,一手接过情报看了看说:"很可能是杜妈妈来了。"

中午,胡春江让井黎黎到火车站通知了陆小枫,陆小枫让小宋回养马场通知了陆师傅。自从胡春江当上这个警察局座后,不能随随便便去养马场了,主要是他现在目标太大,到哪里都有随从跟随,因此不能去了。现在他对外传送情报主要是通过交通员和井黎黎。

晚上,胡春江准时来到玉祥楼酒店。当他和井黎黎来到一楼时,看见一楼舞厅里正在播放舞曲,三四对男女在舞池里跳舞。胡春江和井黎黎手挽手地站在那里看了一会儿,他们突然发现,胡春江的大哥胡春海正搂着一个年轻女人在跳舞,胡春江明显感到井黎黎抖了一下身子。胡春江问井黎黎:"你怎么了?"井黎黎说:"我想打喷嚏,但肚子里的小家伙不老实,在踢我,把我的喷嚏吓回去了。"她说着,用手摸了摸肚子。大哥看见了他俩,很自然地向他俩笑了一下,继续跳舞。

这时,门口走进来三个人,胡春江和井黎黎回头一看,前面走的是安显一郎,后边走的是母亲杜云英和落娃。他们三人看也不看他俩一眼,径直上了楼。胡春江向一楼大厅里扫了一眼,看见化了装的呼伦湖、洪永升和田家彬在喝茶。

他俩来到"喜庆厅",看见陆师傅和小枫早已到了。这是一个大套间,一个能坐十几个人的台面桌子摆在房间的中央。杜云英坐在了中间的位置,左边是陆小枫,杜云英正和小枫说着什么。杜云英见井黎黎和胡春江进来,忙把手伸出来,似乎急于拉井黎黎的手。她说:"黎黎,来,坐我右边。我俩儿媳妇一边一个,你们说我幸福不幸福?"

胡春江笑了笑,说:"妈,你别忘了,黎黎是假的,小枫还没过门,严格讲都不是你儿媳妇!"

杜云英摇了摇头,没有理会儿子,而是与井黎黎谈起胎儿的事儿来。胡春江送给陆小枫一个很温暖的眼神。

陆师傅和安显一郎坐在一起,胡春江走过去,坐在陆师傅的身边。陆师傅对胡春江说:"我在看守所的时候,里面关了一个日本人,他想发展我加入共产党,我不了解他,没有再和他交往。"安显一郎一听,忙说:"你可千万别相信,咱日本共产党东北党组织有规定,不准以日本人的身份介绍中国公民入党,那人一定是打入看守所的特务。"胡春江一惊忙问:"日本人冒充犯人潜伏到看守所进行活动?看来,我真得把看守所里日本犯人清理一次了。"安显一郎说:"昨天我接到党支部的情报,最近日本又派往中国三千余情报人员,拟在东北各大城市、南方大中城市建立特高课工作站。这一情况我也向杜云英同志汇报过了。估计杜云英同志已向党中央汇报了。

一会儿,人员陆陆续续来了,有胡春海、张代办、呼伦湖、洪永升和田家彬。人员刚到齐,玉祥楼老板闻鸿基敲门进来了,他问:"现在上菜吗?"杜云英向呼伦湖递了个眼神,呼伦湖对闻老板说:"我们先喝茶唠嗑,什么时候需要上菜了我叫您!"闻鸿基看见胡春江也坐在这里,忙点头哈腰向胡春江笑了一下走了。凡是开饭店的人,大都对警察局的人员敏感,何况现在胡春江是警察局的局座。

"现在开会。"杜云英看了一下大家说,"首先传达一下中国共产党第六次代表大会的基本情况。6月18日至7月11日,中国共产党第六次代表大会在莫斯科召开,出席大会代表一百四十二名。大会会期共计二十三天。出席大会的代表除小部分从水路走海参崴外,其余全部是从我们交通站出境的,我们可以自豪地说,经过大家上下努力,我们圆满地完成了党中央交给我们的重大任务。"

胡春江听到这儿,先看了看陆师傅,又看了看陆小枫,他好像没有听懂母亲的话。他赶忙问母亲:"我们特别交通站还没送走一位党代表,这六大可结束了? 你说,这么多党代表从我们这儿出境,肯定我们这儿另外还有一个交通站吧?"

胡春海和张代办对笑一下,没有说什么。杜云英笑了笑,对胡春江说:"你说对了,我们真的还有一个交通站。站长就是你的大哥春海,副站长就是张代办。"这时胡春海和张代办站起来向大家敬了个礼,大家都用异样的目光看着他俩。杜云英继续说:"他们的接待站就是火车站的昌升旅馆,还有六个骨干党员是他们交通站的成员。"她看一下二儿子问:"我听说你对昌升旅馆怀疑过,还去检查过?"胡春江不好意思地笑了。杜云英说:"他们这个站是负责接待全国各地党代表来满洲里,然后再把他们安全送出境,他们这个交通站早已完成了使命,除春海和张代办外,所有人员已全部撤离。"

陆师傅和陆小枫认真地听着,似乎不相信自己的耳朵。这个第二交通站,除了田家彬、洪永升,大家都不知道。

胡春江早有预感,他早已想到应该另有一个交通站在工作,不然他们不会接不到一个内地党代表。胡春江问母亲:"那成立我们这个特别交通站干什么呢? 既然成立了,又不让我们工作,这到底是什么用意呢?"他的语气里带有几分埋怨情绪。杜云英看他一眼,轻轻地说:"儿子,你这个特别交通站,比你哥的交通站更重要,不然怎么叫特别交通站呢? 你知道吗,你大哥的交通站代号是第二交通站,是我们北满地方党组织成立的。而你们的交通站代号是'红色任务',是第一交通站,是党中央决定成立的,是从全国各地选派的优秀人员组建的。党中央的重要人物,都是从你们交通站出境的。你们'特别'就特别在这里。你是老党员了,应该自豪! 另外,你和陆师傅这个交通站主要任务是掩护,掩护春海和张代办这个第二交通站能安全工作,畅通护送。当时,敌人已经闻到了一些气息,党中央就决定由你们交通站为掩护,吸引敌人注意力,打乱敌人对我们侦查探寻的部署,使我们的党代表能顺利到来,安全送走。你们两个交通站的任务完成得都很好,随后党中央会嘉奖你们的。"

胡春江也想起了他在86号小站的那天晚上,看见有两个南方模样的人手提小小的柳条箱,上了大胡子领导乘坐的那趟火车去了莫斯科,他们一定是党代表,是大哥交通站护送过去的人。还有胡春江从86号小站潜回满洲里的那天晚上,他乘坐的那辆苏联马车(包括跟着的那一辆),也一定是接过境党代表的。

胡春江想一想说:"这么多党代表出境开会,我们没送走一位,我们很惭愧。我感觉对不起党组织,对不起这次'红色任务'行动计划。"

杜云英忙说:"儿子,你不要自责。你们在掩护第二交通站的同时,上级交给你们的任务你们完成得都很好。前期过来的两位中央领导、一号首长,还有洪霞同志不都是你们站负责护送的!另外,外国专家不也是你们迎接的?你们光荣地完成了第一阶段的任务!"

"第一阶段?"胡春江听出了母亲话里有话,忙问,"那应该还有第二阶段任务吧?"

在场的人似乎也听出了话外音,都看着杜云英。这时小枫在给每个人倒茶水,杜云英接过水杯说:"六大闭幕了,除一小部分中央领导和个别代表留在苏联暂时不回来外,大部分同志都要回国奔赴各条战线传达六大会议精神,开展各项工作。春海和张代办那个交通站已经解散了,大部分同志已走上新的工作岗位,张代办因工作需要不久将调到香港工作。从今天起,春江,你们的特别交通站将担负起迎接六大代表回国这一重任。人员不变,任务不变,这项任务是'红色任务'的重要组成部分。火车站日杂店和养马场继续利用,待任务完成后,特别交通站自动停止工作,人员等待分配命令。"

胡春江一听,忙站起来向母亲敬了个礼,说:"坚决完成任务。"陆师傅和陆小枫也赶忙向杜云英敬礼,表示:"坚决干好工作,保证完成任务。"

大家为他们三人的表态鼓起掌来。

随后,杜云英告诉大家,因形势发展的需要,安显一郎、呼伦湖和月亮,都要调离满洲里,将有新的同志来接替他们的工作。最后杜云英对胡春江说:"你现在是警察局座了,不少事做起来方便,但也不方便。骑警队的两名同志你要起用,把他们调到警察局机关来协助你开展工作。他俩从今天起,也是你们特别交通站的成员。黎黎的身体一天比一天不方便,你也别让她干什么,她把你掩护好就行。"她说到这儿看一眼大儿子胡春海和井黎黎,井黎黎正看着胡春海在微笑。井黎黎听杜云英这样说,忙表态:"一切行动听党安排。"

杜云英也笑了一下,对儿子胡春江说:"春江,不再瞒你了,井黎黎真的是我的儿媳妇。她是你大嫂,是你大哥的媳妇!"

胡春江听母亲这么一说,吃惊地看着母亲。陆师傅和小枫都吃惊地看着大家。胡春江对母亲说:"妈,你导演的这出戏真是独出机杼,让我们这些演员相互不知道人物关系的情况下,还能活灵活现地演下去。妈,我真服了你了!"大家都笑起来。

杜云英说:"你不知道,但黎黎什么都知道。"胡春江对黎黎说:"你骗我这么长时间,我真笨呀。"井黎黎说:"你不是也没告诉我你妈妈是谁呀!"胡春江说:"我虽然没有告诉你,但你不是啥都知道嘛。"

大家一听,又笑了。

胡春江站在那里用手挠了挠头,他不知道说什么好,他似乎不相信这是真实的。他现在回头想想平时生活的点点滴滴,以往井黎黎多次遇见大哥时的表情,他都感觉有些异常。那次在大街上,路遇大哥,井黎黎两次回头看大哥,她还问胡春江说:"刚才过去的人怎么长得像你呢? 那不是你哥哥吧。"

这时母亲杜云英又说:"其实,黎黎也不叫井黎黎,她的真名字叫关山月,为了掩护春江才改名叫井黎黎。特别交通站撤离之前,还得叫井黎黎这个名字。"

呼伦湖感慨地说:"这才是真正的革命家庭呀! 为了共产主义事业,为了真埋,为了民族的解放,全家人都投身到火热的大革命中,这是何等的境界呀!"

杜云英抬起头说:"目前中国之现状,需要什么? 需要的是革命。孙中山先生一直呼吁革命,但他的革命很有局限性,蒋介石也是革命,他讨伐陈炯明是革命,北伐是革命,但他的革命不彻底,因为他代表的是大地主、大资本家的利益。辛亥革命后的北伐战争是革命,但只反对封建主义,不反对资产阶级。汪精卫是口头革命,假革命,他去年在武汉掌握武汉国民政府期间,把'分共'也说成是革命。张作霖是山大王,谈不上是革命。只有我们共产党人,理想最崇高,思想最解放,革命最彻底。由于我们的革命彻底,伤害了不少人的利益,特别是富人的利益,于是就有人站出来反对我们,像蒋介石、汪精卫之流就要与我们拼命,因此我们的革命道路就会很曲折和艰难。也就是因为艰难,这就需要我们更多人去参加革命,去斗争。全国像我们这样的家庭何止一个? 有成千上万的家庭早已毁家纾难,投入到革命的大洪流中。为了革命,为了民族解放,有千千万万的革命者国而忘家,抛头颅,洒热血,前赴后继,勇往直前。像我们在座的陆师傅,也是革命的家庭,全家四口人,四口人都义无反顾地闹革命。陆师傅和女儿小枫为党工作多年,陆师傅的儿子目前在井冈山是红军的高级指挥官。"

她说到这儿,看着胡春江说:"春江,你只知道洪霞同志是你的领导,是你的引路人,是你的师傅,是你尊敬的大妈,但是你知道吗,她还是陆师傅的爱人,是陆小枫的妈妈!"

"什么,金牙大妈是陆小枫的妈妈,这是真的吗?"胡春江惊讶得站了起来,他一时大脑没转过来弯儿。

胡春江忙看看小枫,小枫正含着眼泪在微笑。陆师傅也在笑,他笑得是那样幸福,那样沉稳。胡春江现在终于明白了,在金牙大妈被捕期间,小枫为啥那样痛苦地流泪,原来金牙大妈是她的妈妈,亲妈妈呀! 这时他也理解了金牙大妈被捕后陆师傅为何老抽烟不说话,原来他心里承受着何等的痛苦和担心。他们是革命的夫妻!

胡春江叹道:"这才是真正意义上的革命家庭呀!"

杜云英对大家说:"今后,这里的形势会更加复杂,今后的斗争也会更加激烈,革命的道路肯定还会有大风大浪。但是中国革命的高潮必将会来到的,我们一定要坚定信心,革命到底!"她停顿一下,对胡春江说:"可能明天就有党代表过境回国,新的考验又来了。由于你现在是警察局座,黎黎是你公开的夫人,你俩的假夫妻还得扮演下去。还有,小枫和小宋的假夫妻也得继续扮演。等彻底完成了任务,黎黎就回到春海身边,小枫就和春江结婚吧!"井黎黎和陆小枫听罢,都甜蜜地笑了。

会议有三项议程:一是传达中国共产党第六次代表大会的基本情况。二是安排特别交通站今后工作。三是欢送老同志离开满洲里工作岗位,奔赴新的战线开展工作。胡春江认为,其实还有一项重要内容:解密了井黎黎和金牙大妈的身份。这是很多人没有想到的,胡春江也是如此。

蓝天白云下的满洲里,轻风吹拂,芳草熏香的满洲里,永远是一个神秘的城市……

不久,去苏联莫斯科参加中国共产党第六次代表大会约一百四十名代表全部安全回国(除留莫斯科工作的同志外),随后他们在全国各条战线上发挥着党代表的重要作用。

图书在版编目（CIP）数据

红色任务／刁仁庆著. -- 郑州：河南文艺出版社，
2025.3. -- ISBN 978-7-5559-1834-9

Ⅰ.I247.5

中国国家版本馆 CIP 数据核字第 2025A6W796 号

选题策划	王淑贵
责任编辑	王淑贵
责任校对	殷现堂
书籍设计	书籍/设计/工坊 刘运来工作室 徐胜男
责任印制	陈少强

出版发行	河南文艺出版社
社　　址	郑州市郑东新区祥盛街 27 号 C 座 5 楼
承印单位	河南瑞之光印刷股份有限公司
经销单位	新华书店
开　　本	735 毫米 × 1040 毫米　1/16
印　　张	32.25
字　　数	485 000
版　　次	2025 年 3 月第 1 版
印　　次	2025 年 3 月第 1 次印刷
定　　价	86.00 元

印厂地址　河南省武陟县产业集聚区东区（詹店镇）泰安路

邮政编码　454950　　电话　0371-63956290